U0907388

文学与思想的70座高峰

主编　蔡智敏　姜联众

二十一世纪出版社集团
21st Century Publishing Group
全国百佳出版社

图书在版编目（CIP）数据

文学与思想的 70 座高峰 / 语文报社编选；蔡智敏，姜联众主编．-- 南昌：二十一世纪出版社，2015.1

ISBN 978-7-5568-0524-2

Ⅰ．①文… Ⅱ．①语… ②蔡… ③姜… Ⅲ．①世界文学—文学欣赏—青少年读物 Ⅳ．① I106-49

中国版本图书馆 CIP 数据核字 (2014) 第 311755 号

文学与思想的 70 座高峰　　语文报社 / 编选　蔡智敏　姜联众 / 主编

责任编辑　刘　刚
出版发行　二十一世纪出版社
（江西省南昌市子安路 75 号　330009）
www.21cccc.com　cc21@163.net
出 版 人　张秋林
经　　销　新华书店
印　　刷　山西乾润通印刷有限公司
版　　次　2015 年 2 月第 1 版　2018 年 9 月第 2 次印刷
开　　本　720mm × 1020mm　1/16
印　　张　26.75
字　　数　310 千
书　　号　ISBN 978-7-5568-0524-2
定　　价　49.80 元

赣版权登字—04—2015—20

读者服务　0351-6378113　zzxqqmz@163.com
邮购地址　太原市和平南路 45 号《语文报》社　030024

《文学与思想的 70 座高峰》

无可替代的巅峰漫步（代序）

蔡智敏

毫无疑问的是，每当我们回顾人类历史上那些杰出的领袖人物，必然会心生敬仰之情。如果我们再仔细推究这敬仰之情的根源，大约会发现，我们除了敬佩其在事业上所取得的辉煌成就外，还有一点是必然的，那就是：我们会十分仰慕这些领袖人物所具有的巨大的精神力量。事实上，正是这种巨大的精神力量，成为其成就伟大事业的核心动力。也正是这种巨大的精神力量，使得他们对于人类社会的革新与进步，产生了巨大的影响。

由此，我们也许应该进一步追问：这些杰出的领袖人物所具有的强大的精神力量，又来自何方？

当然，我们首先会想到他们的家庭，他们所受的教育，乃至于社会对他们的影响。会想到他们的生活实践乃至于大的时代精神对于他们的塑造。但除此之外，我们肯定会发现，这些杰出人物的精神力量的生成更为重要的原因就是：他们是一些最热爱学习，也最善于学习的人。

学习的方法有很多种。有人特别善于向生活学习，在生活实践中不断总结经验教训，从而使自己成为最富有生活智慧和领导能力的人。也有人特别善于向别人学习，通过经常向别人请益，使自己成为具有卓越才能的人。所谓“三人行，必有吾师焉”说的正是这个道理。但是，有一种学习方法，却总是那些善于学习和热爱学习的领袖人物最为重视的，那就是：读书！

我们根本无须举出具体的例子。无论是古圣先贤，还是人类近现代史上的杰出人物，他们热爱学习，刻苦读书的例子俯拾即是。没有伟大的情怀，就没有伟大的人生，也就没有伟大的事业。而正是读书，培养了他们的伟大情怀，使他们将个人的情怀与国家和民族的命运，乃至人类的命运紧密联系起来，实现了自我超越，从平凡走向伟大。

如果我们愿意稍稍留意一下那些伟大人物精神成长的历史，不难发现，他们的自我超越，大都是从青少年时代就开始了。那方法，正是孜孜不倦的阅读。通过阅读，他们从人类几千年来积累的最优秀的文化典籍中，获取了足够的精神营养，一步步使自己的精神丰富起来，广博起来，强大起来。也正是由此，一步步迈向人生的巅峰。

对于今天的青少年来说，阅读当然仍是十分重要的。

阅读是一种自我创建。正是通过阅读，我们在感悟中创造我们的对象时，也在潜移默化中一点点地创建自己。我们创建自己的知识结构，也创建自己的情感状态与思维方式。

阅读是一种对话。正是在阅读中，那些千百年前的不朽灵魂，能够穿越时间的废墟，活生生地站在我们面前。我们可以叩问那深沉严峻的思索，也可以感受那生动的嬉笑怒骂，正是在这叩问与感悟中，我们与那些不朽的灵魂进行了穿越时空的交流。

不，也许还可以用更为形象的方式描绘阅读，那就是：阅读是一种燃烧。正是在阅读中，我们点燃自己的灵魂之火，与千百年来永不熄灭的人类精神之火融合在一起，我们借此以洞悉别人，更照亮自己。

最终，阅读应该成为一种生活方式。当你背起自己的行囊，准备迈向人生的旅程时，你的行囊中，永远应该有书籍的位置。因为没有书的陪伴，你会在风雨中更寒冷，在黄昏中更寂寞，在黑暗中更悲伤……

这并不是一个缺乏阅读的时代，不，我们倒可以说，这是一个阅读泛滥的时代。我们有幸生活于这样一个史无前例的信息时代，阅读的材料几乎随处可见，阅读的方式又是如此多种多样，我们应该感到幸福。但也正因如此，对于阅读对象与阅读方式，我们更应该做出认真的选择与安排。如果我们花费大量的时间，来浏览那些毫无价值的信息，那无异于毫不怜惜地肆意挥霍自己珍贵的生命。

如果你挥金如土，那黄金可能压根就不是你的，但你的生命是唯一的，也只能属于你。所以我们说，对于青少年来说，与其漫无边际地浏览无用的信息，不如回到经典。

读优秀的书，能使我们的精神变得广阔、深邃、博大。因为优秀的书，不仅是知识的结晶，更是人类情感与思想的结晶，是人类精神的花朵与果实。回顾那些伟大的科学家、思想家、文学家、艺术家、政治家、宗教家等等数不清的杰出人物，他们终其一生，孜孜以求，将自己最重要的精神力量，都凝聚在自己的作品中，为人类的精神史建造了一座又一座辉煌的宫殿。这宫殿与物质的宫殿最大的不同之处，是那宫殿中的每一件作品，都不是僵死的存在，而是在时间的大幕中，悄悄地燃烧着、永不休止地散发着精神的光辉。凡是走进这宫殿，一件件认真观赏这精神产品的人，必然会为这光辉所映照，会在这光辉中获得光明与力量。于是，你的目光会更宽广，更深邃，你的精神会更博大。于是，你从那些伟大的精神产品中，获得了精神的能源，当你感受到自己精神力量的充实与强大的时候，一个更为伟大而壮丽的世界必然会在你面前展开……

平庸的书，培养不出高贵的情怀；卑劣的书，绝对不能给你足够的精神力量。

有不少的书，值得我们永远放在自己所珍爱的书架上，或者经常背在自己的行囊里。还有一些书，则需要我们以一生的时间去反复品味……

在这方面，如果我们肯留意那些杰出人物的书单，肯定能得到启发的。

摆在你面前的这本书，是根据一个正在领导着十三亿中国人奋力前进的领袖的书单编成的。当然，这所谓“书单”是大家根据他在公开的讲话中提到的、当然也是他所喜爱的书籍编成的，这肯定还只是他阅读内容的一部分。但即便如此，也足以构成一个可供青少年参照阅读的很好的路线图了。

如果说这数十部经典著作是文学与思想的一座座高峰的话，那么，认真阅读这些著作，就是在艺术与思想的巅峰漫步了。

在这里，编者只是试图给你打开一扇扇小小的窗子，让你用最少的时间，窥探众多杰出之作的大致轮廓。这轮廓虽不能代替原著博大精深的本来面貌，但可以让你初步领略那些优秀经典的风采。在这里，你可以获得知识，也可以学习写作方法；你可以欣赏到那些优秀作品的精彩片段，还可以训练自己思考问题的能力；你也可以通过这有限的篇幅，追寻那些杰出著作的思想之光……作为编者，我们最大的希望是：让这些简单的轮廓能激起你浓厚的兴趣，使你最终走进那五彩缤纷的原著。因为那里才是你真正的精神家园。而这儿，可以成为你很好的起点。

打开吧，当你打开一本好书，就打开了一个世界。

——一个奇异的世界，不是吗？

目录 Contents

无可替代的巅峰漫步

中国部分

外国部分

诗　歌

小说·戏剧

哲　学

参考答案部分

中国部分

《诗经》：民间的放歌与殿堂的咏叹

何昶熠

【作品简介】

《诗经》是我国第一部诗歌总集，也是世界上最古老的诗集之一。这些优美生动的诗歌，记载了从西周到春秋的社会百态，集中体现了我国古代先民的智慧以及他们对社会和人生的思考。《诗经》在体例上分为风、雅、颂。风主要指京都以外的地方土乐，共有十五国风，160 篇，这些诗歌的作者大多是来自民间的百姓，政府派出特定的官员将这些诗收集上来，呈交给君王，以便让君王了解民风民情。雅，最初的意思是指“正”。这些诗歌主要是一些朝廷正乐，它们是由王朝卿士献给君王的，分为大雅和小雅，共 105 篇，由于年代久远，作者已不可考。颂，分为商颂、鲁颂与周颂，大部分是宗庙祭祀歌曲，风格典雅，共有 40 篇，颂的产生时代比风和雅都早，由于时代久远，关于作者的问题也一直是众说纷纭，未有定论。

【作品导读】

《诗经》原称《诗》或《诗三百》，战国时将它称作《诗经》，到汉代时，正式把它列为经书之首。《诗经》名称的改变说明早在战国以前，《诗经》就已经为当时的学者所重视，或学习或研究。而关于《诗经》的来源，主要有“采诗说”“献诗说”以及“删诗说”三种。

“采诗说”，主要是指风诗的来源，君王为了能够体察民情，就任命一些特定的官员去民间收集各种歌谣。这些官员主动接近底层人群的生活，倾听他们的声音，然后将自己收集来的诗歌呈交给上级，上级再呈交给君王，君王通过阅读这些诗，就可以了解底层人民的生活状态并且下发切实而有效的政令。

“献诗说”，主要指的是雅诗的来源，雅诗主要是来自京都以内的诗歌，既然是京都以内，就不需要政府选派特定的官员来收集了，就由一些公卿列士直接上交给君王，雅诗主要描写的是京都以内的人的生活状态，跟风诗相比，它更典雅庄重一些，里面既有歌功颂德的作品，也有一些批判社会的作品。

“删诗说”，这个观点是由司马迁在《史记》中提出来的，他认为，《诗经》实际的数量应该有三千多篇，但是这些作品因为呈交上来的时候并没有经过整理，非常杂乱，孔子就将这三千多篇诗歌进行了一番整理，删除了内容相同的以及一些不合时宜的作品，最后剩下了三百零五篇，所以我们也把《诗经》叫做《诗三百》。

《诗经》的内容非常丰富，有农事诗、征役诗、爱情诗、怨刺诗、史诗、祭歌，以及宴飨诗、田猎诗等。这些诗歌反映了先民上到君王、下到普通百姓的人生百态以及生活状况，并且凭借着其中蕴涵的人类所共有的情感感染着一代一代的人。农事诗以《豳风·七月》为代表，它是农奴生活的真实写照，同时也包含了一定的农耕知识，对于研究古代农业社会有着借鉴意义。征役诗中既有高昂的战歌，如《秦风·无衣》，也有征夫的悲歌，像《小雅·采薇》，“昔我往矣，杨柳依依，今我来思，雨雪霏霏”，反映了连年的战争，让征夫面临妻离子散的悲苦与思念。而《诗经》中最受后人喜爱和推崇的当属爱情诗和怨刺诗。爱情诗里既有甜蜜动人的恋歌，像《邶风·静女》，也有苦恼迷惘的情歌，像《郑风·将仲子》，还有对美满婚姻的赞歌，像《周南·桃夭》，反映了当时民间男女恋爱、婚姻的百态。怨刺诗既有民间怨刺诗，也有贵族文人的怨刺诗。民间的怨刺诗，多描写反对压迫、剥削的内容，像我们耳熟能详的《魏风·硕鼠》，也有大胆讽刺统治者荒淫与无礼的诗歌，像《邶风·新台》。贵族文人则常借助诗歌来表达对时政的思考与批判，像《小雅·节南山》，体现了这些贵族文人对政治的深切关注。《诗经》中的其他诗歌也非常优秀，这些诗歌感染着一代又一代的人，为人们所吟唱。

《诗经》有六义：风、雅、颂、赋、比、兴。前三者是根据来源与音乐体制划分的，后三者则是指《诗经》的艺术特点。赋就是铺陈直叙，是人把思想感情及与其有关的事物平铺直叙地表达出来。比就是类比，作者将一些不易于表达的比较抽象的事物，借用一个大家所熟知的事物表达出来，就是我们今天说的比喻。兴就是作者在诗歌的开端，常常借用某一种事物来引起所要表达的内容。事实上，在《诗经》中，这些艺术手法是交替使用的，不能一一划分，有时候兴而比，有时候赋而兴，增加了诗歌的艺术表现力。

【精彩片段】

小雅·十月之交

十月之交，朔月辛卯。日有食之，亦孔之丑。彼月而微，此日而微，今此下民，亦孔之哀。日月告凶，不用其行。四国无政，不用其良。彼月而食，则维其常；此日而食，于何不臧。烨烨震电，不宁不令。百川沸腾，山冢崒崩。高岸为谷，深谷为陵。哀今之人，胡憯莫惩？皇父卿士，番维司徒，家伯维宰，仲允膳夫，棸子内史，蹶维趣马，楀维师氏，艳妻煽方处。抑此皇父，岂曰不时？胡为我作，不即我谋？彻我墙屋，田卒污莱。曰“予不戕，礼则然矣”。皇父孔圣，作都于向。择三有事，亶侯多藏。不慭遗一老，俾守我王。择有车马，以居徂向。黾勉从事，不敢告劳。无罪无辜，谗口嚣嚣。下民之孽，匪降自天。噂沓背憎，职竞由人。悠悠我里，亦孔之痗。四方有羡，我独居忧。民莫不逸，我独不敢休。天命不彻，我不敢效我友自逸。

翻 译

九月底来十月初，十月初一辛卯日。天上日食忽发生，这真是件大丑事。月亮昏暗无颜色，太阳惨淡光芒失。如今天下众黎民，非常哀痛难抑制。日食月食示凶兆，运行常规不遵照。全因天下没善政，空有贤才用不了。平时月食也曾有，习以为常心不扰。现在日食又出现，叹息此事为凶耗。雷电轰鸣又闪亮，天不安来地不宁。江河条条如沸腾，山峰座座尽坍崩。高岸竟然成深谷，深谷却又变高峰。可叹当世执政者，不修善政止灾凶。皇父显要为卿士，番氏官职是司徒，冢宰之职家伯掌，仲允御前做膳夫，内史棸子管人事，蹶氏身居管马职。师氏掌教做监察，美妻惑王势正炽。叹息一声这皇父，难道真不识时务？为何调我去服役，事先一点不告诉？拆我墙来毁我屋，田被水淹终荒芜。还说“不是我残暴，礼法如此不含糊”。皇父实在很圣明，远建向都避灾殃。选择亲信作三卿，真是富豪多珍藏。不愿留下一老臣，让他守卫我君王。有车马人被挑走，迁往新居地在向。尽心竭力做公事，辛苦劳烦不敢言。本来无错更无罪，众口喧嚣将我谗。黎民百姓受灾难，灾难并非降自天。当面聚欢背后恨，罪责应由小人担。绵绵愁思长又长，劳心伤神病恹恹。天下之人多欢欣，独我忧深心不安。众人全都享安逸，唯我劳苦不敢闲。只要周朝天命在，不敢效友苟偷安。

赏　析

这首诗描写了西周末年的灾异现象，如日食、地震等。它也是我国最早记录日食的文献资料。古人常常将这种自然灾害与天命结合起来，认为灾害是上天的警示和预兆。当时正值周幽王执政。周幽王无道，民不聊生，政治黑暗。作者借这首诗来讽喻时政，表现自己对于当时社会乱况的极度不满与痛苦，也体现出诗人对国事的忧虑和高度关注。

阅读思考

1. 读《十月之交》，看看这首诗中有没有采用赋、比、兴的表现手法。
2. 大声朗读《十月之交》，仔细体会《诗经》中的韵律节奏。
3. 阅读《诗经》，试感受风、雅、颂在风格与用词上的不同。

【相关链接】

《诗经》里的植物

我们都知道，《诗经》是中国最早的诗歌总集。但其实，《诗经》还是中国最早的动植物辞典。《诗经》“风”“雅”“颂”三大类共三百零五篇诗歌中，有一百五十三篇出现了植物的名称或描写，刚好超过了所有篇目的一半。

在所有《诗经》里出现过的植物中，出现次数最多的植物是桑。共有二十篇诗中提到了桑。其次为黍，共十七篇诗中提到了黍。第三是枣，共十二篇作品提到了枣。桑、黍、枣这三样植物，也就是《诗经》中植物的前三名。除此之外，如小麦，大豆，稻，粟，芦苇等，也都是《诗经》中出现次数较多的植物。

不难发现，这些出现次数较多的植物，都是和当时人民衣食住行密切相关的植物。或是当时主要的粮食与蔬菜水果。或是当时纺织、染色的衣用植物。或是当时重要的木材，或为当时中国北方常见的植物。

了解这些，一方面，可以更好的理解《诗经》中诗文的文化内涵。另一方面，可以了解《诗经》时代，人民对于植物的利用情形，以及当时不同地区的风俗民情，生活环境等。对于当时的生活与生态等研究，都有着重要的参考意义。

《尚书》：以记言为主的历史文献汇编

拜昆芬

【作品简介】

《尚书》，原名《书》，到了西汉才称为《尚书》。“尚”即“上”，为“上古”意，“书”就是历史简册，故《尚书》即为“上古之书”。因其后被列为儒家经典，故又称《书经》。分为《虞》《夏》《商》《周》四部分。它是距今约三千年前的一部官方文件总集，也是我国最早的一部历史文献汇编性著作。内容主要是君王任命官员或赏赐诸侯时发布的政令。秦汉以来，被尊为五经之一。

《尚书》所录，为虞、夏、商、周各代典、谟、训、诰、誓、命等文献。其中虞、夏及商代部分文献是据传闻而写成，不尽可靠。“典”是重要史实或专题史实的记载；“谟”是记君臣谋略的；“训”是臣开导君主的话；“诰”是勉励的文告；“誓”是君主训诫士众的誓词；“命”是君主的命令。有以人名为标题的，如《盘庚》《微子》；有以事为标题的，如《高宗肜日》《西伯戡黎》；有以内容为标题的，如《洪范》《无逸》。这些都属于记言散文。也有叙事较多的，如《顾命》《尧典》。其中的《禹贡》，托言夏禹治水的记录，实为古地理志，与全书体例不一，当为后人的著述。自汉以来，《尚书》一直被视为中国封建社会的政治哲学经典，既是帝王的教科书，又是贵族子弟及士大夫必遵的“大经大法”，在历史上很有影响。

【作品导读】

《尚书》中的篇章，原来都是历代士官记录和收藏的官方政治文件及重要的政治论文，数量很多。相传到了春秋末期，孔子对这些篇章进行删减，选择了其中一些重要的具有教化意义的篇章，按年代顺序予以排列，约百篇。《史记·孔子世家》载："孔子之时，周室微而礼乐废，《诗》《书》缺。追迹三代之礼，序《书》传，上纪唐虞之际，下至秦穆，编次其事。"又《汉书·艺文志》引刘歆《七略》："《书》之所起远矣，至孔子纂焉。上断至尧，下讫于秦，凡百篇，而为之序。"但一直以来，孔子是否对《尚书》进行了删减和编排，学界尚有争论。

秦时焚书，《尚书》也不免遭殃，但所幸的是《尚书》并未完全亡佚。这里不得不提到一个人，就是伏生。他原是秦博士，专门研究和传授《尚书》。秦汉之际，天下大乱，伏生将自己手中的《尚书》藏匿起来。《史记·儒林列传》载："秦时焚书，伏生壁藏之。其后兵大起，流亡。汉定，伏生求其书，亡数十篇，独得二十九篇，即以教于齐、鲁之间。"他凭此二十九篇在齐鲁大地教授学生。"伏生者，济南人也。故为秦博士。孝文帝时，欲求能治尚书者，天下无有，乃闻伏生能治，欲召之。是时伏生年九十余，老不能行，于是乃诏为太常，使掌故晁错往受之。"伏生口授，由学生将二十九篇《尚书》记录下来，因记录所用的文字是当时流行的隶书，故称"今文《尚书》"。

汉武帝时期，鲁恭王为了扩建宫室而拆孔子旧宅，在墙壁中发现了一部《尚书》，共四十五篇，其中二十九篇与伏生的今文《尚书》基本相同，因其用秦代以前的文字书写，故称"古文《尚书》"，后由孔子后裔孔安国献给朝廷。伏生的今文《尚书》在两汉一直流传，并得到官方的认可而被立为学官。而古文《尚书》直到西汉后期才逐渐受到关注，只有一个短暂的时期被立为学官，东汉时即被取消。传授今文《尚书》的人被称为今文学家，传授古文《尚书》的被称为古文学家，于是形成了两大派别。

西晋永嘉之乱以后，今、古文《尚书》相继失传。到了东晋时期，豫章内史梅赜突然向朝廷献上了孔安国的《孔传古文尚书》五十八篇，其中有三十三篇和伏生的今文《尚书》内容相同，多出的二十五篇被称为"晚书"。唐初孔颖达在奉命修《尚书正义》的时候采用了《孔传古文尚书》，《尚书正义》即成为官方定本而流传于世。

《尚书》主要记录虞、夏、商、周各代一部分帝王的言行。它最引人注目的思想倾向，是以天命观念解释历史兴亡，以为现实提供借鉴。这种天命观念具有理性的内核：一是敬德，二是重民。《尚书》的文字佶屈艰深，晦涩难懂，但它标志着史官记事散文的进步：第一，有些篇章注重人物的声气口吻；第二，有些篇章注重语言的形象化以及语言表达的意趣；第三，有些篇章注重对场面的具体描写。

《尚书》的突出地位主要体现在三个方面。第一，从对中国史学的影响而言，作为中国史书的奠基之作，《尚书》奠定了中国传统史学的根基，形塑了其基本面貌，涵盖了其基本主题。第二，从对中华民族影响的广度论，作为中国最重要的经典之一，《尚书》既曾高居庙堂之上，被最高统治者奉为治国圭臬、皇皇政典；又能深入草野之中，作为古代庠序中地位尊贵的教材，广为士子们讽诵研习。因而，《尚书》的影响辐射到各个社会阶层。第三，就对中华文化影响的深度而言，《尚书》是中国原生本土文化的第一次凝聚成书，是此前文化成果的“集大成”，堪称“元典中的元典”；内涵丰厚，思想深刻，中国古代几乎所有典籍、学者都难以绝对摆脱它的思想影响。从某种意义上讲，《尚书》塑造了中华民族的性格。群星灿烂的中国春秋战国文化，其实也不是无源之水，而是对包括《尚书》在内的中国早期文化成果的继承和发展。

【精彩片段】

盘庚五迁，将治亳殷，民咨胥怨。作《盘庚》三篇。

盘庚迁于殷，民不适有居，率吁众戚出，矢言曰：“我王来，即爰宅于兹，重我民，无尽刘。不能胥匡以生，卜稽，曰其如台？先王有服，恪谨天命，兹犹不常宁；不常厥邑，于今五邦。今不承于古，罔知天之断命，矧曰其克从先王之烈？若颠木之有由蘖，天其永我命于兹新邑，绍复先王之大业，底绥四方。”

盘庚学于民，由乃在位以常旧服，正法度。曰：“无或敢伏小人之攸箴！”王命众，悉至于庭。

王若曰：“格汝众，予告汝训汝，猷①黜乃心，无傲从康。

古我先王，亦惟②图任旧人共政。王播告之，修不匿③厥指。王用丕钦；罔有逸言，民用丕变。今汝聒聒，起信险肤，予弗知乃所讼④。非予自荒兹德，惟汝含德，不惕予一人。予若观火，予亦拙谋作，乃逸。

若网在纲⑤，有条而不紊⑥；若农服田，力穑乃亦有秋。汝克黜乃心，施实德于民，至于婚友，丕乃敢大言汝有积德。乃不畏戎毒于远迩，惰农自安，不昏⑦作劳，不服田亩，越其罔有黍稷。

汝不和吉言于百姓，惟汝自生毒，乃败祸奸宄，以自灾于厥身。乃既先恶于民，乃奉其恫，汝悔身何及！相时憸民，犹胥顾于箴言，其发有逸口，矧予制乃短长之命！汝曷弗告朕，而胥动以浮言，恐沈于众？若火之燎于原，不可向迩，其犹可扑灭。则惟汝众自作弗靖⑧，非予有咎。

迟任有言曰：‘有惟求旧，器非求旧，惟新。’古我先王暨乃祖乃父胥及逸勤，予敢动用非罚？世选尔劳，予不掩尔善。兹予大享于先王，尔祖其从与享之。作福作灾，予亦不敢动用非德。

予告汝于难，若射之有志。汝无老侮成人，无弱孤有幼。各长于厥居。勉出乃力，听予一人之作猷。无有远迩，用罪伐厥死，用德彰厥善。邦之臧，惟汝众；邦之不臧，惟予一人有佚罚。

凡尔众，其惟致告：自今至于后日，各恭尔事，齐乃位，度乃口。罚及尔身，弗可悔。”

…………

注 释

①猷：为了。

②惟：想。

③匿：隐瞒。

④讼：争辩。

⑤纲：网上的大绳。

⑥紊：乱。

⑦昏：努力。

⑧靖：善。

赏 析

殷商到了盘庚时期，民生凋敝，社会矛盾激化，自然环境恶化，水灾频发。为摆脱这些困境，商王盘庚决定迁都，以振兴殷商，但却遭到了旧贵族和保守大臣的强烈反对。盘庚于是召集臣民并对他们进行教导和训示。《盘庚》共三篇，主要是记载盘庚在迁都前后对其臣民所作的告谕，具有较高的史料价值。这三篇在今、古文《尚书》中皆有，所选是其中的第一篇。《盘庚》是先秦散文的名篇，文辞古奥，不易通读。韩愈曾经慨叹："周《诰》殷《盘》，佶屈聱牙！"（《进学解》）但借助前人的注解，再三阅读之后，我们尚可领略它特有的不假修饰的质朴之美。如："若网在纲，有条而不紊；若农服田，力穑乃亦有秋。""若火之燎于原，不可向迩，其犹可扑灭？"比喻质朴贴切，含义深沉，语言也很优美，富于音乐的美感，至今还以"有条不紊""星火燎原"等成语的形式在人们的口头流传。

阅读思考

1. 从《盘庚》总结《尚书》的语言特点，并且思考形成这种特点的原因。

2. 总结《盘庚》中所运用的艺术手法。举例说明。

3. 你认可盘庚迁都的行为吗？为什么？

【相关链接】

《尚书》里的周公

《尚书》是中国古代重要的经学文献，《周书》32 篇是《尚书》的重要组成部分。周公，也称周公旦，姬姓，周文王之子、周武王之弟，是西周初期伟大的政治家、军事家、思想家。他先后辅佐过两位君王，对西周初期国家政权的稳定以及巩固起到了不可替代的重要作用。他的事迹不仅广为流传，他本人也成为后世贤臣争相效仿的榜样。《尚书·周书》中保存了西周初期与周公相关的一些重要史料。在《尚书》中，记录周公相关言论的篇幅多达 11 篇，他的思想深深地影响了孔子以及孔子所创立的儒家思想，也可以说，周公的思想在千百年来一直在潜移默化地影响着国人，足见其在西周时期以及以后的中国古代各时期的超然地位。周公的治国思想主要体现于“德治、礼乐、教化”等方面。其中包括敬德保民、尊崇天命、明德慎罚、立政唯贤、居安思危等，以及制订和完善周礼，使之更适于完善及巩固政权。这些治国理念不仅对儒家思想有着深刻的影响，也对当今社会的管理与建设有着重要的意义。

《礼记》：封建礼治的百科全书

刘雪青

【作品简介】

儒士有着与生俱来的社会责任感，构建文质彬彬的和谐社会是他们矢志不渝的追求，合“礼”便成为确定其独特社会身份的标志。无论是寄望于规范礼崩乐坏的春秋战国社会，还是希求维护封建统治的有效性，“礼”都是儒士坚信的稳定社会的良方。《礼记》是一部以“礼”为轴心的经典书籍，是怀揣修身、齐家、治国、平天下梦想的儒学士子们呕心沥血的思想结晶，循“礼”而贯穿到社会的方方面面，是一部封建社会礼治的百科全书。

然而，作为儒家经典的《礼记》，却差点被秦始皇的那把大火吞噬。幸而有一对叔侄——戴德和戴圣，才让经典免于此难。

在启蒙读物《三字经》中，有一句我们已耳熟能详，“大小戴，注《礼记》，述圣言，礼乐备”，其中的“大小戴”即戴德和戴圣。

戴德，字延君，世称大戴。戴圣，字次君，世称小戴。二人曾是同学，在汉宣帝时均为博士，戴德官至信都王刘嚣的太傅，戴圣曾为九江太守。自郑玄在《六艺论》中首倡《礼记》是戴圣在删减戴德八十五篇《大戴记》为《小戴记》四十九篇后，此说便代代相传。

四十九篇到底为何人所作，由于年代久远，我们已难考寻，但可以肯定，它是孔子门人“七十子后学”所记，是一部出自从先秦至汉代儒者之手的著作，也是一部经历了沧桑离乱而由历史沉淀的经典。文化的形成离不开这些写作者，他们如饥似渴地吸收着先哲圣贤的思想，并得之于心而应之于手，集大家之大成而创一己之理路。文化的形成同时也离不开那些传承者，他们继往开来，在薪火相传的接力路上奋勇前行。在《礼记》的传承之路上，戴德、戴圣披荆斩棘，使经典的流传气脉不至断绝，让礼文化至今仍然熠熠生辉。

【作品导读】

《礼记》是儒家经典"四书五经"中的"五经"之一，是中国古代一部关于典章制度名物的书籍，是战国至秦汉年间儒家学者解释说明经书《仪礼》的文章选集，相对集中地概括了儒家的礼治思想。汉代把孔子删定的典籍称为"经"，其弟子及后学对"经"的解说为"传"或"记"，《礼记》因此而得名，即对"礼经"的解释。自汉以后，《礼记》一直被封建社会奉为礼治的圭臬。而之所以在戴圣时期大为兴盛，既得益于传承者坚定的儒家信仰，也是历史发展的必然选择。从汉初信黄老到汉武帝的"罢黜百家，独尊儒术"，儒家的大昌明带来了儒学的大发展，读"五经"成为一种社会风尚，无疑为《礼记》的传承创造了一个宽松而有利的环境。

这部著作内容广博，涉及政治、法律、道德、哲学、历史、祭祀、文艺、生活习俗、历法、地理等诸多方面，几乎包罗万象，堪称先秦的一部百科全书，由此整合出先秦儒家的思想体系，也是研究先秦历史的重要资料。

《礼记》全书用散文写成，自然流畅，一些篇章读来朗朗上口，极具艺术欣赏性。有的篇章用短小生动的故事阐明一个深刻的道理；有的篇章以议论贯穿始终，气势磅礴，结构严谨；有的篇章惜墨如金而言简意赅；有的篇章专注于心理描写，生动而恰切。此外，书中还收有大量精辟而深刻的格言警句，以及论证严密完整的儒家论文，如被列为"四书"的《中庸》和《大学》。

"礼"作为儒家思想的重要价值维度，体现了儒家"仁"与"德"的各种社会规范，曾经是维持中华民族历史发展和保障人民有序生活的重要因素之一，是我们传统文化中色彩最浓厚、影响最深远的重要内容。诚然，作为特定时代的特定产物，《礼记》中包含了许多封建社会的腐朽因子，如极度不平等的等级制、繁缛的礼乐、靡费财物的丧服制度和祭祀制度、性别歧视、对女性的过度压抑等等封建糟粕，但今天的我们，应该用宽容宏阔的心胸去对待中国传统经典。而《礼记》中关于学习、教育、社会、人生、艺术的谆谆教诲，这些可借鉴的哲学、艺术学、政治学等精华，至今仍是帮助我们成长的思想源泉和精神力量。

【精彩片段】

《学记》节选

发虑宪，求善良，足以謏①闻，不足以动众。就贤体远，足以动众，未足以化民。君子如欲化民成俗，其必由学乎！

玉不琢，不成器；人不学，不知道。是故古之王者建国君民，教学为先。《兑命》曰："念终始，典于学。"其此之谓乎！

虽有嘉肴，弗食，不知其旨也；虽有至道，弗学，不知其善也。是故学然后知不足，教然后知困。知不足，然后能自反也；知困，然后能自强也。故曰：教学相长也。《兑命》曰："学学半。"其此之谓乎。

古之教者，家有塾，党有庠，术[②]有序，国有学。比年入学，中年考校。一年视离经辨志，三年视敬业乐群，五年视博习亲师，七年视论学取友，谓之小成，九年知类通达，强立而不反，谓之大成。夫然后足以化民易俗，近者说服而远者怀之，此大学之道也。《记》曰："蛾子时术之。"其此之谓乎。

大学始教，皮弁祭菜[③]，示敬道也。《宵雅》肄三，官其始也。入学鼓箧，孙[④]其业也。夏、楚二物，收其威也。未卜禘不视学，游其志也。时观而弗语，存其心也。幼者听而弗闻，学不躐等也。此七者，教之大伦也。《记》曰："凡学，官先事，士先志。"其此之谓乎。

大学之教也，时教必有正业，退息必有居学。不学操缦[⑤]，不能安弦；不学博依，不能安《诗》；不学杂服[⑥]，不能安礼；不兴其艺，不能乐学。故君子之于学也，藏焉，修焉，息焉，游焉。夫然，故安其学而亲其师，乐其友而信其道。是以虽离师辅而不反。《兑命》曰："敬孙务时敏，厥修乃来。"其此之谓乎！

今之教者，呻其笘毕[⑦]，多其讯言，及于数进，而不顾其安，使人不由其诚，教人不尽其材。其施之也悖，其求之也佛。夫然，故隐其学而疾其师，苦其难而不知其益也，虽终其业，其去之必速。教之不刑，其此之由乎！

大学之法，禁于未发之谓豫，当其可之谓时，不陵节而施之谓孙，相观而善之谓摩。此四者，教之所由兴也。

发然后禁，则扞格而不胜；时过然后学，则勤苦而难成；杂施而不孙，则坏乱而不修；独学而无友，则孤陋而寡闻；燕朋逆其师；燕辟[⑧]废其学。此六者，教之所由废也。

君子既知教之所由兴，又知教之所由废，然后可以为人师也。故君子之教喻也，道而弗牵，强而弗抑，开而弗达。道而弗牵则和，强而弗抑则易，开而弗达则思。和易[⑨]以思，可为善喻矣。

学者有四失，教者必知之。人之学也，或失则多，或失则寡，或失则易，或失则止。此四者，心之莫同也。知其心，然后能救其失也。教也者，长善而救其失者也。

善歌者，使人继其声；善教者，使人继其志。其言也约而达，微而臧[⑩]，罕譬而喻，可谓继志矣。

注 释

①謏：音义皆同“小”。

②术：是“遂”字之误。据《周礼》，五百家为党，万二千五百家为遂。党属于乡，遂则在远郊之外。

③皮弁祭菜：皮弁，谓皮弁服。祭菜，谓行释菜礼祭先圣、先师。

④孙：犹恭顺。

⑤操缦：缦，琴弦。就案操缦非乐之正，然不先学操缦，则不能练就指法。

⑥杂服：服，事。杂服，谓洒扫应对投壶沃盥等琐细之事。

⑦呻其笘毕：呻，吟。笘，视。毕，简。此谓今之为师者，不晓经义，但诈作长声吟咏之状以视篇简而已。

⑧燕辟：燕游邪僻。

⑨和、易：和，指融洽可亲。易，指平易近人。

⑩臧：善。

赏 析

这个片段是儒家学者就“学与教”展开的辩证论述，论证起伏有致，圆融自洽，行文活泼而有张力。首先，文章用以反衬正的方式推导出学习的必要性，教学是为君为民的本然先在性要求。之后，作者为我们循序渐进地指出可操作性的学习方法。但是教学并不是随意可为之事，教学之“礼”便是贯穿其中的规矩绳墨，那么从入学的祭祀先圣到以时教学再到教育兴盛与教育废止的双向阐释，都离不开“礼”的规范。因“礼”而“学”兴，因“礼”而“教”昌。文章的论述过程先讲“学”后述“教”，最后真正达到“教学相长”，逻辑严密，富有强烈的教育意义。

阅读思考

1.《礼记》中的“礼”包含着哪些含义，具体到《学记》这一部分，“礼”又有什么特殊的意义？

2.《学记》中所设立的“礼”在今天看来合理吗？为什么？

3. 我们今天的“教”与“学”应该怎样做到“教学相长”？请在实践中

写一篇感想。（学生可以扮演老师的角色，亲身体会“教”的角色）

【相关链接】

先秦时代的婚姻之礼

先秦时代男女之间的结合，主要是“父母之命，媒妁之言”，“男不亲求，女不轻许”，各项礼仪活动，除“亲迎”外，其他均由媒人或使者代行。《周礼·地官司徒》中专列有“媒氏”一职：“媒氏，掌万民之判。凡男女自成名以上，皆书年月日名焉。令男三十而娶，女二十而嫁。”正式婚娶必须要有“良媒”的中介作用。为何要“秋以为期”？因为古以九月至正月为婚期。然而对于贫困者而言，除了聘礼和必不可少的花销，民间娶妻还必须“为酒食以召乡党僚友”，贫家子弟往往对此望而却步，无奈之下，家贫子壮者则出赘。也有女子家贫不能嫁者。于是，遂有了“中春之月，令会男女。于是时也，奔者不禁”的民间风俗。

先秦时代的婚姻，除依礼成婚及自由结合之外，也有劫掠之婚，即以强力而行之者。《周易》中多次提及“匪寇婚媾”，后世的买卖婚姻即由掠女成婚演变而来。因为战争不是常有的事，掠夺也不能施行于己亲和好友的部落，并且害怕遭到报复，于是便在娶人之女时给予一定的金钱财物。聘礼即带有这样的性质。

凡婚姻，有合必有分。娶妻之礼是极为复杂的，而离婚程序则甚为简易。离与不离不是当事人双方所能决定的，而是取决于父母之命。在不平等的婚姻关系中，妇女总是处于从属的地位，《诗经》中就有不少弃妇诗，如《卫风·氓》等。

总之，先秦时代的婚姻之礼，其繁文缛节非后世所能比。婚姻之礼在先秦之礼中占有极为重要的地位，诚如《礼记·昏义》中所记载的“昏礼者，礼之本也”及《礼记·郊特牲》所说的“天地合，而后万物兴焉。夫昏礼，万世之始也”。因此，古往今来人们对人生中最重要的礼仪——婚姻之礼极为审慎和重视。

《春秋》：微言大义的中华第一史

郭晓芳

【作品简介】

《春秋》是春秋时期鲁国的史书，后来经过孔子修订，因此得以上升到经书的地位。它的作者为何人？有两种完全相反的说法：一种认为《春秋》乃孔子根据鲁国历史修编而成；一种则认为《春秋》并非出自孔子之手。目前比较普遍的说法是，在没有充分证据的情况下，应当肯定《春秋》由孔子修订而成，毕竟有多种较早的文献记载了孔子修《春秋》之事。孔子生活在春秋时期（前 551—前 479 年），名丘，字仲尼，是春秋后期鲁国陬邑（今山东曲阜）人，春秋末期著名的思想家、教育家、政治家，儒家学派的创始人，并且开创了私人讲学的风气。孔子在古代被尊奉为“天纵之圣”“天之木铎”，是当时社会上的最博学者之一，被后世统治者尊为孔圣人、至圣、至圣先师等。其儒家思想对中国和世界都有深远的影响，孔子也被列为“世界十大文化名人”之首。

【作品导读】

《春秋》又称作《春秋经》，是中国古代儒家典籍“六经”经典之一。它记载了自鲁隐公元年（前 722 年）至鲁哀公十四年（前 481 年）之间的鲁国、周朝及其他诸侯国的历史，是我国第一部编年体史书。

关于《春秋》的记事体例，前人曾有“春秋笔法”之说。所谓“春秋笔法”，指的是《春秋》记事所遵循的原则。例如《春秋·隐公元年》“郑伯克段于鄢”，以一句话寥寥数字，简洁明了地记叙了发生在公元前 722 年 5 月，郑庄公在鄢打败其弟共叔段的历史事件。这个“克”字在这里有特殊用意，一是说共叔段不臣，就如同第二个君主一样，因此记录的时候视为两个君主对战，而不视为兄弟矛盾；二是说郑伯是当大哥的，却没有起到兄长对弟弟的教导作用，对弟不仁，“克”字本来是形容国家之间的战争的，却出现在亲情之下，说明郑庄公的做法有失情意，含有讽刺之意。故孔子作《春秋》时用“克”字，而不用其他字，这就是孔子的高明之处——寓褒贬于只言片语之中。再如《春秋•隐公七年》：“（七年春，王三月）腾侯卒。”《春秋》记事总是如此简略，三言两语就可以记录一个重大事件。孔子作《春秋》，有所谓“微言大义”之说，就是说孔子按照自己的观点，对历史进行评断，用恰当的文字暗喻褒贬之意，语言简练，不虚美、不隐恶，表现出严格的历史倾向性。

前人对《春秋》的评价颇高，认为它具有上遵周公遗制，下明将来之法，更兴旧典，宣扬王道，劝善抑恶，维护周礼的重要作用。

此外，它还记载了春秋时期发生在我国的自然现象，是研究古代自然、地理的宝贵资料，内容涉及日食、月食、陨石、水灾、旱灾、虫灾、地震等。例如，全书记载日食达三十六次之多，其中三十三次与现代天文学的推算完全相同。又如庄公七年所记“星陨如雨”和文公十四年所记“有星孛入于北斗”，这两件事是世界文献中关于天琴座流星雨和哈雷彗星的最早记录；它还记载了春秋时期各国的政治、军事、经济状况，在一定程度上为我们研究春秋时期的历史提供了重要依据。如根据《春秋》的记载，春秋时期“弑君三十六，亡国五十二”，这使我们了解到当时政治斗争的残酷性和各国兼并战争的激烈性。

当然，《春秋》还记载了当时社会的政治、风俗现象，诸如春秋时期的盟会、外交、礼仪、通婚等，这可以使我们从中了解到在当时社会生活中占主导地位的重要活动。《春秋》不仅专注于记载自然界和社会生活中的一些现象，它还制定了一套相对严密系统的记事原则，隐恶扬善，褒贬于辞。这些原则在一定程度上对后代史学家产生了积极的影响。

【精彩片段】

《春秋》以微言大义著称，整本书都是以简短的话语记述历史的，以下我们以隐公前两年为例，看看《春秋》是如何简略记述历史的：

片段一

元年①春，王正月②。

三月，公③及邾仪父盟④于蔑。

夏五月，郑伯克段于鄢[⑤]。

秋七月，天王使宰咺来归惠公仲子之赗[⑥]。

九月，及宋人盟[⑦]于宿。

冬十有二月，祭伯来。

公子益师卒[⑧]。

注　释

①元年：君王执政的第一年，这里指鲁隐公元年。

②王正月：每年的头一个月叫正月，每月的头一天叫朔。古时候王者受命，必改正朔。周历以建子之朋（即夏历的十一月）为岁首。这里讲的“王正月”是说奉周王的正朔，以周历纪年月。

③公：鲁隐公。

④盟：会见。邾仪父：邾子克。

⑤克，战胜。段，郑庄公之弟。 鄢(yān)，郑地名，现在河南省鄢陵县境内。

⑥天王：周平王。归：赠送。 赗：吊丧礼品。

⑦盟：结盟。

⑧卒：死去。

赏　析

本年共有七条经文。第一条只记录了年、月、季而没有具体的事件。在“正月”之前有个“王”字，历来解说《春秋》的学者，大多在这个“王”字上做文章，他们认为这里头蕴涵有孔子的深意。在《春秋》里，凡是单称“公”的，都是指鲁国在位的君主，第二条中的“公”是指鲁国的国君，也就是鲁隐公。此事发生在三月，虽然也是春天，但正月之前已书“春”，“三月”之前便不再重复。第三条是夏五月的事件，因为四月没有记载任何事件，所以五月之前冠上了季节之名“夏”。这一条记载的是郑国的国君在“鄢”地打败了“段”的事，此事与鲁国并无关系，但也记载在鲁国的史册之中。 第四条所记时间已经到了秋天，天王是指当时的周天子，《春秋》中有的地方称“天王”，有的地方就单称“王”，并不统一。第五条中“及宋人盟于宿”，“及”就是“和”，谁和宋人结盟呢？没有说明，实际上这说的就是鲁与宋的盟会，只因这是记载鲁国历史的史书，所以主体就省略不书了。第六条也是如此，“祭伯来”，来到哪儿？没有说，其实也不必说，因为从鲁国史官的立场来看，“来”自然是来鲁国了。第七条的“公子益师”是鲁国的大夫，基于同样的理由，也无需特别说明他是鲁国人的。

片段二

二年春，公[①]会戎于潜。

夏五月，莒[②]人入向。

无骇帅师入极。

秋八月庚辰，公及戎盟[③]于唐。

九月，纪[④]裂繻来逆女[⑤]。

冬十月，伯姬[⑥]归于纪。

纪子帛、莒子盟于密[⑦]。

十有二月乙卯，夫人子氏薨[⑧]。

郑人伐[⑨]卫。

注　释

①公：鲁隐公。会：会盟。戎：犬戎。潜：地名。

②莒：国名，都城在今山东莒县。入：进入，入侵。

③盟：结盟。唐：属于鲁地。

④纪：国名。

⑤女：女，未嫁曰女；逆：就是迎接的意思，这里是娶媳妇。

⑥伯姬：排行加姓，鲁国姬姓。

⑦纪子帛、莒子盟于密：纪国公子帛和莒国公子于密邑会盟。

⑧子氏：指鲁桓公的母亲，鲁惠公的夫人。薨：去世。

⑨伐：讨伐。

赏　析

这一年共有九条经文。第一条记隐公与“戎”的会晤，只知在春季，没有说在哪一个月份，那个时候的“戎”应该是非华夏的少数民族。第二、三条记的都是战争之事，莒、向都是小国，莒人侵入了向。无骇则是鲁国的大夫，他率领军队攻入了“极”，“极”可能也是个小国。第四条记的是鲁隐公与戎人结盟，而且记有结盟的日期（庚辰）。第五条说的是纪国的大夫裂繻前来迎娶鲁国的公主。第六条，也就是裂繻来迎娶的下一个月，鲁国公主“伯姬”嫁到了纪国。

第七条记载的是纪、莒两国间的事。第八条记的是鲁国的丧事，这一年的十二月乙卯，鲁国的一位夫人去世了。第九条记载的又是郑、卫之间的战事。

以上是《春秋》隐公前两年的经文，全书的记事也基本上是这样，有的年份记事多一些，可以达到十四五条，有的则很少，像桓公四年，只记了春正月“公狩于郎”和夏季“天王使宰渠伯纠来聘”两件事，秋、冬两季连提都没有提。总体上来说，《春秋》的内容无非是战争、盟会、立君、杀伐、外交、内政等军国大事，以及统治者的卒葬、婚姻、兴造、祭祀、往来等事，也有记载日食及水旱等天文和灾情现象。

阅读与思考

1. 结合精彩片段部分的选文，谈谈《春秋》微言大义的记事原则。
2. 解释“春秋笔法”。
3. 结合本文所讲，谈谈《春秋》的主要内容。
4. 谈谈你对引文中加点字词的理解。

【相关链接】

春秋三传

由于《春秋》的记事过于简略，经文言简义深，如无注释，则无法理解。因而后来出现了很多对《春秋》所记载的历史进行详细记录的“传”，较为有名的是《左传》《公羊传》和《谷梁传》，因而称“春秋三传”。《左传》原名《左氏春秋》，汉代改称《春秋左氏传》，简称《左传》。相传是春秋末年左丘明所作，它记事起自鲁隐公元年（前 722 年），止于鲁哀公二十七年（前 468 年），以《春秋》为本，通过记述春秋时期的具体史实来说明《春秋》的纲目，是儒家重要经典之一。《左传》也是研究先秦历史和春秋时期历史的重要文献，它代表了先秦史学的最高成就，对后世的史学产生了很大影响，特别是对确立编年体史书的地位起了很大作用。它还补充并丰富了《春秋》的内容，是记录春秋时期社会状况的重要典籍，工于记事，长于记人。《公羊传》亦称《春秋公羊传》《公羊春秋》，是专门解释《春秋》的一部典籍，其起止年代与《春秋》一致，其作者为齐人公羊高。《谷梁传》又称《谷梁春秋》《春秋谷梁传》，其记事的时间起于鲁隐公元年，终于鲁哀公十四年，体裁与《公羊传》相似。其作者相传为战国时鲁人谷梁赤，它是以语录体和对话文体为主来注解《春秋》的，它还是研究儒家思想从战国时期到汉朝演变的重要文献。

《论语》：至圣名言之集锦

祁小真

【作家小传】

在我国几千年来的社会发展过程中，有一位被尊为“圣人”的最有影响力的思想家和教育家，他就是我国古代儒家学派的创始人——孔子。孔子（前551—前479年），春秋时期鲁国陬邑（今山东曲阜东南）人。孔子的祖上也曾是西周宋国的贵族，后来逐渐败落，到他的祖父孔防叔的时候迁到了鲁国。他的父亲叔梁纥曾经做过鲁国陬邑的邑宰。叔梁纥先娶施氏，生九女而无一子，其妾生子孟皮，但有足疾。晚年与年轻女子颜氏生下孔子。由于孔子刚出生时头顶的中间凹下，又因其母曾去尼丘山祈祷，后怀了孔子，故起名为丘，字仲尼。孔丘三岁时候，父亲病逝，之后，家境相当贫寒。

孔子15岁时立志于学，三十多岁时，已经通晓了“六艺”，并且开始收徒讲学，打破了我国历史上学在官府的惯例，教育学生时重视有教无类和因材施教。孔子一生弟子多达三千人，其中有名的贤士七十二人。35岁，孔子离开鲁到齐，大约两年之后返回鲁国。51岁时担任中都宰，第二年升任司空、大司寇，前后为官约四年。55岁时，带领着弟子周游列国14年，先后到达卫、陈、曹、宋、蔡等国。68岁时，回到了鲁国，73岁卒于鲁国。

孔子的政治理想是推行仁政礼治，学说的核心是“仁”。据说孔子自小就十分遵循礼治，有次天气很不好，寒风呼啸，可是他依然不顾母亲劝阻，拿着礼器出门，他说，如果我现在不学好礼仪，长大就不知道怎么做人了，可见其举止不同凡响。他出仕于鲁国，并且曾经周游列国来推行他的政治理想和主张，但都以失败而告终。后来退而从事文献整理和著述的工作，为中国文化事业做出不朽贡献。作为儒家学派的创始人，他所创立的儒家思想形成我国封建文化的核心，是我国民族文化精神形态的表现。后世尊称孔子为

“至圣”“万世师表”。

【作品导读】

《论语》是记载孔子及其弟子言行的一部语录体散文，是由孔子的弟子及其再传弟子编纂辑录而成，约成书于战国初年。《论语》共20篇，每篇标题取自于首章首句的前两个字，各篇之间没有明确的时间顺序，也没有共同的主题。它或是记录孔子的只言片语，或是记录孔子与弟子或时人的对话，大多简短，没有构成形式完整的篇章。作为我国儒家的经典之一，《论语》首创了语录体，集中体现了孔子的政治思想、道德观念及教育主张等。与《大学》《中庸》《孟子》《诗经》《尚书》《礼记》《易经》《春秋》并称“四书五经”。

《论语》虽然对于孔子的言行举止、生活习惯只是片段性记录，但我们在阅读过程中，依然能感受到孔子作为一位谦谦君子所具有的文化魅力和影响力。我们也对孔子部分弟子的形象有了具体可感的了解。例如鲁莽直率而又不失可爱的子路、安于贫困不改其乐的颜回、聪慧机敏的子贡、潇洒自如的曾皙等，都称得上是个性鲜明，让人印象深刻。《论语》的可贵之处在于，虽然呈现在我们面前的是没有具体语境的只言片语，但是我们依旧可以从这些形象的语言背后，看到深刻的人生哲理。例如“子曰：‘岁寒，然后知松柏之后凋也。’”（《子罕》）就向我们宣示了，松柏虽不如花朵美艳，但是却不畏惧严寒，经冬依旧挺拔向上。在人生的道路上，人应该像松柏一样，即使遇到了挫折，也要积极向上，做个挺拔姿态的君子。这也是我们民族精神的极好象征。又如“子曰：‘贤哉，回也！一箪食，一瓢饮，在陋巷，人不堪其忧，回也不改其乐。贤哉，回也！’”（《雍也》）这短短几句，却饱含了孔子真挚的情感，以及他对颜回安贫乐道的高尚节操的高度赞赏。这几句所描绘的颜回的形象，也使他成为我国文学史上安贫乐道的形象代言人。同时，语气词的大量运用，对表现人物的形象和情感也起到了很好的作用。例如上句中的“哉”“也”，以及大量的“矣”的运用，我们虽无法看到其人，在阅读的过程中，却有种圣人就坐在身边，对你谆谆教诲之感。这是本值得静下心来认真研读的经典，从中可以领会到许多做人处事的道理。

孔子被联合国教科文组织评为“世界十大文化名人”之首，记录其言行的《论语》也因含蓄隽永、深刻平实的语言和其中所蕴涵的哲理而历经百世依旧光耀于文坛。我们将《论语》归纳为“至圣名言之集锦”，是因为在这部经典中有太多可以指导我们生活的至理名言，就像一座座灯塔，指引我们在人生的航线上一直奋勇前行。学习这部经典，将对我们的生活、处事、工作产生积极而又无穷的益处；对我们的世界观、人生观也将产生深远影响。在喧嚣浮躁中，让我们静下心来阅读《论语》，让自己忙碌的身心在经典著作的抚慰下得以停歇和受到洗礼。

【精彩片段】

片段一

颜渊、季路侍。

子曰：“盍[①]各言尔志？”

子路曰：“愿车马衣裘[②]与朋友共[③]，敝之而无憾[④]。”

颜渊曰：“愿无伐[⑤]善，无施[⑥]劳。”

子路曰：“愿闻子之志。”

子曰：“老者安之，朋友信之，少者怀之[⑦]。”

注　释

①盍：何不。

②衣裘：泛指衣服。“裘”：本指皮衣。

③共：动词：指共同享用。

④敝之：指把车马、衣裘用破，用坏。敝：使动用法。憾：抱怨，悔恨。

⑤伐：夸耀。

⑥施：退与。

⑦安、信、怀：都作使动用，宾语“之”分别指代“老者”、“朋友”、“少者”。安：安逸。怀：关怀。

赏　析

这一章节出自《论语·公冶长第五》，主要记述了孔子两个弟子颜渊、季路陪孔子闲坐，各自言说自身志向的一次谈话。在所选的片段中，孔子对于自己的志向给出了明确的回答。虽说只有简单的三个方面，“使老人安享晚年，使平辈的人信任我，使年少的人得到关怀”，听起来很容易，可是真正做起来并取得成功又是多么的困难。简练的语言中饱含哲理，使人深思。记录孔子志向的话语，折射出其“仁”的政治理想，表现了孔子作为至圣的可贵之处。文字虽然简洁，却通过细腻的对话描写，刻画出了鲜活的人物性格，孔子的师者风采、人生境界，弟子们的理想、追求与个性都跃然纸上，各显风范。同时，孔子善于启发学生的教学风格，融洽轻松的师生关系，也都毕显无疑。

片段二

入公门，鞠躬如[1]也，如不容。

立不中门，行不履阈[2]。

过位，色勃如也，足躩如也，其言似不足者。

摄齐[3]升堂，鞠躬如也，屏气似不息者。

出，降一等[4]，逞[5]颜色，怡怡如也。

没阶[6]，趋进，翼如也。

复其位，踧踖如也。

注　释

①鞠躬如：谨慎而恭敬的样子。

②履阈：阈，音 yù，门槛。脚踩门槛。

③摄齐：齐，音 zī，衣服的下摆。摄，提起。提起衣服的下摆。

④降一等：从台阶上走下一级。

⑤逞：舒展开，松口气。

⑥没阶：走完了台阶。

赏　析

这一章节出自《论语·乡党篇第十》。孔子在他的思想中一直强调“礼”，主张在日常的生活中，要注意自己的言行举止，尤其是在不同的情况下应该有不同的态度和举止。孔子是一个仪态端庄、一举一动都符合礼的正人君子。孔子在面见国君时的态度、他出入于公门时的表现，都显示出言行一致、正直、仁德的品格。

阅读思考

1. 我们都知道，古往今来我们对师者的定义多为“传道”“授业”“解惑”。请从片段一分析孔子作为师者的形象有何特点。

2. 孔子在《论语·里仁》中有“不义而富且贵，于我如浮云”的主张，在当今社会，你又是如何看待片段一中孔子的主张呢？

3. 片段二主要向我们展示了孔子谦谦君子的礼节和举止，那么我们现在该如何看待“礼”呢？

【相关链接】

（一）

孔子在学习方面既虚心又刻苦。有一次孔子随师襄子学鼓琴，曲名是《文王操》。孔子苦苦练了很多天，师襄子说：“可以了。”孔子说：“我已经掌握了这个曲子的弹法，但未得其数。”又练了很长时间，师襄子又说：“可以了，你已得其数。”孔子说：“不可以，未得其志。”又过了相当长的时间，师襄子认为这回真的可以了，孔子仍然认为自己没有弹好这首乐曲。于是，他反复钻研，体会琴曲的内涵，直到他感到文王的形象在乐曲中表现出来了，才罢休。他的精神深深地感动了师襄子。

（二）

作为中国文化的瑰宝之一，关于《论语》的解读和阐述的著作有很多。许许多多的读者站在不同的角度和立场，对孔子的思想进行了各种各样的解读。最近几年大热的“于丹谈《论语》”，对孔子思想的传播也起到了积极作用，尽管有很多学者对于丹的思想和论说进行批判，掀起很热烈的讨论，但于丹谈《论语》所掀起的国学热潮，在一定程度上对我国古代文化的传播起了积极作用，使得大家开始更多地关注古代灿烂的文化。经典作为经典，必定有其得以传世千年的原因，现代人在对待《论语》时，最重要的是有一个客观的态度和眼光，当然孔子也是一个鲜活的人，有七情六欲，也有他的缺点。因此，我们要做的就是：对待孔子，不过分夸张，也不一味批判，而应该一分为二地辩证对待他的思想体系。

《中庸》：儒家“天人合一”的哲学之思

刘雪青

【作家小传】

谈及中国传统文化，首先映入我们脑际的便是儒学大师孔子和孟子。然而，当我们回溯春秋战国那思潮涌动的年代，在历史的滚滚洪流中淘沙拣金，一位文学巨匠便脱颖而出——孔子的嫡孙孔伋。他上承孔子，下启孟子，在中国传统文化的历史之维上成为不可或缺的连接点。

孔伋，字子思。生于公元前483年，卒于公元前402年，战国时期鲁国人，曾师事曾子。其父孔鲤死时，子思还不会走路，而此时的孔子已步入晚年。年迈的孔子不得不面对白发人送黑发人的惨痛事实，满怀对于祖业或会废止的惶惑忧虑。然而，年幼的孙子给这位先哲圣人带来了希望。

由于错综复杂的历史原因，子思的生平事迹已难详考，我们只能约略从历代流传至今的传说故事中重构这位儒学领袖的艺术形象。相传，子思小时候就很有志向。一天，孔子正就自己的一生长吁短叹，子思走上前去问孔子：“您是担心子孙不能继承祖业而有辱先祖呢，还是羡慕尧舜之道而遗憾自己不能像他们一样呢？”孔子慨然长叹道：“你一个小孩子怎么能理解我的志向啊！”子思却很认真地回答：“我常听您说，做父亲的劈柴，儿子却不能担负，这就叫不孝。每每想到这里我就害怕，对学业也不敢懈怠了。”孔子听后，立刻振作起来，高兴地说：“有你这些话，我就不再忧虑了，祖业不废，大概可以昌盛了！”在孔子之后，子思承担起传承儒学的重任而自成一派。

历代儒者大都认为《中庸》为子思所作，宋儒对此尤其推崇，认为此篇是孔门传授心法，子思恐其年代久远而有所疏漏，所以苦心孤诣地执着于传述圣言圣德。但近世学者对此颇有疑问，认为其中“今天下，车同轨，书同文，行同伦”之语，应当出自秦汉儒者之口。因此，作为儒家八派之一的“子思之儒”与《中庸》之说是否恰切，尚有待进一步研究。按目前主流的说法，我们姑且判定此书为子思所作。

北宋徽宗崇宁元年，子思被追封为“沂水侯”；元朝文宗至顺元年，又被追封为“述圣公”，之后，子思就作为文学史上的“述圣”而被传扬至今。

【作品导读】

《中庸》一书，顾名思义，是陈述儒家奉行的“中庸”之道。上溯到明君尧、舜、禹的“圣圣相传”之物，所传者，就是“允执厥中”之理，即“中庸”之道。而能深谙其中奥妙的唯有孔子，了解孔子本心的只有颜回和曾子，故二人所传为夫子的正宗学说。等到曾子的再传弟子，又有夫子的孙子子思，不过这时离圣人已经很远了，各种异说纷纷兴起。子思有感于此，惧怕道统的失传，故而根据尧舜以来互相传承的内容加以推究，再用平日听到的老师的言论加以评证，互相推断引申，从纷繁的事理中理出头绪，写成此书，以示后世。

“中庸”者何？历来莫衷一是。据儒学大师朱熹在《朱子语类》中讲到：“中庸只是一个道理，以其不偏不倚，故谓之中；以其不差异可常行，故谓之庸。”所以没有中而不庸者，也没有庸而不中者。二者须臾不可分离。盛夏喝冷饮，穿单衣，扇扇子是“中”，也是“常”（庸）；冬天喝热汤，穿棉衣是“中”，也是“常”（庸）。二者合起来才是一个道理，只有一个意思就不完满了。

作者对“中庸”之道的解说是条分缕析地展开的，《中庸》原是《小戴礼记》的第三十一篇，《中庸》本文分为三十三章，涉及中庸、费隐、诚、德等重要的儒家理想，文章整体结构清晰明了，各节互为例证加以补充说明，总体上形成一个巨大的哲学网络，将生命运行和德行大化囊括其中。就其每一章而言，论述深切而详明，曲折委婉而通畅，彼此融会而贯通，深入浅出地解说大道圣行。

《中庸》是对儒家哲学的集中概括，体现了儒家“天人合一”的思想追求。尤其是其所开创的“诚”，成为天道的内容，最大限度地提高了“诚”的地位和作用。天下至诚者可以拓宽其生命的深度和广度，与天浑然一体；人的精诚所至，便可以和天地“三位一体”……这样的价值追求，在如今这个崇尚金钱和享受的社会里尤为珍贵。人群中，你来我往，人人都为了一己之利而机关算尽，身心孤寂，人情冷漠，“诚”便是对温情的呼唤。当然，我们不反对个人对自身需要的满足，但如果将私利作为毕生的追求，这样的人生是毫无价值可言的。而“中庸”之道为我们指出的“诚”之理路，是当今构建和谐社会的良方，也是处理人际关系的根本准则。

【精彩片段】

哀公问政。子曰：“文武之政，布在方策[①]。其人存，则其政举；其人亡，则其政息。人道敏政[②]，地道敏树。夫政也者，蒲卢也。故为政在人，取人以身，修身以道，修道以仁。仁者，人也，亲亲为大；义者，宜也，尊贤为大；亲亲之杀[③]，尊贤之等，礼所生也。在下位不获乎上，民不可得而治矣！故君子不可以不修身。思修身，不可以不事亲；思事亲，不可以不知人；思知人，不可以不知天。”

天下之达道五，所以行之者三。曰：君臣也，父子也，夫妇也，昆弟也，朋友之交也，五者天下之达道也。知、仁、勇：三者，天下之达德也，所以行之者一也。或生而知之，或学而知之，或困而知之，及其知之，一也；或安而行之，或利而行之，或勉强而行之，及其成功，一也。

子曰：“好学近乎知，力行近乎仁，知耻近乎勇。”知斯三者，则知可以修身；知所以修身，则知所以治人；知所以治人，则知所以治天下国家矣。凡为天下国家有九经，曰：修身也，尊贤也，亲亲也，敬大臣也，体群臣也，子庶民[④]也，来百工也，柔远人也，怀诸侯也。修身则道立，尊贤则不惑，亲亲则诸父昆弟不怨，敬大臣则不眩，体群臣则士之报礼重，子庶民则百姓劝，来百工则财用足，柔远人则四方归之，怀诸侯则天下畏之。

齐明盛服，非礼不动，所以修身也；去谗远色，贱货而贵德，所以劝贤也；尊其位，重其禄，同其好恶，所以劝亲亲也；官盛任使，所以劝大臣也；忠信重禄，所以劝士也；时使薄敛，所以劝百姓也；日省月试，既禀称事，所以劝百工也；送往迎来，嘉善而矜不能[⑤]，所以柔远人也；继绝世，举废国，治乱持危，朝聘以时，厚往而薄来，所以怀诸侯也。凡为天下国家有九经，所以行之者，一也。

凡事豫则立，不豫则废。言前定则不跲[⑥]，事前定则不困，行前定则不疚，道前定则不穷。在下位不获乎上，民不可得而治矣；获乎上有道：不信乎朋友，不获乎上矣；信乎朋友有道：不顺乎亲，不信乎朋友矣；顺乎亲有道：反诸身不诚，不顺乎亲矣；诚身有道：不明乎善，不诚乎身矣。

诚者，天之道也；诚之者[⑦]，人之道也。诚者，不勉而中，不思而得，从容中道，圣人也。诚之者，择善而固执之者也。博学之，审问[⑧]之，慎思之，明辨之，笃行之。有弗学，学之弗能弗措[⑨]也；有弗问，问之弗知弗措也；有弗思，思之弗得弗措也；有弗辨，辨之弗明弗措也；有弗行，行之弗笃弗措也。人一能之己百之，人十能之己千之。果能此道矣，虽愚必明，虽柔必强。

注　释

①方：木板；策：书简。布在方策：记录在书籍上。

②敏：快。人道敏政：人道中，变化快的是政治。

③杀（shài）：等差。亲亲之杀：亲爱亲族程度上有等级。

④子庶民：爱民如子。子，动词，以……为子。

⑤嘉善而矜不能：表彰好的，怜悯能力差的。嘉，表彰、赞美。矜，怜悯。

⑥跲：绊倒，栽跟头。

⑦诚之者：使之（自己）诚的。

⑧审问：详细地请教。

⑨弗措：不能放下，不能停止。

赏　析

本章由鲁哀公向孔子问政而谈及人的修身，由人之修身上推到“知天”之本，从治国的外事归于修诚的内省。夫子秉着通达的教育原则，因材施教，就鲁哀公的特殊身份安排自己的论述构思，组织自己的应对辞令。作者巧妙地将治国之法上推到知天之理时，顺势演化出五达道，三达德，治天下国家之九经等天理在人世间的具体形态，而贯穿这些圣德圣经的乃是“诚”，经过层层推演，“诚”这一治国方法终于千呼万唤始出来。而圣人之论并未止于此，经过环环相扣的论述，道出“诚”的衡量标准是人天命本然之善。而怎样“诚之”，作者列出了诸如博学、审问、慎思、明辨、笃行等具体条目，并因人而异地指向成功之路。

文章将“诚”视为一切活动的枢纽，从最切近的修身、事亲、交友的平常之事着手，娓娓道来，亲切而易感人，没有就鲁哀公的问政就事论事，也没有将“诚”的界定引向玄远的乌有之乡。论证严密而富有艺术性，中和平正而振奋人心。

阅读思考

1. 文章第二段“故君子不可以不修身，思修身，不可以不事亲；思事亲，不可以不知人；思知人，不可以不知天”，请问孔夫子是怎样进行推演的？

2. 文章将“诚”视为天之道，你是否同意这种看法？

3. 如果你是鲁哀公，在孔子一番论述之后，你会有怎样的心理反应？（请查阅鲁哀公相关的资料，切合人物身份及性格做出适当的回答）

【相关链接】

子思之儒：几乎湮没的儒学宗派

孔子在世时，弟子众多，门庭繁盛，孔子及其弟子形成了一个儒者集团，被韩非子称为“显学”，他们研讨历史，修习礼乐，评述时事，主张用先王之道教化世人，希望人人自觉修养，以使家齐国治，上下有序，社会安定。孔子是一位博学的人，夫子之道至大，因此孔门弟子要准确、完整地理解老师的学说并非易事。而且学生的才、性各不相同，夫子因材施教于各个体，变化万端，没有定型、没有常规。所以孔子的弟子在传授老师学说时难免会有所侧重。事实上，孔子之后，孔门后学确实出现了不同的学派。

《韩非子·显学》记韩非子之言说：“自孔子之死也，有子张之儒，有子思之儒，有颜氏之儒，有孟氏之儒，有漆雕氏之儒，有仲良氏之儒，有孙氏之儒，有乐正氏之儒。”可见，孔门弟子在接受夫子学说上的确有所侧重，有的着重传经，有的着重弘道，有的自觉实践孔子的学说。

作为孔子的嫡孙，子思对于整理孔子遗说、传承孔子思想、发扬儒家文化做出了重要的贡献。子思的著作，除《中庸》《礼记》中的《坊记》《缁衣》《表记》等，作为六经之灵魂的《论语》，子思也曾参与编撰，《汉书·艺文志》中记载“《子思》二十三篇”，《隋书·经籍志》等正史目录中著录《子思子》七卷，还有新出土的简帛佚籍《子思子》。可见，子思之儒作为孔子以后重要的儒家学派，是有据可考的。

《孟子》：磅礴论辩之雄文

祁小真

【作家小传】

在至圣孔子去世（前479年）约百年后，又一位儒家学派的代表人物、被世人尊称为“亚圣”的孟子出生了。孟子（前372—前289年），名轲，战国中期邹（今山东邹县东南）人。或说孟子的先人为鲁国的贵族孟孙氏，相传孟子其父名为激，字公宜。孟子三岁时候丧父，家境很贫寒，孟母艰辛地将他抚养成人。据说，母亲对孟子管束教育极为严格。为了让他在一个良好的环境中成长，孟母三次搬家，最后搬到书塾的边上，孟子才开始静下心来安心学习。“孟母三迁”“断杼教子”等故事，都是有关家长教育孩子的千古美谈。

孟子受业于孔子的孙子孔伋（子思）的门人，是儒家学派在战国时期的代表。他继承和发展了孔子的学说，主张施行仁政，行王道。为了推行自己的政治主张，他曾以“士”的身份出游，先后游说过齐威王、宋王偃、滕文公、梁惠王等。他曾在齐国担任过客卿，在游说过程中也受到过礼遇，但是，由于战国时期社会急剧变化，他的仁政学说与当时的时代要求不相合，被视为迂阔不近于情理，因此并未得到实行的机会。孟子晚年后回到邹地，退居讲学，并专心著述。

孟子继承和发展了孔子的德治思想，根据战国时期的社会状况，发展为仁政学说，成为其政治思想的核心。以仁政为内容的王道，本质是缓和阶级矛盾，为封建统治阶级服务，这也是孟子政治论的主要内容。孟子作为中国古代著名思想家、教育家、政治家，被后世尊称为“亚圣”，与孔子合称为“孔孟”。

【作品导读】

《孟子》七篇主要记录了孟子的谈话，是孟轲及其弟子共同著作的。这部著作反映了继孔子之后，儒家学派最重要的儒学大师孟子对儒家学说的继承和发展，阐述了孟子的思想和理论。《孟子》的篇目为：《梁惠王》上、下；

《公孙丑》上、下；《滕文公》上、下；《离娄》上、下；《万章》上、下；《告子》上、下；《尽心》上、下。其学说出发点为性善论，提出“仁政”“王道”，主张德治。 作为儒家的经典之一，南宋时朱熹将《孟子》与《论语》《大学》《中庸》合在一起称为“四书”。从此直到清末，“四书”一直是科举必考内容。

《孟子》以其简约精练、深入浅出的语言风格，开创了新的书面语形式。几千年后，我们在阅读的过程中，依旧可以对孟子的性情、精神有着清晰的认识。这部著作中所记录的孟子游说诸侯，宣传自己行王道、施仁政的历程，折射出孟子鲜明的个性色彩。例如孟子以病为辞拒见不以礼相待的齐王，表现出孟子傲然的个性。在游说诸侯的过程中，孟子更是以刚直不阿、大胆直言的性格蔑视权贵，希望拯救黎民于水深火热之中。书中还有孟子与其他学派的论辩，孟子以清晰的说理、步步紧逼的批驳、幽默的讽刺，展现出感情激越的一面。长于论辩，是《孟子》散文的重要特征，逻辑上虽有漏洞，但艺术表现力极强。孟子多用类比手法，欲擒故纵、反复诘难，迂回曲折取得论辩的成功。孟子长于譬喻，将抽象的道理具体化，生动形象，利于理解接受，如“民之归仁也，由水之就下，兽之走圹也”（《离娄下》），阐释民众归仁的趋势。又如“齐人有一妻一妾”（《离娄下》），则是以寓言形式，讽刺钻营利欲之人。孟子具有极高的人格修养力量，自称“浩然之气”，投之于笔端则表现出气势磅礴、感情激越的特点。排比、对偶、叠句的大量运用，对加强文章的气势，也起到了重要作用。

通过阅读，可以真切感受到孟子那种浩然之气的文化魅力和刚正不阿的精神内涵，这也正是《孟子》这部经典千百年来具有无穷魅力的重要原因。气势磅礴的论辩，使我们在阅读过程中领略到孟子的机智善辩。这部经典可谓是中国古代散文中的论辩之雄文。阅读经典就是在与作者对话，也希望我们在阅读《孟子》的经历中，可以领略到孟子在那样一个时代背景下，为民请命、奔走呼号、救民于水火之中的热忱，以及精神修养之浩然正气，还有机智幽默的辩论风采。

【精彩片段】

片段一

孟子谓齐宣王曰：“王之臣有托其妻子于其友。而之楚游者，比①其反也，则冻馁其妻子，则如之何？”

王曰：“弃之。”

曰："士师[2]不能治士，则如之何？"

王曰："已[3]之。"

曰："四境之内不治，则如之何？"

王顾左右而言他。

注 释

①比：及，至，等到。

②士师：司法官。

③已：停止、废止。

赏 析

选文出自《孟子·梁惠王下》，通过孟子与齐宣王的谈话，系统表现了孟子"保民而王"的政治主张，也表现了孟子善辩的性格和高超的论辩技巧。在这一片段中，孟子通过迂回曲折的论辩方法，采取欲擒故纵、反复诘难的方法，层层深入，使得齐宣王一步一步落入他预设的圈套之中，最后齐宣王只能"顾左右而言他"。全篇论辩技法高超，气势磅礴，说理严密而又形象生动，情节跌宕，同时又注意运用排比和对偶，增强文章的气势，而且因势利导，采用类比方法，让人易于理解和接受。

片段二

告子[1]曰："性犹湍水[2]也，决诸东方则东流，决诸西方则西流。人性之无分于善不善也，犹水之无分于东西也。"

孟子曰："水信[3]无分于东西。无分于上下乎？人性之善也，犹水之就[4]下也。人无有不善，水无有不下。今夫水，搏而跃之，可使过颡[5]；激而行之，可使在山。是岂水之性哉？其势则然也。人之可使为不善，其性亦犹是也。"

注 释

①告子：生平不详，大约做过墨子的学生，较孟子年长。

②湍水：急流的水。

③信：诚，真，确实。

④就：趋向。

⑤颡：额头。

赏　析

此片段出自《孟子·告子上》，孟子与告子谈论人性，他们把人性比作急流的水。告子认为人性正如东西流的水，没有善与不善的区别。孟子认为，应该把人性看作是上下流的水，是形势使其或上或下。这里是孟子对其“性善论”的简要阐释，生动具体，使我们利于理解与接受他的思想。这一点也启发我们，在日常生活之中，要注意我们自身与环境的关系，一个良好的生长环境，在一定程度上会对人的发展产生积极的作用。

阅读思考

1. 片段一是孟子与齐宣王的谈话，孟子一步一步将齐宣王引入自己的预设圈套之中，可谓是机智过人。试讨论孟子的论辩艺术。

2. 在片段二中，孟子提出了他所认为的“人性论”，对这个观点，你又有什么看法呢?

3.《孟子》一书中有很多的寓言故事，例如“拔苗助长”等，这些寓言故事都以生动形象的语言向我们讲述了一些道理。请阅读这部经典，并找出一个你最喜欢的寓言故事，谈谈其蕴涵的道理，并分析其现实意义。

【相关链接】

人性本善论

《孟子》这部著作中，性善论是其主要哲学思想。在谈论人生和政治时，“性善论”是孟子思想体系的中心环节。孟子坚信人本性都是善良的，之后或许会随着周围环境和教化的作用而发生变化，但是做人，一定要保持一颗善良的本心。“恻隐之心，人皆有之；羞恶之心，人皆有之；恭敬之心，人皆有之；是非之心，人皆有之。恻隐之心，仁也；羞恶之心，义也；恭敬之心，礼也；是非之心，智也。仁、义、礼、智，非由外铄我也，我固有之也。”（《告子》上）这段话告诉我们，仁义礼智都是人本来就固有的本性，而我们要做的，就是在这浮躁又喧嚣的社会之中，保持住这种恻隐、羞恶、恭敬、是非之感。孟子以其“性善论”，为人人加强品德修养提供了重要的理论根据。而实现“平天下”的宏伟抱负，最重要的还是要从“修身”做起，这也是对我们加强自身修养的很好阐述。尤其是处于当下社会，周围的利欲诱惑越来越多，在这种环境下，我们更应努力加强自身修养，提高自身品格，拒绝不良诱惑，保持住自己善良的本心，从容而淡然地走过人生旅程。

《左传》：春秋笔法完美呈现的史家经典

邱华荣

【作家小传】

左丘明姓丘，名明，相传是姜子牙的后代。因其父任左史官，故称左丘明（也有说复姓左丘，名明）。春秋末期鲁国人，双目失明，春秋时有称为瞽的盲史官，记诵、讲述有关古代历史和传说，口耳相传，以补充和丰富文字的记载，左丘明即为瞽之一，曾任鲁国的太史。

左丘明从小聪明伶俐，勤奋好学，少年时期游走于鲁楚之间，秉承渊博家学、聪颖天资与深广阅历，30岁左右来到鲁国，成为鲁国史官，得以随从国君左右，并得以阅览太庙秘籍，从而使他越发博学厚积，再加上自身独有的人格魅力，深得孔子的钦敬和时人的景仰，成为时人同声赞誉的“鲁君子”，成为史称与孔子“同圣”的中华伟人。

左丘明历经三十余年写成了《左氏春秋传》这一中国第一部叙事完整的历史著作，但晚年时由于眼睛出了毛病，不得不辞官回乡，不久就双目失明了。强烈的历史使命感使他振作起来，将几十年来的所见所闻，各诸侯的要闻和君臣之间讽谏、应对及探讨得失的话记述下来，汇集成著名的历史名著《国语》。公元前451年前后，左丘明因病去世。

【作品导读】

《左传》相传是春秋末年左丘明为解释孔子的《春秋》而作，是我国现存最早的、第一部较为完备的编年体史书。它起自鲁隐公元年（前722年），迄于鲁哀公二十七年（前468年），以《春秋》为本，通过记述春秋时期的具体史实来说明《春秋》的纲目，是儒家重要经典之一。西汉时称之为《左氏春秋》，东汉以后改称《春秋左氏传》，简称《左传》。它与《公羊传》《谷梁传》合称“春秋三传”。

在中华古文化的历史长河中，《左传》宛如盛开在彼岸的奇葩，散发着别样的芬芳：群雄逐鹿的战争剪影，挥之不去的刀光剑影，唇枪舌剑的外交论对，波诡云谲的政治事件，源远流长的文化传承，历史命运的深沉慨叹。它记载了一个血染的历史时代，成就了一部让人仰望的史书。

《左传》是记录春秋时期社会状况的重要典籍。取材范围包括了王室档案、鲁史策书、诸侯国史等。记事基本以《春秋》鲁国十二公为次序，内容包括诸侯国之间的聘问、会盟、征伐、婚丧、篡弑等，对后世史学、文学都有重要影响。主要记录了周王室的衰微、诸侯争霸的历史，对各类礼仪规范、典章制度、社会风俗、民族关系、道德观念、天文地理、历法时令、古代文献、神话传说、歌谣言语均有记述和评论。它补充并丰富了《春秋》的内容，不但记鲁国一国的史实，而且还兼记各国历史；不但记政治大事，而且广泛涉及社会各个领域的“小事”；一改《春秋》流水账式的记史方法，代之以有系统、有组织的史书编纂方法；不但记春秋时史实，而且印证了许多古代史实，这就大大提高了《左传》的史料价值。

同时，《左传》也是一部文学价值很高的散文著作。它善于叙事，能把历史的真实性、倾向的鲜明性和表达的形象性结合起来，通过叙写具体的人物活动去展现历史画面，并富有故事性。它叙写战争尤为出色，总是围绕战争的起因和性质，把军事和政治结合起来写，如晋楚城濮之战。在战争描写时，不仅展现了波澜壮阔的战争场面，还具体揭示了战争的背景和胜负的原因，注重描写与战争相关的政治、外交活动。《左传》还善于在叙事中写人，能通过人物的语言和行动表现人物的性格。比如楚灵王在即位前争强好胜、野心勃勃，弑王自立，即位后残暴、轻妄。但文中又展露出楚灵王宽容、风趣、明理的一面，在这种前后一暗一明的反差之中，一个性格复杂、有血有肉的君王形象跃然纸上。《左传》的语言，简练而丰润，含蕴而畅达，曲折而尽情，极富表现力。尤其是外交辞令，十分委婉，富有情趣。《左传》的这些叙事方法、人物刻画技巧和精美纯熟的语言，都为后世史传文学和小说创作提供了艺术借鉴，有着深远的影响。

【精彩片段】

四年春，齐侯以诸侯之师侵蔡[①]。蔡溃。遂伐楚。楚子使与师言曰[②]：“君处北海，寡人处南海[③]，唯是风马牛不相及也[④]。不虞君之涉吾地也[⑤]，何故？”

管仲对曰："昔召康公命我先君大公曰[6]：'五侯九伯[7]，女实征之[8]，以夹辅周室。'赐我先君履[9]：东至于海，西至于河，南至于穆陵，北至于无棣[10]。尔贡包茅不入[11]，王祭不共[12]，无以缩酒[13]，寡人是征[14]；昭王南征而不复，寡人是问[15]。"对曰："贡之不入，寡君之罪也，敢不共给？昭王之不复，君其问诸水滨。"师进，次于陉[16]。

夏，楚子使屈完如师[17]。师退，次于召陵[18]。

齐侯陈[19]诸侯之师，与屈完乘而观之。齐侯曰："岂不谷是为？先君之好是继。与不谷[20]同好，如何？"对曰："君惠[21]徼福于敝邑之社稷，辱[22]收寡君，寡君之愿也。"齐侯曰："以此众[23]战，谁能御之！以此攻城，何城不克！"对曰："君若以德绥[24]诸侯，谁敢不服？君若以力，楚国方城以为城，汉水以为池，虽众，无所用之！"

屈完及诸侯盟。

注 释

①诸侯之师：指参与侵蔡的鲁、宋、陈、卫、郑、许、曹等诸侯国的军队。蔡：诸侯国名，姬姓，在今河南上蔡、新蔡一带。

②楚子：指楚成王。使：使者。这里名词作动词，译为"派使者"。

③北海、南海：泛指北方、南方边远的地方，不实指大海。

④唯是：因此。风：公畜和母畜在发情期相互追逐引诱。这句话的意思是说由于相距遥远，虽有引诱，也互不相干。

⑤虞：料到。涉：趟水而过，这里的意思是进入，委婉地指入侵。

⑥召（shào）康公：召公奭（shì），周成王时的太保，"康"是谥号。先君：已故的君主，大公：太公，指姜尚，他是齐国的开国君主。

⑦九伯：九州的长官。五侯九伯泛指各国诸侯。

⑧实征之：可以征伐他们。

⑨履：践踏。这里指齐国可以征伐的范围。夹辅：辅佐。

⑩海：指渤海和黄海。河：黄河。穆陵：地名，在今湖北麻城北的穆陵山。无棣：地名，在今河北卢龙县。

⑪贡：贡物。包：裹束。茅：菁茅。入：进贡。

⑫共：同"供"，供给。

⑬缩酒：渗滤酒渣。

⑭是征：即"征是"。倒装句，责问这件事情。

⑮问：责问。

⑯次：军队临时驻扎。陉（xíng）：楚国地名。

⑰屈完：楚国大夫。如：到，去。师：军队。

⑱召（shào）陵：楚国地名，在今河南偃城东。

⑲陈：同“阵”，摆开阵势。

⑳不谷：不善，诸侯自己的谦称。

㉑惠：惠临。徼（jiǎo）：求。敝邑：对自己国家的谦称。

㉒辱：屈辱，这里作表示敬意的词。

㉓众：指诸侯的军队。

㉔绥：安抚。

赏　析

此文主要记叙齐楚两国的外交斗争，读来让人感觉不像在读史书，反倒像是在看一部跌宕起伏、精彩纷呈的战争片。齐国自恃强大，对楚国忽而威胁，忽而笼络，真是软硬兼施；而楚国使者却随机应变，忽而强硬，忽而恭顺，致使齐国始终不能折服楚国，于是双方讲和，签订盟约。文章波澜起伏，情节曲折，作者巧妙地将双方的矛盾冲突通过出场人物的个性化语言交锋来展现。文章对语言的运用几乎达到了炉火纯青的地步。比如双方出场人物，虽然使用的都是各具情貌的外交辞令，但并不觉得做作、生硬。而且，即使针锋相对，也不金刚怒目；即使咄咄逼人，也不疾言厉色。因此，通读本文，不论是沉稳冷静、不卑不亢、机智灵敏、不为威武所屈的楚平王“特命全权代表”屈完，还是熟悉历史、谙于世故、无理也能说成有理的政治家管仲，还是骄横霸道、软硬兼施但却不失霸主身份的齐桓公都给我们留下了深刻的印象，让我们过目不忘。

阅读思考

1. 此文有的选本题为《齐桓公伐楚》，有的选本题为《齐桓公伐楚盟屈完》，你觉得哪个题目更好些？为什么？

2. 人们对春秋时期的战争大都以“春秋无义战”来评价，请结合本文谈谈你对这种说法的认识。

3.《左传》当中对于行人辞令的描写十分精彩，请阅读《左传》归纳本书中游说说辞的共同点，并谈谈对你有何启发。

【相关链接】

左丘明与孔子的渊源

作为太史，左丘明非常关心国家政事，积极参政议政。如鲁定公想任命孔子为司徒，打算找三桓进行商议，事先征求左丘明的意见。左丘明说：“孔子是当今的大圣人。圣人一当政，犯错误的人就很难保住自己的官位。您要任用孔子，却又想和三桓商量，他们怎么会支持您的主张呢？”鲁定公百思不得其解，问道：“你怎么知道他们不会同意？”左丘明笑了笑，回答道：“从前，周朝有个人很喜欢毛皮大衣，同时也很喜欢美味肉食。他想做件价值千金的皮大衣，于是就去和狐狸商量，直接向狐狸索要皮毛；他想办桌味道鲜美的牲祭，于是就去同羊儿商量，直接向羊索要羊肉。话还没说完，狐狸和羊儿便都躲藏了起来。因此，五年过去了，这人一件皮大衣也没做成；十年过去了，一次牲祭也没做上。原因其实很简单，那就是周人的谋略不对。你打算任命孔子为司徒，却召集三桓来商量，这同与狐狸商量做皮大衣、与羊儿商量做牲祭是同一个道理。”后来鲁定公听从左丘明的建议，没经三桓同意就直接任命了孔子。

左丘明与肥桃

民间传说，左丘明有个嗜好，特别爱吃桃子。每至桃子成熟季节，即以肥桃为饭，精神振奋，灵感倍增，编写《左传》时，下笔如有神，写得又快又好。相传他晚年因患眼疾以致目盲，但他雅思未尽，心思口述，让子孙和弟子编著了我国第一部国别史《国语》和我国第一部谱牒书《世本》。

左丘明姓氏来源

左丘明的祖父倚相是楚国的左史，他知识很渊博，刚正不阿，直言善谏，被楚武王誉为楚国的良史国宝。公元前 506 年，周天子率领诸侯讨伐楚国，楚国大乱。为了保存典籍，倚相带领他的子孙离开楚国，来到鲁国定居。为了使子孙后代不忘先人，他把姓氏定为老祖宗封地营丘的“丘”字。

《国语》：风起云涌的各国诸侯纷争写照

郭晓芳

【作品简介】

《国语》是一部先秦时期的历史文献汇编。关于它的作者是谁，至今仍是一个谜团，史学家司马迁和班固都认为是左丘明，但是在晋朝以后，许多学者都怀疑这种说法，晋代思想家傅玄还专门就此提过反对意见。迄今为止，关于《国语》究竟出自谁手，学术界仍然众说纷纭，一般都否认左丘明是国语的作者，但是缺少确凿的证据。普遍的看法是，国语是战国初期一些熟悉各国历史的人，根据当时周朝王室和各诸侯国的史料，经过整理加工汇编而成。

当然，不论《国语》的作者是谁，它都不失为一部很有价值的史料汇编，是先秦时期的一部重要文献，它开创了以国分类的国别史体例，对后世产生深远影响。

【作品导读】

《国语》是一部国别史，分别记载周、鲁、齐、晋、郑、楚、吴、越八国事，是各国史料的汇编，它的成书约在战国初年。

《国语》以记言为主，记事为辅，其中所记内容多为朝聘、飨宴、讽刺、辩诘、应对之辞。《国语》记言文字在逻辑思维方面十分缜密，同时又有通俗化、口语化的特点，生动活泼。作者还特别善于选择历史人物的一些精彩言论，来反映和说明某些社会问题。如《周语》“召公谏弭谤”一节，通过召公之口，阐明了“防民之口，甚于防川”的著名论断。另外，《国语》已将某个人的言行集中在一起，向人物小传过渡，在体裁上向纪传体过渡，如《晋语》共八章专记惠公事迹。《国语》在叙事中还塑造了一些鲜明的人物形象，有的叙事还运用了幽默和滑稽的手法，达到了批评和讽刺的目的，写得活泼有趣；

有的场面描写运用了夸张渲染的手法，着意营造气氛，显得十分火热。如《国语》中写了重耳、子犯相骂的对话，展示了春秋时期一场复杂政治斗争的生动画卷，描绘了一系列生动的人物形象。《国语》在叙事方面，亦时有缜密、生动之笔。如《晋语》记优施唆使骊姬谗害申生，《吴语》和《越语》记载吴越两国斗争始末，多为《左传》所不载，文章波澜起伏，为历代传诵之名篇。再如《晋语》记董叔将娶于范氏，似绝妙的讽刺小品。

就文学价值而言，《国语》虽不及《左传》，但比《尚书》《春秋》等历史散文还有所发展和提高。《国语》记录了春秋时期的经济、财政、军事、兵法、外交、教育、法律、婚姻等各种内容，对研究先秦时期的历史非常重要；《国语》在内容上有很强的伦理倾向，弘扬德的精神，尊崇礼的规范，认为“礼”是治国之本，而且非常突出忠君思想；《国语》的政治观比较进步，反对专制和腐败，重视民意，重视人才，具有浓重的民本思想。

总而言之，《国语》在中国文学史上的地位有目共睹，它开创了以国分类的国别史体例，对后世产生了重大的影响，像陈寿的《三国志》、崔鸿的《十六国春秋》、吴任臣的《十国春秋》，都是《国语》体例的发展。

【精彩片段】

国语·周语

防民之口，甚于防①川，川壅②而溃，伤人必多，民亦如之。是故为川者③决之使导；为民者宣④之使言。故天子听政⑤，使公卿至于列士⑥献诗，瞽⑦献曲，史⑧献书，师⑨箴，瞍⑩赋，矇⑪诵，百工⑫谏，庶人⑬传语，近臣⑭尽规，亲戚⑮补察，瞽、史教诲⑯，耆、艾⑰修之，而后王斟酌焉，是以事行而不悖⑱。

民之有口也，犹土之有山川也，财用于是乎出⑲；犹其有原隰衍沃⑳也，衣食于是乎生。口之宣言也，善败㉑于是乎兴。行善而备败㉒，所以阜㉓财用、衣食者也。夫民虑之于心而宣之于口，成而行之㉔。胡㉕可壅也？若壅其口，其与㉖能几何？

注　释

①防：河堤。这里作动词用，是堵塞的意思。

②壅：堵塞。溃：决口。

③为川者：治理河流的人。决：疏浚。导：畅通。

④宣：开导，使他们发表意见。

⑤听政：处理政事。

⑥列士：各等的士。周朝的士分为上士、中士、下士三等。献诗：指进献能反映民情的诗歌。下句的“献曲”同意。

⑦瞽（gǔ）：无目的盲人。这里指乐师。

⑧史：即外史，其职责是掌管历史文献。

⑨师：即小师，掌管音乐之官。

⑩瞍（sǒu）：无眼珠的盲人。赋：不歌而诵。这里指赋公卿列士所献之诗。

⑪矇：有眼珠的盲人。

⑫百工：为天子服务的各种工匠。谏：指百工通过他们的工作巧妙地向天子进谏。

⑬庶人：平民。传语：传播有关时政得失的言论，使天子知道。

⑭近臣：天子身边的侍臣。尽规：尽其规谏之责。

⑮亲戚：指天子的同姓大臣。

⑯瞽、史教诲：瞽和史用他们掌握的天道方面的知识来教导天子。

⑰耄、艾：天子的师傅及老臣。耄，六十岁的老人。艾，五十岁的老人。修之：整理瞽史的教诲，上告天子。

⑱悖：逆，错乱。

⑲于是乎出：从这里生出来。是，此。

⑳原：广平的土地。隰（xí）：低湿的土地。衍：低下而平的土地。沃：可以灌溉的土地。

㉑善败：毁誉。善，赞美。败，毁，批评。

㉒行善而备败：凡是百姓赞美的就实行，百姓批评的就防范。

㉓阜：增加。

㉔成而行之：考虑成熟就表达出来。行，指表达。

㉕胡：何，怎么。

㉖与：赞同。

赏　析

从引文的第一段中，可以看出《国语》的编者担心西周前期诸王重视民间舆论的优良传统不复存在，为此特别友情提示国君，除了来自大臣们的意见外，对于民间的舆论，国君也需多留意，并在《国语》中收入了这段话，以强调重视民间舆论、民众心声的重要性。作为君主，应该时刻根据人民的意见来审视自己的政绩好坏，把民众的舆论当做自己的一面镜子，做到“三省吾身”。

《国语》中充满了对君臣言论的记载，其中要求君主虚心纳谏的颇多。在第二段中，召公首先强调了君主纳谏的重要性，并把纳谏与疏导洪水相提并论。邵公认为，天子治国就应该广开言路，积极纳谏，可以通过公卿、列士、瞽史、瞍矇、百工、庶人、近臣、亲戚等多种途径来实现这一设想。作为国君，要想取得政治上的成功，必须要有宽广的胸怀接受臣民的劝谏，只有听了他们的意见，再做定夺，处理事情才能收到最好的效果。

国语·晋语

叔向见韩宣子，宣子忧贫，叔向贺之。宣子曰：“吾有卿之名，而无其实，无以从二三子，吾是以忧。子贺我，何故？”对曰：“昔栾武子无一卒之田①，其宫不备其宗器②，宣其德行，顺其宪则③，使越④于诸侯，诸侯亲之，戎、狄怀⑤之，以正晋国，行刑不疚⑥，以免于难。及桓子骄泰奢侈，贪欲无艺，略则⑦行志，假贷居⑧贿，宜及于难，而赖武之德以没其身，及怀子⑨改桓之行，而修武之德，可以免于难，而离⑩桓之罪，以亡于楚。夫郄昭子⑪，其富半公室，其家半三军，恃其富宠，以泰于国，其身尸于朝，其宗灭于绛。不然，夫八郄，五大夫，三卿，其宠大矣，一朝而灭，莫之哀也，唯无德也。今吾子有栾武子之贫，吾以为能其德矣，是以贺。若不忧德之不建，而患货之不足，将吊不暇，何贺之有？”宣子拜，稽首焉，曰：“起也将亡，赖子存之，非起也敢专承之，其自桓叔⑫以下嘉吾子之赐。”

注　释

①栾武子：栾书。一卒之田：一百顷田地。

②宗器：祭器。

③宪则：法则。

④越：传播。

⑤怀：归服。

⑥疚：诟病。

⑦略则：违反法纪。

⑧假：借。居：蓄。

⑨怀子：即栾盈，桓子之子。

⑩离：同“罹”，遭受。

⑪郄昭子：郄至。

⑫桓叔：即曲沃桓叔，桓叔有子名万，封在韩邑，称韩万，故尊桓叔为先祖。

赏　析

以上所引，便是历史上非常著名的“叔向贺贫”。晋卿韩宣子虽然政治地位很高，但囊中羞涩，就感叹自己“有卿之名，而无其实”。叔向却出乎意料地对他表示祝贺，并举了晋卿栾书的例子：他安于贫穷，生活俭朴，以德行称誉于诸侯。但其子却奢侈浪费、贪得无厌，虽靠着栾书打下的底子才得以全身而没，但连累了他注意修德的儿子。与栾书形成鲜明对比的是郄氏家族权盛一时，但因不讲德而迅速灭亡。《国语》的编者通过这些人物的不同结局来给从政者敲响警钟，警醒他们要时刻做到俭以养德，虽然生活清苦，但美名却可以流芳百世。

阅读思考

1. 仔细阅读引文《国语·周语》，谈谈召公是怎样劝导君主虚心纳谏的。

2. 简述《国语》的主要内容。

3. 结合文章说说《国语》的语言特色。

【相关链接】

《国语》为何没有被列为经书？

《国语》为什么没有被列为经书呢，这是一个值得我们思考的问题。

在众多与经书相关的典籍中，《国语》一直与《左传》内容相表里，且成书年代相近，但始终没有成为“经”。经学史著名专家周予同先生认为“经”有三个特点：首先，“经”是中国封建专制政府“法定”的古代儒家书籍，随着中国封建社会的发展和统治阶级的需要，“经”的领域在逐渐扩张，从“五经”扩大到“十三经”。其次，“经”是以孔子为代表的古代儒家的书籍。它不仅为“法定”，而且是从所有合法书籍中挑选出来的。后来儒家编著的书籍，固然不称为“经”，就是秦汉以前的儒家书籍，不是得到孔子“真传”的，也不能称之为“经”。再次，“经”本身就是封建统治阶级用来进行文化教育、统一思想的主要工具，是封建专制政府培养提拔人才的主要准绳，被称为中国封建社会中合法的教科书。这三个特点，是书籍成为经典的标准。在“经”

的领域扩大到“十三经”的过程中，封建专制政府的法定始终是第一位的，次者是儒家思想，第三是孔子。

至于《国语》不能成为“经”书，最重要的是它不是解注《春秋》的。思想上，柳宗元《非国语》云：“其说多诬淫，不概于圣。”但《国语》中包含了儒家思想的很多内容，如礼治、民本、正名、忠恕等。其他学说在《国语》中也约略可见，驳杂的思想体系，使它不可能成为统治者所认可的典型合法的儒家经书。另外，《国语》不但不得孔子的真传，内容上对孔子事迹的记载也颇与“子不语怪力乱神”相悖。因此“经”的范围虽在不断扩大，《国语》却不可能为儒者拥护，被统治者选中。

《战国策》：纵横捭阖、酣畅淋漓的“说客”传奇

常凤媛

【作家小传】

刘向出生于约公元前 77 年，卒于公元前 6 年，沛县（今属江苏徐州）人。他原名刘更生，字子政，出身名门，汉高祖之弟楚元王刘交玄孙，西汉的经学家、目录学家以及文学家。

刘向为人聪明好学，精通儒家和道家之学，年仅 12 岁时便被专任为皇帝引御车的辇郎，20 岁时官任谏议大夫。汉元帝时担任宗正一职，成为辅政大臣，但因两次弹劾、抨击宦官弘恭和石显，被贬为普通百姓。汉成帝即位后，他改名字为刘向，任光禄大夫（掌议论之官，是大夫中地位最显要的职位），官至中垒校尉。

刘向著有《洪范行传论》《新序》《说苑》《别录》及数十篇辞赋，并编辑修订《战国策》《列女传》等书，其中《别录》为我国目录学的奠基之作，刘向也因此被公认为中国目录学之祖。

刘向的三个儿子都颇有成就：长子刘伋官至郡太守；中子刘赐官任九卿丞；少子刘歆是西汉末年著名的大学者和政治家，他初为黄门郎，父亲去世后他继位中垒校尉，汉哀帝时，任侍中、太中大夫、骑都尉、奉车光禄大夫，成为当时刘氏宗室中最受宠幸的人物。

【作品导读】

《战国策》是战国时期的史料汇编，不是一个时期一个人的作品，起初并没有统一的名字，有《国策》《国事》《短长》《长书》《修书》等名字，经刘向

整理编订之后才定名为《战国策》。这是一部国别体史书，主要记载了战国时期谋臣策士纵横捭阖的斗争过程。全书按东周、西周、秦国、齐国、楚国、赵国、魏国、韩国、燕国、宋国、卫国、中山国顺序分国编写，分为12策，33卷，约12万字，记载了上至智伯灭范氏，下至高渐离以筑击秦始皇约240年间的历史，反映了战国时代的社会风貌及当时士人的精神风采。

顾名思义，《战国策》者，“战国游士辅所用之国，为之策谋，故名之”。本书详细地记录了当时纵横家的言论和事迹，展示了这些人的精神风貌和游说之术，另外也记录了一些义勇志士的人生风采，同时波诡云谲、错综复杂的战国历史也得到了保存，弥补了儒家史书重春秋轻战国的不足。

本书不仅是历史著作，也是比较好的历史散文，书中塑造了一系列鲜明的人物形象，“开创了以人物为中心的纪传体之先河”。由于抛开了对主人公（战国时期的辩士、隐士、处士）道德、善恶层面的评判，人物的人格力量、精神面目得到很好的凸显。如苏秦始以连横之策劝说秦王并吞天下，后又以合纵之说劝赵王联合六国抗秦。他游秦失败归来时，受到全家人的蔑视；后富贵还乡，父母妻嫂都无比恭敬。于是他感慨道：“嗟夫，贫穷则父母不子，富贵则亲戚畏惧。人生世上，势位富贵，盍可忽乎哉！”作者以欣赏的笔调，描绘了苏秦踌躇满志的神情。又如《齐策》中记颜斶见齐宣王，王呼：“斶前！”斶亦呼：“王前！”人物形象跃然纸上。他还滔滔不绝地论证了国无士则必亡，故“士贵耳，王者不贵”的道理，对“士”的赞颂溢于言表。在着力表现纵横家的谋略口才之外，书中还写了一些品格高尚的人物，如英气逼人、义不帝秦的鲁仲连，形象光彩照人。

除此之外，《战国策》还因铺排和夸张的手法、绚丽多姿的辞藻、磅礴的气势、生动的寓言而为人称道。

总之，《战国策》虽因重在赞颂纵横家而“记叙史实简略，颇多失实之处”，且因“过于追逐名利”被人诟病，但其文学上的价值不容忽视，它是纵横捭阖、酣畅淋漓的“说客”传奇。

【精彩片段】

赵威后问齐使[1]

齐王使使者问[2]赵威后。书未发[3]，威后问使者曰：“岁亦无恙耶？民亦无恙耶？王亦无恙耶？”使者不说[4]，曰：“臣奉使使威后，今不问王，而先问岁与民，岂先贱而后尊贵者乎？”威后曰：“不然，苟无岁，何以有民？苟无民，何以有君？故有问舍本而问末者耶？”

乃进而问之曰：“齐有处士[5]曰钟离子，无恙耶？是其为人也，有粮者亦食，无粮者亦食；有衣者亦衣，无衣者亦衣。是助王养其民也，何以至今不业也？叶阳子无恙乎？是其为人，哀鳏寡，恤孤独，振困穷，补不足。是助王息其民者也，何以至今不业也？北宫之女婴儿子无恙耶？彻其环瑱[6]，至老不嫁，以养父母。是皆率民而出于孝情者也，胡为至今不朝也？此二士弗业，一女不朝，何以王齐国，子万民乎？於陵子仲尚存乎？是其为人也，上不臣于王，下不治其家，中不索交诸侯。此率民而出于无用者，何为[7]至今不杀乎？”

注　释

①赵威后：赵惠文王妻。公元前266年，赵惠文王卒，孝成王年幼，由赵威后摄政。

②问：问候。

③发：启封。

④说：通“悦”，愉快。

⑤处士：未作官或不作官的士人。

⑥彻其环瑱：除去首饰。

⑦何为：为何。

赏　析

《古文观止》评论这篇文章说：“通篇以民为主，直问到底；而文法各变，全于用虚字处著神。问固奇，而心亦热，末一问，胆识尤过人。”本文紧紧围绕赵威后的“七问”展开。文章劈头便是连珠炮似的“三问”，充分体现了赵威后的君臣观、本末观。接下来又问到了帮助国君养活百姓的钟离子、帮助国君使百姓安宁的叶阳子、为百姓做出行孝表率的孝女北宫婴儿子、带领大家无所事事的於陵子仲，并对使者提出了自己对这些人的看法。这“四问”看似呆板，但文章笔法变幻不定，四个问题的表达方式各有特色。“言为心声”，这七问生动形象地刻画出一位见解独到、直接爽快的女政治家的形象。

阅读思考

1. 你从赵威后的“前三问”中体会到她怎样的君民观？试结合文本作答。

2. 你从赵威后的“后四问”中体会到她怎样的贤佞观？试结合文本作答。

3. 你认为赵威后的观点在现代社会有无可取之处？试展开说明。

【相关链接】

"天禄""藜照"之典

据传刘向某天夜暗独坐，忽有一个黄衣老人，手持青藜手杖，叩门进来，吹燃藜杖，以藜光照明，传授刘向《五行洪范》之文。刘向问老人姓名，老人说："吾乃太乙之精，天帝悯卯金之子，特来传道于你。"并把怀中竹牒和典天文地图之书赠给了刘向。正是因为有此神授，刘向才能成为一代经学大师。刘向的子孙后裔，便以"天禄""藜照""藜阁"等为堂号，自称藜阁刘氏，以纪念刘向这位杰出的显祖。

《老子》：智者之言“道”

拜昆芬

【作家小传】

老子（约前571—前471年），字伯阳，谥号聃，又称李耳（古时“老”和“李”同音；“聃”和“耳”同义），春秋时期楚国苦县曲仁里（今河南鹿邑太清宫镇）人，曾在周国都洛邑（今河南洛阳）任藏室史（相当于国家图书馆馆长），是先秦伟大的思想家和哲学家、道家学派创始人。相传他生下来就是白眉毛、白胡子，所以被称为老子。老子大概活了一百多岁，也有人说是二百多岁，传说他因修道而得长寿。老子博学多才，孔子周游列国时曾到洛邑向他问礼，并对他评价很高，将他比喻为“乘风云而上天”的龙。在道教中，老子是三清尊神之一太上老君的第十八个化身，被尊为“道祖”，更被唐朝帝王追认为李姓始祖，被唐皇武后封为太上老君。相传老子在函谷关（今河南灵宝）写成了五千言的《道德经》（又名《老子》），后不知所终。老子乃世界文化名人，世界百位历史名人之一。老子的著作、思想早已成为世界历史文化遗产的宝贵财富。老子的思想后为庄子所传承，老子与庄子并称“老庄”。

老子对人类的贡献，在于他博大精深的思想。老子思想是中国人揭示自然界奥秘的一种尝试，在中国哲学史上，老子第一个系统提出了“道”，这个“道”来源于自然，以“无”为本，以“有”为用。“天下万物生于有，有生于无”成为《老子》五千言的纲领。

【作品导读】

对于《道德经》中的“道”，许多人将其解释为宇宙之道、天地之道、自然之道等等，却没有与“德”联系起来。《道德经》论述的是两个问题：“道”

与“德”，“道”不仅是宇宙之道、自然之道，还是个体修行也即修道的方法；“德”不是通常以为的道德或德行，而是修道者所应必备的特殊的世界观、方法论以及为人处世之方法。《道德经》总论部分提出了修道的方法，后面极大部分却是论述修道之“德”的。“道德经”三字，提纲挈领，把全文的内容都概括无遗。

故把经文分为道经和德经两个部分，实在很有见地。对于很多人来说，道经的内容很难理解，或者是只可意会不可言传，往往只是从字义上理解为某种规律的东西，但具体这个规律是什么，谁都说不上来。所以千百年来，《道德经》的译本虽越来越多，但是经中说些什么，人们却越来越争执不下。

同样，德经的内容被人们说成是为人处世的方法、治家的方法、治国的方法等等，这倒是没有太大出入的，老子的本意，应是要教给人一整套个体修道的方法，德是基础，道是德的升华。一个人如果没有德的基础，为人处世，小者治家，大者安邦治国，很可能都失败，也就不可能再有能力去修道。所以修“德”一者是为修道创造良好的外部环境，这可能也是人所共需的；另一方面，修道者更需拥有宁静的心境、超脱的人生，这也缺“德”不可。

古今中外，研究和注释《道德经》的人难以计数，有人认为此书是一部养生学著作，有人认为此书是一部哲学著作，有人认为是一部政治著作，有人认为是一部兵法，有人认为是一部科学著作等等，众说纷纭。这些理解既有片面性，又有合理性。“道”是浑全之朴，“众妙之门”。从某一侧面来理解，把它当成某一局部的东西，是盲人摸象，显然是片面的。从另一方面看，“道”生成了万物，又内涵于万物之中，“道”在物中，物在“道”中，万事万物殊途而同归，都通向了“道”，从这方面来理解，也有其合理的一面。

“道”不只是有形的“物质”、思虑的“精神”、理性的“规律”，还是造成这一切的无形无象、至虚至灵的宇宙本根。“物质”“精神”“规律”皆是“道”的派生物。“道”是先天一炁，混元无极，“道”是其大无外、其小无内、至简至易、至精至微、至玄至妙的自然之始祖、万殊之大宗，是造成宇宙万物的源头根本。只有正确理解了“道”，才能正确理解“德”，从而以此为钥匙，正确理解《道德经》全书。

《道德经》因其深邃的哲学思想而被尊为“中国哲学之父”。老子哲学与古希腊哲学一起构成了人类哲学的两座高峰，其学说不但对我国古代思想文化的发展做出了重要贡献，而且对我国两千多年来思想文化的发展，产生了深远的影响。

【精彩片段】

第一章：道可道[①]，非恒道。名可名，非恒名。无名，万物之始也；有名，万物之母也。故恒无欲也，以观其妙；恒有欲也，以观其所徼。两者同出，异名同谓。玄之又玄，众妙之门。

第四章：道冲，而用之有弗盈[②]也。渊呵！似万物之宗。锉其兑，解其纷，和其光，同其尘。湛呵！似或存。吾不知其谁之子，象帝之先。

第六章：谷神不死，是谓玄牝。玄牝之门，是谓天地之根。绵绵呵！若存[③]！用之不勤。

第十一章：三十辐共一毂，当其无，有车之用。埏埴[④]以为器，当其无，有器之用。凿户牖以为室，当其无，有室之用。故有之以为利，无之以为用。

第十四章：视而不见，名曰夷；听之不闻，名曰希；搏之不得，名曰微。此三者，不可致诘，故混而为一。其上不徼[⑤]，其下不昧，绳绳兮不可名，复归于无物。是谓无状之状，无物之象，是谓惚恍。迎之不见其首，随之不见其后。执古之道，以御今之有。能知古始，是谓道纪。

第二十一章：孔德之容，惟道是从。道之为物，惟恍惟惚。惚兮恍兮，其中有象；恍兮惚兮，其中有物；窈兮冥兮[⑥]，其中有精，其精甚真，其中有信。自今及古，其名不去，以阅众甫。吾何以知众甫之状哉？以此。

第二十五章：有物混成，先天地生。寂兮寥兮，独立而不改，周行而不殆，可以为天地母[⑦]。吾不知其名，强字之曰：道，强为之名曰：大。大曰逝，逝曰远，远曰反。故道大，天大，地大，人亦大。域中有四大，而人居其一焉。人法地，地法天，天法道，道法自然。

第三十二章：道常无名，朴。虽小，天下莫能臣。侯王若能守之，万物将自宾。天地相合，以降甘露，民莫之令而自均。始制有名，名亦既有，夫亦将知止，知止可以不殆。譬道之在天下，犹川谷之于江海。

第三十四章：大道氾[⑧]兮，其可左右。万物恃之以生而不辞，功成而不有。衣养万物而不为主，常无欲，可名于小；万物归焉而不为主，可名为大。以其终不自为大，故能成其大。

第三十五章：执大象，天下往。往而不害，安平太。乐与饵，过客止，道之出口，淡乎其无味，视之不足见，听之不足闻，用之不足既。

第四十章：反[⑨]者道之动，弱者道之用。天下万物生于有，有生于无。

注 释

①道：第一个“道”是名词，指的是宇宙的本原和实质，引申为原理、原则、真理、规律等。第二个“道”是动词，指解说、表述的意思，犹言“说得出”。

②有弗盈：有，通“又”。盈：满，引申为尽。

③若存：若，如此，这样。若存：据宋代苏辙解释，是实际存在却无法看到的意思。

④埏埴：埏，和；植，土。和陶土做成供人饮食使用的器皿。

⑤皦：音 jiǎo。清白、清晰、光明之意。

⑥窈兮冥兮：窈，深远，微不可见。冥，暗昧，深不可测。

⑦天地母：一本作“天下母”。母，指“道”，天地万物由“道”而产生，故称“母”。

⑧氾：同“泛”，广泛或泛滥。

⑨反者：循环往复。一说意为相反，对立面。

赏 析

在老子的思想世界里：道，混沌而成，先天地生，是效法自然而形成的宇宙本体和规律法则，是“天地之母”，“万物之宗”；道，独立存在，无处不显，周而复始，对立转化，是自然、社会和人生命运的主宰；道，空虚不盈，清静无为，顺应自然，养育万物，除旧更新；“道常无名”，“道隐无名”，质朴醇厚，玄妙幽深，人们根据自己的认识勉强称之为“道”……由此可知，老子的道，是复杂而又重要的哲学观念，老子以这种虚无的天道取代了商周以来的天命观，构建了自己的宇宙观。道是老子的旗帜，也是老子的名片。每个哲学家或哲学流派，都会用自己独特的立场和视角去观察和认识世界，并用自己独特的思维和逻辑去分析和思考问题，进而形成自己独特的概念和理论体系，构建起与众不同的思想大厦。

阅读思考

1. 老子所说的“道”的具体含义是什么？

2.《道德经》第一章“道可道，非常道”的内涵是什么？

3. 请说说老子“道”的现实意义。

【相关链接】

《道德经》与“社会和谐”

“天下皆知美之为美，斯恶已。皆知善之为善，斯不善已。”

当人们都去追求美、欲成为美时，已经有丑的观念存在了；当人们都认为一种事物是善的、好的，并去效仿、学习时，恶的观念也同时产生了。这并不是让人们不去为美、不去行善，而是要人们在行善、为美的过程中去掉这颗分别心（即不动心做事，行善而无行善之念）。没有了分别取舍之心，自然就没有了争斗、矛盾。如果没有对事物进行区别、比较，哪有美与丑、善与恶之说？所以，人类认识事物是从心生分别、比较开始的，即人的分别意识（分别心）的产生。

正因为有了分别心，才有了矛盾的相对的概念存在：多与少、好与坏、贵与贱、富与贫、是与非、正与邪、善与恶、唯物与唯心……人心有多少分别，社会上就有多少个相对矛盾的不同概念。自古以来，人类就是根据这些矛盾的不同概念而相互争斗取舍，产生是非恩怨的，由此而引发社会的动荡、混乱。正所谓“道开一源，下生百端，百端之变，不得不乱”。

所以，要消除矛盾的社会现象、构建和谐社会，必须从根本上消除世人这颗分别心。消除分别心并不是让人们不知好坏、不知黑白，而是识而不分、知而不辨，实行老子的“生而不有、为而不争”的处事原则、方式，淡化人们的功利心，而始终保持一种清静无为的思想。人的心清净了，社会风气自正，离失久远的道德文明也自然回到我们身边，社会自然和谐。

《庄子》：浪漫主义者的心灵家园

邱华荣

【作家小传】

庄子，姓庄，名周。道家学派的创始人之一，战国时期著名的哲学家、思想家、文学家、辩论家。关于他的生卒年，虽然后世学者耗费心血，多方查证，但至今仍是个“谜”。梁启超认为大约是公元前 375—前 300 年，钱穆认为是公元前 368 年或稍后至前 268 年或稍后，还有人认为是公元前 369—前 286 年。无论哪种说法，看来庄子都还算是高寿的。庄子的“户口所在地”是宋国的“蒙”，大概在今天的河南商丘附近。他的祖上本来是楚国的贵族，但是吴起变法导致楚国内乱，他的先人只好迁到了宋国。

庄子一生只做过管理漆器作坊的小官吏，生活贫困，他曾因身上裹着件缝补过破洞的粗布衣裳，又用麻绳绑着他那双快要露出脚丫子的破鞋子，前去见魏王而遭到魏王的奚落。他一生基本靠编草鞋维持生计。尽管如此贫困，但他却不屑做官。同宗的楚威王派大臣邀请他做官时，他声称还是愿意活着在烂泥里摇尾巴。

作为一个高人，庄子一生特立独行。庄子常常讽刺在宋国认识的老乡惠子。比如惠施在魏国做国相的时候，庄子去看望他。有人告诉惠施说：“庄子来，是想取代你做相。”于是惠施非常害怕，在国都搜捕三天三夜。庄子前去见他，说：“南方有一种鸟，它的名字叫鹓鶵，你知道它吗？那鹓鶵从南海起飞飞到北海去，不是梧桐树不栖息，不是竹子的果实不吃，不是甜美的泉水不喝。在此时鸱鹰拾到腐臭的老鼠，鹓鶵从它面前飞过，鸱鹰仰头看着，发出‘吓’的怒斥声。现在你也想用你的魏国来吓我吗？”

就是这样一个人，隐居著述，为人类的思想史和文学史留下了一笔宝贵的精神财富。庄子博大精深的思想都凝聚于他的代表作品《庄子》中，其中的名篇有《逍遥游》《齐物论》等。

【作品导读】

在先秦的说理文当中，最有文学价值的便是《庄子》，又名《南华真经》。《汉书·艺文志》著录《庄子》五十二篇，存世三十三篇。分为内篇、外篇、杂篇三部分。其中内篇七篇，一般认为是庄子所著；外篇、杂篇可能掺杂有他的门人和后来道家的作品。《庄子》的主要思想是“天道无为”，追求“逍遥游”的自由状态，具有朴素辩证法的观念。

庄子的文章结构很奇特。看起来并不严密，常常突兀而来，行所欲行，止所欲止，汪洋恣肆，变化无端，有时似乎不相关，任意跳荡起落，但思想却能一线贯穿。句式也富于变化，或顺或倒，或长或短，更加之词汇丰富，描写细致，又常常不规则地押韵，显得极富表现力，极有独创性。

《庄子》一书几乎以寓言贯穿首尾，庄子很少在其中直接表述他的思想主张，都是借用寓言、神话传说和虚构故事来让深刻的道理明了化，使抽象的观点形象化，让人更容易明白和接受。许多深奥的道理如果直观地去描述，恐怕几天几夜也不能使人明白，而用一则小小的寓言故事就能将精神要旨传达给受者，这便是寓言表现形式的精妙之处。擅长用寓言故事是《庄子》的一大亮色。正因如此，庄子自称其创作方法是“以卮言为曼衍，以重言为真，以寓言为广”（《天下》）。其书中的许多寓言故事、典故及名言警句对后世影响很大，如庖丁解牛、庄周梦蝶等。

除擅长用寓言故事外，《庄子》的另一特色为具有超常的想象力，构成了奇特的形象世界，“意出尘外，怪生笔端”（刘熙载《艺概·文概》）。《庄子》想象丰富，构思奇特，选象组象，大胆夸张，波诡云谲，意境雄阔，具有浓厚的浪漫主义色彩。如“任公子钓鱼”（《外物》），“五十犗（健牛）以为饵，蹲乎会稽，投竿东海”，鱼吞钩后，奋鬐抗争，“白波若山，海水震荡，声侔鬼神”，惊心动魄，气象万千。所钓之鱼，竟能供大半个中国的人饱餐不尽。南海之帝儵和北海之帝忽为了报答中央之帝浑沌的款待之情，为其日凿一窍，七日而浑沌死（《应帝王》），想象奇特大胆，耐人寻味地说明了“有为”之害。

庄子文笔汪洋恣肆，语言幽默讽刺，意象雄浑飞越，想象奇特丰富，情致滋润旷达，给人以超凡脱俗与崇高美妙的感受，在中国的文学史上独树一帜。他的文章体制已脱离语录体形式，标志着先秦散文已经发展到成熟的阶段，可以说，《庄子》代表了先秦散文的最高成就。这部文献的出现，标志着战国时期，我国的哲学思想和文学语言已经发展到非常玄远、高深的水平。总之，无论在文学语言方面，还是哲学思想方面，它都给予了我国历代的文学家和思想家以深刻的、巨大的影响，在我国思想史、文学史上都有极重要的地位。

【精彩片段】

子祀、子舆、子犁、子来①四人相与语曰："孰能以无为首，以生为脊，以死为尻②，孰知死生存亡之一体者，吾与之友矣。"四人相视而笑，莫逆于心③，遂相与为友。

俄而子舆有病，子祀往问④之。曰："伟哉！夫造物者将以予为此拘拘⑤也！"曲偻发背⑥，上有五管⑦，颐隐于齐⑧，肩高于顶，句赘⑨指天。阴阳之气有沴⑩，其心闲而无事，跰𨇤⑪而鑑于井，曰："嗟乎！夫造物者又将以予为此拘拘也！"

子祀曰："女恶⑫之乎？"曰："亡⑬，予何恶！浸⑭假而化予之左臂以为鸡，予因以求时夜⑮；浸假而化予之右臂以为弹，予因以求鸮炙⑯。浸假而化予之尻以为轮，以神为马，予因以乘之，岂更⑰驾哉！且夫得⑱者，时⑲也，失者，顺⑳也；安时而处顺，哀乐不能入也。此古之所谓县解㉑也，而不能自解者，物有结之。且夫物不胜天久矣，吾又何恶焉？"

俄而子来有病，喘喘然㉒将死，其妻子环㉓而泣之。子犁往问之，曰："叱㉔！避！无怛化㉕！"倚其户与之语曰："伟哉造化！又将奚以汝为㉖，将奚以汝适？以汝为鼠肝乎？以汝为虫臂乎？"

子来曰："父母于子，东西南北，唯命之从。阴阳㉗于人，不翅㉘于父母；彼近吾死而我不听，我则悍矣，彼何罪焉！夫大块载我以形，劳我以生，佚我以老，息我以死。故善吾生者，乃所以善吾死也。今之大冶铸金㉙，金踊跃曰'我且必为镆铘'㉚，大冶必以为不祥㉛之金。今一犯㉜人之形，而曰'人耳人耳'，夫造化者必以为不祥之人。今一以天地为大炉，以造化为大冶，恶乎往而不可哉！"成然寐㉝，蘧然觉㉞。

注　释

①子祀、子舆、子犁、子来：寓言故事中假托虚构的人名。

②尻（kāo）：脊骨最下端，也泛指臀部。

③莫逆于心：内心相契，心照不宣。

④问：拜访、问候。

⑤拘拘：屈曲不伸的样子。

⑥曲偻（lóu）：弯腰。发背：背骨外露。

⑦五管：五脏的穴口。

⑧颐（yí）：下巴。齐：肚脐，这个意思后代写作“脐”。

⑨句（gōu）赘：颈椎隆起状如赘瘤。

⑩沴（lì）：阴阳之气不和而生出的灾害。

⑪跰𨇤（pián xiān）：蹒跚，行步倾倒不稳的样子。

⑫恶（wù）：厌恶。

⑬亡：同“无”，“没有”的意思。

⑭浸：渐渐。假：假令。

⑮时夜：司夜，即报晓。

⑯鸮（xiāo）：斑鸠。炙（zhì）：烤熟的肉。“鸮炙”即烤熟的斑鸠肉。

⑰更（gēng）：更换。驾：这里指车驾坐骑。

⑱得：指得到生命，与下句的“失”表示死亡相对应，“得”、“失”也即生、死。

⑲时：适时。

⑳顺：指顺应了规律。

㉑县（xuán）：悬挂。“县解”即解脱倒悬。庄子认为人不能超脱物外，就像倒悬的人一样其苦不堪，而超脱于物外则像解脱了束缚，七情六欲也就不再成为负担。

㉒喘喘然：气息急促的样子。

㉓妻子：妻子儿女。环：绕。

㉔叱：呵叱之声。

㉕怛（dá）：惊扰。化：变化，这里指人之将死。

㉖为：这里是改变、造就的意思。

㉗阴阳：这里指整个自然变化。

㉘翅：这里讲作“啻”，“不翅”就是不啻。

㉙冶：熔炼金属；“大冶”指熔炼金属技艺高超的工匠。金：金属。

㉚踊跃：跃起。镆铘：亦作“莫邪”，宝剑名。

㉛祥：善。

㉜犯：遇，承受。

㉝成然：安闲熟睡的样子。寐：睡着，这里实指死亡。

㉞蘧（qú）然：惊喜的样子。觉：睡醒，这里喻指生还。

赏 析

畏惧死亡，是人之常情，也是困扰人类精神的一个沉重包袱。千百年来不乏求长生之术的记载。对此，庄子却抱着相反的态度。在庄子笔下，经常出现一些“畸人”的形象。“畸人者，畸于人而侔于天。”“畸人”不但在形体外貌上异于常人，而且他们看待人生的方式态度也是异乎常人的，但却趋于自然大道。本文中的子舆、子来等人虽然因为身患重疾而致使自己的肢体发生扭曲、形象丑陋，却都保持着精神上的旷达无为。他们能够“以无为首，以生为脊，以死为尻”，“知死生存亡之一体”，把“生”“死”当作一个整体，冲破了躯体外物的束缚，并最终忘却了生死，实现了精神上的超越。

阅读思考

1. 本文用了什么手法来说明“生死存亡一体”？

2. 如何理解本文中体现的生死观？

3. 庄子思想博大精深，他在齐死生、等荣辱的同时却又提出了很多养生之道，你如何理解庄子思想中存在的这种矛盾？

【相关链接】

泥涂曳尾

庄子在濮河钓鱼，楚国国王派两位大臣前去请他做官，他们对庄子说：“楚王想将国内的事务麻烦您啊！”庄子拿着鱼竿没有回头看他们，说：“我听说楚国有一只神龟，死时已经三千岁了，国王用锦缎包好放在竹匣中，珍藏在宗庙的堂上。这只神龟，它是宁愿死去留下骨头让人们珍藏呢，还是情愿活着在烂泥里摇尾巴呢？”两个大臣说：“情愿活着在烂泥里摇尾巴。”

庄子说：“请回吧！我要在烂泥里摇尾巴。”

鼓盆而歌

庄子妻死，惠子前去吊丧，看到庄子正伸开两腿坐着敲击瓦盆唱歌，感到非常奇怪，就责备庄子做得不近人情。庄子说：“人死是复归，人的生死如同四季运行一样。人家已静静地安息于大自然中，而我还要啼哭，这岂不是不通情理吗？所以才停止哭泣。”

《韩非子》：战国法家思想的集大成著作

董秀丽

【作家小传】

关于韩非子的生卒年，史籍中有少量记载。目前学界较为一致的说法是，韩非子生于约公元前280年，卒于公元前233年。他出身于韩国贵族，是韩国宗室支系中的一位公子。韩非子是我国古代著名的哲学家、思想家、政论家和散文家，也是先秦法家思想的集大成人物。

韩非子早年跟随荀子学习，和李斯同门，同时又喜好法家的刑名法术之学，以及道家的一个新流派——黄老道德之学。他生长在空前动荡的战国时代，希望韩国强大，曾多次上书建议韩王改革政治，富国强兵，但一直未被采纳。相传韩非子有口吃的毛病，所上之书又被拒绝，于是发愤著书，作《孤愤》《五蠹》《内外储说》等十万余言。秦始皇偶读《孤愤》《五蠹》等篇，极为赞赏，以为是先贤所作，这时廷尉李斯告知是他的同学韩非所作。于是，秦王出兵韩国，索要韩非子。韩非子出使秦国，但是并未被重用。不久，韩非被人陷害下狱，于公元前233年被毒死狱中，年仅四十多岁。

韩非子的思想主要是法家思想，《韩非子》一书，是韩非子思想的体现，也是先秦时期法家思想的理论武器。全文共五十五篇，十万余言。他的文章构思精巧，描写大胆，语言幽默，善于用大量浅显的寓言故事和丰富的历史知识作为论证材料，平淡中见奇妙，举例中见警策。《五蠹》《孤愤》《说难》都是其中的优秀篇章。

【作品导读】

《韩非子》旧称《韩子》，到宋朝以后，因学者尊称唐代大文学家韩愈为韩子，恐与韩非相混，遂改为《韩非子》。据《汉书·艺文志》记载“《韩子》

五十五篇”，但从内容上看，五十五篇并非出于韩非子一人之手，有的为韩非后学所作，也有纵横家的游说之辞，但大部分出于韩非子本人。

战国末年，天下统一的趋势越来越明显，一个大一统的、中央集权制的封建大帝国即将出现。历史要求产生一个具有完整体系的、严密而强有力的法家思想体系，以适应新型统治阶级巩固政权的需要。韩非子的思想就是在这样的历史条件下产生的，书中阐述了他自己的变法改革，主张修明法制，提出了许多富国强兵的政策。

《韩非子》一书是先秦法家思想的代表作。韩非子吸取了商鞅的法，申不害的术，慎到的势，并将他们进一步发挥，从而提出了自己的主张。“法”是统治者颁布的法令，着重讲法律条文的规定和赏罚的执行；“术”指的是君主驾驭群臣的手段，着重讲君主防范、识别、打击臣下的策略；“势”讲的是君主的权势，着重讲君主要保持和运用自己的地位和权力。韩非子看到了只有“法”没有“术”和只有“术”没有“法”的弊端，主张两者必须结合，同时，认为只凭“势”不可治国，必须“法”“术”“势”三者结合，在战国后期的大变革中，加强中央集权，君主专政，实现富国强兵。韩非子反对复古，利用历史进化论的观点，指出上古之世、中古之世、当今之世是不断变化发展的，当今必定胜过古代。韩非子的论说，锋芒毕露；推证事理，切中要害。《五蠹》篇将当世的五种人比作五种蛀虫，指出这五种人对国家的危害很大，不除将国破民殃，生动形象。韩非子作为先秦法家思想的集大成人物，讲公平、平等，“法不阿贵”“刑过不避大夫，赏善不遗匹夫”，他的学说为秦王朝形成统一的封建帝国奠定了理论基础。秦始皇统一中国后，实行的正是韩非子的一套法治理论。韩非子的学说在中国封建社会的初期起到了强化国家政权、巩固国家统一的作用。

《韩非子》是我国古代优秀的散文。韩非子习惯用生活中的事例，做恰当的分析，层层推进，抓住事物的关键和要害，引出自己的观点，《五蠹》《说难》等篇都是这样论证的。他的语言通俗流畅，质朴健美，善于应用排比、对偶、比喻等修辞手法，生动形象，易于理解。他善于运用寓言故事来说理，尤其在《说林》上下，内外《储说》等篇中。当今为人们沿用的“自相矛盾”“狐假虎威”“守株待兔”等成语都出自《韩非子》。

《韩非子》全书五十五篇，十万余字，全书条理清晰，论述明晰，说理透彻，是国学经典中的重要著作。该书不仅是先秦法家思想的集大成著作，更是论辩文的典范，是先秦散文的不朽之作。当然，韩非子的思想具有历史局限，我们应该用发展的观点看待。

【精彩片段】

夫是以人主虽不口教百官，不目索奸邪，而国已治矣。人主者，非目若离娄[①]乃为明也，非耳若师旷[②]乃为聪也。目必不任其数，而待目以为明，所见者少矣，非不弊之术也。耳必不因其势，而待耳以为聪，所闻者寡矣，非不欺之道也。明主者，使天下不得不为己视，使天下不得不为己听，故身在深宫之中而明照四海之内，而天下弗能蔽弗能欺者，何也？暗乱之道废而聪明之势兴也[③]。故善任势者国安，不知因其势者国危。古秦之俗，君臣废法而服私，是以国乱兵弱而主卑。商君说秦孝公以变法易俗而明公道[④]，赏告奸，困末作而利本事[⑤]。当此之时，秦民习故俗之有罪可以得免，无功可以得尊显也，故轻犯新法。于是犯之者其诛重而必，告之者其赏厚而信。故奸莫不得而被刑者众，民疾怨而众过日闻。孝公不听，遂行商君之法。民后知有罪之必诛，而告奸私者众也，故民莫犯，其刑无所加。是以国治而兵强，地广而主尊。此其所以然者，匿罪之罚重而告奸之赏厚也。此亦使天下必为己视听之道也。至治之法术已明矣，而世学者弗知也。

…………

谚曰："厉[⑥]怜王。"此不恭之言也。虽然，古无虚谚，不可不察也。此谓劫杀死亡之主言也。人主无法术以御其臣，虽长年而美材，大臣犹将得势，擅事主断，而各为其私急。而恐父兄豪杰之士，借人主之力，以禁诛于己也，故弑贤长而立幼弱，废正的而立不义[⑦]。故《春秋》记之曰："楚王子围将聘於郑，未出境，闻王病而反[⑧]。因入问病，以其冠缨绞王而杀之，遂自立也。齐崔杼，其妻美，而庄公通之，数如崔氏之室。及公往，崔子之徒贾举率崔子之徒而攻公。公入室，请与之分国，崔子不许；公请自刃于庙，崔子又不听；公乃走，逾于北墙。贾举射公，中其股，公坠，崔子之徒以戈斫公而死之，而立其弟景公。"近之所见：李兑之用赵也，饿主父百日而死；卓齿之用齐也，擢[⑨]湣王之筋，悬之庙梁，宿昔而死。故厉虽痈肿疕疡，上比于《春秋》，未至于绞颈射股也；下比于近世，未至饿死擢筋也。故劫杀死亡之君，此其心之忧惧，形之苦痛也，必甚于厉矣。由此观之，虽"厉怜王"可也。

注　释

①离娄：又称离朱，相传为黄帝的人，"能视于百步之外，见秋毫之末"，以视

力强著称。

②师旷：字子野，春秋时期晋平公的著名乐师，以听觉辨音能力强著称于世。

③暗乱：愚昧混乱。聪明之势：指“使天下不得不为己视，使天下不得不为己听”的权势。

④说（shuì）：进说，劝说。秦孝公：名渠梁，战国时秦国君主，公元前361—前338年在位。他坚决任用商鞅变法，使秦国富强起来。公道：奉公为国的原则。

⑤末作：指工商业。本事：指农耕。

⑥厉：通“疠”（lài），指麻风病。

⑦的：通“嫡”。不义：指不符合宗法继承原则的人。

⑧王子围：春秋时楚共王的儿子，名围，任楚国令尹。公元前541年杀楚王郏敖自立，即楚灵王。聘：国事访问。反：通“返”。

⑨擢：抽。

赏　析

所选片段，韩非子主张以法治国，他提出善于发挥权势，国家就安全，不知道应用权势，国家就会危险，以秦国为例说明这个道理。作为君主要懂得权势的重要性，把天下的耳目当成自己的耳目，以法治国、以法治吏、以法治民。谚“厉怜王”，指出君主不能以法治国，奸臣就会由劫主发展到弑君。一个一个的例子，说明君主必须“循名而定是非，因参验而审言辞”，应用自己的权势，治理国家，从而防止奸险小人的欺骗。

阅读思考

1. 所选片段，第一段中所举秦国的例子说明了什么？是如何说明的？请简要回答。

2.“厉怜王”的“厉”怎样解释？作者是如何论述“厉怜王”的，请简要分析。

3. 根据所选《奸劫弑臣》和你对韩非子的了解，请简要说明韩非子的“法”与今天所说的“法”有什么不同？

【相关链接】

《说难》：进说之法

《说难》篇同为《韩非子》中的名篇。“说难”，指向君主进说的困难。战国后期的社会大变革时期，儒、墨、道、法等各家为了让自己的学说被采纳，多以大臣或出游者的身份进行游说，这些人面临许多困难。《说难》中，作者在阐述“难”的同时，提出了许多进说的办法。

韩非子认为，游说的真正困难不在于一个人因知识欠缺不知道说什么，不在于表达能力不足而不知道如何说，也不在于因缺乏胆量而不敢说，而在于所游说的对象的主观好恶。“凡说之难，在知所说之心，可以吾说当之”。根据当道者所需，进而发挥自己的长处，知己知彼，扬长避短，方能成功。

《说难》篇论证严密，说理透彻，作者在这篇散文中，不仅在理论上阐明自己的观点，而且使用了例证法，进一步论证主题。郑武公杀了讲实话的大臣关其思；宋国富人怀疑邻人盗窃他家的财物；弥子瑕先是受宠，后是失宠，君子对他做的同一件事，前后有截然不同的态度。从这些例证出发，韩非子告诫进说者，不可不对君主察言观色，把握其爱憎，洞察其内心的心理状态，然后再进说。

《管子》：“千古一相”经世治国的风范

孙盼盼

【作家小传】

“九合诸侯，一匡天下”，这是管仲在历史上著名的辅佐事迹。管仲，名夷吾，单字仲，齐桓公尊称其为仲父，后人尊其为管子，这是先秦时期对学者的崇高评价。作为春秋时期的著名人物，他开创了诸多的思想领域，是历史上最早的“相”，其风范留存后世千年。相齐的四十年，他锐意改革，成功辅佐齐桓公，使之成为春秋大业中的领先者。

管仲的一生可谓是波折起伏，早年出身寒门却毅然凭借努力，从社会底层商人直至成为齐国名相。他的先祖本是姬姓王族的后代，与周王室同宗，但是不受重视。父亲管庄曾是齐国的大夫,可惜后来家道衰落,生活十分艰苦。为了谋生，管仲开始放低姿态和要求，做了当时被认为是最微贱的商人。借助经商的便利条件,他得以见多识广,体验世情,从而积累了丰富的人生经验,为日后的受官任相奠定了阅历基础。

在侍奉对象的选择中，管仲起初跟随的是齐国公子纠，并非日后成为齐桓公的公子小白。由于他杰出的治国才能，使得齐桓公不计前嫌，重用其才，出任齐相，逐步开始实践齐桓公励精图霸的梦想。

在治理齐国的过程中，他大力推行改革，积累了一整套经世治国的谋略思想，影响着千秋万代，为后人所推崇。孔子曾称赞他：“桓公九合诸侯，不以兵车，管仲之力也，如其仁，如其仁！”管仲去世后，齐国局势急转直下。特别是齐桓公，由于没有听从管仲的劝告，任用奸佞之臣，终于酿成了齐国内乱，致使霸业毁于一旦，其教训之深刻，让后人感叹不已。

【作品导读】

作为一部重要的资料典籍，鉴于其价值意义，《管子》早在战国时期就开始广泛流传，影响遍布各个方面，并已成为经世治国的重要原则，得到了社会的普遍关注。作为先秦时期各学派的言论汇编，管子的编选整理与立言著述，留给后世丰富的思想资源。他以自己的一言一行，融入字里行间，阐发着治国平天下的宏志夙愿。凭借在齐国的受官任相，用自己的实践探索，为后世走出了一条强国富民的理论道路。

管子作为“千古一相”的率先垂范，其治国理论和实践是全方位的，影响自然也是全面的。他的千古垂范，不仅仅在于相齐四十载，更在于为后世提供了诸多的探索和设想。《管子》这部书篇幅宏伟，内容复杂，思想丰富。先秦时期呈现不同学派的涌现及各流派争芳斗艳的局面，哲学、政治、经济、军事等等内容，在《管子》一书中无不涉及，充分反映了管仲影响的全面性。

管子的学说理论恰逢适宜的阶层需求，在他所处的时代和其后的春秋战国时期，其影响无疑是相当大的，显然比儒家的学说更适合于诸侯君主的要求。《管子》的治国思想，宗旨是强国富民，强国是其目的，富民是其手段。在经济上，他主张以农业为本，重农辟地，积极发展农业生产；在政治上，他强调治国以民为本，政顺民心，尽其民力，依靠广大人民的支持，从而富国强兵。经济上的“以农为本”思想和政治上的“以民为本”思想，在他的著述中是辩证统一的。《管子》对强国、富民的关系问题都给予极度的关注，对后世的国家治理提供了理论借鉴，特别强调为政首要在于“富民”。他的“富民”思想成为春秋战国时代思想的进步体现，类似于我们今天所倡导的“以人为本”的核心理念。此外，他以“尊王攘夷”为口号，北伐戎狄，南拒荆蛮，既维护了汉民族与华夏文化在中原的主体地位，也为当时各民族文化的交流融合做出了巨大的贡献。

管子的治国理论，在发展经济的前提下，尤其注重礼法并举，倡导义利并重的价值观。他提出“仓廪实而知礼节，衣食足而知荣辱”，粮仓充实、衣食饱暖，荣辱的观念才有条件深入人心，老百姓也才能自发、自觉、普遍地注重礼节、崇尚礼仪。用现代眼光看这句话完全符合唯物主义有关“物质决定意识”“经济基础决定上层建筑”等相关观点，在当时那个王室式微、诸侯欲动的年代，国家统治者能有这种意识是难能可贵的。《管子》中的许多改革思想、施政措施，对我们国家的改革开放有着重要的借鉴价值和启迪作用。

【精彩片段】

凡治国之道，必先富民[①]，民富则易治也，民贫则难治也。奚以[②]知其然也？民富则安乡重家，安乡重家则敬[③]上畏罪，敬上畏罪则易治也。民贫则危乡轻家，危[④]乡轻家则敢凌[⑤]上犯禁，凌上犯禁则难治也。故治国常富，而乱国常贫。是以善为国者，必先富民，然后治之。昔者，七十九代之君，法制不一，号令不同，然俱王天下者，何也？必国富而粟多也。夫富国多粟，生于农，故先王贵之。

凡为国之急者，必先禁末作文巧。末作文巧禁，则民无所游食。民无所游食，则必农。民事农则田垦，田垦则粟多，粟多则国富。国富者兵强，兵强者战胜，战胜者地广。是以先王知众民、强兵、广地、富国之必生于粟也，故禁末作，止奇巧，而利农事。今为末作奇巧[⑥]者，一日作而五日食。农夫终岁之作，不足以自食也。然则民舍本事而事末作。舍本事而事末作，则田荒而国贫矣。

凡农者，月不足而岁有余者也。而上征暴急无时，则民倍贷以给上之征矣。耕耨者有时，而泽不必足，则民倍贷以取庸矣。秋籴以五，春粜以束，是又倍贷也。故以上之征而倍取于民者四。关市之租，府库之征，粟十一，厮舆[⑦]之事，此四时亦当一倍贷矣。夫以一民养四主，故逃徙者刑，而上不能止者，粟少而民无积也。嵩山之东，河汝之间，蚤生而晚杀，五谷之所蕃孰也。四种而五获。中年亩二石，一夫为粟二百石。今也仓廪[⑧]虚而民无积，农夫以粥子者，上无术以均之也。故先王使农、士、商、工四民交能易作，终岁之利，无道相过也，是以民作一而得均。民作一则田垦，奸巧不生。田垦则粟多，粟多则国富。奸巧不生则民治。富而治，此王之道也。不生粟之国亡，粟生而死者霸，粟生而不死者王。粟也者，民之所归也；粟也者，财之所归也；粟也者，地之所归也。粟多则天下之物尽至矣。故舜一徙[⑨]成邑，二徙成都，三徙成国。舜非严刑罚，重禁令，而民归之矣；去者必害，从者必利也。先王者，善为民除害兴利，故天下之民归之。所谓兴利者，利农事也。所谓除害者，禁害农事也。农事胜则入粟多，入粟多则国富，国富则安乡重家。安乡重家，则虽变俗易习，驱众移民，至于杀之而民不恶也。

注　释

①富民：使百姓富裕。富：形容词作动词用。

②奚以：凭什么。奚：何。

③敬：不敢怠慢。

④危：与“安”相对，指不安心。

⑤凌：对抗。

⑥奇巧：奇谲巧诈。

⑦厮舆：犹厮役。

⑧仓廪：贮藏米谷的仓库。

⑨徙：迁移，搬迁。

赏 析

但凡治理国家的方法，必须首先使百姓富裕起来。百姓富裕就容易统治，百姓贫穷就难以管理。这篇短文为了阐释清楚“治国之道，必先富民”的道理，从两个方面分别展开论述。一方面讲“民富则安乡重家，安乡重家则敬上畏罪，敬上畏罪则易治也”，从另一方面讲“民贫则危乡轻家，危乡轻家则敢凌上犯禁，凌上犯禁则难治也”。正反对举，从两个方面作了鲜明的对比后进行总结，进而得出“必先富民，然后治之”的道理。富民是一切治国之策的前提，只有使民富裕了，才能谈得上治民治国的其他问题。

阅读思考

1. 在节选的文字中，请说明直接体现了管仲什么样的远见卓识？

2. 管子的民本思想和我们今天所提倡的“以人为本”是一样的吗？为什么？

3. 请联系社会民生热点问题，谈谈对当下时代“治国之道，必先富民”的认识。

【相关链接】

管子的礼法治国理论

我国在春秋以前，国家尚没有产生严格意义上的法，“法”还属于“道德”范畴，产生在礼仪之后，是从礼仪之中派生出来的。所以，治国方法就有了“德治”与“法治”之分。管仲清醒地认识到，“故刑罚不足以畏其意，杀戮不足以服其心。故刑罚繁而意不恐，则令不行矣；杀戮众而心不服，则上位危矣”。刑罚虽具有权威性和强制性，但也有其局限性。在某种情况下，法律严厉可以一时制止某些暴乱，然而这只能使百姓敢怒不敢言。礼仪教化正好弥补了法的局限性，它甚至能起到法起不到的作用。所以，德与法比较，“德”是根本，

"法"是补充。管仲强调"礼、义、廉、耻"就像支撑国家平衡安危的四维，"国有四维，一维绝则倾，二维绝则危，三维绝则覆，四维绝则灭"。

什么是"四维"呢？《牧民》篇解释说：一是礼，二是义，三是廉，四是耻。有礼，人们就不会超越应遵守的规范；有义，就不会妄自求进；有廉，就不会掩饰过错；有耻，就不会趋从坏人。所以，人们不超越规范，为君的就会地位稳定；人们不妄自求进，也就没有巧谋欺诈的活动；不掩饰过错，行为就自然端正；不趋从坏人，邪恶之事就不会发生了。《五辅》篇主张"夫人必知礼然后恭敬，恭敬然后尊让，尊让然后少长贵贱不相逾越，少长贵贱不相逾越，故乱不生而患不作"。在此基础上，他提出了礼法并举的统治方术，把礼与法作为建立与巩固统治秩序的软硬两手。

《吕氏春秋》：包罗万象的文学巨著

冯蓉蓉

【作家小传】

吕不韦原是战国末期卫国濮人，由于卫国经济衰败，便来到赵国的都城邯郸做生意，并很快成为一名大富商。在邯郸，吕不韦遇见了在赵国做人质的秦公子异人，认为他是一件“奇货”，可以囤积，以便日后高价卖出。于是，吕不韦说服异人，并拿出钱财去秦国为他活动。

当时，秦太子的宠妃华阳夫人没有儿子，吕不韦便去游说华阳夫人以异人为子，作为她后半生的依靠，使秦太子与华阳夫人立异人为嫡嗣。公元前251年，秦太子即位，华阳夫人为王后，异人顺理成章成为太子，并被赐名子楚。一年后，子楚即位为秦庄襄王，以吕不韦为相国，封文信侯。吕不韦便由商人一跃成为秦国的达官显宦。又过了三年，庄襄王去世，幼子嬴政即位，尊吕不韦为仲父，主持国家朝政。

吕不韦在相位执政期间，在政治、经济、军事上都表现出了卓越的才能，为后来秦国兼并六国并一统天下做出了重大的贡献。在文化方面，吕不韦广纳天下有志之士，并组织他们编纂了《吕氏春秋》，给后人留下了一部宝贵的典籍。

或许由于功高震主，或许因为与始皇嬴政政见不合，吕不韦因后宫叛乱事受牵连，被秦王罢免相国职位。虽遭免官，吕不韦的威名并未降低，他在洛阳居住期间，仍有不少名人来拜会。秦王闻讯十分担忧，便颁诏将吕不韦及家人流放蜀地。吕不韦见大势已去，于公元前235年在赴蜀途中饮鸩自尽，结束了他传奇的一生。

【作品导读】

在战国时，魏国有信陵君，楚国有春申君，赵国有平原君，齐国有孟尝君，他们都喜欢招贤纳士，结交宾客，并因此闻名天下，并称为“战国四公子”。吕不韦做了秦国相国后，认为凭借秦国的强大而自己的名声却不如四公子响亮，很是羞耻，便也效仿四公子大招门客厚待他们，门下食客多达三千人。召集来门客后，吕不韦让他们把各自的见识写下来，集合编成一部书。吕不韦认为此书内容包罗万象，涵盖天地万物古往今来的事理，就命名为《吕氏春秋》。吕不韦将编好的《吕氏春秋》公布在咸阳集市门口，宣称往来的各国诸侯游士宾客凡是能有增损一字者便奖赏千金。这也就是后来人们所说的“一字千金”。

《吕氏春秋》虽由吕不韦的众多门客集体编成，包含各家学说，甚至被《汉书·艺文志》列为“杂家”，但它的内容是经过吕不韦亲自审定的，所以间接反映了吕不韦的思想。其实，吕不韦编纂《吕氏春秋》是出于他的政治目的。当时秦国一统天下的大势已定，六国已无力阻拦。吕不韦想将自己的治国政策理论化，作为秦国统一后的治国纲领，这部《吕氏春秋》就是他的治国纲领。而他选择在秦王嬴政亲政之前、秦国一统天下之前公布，也是想迫使秦王嬴政完全依据自己的政治主张治理国家，在维持秦国长治久安的同时，也维持自己的权力和地位。

《吕氏春秋》的内容十分驳杂，除了体现吕不韦的政治主张和哲学思想以外，还保存了先秦相当多的史料，并涉及古代卫生医学、农业生产技术等科学文化方面的知识。尽管如此，《吕氏春秋》有一套完整严密的体系，它的编排是经过精心设计的。全书共分为十二纪，每纪五篇；八览，每览八篇；六论，每论六篇，另有一篇序文《序意》，共一百六十一篇。十二纪按照春、夏、秋、冬四季，每季又按照孟、仲、季三纪排列，按照一年十二个月的顺序呈现。八览则着重阐述君道和治术，进一步阐释吕不韦的思想。六论则主讲人间世相，借以告知人们深刻的道理。这三部分从结构上把全书组合成了一个“法天地”的完整体系。

《吕氏春秋》出于众人之手，风格不一，但书中有不少篇章短小精练，语言简洁，言辞恳切，说理透彻，呈现出平实畅达的文风。更为突出的是，该书创作并运用了大量丰富多彩的寓言故事，有的是由作家自己创作，有的是化用古代的神话、传说、故事而来，共有二百多则。其中有的寓言成为后世文学创作的素材被广泛使用，有的所包含的道理，在今天仍然有深刻的教育意义。用寓言来说明道理，具体生动，赋予了《吕氏春秋》很高的文学价值。

【精彩片段】

上胡不法先王之法[①]？非不贤也，为其不可得而法。先王之法，经乎上世而来者也，人或益之，人或损之，胡可得而法？虽人弗损益，犹若不可得而法。

东夏之命，古今之法，言异而典殊。故古之命多不通乎今之言者，今之法多不合乎古之法者。殊俗之民，有似于此。其所为欲同，其所为欲异。口惛之命不愉[②]，若舟车衣冠滋味声色之不同。人以自是，反以相诽。天下之学者多辩，言利辞倒，不求其实，务以相毁，以胜为故[③]。先王之法，胡可得而法？虽可得，犹若不可法。

凡先王之法，有要于时也。时不与法俱至，法虽今而至，犹若不可法。故择先王之成法，而法其所以为法。先王之所以为法者，何也？先王之所以为法者，人也，而己亦人也，故察己则可以知人，察今则可以知古。古今一也，人与我同耳。有道之士，贵以近知远，以今知古，以所见知所不见。故审堂下之阴，而知日月之行，阴阳之变；见瓶水之冰，而知天下之寒，鱼鳖之藏也；尝一脟肉[④]，而知一镬[⑤]之味，一鼎之调。

荆人欲袭宋，使人先表[⑥]澭水。澭水暴益，荆人弗知，循表而夜涉，溺死者千有余人，军惊而坏都舍。向其先表之时可导也，今水已变而益多矣，荆人尚犹循表而导之，此其所以败也。今世之主，法先王之法也，有似于此。其时已与先王之法亏[⑦]矣，而曰此先王之法也，而法之，以此为治，岂不悲哉？

故治国无法则乱，守法而弗变则悖，悖乱不可以持国。世易时移，变法宜矣。譬之若良医，病万变，药亦万变。病变而药不变，向之寿民，今为殇子矣。故凡举事必循法以动，变法者因时而化，若此论则无过务[⑧]矣。夫不敢议法者，众庶也；以死守法者，有司也；因时变法者，贤主也。是故有天下七十一圣，其法皆不同。非务相反也，时势异也。故曰良剑期乎断，不期乎镆铘；良马期乎千里，不期乎骥骜。夫成功名者，此先王之千里也。

楚人有涉江者，其剑自舟中坠于水，遽契其舟，曰："是吾剑之所从坠。"舟止，从其所契者入水求之。舟已行矣，而剑不行，求剑若此，不亦惑乎？以此故法为其国，与此同。时已徙矣，而法不徙，以此为治，岂不难哉？

有过于江上者，见人方引婴儿而欲投之江中，婴儿啼。人问其故，曰："此其父善游。"其父虽善游，其子岂遽善游哉？以此任物，亦必悖矣。荆国之为政，有似于此。

注 释

①法先王之法：第一个“法”意为效法；第二个“法”指法令、法度。

②惛：即“吻”。口惛之命：口吻之言，即方言。不愉：不可改变。

③以胜为故：把战胜对方作为目的。

④一脟（luán）肉：一块肉。

⑤镬（huó）：大锅。

⑥表：做标记。

⑦亏（guǐ）：通“诡”，差异，不能适应。

⑧过务：错事。

赏 析

这是一篇政论散文。在文章开头，作者采用层层递进的方法，揭开论题，提出“因时变法”的主张。随后，作者运用设问、比较、反诘等笔法，从历代政治、民俗、文化、生活不同角度层层深入，类比论证，多层次地展示主题。最后，作者连用“荆人涉澭”“刻舟求剑”和“引婴儿投江”三则寓言进行说理，将深奥的道理通过通俗的故事表达出来，生动形象，耐人寻味，富有说服力。

全文布局周密，行文条理严谨，说理具有极强的逻辑性，可谓匠心独运。此外，文中运用的寓言故事构思奇妙，生动有趣，贴近人们的生活，又能给人以深刻的启迪和思考。

阅读思考

1. 文中通过寓言故事来说理，有何特点和效果？

2. 作者是怎样布局全文的？

3. “刻舟求剑”在今天有什么现实意义？请结合日常生活举例说明。

【相关链接】

《吕氏春秋》杂家称谓的由来

春秋战国时期是社会大动荡、大变革的时期，当时社会发生急剧变化，许多思想流派也应运而生，他们著书立说，互相争论，在学术上形成了“百家争鸣”的繁荣景象。其中，杂家兼收各家学说之长，进而融会贯通，提出自己的政治主张，形成鲜明的一派，它的出现是春秋战国大一统时期思想文化融合的结果。

《吕氏春秋》一书内容驳杂，对先秦诸子的学说进行扬弃。它以道家思想为主，对老子顺应客观规律的思想予以肯定和继承，并融合儒、墨、法、兵、农、纵横、阴阳等各家思想的长处；同时，《吕氏春秋》在《不二》篇中还对先秦诸子的思想进行了总结性的批判，它指出，“老聃贵柔，孔子贵仁，墨翟贵廉，关尹贵清，阳生贵己，孙膑贵势，王廖贵先，倪良贵后”，对诸子学说中的消极部分进行舍弃。最后，《吕氏春秋》将不同的思想统一起来，集合各家学说之精华，形成一家之思想。

身为秦相的吕不韦，认识到不能单纯地用某一家一派的观点来治理国家。他以杂家的形象出现，总结历史经验教训，兼采各家之长，将自己的治国政策理论化，最终编成包括政治、经济、军事、农业、哲学、道德等各个方面在内的《吕氏春秋》，试图为统一后的秦国提供长久有效的治国纲领。

东汉的班固在《汉书・艺文志》中将先秦的学派归纳为十家，概括出杂家“采儒墨之善，撮名法之要”的特点，并将《吕氏春秋》列为杂家的代表性作品。

《史记》：史家之绝唱，无韵之离骚

谢　萌

【作家小传】

中国历史学起源甚早，可追溯到几千年以前。每当我们提起中国历史学的起源和发展时，首先会想起的就是司马迁和他的不朽之作《史记》。也是因为《史记》的诞生，中国历史学才成为独立的学科，历史学才开始在中国文化史上绽放出绚烂的异彩。

司马迁（前 145 或前 135—？），字子长，夏阳（今陕西韩城县）人，西汉史学家，文学家。年少时，父亲司马谈出任汉武帝太史令，司马迁随父进京，师从董仲舒、孔安国等大儒，诵读了大量的古代典籍，接受了历史上优秀文化知识的熏陶。约在汉武帝元光、元朔年间，司马迁开始游历各地考察风俗，采集传说。时至汉武帝元初元年（前 110 年），其父司马谈病逝，三年后，司马迁继任太史令。受父遗命，开始搜集资料，准备创作。他一方面能接触到当时保存最齐全的古籍，将其加以编排整理。另一方面实地调查采访，补充、厘正有关史实。期间，司马迁因为在李陵案中替李陵申辩，被施以宫刑。受此大辱的司马迁并没有因此消沉，反而发愤著书。汉武帝征和元年，《史记》完成。这部书不仅是司马谈的遗志，更是司马迁忍辱负重一生的心血。《史记》的若干篇幅中都流露着他对自己不幸遭遇的愤怒和不平。

【作品导读】

《史记》记述了中国古代上自黄帝下至汉武帝太初年间三千多年的历史，全书由五大部分构成，即十二本纪、十表、八书、三十世家、七十列传，共一百三十篇，五十二万六千五百余字。“本纪”按照朝代更迭次序记述帝王史事，主要记述帝王的言行政绩，兼述国家大事，例如《秦始皇本纪》《项羽本纪》；

“表”十篇是以表格来记述历代帝王和诸侯国的简要大事记，例如《六国表》；“书”是典章制度的专篇，包括经济、天文、历法等领域；“世家”主要记载子孙世袭的王侯封国的历史发展，个别人物也被列入世家，例如《陈涉世家》；“列传”是人物的传记，上下均可入传，如《匈奴列传》等。在这五大部分以“本纪”和“列传”所占篇幅最多，是全书的主体，故后世史学家将《史记》这种编纂体裁称为“纪传体”。这是司马迁在史学上的一大创举。

鲁迅先生称《史记》是“史家之绝唱、无韵之离骚”，这从史学和文学两方面高度肯定了《史记》的价值和地位。作为“史家之绝唱”，主要是因为司马迁“忠于实录”的进步历史观，比较全面客观地反映了历史人物和事件的真实面貌，他不为权势唱赞歌，只为苍生讲事实。这种“不虚美，不隐恶”的态度，高尚的史德、史识，为我国历代史官的人格和史德的养成树立了良好的榜样。作为“无韵之离骚”，是因为《史记》除了史学价值之外，具有高度的文学价值。在思想内容上，它表现出了鲜明的人民性和批判性；在艺术表现上，《史记》注重人物描写，人物多具有鲜明的性格，这些人物大多具有英雄气质，积极进取、勇于事功，又大多具有悲剧的命运。《史记》的艺术技巧也是十分高超的，善于用人物的日常细节来展现性格，通过运用多种叙述方式，或夹叙夹议，或叙议结合，来表达作品的思想内涵。同时其富于口语化和个性化的语言形成了一种简洁精练、流畅生动的风格，也使得《史记》成为后世文学反对繁缛艰涩，倡导简洁清丽文风的范本。《史记》具有如此高的文学价值，对后世的散文、小说、戏剧等都产生了重大影响。以韩愈为代表的唐宋八大家倡导的“古文运动”，他们所追求的最高目标就是向司马迁的《史记》看齐。明清的各类小说也从《史记》中汲取养分，蒲松龄的《聊斋志异》在笔法上就受到了《史记》的影响。

【精彩片段】

程婴存赵氏孤儿

屠岸贾者，始有宠于灵公，及至于景公而贾为司寇[①]。将作难，乃治灵公之贼以致赵盾。遍告诸将曰：“盾虽不知，犹为贼首，以臣弑君，子孙在朝，何以惩罪？请诛之。”韩厥曰：“灵公遇贼，赵盾在外，吾先君以为无罪，故不诛。今诸君将诛其后，是非先君之意而今妄诛。妄诛，谓之乱。臣有大事而君不闻，是无君也。”屠岸贾不听。韩厥告赵朔趣亡，朔不肯，曰：“子必不绝赵祀，朔死不恨。”韩厥许诺，称疾不出。贾不请而擅与诸将攻赵氏于下宫，杀赵朔、赵同、赵括、赵婴齐，皆灭其族。赵朔妻成公姊，有遗腹[②]，走公宫匿。

赵朔客曰公孙杵臼，杵臼谓朔友人程婴曰："胡不死？"程婴曰："朔之妇有遗腹，若幸而男，吾奉之；即女也，吾徐死耳。"居无何，而朔妇免身[③]，生男。屠岸贾闻之，索于宫中。夫人置儿绔中，祝曰："赵宗灭乎，若号；即不灭，若无声。"及索，儿竟无声。已脱，程婴谓公孙杵臼曰："今一索不得，后必且复索之，奈何？"公孙杵臼曰："立孤与死孰难？"程婴曰："死易，立孤难耳！"公孙杵臼曰："赵氏先君遇子厚，子强为其难者，吾为其易者，请先死。"乃二人谋取他人婴儿负之，衣以文葆[④]，匿山中。程婴出，谬谓诸将军曰："婴不肖，不能立赵孤，谁能与我千金，吾告赵氏孤处。"诸将皆喜，许之，发师随程婴攻公孙杵臼。杵臼谬曰："小人哉程婴！昔下宫之难，不能死，与我谋匿赵氏孤儿，今又卖我[⑤]，纵不能立，而忍卖之乎？"抱儿呼曰："天乎！天乎！赵氏孤儿何罪？请活之！独杀杵臼可也！"诸将不许，遂杀杵臼与孤儿。诸将以为赵氏孤儿良已死，皆喜。然赵氏真孤乃反在，程婴卒与俱匿山中。

居十五年，晋景公疾，卜之，大业之后，不遂者为祟[⑥]。景公问韩厥，厥知赵孤在，乃曰："大业之后，在晋绝祀者，其赵氏乎？夫自中衍[⑦]者，皆嬴姓也。中衍人面鸟噣[⑧]，降佐殷帝大戊，及周天子，皆有明德，下及幽、厉无道，而叔带去周适晋，事先君文侯，至于成公，世有立功，未尝绝祀。今吾君独灭赵宗，国人哀之，故见龟策，唯君图之。"景公问："赵尚有后子孙乎？"韩厥具以实告。于是景公乃与韩厥谋立赵氏孤儿，召而匿之宫中。诸将入问疾，景公因韩厥之众，以胁诸将而见赵孤。赵孤名曰武。诸将不得已，乃曰："昔下宫之难，屠岸贾为之，矫以君命，并命群臣，非然，孰敢作难？微君之疾，群臣固且请立赵后。今君有命，群臣之愿也。"于是，召赵武、程婴遍拜诸将，遂反与程婴、赵武攻屠岸贾，灭其族。复与赵武田邑如故。

及赵武冠，为成人，程婴乃辞诸大夫，谓赵武曰："昔下宫之难，皆能死，我非不能死，我思立赵氏之后，今赵武既立，为成人，复故位，我将下报赵宣孟与公孙杵臼。"赵武啼泣，顿首固请曰："武愿苦筋骨以报子至死，而子忍去我死乎？"程婴曰："不可！彼以我为能成事，故先我死，今我不报，是以我事为不成。"遂自杀。赵武服齐衰[⑨]三年，为之祭邑，春秋祠之，世世勿绝。

注　释

①司寇：古代官名，掌管刑狱、纠察等事。

②遗腹：丈夫死时，妻子有孕在身。

③免身：分娩，生孩子。

④文葆：婴儿的襁褓。

⑤卖我：见利忘义而加害于我。

⑥为祟：作怪。

⑦中衍：赵氏之祖先。

⑧鸟噣：鸟嘴。

⑨服齐衰：守丧所穿戴的丧服规格。

赏　析

所选片段记载了奸贼屠岸贾欲作乱，借口惩治刺杀灵公之贼来诛杀忠良，尽杀赵氏一族。赵朔的妻子是晋成公的姐姐，逃入宫中才幸免于难，并生下赵孤。程婴和公孙杵臼为了避免他落入奸人之手，将其取出宫中，再用一婴儿置换，由公孙杵臼藏匿山中，由程婴举报，杀公孙杵臼与“假孤儿”，而“真孤儿”由程婴抚养。其后，赵孤由晋景公召回，并追究了屠岸贾一族的罪责，恢复了赵氏一族应有的一切。程婴在赵孤成年及冠之后，结束了自己的生命。

全文语言简洁，情节起伏多变。公孙杵臼与程婴为存忠良之后，为报主人和友人的恩遇，不怕邪恶，舍身相救，表现了他们有勇有谋，有胆有识，维护正义之举，可谓忠肝义胆，惊天地、泣鬼神，具有撼人心魄之力。

元代作家纪君祥根据《史记》中程婴存赵氏孤儿的历史，改编成了《赵氏孤儿》的剧本，并流传至今，被誉为中国四大悲剧之一。

阅读思考

1. 司马迁刻画人物的方法对你有什么启发？

2. 项羽并未称王，但被司马迁列入本纪，这是为什么？

3. 请用自己的语言改写《赵氏孤儿》的故事，可参考元杂剧《赵氏孤儿》。

【相关链接】

司马迁外出游历，书读万卷，路行千里

大约二十岁时，司马迁开始外出游历。他到访过很多的遗迹，大汉朝的名山大川，英雄人物的故乡等，这次的实地大考察，亲自采访，获得很多第一手的材料，这也保证了《史记》在资料来源上的真实性。例如他漫游到汨罗江畔，在当年屈原投江自沉的地方，高声朗诵屈原的诗，长歌当哭，所以

他的《屈原列传》才有深刻的感情。又例如他去拜谒孔子墓，还和孔子故乡的一些儒生一起行古礼，以此来表达他对孔子的敬仰和纪念之情。再比如在孟尝君的故乡，他致力于考察这个地方的民风和当年孟尝君好客养士有什么关系。可以说，司马迁游历的过程，就是深入各地民风民俗，不断了解考察的过程，这样的游历使得他对社会、人生的观察不断地加深。此外，他遍历名山大川，饱览了山河的壮美，陶冶了性情，从而也提高了他的文学表现能力。这次漫游，是司马迁走向成功的极为重要的一步，他的“读万卷书，行万里路”成就了《史记》。

司马迁外出游历，将资料编辑整理起来，成为《史记》重要的参考资料。他的这种在著书之前认真积累、考察和不辞辛劳的态度，也是值得我们在学习和生活当中效仿的。

《后汉书》：东汉历史的情景再现

刘　婷

【作家小传】

范晔（398—445年），字蔚宗，南朝宋顺阳（今河南淅川东）人，官至左卫将军，太子詹事。范晔出生在一个著名的士族家庭，有着正宗的家学传统。关于范晔少时的生活，史载不详。南朝刘宋时代，范晔才步入仕途，先后担任过宋武帝相国掾、彭城王刘义康府冠军参军转右军参军、荆州别驾从事史、秘书丞、征南大将军檀道济司马、新蔡太守、司徒从事中郎、吏部尚书郎等职务，可谓官运亨通。元嘉九年冬，彭城王刘义康母亲去世，下葬的前一晚上，百官都去吊唁。范晔与司徒左西属王便住在了当时在义康府任职的弟弟广渊的住处，他们喝酒直到半夜，无所顾忌，醉意朦胧中又听挽歌取乐，因此触怒了刘义康，被贬官出京去做宣城太守。

贬官期间，范晔深感郁闷不得志，短期内上调无望，便以《东观汉记》为基本史料依据，以华峤书为主要蓝本，吸取其他各家汉书的长处，删繁补缺，整齐故事，删节众家《后汉书》为一家之作。六七年后，升为长沙王刘义欣的镇军长史，同时担任宁朔将军。元嘉十六年，范晔的母亲去世，他守丧完毕后，担任始兴王濬后军长史、南下邳太守，死前连续升官至左卫将军、太子詹事。元嘉二十二年（445年），范晔因为谋反罪被杀。此时，其《后汉书》一共写成了十纪、八十列传，而原计划作的十志，还没来得及完成。我们今天看到的《后汉书》中的八志三十卷，是南朝梁刘昭从司马彪的《续汉书》中抽出来补进去的。

【作品导读】

《后汉书》是一部记载东汉历史的纪传体史书，是“二十四史”之一，是继司马迁的《史记》、班固的《汉书》之后又一部私人撰写的重要史籍，与《史记》《汉书》《三国志》并称为“前四史”。全书主要记述了上起东汉的汉光武帝建武元年，下至汉献帝建安二十五年，共 196 年的史事。范晔修《后汉书》简明周详，叙事生动，因此得以取代以前各家的后汉史，成为被人们推崇并且喜欢的读本。

《后汉书》在史学、文学、天文等方面都具有相当高的价值。

就史学成就而言，《后汉书》继承了前代的纪传体制，但又有所创建。范晔新设置了七个类传，除《党锢列传》以外，对后世史家影响较大，多数类传都为后来的史家所沿袭。《后汉书》除体例上的创新外，最显著的特点是观点鲜明，褒贬一语见的。如，他不为那些无所作为的大官僚立传，而为许多“操行俱绝”的“一介之夫”写了《独行列传》，充分表明了他爱憎分明的态度；特别是《后汉书》的“论”“赞”，以犀利的笔锋评判是非，表彰刚正，贬斥奸恶而嘲笑昏庸，更是一大优点。《后汉书》虽然只有本纪、列传和志，没有表，但范晔文笔较好，善于剪裁，叙事连贯而不重复，在一定程度上弥补了无表的缺陷。

而《后汉书》的文学价值主要表现在人物塑造的典型化、语言运用的骈俪化与韵律感、行文中情感倾向的鲜明流露三个方面上。人物造型方面《后汉书》所传人物形象鲜明，个性突出，有一定的典型性。不论舍生取义的李膺、范滂，隐逸放达的严光、梁鸿；还是倜傥不羁的王符、仲长统，作威作福的外戚窦宪、梁翼，祸国殃民的宦官单超、张让等皆栩栩如生，令人过目难忘。语言方面，《后汉书》多运用对偶句、四字句以及四六句这样的骈体形式，这在“序”“论”“赞”中表现尤为明显。如《西羌传·论》：“和熹以女君亲政，威不外接；朝议惮兵力之损，情存苟安。或以边州难援，宜见捐弃；或惧疽食侵淫，莫知所限。”行文以四六句式相间，对偶工整，足见其语言骈俪化倾向。富于韵律的语言主要出现在“赞”中，如《党锢列传·赞》：“渭以泾浊，玉以砾贞。物性既区，嗜恶从形。兰获无并，销长相倾。徒恨芳膏，煎灼灯明。”其中“形”“明”都押“ng”韵，读来朗朗上口，和谐优美。范晔在《后汉书》中寄予了自己丰富的感情，如《逸民列传》中就处处流露出他对隐逸生活的向往。

《后汉书》还是一部蕴涵了天文知识的著作。公元 185 年，东汉天文学家在天空中看到一次超新星爆发过程并做了记录，称之为“客星”。这颗新星色彩鲜艳，直到第二年的六月份才逐渐消失，前后持续了将近八个月。20

世纪60年代，科学家们经过研究后确认，这是人类历史上最早的超新星爆发记录。《后汉书》对此事有记载："十月癸亥，一客星出于南门，其大如斗笠，鲜艳缤纷，后渐衰萎，于次年六月没。"这显示了《后汉书》超前的天文学价值。

【精彩片段】

班超传（节选）

班超，字仲升，扶风平陵人，徐令彪之少子也。为人有大志，不修细节。然内孝谨[①]，居家常执勤苦，不耻劳辱。有口辩，而涉猎书传。永平五年，兄固被召诣校书郎，超与母随至洛阳。家贫，常为官佣书以供养。久劳苦，尝辍业投笔[②]叹曰："大丈夫无他志略，犹当效傅介子、张骞立功异域，以取封侯，安能久事笔砚间乎？"左右皆笑之。超曰："小子安知壮士志哉！"其后行诣相者，曰："祭酒，布衣诸生耳，而当封侯万里之外。"超问其状，相者指曰："生燕颔虎颈，飞而食肉，此万里侯相也。"久之，显宗问固："卿弟安在？"固对："为官写书，受直[③]以养老母。"帝乃除超为兰台令史。后坐事免官。

十六年，奉车都尉窦固出击匈奴，以超为假司马，将兵别击伊吾，战于蒲类海，多斩首虏而还。固以为能，遣与从事郭恂俱使[④]西域。

超到鄯善，鄯善王广奉超礼敬甚备，后忽更[⑤]疏懈。超谓其官属曰："宁觉广礼意薄乎？此必有北虏使来，狐疑未知所从故也。明者睹未萌[⑥]，况已著邪。"乃召侍胡诈之曰："匈奴使来数日，今安在乎？"侍胡惶恐，具服其状。超乃闭[⑦]侍胡，悉会其吏士三十六人，与共饮，酒酣，因激怒之曰："卿曹与我俱在绝域，欲立大功，以求富贵。今虏使到裁数日，而王广礼敬即废；如今鄯善收吾属送匈奴，骸骨长为豺狼食矣。为之奈何？"官属皆曰："今在危亡之地，死生从司马。"超曰："不入虎穴，不得虎子。当今之计，独有因[⑧]夜以火攻虏，使彼不知我多少，必大震怖，可殄尽也。灭此虏，则鄯善破胆，功成事立矣。"众曰："当与从事议之。"超怒曰："吉凶决于今日。从事文俗吏，闻此必恐而谋泄，死无所名，非壮士也！"众曰："善。"初夜，遂将吏士往奔虏营。会天大风，超令十人持鼓藏虏舍后，约曰："见火然，皆当鸣鼓大呼。"余人悉持兵弩夹门而伏。超乃顺风纵火，前后鼓噪。虏众惊乱，超手格杀三人，吏兵斩其使及从士三十余级，余众百许人悉烧死。明日乃还告郭恂，恂大惊，既而色动。超知其意，举手曰："掾虽不行，班超何心独擅之乎？"恂乃悦。超于是召鄯善王广，以虏使首示之，一国震怖。超晓告抚慰，遂纳子为质。

还奏于窦固，固大喜，具上超功效，并求更选使使西域。帝壮超节，诏固曰："吏如班超，何故不遣而更选乎？今以超为军司马，令遂前功⑨。"超复受使，固欲益其兵，超曰："愿将本所从三十余人足矣。如有不虞⑩，多益为累。"

注　释

①孝谨：孝顺谨慎。

②辍业投笔：停下正在做的事，扔掉手中的笔。

③直：劳动所得的报酬。

④使：出使。

⑤更：更改，改变。

⑥未萌：没有发生的事情。

⑦闭：关押。

⑧因：趁着。

⑨功：名词活用作动词，立功。

⑩不虞：出乎意料的事。

赏　析

第一段文字介绍了班超的出身，他是班彪之子，班固之弟，班昭之兄。班超本是替人抄书的，但是他不甘心只做一个抄书人，便扔掉手中的笔，像陈涉一样发出了内心的高远之志：大丈夫怎么能一直执笔于笔墨间呢？应该像傅介子、张骞一样立功于西域，实现自己的抱负与价值。成语"投笔从戎"就出自这里。传记一开始就表明了班超投笔从戎的远大理想。第二段写班超与郭恂出使鄯善。班超通过鄯善王的前后态度及时地察觉到了危险，并果断地想出了对策，成功地完成了使命，保全了自己和众使臣。这两段文字塑造了班超这个有着非凡之志，善于观察，思维敏锐，勇敢机智的人物形象。作者在描述故事时，绘声绘色，让人身临其境，就像看一场现场直播的历史剧一般痛快淋漓。

阅读思考

1. 请翻译画线的句子。

2. 请分析班超这一人物形象。

3. 梁启超曾建议读史从《后汉书》开始，请找资料说明梁启超这样建议的原因。

【相关链接】

《后汉书》名言录

有志者事竟成。——《后汉书·耿晏传》

疾风知劲草。——《后汉书·王霸传》

不入虎穴，不得虎子。——《后汉书·班超传》

精诚所至，金石为开。——《后汉书·广陵思王荆传》

位尊身危，财多命殆。——《后汉书·冯衍传》

盛名之下，其实难副。——《后汉书·黄琼传》

一屋不扫，何以扫天下？——《后汉书·陈王列传》

失之东隅，收之桑榆。——《后汉书·冯异传》

羊质虎皮，见豺则恐。——《后汉书·刘焉传论》

男儿要当死于边野，以马革裹尸还葬耳，何能卧床上在儿女子手中邪！

——《后汉书·马援传》

《后汉书》的“序”与“提要”

《后汉书》的类传前多有序，每个人物传记展开前多有提要，用语简洁、准确，这可以使读者先对所传记人物有一总体印象，起到未见其人、先会其神的作用。如《宦者列传·序》，读“序言”便能对本类传人物的大致特征了然于胸。单人传记前的“提要”，如:《范滂传》“少厉清节，为州里所服”，使读者不读下文便能大致了解其人性格。

刘向：以史为谏的经典著述者

孙盼盼

【作家小传】

在汉代文坛上，有一位以史为谏的经典著述者——刘向，为后世留存多部精彩典籍。刘向（约前79—前8年），字子政，本名更生。他的家世显赫，属于士族阶级，汉高祖少弟楚元王刘交的四世孙，曾祖刘富曾被封为休侯，祖父刘辟彊晚年官拜光禄大夫、守长乐卫尉，父刘德时为宗正，宣帝时赐爵关内侯，后又封阳城侯。这为他日后的从政打下了坚实的基础。

刘向一生经历西汉昭帝、宣帝、元帝和成帝四个朝代，历任郎中给事黄门、散骑谏大夫、中郎、光禄大夫等官职，可谓是平步青云。他所生活的时代，属于西汉王朝由盛而急剧走向衰败的时代。西汉元帝、成帝两代，是他政治活动的主要时期，但由于宦官和外戚交相擅权，元帝和成帝昏庸懦弱，他虽然忧心国事，却长期受到压抑和打击，不能有所作为。

刘向曾受诏领校中秘书二十余年，校雠(chóu)整理了大量的先秦古籍，为古籍的保存和中国文化的继往开来做出了杰出的贡献。他根据校书的过程、心得和体会，为校订、整理的每一本书写了《叙录》或《书录》，上奏给皇帝阅览，内容包括编辑整理的过程、作者简介、全书主旨、作用、得失、学术源流以及对这一书的分析评价，叙事简约，理论畅达、舒缓平易是其主要特色。后来又把《叙录》汇集撰成《别录》一书，此书成为我国目录学之祖。他编撰的著作《新序》《说苑》《列女传》《洪范五行传论》等借历史故事评论时政，抨击现实，劝谏皇帝，也在中国思想史上产生了重要的影响。

【作品导读】

在西汉文学史上，刘向的著述留存非常丰富，涉及面很广，对诸子百家各家学说都有涉猎，其中既有严肃的政论策文，也有形象的历史故事；既探索天道，又思考人道，表现了他知识的深厚渊博和对社会历史人生的深入思考。

刘向的著述都有明确的目的，即劝谏皇帝的得失，以利于维持国家的教化统治。清人谭献说："舟中阅《新序》，以著述当谏书，皆与封事相发，董生所谓陈古以刺今。"可见，刘向的著述风格是众所公认的，那就是将历史与现实紧密联系，借陈古以刺今。

作为一部以讽谏为政治目的的故事类编，《新序》是现存刘向所编撰的最早的一部作品。此书是刘向领校中秘书时撰写的分类历史故事集，主要是采集舜、禹时代至汉代史事和传说，分类编撰，所记载的史实故事与《左传》《战国策》《史记》等史料颇有出入。《新序》中的许多章节故事完整，情节曲折生动，人物形象丰富多彩、特色鲜明，特别是具有虚构的成分。这说明，《新序》已经具备了小说的某些因素。不仅是《新序》，可以说刘向所有的作品都是"以著述当谏书"，都是用来上奏劝谏的。他还编有《说苑》一书，性质与此书十分类似。尽管《新序》中的许多故事采自诸家史传材料，但就其编选取裁、思想内容来看，无疑深刻体现了刘向本人的理论思想和主旨倾向。这主要可以归纳为德治仁政思想、贤人治国思想、民生民本思想、从善纳谏思想等诸方面。

刘向认为，国家的兴亡治乱，主要取决于如何处理君民、君臣两种关系和认清君、臣、民三个环节的作用。他认为，"天生君以为民"、"天生万物，唯人为贵"，并认识到"民众"在社会政治等方面的重要作用，因而主张君主应该爱民、利民、敬民。他认为执政者必须有其良德，有奉公至公的操守，并采取对民众进行道德教化的策略，以期建立既温情脉脉又秩序井然的理想社会结构。同时，刘向提倡人格平等，肯定民众的参政意识，主张国家政治行为接受舆论的监督，他的政治哲学具有民主思想的萌芽。他在政治上坚持民本思想，主张爱民、利民，经济上则具体论证了"欲强，务富其民"的观点，要求"列地以分民"，不违农时。他极力抨击贵戚宠臣的胡作非为，强烈反对最高统治者的奢侈行为。

刘向撰写的《新序》也是一部政治言论集，其中蕴涵的民本思想可以说是他的政治哲学的核心。综观此书，其所体现的政治思想无疑是以儒家"仁政""贤治"思想为核心的。不论从《新序》的编撰宗旨，还是从其内容来看，都充分体现了儒家修身齐家治国平天下的政治思想。

【精彩片段】

桀作瑶台，罢民力，殚[①]民财。为酒池糟堤，纵靡靡之乐，一鼓而牛饮者三千人。群臣相持歌曰："江水沛沛[②]兮，舟楫败兮，我王废兮，趣归薄兮，薄亦大兮。"又曰："乐兮乐兮，四牡蹻[③]兮，六辔沃兮，去不善而从善，何不乐兮？"伊尹知天命之至，举觞而告桀曰："君王不听臣之言，亡无日矣。"桀拍然而作，哑然而笑曰："子何妖言，吾有天下，如天之有日也。日有亡乎？日亡吾亦亡矣。"于是伊尹接履而趣，遂适汤，汤立为相。故伊尹去夏入殷，殷王而夏亡。

纣为鹿台，七年而成，其大三里，高千尺，临望云雨。作炮烙[④]之刑，戮无辜，夺民力。冤暴施于百姓，惨毒加于大臣，天下叛之，愿臣文王。及周师至，令不行于左右。悲乎！当是时，求为匹夫不可得也，纣自取之也。

魏王将起中天台，令曰："敢谏者死。"许绾负蔂[⑤]操锸[⑥]入曰："闻大王将起中天台，臣愿加一力。"王曰："子何力有加？"绾曰："虽无力，能商台。"王曰："若何？"曰："臣闻天与地相去万五千里，今王因而半之，当起七千五百里之台。高既如是，其趾须方八千里，尽王之地，不足以为台趾[⑦]。古者尧舜建诸侯，地方五千里，王必起此台，先伐诸侯，尽有其地，犹不足，又伐四夷，得方八千里，乃足以为台趾。材木之积，人徒之众，仓廪之储，数以万亿。度八千里以外，当定农亩之地，足以奉给王之台者。台具以备，乃可以作。"魏王默然无以应，乃罢起台。

卫灵公以天寒凿池，宛春[⑧]谏曰："天寒起役，恐伤民。"公曰："天寒乎？"宛春曰："君衣狐裘，坐熊席，陬隅[⑨]有灶，是以不寒。今民衣弊不补，履决不苴（jū），君则不寒，民则寒矣。"公曰："善。"令罢役。左右谏曰："君凿池，不知天寒，以宛春知而罢役，是德归宛春，怨归于君。"公曰："不然。宛春，鲁国之匹夫，吾举之，民未有见焉，今将令民以此见之。且春也有善，寡人有春之善，非寡人之善与？"灵公论宛春，可谓知君之道矣。

齐宣王为大室，大盖百亩，堂上三百户，以齐国之大，具之三年而未能成，群臣莫敢谏者。香居问宣王曰："荆王释[⑩]先王之礼乐而为淫乐，敢问荆邦为有主乎？"王曰："为无主。""有贤臣以千数而莫敢谏，敢问荆邦为有臣乎？"王曰："为无臣。"居曰："今主为大室，三年不能成，而群臣莫敢谏者，敢问王为有臣乎？"王曰："为无臣。"香居曰："臣请避矣。"趋而出。王曰：

“香子留！何谏寡人之晚也？寡人请今止之。”遽召尚书曰：“书之。寡人不肖，好为大室，香子止寡人也。”

注　释

①殚：用尽，竭尽。

②沛沛：水盛大貌。

③蹻：壮健；勇武。

④炮烙：相传是殷纣王所用的一种酷刑，教犯人赤足走在涂抹膏油的铜柱上，下烧炭火。

⑤蔂：藤制的筐子，此处指代劳作的工具。

⑥锸：挖土的工具，铁锹。

⑦台趾：台基，底端，底部。

⑧宛春：春秋时楚国大夫。晋文公时，晋、楚互围对方盟国。他从楚令尹子玉攻宋，晋文公率军破曹、卫以救宋，他奉子玉之命告知晋文公，请释曹卫，楚则解宋之围，被晋扣留，后被释放。

⑨隩隅：室的西南角。借指内室。

⑩释：放下，放弃。

赏　析

片段节选自《新序》的《刺奢》篇，顾名思义，刘向意在讽刺奢侈，以期劝谏君主。从历史的角度入手，他选择了各具典型的君王荒淫奢侈事件，讲述君主之行为对国家社稷的重大影响。他将自己的所期所愿，融汇于史实材料中，利用对历史故事的评点与编撰，实现对君主的劝谏。君臣、臣民是封建社会的关系结构，刘向的刺奢著述，则是力劝君主能够从历史事实中得到一定的借鉴，摆正与调节社会关系结构。他所选择的皆为历史上知名的故事材料，具有一定的叙事艺术特色，故事虽短虽繁，但却具有统一的主题意识。

阅读思考

1. 请联系节选材料，说明刘向选择这些历史故事进行编撰的目的。

2. 刘向的刺奢意识对现在社会有何启示？

3. 刘向的“刺奢”主张与我们现在坚持的“反腐倡廉”有什么不同意义？

【相关链接】

刘向哲学思想的历史地位

刘向作为汉代著名的思想家、经学家、目录学家，他的哲学思想在中国思想史上占有重要的地位，这种地位主要通过三方面体现出来：

第一，以人文主义观点思考天人关系、评论学术史和历史的演变。刘向的天人观强调天与人之间的相互感应，认为自然界和人类社会的一切非正常现象都是人作用的结果；同时突出了人的德行在祸福兴衰变化中的主导地位，表现了人文主义的思想倾向。

第二，对先秦儒学经世致用传统的复归。刘向撰写的著作、编撰的历史故事，大都是“以著述当谏书”，把著述当作劝谏皇帝治国安邦的方式，力图通过总结历史经验教训，为经邦治国提供历史鉴戒。他的著述评论政治成败、探求兴衰原因，既思考、总结贤主明君的治国业绩与经验，又揭露、指斥昏君乱主的劣迹秽行，礼乐刑政、修身治国之道处于核心的地位，充溢着积极的匡世良言、自觉的政治意识和饱满的救世精神。

第三，推动了古文经学的兴起。汉代古文经学兴起，刘向功不可没。他的功绩主要表现为重视古文经并以之校订、补充今文经。刘向虽然立足于今文经，但并未排斥古文经，而是两者兼治。他对古文经的重视和运用，为古文经学的发展奠定了基础，对东汉郑学的形成也起了推动作用。

王充：求真务实的哲学大师

田艳芳

【作家小传】

王充，字仲任，东汉会稽上虞（浙江上虞县）人，生于光武帝建武三年（27年），约卒于和帝永和九年（97年），享年七十岁左右，被冯友兰誉为两汉时代最伟大的无神论者和唯物主义哲学家。

他的祖先原籍魏郡元城（河北大名），由于几代军功，封于会稽阳亭，一年之余因变乱而失去了封爵，只好以农桑为业。祖上好任侠之风，因屡与人结怨，不得已迁到钱塘县，父时迁居到上虞县。王充虽受祖辈刚烈性格的影响，但一改祖宗之业，潜心学问。少时不乐游戏玩耍，好读书，知礼讲孝，有巨人之志。王充文才很高而不苟且写作；长于辩论却不轻易与人交谈；喜欢结交杰士雅徒，但遇不上志同道合之人，便整天不言。王充曾到洛阳，游太学，师事班彪；常游书肆，阅读所卖之书，一见辄能诵忆，遂通百家之言。

二十岁左右进入仕途，王充满腹经纶而渴望在政治上施展才能有所作为，却一直担任了近四十年的功曹、从事、治中之类刀笔吏和高级幕僚，始终是一个受压抑、遭排挤、不得志的贫苦知识分子。但他廉直自守，不慕荣利，“处逸乐而志不放，居贫苦而志不倦”，不乐于社交，经常独自在家静心核察论证世书俗说的虚实真伪。

王充一生著述有《讥俗节义》《政务》《论衡》《养性》等书，当今唯有《论衡》流传下来。《论衡》与当时迷信谶纬相对立，“就世俗之书，订其真伪，辨其实虚”，就全书而论，《论衡》是一部具有重大价值的唯物主义哲学著作。

【作品导读】

王充生活在东汉初期，社会相对稳定，但豪族门阀把持着社会的政治、经济和文化领域，在思想上以谶纬儒学作为统治工具，其标志便是在汉章帝时举行的白虎观儒学会议。王充学博力勤，希望在政治上有所作为，但一生除做过一些幕僚之职并未得到重任。他承继进步思想家扬雄、桓谭的精神，继承荀子天道观，依据道家自然主义的法则，对当时的封建神学展开了批判斗争，《论衡》这部"疾虚妄"的著作便是王充一生主要思想的代表。在政治权力支配思想的时代，尽管《论衡》和它的作者一样，如玉在石中而默默无闻，然而经过后世玉工的琢磨，它越来越绽放出自己的异彩。

《论衡》共 30 卷，85 篇（遗失一篇），全书共计二十余万字，历时三十多年写成。王充在批判地吸收各种观点的基础上形成自我见解，内容极为丰富，涉及哲学、政治、宗教等许多方面。《论衡》中对性命论、自然观、社会历史观、无神论、学知论这五方面的阐述不同于当时流行的观点，而且对我们现在的思想仍有指导意义。

性命论方面，王充认为，人性善恶与命之吉凶不同，人性善恶是就才学和操行而言，因其所禀受的元气决定圣、愚、贤、不肖；命之吉凶指的是贫富贵贱、寿夭福祸，是由其禀气之厚薄而决定；这便有人性善而命凶，人性恶而命吉。关于唯物主义自然观，他主张气与体是统一不可分割的，认为天地是合气的自然体，这就从根本上否定了汉儒天人感应论，但他对人力和政治的作用强调不够。关于社会历史观，王充反对汉儒颂古非今，并针锋相对地提出今胜于古的论点；对五德始终说这种历史循环论持否定态度，提出三教循环论，文质因循；提倡治国之道要文武相济，在于养德，任用贤人，在于养力，治练兵士。但王充的天道观从属于自然观，并没有形成系统。

在无神论方面，王充批判修道成仙的神话，又着重批判了人死后有知为鬼害人的谬论，主张精神和形体相互依存，精神是一种精气寄托于五脏，而五脏在形体之中，形体灭而精神随之消失，人死不为鬼。主张薄葬，对当时社会流行的各种迷信禁忌进行了无情的批判。而在学知论方面，王充首先破除了圣人神而先知的谬说，批判"圣人是万世师表，经艺则万世不移"的观点。他正本清源，从秦始皇焚书坑儒谈到汉代经籍发现的过程，重新估价经艺，剥除汉儒给经艺披上的神圣外衣；王充主张文章忌摹古拟作，要有个性创造，要对社会有用、真实，而忌虚伪矫饰，反对贵古贱今，文章要明白晓畅。

总之，《论衡》内容博杂，包罗天地万物，"释物类同异，正时俗嫌疑"，集中体现了王充的唯物主义思想，成为中国哲学史上唯物主义传统进一步发展的基础。

【精彩片段】

或曰："士之论高，何必以文[①]？"

答曰：夫人有文质乃成。物有华而不实，有实而不华者。《易》曰："圣人之情见乎辞。"出口为言，集扎为文，文辞施设，实情敷烈[②]。夫文德[③]，世服也。空书为文，实行为德，著之于衣为服。故曰：德弥盛者文弥缛，德弥彰者人弥明。大人德扩，其文炳；小人德炽，其文斑。官尊而文繁，德高而文积。华而晥者，大夫之箦，曾子寝疾，命元起易[④]。由此言之，衣服以品贤，贤以文为差。愚杰不别，须文以立折。非唯于人，物亦咸然。龙鳞有文，于蛇为神；凤羽五色，于鸟为君；虎猛，毛蚡蜦；龟知，背负文。四者体不质，于物为圣贤。且夫山无林，则为土山；地无毛，则为泻土[⑤]；人无文，则为仆人。土山无麋鹿，泻土无五谷，人无文德不为圣贤。上天多文而后土多理，二气协和，圣贤禀受，法象本类，故多文采。瑞应符命，莫非文者。晋唐叔虞，鲁成季友，惠公夫人号曰仲子[⑥]，生而怪奇，文在其手。张良当贵，出与神会，老父授书，卒封留侯。河神，故出图；洛灵，故出书。竹帛所记怪奇之物，不出潢洿。物以文为表，人以文为基。棘子成欲弥文[⑦]，子贡讥之。谓文不足奇者，子成之徒也。

著作者为文儒，说经者为世儒[⑧]。二儒在世，未知何者为优。或曰："文儒不如世儒。世儒说圣人之经，解贤者之传，义理广博，无不实见，故在官常位；位最尊者为博士，门徒聚众，招会千里，身虽死亡，学传于后。文儒为华淫之说，于世无补，故无常官，弟子门徒不见一人，身死之后，莫有绍传。此其所以不如世儒者也。"

答曰：不然。夫文儒世儒说圣情，共起并验，俱追圣人。事殊而务同，言异而义钧。何以谓之文儒之说无补于世？世儒业易为，故世人学之多，非事可析第[⑨]，故宫廷设其位。文儒之业，卓绝不循，人寡其书，业虽不讲，门虽无人，书文奇伟，世人亦传。彼虚说，此实篇。析累二者，孰者为贤？案古俊乂著作辞说[⑩]，自用其业，自明于世。世儒当时虽尊，不遭文儒之书，其迹不传。周公制礼乐，名垂而不灭。孔子作《春秋》，闻传而不绝。周公、孔子难以论言。汉世文章之徒，陆贾、司马迁、刘子政、杨子云，其材能若奇，其称不由人。世传《诗》家鲁申公，《书》家千乘欧阳、公孙，不遭太史公，世人不闻。夫以业自显，孰与须人乃显？夫能纪百人，孰与廑能显其名？

注　释

①以：凭借，依靠。文：文采。何必要依靠文采呢？

②敷：布，陈列。烈：通“列”，罗列。敷烈：充分表达出来，显现。文辞写出来，实情也就显现出来。

③文德：指体现德行的文采，即礼义规定的文饰，主要表现在衣服上。王充认为德高官尊者享用的文饰就繁。

④元：曾元，曾参的儿子。易：更换。命元起易：据《礼记·檀弓上》记载，曾参临死前还睡在季孙氏赏给他的席子上，一个伺候他的童子说：“多么华丽的席子，这是只有大夫才能享用的啊！”曾参听后，认为自己不是大夫，就连忙叫曾元把他换掉。刚换过，还没有躺好，曾参就死了。

⑤泻土：不生草木的盐碱地。

⑥惠公：指春秋时鲁国的君主。仲子：指宋仲子，春秋时宋国宋武公的女儿。据《左转·隐公元年》记载，她生下来，手上就有“为鲁夫人”字样，后来嫁给了鲁惠公。

⑦棘子成：卫国大夫。弥：通“弭”（mǐ），止，取消。文：指礼节仪式。棘子成欲文：据《论语·颜渊》记载，棘子成认为只要具有遵守礼仪的思想就行了，不必要表面的礼仪。子贡讥讽说，如果把表面的毛去掉，虎豹皮与犬羊皮就没法区分了。

⑧文儒：指学知渊博，能撰文著书的儒生。世儒：指从事天人感应、灾难迷信的今文经学家。

⑨非事：不急之务，平凡的事。析：区分。等：等级，高下。平凡的事情可以区分出高下来。

⑩案：考察。俊乂（yì）：贤能的人。

赏　析

《书解》篇中，王充采用对答体的形式，从反面观点引出自己的见解，清晰明快地论述了有感而发的著作的重要性。选段中王充认为“文”的范围广且必不可少，天文的炳焕、地理的分布、动植物色彩的鲜艳等都是文的表现。进而认为人的外表所具有的“文”的程度，代表内部具有德的多少，且是品评人们贤愚、等第的标准，从而说“文”很重要。王充在强调“文”的必要性与重要性的基础上，进而论说文儒优于世儒，也就是创作篇章者优于讲解经典的章句者。这直接表现了王充敢于冲破旧说俗论的创新精神。

阅读思考

1. 选文中王充对“文”是怎样阐发的?

2. 选文中王充认为文儒优于世儒的表现是什么?

3. 王充高度肯定了文对于人的重要性，请结合《书解》全文谈谈王充是如何提高文人在社会上的地位的?

【相关链接】

王充与中央官学的缘分

汉代太学是汉武帝采纳公孙弘、董仲舒的建议而设置的中央官学，其目的在于选拔、培养优秀的知识分子，为大一统封建国家准备人才、输送人才，在一定程度上为出身寒微的下层知识分子提供了“学而优则仕”的机会。王充聪明好学，书馆结业之后便到洛阳进入中央官学进行深造，从而为他以后的学问打下深厚的基础。当然，王充对当时的太学生活很是不满，特别是对当时太学中流行的重“师法”和“家法”的教条主义学风进行了批判。在王充看来，依“师法”和“家法”所培养出来的读书人，只知道迷信书本，照搬师说，既不知圣贤之是非，也不懂古今之事。那些太学中的先生，虽有博士、文学之类的头衔，但实际上所扮演的只是邮差、门卫之类的角色，仅仅传递本本而已，根本谈不上学术性的创造。因此，王充常去洛阳书肆，泛观博览，读九流百家之书。在感到经明德就、学术已成的时候，王充就“谢师而专门”，走上了一条自成一家之言的独立治学道路。

可以设想，如果没有进入太学求学，王充可能终生困居当时江南乡村一隅，充其量只是一位授业学童的书馆先生，而决不能成为一位读万卷书、成一家之言，对中国文化产生重大影响的哲学大师。而他能以求实精神、理性精神、批判精神对古人世人之言进行论衡评价，反对迷信儒家教条，主张胸怀百家之言，也可以溯源至他对太学中迷信“师法”“家法”的教条主义的不满。

《新唐书》：妙笔撰述的纪传体断代史书

孙盼盼

【作品简介】

《新唐书》作为一部纪传体断代史书，主要记载李唐王朝的数百年历史，由北宋时期欧阳修、宋祁、范镇、吕夏卿等著名文人进行合撰，属于我国“二十四史”之一。《新唐书》的修史时间跨度很大，前后持续近17年才最终完成。

在前后具体修史的过程中，曾公亮负责奉旨主编，召集官方文士负责具体编撰。全书共有225卷，其中包括本纪10卷，志50卷，表15卷，列传150卷。在进行《新唐书》的修撰工作时，以前朝留存的唐人文献及修史资料作为参考依据，均加以审慎选择和合理编排，取其精华，去其糟粕，剔除不合时宜的内容，大幅度对旧史《唐书》进行裁减。

关于编撰《新唐书》的作者分工，总的说来，《列传》部分主要由宋祁负责编写，《志》和《表》部分由范镇、吕夏卿负责编写，最后在欧阳修的主持下完成史书的工作。参加编撰《新唐书》的其他作者，也都是北宋时期著名的文坛巨星。宋仁宗嘉祐年间，曾公亮在《进新唐书表》中所列之范镇、王畴、宋敏求、刘羲叟等，都是当时文坛知名人物。《新唐书》用这些人主笔，自然文采粲然，行文流畅。

《本纪》和《赞》《志》《表》的“序”以及《选举志》《仪卫志》等都出自欧阳修的文笔编撰。因为《列传》部分出自宋祁之手，而欧阳修只是主持了《志》《表》的编写，出于谦逊恭敬，同时他认为宋祁是前辈，故而没有对列传部分从全书整体的角度做统一工作。因而《新唐书》存在着记事矛盾、风格体例不同的弊端。

【作品导读】

《新唐书》是一部宋代官方修订的唐代史书，这是对前朝历史的重新整理。此次的修史工作以后晋朝廷编撰的《唐书》为底本借鉴，进行整合删减。后世的学者为区分这两种唐史著作，原先的《唐书》被称为《旧唐书》。因为宋仁宗对《旧唐书》很不满意，认为需要重新修订，就下诏开展这项浩大的修史工程，欧阳修、宋祁等人经过 17 年的辛苦努力，终于达到了宋仁宗的要求。

因为北宋时期比较安宁，有许多在战乱时期不易收集到的史料，到北宋初年得到了征集和整理。编撰《新唐书》所需的条件资源，均超过动荡不安的后晋王朝。如史料的搜集以及体制的创新，就是编撰《旧唐书》的史官们所无法比拟的。作为“二十四史”之一，《新唐书》是宋代以前编排体例最完备的正史著作之一，纪、传、表、志俱全，这是自司马迁《史记》创例、班固《汉书》沿例以来的第一例，对宋代以后官修正史，如《宋史》《辽史》《金史》《元史》《明史》等都有所影响。在修史创新上，《新唐书》独树一帜，在体例上进行创新，如《选举志》《兵志》《仪卫志》三志的创立，第一次系统论述唐代府兵等军事制度和科举制度，这是我国正史体裁史书的一大开创，为以后《宋史》沿袭，保存了我国军事制度和用人制度的许多宝贵史料。《新唐书》虽以《旧唐书》为修史底本，但是明显优越于原本。

另外，此次的修史编修者皆为文学大家，无论文笔还是态度都十分严谨。由于众多过人之处，史书修成之后，主编曾公亮曾上书宋仁宗，非常自得地说：“其事则增于前，其文则省其旧”，认为这是《新唐书》最大的优势。这主要是因为其主要作者宋祁、欧阳修都是北宋时期的一代文宗，著名文学家，参加编撰《新唐书》的其他作者，也都为北宋时期名家高手，而且他们的编撰态度非常认真，以清新质朴的语言特点为后世人赏识。正因为如此，在文笔和编裁方面，《新唐书》都胜过《旧唐书》不少。但是，《新唐书》的删减工作失于偏颇，经过大量删削，失去了许多可贵的史料。从这一意义上说，《新唐书》的“简”倒不如《旧唐书》的“繁”更有史料参考价值。

综观《新唐书》，其编撰的指导思想是要在总结前代唐朝历史的过程中，既要扬其善以垂劝戒，又要暴其恶动人耳目，归根到底都是要以史为鉴。因为宋代大体上继承了唐代的制度，为了总结唐代的典章制度供宋王朝参考，反映在文字形式上即崇尚先秦《春秋》的撰写笔法，弘扬所谓的“正义道统”，使其书真正达到“垂劝戒，示久远”的功效。

【精彩片段】

马周字宾王，博州茌平人。少孤，家窭狭[①]。嗜学，善《诗》《春秋》。资旷迈，乡人以无细谨，薄[②]之。武德中，补州助教，不治事。刺史达奚恕数咎让[③]，周乃去，客密州。赵仁本高其才，厚以装，使入关。留客汴，为浚仪令崔贤所辱，遂感激而西，舍新丰，逆旅主人不之顾，周命酒一斗八升，悠然独酌，众异之。至长安，舍中郎将常何家。

贞观五年，诏百官言得失。何，武人，不涉学，周为条二十余事，皆当世所切。太宗怪问何，何曰："此非臣所能，家客马周教臣言之。客，忠孝人也。"帝即召之，间未至，遣使者四辈敦趣[④]。及谒见，与语，帝大悦，诏直门下省。明年，拜监察御史，奉使称职。帝以何得人，赐帛三百段。

周善敷奏[⑤]，机辩明锐，动中事会[⑥]，裁处周密，时誉归之。帝每曰："我暂不见周即思之。"岑文本谓所亲曰："马君论事，会文切理，无一言可损益，听之纚纚[⑦]，令人忘倦。苏、张、终、贾正应此耳。然鸢肩火色，腾上必速，恐不能久。"俄迁治书侍御史，兼知谏议大夫，检校晋王府长史。王为皇太子，拜中书侍郎，兼太子右庶子。十八年，迁中书令，犹兼庶子。时置太子司议郎，帝高其除。周叹曰："恨吾资品妄高，不得历此官。"帝征辽，留辅太子定州。及还，摄吏部尚书，进银青光禄大夫。帝尝以飞白书赐周曰："鸾凤冲霄，必假羽翼；股肱[⑧]之寄，要在忠力。"

周病消渴连年，帝幸翠微宫，求胜地为构第[⑨]，每诏尚书食具膳，上医使者视护，躬为调药，太子问疾。疾甚，周取所上章奏悉焚之，曰："管、晏暴君之过，取身后名，吾不为也！"二十二年卒，年四十八，赠幽州都督，陪葬昭陵。

赞曰：周之遇太宗，顾不异哉！由一介草茅言天下事，若素宦于朝、明习宪章者，非王佐才，畴以及兹？其自视与筑岩、钓渭亦何以异！迹夫帝锐于立事，而周所建皆切一时，以明佐圣，故君宰间不胶漆而固，恨相得晚，宜矣。然周才不逮傅说、吕望，使后世未有述焉，惜乎！

注　释

①窭（jù）狭：贫困，落魄。

②薄：冷淡，不热情，薄待。

③咎让：责怪。

④敦趣：亦作“督促”，实指鞭策、促使、催促。

⑤敷奏：陈奏，向君主报告。

⑥事会：事情或问题的关键。

⑦纚纚：用以形容文章或言谈连绵不尽。

⑧股肱：比喻左右辅佐之臣。

⑨构第：营造宅第。

赏　析

选文讲述了唐初马周从失意到得意的过程，青年时落魄无奈，苦于家世限制，他胸藏济世之才，却一直很不得志。唐太宗李世民偶然之中慧眼识人，认为他是有用之才，于是遣使“四顾茅庐”，才得以邀请马周为李唐王朝出谋划策。有幸得到君王赏识的马周，在长安青云直上，大展宏图，为唐朝初年的政治稳定和经济发展做出了很大的贡献。

此处既在称赞虽出身低微，然而为成就贞观之治做出过重要贡献的马周的事迹，也在颂扬唐太宗李世民的人才观念以及不拘一格、唯才是用的大局意识，以此为发现人才和使用人才的历史借鉴。

阅读思考

1. 为全面塑造马周的才能事迹，选文从哪些角度进行体现说明？

2. 有人说《新唐书》看似称赞马周为成就贞观之治而做出的贡献成就，实为撰写对于君王个人的讴歌赞扬，请问你如何看待这种说法？

3. 关于历史“古为今用”的读书方法，自然是一种应有的学习态度。此处反映了唐初李世民的识才重才意识，请联系当下的具体实际情况，说明选文体现的历史借鉴意义。

【相关链接】

伟人风采：毛泽东评点唐朝时期的“马周上书”

在古代中国，政治文化的一个重要特点，便是文武百官向皇帝“上书言事”。历来喜欢读史的毛泽东，对古代“上书”的作用及特点很感兴趣。早在秦汉时代，“上书”中便出现了许多奇文，如李斯的《谏逐客书》、贾谊的《治安策》等，此后历朝历代皆有佳作。在毛泽东看来，历史是现实的一面镜子，读古代好的“上书”，从中可汲取政治智慧和历史经验，达到资政育人、古为今用的目的。在读《旧唐书》《新唐书》的过程中，毛泽东对其中几篇有代表性的“上书”，如马周上唐太宗书、朱敬则上武则天书、姚崇上唐玄宗书等反复阅读，在浓圈密画中留下了不少评点文字，很值得我们回味一番。

关于这几封上书，毛泽东唯独对马周上书的评价甚高，他对马周这位出身寒微，但却才识超群、深得唐太宗赏识的人物情有独钟。他仔细阅读《旧唐书》《新唐书》中的《马周传》，对马周的多份“上书”都很留意，尤其对《新唐书》所载马周在贞观十一年的“上书”密加圈点，并给予高度评价，称其为“贾生《治安策》以后第一奇文”。贾生即西汉的贾谊，其《治安策》曾被毛泽东评价为“切中当时事理，有一种颇好的气氛”，“是西汉一代最好的政论”。马周的这封“奇文”，直陈己见，不事虚饰，切中要害，唐太宗看后“称善久之”。

白居易：
词浅意直“新乐府”，情深思婉《琵琶行》

谢　萌

【作家小传】

元和之际，虽然安史之乱后的颓势不可挽回，但相较于前期的割据纷战，社会生活相对安定，这为诗歌的创作提供了安定的环境，诗坛上又呈现出百花争艳的局面。韩愈、孟郊、李贺、白居易、元稹，都是当时独树一帜的人物。白居易是众多诗人中的佼佼者，他的诗既有着中唐诗歌的烙印，又闪耀着个性的光芒。

白居易，字乐天，祖籍太原。唐代宗大历七年（772 年）出生于新郑（今河南新郑县）的中小官僚家庭。年少聪慧，刻苦学习，27 岁中进士，开始了宦海沉浮。这又以被贬江州司马为界限，分为前后两个时期。前期是兼济天下时期，后期是独善其身时期。从 27 岁中进士，先后任秘书省校书郎、盩庢县尉、翰林学士、左拾遗和左赞善大夫，写了大量讽喻诗，代表作是《秦中吟》十首和《新乐府》五十首等。

元和十年六月，白居易因裴度案中直陈上书，被贬为江州司马，次年写下了《琵琶行》。开始半吏半隐的生活，在庐山建草堂，思想从“兼济天下”转向“独善其身”，闲适、感伤的诗渐多。长庆二年（822 年）白居易请求外放，后为杭州、苏州刺史，写有《钱塘湖春行》等作。晚年，白居易定居洛阳，在洛阳以诗、酒、禅、琴及山水自娱，常与刘禹锡唱和，时称刘白。75 岁时病逝，李商隐为其撰写了墓志铭。

【名作导读】

白居易出生于“世敦儒业”的家庭，受到了儒家经典文化的教诲和洗礼，少年之后的生活经历又造就了他坚强勇敢的性格；作为一个经历了六代君王的长寿者，他有更长的时间看到社会历史的变化；综合起来，他是一个有政治热情和时代特质的儒家知识分子。

白居易是一个多产的诗人，一生中写过三千多首诗歌。这些诗歌从内容到形式，从艺术手法到风格变化，都能体现出诗人的人生起伏和思想轨迹变化。阅读不同时期的诗歌，我们看到的是一位活生生的诗人和他那具有永久生命力的艺术整体。比较著名的有叙事诗《长恨歌》、组诗《秦中吟》、《新乐府》五十首、《琵琶行》《钱塘湖春行》《寓兴二绝》等。

白居易的文学成就，关键词有新乐府运动、“元和体”和《与元九书》。这分别代表了白居易在诗歌理想、创作实践和文学理论方面的看法和成就。新乐府运动改变了诗歌内容受到传统限制的局面，将社会现实和乐府诗很好地结合在一起，成为一种新的诗歌发展体裁。白居易和元稹二人努力推进的“元和体”，没有过多的政治色彩，主要在以情动人，诗体和声韵上都有新的变化，用平易动人的诗句抒写生活情怀，这也成为当时诗歌创作的一种流行趋势。文学理论方面，白居易的诗歌理想是建立在他的政治理想之上的，强调诗歌美刺的教化作用，在《与元九书》中，特别强调诗歌的社会作用。他部分继承了杜甫诗歌的现实主义精神，用平易浅白的诗歌记录和反映当时的社会和政治生活，他的诗歌和对文学的态度在当时和现在都产生了不可估量的影响。

由于白居易前后期境遇不同，诗歌内容也有变化。前期的诗可以说及时、真实、准确地记录了社会上发生的重大事件以及出现的社会问题，针砭时弊，提出了自己的意见和看法。后期从被贬外放开始，他有更多的机会接触到民间的疾苦和大自然的山山水水，痛苦、感伤的情绪逐渐被超脱和达观所替代。无论是政治讽喻诗，还是山水田园诗，语言上来说都是平易浅俗的。据说白居易的诗，连溪边的老妪能都诵读。然而对于他的这种诗风，从唐朝开始就褒贬不一。主要原因就是诗歌语言平易近人的程度把握不好，就会丧失诗歌自有的含蓄魅力，平易近人的语言会给人带来亲切感，容易使人了解接受，但是过于浅显易懂，又会显得寡淡甚至是粗俗。在创作方法上，无论是写人叙事还是写景描画的诗歌，基本上是写实。他的《长恨歌》和《琵琶行》为我国古典叙事诗题写了新的篇章；对景物的描写，常常用以小见大、以少胜多的艺术手法，突出诗歌的主旨，这些作品在唐诗雄伟宏大的气象之外，开创出了新的诗歌天地。

【精彩片段】

新丰折臂翁[①]

戒边功也

新丰老翁八十八，头鬓眉须皆似雪。玄孙扶向店前行，左臂凭肩[②]右臂折。
问翁臂折来几年？兼问致折何因缘？翁云贯属新丰县，生逢圣代无征战。
惯听梨园歌管声，不识旗枪与弓箭。无何[③]天宝大征兵，户有三丁点一丁。
点得驱将何处去？五月万里云南行。闻道云南有泸水[④]，椒花落时瘴烟[⑤]起。
大军徒涉水如汤[⑥]，未过十人二三死。村南村北哭声哀，儿别爷娘夫别妻。
皆云前后征蛮者，千万人行无一回。是时翁年二十四，兵部牒[⑦]中有名字。
夜深不敢使人知，偷将大石捶折臂。张弓簸旗[⑧]俱不堪，从兹[⑨]始免征云南。
骨碎筋伤非不苦，且图拣退归乡土。此臂折来六十年，一肢虽废一身全。
至今风雨阴寒夜，直到天明痛不眠。痛不眠，终不悔，且喜老身今独在。
不然当时泸水头，身死魂飞骨不收。应作云南望乡鬼，万人冢上哭呦呦。
老人言，君听取。君不闻：开元宰相宋开府，不赏边功防黩武？
又不闻：天宝宰相杨国忠，欲求恩幸立边功。
边功未立生人怨，请问新丰折臂翁。

注　释

①新丰：新丰县，天宝七年（748 年）改为昭应县，故城在今陕西临潼县境内。
②左臂凭肩：左肩未折，搭在玄孙的背上行走。
③无何：不久。
④泸水：金沙江。
⑤瘴烟：恶性疟疾，传染性疾病。
⑥水如汤：像开水一样热。
⑦兵部牒：征兵名册。
⑧张弓簸旗：拉弓和摇旗。
⑨从兹：从此。

赏　析

此诗是白居易《新乐府》五十首中的第九首，作于元和四年。当时的白居易在京任职，意气风发，对很多社会问题都提出了看法。这首诗鲜明地体现了诗人关心民生疾苦的热忱和敢于揭露时弊的锐气。诗下有小序云："戒边功也"，已将意旨揭示得明明白白。

唐玄宗天宝年间的两次不义战争，朝廷大肆募兵，多少人妻离子散，而这些士兵再也没有回到中原故地，又有多少人因此家破人亡。据史书载，元和初，戍边将领为了向皇帝邀功，不断上书请求发动战争。用普通百姓、士兵的生命来换取将领的功绩。诗人呼吁统治者休止兵戈，听听百姓“边功未立生人怨”的控诉，劝诫当朝统治者要从正反两方面吸取教训，体恤百姓的怨苦，慎于开边用兵。

诗人并没有直接描写战争的残酷，也没有渲染沙场的惨烈，而是借一位折臂老人的独白，通过刻画老人的心理以及被召入伍者的痛苦来间接反映不义战争给人民带来的巨大灾难。这种方法较正面描写更为深刻。诗中那位折臂翁以自残身体保命为满足的形象，深刻地表现出人民反对穷兵黩武政策、渴望和平幸福的愿望。这首诗视角独特，折臂翁这一形象具有很强的现实意义，他对不义战争这种社会问题的揭露是鲜明而又尖锐的。全诗诗意明朗，语言浅易明白，显示了白居易《新乐府》创作的整体特色。

长相思（其一）

汴水[1]流，泗水流，流到瓜洲古渡[2]头。吴山点点愁。
思悠悠，恨悠悠，恨到归时方始休。月明人倚楼[3]。

注　释

①汴水：即汴渠，亦名蒗渠。

②瓜洲古渡：运河入长江的重要入口。

③月明句：在月光下倚楼怀望着在远方的恋人。

赏　析

《长相思》写的是一位女子倚楼思念亲人的情形。在皎洁的月光之下，年轻的女子望着脚下缓缓流过的河水，看着远处连绵的群山，不禁充满了无限的哀思。三个“流”字连用，在朗朗上口之外，又将水的蜿蜒曲折、悠远绵长生动地表现出来，同时也烘托出了一种脉脉不得语的气氛。两个“悠悠”的连用，更加强了愁思的绵长和强烈，好像无法排遣的哀思，到最后也是恨不到头。

这首诗语言平易流畅，音律和谐上口，以“恨”写“爱”，巧妙而又明了地勾画出了一个思女形象，表现出了思女复杂的感情。特别是那悠悠的流水和皎洁的月光，更烘托出了无限哀怨忧伤的情怀，极大地增强了作品的艺术感染力，显示出这首小词言简意深、词义蕴藉的特点。

阅读思考

1.《新丰折臂翁》中诗人是如何表达情感的？

2. 诗人对折臂翁的态度是同情多还是愤怒多？

3.《长相思（其一）》的画面感很强，试用自己的语言将这首诗描述出来。

【相关链接】

《长恨歌》的创作简介

《长恨歌》作于元和元年（806 年）冬。诗人出任盩厔县（今陕西周至县）尉，与友人陈鸿、王质夫同游仙游寺，道古论今，谈及唐玄宗的荒淫误国和杨贵妃的恃宠而骄，有感而发。根据王质夫的提议，诗人写成此诗，陈鸿作《长恨歌传》。

具体来说，诗人写作《长恨歌》时，距杨贵妃马嵬坡身死刚好五十年，诗人不是从历史的角度去探讨酿成安史之乱的社会原因，也不从政治的角度去评说李、杨在这场动乱中各自的责任，对好事者传播的各种宫闱秘闻也没有丝毫的兴趣；诗人以独特的视角审视李、杨故事，找到了最能牵动心弦的部分——爱情，这就是所谓“情理动于内”。诗人借李、杨之爱情，抒写自家心头的“长恨”。诗人之“恨”在于写作此诗之前，曾与徐州一女子有过一段缠绵难忘的情爱，后来终不能如愿。这一段情爱使诗人的心灵蒙受巨大的创痛。到此，我们才明白：《长恨歌》是另一首《潜别离》或《长相思》，他是感李、杨情事于外，触动诗人心灵创痛于内，借歌颂李、杨忠贞不渝的爱情，抒发诗人对美好爱情不能实现的绵绵长恨。《长恨歌》的结尾在尊重史实之余，更具一种个体的人性魅力，它很容易把我们带入那种爱而不得或者是痛失爱侣的情绪里。

杜牧：
借古讽今，文章传千古；清丽俊爽，诗赋动晚唐

吕惠静

【作家小传】

杜牧（803—约852年），字牧之，号樊川居士，京兆万年（今陕西西安）人。他出身于名门望族，祖父杜佑在中唐先后历任德宗、顺宗、宪宗三朝宰相，博古通今。其父杜从郁也官至驾部员外郎。

杜牧从小聪慧，广读经史，文才出众，擅长写作。他23岁便写出了流传千古的佳作《阿房宫赋》，当时的太学博士吴武陵对此文极为赞赏，认为作者有辅佐君王的济世之才，便向时任主考官的礼部侍郎崔郾极力推荐，甚至为此疾言厉色，要求把杜牧选为第一名。文宗大和二年（828年），26岁的杜牧进士及第，又考中了贤良方正科，被授弘文馆校书郎。杜牧的性格刚强正直，志向远大，节操不凡，直爽敢言，屡屡对国家大事发表自己的不同见解和意见。他先后被朝廷任为侍御史，逐步升到左补阙，历任黄州、池州、睦州刺史等职，以考功郎中的职务为皇帝起草诏书，晚年任司勋员外郎，官终中书舍人。

杜牧是多才多艺的文人，他的文学成就很高，诗、赋、古文都写得很漂亮，其中诗的成就最高。他的诗风格豪迈，笔力雄健，清新俊爽；题材广泛，长于讽喻，善于抒情写景，脍炙人口。杜牧是晚唐著名的诗人，时人为有别于杜甫称其为“小杜”，与同时代诗人李商隐齐名，并称为“小李杜”。他在骈文重新抬头的晚唐，坚持古文创作而颇有成就，散文多方面反映了晚唐社会现实。此外，他还喜欢论政谈兵，在军事方面也很有造诣，注有《孙子兵法》。同时，杜牧还是有名的书法家，擅长书画艺术，所写的行草笔力雄健，深得

六朝人风韵。

杜牧 50 岁时去世，临死的时候有感于仕途坎坷，未能实现自己出将入相、兼济天下的抱负，沉郁难平，就把自己写的很多文章都烧掉了。现在传世有《樊川文集》。

【作品导读】

杜牧身处文化传统深厚的家族之中，自有忧国忧民的情怀和经邦济世的抱负，正如他在《郡斋独酌》所云："平生五色线，愿补舜衣裳。"然而处于晚唐多事之秋，面对国势衰微、藩镇割据、宦官专权、民不聊生的时局，杜牧本想扶危济世，有所作为，却无奈仕途坎坷，政治困顿。不过"失之东隅，收之桑榆"，这样的身世遭遇却使得杜牧的文学创作大放异彩，诗、赋、古文样样精通。

每个优秀的文学家都有自己成熟的文学理论，它们就如同文学创作道路上的一盏灯，指引着文学家通往金碧辉煌的文学殿堂，采撷光彩夺目的文学明珠。杜牧作为晚唐时期为数不多的杰出文学家，自然也有自己一套运用自如的文学理论，他主张文学创作在注重思想内容的基础上辅之以气势、文采，好比一幅精美的油画，不仅需要具体的图像，还需要施加美妙的色彩，这样才能够情韵跌宕、摇曳生姿，令人赏心悦目。此外，他又强调诗歌创作"本求高绝，不务绮丽"，即作诗要立意高远、境界深厚，而不要金玉其外，败絮其中，只知矫揉藻饰而言之无物。在这样的文学理论指引下，杜牧的诗歌创作如同泥淖中盛开的一朵白莲，摆脱了晚唐普遍的萎靡之风，以独特的清丽俊爽之气飘香自溢。

杜牧的古体诗歌，师法杜甫，多叙写重大的社会政治题材，如同不畏严寒的苍翠松柏，骨气遒劲，豪健挺拔；杜牧的近体律诗和绝句，写景抒情，别有风味，尤其是绝句如同野外盛开的坚韧小花，清新含蓄，俊丽爽朗，一直为人们所喜爱并对后世产生了深远影响。杜牧的诗歌按题材大致分为三类：一类是政治诗，揭露晚唐藩镇割据、宦官专权的黑暗时局，代表作品有《感怀诗》《早雁》等；一类是咏史诗，借古讽今，既讽喻当朝的腐败政治，也包含着深厚的历史沧桑感与忧国忧民的情怀，代表作品有《过华清宫绝句三首》《赤壁》等；还有一类是写景诗，于清词丽句中显露高雅情趣，同时暗含时代感慨，代表作品有《山行》《泊秦淮》《秋浦途中》《江南春》等。

杜牧最鲜明的诗风特色是"清丽俊爽"，尤其是绝句让人觉得清丽可读、俊丽爽朗。诗歌就如同一面镜子，映照着时代的兴衰。受晚唐国势衰微的影响，晚唐诗人写景抒情普遍都笼罩在一片凄清冷落的时代氛围之下，诗风日见柔靡不振。然而杜牧却不同，尽管时代的衰微在他的创作中难免会有投影，但他经世致用的政治理想、忧国忧民的真挚情怀以及积极入世的人生态度，使得他对生活始终怀着热爱之情，甚至带有某种希望和信心，从而创造出了难得的清新明朗的诗歌艺术境地。

总之，具有远大的政治理想和积极的进取精神，是唐代进步知识分子的共同特点，而杜牧作为这一时代的优秀诗人之一，在暮霭沉沉的晚唐诗坛投下了最后一道理想的光辉，以豪壮气概反映了唐亡前夕有志之士企图挽回国运的幻想和努力。

【精彩片段】

长安秋望①

楼倚霜树外②，镜天无一毫③。
南山④与秋色，气势⑤两相高。

注　释

①秋望：在秋天远望。

②倚：靠着、倚在。霜树：指深秋时节的树，因木叶黄落，就越发显得高大挺拔。

③镜天：像镜子一样明净的天空。毫：非常细小的东西。

④南山：终南山。

⑤气势：气派、气概。

赏　析

这是一首高楼望远的赞秋之作，意境雄浑高远，风格清丽刚健，于晚唐普遍柔靡绮艳、风骨顿衰的诗风中独树一帜、摇曳生姿。

“高”是这首五言绝句的诗眼，楼高于树，山高于楼，天高于山，诗人以写意之笔勾勒着秋日高大挺拔的树木、高耸巍峨的南山、高远寥廓的天空，从而营造出一种雄浑高远的意境，让我们领略到了诗人宽广豪迈的胸襟与豁达乐观的精神品质。第一句，主要点明“望”的立足点，诗人登楼鸟瞰，自有一种高远之姿；第二句写仰望到的寥廓明净的秋日长空，眼界宏远；后两句写遥望到的高峻巍峨的南山之景，并与天朗气清、寥廓高远的秋色互相比配、互相衬托，从而更觉气势高远，意境雄浑。尤其是后两句以实托虚艺术手法的使用别出心裁，诗人用具体有形的南山衬托抽象虚泛的秋色，让我们不仅能具体感受到秋色之高远，还能领悟到诗人卓尔不凡的精神与性格。

登乐游原[①]

长空澹澹孤鸟没[②]，万古销沉[③]向此中。
看取汉家何事业[④]，五陵[⑤]无树起秋风。

注　释

①乐游原：古地名，遗址在陕西省西安市大雁塔东北，地势高旷，为登临游览胜地。西汉宣帝时，在此建乐游庙，故名。

②澹澹：广阔无边的样子。 没：消失。

③销沉：形迹消失。销：通“消”，消失、消散。

④汉家：汉朝，此有以汉喻唐之意。 事业：功业。

⑤五陵：汉代五个皇帝的陵墓，分别为汉高祖刘邦的长陵，汉惠帝刘盈的安陵，汉景帝刘启的阳陵，汉武帝刘彻的茂陵，汉昭帝刘弗陵的平陵。

赏　析

这是首怀古伤今的咏史感怀诗，于苍茫萧瑟的景象描写中寄寓了诗人深沉的历史感慨与沧桑的人生体验。第一句着眼于空间维度，在广袤无垠的天宇下，孤独的鸟儿飞过无痕，反衬着诗人遥望长空时真切感受到的渺茫感与孤独感；第二句着眼于时间维度，自古以来的一切都会淹没于浩瀚的时空长河中，不禁使人感受到人世沉浮的无奈、沧桑与悲凉；后两句写汉朝的功业曾经是多么辉煌，而如今不过是萧瑟的秋风伴着凄凉的坟冢。诗人不禁想到唐朝不也如此吗？从而生发出山河兴废、历史变幻、人生无常的悲凉感慨。全诗语言含蓄，意境开阔，风格雄浑，充分体现出杜牧绝句的无穷韵味与深沉的情感力量。

秋浦途中[①]

萧萧山路穷秋雨，淅淅溪风一岸蒲。
为问寒沙新到雁，来时还下杜陵无[②]？

注　释

①秋浦：即今安徽贵池，唐时为池州州治所在。会昌四年（884 年）杜牧由黄州刺史移任池州刺史，正是凉秋九月，此诗即为这次行役而发。

②杜陵：在长安西南，而诗人朝夕难忘的樊川老家就在这里。

赏　析

此诗是一首写景抒情的羁旅行役之诗。诗中为我们描绘了一幅山程水驿、凄风苦雨的羁旅行役图：萧瑟的秋雨、幽僻的山路、淅沥的溪风、摇曳的蒲苇、南来成群的鸿雁，营造出一种悲凉孤寂的意境，寓情于景，委婉含蓄地表达了诗人仕宦的艰辛、羁旅的孤寂及浓烈的乡愁。此外，后两句通过发问巧妙地运用了虚实结合的手法，即实写南来结伴的鸿雁，虚写诗人自己有家难归的流离之悲，婉转深情地表现着诗人对故乡亲人的思念，进一步反衬出羁旅途中诗人形影相吊的孤寂惆怅、悲凉无奈。此诗不愧是杜牧以韵取胜，含蓄蕴藉的绝句佳作。

怅诗

自是寻春去校迟[①]，不须惆怅怨芳时。
狂风落尽深红色[②]，绿叶成荫子满枝[③]。

注　释

①自是：都怪自己。校：即“较”，比较。

②狂风：自然界的风雨变幻，指代岁月的无情、人事的变迁。深红色：指代鲜花。

③子满枝：一语双关，既指花落结子，又暗指当年的妙龄少女今已结婚生子。

赏　析

这首诗以花喻人，借物抒怀，含蓄深沉。作者以自己寻春失时以致狂风催花，花谢果结，隐喻自己错失了与某位女性之间的美好姻缘，包含无限的惋惜与惆怅之情。同时，我们还可以体悟到一种哲理：机遇稍纵即逝，要学会准确地抓住一切可能的机遇，并且加倍地珍惜这种机遇。此诗最大的艺术特色便是比兴抒怀，通过隐喻使得诗意含蓄，耐人寻味。

阅读思考

1.《长安秋望》是如何营造高远意境的?

2. 试简要分析《秋浦途中》后两句的艺术特色。

3. 从杜牧诗歌中找出一篇你喜欢的绝句，试着结合诗人的时代背景、主导思想、创作风格来整体赏析诗歌。

【相关链接】

张好好诗卷

大和二年十月，杜牧进士及第后八个月，就奔赴当时的洪州，开始了长达十多年的幕府生涯。当时沈传师为江西观察使，辟召杜牧为江西团练巡官。沈杜两家为世交，沈氏兄弟也是文学爱好者，自然与杜牧的关系颇为密切。杜牧撰写《李贺集序》，就是应沈传师之弟沈述师所请。而且杜牧也经常去沈述师家，听歌赏舞，蹭饭蹭酒，还对沈家中的一个歌女张好好产生好感，可惜主人对此女子也分外珍惜，抢先一步，成全了自己，将她纳为小妾，使杜牧空有羡渔之情。

大和八年，杜牧在洛阳与张好好不期而遇，此时的张好好已经沦落为他乡之客，以当垆卖酒为生。杜牧感慨万分，便写了一首五言长篇《张好好诗》，由于情绪饱满，此诗不仅文笔清秀，而且书法更为飘逸，为杜牧赢得了书法家的美名。

李商隐：咏史讽喻忧时政，无题抒怀写性灵

何昶熠

【作家小传】

李商隐是晚唐一位独树一帜的诗人。安史之乱后，唐代诗坛失去了原来李白诗歌慷慨激昂的气魄，而转向沉静内敛的意象创造，诗人气骨顿衰。但是李商隐借助中唐时期兴盛的传奇小说中的爱情题材，又将唐诗的发展提升到了一个新的高度。李商隐，字义山，号玉溪山、樊南山。李商隐的童年并不安定，因为父亲为官，他随着父亲辗转从河南获嘉到江浙。可是十岁那年，父亲却不幸病故了，失去了父亲的保护，尚未懂事的李商隐与母亲只能回到故乡。李商隐从小学习非常刻苦，17 岁的时候谒令狐楚颇受赏识，度过了一段比较风光的日子，后来令狐楚病逝，无路可走的李商隐又入了王茂元幕府，凭借自己过人的学识得到王茂元赏识，并娶了王茂元的女儿。当时朝廷内部派系斗争非常激烈，令狐楚与王茂元属于不同的派系，在王茂元这一派，李商隐因曾经谒令狐楚而得不到足够的信任，也得不到重用，而令狐楚儿子则因为李商隐转投到了王茂元一派，视其为“背恩”。这种先后投奔两个对立派系的经历注定了李商隐在政治上是不会有太大作为的，辗转于官场却始终无法发挥自己的才能使他陷入了深深的痛苦中，郁郁寡欢。在最后一次赴梓州为官时，妻子不幸病故，雪上加霜，更加深了他的痛苦。从小就失去父亲，与母亲相依为命的经历与长大后的仕途不顺，使李商隐的性格变得敏感内向而又细腻，这些细腻的情感借助于诗歌表达出来，内中蕴涵着丰富的情感活动。李商隐的诗歌虽然没有李白诗歌气势磅礴的浪漫，但仍然为晚唐诗坛增添了不少亮色。

【作品导读】

李商隐的诗歌内容丰富，既有政治诗，也有对自己的人生感慨，他的咏物诗也颇有建树，但是最使李商隐独踞诗坛一角的当属以“无题诗”为主的爱情抒情诗。而不论是政治诗还是爱情诗，里面都包含着李商隐深深的惆怅。这样多愁善感的性格的形成与其生活环境不无关系。李商隐父亲李嗣去世后，他与母亲同回故乡。虽然回到故乡，但却得不到同族人的照顾，虽在故乡，却实与异乡无异，加上从小身体不好，形成了他多愁善感的性格。李商隐将希望寄托在科举上，希望能通过科举走入仕途来振兴家业，但是由于先后入不同幕府，并且又分属于两个水火不容的派系，使得他在两边都得不到重用，渴望通过仕途振兴家业的愿望一次次受到挫败。反映在诗歌上，就是诗歌的格调充满凄惘的感觉。

李商隐是个关心国家命运的诗人，历来对于李商隐的研究主要集中在他的爱情无题诗上，但是他的政治讽谏诗也有一百来首，在其所有诗歌中比重并不小。他的这些政治讽谏诗，构成了一幅广阔的社会生活图画，深刻刻画了唐朝自安史之乱后，逐渐走向衰落的历史，反映了当时宦官专权残暴，党系斗争残酷激烈，治安混乱，民不聊生的状况。如《贾生》一诗，则借贾谊宣室夜召借题发挥，“不问苍生问鬼神”讽刺了唐代后期的皇帝信鬼不信贤，不任用贤才的社会现状。

李商隐的“无题诗”一直以来颇受关注，这些诗的主题也是历来评论家和读者所探讨的重要问题，或描写爱情，或抒发政治感慨，或表达人生境遇，众说纷纭，造成了主题的难确定性。这主要是因为李商隐常常是通过一系列的意象来表达内心情感的，而这些意象又均不指实。不像一般诗人取材于现实生活，李商隐的意象类似“灵台”“月魄”一类并不存在于现实生活中，我们很难将其对应到现实情感中而与作者产生共鸣。同时，诗人在使用这些意象时，所关注的点往往不在意象本身，而在意象所传达出来的感情上面，作者情感极其细腻丰富，并借助意象将这种丰富的情感表达出来。此外，诗人所选择的意象，不仅难以在现实生活中找到客观存在，而且这些意象都带有一种凄艳的色彩，恰与作者的内心情感相呼应，读者也就很难去体味其中所蕴涵的真实情思。

在意象的排列上，李商隐则是用情感将这些意象罗列出来，呈现在诗歌中，则表现为意象的跳跃变化。李商隐诗歌多义性最根本的原因在于，他把心灵世界作为表现对象，诗歌常常写的不是一时一事，而是整个复杂的心境。

我们在阅读这一类诗时，其实并无必要深钻诗歌所要表达的主题，所谓“诗无达诂”即在于此。能做到把握诗人借助这些意象所创造出的凄艳浑融的诗境美，来感受诗人沉博艳丽的心弦，就可以了。

【精彩片段】

贾 生

宣室求贤访逐臣，贾生才调更无伦。
可怜夜半虚前席，不问苍生问鬼神。

赏　析

李商隐是一位非常关心国家命运的诗人，他有很多政治讽喻诗，这些诗不仅深刻揭露了当时尖锐的社会矛盾，同时也寄托着作者自己的情感。《贾生》这首诗中，作者一方面表达了对时政的忧虑，另一方面也表达了自己怀才不遇的惆怅。诗中的主人公贾谊是西汉著名的政论家，提出了诸多的政治主张，但却屡遭贬斥，郁郁而终，与一生挣扎在两个派系中，不得在仕途上有所作为的诗人李商隐有着共通的情感。唐代后期的皇帝偏信鬼神，不任用贤臣，导致国家一日日衰落下去，这首诗正是李商隐对此状况的讽喻。

安定城楼

迢递高城百尺楼，绿杨枝外尽汀洲。
贾生年少虚垂涕，王粲春来更远游。
永忆江湖归白发，欲回天地入扁舟。
不知腐鼠成滋味，猜意鹓雏竟未休。

赏　析

李商隐因为受到朋党势力的排斥，在考取进士后参加吏部博学宏词科考试的时候，不幸落选，伤心忧郁的诗人登上了安定城楼，看着绿杨树边的沙洲，心中无限感慨，不被重用的又何止是自己一个啊，看看贾谊，再看看王粲，谁不曾经历过这种痛苦！他本来只想在施展抱负后逍遥远去，可是如今却连这样的机会都没有，都是因为那些谄媚小人，他们的位置他向来不感兴趣，他们也无需杞人忧天，庸人自扰！诗人并不因为小人的谗害而气馁，对自己的志向无比坚定，充分体现了作者的豪情壮志。作者最后一句化用庄子典故，鹓雏是指志向高洁之士，用作自比；腐鼠是指那些朋党势力占据的官位。

作者抒发了自己对于这些人的蔑视，体现了他不汲汲于荣利的狷介品质，也反映了他睥睨一切的精神状态。

无 题

昨夜星辰昨夜风，画楼西畔桂堂东。
身无彩凤双飞翼，心有灵犀一点通。
隔座送钩春酒暖，分曹射覆蜡灯红。
嗟余听鼓应官去，走马兰台类转蓬。

赏 析

这首诗描写了一段只可意会不可言传的恋情。在那个美丽的夜晚，天空有星星点缀，凉风轻轻吹拂在耳旁，此时的酒筵正在兴头，我和心爱的人互相陪伴。咱俩的心意就像是灵犀一般心心相印，与你的嬉戏行酒，都是此生不可多得的美景。可是最终好席将散，上朝的时刻就要到了，我只能离开。作者描绘了宴席上的欢愉，如今却只能回忆，当时的热闹与如今的萧索互相映衬，刻画了一幅凄美的风景。“身无彩凤双飞翼，心有灵犀一点通”则成为了千古流传的佳句，来形容两个人之间很有默契。

阅读思考

1. 阅读《贾生》，感受李商隐诗歌不同于“无题诗”的特点。
2. 找出李商隐的其他“无题诗”，学会体味这些爱情诗中所蕴涵的情感。
3. 南宋词人柳永擅长爱情主题的词，阅读这两位大家的诗词，比较不同。

【相关链接】

通过前面的阅读，我们了解到，李商隐不仅是一位擅长写凄惘爱情的诗人，也是一位非常关心国家命运的诗人。安史之乱后，国运每况愈下，大唐王朝告别了歌舞升平的盛世而走向了末路，面临这样的状况，诗人们开始思考导致如今局面的真正原因。诗人李商隐也不例外，他用《马嵬》一诗抒发了对于对国家命运的沉痛思考。“海外徒闻更九州，他生未卜此生休。空闻虎旅传宵柝，无复鸡人报晓筹。此日六军同驻马，当时七夕笑牵牛。如何四纪为天子，不及卢家有莫愁？”作者将导致战争爆发的矛头指向了唐玄宗，认为正是因为唐玄宗与杨贵妃沉湎于欢歌作乐之中，才会导致如今的江山美人尽失！当时的“七夕笑牵牛”也只能永远地成为过去，作者甚至在尾联对唐玄宗发出辛辣的嘲讽和诘问：当了四十多年的皇帝，怎么却保护不了自己的妃子，还不如普通百姓能与妻子长相厮守呢！这首诗和同样以李、杨关系为题材的《长恨歌》形成了有趣的对比。

关于李商隐，还有一件趣事，当李商隐扬名长安的时候，白居易已经告老还乡了，无意之间读到李商隐的诗歌和文章后，佩服得五体投地，立马变成了李商隐的“粉丝”，甚至还说要当李商隐的儿子，李商隐知道后受宠若惊。几年后，白居易病逝，李商隐喜得贵子，就将孩子视为白居易的转世而取名为白老，可惜，白老生性愚笨，哪里有白居易的影子！这也让李商隐郁郁寡欢，还断言说孩子肯定不是白居易转世的。后来，晚唐大词人温庭筠知道后，就揶揄白老说：“白老呀白老，你小子肯定不是老白转世投胎的，要是的话，那不是丢尽了老白的脸面吗？”

欧阳修：文亦起八代之衰，词能尽两宋之美

郭晓芳

【作家小传】

欧阳修生活在北宋时期（1007—1072 年），他是北宋开创一代文章新风的文坛领袖。字永叔，号醉翁，晚年又号六一居士，庐陵（今属江西吉安）人。他自幼丧父，生活贫困，他的母亲郑氏亲自教他读书。小时候常常以芦秆代笔，在沙上写字，郑氏还常常对他讲述其父生前廉洁仁慈的事迹。良好的家教对欧阳修成长为杰出的政治家、文学家打下了坚实的基础。欧阳修于宋仁宗八年（1030 年）进士及第，次年任西京留守推官，结识了尹洙、梅尧臣等人，彼此志同道合，共同致力于诗文革新。他乐于奖掖后进，荐拔了三苏父子等一大批人才。 他勇于言事，耿介敢谏，曾被贬夷陵县令。庆历新政失败后，又被贬往滁州等地。晚年官至参知政事，65 岁致仕，定居颍州，次年病逝，谥文忠，著作有《欧阳文忠公集》。后人又将其与韩愈、柳宗元和苏轼合称“千古文章四大家”。与韩愈、柳宗元、苏轼、苏洵、苏辙、王安石、曾巩被世人称为“唐宋散文八大家”。

欧阳修是宋代的文坛领袖，领导了北宋诗文革新运动，继承并发展了韩愈的古文理论。他的散文创作的高度成就与其正确的古文理论相辅相成，从而开创了一代文风。欧阳修在变革文风的同时，也对诗风词风进行了革新。在史学方面，欧阳修也有较高成就。

【作品导读】

欧阳修博学多才，诗文创作和学术著作都卓有成就，为天下人所仰慕。他对政事、文学都有自己独到的见解。他认为“文章止于润身，政事可以及物”。他以文人和政客的双重身份入主文坛，团结同道，培养后进。苏洵、王安石

曾受他的引荐，苏轼、苏辙、曾巩更是他一手提拔起来的。

欧阳修一生著作颇多，成绩斐然。他曾参与合修《新唐书》，并独撰《新五代史》，又编《集古录》，有《欧阳文忠集》传世。其代表作品如下：

文章：《朋党论》《五代史·伶官传序》《醉翁亭记》《丰乐亭记》《秋声赋》《祭石曼卿文》《卖油翁》等；

词作：《采桑子（群芳过后西湖好）》《诉衷情（清晨帘幕卷秋霜）》《踏莎行（候馆梅残）》《生查子（去年元夜时）》《朝中措（平山栏槛倚晴空）》《蝶恋花（庭院深深深几许）》等；

诗作：《戏答元珍》《题滁州醉翁亭》《忆滁州幽谷》《画眉鸟》等。

欧阳修的散文题材丰富，形式多样。他的政论文慷慨陈词，感情激越；史论文则低回往复，感慨淋漓；其他散文更加注重抒情，哀乐由衷，情文并至。《朋党论》是欧阳修于庆历三年（1043 年） 任谏官时写给仁宗皇帝的一封奏章。宋仁宗景祐三年（1036 年），范仲淹因向仁宗献《四论》得罪仁宗而被贬。欧阳修为此事不平，写信对诬陷范仲淹的高司谏予以斥责，当时的尹洙、余靖也上书仁宗劝阻，结果都为此而贬官，并被守旧势力诬蔑为“党人”，由此，“朋党之论”起。庆历三年，宋仁宗欲进行改革，又重新重用范仲淹等人，成为历史上有名的“庆历新政”。以夏竦、吕夷简为首的保守派广造舆论，竭力攻击、诽谤范仲淹等延用朋党，朝廷内“朋党之论”再起。欧阳修为驳斥保守派的攻击，辨朋党之诬，写了《朋党论》一文，旗帜鲜明地提出“小人无朋，唯君子则有之”的论点，有力地驳斥了政敌的谬论，显示了革新者的凛然正气和过人的胆识，希望仁宗明鉴，文章中层层对比，事理结合，具有极强的说服力。欧阳修的这一类文章具有积极的实质性内容，是古文的实际功用和艺术价值有机结合的典范。

欧阳修对北宋诗文革新贡献颇著，在诗坛上，他一方面反对西昆之风，另一方面利用主持贡举的机会，极力压制“太学体”，终于使韩柳以来优良的古文传统在北宋文坛上确立了地位。推崇韩柳古文理论的同时，他还提出文道并重的思想，“道纯则充于中者实，中充实则发为文者辉光。”这种文道并重的思想有两重意义：一是把文学看得与道同样重要，二是把文学的艺术形式看得与思想内容同样重要，大大地提高了文学的地位。

作为开创风气的一代文宗，欧阳修对词风的革新主要表现在以下两方面：一是扩大了词的抒情功能，沿着李煜开辟的方向，进一步用词来抒发自我的人生感受。有名的如：《朝中措·平山堂》（平山栏槛倚晴空）、《圣无忧·乌夜啼》(世路风波险)。二是改变了词的审美趣味，朝着通俗化的方向开拓，而与柳永词相互呼应，比如《玉楼春》(夜来枕上闲事)。他还主动学习民间歌谣，如《渔家傲》“鼓子词”。

【精彩片段】

泷冈阡表(节选)

修不幸，生四岁而孤[①]。太夫人守节自誓；居穷[②]，自力于衣食[③]，以长[④]以教，俾[⑤]至于成人。太夫人[⑥]告之曰：“汝父为吏廉，而好施与，喜宾客；其俸禄虽薄，常不使有余。曰：‘毋以是为我累。’故其亡也，无一瓦之覆、一垄之植以庇而为生。吾何恃而能自守邪？吾于汝父，知其一二，以有待于汝也。自吾为汝家妇，不及事吾姑[⑦]，然知汝父之能养[⑧]也。汝孤而幼，吾不能知汝之必有立；然知汝父之必将有后也。吾之始归[⑨]也，汝父免于母丧[⑩]方逾年，岁时祭祀，则必涕泣，曰：‘祭而丰，不如养之薄也。’间御[⑪]酒食，则又涕泣，曰：‘昔常不足，而今有余，其何及也！’吾始一二见之，以为新免于丧适然耳。既而其后常然，至其终身，未尝不然。吾虽不及事姑，而以此知汝父之能养也。汝父为吏，尝夜烛治官书[⑫]，屡废而叹。吾问之，则曰：‘此死狱也，我求其生不得尔。[⑬]’吾曰：‘生可求乎？’曰：‘求其生而不得，则死者与我皆无恨也；矧[⑭]求而有得邪，以其有得，则知不求而死者有恨也。夫常求其生，犹失之死，而世常求其死也。’回顾乳者剑[⑮]汝而立于旁，因指而叹，曰：‘术者谓我岁行在戌[⑯]将死，使其言然，吾不及见儿之立也，后当以我语告之。’其平居教他子弟，常用此语，吾耳熟焉，故能详也。其施于外事，吾不能知；其居于家，无所矜饰，而所为如此，是真发于中者邪！呜呼！其心厚于仁者邪！此吾知汝父之必将有后也。汝其勉之！夫养不必丰，要于孝；利虽不得博于物，要其心之厚于仁。吾不能教汝，此汝父之志也。”修泣而志之，不敢忘。

注　释

①孤：古时年幼就死了父亲称孤。

②居穷：家境贫寒。

③衣食：指生活。

④长（zhǎng）：抚养。

⑤俾（bǐ）：使达到某种程度。

⑥太夫人：指欧阳修的母亲郑氏。古时列侯之妻称夫人，列侯死，子称其母为

太夫人。

⑦姑：丈夫的母亲，这里指欧阳修的祖母。

⑧养：奉养，指孝顺父母。

⑨始归：才嫁过来的时候。古时女子出嫁称归。

⑩免于母丧：母亲死后，守丧期满。旧时父母或祖父死，儿子与长房长孙须谢绝人事，做官的解除职务，在家守孝二十七上月（概称三年），也称守制。免，指期。

⑪间御：有时候吃着。

⑫官书：官府的文书。这里指刑狱案件。

⑬求其生不得：指无法免除他的死刑。

⑭矧：（shěn）：况且。

⑮剑：抱。《礼记·曲礼上》："负剑辟咡诏之。"郑玄注："剑谓挟之于旁。"

⑯戌：地支的第十一位，可与天干的甲、丙、戊、庚、壬相配来记年。

赏　析

《泷冈阡表》是欧阳修在其父下葬六十年之后所写的一篇追悼文章，是他精心创制的一篇力作。全文平易质朴，情真意切，历来被视为欧文的代表作品。与唐代韩愈的《祭十二郎文》、清代袁枚的《祭妹文》同被称为"千古至文"。本文所选的是其中的第二段，作者处处借助太夫人口中所反复出现的一个"知"字（"知汝父之能养"，"知汝父之必将有后"），缅怀往事，追述亡父行状，语言普通家常，无任何修饰，却催人泪下，可谓语浅情深。

戏答元珍①

春风疑不到天涯，二月山城②未见花。
残雪压枝犹有橘，冻雷惊笋欲抽芽。
夜闻归雁生乡思③，病入新年感物华④。
曾是洛阳花下客⑤，野芳⑥虽晚不须嗟！

注　释

①戏答元珍：一作《戏答元珍花时久雨之什》。这是作者被贬为峡州夷陵（今湖北宜昌市）县令时酬答丁宝臣的诗。丁宝臣，字元珍，时为峡州判官。

②山城：靠山的城垣，指夷陵。

③夜闻归雁生乡思：一作"夜闻啼雁生乡思"。

④物华：泛指万物。如唐代杜甫《曲江陪郑八丈南史饮》之“自知白髮非春事，且尽芳樽恋物华”，宋代柳永《八声甘州》之“是处红衰翠减，苒苒物华休”。

⑤洛阳花下客：作者曾为洛阳留守推官。北宋时洛阳的花园最盛，牡丹尤其著名。作者曾写过《洛阳牡丹记》和《洛阳牡丹图》等诗作。

⑥野芳：野花。

赏　析

宋仁宗景三年（1036 年），欧阳修被贬为峡州夷陵县令。第二年春天，欧阳修给朋友丁宝臣写了《戏答元珍》这首七言律诗。诗题以“戏”字开头，声明诗不过是游戏之作，其实正是他受贬后政治上失意的掩饰之辞。全诗清新婉丽，韵味深厚，语言新巧，对仗工整。先是描写荒远山城的凄凉春景，接着抒发自己贬谪山乡的寂寞情怀及眷眷乡思，最后又自我宽慰。看似超脱，实是悲凉，表现出作者平静的表面下深沉的痛苦。但作者并未因此而丧失信心和希望，而是更多地表现了自己面对困境的抗争精神。

阅读思考

1. 欧阳修有哪些代表作品？

2. 简述《泷冈阡表》的写作背景和行文特点。

3.《戏答元珍》一诗中“冻雷惊笋欲抽芽”运用了怎样的艺术手法？前两联描写了怎样的情景？

【相关链接】

少年欧阳修妙对对联

少年时代的欧阳修家贫如洗，为觅生计和求学，四处奔波。十二岁那年的一天，他身背书囊，匆匆行至襄阳城下，见城门已关，抬头望见城头有一个老兵把守，便拱手施礼道：“烦请老伯开门，放学生进城好吗？”老兵问：“城下何人？为何现在进城？”欧阳修答道：“读书人远道而来，进城求宿。”老兵本不敢违例开城门，但听出是个很懂礼貌、很有点口才的小学生，顿起爱怜之心，说道：“既是书生，我出一联，对得出，放你进城；对不出，明晨再进。”欧阳修答道：“遵命。”老兵念道：“开关早，关关迟，放过客过关。”欧阳修一听这上联，看似随便说出，其实叠字连用，暗藏机巧，便接上说：“出对子容易，对对子难啊，请先生先对吧。”老兵大声道：“我是要你对的！”

欧阳修笑道："学生已经对过了。"老兵一想，恍然大悟，立即下城楼开了城门。讲到这里，也许有人会问："对联讲究的是字数相等，既然上联十一个字，下联怎么是十六个字呢？"其实，这副对联是：开关早关关迟放过客过关，出对易对对难请先生先对。

王安石：诗重革新自成一体，文求经世忧国忧民

吕惠静

【作家小传】

王安石，字介甫，号半山，1021 年生于临川（今江西抚州市临川区），是北宋著名的政治家、改革家、思想家、文学家。他出生在一个小官吏家庭，受到较好的教育，从小就喜欢读书，而且记忆力超群，《宋史》称他一过目就能终生不忘。

王安石本性简朴，有时甚至到了邋遢的地步，衣服脏了不换，脸脏了也不洗，苏洵讽刺他说“这么不近人情的人，很可能会成为奸人”。

庆历二年（1042 年），王安石考中进士，随后陆续担任过扬州签判、鄞县知县、舒州通判等职务，政绩显著。他性格强韧，对自己的意见和看法固执坚持，而且博学善辩，抒发自己的观点时引经据典、滔滔不绝，名相韩琦认为他当翰林学士游刃有余，但宰相的位置却不适合他。熙宁二年（1069 年），王安石担任参知政事，次年拜相，推行新法，史称“王安石变法”。五年后因为守旧派的反对被罢相，一年后又被再次任命为宰相，但熙宁九年又被撤职。元祐元年（1086 年），保守派得势，全部废除新法，郁闷中的王安石病逝于钟山（今江苏南京），谥号“文”，故世称王文公。

王安石文学成就突出，诗歌方面，早年求新求变，喜欢用散文的笔法、议论的手法来作诗，对宋诗瘦硬诗风的开拓起到了重要作用。晚年诗风转向含蓄深沉。他的词虽不多但风格高峻，代表作是《桂枝香·金陵怀古》。他的散文论点鲜明、逻辑严密，有很强的说服力，注重文章的实际效用，名列“唐宋八大家”。有《王临川集》《临川集拾遗》等传世。

【作品导读】

王安石处于北宋积贫积弱、政治腐败、民生凋敝的时期，面对黑暗现实，他自觉继承了杜甫“忧国忧民”的现实主义精神与爱国主义情怀，而当我们细细咀嚼他的诗文时便可以体会到诗人那颗饱含热忱的赤子之心。王安石在江西喜好论辩的士风熏陶下，逐渐形成了孤高耿直的个性，这更激发了他不满现实、要求改革的强烈愿望，而“千门万户曈曈日，总把新桃换旧符”这种“主变求新”的革新思想不仅贯穿了他的政治生涯，也贯穿了他的文学生涯。

作为北宋耀眼的文学之星，王安石的诗、文、词都别具一格，熠熠生辉，但最为绚烂的部分还属他的诗歌创作。他不仅是同时代中存诗最多的诗人，更为关键的是在看似无法企及的唐诗高峰下，他力主诗歌求新求变，最终使得宋诗别开生面、独树一帜。

王安石的诗歌创作大致以熙宁九年罢相归隐为界，可分为前后两期。前期，王安石犹如一只奔跑在幽暗政治森林中的雄狮，诗歌创作“不平则鸣”，揭露社会黑暗，反映民生疾苦，风格显得瘦硬雄直，继欧阳修、梅尧臣之后，进一步扫清了宋初的绮靡之风，为宋诗独树一帜的风格开辟做出了贡献。晚年，王安石犹如倦飞归还的鸟儿，收拢双翅，退居钟山，心境两闲，风格也变得深婉不迫，有向唐诗丰韵复归的痕迹。具体而言，王安石后期创作以七言绝句为主要载体，精心打造着一朵朵雅丽精绝的诗歌艺术之花，由于他下字工、用典切、对偶精，终以含蓄深沉的风格在当时诗坛上自成一家，世称“王荆公体”，影响深远。

王安石的诗歌内容可谓绚丽多姿，有政治诗、咏史诗、咏物诗和写景诗。他的政治诗如《兼并》《收盐》等，像锋利的匕首般直刺了黑暗现实，揭露了官场腐败，让我们深刻体会到了诗人热忱真挚的忧国忧民情怀；他的咏史诗如《商鞅》《明妃曲》等，通过对历史人物的评价，表现了自己的远大政治抱负和批判精神；他的咏物诗如《梅花》《北陂杏花》等，犹如一幅幅志行高洁、光明磊落、顽强不屈性格的自我写真；他的写景诗如《书湖阴先生壁》《雪干》等，大都是绝句佳作，于工切圆熟中见拗健诗味，既体现了宋诗风貌的部分特征，又体现了向唐诗复归的倾向，最能代表王安石自成一体的独创特色，历来为人们所喜爱并名之为“半山体”。值得一提的是，王安石注重以日常生活题材入诗，如《棋》《题画》《题扇》等选材大胆，描写细致，曲折尽意，这点对宋诗风气也产生了深远影响。

王安石对诗歌题材和内容的拓展自然也带来了创作手法的创新。他不仅用诗歌抒情，还用诗歌说理、叙事，这样就使得诗歌趋于散文化、议论化，从而表现出以文为诗、以议论为诗的宋诗艺术特色。此外，他喜欢在诗歌中使用典故，也善于化用前人诗句，从而使得诗歌像“脱胎换骨”一样开辟出新的境界，从而表现出宋代“以才学为诗”的艺术特点，同时也让我们嗅到了浓厚的书卷气息。

【精彩片段】

明妃曲（其一）

明妃①初出汉宫时，泪湿春风②鬓脚垂。
低徊③顾影无颜色，尚得君王不自持④。
归来却怪丹青手⑤，入眼平生几曾有；
意态由来画不成，当时枉杀毛延寿。
一去心知更不归，可怜着尽汉宫衣⑥；
寄声欲问塞南⑦事，只有年年鸿雁飞。
家人万里传消息，好在毡城⑧莫相忆；
君不见咫尺长门闭阿娇⑨，人生失意无南北。

注　释

①明妃：王昭君。

②春风：比喻面容之美。

③低徊：徘徊不前。

④不自持：不能控制自己的感情。

⑤丹青手：指画师毛延寿。他是汉元帝时期的画师，相传他给宫女画像的时候，宫女们送点礼物给他，他就画得美一点，但王昭君不愿意阿谀奉承他，他就没有把王昭君的美貌如实地画出来，而是在她的画像上点上了丧夫落泪痣。后来直至匈奴和亲之时，汉元帝才得以一睹昭君的芳容，一见倾心却为时已晚，就一怒之下杀了毛延寿。

⑥着尽汉宫衣：指昭君仍全身穿着汉服。

⑦塞南：指汉王朝。

⑧毡城：指匈奴王宫。

⑨长门闭阿娇：西汉武帝曾将陈皇后幽禁长门宫。阿娇：陈皇后小名。

赏　析

这是王安石一首早期咏史抒怀的古体诗，不仅主题深刻，带有普遍意义，而且艺术求新，因而在同类以昭君为题材的作品中脱颖而出。

内容上，前半部分表现昭君之美：诗人选取昭君离宫时的一个细节“泪湿春风鬓脚垂”，正面写其凄美；借汉元帝侧面衬托其艳美；又以议论之笔为毛延寿翻案，来表现昭君之美不仅局限于外表，更在于内在的气质风韵，其中隐含着对汉元帝不识内在、昏庸浅薄的讽刺。后半部分写昭君远赴异域，身处绝塞，眷恋故国却无由得还的不幸遭遇。最后关联自己，发出感慨“人生失意无南北”，同时也揭示出封建时代“人生失意”和“士人不遇”的普遍性。全诗借昭君之事抒写自己怀才不遇的愤懑，并委婉地指责了封建统治者的刚愎愚蠢及对人才的埋没、扼杀，从而升华了主题。

艺术上，借古喻今，借人喻己，议论自然，用典含蓄。首先，诗中议论倾向明显且与抒情较好地结合，诗人把昭君既作为吟咏抒情的对象，又作为议论的题材，立意新颖；其次，用阿娇之典发出亘古之论，用典自然又含蓄。

书湖阴先生壁①

茅檐②长扫净无苔，花木成畦③手自栽。
一水护田④将绿绕，两山排闼⑤送青来。

注　释

①书：书写，题诗。湖阴先生：名杨得逢，是王安石在江宁时一位隐居不仕的邻居，此诗描绘的就是杨得逢住处附近清雅秀丽的自然景色。

②茅檐：茅屋檐，此处指庭院。

③成畦：成垄成行。畦：经修整的田地。

④护田：护卫、环绕着田园。

⑤排闼：开门。闼：小门。送青来：送来绿色。

赏　析

此诗是王安石后期的七绝“半山体”代表作，他退居江宁时，常常寄情山水以求心理平和恬静。

全诗由内及外，由近及远，动静相生，饶有趣味。本诗一二句写院内近景，寓动于静，语言质朴自然。“茅檐”洁净是“长扫”的结果，“花木成畦”是主人亲手“栽”种的结果，两个动词，便使得静中有动，景中有人，从而为景物画面增添了生活气息，同时也暗含了主人洒扫种植的怡然自乐与淡泊高雅的情致追求。三四句转向院外远景，对仗工整，化静为动，用典自然。首先，“一水”“两山”对仗工整，“将绿绕”“送青来”既有鲜明色彩，又描绘出溪水曲折回环，山峦当窗呈翠；其次，使用具有感情、动作的“护田”“排闼”两词，拟人化地表现着溪水殷勤地环绕田亩，似乎在赞赏主人躬耕陇亩的辛勤，而青山主动地推门而入，呈送着青翠山色，好像也理解着主人寄情山水的意趣，从而化动为静，情趣相生；再次，用典自然，此处“护田”和“排闼”使用了典故，分别出自《汉书·西域传序》和《汉书·樊哙传》，从而增添了诗句的书卷气息。

阅读思考

1. 试简要分析《明妃曲（其一）》的主旨意蕴。
2. 试简要分析《书湖阴先生壁》的艺术特色。
3. 王安石诗歌的创作手法有哪些革新？

【相关链接】

清廉朴素

王安石做北宋宰相的时候，儿媳妇家的亲戚萧公子来京城拜访王安石。王安石邀请萧公子吃饭，萧公子便盛装前往，料想王安石一定会用盛宴款待他。过了中午，萧公子觉得很饿，可又觉得这样离开不合时宜。又过了很久，王安石才邀他入座，但是桌上并未准备丰盛的菜肴。此时，萧公子就觉得很奇怪，他怏怏不乐地喝了几杯酒后，才上了两块胡饼，接着上了四份切成块的肉以及一些简单的菜羹。这使得萧公子很不快，于是骄横的他只吃了胡饼中间的一小部分，而留下了四边。之后，让萧公子没想到的是王安石竟然把剩下的饼拿过来吃了，他只能惭愧地告辞了。从这个小故事我们便可以看出王安石位居宰相仍清廉朴素的操守，足见他高尚的精神品质。

于谦：爱国诗人传正气，救时宰相秉忠魂

刘 婷

【作家小传】

于谦（1398—1457 年），字廷益，号节庵，浙江钱塘人，是明朝有名的忠臣，同时也是一位伟大的民族英雄。他的官位很高，一直做到了少保，因此，世人称他为于少保。于谦的曾祖父于九思在元朝时离开家到杭州做官，于是就把家迁到了钱塘太平里，所以史上记载于谦为钱塘太平人。1398 年，于谦诞生在钱塘太平里（今杭州清河坊祠堂巷）。少年时期的于谦读书非常用功，并且怀有报效祖国的高远志向。永乐帝执政时，于谦考中了进士，从此便踏上仕途。他的一生曾做过江西巡按，河南、山西巡抚，为官十九年，勤政为民，两袖清风，时时事事为人民考虑，深得百姓的爱戴。于谦与岳飞、张煌言都是杭州人，并且都是大忠臣，所以，后人将他们并称为“西湖三杰”，以表达对其钦佩敬慕之情。

1449 年 7 月，瓦剌部进兵明朝边界，明英宗在宦官王振的怂恿下，不顾群臣劝阻，仓促率五十万军队亲征，但因无险可守、水源不足，五十万精兵全军覆没，明英宗也被俘虏，历史上称为“土木堡之变”。经过这次战役，明朝的精锐部队基本都被葬送，朝中所剩只有老弱残兵，并且不足十万，明朝帝都北京城危在旦夕。此时担任兵部右侍郎的于谦，毅然挑起了保卫北京城的重担。他先是怒斥徐珵等主张南迁的退缩之人，然后推举景帝登上皇位，接着打击王振的余党，最后在他的坐镇之下，君、臣、百姓齐心协力，终于保住了北京城。

1457 年，景帝病重，英宗在石亨、张軏、曹吉祥、徐有贞等的合谋帮助之下，复辟为帝。于谦随即以“意欲谋立外藩”之罪蒙冤遇害，终年六十岁。于谦不仅是政治能手，而且颇负诗才，有《于忠肃集》存世，尤其是他的《石

灰吟》，流传千古，为人传唱记诵。

【作品导读】

于谦一生致力于为国效力，是一位杰出的政治家，同时，于谦也是一位伟大的爱国主义诗人。他将自己的一腔爱国热血都凝注在了诗篇中，所作诗文编成一集，因谥号为忠肃，故名为《于忠肃集》。

于谦的诗歌如其为人，多是关心国家、爱护人民的一些诗作。由于明朝一直受蒙古军队的威胁，于谦作为明朝大臣，对国家安危和边防安全十分关心，这种心情在诗歌中常有体现。在作品《出塞》里，于谦描写了一位意气风发的英雄将军形象，整首诗语言简练朴素，叙述干净利落，表达了希望能有一位如诗中描写的将军来早日击退瓦剌、结束战争的愿望；《悯农》是一篇描述农夫家庭生活的诗作，诗歌犹如一个特写镜头，描绘了农夫辛苦劳作，农妇勤于家事，就连十余岁的小女儿也每天朝出暮归地采撷青菜的生活画面，在诗的末尾，作家发出了“泪如雨，将奈何，有口难论辛苦多，嗟尔县官当抚摩”的指责。从此诗中可以看出于谦继承了杜甫诗作关心生民疾苦的写作传统，对农民苦难的生活寄予深切的关注。同时，诗歌也塑造了诗人为政廉洁、关心民生疾苦的自我形象。

于谦的咏物诗，寄托深远，含义隽永，是他诗歌中成就最高的一类诗作。例如他的《石灰吟》，通过对开凿、煅烧石灰的辛苦过程以及石灰粉身碎骨仍要清清白白的咏叹，抒发了作者对石灰的高度赞赏之情，同时也表明了作者即使粉身碎骨也要留下清白声誉在人间的高洁志向。另一首咏物诗《咏煤炭》描写了煤炭不辞辛苦出山林只为了燃烧自己让天下苍生俱饱暖的形象。这两首咏物诗是作者写来明志的精彩诗篇，也是整部诗集中写得最为精彩并被人们推崇备至和广泛流传的诗篇，即使现在读来，也有发人深省的意义。

于谦是一位情感丰富的诗人，他表现男女之情的诗作，写得情真意切，真诚感人。尤其是在妻子亡故后所作的《悼亡》六首颇为感人，表达了诗人对亡妻的深切怀念。另外如《采莲曲》写得生动活泼，形象地表达了男儿对心爱女子的思念，十分委婉缠绵。

【精彩片段】

咏煤炭

凿开混沌得乌金，藏蓄阳和意最深。

爝火燃回春浩浩，洪炉照破夜沉沉。
鼎彝元赖生成力，铁石犹存死后心。
但愿苍生俱饱暖，不辞辛苦出山林。

赏　析

这是于谦的另一首咏物诗，作者以煤炭自喻，托物明志，表现其为国为民的抱负，于写物中结合着咏怀。

首联：煤炭点题，正面抒怀。凿开土层现出煤炭，煤层中蕴藏着治国安民的阳和布泽之气，“意最深”，特别突出煤炭的作用。颔联：燃烧煤炭可获春天般的温暖和照破夜空的光明。与上联对照着写，显示煤炭燃烧后除旧布新的力量。颈联：古人称庙堂宰相为鼎鼐，这里说宰相的作为，仍从煤炭的作用方面比喻。“铁石”句表示燃烧自己，照亮温暖别人的坚贞决心，正是于谦人格的写照。尾联：“但愿苍生俱饱暖”，从煤炭进一步生发，即杜甫“安得广厦千万间,大庇天下寒士俱欢颜”之意而扩大之。这句表明自己出山济世，只要百姓安乐饱暖，那自身所受一切艰辛都是值得的。

全诗以物喻人，托物言志，前两联描写煤炭的形象，写尽煤炭一生，后两联有感而发，抒发诗人为国为民，竭尽心力的情怀。诗人一生忧国忧民，以兴国为己任，其志向在后四句明确点出，其舍己为公的心志在后两句表现得尤为明显。

入　京

绢帕麻菇与线香，本资民用反为殃。
清风两袖朝天去，免得闾阎话短长。

赏　析

这首诗的写作背景是：明英宗年间，大宦官王振权倾朝野，作威作福，肆无忌惮地招权纳贿，百官大臣争相献金求媚。每逢朝会期间，凡是觐见王振者，必须献纳白银百两，如果能献纳白银千两者，始得款待酒食，饱醉而归。但是，于谦每次进京奏事从不带任何礼品。有人劝于谦：“您不肯给王振送礼，还不能带点土特产吗？”于谦潇洒地一笑，甩了甩袖子说：“只有清风。”为此，他还特意写了这首《入京》诗以明志。

诗篇第一句中的绢帕、麻菇和线香都是土特产，意为：这些东西都是百姓的普通用品，现在却成了祸害。第二句意为：我就是要坚持自己的原则，带两袖清风进京面圣，以免百姓说长道短。现在所说的成语“两袖清风”就是从于谦这首诗中来的。

这首诗是于谦刚正不阿、清正廉洁的高洁人格的写照。在那样一个贿赂送礼成风的大环境里，于谦能够做到出淤泥而不染，不与无节操的人同流合污，是值得我们钦佩和学习的。

阅读思考

1. 分析《咏煤炭》一诗所传达的于谦的思想品质。
2. 谈谈《入京》一诗的现实意义。
3. 查找史料，比较分析岳飞、文天祥、于谦三个人的形象。

【相关链接】

于谦生日会，只收万年青

于谦六十岁寿辰那天，门口送礼的人络绎不绝。于谦叮嘱管家，一概不收寿礼。皇上因为于谦忠心报国，战功卓著，派人送了一只玉描金座钟。谁知管家根据于谦的叮嘱把送礼的太监拒之门外。太监有点不高兴了，就写了“劳苦功高德望重，日夜辛劳劲不松。今日皇上把礼送，拒礼门外情不通。”四句话，叫管家送给于谦。于谦见了，在下面添了四句：“为国办事心应忠，做官最怕常贪功。辛劳本是分内事，拒礼为开廉洁风。”太监见于谦这样坚决，无话可说，回去向皇上复命去了。

不一会儿，于谦的同乡好友，和于谦一起做官的郑通也来送礼了，于谦又写了四句话：“你我为官皆刚正，两袖清风为黎民。寿日清茶促膝叙，胜于厚礼染俗尘。”郑通见了十分敬佩，于是叫家人带回礼物，自己进门与于谦叙谈友情。

于谦正和郑通谈得十分投机，管家进来通报，有一个叫“黎民”的送来了一盆万年青，还让管家带来一首诗：“万年青草表情义，长驻山涧心相关。百姓常盼草常青，永为黎民除贪官。”于谦见后，亲自出门迎接，郑重地接过那盆万年青，高声咏唱了一首诗：“一盆万年情义深，肝胆相照万民情。于某留作万年镜，为官当学万年青。”

张居正：激流勇进的政治家

冯蓉蓉

【作家小传】

明嘉靖四年（1525年），张居正出生在荆州府江陵县的一个普通秀才家中。据传在他出生的前一天，曾祖父张诚做了一个奇怪的梦，梦见月亮落在水瓮里，照得满瓮发亮，紧跟着水光中浮起一只白龟。于是家里给他取名“白圭”。

十二年后，荆州府知府李士翱在夜里梦见天帝吩咐他将一个玉印转交给一个孩子。第二天，李士翱在荆州府点名的时候，第一个见到的就是前来参加童试的张白圭。李士翱看他很像前夜梦中的孩童，便对他疼爱有加，认为他的名字不妥当，替他改名居正，并嘱咐勉励了许多。张居正从小就聪慧过人，表现出惊人的天赋，在这之后更是名声大震。次年，张居正参加乡试，湖广巡抚顾璘怕他小小年纪骄傲自满对日后的成长不利，主张趁此机会让他经历一些挫折磨难，就没有录取他。谁知这一耽搁就是三年。嘉靖十九年，十六岁的张居正再次参加乡试，轻而易举考中举人。嘉靖二十六年，张居正进京会试，后又参加殿试，中二甲进士，入选庶吉士，从此跻身储相之列。

进入官场之后，张居正受到内阁重臣徐阶的重用和教导，想通过自己的努力施展才华和抱负。然而此时的内阁斗争不断，他并没有得到重用。嘉靖二十九年，张居正因病请假回到家乡江陵，游山玩水之际，他仍不放松自己的政治修养，一边冷眼观察朝中动态，准备相机而动，一边切身体会民间疾苦，为人民抱不平。“田赋不均，贫民失业，民苦于兼并。”（《荆州府题名记》）正是他这一时期内心剧烈动荡的表现。嘉靖三十六年，张居正重返朝廷，之前的生活境遇使得他的思想更加成熟。在政治风浪中，张居正激流勇进，凭借自己敏锐的政治嗅觉，在随后的几年为自己打下了坚实的政治基础，直入内阁，参与朝政，从此平步青云，官途畅达。明神宗六年，张居正继任首辅，在之后长达十年的时间里独掌国家大权。

张居正上任之后，进行了一系列改革，整顿吏治，改善财政，任用贤才，巩固边防，取得了显著的成效。张居正在位期间兢兢业业，为国事操劳，于万历十年（1582 年）病逝，谥号“文忠”。

张居正去世后，反对势力上书弹劾他生前推荐的潘晟，言官也将矛头直指在位期间专权的张居正。张居正去世没几天就被明神宗下令抄家，张家惨遭大祸。直到天启二年（1622 年），熹宗才为张居正复官复荫。

张居正的功过得失，历来褒贬不一。但是在明王朝即将衰败的年代，他的一系列举措确实又让奄奄一息的明王朝焕发了活力。张居正的政治主张也流传下来，有《杂著》《辛未会试程策三问》等，汇编成《张文忠公全集》。

【作品导读】

明神宗六年，张居正升任首辅，自此开始了他长达十年的执政。这时的神宗年纪尚小，张居正以诸葛亮为榜样，竭尽全力辅弼幼主。可是明朝自中叶以来问题重重，国君荒淫无度不理朝政，权臣专擅，宦官干政，统治阶级内部斗争不断，国家腐败不堪，国防废弛，外来侵扰不断。看到这种内忧外患、日益衰颓的景象，张居正便发动和领导了一场自上而下的改革。这场改革运动的范围十分广泛，在政治、经济、军事、教育等诸多方面都有所涉及，史称“张居正变法”。经过这场变革，明朝发生了翻天覆地的变化，在各个方面都取得了显著的成效，一时国防巩固，国库充实。与此同时，他写下了大量文章来阐明他的政治主张，这些文章经过后人整理汇编成《张文忠公全集》。

《张文忠公全集》是由张居正次子张嗣修编辑而成的，原名《张太岳文集》。其中奏疏十三卷，书牍十五卷，文集十一卷，诗六卷，《女诫直解》一卷，共 46 卷。《张文忠公全集》的学术思想十分丰富，法家、兵家、儒家、道家、佛家几乎无所不包。在政治思想方面，张居正主张“民为邦本，固本宁邦”，实行法治，注重德教，选贤任能，整顿吏治。在学术思想方面，他主张学以致用，反对空谈主义。在教育思想方面，他强调教育的社会功用，认为教育要为政治服务，主张经世致用，注重为国家培养人才；而且提出考核制度，主张唯才是举，力图改革传统科举考试凭借出身地位选拔人才的做法。

在《张文忠公全集》中，除了阐明张居正的政治主张的政论散文外，也有一些文章论述他在教育改革方面的见解，其中，《辛未会试录序》《学农园记》《请皇太子出阁讲学疏》《答楚学道金省吾论学政》《答楚学道胡庐山论学》等篇章都有较大影响。

张居正的改革虽取得了明显成效，但以理学家为代表的反对势力百般阻挠。张居正去世后，反对势力重返政治舞台，全力推翻张居正的改革，使得他的著作也久久不能传世。直到明朝末年，明王朝危机四伏，风雨飘摇，统治阶级的地位岌岌可危，他们这才意识到张居正改革的必要性。于是熹宗在天启二年为张居正平反，也允许他的著作刊行流传。至此之后，《张文忠公全集》多次得到翻刻，民国初年也得到梁启超的大力推崇。一直到今天，张居正的改革都得到肯定，他的著作和主张不断引起人们的注意和兴趣，《张文忠公全集》也被列入国学丛书。

【精彩片段】

然今甫[①]二百余年耳，科条虽具，而美意渐荒；申令虽勤，而实效罔[②]获。屯田兴矣，土旷犹故也；鹾政[③]举矣，蜚挽犹故也；清句数矣[④]，乏伍犹故也；积粟课[⑤]矣，空廪犹故也。岂法之敝而不可行哉？故议者谓宜有所更张，而后可以新天下之耳目者，愚窃以为不然也。夫高皇帝之始为法也，律令三易而后成，官制晚年而始定。一时名臣英佐，相与持筹而算之，其利害审矣！后虽有智巧，蔑以逾之矣[⑥]。且以高皇帝之圣哲，犹俯循庸众之所为，乃以今之庸众，而欲易圣哲之所建，岂不悖乎？车之不前也，马不力也。不策马而策车，何益？法之不行也，人不力也。不议人而议法，何益？下流壅则上溢，上源窒则下枯，决其壅，疏其窒，而法行矣。

今之为法壅者，其病有四。愚请颂言[⑦]而毋讳，可乎？夫天下之治，始乎严，常卒乎弛；而人之情，始乎奋，常卒乎怠。今固已怠矣。干蛊[⑧]之道，如塞漏舟，而今且泄泄然，以为毋扰耳。一令下，曰何烦苛也；一事兴，曰何操切也。相与务为无所事事之老成，而崇尚夫坐啸画诺之惇大。以此求理，不亦难乎？此病在积习者，一也。天下之势，上常重而下常轻，则运之为易。今法之所行，常在于卑寡；势之所阻，常在于众强。下挟[⑨]其众而威乎上，上恐见议而畏乎下，陵替之风渐成，指臂之势难使。此病在纪纲者，二也。夫多指乱视，多言乱听，言贵定也。今或一事未建，而论者盈庭，一利未兴，而议者踵至。是以任事者，多却顾之虞，而善宦者，工遁藏之术。此病在议论者，三也。夫屡省考成，所以兴事也，故采其名，必稽其实；作于始，必考其终。则人无隐衷，而事可底绩。今一制之立，若曰著为令矣，曾不崇朝，而遽闻停罢；一令之施，若曰布海内矣，而畿辅之内，且格不行。利害不究其归，而赏罚莫必其后。此病在名实者，四也。四者之弊，熟于人之耳目，而入于人之心志，非一日矣。今不祛四者之弊以决其壅，疏其窒，而欲法之行，虽日更制而月易令，何益乎？

注　释

①甫：才，刚。

②罔：没有。

③鹾：盐。在产盐地区设盐官管理生产和税收叫鹾政。

④清句数矣：屡次清查，勾捕逃军。句，通“勾”，搜捕。数（shuò），屡次。

⑤课：征收。

⑥蔑以逾之矣：没有能超过它的。蔑，无，没有。逾，超过。

⑦颂言：直说。

⑧干蛊：补救前人已经办坏了的事情。干，能任事，在这里是补救的意思。蛊，已经办坏了的事情。

⑨挟：倚仗。

赏　析

这段文字选自《张文忠公全集·辛未会试程策二》。此篇作于1571年，即明隆庆五年，是张居正担任当年会试主考官时写下的一篇供考生借鉴的范文。在这篇程策里，作者阐明了他反对法先王、主张法后王的观点，强调了法治的重要性。该文着重揭露了当时官僚集团存在的四种弊病，即因循积习、纪纲不振、崇尚空谈、名实不符，最后主张恢复明朝初期的法家路线。张居正的上述见解有极强的针对性，逻辑缜密，论证有力，语言犀利，具有深刻性和批判性。

阅读思考

1. 阅读上述文字，概括文段大意，谈谈作者都论述了哪些观点。

2. 作者是如何布局上述文字的？从作者的论述中你能学到哪些方法？

3. 结合当时的背景资料，谈谈你对这篇文章中作者观点的看法。

【相关链接】

《万历十五年》："从技术上的角度看历史"

《万历十五年》是历史学家黄仁宇的一部明史研究专著，从现代人的眼光出发看待暮霭沉沉的明朝历史，给人以新鲜感。这本书以万历十五年为定点，选择几个人物与几件公案，以随笔的姿态，夹叙夹议，将有明一代的社会、政治、经济、思想，串联起来展示给读者，以近乎平淡的笔调勾勒出了一幅波澜壮阔的明代历史画卷。从这部作品中，读者不仅可以看到明代当时的政治经济等制度的变迁，更能深刻体会到张居正的生活环境和他所提出的一系列政治主张的社会背景，使得读者对张居正的了解更为深刻、全面。

对于张居正，黄先生更是用了"世间已无张居正"的高度赞扬。他认为张居正的十年新政，其重点在于改革文官机构的作风，然而由于改革环境之累，加之张自身要求过于严苛，导致了张死后那些批评者的"复仇"和改革心血的付之东流。如这种对于张居正的或褒或贬的评价，作品中都有详细的论述。黄先生不偏不倚，不仅能表现出对敢于大刀阔斧开展晚明政治经济改革，给迟暮的晚明社会送去清风的张居正的正面肯定，更能对张居正在政治或经济改革中的不足开展批评。

作品随意轻松的笔调是又一大看点。语言平直而富有生机和活力，简笔勾勒，平铺直叙，通俗易懂，使读者能迅速融入到作品所描绘的历史中去。黄先生在自己的著作中用其独特的叙述视角，以万历十五年为切入点，通过几个看似简单实则内涵深邃的事件，把明朝看似歌舞升平实则步步走向灭亡的历史动向揭示给读者。除此之外，黄先生在文中提出的许多深刻的问题也是值得读者去沉思和研究的。

顾炎武：精彩札记中的旷世名儒

田艳芳

【作家小传】

1613年7月15日，在明朝统治奄奄一息之际，江苏昆山千墩浦一个世儒望族的家庭中迎来了一个面相丑怪、瞳中白而边黑的男婴，这个怪异的婴孩便是顾炎武，原名绛，字忠清，明亡，改名炎武，字宁人，曾署名蒋山佣，学者尊为亭林先生，他因这个动荡年代的孕育而成长，注定会成为这个时代璀璨的珍珠。

幼年便承祖父之命过继给堂叔为子，嗣母王氏出身书香门第，知书达理，顾炎武六岁便在家随母读《大学》，七岁进入私塾，好读书而广泛涉猎。他深受祖父顾绍芾的指导培养，关心现实民生，注重经世致用之学。他十一岁从祖父阅读《资治通鉴》，十三四岁开始读阅朝廷报纸，自言“自庚申至戊辰邸报皆曾寓目”。十四岁取得诸生资格后，便与归庄共入复社，与复社名士纵谈天下大事，反对宦官篡权。曾两次参加乡试皆不第，便退而读书，开始结撰《肇域志》《天下郡国利病书》。

1644年，满族的铁骑入据北京“定鼎燕京”，开始漫长的清朝统治。次年，南京城破，顾炎武投笔从戎，嗣母王氏因昆山城败绝食而卒，遗命不要仕奉清廷。随后的大约十二年，顾炎武在江南地区进行积极的反抗抵制活动。

1657年，顾炎武为避豪绅叶方恒陷害离开南京，广泛游历于北方的齐、鲁、燕、赵及秦、晋等地，多次拒绝清朝统治者的征聘，直至1682年病逝再未踏入故乡。他在游历名山大川的同时，阅奇书异事，“行万里路，读万卷书”，进行了若干调查研究工作，成就了《营平二周史事》《山东考古录》《音学五书》《日知录》等学术著作，圆满了自身的学术系统，被誉为明清学问有根柢第一人，成为清初继往开来的一代思想家。

【作品导读】

明清之际社会动荡，一方面朝代更迭，少数民族入主中原统治华夏；另一方面早在明末酝酿的资本主义经济冲击着封建专制政权，社会危机不断加重。顾炎武“非一世之人”，他忧国忧民以复兴天下为己任，为“明学术，正人心，拨乱世以兴太平之事”而结撰《日知录》。《日知录》“非一世之书”，它是顾炎武在平生精读史书而融会贯通的基础上，运用“提出问题、解决问题”的便捷形式“札记体”，从经义、治道、博闻三个方面着眼，纵贯古今，精益求精而细绎其心得体会的若干精彩札记汇集而成的学术专著。

《日知录》共 32 卷，全书包罗的内容很多，有周边诸族国史、历代天文记载、历代各地风土礼俗、诸经的注疏之学以及有关“子”“史”之学，甚至一些极琐碎的见闻，如河南的“太平车”、山西的“冷窑”、民间的结社及五代伶人姓名方式等等。《日知录》在五大方面成就颇高，对我们现在仍有启示意义。

在中国历代政治制度史和社会制度史这部分中，顾炎武对有关政治制度史论述得详尽、系统、深入，而社会制度史（特别是阶级剥削的实质方面）就相对欠深刻与系统性；他处处都在把历史制度的研究跟自己的认识见解——封建士大夫的“地方自治论”密切联系起来，时时用认识见解去组织材料，又时时用史料来印证这一见解。而在中国上古社会史和中国上古文献学方面，顾炎武在书前七卷中对易、书、诗、三礼、三传等秦汉以前远古至三代所遗留下来的文献，进行了一些全新的解释。如他对“社”“氏族”等题目十分留心搜集资料和心得体会，对现代流行的社会发展史学、考古学、古代社会学很有启发作用。

地理沿革学的有关方面，顾炎武并未系统地建立起一套完整的中国地理沿革史的体系，只是做了几个“发凡起例”的试验，譬如他在卷 31 中写了《晋国》和《代》等十条，这既辨明了古地理，又大大有助于理解春秋、战国时晋国的发展史，对后代山西省的地域发展史也颇有启发；再如他对明正统史官所撰的《大明一统制》地理书的错谬，一一进行了指摘。这样推动了带有近古期新面貌的沿革地理学学科的发展。还有文艺评论的有关方面，《日知录》卷 19 和卷 21 中，对文章的有用与无用、繁与简、文章的抄袭（包括写作的动机与态度）、诗的用韵与和韵等问题都有真知灼见。最后是顾炎武在文中使用的一些关于文字、声韵训诂、版本、目录、校勘、辑佚，以至琐节考证的方法，贯穿在每一卷每一条里，虽然这些内容当时还未形成独立的强大的分支，而总起来又起了一种“发凡起例”的作用，对现在从事历史学和文献学操作的人很有指导意义。

总之，《日知录》是顾炎武博赡而通贯，每一事必详其始末，引据浩繁，参以证佐而后笔之于书而成。但《日知录》并不是琐节考据之书，而是一部有着完整结构的通家大著，“直括得一部文献通考，而俱能自出于通考之外”（李慈铭《越漫堂读书记》）。

【精彩片段】

魏明帝殂，少帝（史称齐王）即位，改元正始，凡九年。其十年，则太傅司马懿杀大将军曹爽，而魏之大权移矣。三国鼎立，至此垂三十年，一时名士风流，盛于洛下。乃其弃经典而尚老、庄，蔑礼法而崇放达，视其主之颠危若路人然，即此诸贤[①]为之倡也。自此以后，竞相祖述。如《晋书》言王敦见卫玠[②]，谓长史谢鲲曰：“不意永嘉之末，复闻正始之音。”沙门支遁以清谈著名于时，莫不崇敬，以为“造微之功，足参诸正始。”《宋书》言羊玄保二子，太祖赐名曰咸、曰粲，谓玄保曰：“欲令卿二子有林下正始余风。”王微《与何偃书》曰：“卿少陶玄风，淹雅修畅，自是正始中人。”《南齐书》言袁粲言于帝曰：“臣观张绪，有正始遗风。”《南史》言何尚之谓王球“正始之风尚在”。其为后人企羡如此。然而《晋书·儒林传序》云：“摒阙里之典经，习正始之余论，指礼法为流俗，目纵诞以清高。”此则虚名虽被于时流，笃论未忘乎学者。是以讲明六艺，郑、王为集汉之终；演说老庄，王、何为开晋之始。以至国亡于上，教沦于下，羌胡互僭，君臣屡易，非林下诸贤之咎而谁咎哉！

有亡国，有亡天下。亡国与亡天下奚辨？曰：易姓改号，谓之亡国；仁义充塞，而至于率兽食人，人将相食，谓之亡天下。魏、晋人之清谈，何以亡天下？是《孟子》所谓杨、墨之言，至于使天下无父无君而入于禽兽者也。昔者嵇绍之父康[③]被杀于晋文王，至武帝革命之时，而山涛荐之入仕。绍时屏居私门，欲辞不就。涛谓之曰：“为君思之久矣，天地四时犹有消息，而况于人乎？”一时传诵，以为名言。而不知其败义伤教，至于率天下而无父者也。夫绍之于晋，非其君也，忘其父而事其非君，当其未死三十余年之间，为无父之人亦以久矣，而荡阴之死，何足以赎其罪乎！且其入仕之初，岂知必有乘舆败绩之事，而可树其忠名，以盖于晚也？自正始以来，而大义之不明，遍于天下，如山涛者既为邪说之魁，遂使嵇绍之贤，且犯天下之不韪而不顾。夫邪正之说，不容两立。使谓绍为忠，则必谓王裒[④]为不忠而后可也。何怪其相率臣于刘聪、石勒，观其故主青衣行酒[⑤]而不以动其心者乎？是故知保天下，然后知保其国者。保国者，其君其臣肉食者谋之[⑥]；保天下者，匹夫之贱与有责焉耳矣。

注　释

①诸贤：此指“竹林七贤”，阮籍、嵇康、山涛、向秀、刘伶、阮咸、王戎。代表人物为阮籍与嵇康，阮籍（210—263年），陈留郡尉氏人；嵇康（224—263年），谯郡铚人。嵇据说“非汤、武，薄周、孔”。“竹林”在河内郡，当今沁阳、武陟、修武一带地方。

②卫玠：卫瓘之孙，卫恒之子，《晋书》卷36有传，王敦将卫玠与王弼并提，以“金声玉振”赞赏他，很是尊重卫玠。

③嵇绍：嵇康之子，其父为司马昭所杀，绍因山涛荐为司马炎（晋武帝）的秘书丞。八王之乱，绍在其中。不久刘曜、石勒同攻洛阳，怀帝司马炽自洛阳出奔，绍为侍中，以身捍卫，死于帝侧，血溅御服，帝不忍目视。

④王裒：字伟元，营陵（今山东昌乐）人。西晋末，洛阳陷，裒不忍离坟垄而去江东，为胡兵所害。

⑤青衣行酒：指的是永嘉七年正月，晋怀帝被刘聪俘辱的事情，见《晋书》卷五《怀帝纪》。

⑥肉食者谋之：出自《左传》。庄公十年，齐伐鲁，曹刿请见，其乡人曰“肉食者谋之”，刿曰“肉食者鄙，未能远谋”。

赏　析

顾炎武引经据典叙说正始时期文士“弃经典而尚老庄，蔑礼法而崇放达”的行为，认为这种普遍的幻灭感是一种置国家危亡而不顾的颓坏风气，“羌胡互僭，君臣屡易”是“林下之风”的罪责。他以对魏晋时期流行的清谈之风的批判，引出亡国与亡天下的不同，国之亡只是朝代的更迭，而亡天下则是仁义不行，文明遭受蹂躏，人同禽兽。保国与保天下亦不同，但是保天下是保国的基础，“是故知保天下，然后知保其国者”。顾炎武提倡仁义礼教盛行于天下，人人知礼讲文明，是保天下的出发点，更是保国的出发点。天下兴亡，匹夫有责，人人应该自觉地担当起保国保天下的大任。

阅读思考

1. 所选片段有什么艺术特色？

2. 文中所涉及的“亡国”与“亡天下”、“保国”与“保天下”到底有什么不同？反映了顾炎武怎样的思想？

3. 正始时期，魏国内部发生了残酷血腥的权力斗争，司马氏专权，大肆屠杀异己。在政治的黑暗和恐怖之中，文士政治理想落潮，请大家以嵇康与阮籍的行为为例，评说一下文士们对待政治的态度。

【相关链接】

1. 顾炎武平生著述很丰富，最具有代表性的是《天下郡国利病书》《音学五书》《日知录》。《天下郡国利病书》是顾炎武自青年迄老年陆续抄集社会经济和政治资料（最主要的是明代）的丛辑，由若干年不断增补而汇聚成的最能体现“经世致用”的作品；《音学五书》以《唐韵正》为中坚，以《诗本音》《易音》作为古音检查的现场，而以《音论》为总论，再附以后人可以运用参考的《古音表》，从而形成一部结构严密、论证精辟的音韵学专著，对后人阅读与理解先秦经典产生重要的影响。

2. 亭林先生自少至老手不释书，出门则以一骡二马捆书自随。遇边塞亭障，呼老兵诣道边酒垆，对坐痛饮。咨其风土，考其区域。若与平生所闻不合，发书详正，必无所疑乃已。马上无事，辄据鞍默诸经注疏。遇故友若不相识，或颠坠崖后，亦无悔也。精勤至此，宜所诣渊涵博大，莫与抗衡。

郑板桥：痴绝才华世称“怪”，平凡文字人动情

董秀丽

【作家小传】

郑板桥（1693—1765年），名燮，字克柔，号板桥，江苏兴化人。郑板桥出生于一个书香门第，早年家道败落。板桥幼年丧母，由后母、乳母抚养成人，在贫困中长大。父亲郑立庵很有学问，板桥幼年跟随父亲学习。外祖父汪翊文，博学多才，过着隐居生活，板桥的文学修养受外祖父影响居多。

“十载扬州作画师。”青年时期的郑板桥，以卖画为生。从家乡来到扬州，在勤奋读书求取功名的同时，他靠卖画赚钱，挑起家庭重担。他喜欢山水，经常出游，到过许多地方。他是康熙秀才、雍正举人、乾隆进士。乾隆七年，五十岁的郑板桥做了范县知县，后改任潍县知县，做官一共十二年。他为官清正，知民间疾苦，同情贫苦农民。在任期间，多次开仓济民，赈灾放粮。因此，受到同僚冤诬、排挤，六十岁那年被罢官，后归隐扬州，卖画终老。

郑板桥一生刻苦好学，诗书画三绝，为“扬州八怪”之一。他的成就很多,有《板桥诗钞》《板桥词钞》《道情》十首和《板桥家书》等。他主张“难得糊涂”与“吃亏是福”，聪明又有一颗正义的心。“落拓狂傲，糊涂睿智”，这就是郑板桥的写照。

【作品导读】

《板桥家书》，情真意切，生动感人，被后人称为“不可磨灭的文字”，是清代平民色彩最浓的家书。《板桥自序》中写道：“板桥十六通家书，绝不谈天说地，而日用家常，颇有言近旨远之处。”乾隆十四年（1749年），郑板桥修订并手写了十六通家书，以质朴的语言写出了许多现实的情状，文字虽短，但内容却相当丰富。

《板桥家书》是郑板桥与其家人、挚友传达问候，交代事情，抒发感情，表达思想的书面文字，没有雕琢、顾虑，而是用率真、自然的笔触书写。通读《板桥家书》，首先感受到的是他乡下人的质朴、厚道，他对族人、同学、孤儿甚至是孤魂野鬼的关怀与同情，既展现了板桥的仁爱思想，又表现了他超越血缘、地域亲情的博大胸襟。

《板桥家书》是我国古代流传下来的优秀家书之一，既无学究气，也不说教，以深刻的道理显示出它独特的价值。《板桥家书》以民为本，尊重农民。在《范县署中寄舍弟墨第四书》中，板桥热情洋溢地歌颂了农夫，提出了农夫的重要性。他将农夫作为天地间第一等人对待，并且认为天地间如果没有农夫，整个国家将是一片惨象。《板桥家书》体现了尊重人格、平等待人的观念。家书《雍正十年杭州韬光庵中寄舍弟墨》中说，我们都是黄帝、尧、舜的子孙，都是一样的。《板桥家书》不仅仅关注家人、亲戚，在郑板桥的眼中，他将胸怀放大，仁慈为怀，博爱众生。板桥得知家里被盗，写给麟儿的信中，体现了他对于盗贼的宽大处理，“吃亏是福”，“难得糊涂”。同时，《板桥家书》在教育子女方面，体现的是尊师重教，德育为先。郑板桥写信给他的弟弟墨，要求弟弟好好教育麟儿，在嬉戏玩耍的时候也要培养他忠厚、仁义的性格。

一纸家书，寄托了板桥的家国情怀，值得我们将其作为治家格言与做人之道去潜心学习。

【精彩片段】

十月二十六日得家书，知新置田获秋稼五百斛，甚喜。而今而后，堪为农夫以没世矣！要须制碓①制磨，制筛罗簸箕，制大小扫帚，制升斗斛。家中妇女，率诸婢妾，皆令习舂揄蹂簸②之事，便是一种靠田园长子孙气象。天寒冰冻时，穷亲戚朋友到门，先泡一大碗炒米送手中，佐以酱姜一小碟，最是暖老温贫之具。暇日咽碎米饼，煮糊涂粥，双手捧碗，缩颈而啜之，霜晨雪早，得此周身俱暖。嗟乎！嗟乎！吾其长为农夫以没世乎！

我想天地间第一等人，只有农夫，而士为四民③之末。农夫上者种地百亩，其次七八十亩，其次五六十亩，皆苦其身，勤其力，耕种收获，以养天下之人。使天下无农夫，举世皆饿死矣。我辈读书人，入则孝，出则弟④，守先待后，得志泽加于民，不得志修身见于世，所以又高于农夫一等。今则不然，一捧书本，便想中举、中进士、作官，如何攫取金钱，造大房屋，置多产田。起手便走错了路头，后来越做越坏，总没有个好结果。其不能发达者，乡里作恶，小头锐面，更不可当。夫束修自好者，岂无其人；经济[⑤]自期，抗怀千古者，亦所在多有。而好人为坏人所累，遂令我辈开不得口；一开口，人便笑曰：“汝辈书生，总是会说，他日居官，便不如此说了。”所以忍气吞声，只得捱人笑骂。工人制器利用，贾人搬有运无，皆有便民之处。而士独于民大不便，无怪乎居四民之末也！且求居四民之末，而亦不可得也。

愚兄平生最重农夫，新招佃地人，必须待之以礼。彼称我为主人，我称彼为客户，主客原是对待之义，我何贵而彼何贱乎？要体貌他，要怜悯他；有所借贷，要周全他；不能偿还，要宽让他。尝笑唐人《七夕》诗，咏牛郎织女，皆作会别可怜之语，殊失命名本旨。织女，衣之源也，牵牛，食之本也，在天星为最贵；天顾重之，而人反不重乎？其务本勤民，呈象昭昭可鉴矣。吾邑妇人，不能织绸织布，然而主中馈[⑥]，习针线，犹不失为勤谨。近日颇有听鼓儿词，以斗叶[⑦]为戏者，风俗荡轶，亟宜戒之。

吾家业地虽有三百亩，总是典产[⑧]，不可久恃。将来须买田二百亩，予兄弟二人，各得百亩足矣，亦古者一夫受田百亩之义也。

注　释

①碓（duì）：舂米器具。

②舂揄（yóu）蹂簸：《诗经·生民》：“或舂或揄，或蹂或簸。”舂，用杵臼捣去谷物的皮壳。揄，舀取；蹂，搓。

③四民：指士、农、工、商。《汉书·食货志上》：“士农工商，四民有业。”

④入则孝，出则弟：《论语·学而》：“子曰：‘弟子入则孝，出则弟。’”弟，同“悌”，敬重兄长。

⑤经济：经世济民。

⑥主中馈：指主持家中饮食之事。

⑦斗叶：玩纸牌，明清时称纸牌为叶子。

⑧典产：指支付典价而占有的土地，原主可以赎回。

赏　析

所选段落，郑板桥热情洋溢地歌颂了农夫，并将农夫当作天地间第一等人看待，他赞扬农人的劳动价值，批判读书人的功名富贵观念。作者超越了他的阶级地位的限制，深刻地分析了封建社会晚期的社会矛盾，讲求阶级平等，譬如买地不可多，对佃户要宽让，女人要参加劳动，居家要喝粥，待亲友要暖老温贫等等。他的重农而又尊重农民的思想，确是可贵的，全文在款款道家常中充分表述了他的主张。文章语言亲切，感情深沉真挚，文风自然流畅，明白如话。

阅读思考

1. 阅读上面的片段，分析郑板桥是如何对待一般农民的。具体表现在哪些方面？

2. 假如郑板桥是改革家，将他的主张付诸实践，结果如何？说明理由。

【相关链接】

诗书画：卓尔不群三绝立

板桥的诗用真心写真情，慷慨激昂，感人至深，有很多优秀的诗篇，例如《竹石》《逃荒行》《还家行》《渔家》等，都给后人留下了深刻的印象。“千磨万击还坚劲，任尔东西南北风”，不仅是竹石的精神风貌，也是板桥自己坚韧精神的写照。板桥由个人写到社会，《私行恶》《悍吏》都展现了一定的社会风貌。

板桥以“怒不同人”的自觉追求，形成了自己独特的书法——六分半书。他把真、草、隶、篆四种书体，以真、隶为主综合起来，用作画的方法来写，恰当好处。我们常可以看到他的撇像竹叶，竖像竹竿。板桥字仿山谷，间以修竹意致，尤为别趣。

板桥之画，独倾心于兰、竹、石，兼画松、菊、梅等，还偶尔涉及一点山水、荷、秋葵、灵芝、如意等，而尤工兰竹。板桥的画“以造物为师”。《题画·竹》中“眼中之竹”——“胸中之竹”——“手中之竹”，层层升华，最终完成主客体统一，融合成人格化的竹。

《小唱集》：《道情》十首

雍正七年，郑板桥谱写了脍炙人口的《道情》十首。《道情》由门人司徒文膏刻版后，广为流传，受到樵夫、和尚、诗人墨客、王侯卿相等的喜爱。全诗用简练的语调，将民间景观状况刻画得如诗如画、韵味无穷，既体现了郑板桥对劳动大众的同情，也反映出其对现实政治的不满。

外国部分

拜伦：为自由和解放孤独行吟的天才诗人

金 玉

【作家小传】

拜伦1788年1月22日生于英国伦敦，他天生是个跛子，并对此非常敏感。拜伦的父亲在他六岁时就去世了，拜伦跟随母亲在苏格兰长大，直到大学毕业，才继承了伯父的遗产，南下英格兰，成为贵族，被称为“拜伦第六世勋爵”。1805—1808年在剑桥大学主修文学及历史，广泛阅读了欧洲和英国的文学、哲学和历史著作。

1809—1811年，拜伦到东方旅行，为的是“看看人类，而不是只在书本上读到他们”，还为了扫除“一个岛民怀着狭隘的偏见守在家门的有害后果”。在旅途中，他开始写作《恰尔德·哈洛尔德游记》，一下子轰动了文坛，使他一跃成为伦敦社交界明星。

1811—1816年，拜伦到一直生活在感情的激流旋涡中。拜伦在1813年向一位名叫安娜·密尔班克的小姐求婚，并于1815年1月与她结婚，这是拜伦一生中铸成的最大的错误。这个女人见解褊狭、固执，完全不能理解拜伦，更无法支持他的事业。后来，他愤然离婚，携女儿出国，声明永不返英。这时期的痛苦经历和感受，促使他写出像《普罗米修斯》那样的诗，表达向压迫者反抗到底的决心。

1823年，拜伦任伦敦希腊委员会代理，援助希腊抗击土耳其的民族独立斗争，后病死希腊。

拜伦一生为民主、自由、民族解放而斗争，并努力创作。他的作品具有重大的历史进步意义和艺术价值。他的一生虽然短暂，但他的诗，他的精神，都将成为世界文学中不可多得的财富！

【作品导读】

《唐璜》这部未完成的游记体叙事长诗，是诗人拜伦的杰作，也是世界文学中的名作之一。写于1818—1823年间，此诗共完成16章又14节，约1.6万行。诗作对欧洲有关唐璜的旧传说加以改造，把这个西班牙贵族子弟写成一个善良的热血青年。长诗中的主人公唐璜出生在西班牙一个贵族家庭，父亲死后，母亲决心把他培养成一个出类拔萃的人物。在一次婚姻纠纷中，他被迫离开西班牙东游。在去意大利的航行途中，遇到风暴和沉船之险，在危难中，唐璜表现得坚毅而勇敢，他鼓励大家要像男子汉一样死去。当他只身游到希腊一个小岛时，得到纯真多情的姑娘海黛的搭救，两人一见倾心，真挚相爱。但在他们准备举行婚礼时，海黛的父亲，大盗兰布洛突然出现，阻止他们结婚，并把唐璜押送到奴隶市场拍卖。唐璜被卖到土耳其苏丹后宫为奴。后逃离王宫，遇上俄国进攻土耳其的军队，立下战功，被派遣去彼得堡报捷，见到叶卡捷琳娜女皇，成为庞臣。他因在宫中放荡不羁而致病，御医建议他出国旅行，女皇就派他以特使身份去英国进行外交事务谈判，进入英国上流社会，他以美貌与才干吸引了许多贵族妇女。当他正在一个贵族的乡村城寨里经历着浪漫奇遇的时候，长诗就此中断。本来按作者的计划，唐璜还要到德国，最后到法国，参加法国大革命而死。但由于作者早逝，没有完成。

这部长诗通过主人公在西班牙、希腊、土耳其、俄国和英国等国家的种种生活经历，广泛地反映了欧洲的社会现实，揭露了欧洲各国封建专制制度的罪恶和金钱统治一切的黑暗现实，表达了诗人对上流社会的憎恨和对封建统治的深恶痛绝。如果说因讽刺的需要，主人公唐璜显得行动多于思想，那么诗歌的叙事者则承担起了思考和评论的重任。故事之中或故事之外不断出现的议论、感慨、回忆、憧憬，拉近了作品与读者的距离。拜伦在本诗中对口语体的运用达到了前所未有的高峰；长诗在艺术上呈现出多样化的特点，基本采用现实主义手法，又有许多浪漫主义的描写；有动人的情节、精辟的议论，又有出色的抒情插曲，不愧为诗人最优秀的作品。

拜伦的《唐璜》对古今中外都产生了很大影响。这部长诗“写出了宇宙间的普遍人性”，被誉为19世纪堪与歌德的《浮士德》相媲美的唯一诗篇。在中国，鲁迅称拜伦是浪漫主义的“宗主”，盛赞其人其诗“如狂涛如厉风，举一切伪饰陋习，悉与荡涤”。

【精彩片段】

哀希腊

一

希腊群岛呵，美丽的希腊群岛！
火热的萨弗在这里唱过恋歌；
在这里，战争与和平的艺术并兴，
狄洛斯崛起，阿波罗跃出海面！
永恒的夏天还把海岛镀成金，
可是除了太阳，一切已经消沉。

二

开奥的缪斯，蒂奥的缪斯，
那英雄的竖琴，恋人的琵琶，
原在你的岸上博得了声誉，
而今在这发源地反倒喑哑；
呵，那歌声已远远向西流传，
远超过你祖先的“海岛乐园”。

三

起伏的山峦望着马拉松——
马拉松望着茫茫的海波；
我独自在那里冥想一刻钟，
梦想希腊仍旧自由而欢乐；
因为，当我在波斯墓上站立，
我不能想象自己是个奴隶。

四

一个国王高高坐在石山顶，
瞭望着萨拉密挺立于海外；
千万只船舶在山下靠停，

还有多少队伍全由他统率！
他在天亮时把他们数了数，
但日落的时候他们都在何处？

五

呵，他们而今安在？还有你呢，
我的祖国？在无声的土地上，
英雄的颂歌如今已沉寂——
那英雄的心也不再激荡！
难道你一向庄严的竖琴，
竟至沦落到我的手里弹弄？

六

也好，置身在奴隶民族里，
尽管荣誉都已在沦丧中，
至少，一个爱国志士的忧思，
还使我在作歌时感到脸红；
因为，诗人在这儿有什么能为？
为希腊人含羞，对希腊国落泪。

七

我们难道只好对时光悲哭
和惭愧？——我们的祖先却流血。
大地呵！把斯巴达人的遗骨
从你的怀抱里送回来一些！
哪怕给我们三百勇士的三个，
让德魔比利的决死战复活！

八

怎么，还是无声？一切都喑哑？
不是的！你听那古代的英魂
正像远方的瀑布一样喧哗，

他们回答："只要有一个活人
登高一呼，我们就来，就来！"
噫！倒只是活人不理不睬。

九

算了，算了；试试别的调门：
斟满一杯萨摩斯的美酒！
把战争留给土耳其野人，
让开奥的葡萄的血汁倾流！
听呵，每一个酒鬼多么踊跃
响应这一个不荣誉的号召！

一〇

你们还保有庇瑞克的舞艺，
但庇瑞克的方阵哪里去了？
这是两课，为什么只记其一，
而把高尚而坚强的一课忘掉？
凯德谟斯给你们造了字体——
难道他是为了传授给奴隶？

一一

把萨摩斯的美酒斟满一盅！
让我们且抛开这样的话题！
这美酒曾使阿纳克瑞翁
发为神圣的歌；是的，他屈于
波里克瑞底斯，一个暴君，
但这暴君至少是我们国人。
…………

一三

把萨摩斯的美酒斟满一盅！
在苏里的山岩，巴加的岸上，

住着一族人的勇敢的子孙，
不愧是斯巴达的母亲所养；
在那里，也许种子已经散播，
是赫拉克勒斯血统的真传。

一四

自由的事业别依靠西方人，
他们有一个做买卖的国王；
本土的利剑，本土的士兵，
是冲锋陷阵的唯一希望；
但土耳其武力，拉丁的欺骗，
会里应外合把你们的盾打穿。

…………

一六

让我攀登苏尼阿的悬崖，
在那里，将只有我和那海浪
可以听见彼此飘送着悄悄话，
让我像天鹅一样歌尽而亡；
我不要奴隶的国度属于我——
干脆把那萨摩斯酒杯打破！

赏　析

《哀希腊》是《唐璜》中的精彩章节，这个章节共分三层：第一至四节是追忆古希腊昔日辉煌。希腊曾出现过文治武功、盛极一时的情形：如出现过女性歌者萨福，流传过古代神话狄洛斯、阿波罗，诞生著名史诗《荷马史诗》，诞生过抒情诗人阿那克里翁，曾打败波斯帝国、摧毁波斯舰队。感叹今日希腊不幸：只剩下英雄的竖琴，情人的琵琶，还有太阳，什么都落了山的一幅残照图！第五至八节对希腊传统的颂扬，如“有战斗舞蹈”“有美酒伴唱”“有英雄后嗣”；作者借唐璜的口指出那时的希腊是“哀其不争”，如“无战斗骑阵”“无血性暴君”。第九至十节寄予了作者对复兴古希腊的一种渴望。如“本土的利剑，本土的士兵，是冲锋陷阵的唯一希望”，“我不要奴隶的国度属于我——干脆把那萨摩斯酒杯打破！”纵观《哀希腊》这首诗，借用大量的典故，运用反复的修辞手法，巧妙融合意大利歌谣体，追昔抚今，歌颂了希腊辉煌的过去，痛悼希腊当时饱受异族压迫与被奴役的处境，表现了诗人“哀其不幸，怒其不争”的态度，并热情地激励希腊人民依靠自己，起来斗争，争取民族的解放。

阅读思考

1. 阅读《哀希腊》片段，找出作者运用的修辞手法，并体会其表达效果。
2. 作者借助于怎样的艺术手段来展现希腊的昔日辉煌与今日的破败？
3. 通读上面章节，体会诗歌中所蕴涵的诗人的复杂情感。

【相关链接】

拜伦式英雄

在拜伦的《东方叙事诗》中，出现了一批侠骨柔肠的硬汉，他们有海盗、异教徒、被放逐者，这些人大都是高傲、孤独、倔强的叛逆者，他们与罪恶社会势不两立，孤军奋战与命运抗争，追求自由，最后总是以失败告终。拜伦通过他们的斗争表现出对社会不妥协的反抗精神，同时反映出自己的忧郁、孤独和彷徨的苦闷。由于这些形象具有作者本人的思想性格特征，因此被称作“拜伦式英雄”。

这类人物的思想和性格具有矛盾性：一方面，他们热爱生活，追求幸福，有火热的激情、强烈的爱情、非凡的性格；敢于蔑视现在的制度，与社会恶势力誓不两立，立志复仇，因此，他们是罪恶社会的反抗者和复仇者。另一方面，他们又傲世独立、行踪诡秘、好走极端，他们的思想基础是个人主义和自由主义，在斗争中单枪匹马，远离群众，而且也没有明确的目标，因而最后只能以失败而告终。

“拜伦式英雄”是个人与社会对立的产物，也是作者思想的特点和弱点的艺术反映。这类人物形象相继出现于拜伦笔下，这对当时英国的封建秩序和资产阶级市侩社会进行的猛烈冲击，是具有进步意义的。但是他们的个人主义、无政府主义和悲观厌世情绪，又往往会给读者带来消极的作用。俄国的文艺批评家别林斯基和诗人普希金都曾指出“拜伦式英雄”的思想弱点及其危害性。

雪莱："云雀"般唱响伟大预言

周利芹

【作家小传】

珀西·比希·雪莱（1792—1822年）英国最伟大的抒情诗人，出身于贵族家庭。他的祖父是受封的男爵，积聚了万贯家财；他的父亲是苏塞克斯郡的绅士，国会的辉格党议员。雪莱是长子，因此他长大以后，渴望成为既富有又有爵位的人。

8岁时雪莱就开始尝试写作诗歌，12岁在伊顿公学时，他就显示出优秀的古典文学才华，但他并不感到愉快，因为他生来具有叛逆的、不落俗套的性格。他以"疯子雪莱"和"无神论者雪莱"而闻名。

1811年3月25日，由于散发《无神论的必然》，入学不足一年的雪莱被牛津大学开除。雪莱的父亲是一位墨守成规的乡绅，他要求雪莱公开声明自己与《无神论的必然》毫无关系，而雪莱拒绝了，他因此被逐出家门。

1818年至1819年，雪莱完成了两部重要的长诗《解放了的普罗米修斯》和《倩契》，以及其不朽的名作《西风颂》。这个时期，雪莱还写下了一些最优美的抒情诗——《云》《致云雀》《自由颂》《一朵枯萎的紫罗兰》，这些诗篇的音乐性和感情之强烈，说明雪莱正进入一个新的具有崇高的品格和丰富想象力的阶段。

1822年7月8日，雪莱乘坐自己建造的小船"唐璜"号遭遇风暴，雪莱以及同船的两人无一幸免。

雪莱的墓碑上镌刻着援引莎士比亚《暴风雨》中的三行诗句："他的一切并没有消失，只是经历过海的变异，已变得丰富而神奇。"

【作品导读】

《西风颂》是雪莱最负盛名的作品之一，这首诗主要是在1819年秋天意大利的文化名城佛罗伦萨构思完成的。雪莱在该诗原注中，曾这样描述过当时的创作情况：

“这首诗构思在佛罗伦萨附近阿诺河畔的一片树林里，主要部分也在那里写成。那一天，孕育着一场暴风雨的暖和而令人振奋的大风，集合着常常倾泻滂沱秋雨的云霭。不出我的预料，雨从日落下起，狂风暴雨里夹带着冰雹，并且伴有阿尔卑斯山南地区所特有的气势宏伟的电闪雷鸣。”由自然界的闪电雷鸣，诗人自然地联想到人世间的狂风暴雨。

1817年，英国的统治阶级通过御用法官之手，剥夺了雪莱抚养已经离婚的第一个妻子赫利特所生孩子的权利，这给了雪莱极大的刺激。为了预防反动政府对自己第二个妻子玛丽的子女再下毒手，雪莱全家再一次离开祖国，迁居意大利，从此再也不回英国了。不幸他们所携带的孩子不久又染病死去。这时期雪莱心中的悲愤是难以形容的。正是这种国难家仇所激发的强烈愤慨，使诗人在《西风颂》中怒吼：

哦，狂暴的西风，秋之生命的呼吸！
你无形，但枯死的落叶被你横扫，
有如鬼魅碰到了巫师，纷纷逃避：
黄的，黑的，灰的，红得像患肺痨，
呵，重染疫疠的一群：西风呵，
是你以车驾把有翼的种子催送到黑暗的冬床上，
它们就躺在那里，像是墓中的死穴，冰冷，深藏，低贱，
直等到春天，你碧空的姊妹吹起她的喇叭，
在沉睡的大地上响遍，
（唤出嫩芽，像羊群一样，觅食空中）
将色和香充满了山峰和平原。

这是雪莱在歌唱西风，同时在激励和鞭策自己。雪莱是一个热情的浪漫主义诗人，同时又是一个勇敢的革命战士，他以诗歌作武器，积极投身革命运动，经受过失败和挫折，但始终保持着高昂的战斗精神。在《西风颂》里，熔铸着雪莱坎坷的人生道路，倾注着雪莱对反动统治者的满腔愤恨，洋溢着雪莱不屈不挠的战斗精神，表达了雪莱献身革命的强烈愿望。

《西风颂》是雪莱“三大颂”诗中的一首。当时，欧洲各国的工人运动和

革命运动风起云涌。英国工人阶级为了争取自身的生存权利，正同资产阶级展开英勇的斗争，捣毁机器和罢工事件接连不断。在意大利和希腊，民族解放运动方兴未艾，雪莱的《西风颂》发表不久，这两个国家也先后爆发了轰轰烈烈的武装起义。面对着欧洲山雨欲来风满楼的革命形势，雪莱为之鼓舞，为之振奋。

《西风颂》是秋天的歌，是时代的声音。"诗人正经历着一场精神危机，正处于绝望的边缘。在这种穷境下他求助于西风，祈求它给予他以狂暴的力量。精神沮丧之时，他祈求重新得到激励，希望生命的气息吹入他的心田"（莱昂内尔·特里林）。该诗的问世，把雪莱的抒情诗创作推向一个巅峰。它所体现的气势和想象力令人惊异，它最后的名句"如果冬天到了，春天还会远吗"（另一译法）一直在读者中传诵。

《西风颂》正是由自然现象激发起创作灵感，借自然景物来抒情言志。诗人歌唱自然界的浩浩西风，同时也是在呼唤人类社会变革的飓风，他呼唤西风这个"不羁的精灵"，就是为了给腐朽的社会现实带来一种摧枯拉朽之力，给社会和诗人自己带来新生，表现诗人对黑暗的反抗，对光明的热切期盼和向往，及对未来的坚定信念和希望。

【精彩片段】

西风颂

一

哦，狂暴的西风，秋之生命的呼吸！
你无形，但枯死的落叶被你横扫，
有如鬼魅碰到了巫师，纷纷逃避：
黄的，黑的，灰的，红得像患肺痨，
呵，重染疫疠的一群：西风呵，
是你以车驾把有翼的种子催送到黑暗的冬床上，
它们就躺在那里，像是墓中的死穴，冰冷，深藏，低贱，
直等到春天，你碧空的姊妹吹起她的喇叭，
在沉睡的大地上响遍，
（唤出嫩芽，像羊群一样，觅食空中）
将色和香充满了山峰和平原。

不羁的精灵呵，你无处不远行；
破坏者兼保护者：听吧，你且聆听！

二

没入你的急流，当高空一片混乱，
流云像大地的枯叶一样被撕扯脱离天空和海洋的纠缠的枝干。
成为雨和电的使者：它们飘落在你的磅礴之气的蔚蓝的波面，
有如狂女的飘扬的头发在闪烁，
从天穹的最遥远而模糊的边沿直抵九霄的中天，
到处都在摇曳欲来雷雨的卷发，
对濒死的一年你唱出了葬歌，
而这密集的黑夜将成为它广大墓陵的一座圆顶，
里面正有你的万钧之力的凝结；
那是你的浑然之气，从它会迸涌黑色的雨，
冰雹和火焰：哦，你听！

三

是你，你将蓝色的地中海唤醒，
而它曾经昏睡了一整个夏天，
被澄澈水流的回旋催眠入梦，
就在巴亚海湾的一个浮石岛边，
它梦见了古老的宫殿和楼阁在水天辉映的波影里抖颤，
而且都生满青苔、开满花朵，
那芬芳真迷人欲醉！呵，为了给你让一条路，
大西洋的汹涌的浪波把自己向两边劈开，
而深在渊底那海洋中的花草和泥污的森林虽然枝叶扶疏，
却没有精力；听到你的声音，它们已吓得发青：
一边战栗，一边自动萎缩：哦，你听！

四

哎，假如我是一片枯叶被你浮起，
假如我是能和你飞跑的云雾，

是一个波浪，和你的威力同喘息，
假如我分有你的脉搏，仅仅不如你那么自由，
哦，无法约束的生命！
假如我能像在少年时，凌风而舞
便成了你的伴侣，悠游天空
（因为呵，那时候，要想追你上云霄，似乎并非梦幻），
我就不致像如今这样焦躁地要和你争相祈祷。
哦，举起我吧，当我是水波、树叶、浮云！
我跌在生活的荆棘上，我流血了！
这被岁月的重轭所制服的生命原是和你一样：
骄傲、轻捷而不驯。

五

把我当做你的竖琴吧，有如树林：
尽管我的叶落了，那有什么关系！
你巨大的合奏所振起的音乐将染有树林和我的深邃的秋意：
虽忧伤而甜蜜。呵，但愿你给予我狂暴的精神！
奋勇者呵，让我们合一！
请把我枯死的思想向世界吹落，
让它像枯叶一样促成新的生命！
哦，请听从这一篇符咒似的诗歌，
就把我的话语，像是灰烬和火星
从还未熄灭的炉火向人间播散！
让预言的喇叭通过我的嘴唇把昏睡的大地唤醒吧！
要是冬天已经来了，西风呵，春日怎能遥远？

（查良铮 / 译）

赏　析

这是一首脍炙人口、含蕴深刻的抒情名篇。诗人以饱含激情的笔触抒写了秋之生命的呼吸——狂暴的西风，创造出既是破坏者又是保护者的鲜明的西风形象。他歌唱西风不仅扫除了残枝败叶，而且“把有翼的种子催送到黑暗的冬床上”，待到来年春天，西风的妹妹——东风驾临大地，就会“将色

和香充满了山峰和平原”，出现一个春光明媚的新世界。雪莱歌唱西风，同时也在歌唱革命。诗歌情景交融，通篇采用了象征和比喻的手法，既形象生动，又蕴涵强烈的感情色彩，格调高昂激越。

阅读思考

1. 诗歌第一节称颂西风“既是破坏者又是保护者”，你怎么理解这句话？

2. 这首诗在歌颂西风的同时，也描绘了很多自然现象作为意象来抒情言志，并采用了象征和比喻的手法，意义深远含蓄，请你谈谈第三节“花草”“森林”等隐喻的社会意义，并从诗中再找出与此类似的意象进行分析。

3. 诗歌最后两句“要是冬天已经来了，西风呵，春日怎能遥远”充满激情，又富有哲理，结合自己的生活经历，谈谈你对这句诗的认识和理解。

【相关链接】

“天才的预言家”：《解放了的普罗米修斯》

《解放了的普罗米修斯》是雪莱成就最高的作品之一，也是积极浪漫主义诗歌创作的典范之一。雪莱在给朋友的信中不止一次地提到这是他“最好的诗”。雪莱从小喜欢希腊、罗马的神话传说。后来，他阅读了希腊“悲剧之父”埃斯库罗斯根据普罗米修斯神话传说而写的剧本。

普罗米修斯是提坦巨神伊阿珀托斯和大河女神克吕墨涅所生的儿子。他智慧且胆识过人，能未卜先知，所以他的名字便有“预见”的意思。他曾帮助朱庇特（即宙斯）夺得了天帝的宝座，推翻了萨登的统治。但朱庇特上台后，违背了自己的诺言，企图毁灭人类。普罗米修斯从天庭把火偷给了人类，使人间有了火种；他又传授各种技艺知识，使人间有了文化。朱庇特得悉后，大发雷霆，他把普罗米修斯钉锁在高加索山崖上，白天派神鹰啄食他的肝脏，晚上他的肝脏又长出来，第二天神鹰复来啄食。这样循环往复，使普罗米修斯遭受无穷的痛苦，但他坚贞不屈，深信朱庇特的末日终将来到。后来朱庇特果然被打入地狱，普罗米修斯也被大力士赫拉克勒斯从悬崖上解放下来，整个宇宙光明一片，人类万物幸福欢庆。

雪莱描绘的世界，虽然带有空想社会主义的性质，但在当时的历史条件下，反映了广大人民的愿望，因此恩格斯称雪莱是“天才的预言家”。

海涅：歌唱玫瑰的夜莺与呼唤自由的海燕

黄艳嫦

【作者小传】

海涅，德国诗坛堪与歌德比肩的另一高峰，世界文学星空中又一颗璀璨的明星。

1797 年 12 月 13 日，哈利·海涅出生于德国杜塞尔多夫一个犹太商人家庭。童年时，他的家乡被法国革命军占领，本来备受歧视的犹太民众因此获得了短暂的喘息。这段经历使得拿破仑成为海涅的偶像，自由成为他的追求。

青年时期，海涅曾在波恩大学、格廷根大学、柏林大学学习法律和哲学。1825 年，海涅为评教授皈依基督教并更名为海因里希·海涅，但最终希望落空。学术界少了一个教授，诗坛多了一位大才，一位不断冲破束缚的天才。

1821 年，海涅开始出版诗集。为他赢得举世声誉的是 1827 年出版的《诗歌集》——现代德语抒情诗的奠基之作。当众人都沉浸在他浪漫轻盈的情话中时，海涅却以讽刺的手段来颠覆并超越浪漫。1831 年，海涅因宣扬拿破仑及革命被迫流亡巴黎。此时，海涅文如泉涌，声隆日盛，思想激进。《德国，一个冬天的童话》因讽刺普鲁士的封建统治而被禁，《西里西亚的纺织工人》因赞美反抗的工人深受无产者的推崇。

愈是束缚，天才愈是飞扬。人生的最后八年，海涅困于“床褥坟墓”中无法动弹。但瘫痪三年后，他出版了另一部经典诗集《罗曼采罗》。

1856 年 2 月 17 日，天才陨落。海涅葬于法国蒙马特墓地，墓碑上刻着他的诗歌，边沿饰以棕榈树花。墓地至今花团锦簇，每个到此追思者也许都会想起他的名句：“每一块墓碑下面，都是一段世界历史。”

【作品导读】

自称太阳的尼采说："是海涅使我懂得了抒情诗人的最高意境。"

海涅宣告："德国人古老的抒情诗派随我而终，现代德国抒情诗派又由我而始。"这并非狂妄，而是事实。

传统的浪漫派诗人惯于创造梦境，脱离现实，而海涅则借用"浪漫主义冷嘲"打破幻想，回归现实。传统的浪漫诗歌是一种牧歌的旋律，一直保持着舒缓的拍子，而在海涅的诗歌中，常常出现一种突飞猛进的变调，并显示出极大的压缩和简洁。因为海涅，向来给人以严密、理性、质感的德语表现出轻盈美妙的灵动。因为海涅，德语有了诗意。由于海涅诗歌极富音乐性，众多作曲家都爱为他的诗歌谱曲。在20世纪初，海涅的诗歌已被谱成三千首以上的歌曲。这一点，歌德也难以望其项背。

"爱"是海涅抒情诗中永恒的主题。由于情场上的失意，海涅诗歌中的爱大多掺杂了苦艾酒，由爱而苦，由爱而痛。无怪乎木心说："谁有一颗心，心里有爱，就会被弄得半死不活。"

《诗歌集》是海涅早期抒情诗歌的代表作。这部诗集分成五部分：《少年的烦恼》《抒情插曲》《还乡曲》《哈尔茨游记插曲》和《北海》。前三部分大多吟唱诗人的爱情，后两部分描写游历见闻。其中有德国妇孺皆知的《罗蕾莱》，也有在中国广为传唱的《乘着歌声的翅膀》。

海涅从浪漫主义出发，却又从浪漫主义出走。海涅游记颠覆歌德奠定的德国游记风格，混杂游历、幻想和搞笑，风景与饮食齐飞，政治共女人一色，嬉笑怒骂，皆成文章。海涅自称"阿里斯托芬之子"，讽刺成为他得心应手的武器。《德国，一个冬天的童话》和《阿塔・特罗尔》成为政治讽刺诗代表。海涅，不仅是一个歌唱玫瑰的夜莺，更是呼唤自由的海燕。

据海涅自己记载，他瘫痪那天正参观卢浮宫准备撰写艺术评论。在美神维纳斯像脚下他突然倒地："我久久躺在她脚下号啕，足以让石头落泪。女神充满怜悯地俯视着我，却显得如此无能为力，好像在说'你没见我没胳膊，帮不了你吗？'"诗人停止了脚步，却没有停止思想。1851年，《罗曼采罗》出版。

《罗曼采罗》，即"罗曼采诗集"之意，罗曼采亦译叙事谣曲，是一种类似叙事歌的诗体。诗集分三部分：第一部分《史诗》，题材取自各国的历史故事和民间传说。第二部分《悲歌》，与书名相反，这一部分诗中有很多并非叙事诗，而是抒情诗。第三部分《希伯来调》，题名取自拜伦的诗歌，部分诗歌深受《唐璜》的影响。这部以浪漫曲为主的诗集充满了绚丽多彩的奇花异草，奏出了崭新独特的音调。

海涅的诗歌质朴优美，音韵天成。海涅的诗歌中体现他整个人格，爱、自由、抗争是他的生命主题，也是他的诗歌基调。

【精彩片段】

乘着歌声的翅膀

乘着歌声的翅膀，
心爱的人，我带你飞翔。
向着恒河的原野，
那里有最美的地方。

一座红花盛开的花园，
笼罩着寂静的月光，
莲花在那儿等待
它们亲密的姑娘。

紫罗兰轻笑调情，
抬头向星星仰望，
玫瑰花把芬芳的童话
偷偷地在耳边谈讲。

跳过来暗地里倾听
是善良聪颖的羚羊，
在远的地方喧腾着
圣洁的河水的波浪。

我们要在那里躺下，
在那棕榈树的下边，
吸引爱情和寂静，
沉入幸福的梦幻。

（选自《诗歌集》）

赏　析

这首情诗写得飘逸空灵。作者以温柔的口吻，平易的语言，告诉自己的心上人，他要带她离开污浊丑恶的现实世界，前往美轮美奂的人间乐园。

《拉撒路[①]》组诗节选

世道

富有的，他们不久
还要获得更多的财富。
只有少许的，这少许
也要被他人夺去。[②]

要是你一无所有，
唉，那还不如去死——
穷汉啊，只有稍有一些的人
才有一种生存的权利。

（选自《罗曼采罗》）

注　释

①拉撒路（Lazarus）:《圣经》中一个患癞病的乞丐。死后因基督之力复活，变为病人的守护神。

②也要被他人夺去:《路加福音》第19章第26节:“我告诉你们:凡有的，还要加给他。没有的，连他所有的，也要夺过来。”

赏　析

诗歌写出世道的不公——富有的更富有，贫穷的更贫穷。诗歌内容和拉撒路的故事形成尖锐矛盾，更具讽刺的力度。

敢死队[①]

在自由战争的最前哨，
我忠心坚持了三十载年华。
我战斗，没有胜利的把握，

我知道，我决不会平安回家。

我日夜守卫——我不能
像营帐里那些战友一样去睡觉——
（要是我有一点瞌睡，这些勇士们的鼾声也会使我保持警觉。）

在这种长夜里我常感到无聊，
也有点害怕——（只有傻瓜什么都不畏惧）——
我就吹起口哨，吹出一种
讽刺诗的大胆的调子来驱除恐怖。

确实，我是拿着武器守卫，
要是走近任何一个嫌疑分子，
我就给他一颗沸热的滚烫的子弹，
准确地打进他那邪恶的肚皮里。

当然，这些万恶的家伙，
其中也会有射击的能手，
——唉，这是不能否认的事实——
我的伤口破裂——我的血液迸流。

一个岗位空了！——伤口破裂——
一个倒下了，另一个补充上来——
我倒下了，却没有失败，打坏的
只是我的心，我的武器并没毁坏。

注　释

① 敢死队：原题为法文 Enfant perdu（直译：失去的孩子），是中古时代（直至 17 世纪）一种被遣赴危险地区的军士。海涅在本诗中以自由主义战线上的敢死队自任。

赏　析

诗人以战士自喻，表达自己不屈不挠、坚持到底的战斗精神，振聋发聩。

阅读思考

1. 诗歌情感的基本形态有两种，一是宣泄与扩张，一是内敛与节制。海涅的诗歌属于哪种形态？试结合具体诗歌谈谈看法。

2. 海涅的诗歌自成一格，既有浪漫之美，又有现实之利，使得当时文坛无所适从。浪漫派嫌海涅太粗鲁，现实主义嫌他太优美。对此，你怎么看呢？

【相关链接】

《罗曼采罗》的诞生

海涅并非突然瘫痪。到巴黎后他的两个手指头先瘫痪，然后眼、嘴逐步瘫痪。婚后他嘴唇麻痹，说不清楚话，甚至咽不下东西。1847 年 9 月，随着视力急剧减退，海涅先是双腿，继而下半身，最终全身瘫痪。

对于海涅的病情，1849 年起任海涅秘书、后成为著名历史学家的希莱勃兰德描写得栩栩如生：“海涅听力降低，眼皮下垂，如果他想看东西，就必须用枯枝样的手指把眼皮推上去。他双腿瘫痪，全身抽缩。早晨女护工把他搬到沙发上，以便整理床铺。他听不得一点噪音。疼痛如此巨大，他天天服用三种不同的吗啡，仅为睡上四个小时。实在疼得睡不着，他就酝酿诗句。整部《罗曼采罗》就这样由他口授，由我记录。东方破晓时，一首诗作便已诞生。”

《罗曼采罗》是诗人在一个个痛苦的不眠之夜孕育的。

普希金：俄罗斯暗夜的一道剑光

范维胜

【作家小传】

亚历山大·谢尔盖耶维奇·普希金（1799—1837 年）是俄罗斯伟大的诗人，19 世纪世界诗坛的一座高峰。

普希金 1799 年出生在莫斯科一个古老的贵族家庭，早年受到农奴出身的保姆阿琳娜·罗季昂诺夫娜的影响。1811 年进彼得堡皇村学校，1812 年战争所激起的爱国热潮给少年普希金极大鼓舞。在校期间，他与未来的十二月党人丘赫尔伯凯等建立了深厚的友谊。这时，他的诗歌才能已经开始显露出来。1817 年，普希金毕业后在外交部任职，并先后参加了“阿尔扎玛斯社”与“绿灯社”。在十二月党人的影响下,这时期普希金写下了不少抒情诗，抨击专制制度、歌颂自由和同情人民的不幸，如《自由颂》《致恰达耶夫》等。由于普希金的政治抒情诗产生了极大的影响，为此他被沙皇政府流放到了南方。

南方流放时期是普希金浪漫主义诗歌创作的高潮时期。在这几年里，他写下了四部著名的浪漫主义叙事诗：《高加索的俘虏》《强盗兄弟》《巴赫切萨拉伊的泪泉》和《茨冈》。1823 年，普希金在基希尼奥夫开始创作诗体小说《叶甫盖尼·奥涅金》。南方流放的后期，普希金又被放逐到他母亲的领地普斯科夫省米哈伊洛夫斯克村，软禁起来。

乡村幽禁时期，普希金接近了农奴制度下的农村生活和俄罗斯普通的人民，这一切对普希金后来的创作产生了很大的影响。 这两年里，普希金创作了不少优秀的作品，如《囚徒》《致大海》《致凯恩》和《假如生活欺骗了你》等几十首抒情诗。也就在他被软禁期间，彼得堡爆发了十二月党人起义。普希金一直关心着时态的发展。起义失败后，新上台的沙皇尼古拉一世为了拉拢诗人为其服务，决定将其召回莫斯科。

重返京城以后，普希金写下了不少热情赞扬十二月党人的崇高志向的诗歌,《致西伯利亚的囚徒》就是其中著名的一首。1830年秋天，普希金因故滞留波尔金诺，这三个月成了普希金创作中的丰收时期。他完成了诗体小说《叶甫盖尼·奥涅金》。普希金与冈察罗娃结婚后，定居彼得堡。他的行动仍受到沙皇政府的监视。但在创作上仍不断有优秀作品出现，如小说《上尉的女儿》《黑桃皇后》《杜勃罗夫斯基》，叙事诗《波尔塔瓦》《青铜骑士》、抒情诗《致诗人》《秋天》和《纪念碑》等。30年代中期，普希金与当局的矛盾日益加剧，此时一个法国流亡者丹特士又放肆地追求他的妻子，在忍无可忍的情况下,普希金于1837年2月8日与丹特士决斗,身负重伤,两天后去世。

【作品导读】

普希金诗歌开创了俄罗斯文学的一个新时期，使落后于西欧的俄罗斯文学迅速地赶了上来。因此，他理所当然地被公认为俄罗斯近代文学的奠基人、俄罗斯文学语言的创建者、“俄国文学之父”、“俄罗斯诗歌的太阳”。

普希金诗歌的特点首先是真诚。别林斯基指出:“普希金的诗的特征之一，那使他和以前的诗派严格区别的东西，是他的诚恳。”别林斯基特别提出“真情”这一概念来评论普希金的诗歌。

与真诚密切相联系，普希金诗歌的另一个显著特点就是自然、朴素、优雅。普希金真正地把它们统一在一起，这就是普希金的高超之处。普希金的秘诀在于，他的情感“不仅是人的情感，而且是作为艺术家的人的情感”，这样，诗的品位在很大程度上就取决于艺术家情感和思想的品位了，或者说取决于诗人的思想和艺术的素质了。别林斯基认为:“在这一方面，可以把普希金的诗比作因感情和思想而变得炯炯有神的眼睛的美，如果您夺去使这双眼睛变得炯炯有神的感情和思想，它们只能是美丽的眼睛，却不再是神奇和秀美的眼睛了。”

普希金的诗歌在语言上的最大特点就是简洁和独特的音韵美。普希金的诗从一开始就表现出异乎寻常的简练。这也许是和他的自然朴素之风相联系的。果戈理谈到普希金的诗时指出:“这里没有华丽的辞藻，这里只有诗；没有任何虚有其表的炫耀。一切都简朴，一切都雍容大方，一切都充满含而不露的绝不会突然宣泄而出的光彩；一切都符合纯正的诗所永远具有的言简意赅。”

普希金在综合前辈诗人创作成果的基础上，形成了自己独特的音韵美。

别林斯基认为普希金的诗所表现的音调的美和俄罗斯语言的力量达到了令人惊异的地步：“它像海波的喋喋一样柔和、优美，像松脂一样浓厚，像闪电一样鲜明，像水晶一样透明、洁净，像春天一样芳芬，像勇士手中的剑击一样有力。”

普希金的诗歌在情调和风格上表现出来的又一特点是忧郁，这是一种明朗的忧郁，一种“深刻而又明亮的悲哀”。普希金的忧郁，自然与他无时不在的思索相关。赫尔岑说，普希金的缪斯“是一个热情洋溢的女神，她太富于真实感了，所以无须再寻找虚无缥缈的感情，她的不幸太多了，所以无须再虚构人工的不幸……”就这一点而言，他的忧郁与哈姆雷特式的忧郁或拜伦式的忧郁不无相通之处，也就是说，这是一种社会性的忧郁。这里所说的忧郁主要是一种艺术风格，一种诗意的情调，它虽然与忧愁、哀伤乃至悲惨的生活内容相关，但它仍然主要是一种美学的或者说是一种审美的效果。换句话说，生活中的忧郁在普希金情感的熔炉中经受冶炼以后成为一种美，它远高于那种具体的、世俗的忧愁和哀伤，而且，它唤起的也不仅仅是忧郁，而是思索、力量和美感。“我忧郁而轻快，我的哀愁是明亮的。”普希金如是说。

【精彩片段】

致西伯利亚的囚徒

在西伯利亚矿坑的深处，
望你们坚持着高傲的忍耐的榜样，
你们的悲痛的工作和思想的崇高志向，
决不会就那样徒然消亡。
灾难的忠实的姊妹——希望，
正在阴暗的地底潜藏，
她会唤起你们的勇气和欢乐，
大家期望的时辰不久将会光降；

爱情和友谊会穿过阴暗的牢门
来到你们的身旁，
正像我的自由的歌声
会传进你们苦役的洞窟一样。

沉重的枷锁会掉下，
黑暗的牢狱会覆亡，
自由会在门口欢欣地迎接你们，
弟兄们会把利剑送到你们手上。

赏　析

这首诗是普希金政治抒情诗的代表作。

1825 年 12 月，轰轰烈烈的俄国十二月党人起义失败了。普希金与十二月党人的关系密切，他虽然没有参加他们的秘密组织，但在政治和思想上与他们是完全一致的。1827 年年初，十二月党人尼·穆拉维约夫的妻子去西伯利亚探望丈夫，普希金想到朋友们正在遥远的西伯利亚服苦役，就托她带去了这首《致西伯利亚的囚徒》献诗，它于 1856 年才在伦敦的《北极星》杂志上首次公开发表。

这首赠诗首先对十二月党人的功绩作了高度的评价，指出他们的革命事业没有落空。它向在残酷的环境里受难的革命者送去了诗人的忠诚的友谊、必胜的信念、热情的鼓励和崇高的敬意。情深义重、格调激昂、充满着乐观精神的赠诗，使在西伯利亚受难的同志们受到了极大的鼓舞。对于被流放的十二月党人而言，“希望”就是他们的“爱”和“友情”，只要“爱”和“友情”仍在，他们就能战胜苦难，实现理想。在用“希望”激励战友的同时，诗人也用“希望”激励自己，他希望的是“沉重的枷锁会掉下，黑暗的牢狱会覆亡”，诗人向沙皇暴政发出了诅咒，预示了它的必然覆亡。诗歌表达了诗人对未来革命的胜利充满必胜的信念，对未来充满着希望，诗人以无畏而自由的歌唱，传递了对战友和同志的真挚的感情。

读了这首诗，十二月党人诗人奥陀耶夫斯基代表囚徒们和了一首诗。诗中表示，他们仍然坚信革命，将把自由之火重新燃起，“星星之火必将燃成熊熊的烈焰”。这两首革命的颂歌一同广为流传，鼓舞着一代代的革命者。

阅读思考

1. 诗人为什么坚信十二月党人不会消亡？“望你们坚持着高傲的忍耐的榜样”中“榜样”一词表达了人们对十二月党人的景仰，为什么十二月党人值得人们景仰？

2. 为什么把“希望”称作“灾难的忠实的姊妹”？

3. 诗人在写作这首诗的时候已经受到了监视，为什么还把自己的诗作称为“我的自由的歌声”？

4. 这首诗歌采用了象征的手法来写,其中的“枷锁”和“利剑”象征什么？诗歌中所塑造的形象表达了诗人怎样的理想或者精神追求？

【相关链接】

《自由颂》：普希金永远的光亮

《自由颂》是普希金最早的抒情诗作之一，它是献给一位姓沃尔孔斯基的公爵小姐的侍女娜塔莎的。普希金写这首诗时刚刚 15 岁。

这是一首失恋诗。心爱的人离去了，如同太阳隐退，因此，美好的夏天枯萎了，明朗的日子飞走了，大自然中的一切也都变了模样：夜的暗影愈拖愈长，田地逐渐荒凉，河水变冷，森林白了头，连苍穹也显得暗淡无光。这是由大自然的规律所造就的夏去秋来的客观景象；同时，这更是心上人的离去在诗人心头引发了人去楼空的主观感受。在这里，自然季节的更替和主观心态的突转被巧妙地叠加在一起，于是，自然中的萧条就成了诗人内心萧条的流露和象征。

全诗分为三节，从时间上看，第一节是过去（夏），第二节是现在（秋），第三节是将来（冬）。这三节是纵贯为一体的，是一种明暗对比的关系。在灿烂的夏天和阳光之后,秋天的一切都让人感到暗淡。而娜塔莎,“我的光亮”,却不见了踪影，无论是清晨还是夜晚，无论是在涟漪的湖上还是在清香的菩提树下。在俄国，人们常用光亮来指称心上人。在普希金的这首诗中，这一表达爱的习惯称谓又被赋予一种强化对比的功能：“我的光亮”随夏天而去，秋天因而方显暗淡；而“我”心中的光亮，将照耀不止，伴“我”度过寒冷的冬季。正是这一束光，将这首失恋诗照得通体透明。

年少的普希金在抒写自己的忧伤，秋天是忧伤的，又是天高云淡的；这首诗也是像秋天样忧伤而明朗的。所谓的“简朴和明朗”一直是普希金诗歌最突出的美学特征，在这首诗中，我们已经看到了这一风格最初的显现。如普希金自己所说，就是用竖琴唤起人们善良的感情，在残酷的时代歌颂自由，甚至在那些歌唱爱情的诗篇里，也响着自由的声音，因此，用“自由颂”作为抒情诗的题目，也是恰当不过的。

莱蒙托夫：流星样迅忽、恒星般闪耀

陈丽佳

【作家小传】

1814年10月2日夜，米哈伊尔·尤里耶维奇·莱蒙托夫出生于莫斯科红门（如今为莱蒙托夫广场）。其父是陆军上尉，其母出身贵族。次年春，他们全家迁回塔尔哈内外祖母的庄园。莱蒙托夫不到三岁的时候，母亲离世，他的父亲被外祖母赶出庄园，他从此开始被外祖母庄园的图书馆滋养着的童年时期。

1828年，莱蒙托夫进入了俄国当时最好的中学——莫斯科大学附属贵族寄宿中学就读。一年后，他领到了标有各科成绩均优异的毕业证书。在这期间，15岁的他完成了一生重要代表作《恶魔》的初稿。1830年8月，他来到莫斯科，毫不费劲地通过了入学考试，进入莫斯科大学伦理政治专业学习。因为不断顶撞不称职的教授们，两年后他被迫退了学。其后，他进入了圣彼得堡的近卫军骑兵士官学校，开始了军旅生活。

1837年，普希金在与法国大革命的逃亡者丹特士的决斗中去世。伟大诗人的死震惊了莱蒙托夫，一夜之间，满腔怒火的他写出了《诗人之死》，批判矛头直指决斗背后阴谋的策划者——沙皇尼古拉一世。这首诗立即在成千上万人的手中传抄，成为莱蒙托夫的成名之作。一鸣惊人的回报是被沙皇当局流放至高加索。然而流放并没有磨灭诗人的意志，高加索美丽的自然风光滋养了诗人的心灵，使他的诗作在写景与表现民族特色上日臻完美。经外祖母的斡旋，不久他重回彼得堡。1840年，他因一首讽刺诗与法国公使的儿子巴兰特决斗，哪知沙皇对此批示：再次流放高加索。1841年，他最后一次回到彼得堡，完成了《梦》《悬崖》《预言者》《祖国》等一批出色的抒情诗，思想更见深刻、感情更见深沉。然而，诗人的生命即将走向终点。同年7月，在与马尔泰·诺夫的决斗中，他与自己的偶像普希金一样被开枪打死，时年不足27岁。

【作品导读】

在短短不足27年的生命里，莱蒙托夫创作了400多首短诗，27首长诗，若干散文、小说、戏剧。与莱蒙托夫同时代的权威批评家别林斯基说："普希金之后，没有任何一个诗人写出过像莱蒙托夫这样的诗"，"他是一位俄罗斯的最崇高、最高贵意义上的民族诗人"。果戈理赞赏莱蒙托夫，说道："我国还没有谁写过这样正确、优美、芳香的散文呢。"列夫·托尔斯泰把自己和莱蒙托夫一起归于"非文学家"的作家，而把"普希金、屠格涅夫、冈察洛夫"归入"专门的文学家"，并声称《战争与和平》的内核来源于莱蒙托夫。

莱蒙托夫是一个全才的作家，诗歌、小说、戏剧，无所不通。然而，我们认定他首先是一位诗人。因为他蓬勃的诗情，对于音律的天赋，使他的作品无一不沐浴着诗性的光辉。文学史家一般把他的作品分为两个时期：1828—1836年为前期，1837—1841年为后期。其分界线就是莱蒙托夫的成名作《诗人之死》。前期主要以短诗为主，表达对专制制度的憎恶，对自由的热爱，对生活的迷茫、忧伤、苦闷等等，《高加索》《土耳其人的哀怨》《尘世与天国》《孤独》《乞丐》《帆》等都是其代表作品。

以《诗人之死》为界，莱蒙托夫的诗作逐步走向了巅峰。对比前后期的作品，可以看到：前期作品量（350多首抒情诗）远远大于后期，而后期作品整体上质更胜一筹。特别是1837—1841年这最后四年所写的诗，名篇层出不穷，几乎都是俄国诗苑不可多得的上乘之作。莱蒙托夫的后期诗作，长诗特别引人注目。代表作《恶魔》可以说是诗人一生心血的写照，直到死前还在修改，代表了诗人诗歌创作的最高成就。它是一部描绘恶魔与塔玛拉触目惊心的爱情与人生悲剧的抒情性哲理长诗，表现了诗人对真善美的追求。"真"的厄运、"善"的扭曲、"美"的幻灭，都是启迪人们重新认识外部世界与内心世界的中介。

除诗歌外，莱蒙托夫最被人熟知的代表作还有小说《当代英雄》，其中塑造了"毕巧林"这个在世界文学史上占据一席之地的"多余人"形象，被别林斯基称为"当代的奥涅金"。《当代英雄》是19世纪俄国文坛重点由诗向散文转移过程中的伟大创造，开了俄国文学心理描写的先河，对屠格涅夫、托尔斯泰、陀思妥耶夫斯基等人的心理描写产生了深远影响。

【精彩片段】

诗人之死

一

诗人死了，这荣誉的俘虏！
他受尽流言蜚语的中伤，
胸饮了铅弹，渴望着复仇，
垂下了高傲的头颅身亡！……
诗人的这颗心已无法忍受那琐碎的凌辱带来的耻羞，
他挺身对抗上流社会的舆论了，
还是单枪匹马……被杀害了！
被杀害了！……而今谁要这嚎哭，
这空洞无用的恭维的合唱，
这嘟嘟囔囔的无力的剖白！
命运正作出它的宣判！
难道不正是你们这伙人先磨灭他才气横溢的锋芒，
然后为了让自己取乐解闷，
把他强压心头的怒火扇旺？
好啦，你们可以高兴了……
他已受不了那最后的磨难；
熄灭了，这盏天才的明灯，
凋零了，这顶绚丽的花冠。

二

凶手[1]漠然地瞄准他放枪，
此刻连搭救都没有希望：
那空虚的心平静地跳着，
他手中的枪竟没有抖颤。
有什么可怪？……命运把他从远方抛向我们的祖邦，
让他来猎取高官厚禄，
如同千百个逃亡者那样。
他常放肆地蔑视和嘲笑

这个异国的语言和风尚。
他哪能珍惜我们的荣耀，
他怎知在这血腥的一瞬，
对准了谁举起手放枪……

三

他被杀害了——被坟墓夺走
像那位经他用妙笔赞美过的
不为人知但很可爱的诗人[②]，
就是那妒火难熄的牺牲品，
也像他在无情的手下殒命。

四

为什么抛却适情逸趣和纯朴友谊，
他要跨进这窒息幻想和激情的妒贤嫉能的上流社会的门槛？
既然他年轻时就已能洞悉人世，
为什么还同中伤他的小人握手言欢，
为什么听信虚情假意和巧语花言？

五

他们摘去他先前佩戴的花冠，
把满插月桂的荆冠给他戴上，
但一根根暗藏着的棘针，
把他好端端的前额刺伤；
那帮专好嘲笑的愚妄之徒，
以窃窃的恶语玷污他弥留的时光，
他死了——空怀着雪耻的遗愿，
带着希望落空后的隐隐懊丧。
美妙的歌声从此沉寂了，
它再也不会到处传扬，
诗人的栖身之所阴森而狭小，

他的嘴角打上了封闭的印章。

六

你们这帮以卑鄙著称的[3]
先人们不可一世的子孙，
把受命运奚落的残存的世族用奴才的脚掌恣意蹂躏！
你们，蜂拥在皇座两侧的人，
扼杀自由、天才、荣耀的刽子手，
你们藏身在法律的荫庇下，
不准许法庭和真理开口……
但堕落的宠儿啊，还有一个神的法庭！
有一位严峻的法官等候着你们，
他听不进金钱叮当的响声，
他早就看穿了你们的勾当与祸心。
到那时你们想中伤也将是枉然，
恶意诽谤再也救不了你们，
你们即使倾尽全身的污血，
也洗不净诗人正义的血痕！

注 释

①凶手：指杀死普希金的法国保皇党人丹特士，法国七月革命后，他逃亡到俄国。

②像那位经他用妙笔赞美过的不为人知但很可爱的诗人：指普希金的诗体小说《叶甫盖尼·奥涅金》中的主人公之一连斯基，他在决斗中被奥涅金击毙。

③以下十六行诗是诗人在普希金埋葬后几天补写的，曾引起一场轩然大波。沙皇贵族认为这是“煽动革命”，将诗人逮捕。

赏 析

这是一首充满了艺术美的政论诗。说它是政论诗，是因为作者借普希金之死用诗的形式猛烈抨击了沙皇尼古拉一世的专制统治。说它充满艺术美，是因为诗人是用艺术的眼光对现实进行观照，所运用的一切意象、一切艺术手段都是美的。在这里，作为诗的灵魂的思想主题和作为诗的载体的艺术形式得到了和谐的统一。全诗结构严谨，层次分明，从“痛悼普希金之死”到“怒斥凶手”，从“反思诗人之死的悲剧”到“痛揭凶手后台”，彻底地揭开了诗人之死的谜底。高尔基称赞这首诗是“俄国诗中最有力的诗”。

阅读思考

1. 请结合具体语句，分析诗歌第一节作者情感的变化。

2. 从表现手法上，赏析诗歌第六节。

3. 诗歌第四节，诗人向被害者发出了一连串的疑问，却没有得到回应。有人认为该小节可以删去，你认为呢？阐述你的理由。

【相关链接】

莱蒙托夫与普希金

普希金被誉为俄罗斯的太阳，俄罗斯近代文学的奠基人，俄国最伟大的诗人。普希金比莱蒙托夫大 15 岁，是莱蒙托夫的精神偶像。普希金之后，第一个擎着他的旗帜，捍卫他的荣誉，珍爱他的价值，弘扬他的精神的人就是莱蒙托夫。

普希金与莱蒙托夫有很多相似之处：（1）两人同是俄罗斯民族文学的奠基人——普希金是中心，莱蒙托夫和果戈理是它的两翼。（2）同受西方浪漫主义文艺思潮，特别是英国诗人拜伦的影响。莱蒙托夫曾经写过诗篇《无题（不，我不是拜伦……）》。（3）两人同是俄罗斯文学从浪漫主义向现实主义转型的巨匠。（4）同在流放或旅行期间感受到高加索自然景色、风土人情和民间传说的妙处，并把它们与诗歌创作融为一体。（5）同样死于决斗之中，而且决斗都源于沙皇的指使和迫害。

普希金与莱蒙托夫也有很多不同之处：如果说普希金是俄罗斯的太阳，那么莱蒙托夫则是月亮。前者在静观中将生活变成诗；后者在行动中使诗变成生活的指引。如果说普希金的诗是创造美与和谐，那么莱蒙托夫的诗则是揭露丑与不和谐；普希金的诗以美感取胜，莱蒙托夫的诗以力量著称。然而，莱蒙托夫是以普希金为榜样成长起来的，普希金是源，是先驱，是开拓者，是模仿的对象；只是在模仿中莱蒙托夫逐渐形成了自己的风格，有了自己的超越。可以说，没有普希金，就没有莱蒙托夫；没有莱蒙托夫，就再难以找到直接受过普希金熏陶的诗人。

惠特曼：美国的诗歌“教父”

范维胜

【作家小传】

惠特曼（1819—1892 年），美国诗人，被公认为美国的“诗歌之父”。

1819 年，惠特曼生于美国长岛的一个海滨小村庄。父亲当时是一个无地的农民，他在九个兄弟姐妹中排行第二。1823 年，四岁的惠特曼一家移居到纽约布鲁克林区，父亲在那做木工，惠特曼开始上小学。由于生活贫困，惠特曼只上了五年学，然后开始做印刷厂学徒。这一段时间的生活经历使他广泛接触了人民，接触了大自然，对他后来的诗歌创作产生很大的影响。做了两年学徒后，惠特曼搬到纽约市，并开始在不同的印刷厂工作。1835 年，他返回长岛，在一所乡村学校执教。1838 年至 1839 年期间，他在家乡办了一份名为《长岛人》的报纸，直到 1841 年他回到纽约并当了一名记者。他也在一些主流杂志上担任自由撰稿人，或发表政治演讲。

1841 年他出版了一些短篇故事，一年后他在纽约出版了小说《富兰克林·埃文斯》。1846 年年初，他又担任《布洛克林每日鹰报》的编辑，因在该报发表反对奴隶制度的文章，于 1848 年 1 月被解职。后来还担任过《自由民》报的主编，终因政见不合而于 1850 年离开新闻界。从 1850 年开始，惠特曼一方面从事体力劳动，作木匠和建筑师，一方面展开了他的旺盛的诗歌创作活动，他开始在报纸上发表自由诗，表达对大自然的热爱和对自由民主生活的赞颂，这一时期他创作了他的代表诗集《草叶集》（1855 年）。1861 年美国南北战争爆发后，他积极支持林肯解放黑奴的主张，并亲身参加战斗，抒发了自己追求民主进步的理想。内战结束后，诗人自费发表了反映内战的诗篇《桴鼓集》（1865 年）。几个月后，他又出版了一本续集，其中包含悼念林肯的名篇《啊！船长，我的船长哟！》等。

内战期间，诗人主动到医院服务，由于过度劳累，1873年，惠特曼不幸患了半身不遂之症，迁居新泽西州卡姆登养病，在病榻上挨过了20年，于1892年3月26日去世。

【作品导读】

《草叶集》是惠特曼一生创作的总汇，也是美国诗歌史上一座灿烂的里程碑，充分反映了19世纪中期美国的时代精神。《草叶集》三百多首诗中贯穿了一条主线，即诗人的民主精神。正是这种资产阶级民主精神决定了诗人对具体事物的立场和态度。

惠特曼的民主精神首先表现在他的废奴立场上。他生活的时代正是美国社会阶级矛盾日益尖锐的时期。随着资本主义文明的迅速发展，蓄奴制成了资本主义社会的最大障碍。惠特曼从小受家庭的影响，具有比较深刻的民主主义思想。因此，当北方以雇佣劳动为基础的资本主义制度同南方以奴隶劳动为基础的奴隶制度尖锐冲突时，他顺应历史潮流，坚决参加废奴运动，用诗文表明了自己的观点和立场。

诗人的民主精神还表现在他对普通劳动人民的态度和立场上。诗人多次提出，他所以把诗集取名为“草叶集”，就因为草叶象征一切平凡普通的东西和平凡普通的人。一反当时美国文坛脱离人民、脱离生活的陈腐贵族倾向，惠特曼率先把目光放在普通人身上，放在日常生活上。

诗人站在激进的资产阶级民主主义立场上讴歌美国这块“民主的大地”：“那里没有奴隶，也没有奴隶的主人，那里人民立刻起来反对被选人的无休止的胡作非为，那里男人女人勇猛地奔赴死的号召，有如大海汹涌的狂浪，那里外部的权利总是跟随在内部的权利之后，那里公民总有头脑和理想，总统、市长、州长只是有报酬的雇佣人，那里孩子们被教育着自己管理自己，并自己依靠自己，那里事件总是平静地解决，那里对心灵的探索受到鼓励，那里妇女在大街上公开游行，如同男子一样，那里她们走到公共集会上，如同男子一样取得席次。”

《草叶集》中对大自然、对自我有着泛神主义的歌颂，泛神主义是崇拜大自然，以自然万物为神的。诗中极力赞美大自然的壮丽、神奇和伟大：“攀登高山，我自己小心地爬上，握持着低桠的细瘦的小枝，行走过长满青草，树叶轻拂着的小径，那里鹌鹑在麦田与树林之间鸣叫，那里蝙蝠在七月的黄昏中飞翔，那里巨大的金甲虫在黑夜中降落，那里溪水从老树根涌出流到草地上去。”

也正因为这种民主精神，诗人一而再，再而三地宣传“人类之爱”，并以乐观主义的笔触描写大自然，意气风发地歌唱人，歌唱人生。这种人道主义的思想意识说到底也正是他民主精神的反映。他以民主歌手自任，憧憬正义、自由、友爱的民主国家。在《斧头之歌》中也抒发了民主的思想，设计了一个“伟大的城池”：那是一个富足繁荣的地方，“没有奴隶”，市民“勤俭谨慎”，人人平等，总统、市长是人民的公仆，妇女与男子的权利相同，孩子得到良好的教育，人人相亲相爱。

同时，诗人把自己描绘成所有人中的一个。这个人是超群的，又是普通的；有优点，也有毛病，甚至道德并不完美。就像一棵大树上一片普通的叶子，一个草原上的一株普通的小草。可以这么说，《草叶集》是长满美国大地的芳草，永远生气蓬勃并散发着诱人的芳香。

【精彩片段】

啊！船长，我的船长哟！

啊，船长！我的船长！我们可怕的航程已经终了，
航船闯过了每一道难关，我们追求的目标已经达到，
港口就在前面，钟声响在耳边，我听见人们狂热的呼喊，
千万双眼睛望着坚定的船，它威严勇敢；
但是，心啊！心啊！心啊！
鲜红的血液在流淌，
就在这甲板上，躺着我的船长，
他倒下了，身体冰凉，停止了呼吸。

啊，船长！我的船长！起来听这钟声；
起来——旗帜为你飘扬——号角为你长鸣，
花束和花环为你备下——人群挤满海岸，
激动的民众向你呼唤，向你转过热切的脸；
在这里，船长！亲爱的父亲！
你的头颅枕着我的臂膀！
就在这甲板上，如同梦一场，

你倒下了，身体冰凉，停止了呼吸。

我的船长没有回应，他的嘴唇苍白僵硬，
我的父亲感觉不到我的臂膀，他没有了脉搏和生命，
船安全地靠岸抛锚，它的航程已经终了，
胜利的航船从可怕的旅途归来，它的目标已经达到；
欢呼啊，海岸，巨钟啊，敲响！
但是我满怀悲怆，
走在甲板上，这里躺着我的船长，
他倒下了，身体冰凉，停止了呼吸。

赏　析

诗人把林肯比喻成船长，把美国比喻成一只大船。诗歌第一节中，这只大船在船长的指引下，“可怕的航程已经终了”，“闯过了每一道难关”，突出大船的凯旋，借以表现林肯的功业；第二节中，“旗帜为你飘扬——号角为你长鸣”，“花束和花环为你备下”，“激动的民众向你呼唤，向你转过热切的脸”，表现了广大人民对林肯的爱戴、拥护和敬仰；第三节中，“船安全地靠岸抛锚”，“它的目标已经达到”，从历史意义的角度，对林肯的功勋作出极高的评价。

诗人在诗中一步步地深入表现林肯的功勋，使人倍感诗人对林肯的推崇之情，表达了对建立自由美国而献出生命的领袖林肯的无比崇敬和悲悼之情，诗中的林肯是自由、平等、民主的象征，实际上就是赞美为追求人民的自由平等而不惜一切的奉献精神。

诗人用航船战胜惊涛骇浪到达港口，象征林肯领导的南北战争的胜利结束；领航的船长象征林肯总统的伟大作用，这样构思有利于形象地表现林肯的伟大崇高，在“航船”到达“港口”，船长却倒下了，具体可感地增添并表现了诗的悲壮情感。

阅读思考

1. 全诗采用象征手法，船长掌舵的那条“航船”象征什么？“可怕的航程”“船安全地靠岸抛锚”的具体意义又是什么？

2. 第一、三节诗使用的人称是“他”，第二节诗的人称称谓为什么突然

发生了转换？这种转换对表达感情有什么作用？

3. 对林肯总统的死，诗人直接说“身体冰凉，停止了呼吸”，为什么不用“远去了”等更委婉的方式来说？

4. “号角为你长鸣”对应的原文是“for you the bugle trills”，这一句又被译作“军号正为你发出颤音”。你喜欢哪一种译法？请说说自己的理由。

【相关链接】

爱默生和《草叶集》

1855年7月4日，在纽约，一本薄薄的小诗集出版了。这本小书只有95页，包括12首诗和一篇序。绿色的封面，封底上画了几株嫩草、几朵小花，书名叫《草叶集》。扉页上没有作者名字，卷头上却有一幅铜版像：一个普普通通年轻的劳动者，身穿法兰绒敞口衬衫，头上斜戴宽边呢帽，嘴上蓄有短须，右手放在身后，左手插在裤袋里，漫不经心地站在那里。

据说，这本诗集是自费出版的，初版没有卖掉一本。他的弟弟乔治回忆说：“我见过那本书，但根本没有读过它。我也不认为值得一读，只是翻了一下。妈妈的看法和我的一样，不知道把它怎么办才好。”

社会上的评价可不像自家人那样客气。伦敦《评论》报认为“作者的诗作违背了传统诗歌的艺术。惠特曼不懂艺术，正像畜牲不懂数学一样。”波士顿《通讯员》则把这本诗集叫做“浮夸、自大、庸俗和无聊的杂凑”，甚至骂作者是个疯子，“除了给他一顿鞭子，我们想不出更好的办法”。

作者送给朝野名流的几本书，也没有得到好报。就连林肯看后，把书带回到办公室，告诉别人说，险些儿给家里的女流们烧掉。

唯一的例外就是送给爱默生的一本。爱默生不但马上读了，而且作出了世界文学史上最精明果决的判断。如果我们考虑到爱默生在当时美国文坛上的声望和地位，这一本土里土气的怪书竟然闯入新英格兰文化中心康考德华贵优雅的书斋里，而受到热情洋溢的赞赏，不能不说是一件奇闻。为此，爱默生写给惠特曼一封回信——

亲爱的先生：

对于才华横溢的《草叶集》，我不是看不见它的价值的。我认为它是美国至今所能贡献的最了不起的聪明才智的菁华。我在读它的时候，感到十分愉快，伟大的力量总是使我们感到愉快的。

…………

直到昨天晚上，我在一家报纸上看见本书的广告时，我才相信真有此书，而且能在邮局里买到。我很想会见使我受到教益的人，并想定下一个任务，去访问纽约，向您致敬。

爱默生

1855 年 7 月 21 日于马萨诸塞州康考德

过了几个月，爱默生果然到纽约去会见了惠特曼。

1856 年 9 月，增订的《草叶集》第二版问世，共有 384 页。爱默生的信全部印在封底，同时还印了作者的一封回信。

（选自荒芜《漫谈惠特曼》，有删改）

涅克拉索夫：人民诗人的悯人情怀

胡宜海

【作家小传】

尼·阿·涅克拉索夫(1821—1878年)，俄国诗人。他的诗歌紧密结合俄国的解放运动，充满爱国精神和公民责任感，许多诗篇忠实描绘了贫苦下层人民的生活和情感，同时以平易、口语化的语言开创了“平民百姓”的诗风。他被称为“人民诗人”，他的创作对俄罗斯诗歌以及苏联诗歌都产生了重大影响，代表作有《大门前的沉思》《叶廖穆什卡之歌》《谁在俄罗斯能过好日子》等。

1821年11月28日，涅克拉索夫生于乌克兰波多尔斯克省维尼茨县涅米罗夫镇。诗人就在这里度过童年时代。农民和伏尔加河上纤夫的艰苦生活，以及经常从门前通过的解往西伯利亚的政治流放犯，都给他留下深刻的印象。1838年，涅克拉索夫第一次发表了短诗《思想》，与此同时，涅克拉索夫结识了别林斯基，在后者的帮助下，逐渐走上革命民主主义者和“真正的诗人”的道路。从19世纪60年代起，涅克拉索夫连续写了一些描写农村生活的长诗，他的这些作品诠释了他生命中的关键词：悯人情怀。这个时期他在文学界被认为是俄国最优秀的诗人。

涅克拉索夫一生都在以创作和革命活动为时代服务、为人民呐喊。直到临终，他仍然坚持着自己的信念，他将“为时代的伟大目标服务”视为自己的追求目标。他的一生恪守着悯人的情怀，并且愈发坚定。

【作品导读】

《大门前的沉思》(1858年)抒写了在俄罗斯大地上泛滥的人民的悲哀，诗人借此思索着他们未来的命运。这一时期，正是俄国农奴制度改革的前夜。地主、官僚不顾人民死活强取豪夺，广大农奴饱受剥削与贫困的痛苦，酝酿着反抗的风暴。涅克拉索夫对农奴们“怒其不争，哀其不幸”，以深沉、忧郁的心情写下了这首诗。《大门前的沉思》是诗人以其特有的艺术手法，描写了两个阶级、两个阵营对立的诗歌。他在压迫者与被压迫者的对比上展示了自己精湛的艺术表现才能。诗人一方面愤怒地斥责那位显赫的大官，并预言他必将灭亡的历史命运；另一方面，又以动人的抒情诗句写出了对农民贫苦生活的深切同情。这首诗的最后部分被谱成歌曲，在十月革命前一直是一首很流行的歌曲。

1861 年，涅克拉索夫曾为“解放农奴”而作过一首献给农民的诗——《货郎》。全诗通过“货郎”游历的经过，说明了“改革”没有为农民带来任何转机，而只是一场骗局。作者认为，只有重新站起来同一切不平等的社会现象进行斗争，才可能最终使人民摆脱无权和贫困的状态。

《铁路》（1864 年）也是一首赞美劳动者的诗篇。该诗通过描写铁路修建的过程，歌颂了人类文明的真正创造者——劳动人民。

《谁在俄罗斯能过好日子》（1866—1876 年）也是他的代表作之一，反映了农奴制改革前后俄国农民的贫困，揭露了沙皇、农奴主的残酷压迫，歌颂了人民对幸福和真理的渴望和追寻。长诗还塑造了平民知识分子革命家的形象，风格上富有民歌色彩，是涅克拉索夫创作的高峰。《谁在俄罗斯能过好日子》是俄国农奴制改革前和改革后的真正的生活百科全书，一部构思宏大的作品，一部深入到当时的俄国各个不同阶级人们的心灵里的作品，一部真实、鲜明和形式多样的作品。这部近万行的叙事长诗通过展现农奴制“改革”后人民生活的广阔画面和人民的情感，揭露了腐朽的、专制的俄罗斯，歌颂了开始觉醒的、人民的俄罗斯，从而成为大转折时代的一部史诗。以普通农民为长诗的主人公，以农民的语言入诗，向民间说唱文学靠拢——这都是《谁在俄罗斯能过好日子》独创的革新和独具魅力的原因。诗人曾激动地说：“在我面前站着千百万从未被描写过的活生生的人！他们要求得到爱的目光！他们当中无论哪一个人，都是受难者；无论哪一个的生活，都是一部悲剧！”诗人十分熟悉农民鲜明生动的语言和民间文学，可以说是第一个全面地运用农民口语、俚语写史诗的作家，而且从结构、语言直到音律，都与民间说唱文学有密切的亲缘关系，可谓做到了内容和形式的完美结合。

【精彩片段】

大门前的沉思（节选）

俄罗斯的农民可以不再呻吟。
他呻吟在田野上，在道路上，
他呻吟在监狱里，在城寨里，
在矿山里，而且身系着铁链；
他呻吟着，在烘房下，在草垛下，
他呻吟着，在草原过夜时的大车下；
他在自己可怜的破房子里呻吟，
他并不因上帝的阳光而感到欢欣；
他在每一个偏僻的小镇里，
在法庭和官邸的门口呻吟。
走上伏尔加河畔，在伟大的俄罗斯河上，
那回响着的是谁的呻吟？
这呻吟在我们这里被叫做歌声——
那是曳着纤索的纤夫们在行进！……
伏尔加！伏尔加！在春天涨水时期，
你横扫田野，茫茫无际，
但怎比得人民巨大的悲哀，
到处泛滥在我们这辽阔的土地——
哪里有人民，哪里就有呻吟……唉，可怜的人！
你这绵绵不绝的呻吟意味着什么？
你是否充满了力量，还会觉醒？
难道你还要服从命运的法则？
难道你所能做的，都已经完成？
难道你创作了一支宛转呻吟的歌曲，
而灵魂就永远沉睡不醒？

赏　析

诗人把他的注意力转向了被奴役的俄国农民，诗人在这里描绘了一幅在农奴制度沉重压迫下俄罗斯人民苦难生活的画面：“他们走了，沿途乞讨着，他们呻吟着……他在每一个偏僻的小镇里，在法庭和官邸的门口呻吟。”接着，诗人写了伏尔加河上纤夫的呻吟。伏尔加河，这浩渺无边而又强大有力的俄罗斯大河，乃是俄罗斯人民的力量的体现，由此引出诗人在大门前的沉思和感叹：“伏尔加！伏尔加！……哪里有人民，哪里就有呻吟……唉，可怜的人！你这绵绵不绝的呻吟意味着什么？……而灵魂就永远沉睡不醒？”从这首诗的结尾部分，可以看出诗人对祖国和人民的命运的沉思。诗人相信，强大有力的俄罗斯人民绝对不能永远处于这样沉睡不醒、痛苦呻吟的状态之中，他们总有一天会振作起来解救自己的命运的。诗歌节选充分体现了革命民主主义者涅克拉索夫在不平等的社会现实面前呼唤斗争的思想。

谁在俄罗斯能过好日子（节选）

在奴役中生存着
自由的心
黄金，黄金，
那就是人民的心！
人民的力量
伟大的力量
良心安宁
真理永存！
…………

每个庄稼汉的心，
是黑乎乎的一片乌云，
多少怒火，多少恨！
本应当雷火往下劈，
本应当血雨往下淋。

赏　析

在揭示俄国农民所处的悲惨境遇的同时，涅克拉索夫还表现了农民心中对剥削者的仇恨，预言了他们的愤怒总有一天会爆发。诗歌充分反映了作者本身所具有的战斗精神和自觉投身革命的强烈意识。这首长诗也成了比以往的文学作品更贴近人民的生活和思想感情的作品。长诗具有浓厚的民间文学风格，它运用了民歌的形式，民间口头文学对人物的设计方法，语言生动鲜明，充满了民间文学所具有的那种朴实、幽默、机智和诗意的气息，在艺术形式上反映了作者试图贴近人民群众的创作思想。这首诗是俄罗斯农奴的“吁天录”。它耗去涅克拉索夫十四年的时间，倾注了涅克拉索夫的全部情感和心血，包括了俄国社会整个的生活真实，是一部杰出的革命民主主义诗篇。

阅读思考

1. 阅读《大门前的沉思》节选片段，分析“呻吟”作为多次出现的高频词的艺术表现力。

2. 在《谁在俄罗斯能过好日子》节选片段中，作者是怎样用独特的语言形式去抒发诗歌情感的？诗人以农民语言入诗，这种向民间说唱文学靠拢的笔法，有什么样的好处？

【相关链接】

涅克拉索夫代表作

《叶廖穆什卡之歌》也是涅克拉索夫的代表作。在《叶廖穆什卡之歌》里，作者不再是一个思考者，而是一个鼓动家的形象。这首用歌谣的形式写成的诗，饱含渴望战斗的激情，音韵优美，朗朗上口，很快便在民间流传开来。

《严寒，通红的鼻子》（1863 年）是涅克拉索夫创作的一首“劳动”颂歌。在诗中，作者通过一位俄罗斯劳动妇女的悲惨命运，反映了自己关于生活、关于俄国社会的思考。涅克拉索夫在诗中塑造了一个“庄严美丽的斯拉夫妇女的典型”，这就是诗中的主人公达丽亚。她身上的所有美德，都是与劳动分不开的，在对达丽亚的赞美中，充满了作者对劳动者的崇敬之情。

《拉·封丹寓言》：动物世界的“人间喜剧”

蔡少阳

【作家小传】

让·德·拉·封丹（1621—1695 年），法国古典文学代表作家、世界著名寓言家，拉·封丹本人被法国文学评论家泰纳誉为“法国的荷马”，其寓言故事被誉为“人间喜剧”。

拉·封丹于 1621 年 9 月 7 日出生于法国香槟省的夏托蒂埃里，父亲是一个森林水泽管理员。他幼年时常跟随父亲到树林里去散步，加上长期在农村生活，拉·封丹从小就培养起了对大自然的无比热爱。而他在祖父丰富的藏书中读到了马莱伯的抒情诗，从而对诗歌产生了浓厚的兴趣。可以说自然与诗歌的结合，对拉·封丹寓言风格的形成，起到了决定性的作用。

拉·封丹 19 岁到巴黎学神学，一年半之后又改学法律，毕业后获得巴黎最高法院律师头衔。但是也正由于这段经历，让他了解到法院的黑暗与腐败，使他对人性有了深刻的洞察。由于厌弃法院乌烟瘴气的氛围，拉·封丹不久就回归乡下，过起了安闲简单的乡村生活。但由于管理不善，拉·封丹被迫卖掉了自己的土地，转而回到巴黎投靠当时的财政总监富凯，富凯成为拉·封丹写作的资助人。

1661 年是拉·封丹命运转折的一年。由于富凯被捕，拉·封丹向国王路易十四写诗为富凯求情。但他这一举动得罪了朝廷，他本人也不得不逃往利摩日。这件事加剧了拉·封丹对封建朝廷的不满。1663 年年末，拉·封丹返回巴黎。1668 年，他出版了《寓言诗》第一集，引起很大反响，建立了他的文学声誉，到 1694 年，共出版了 12 卷。此外拉·封丹还出版了五卷《故事诗》。拉·封丹喜欢运用简单的民间语言，以动物的形象讽刺法国上层社会的丑态，他的这一风格对后来欧洲寓言作家有很大影响。1695 年 4 月 13 日，拉·封丹去世。

【作品导读】

寓言是一种古老的文学形式，《拉·封丹寓言》是世界寓言文学史上的不朽名作。《拉·封丹寓言》与《伊索寓言》《莱辛寓言》《克雷洛夫寓言》一起，并称为世界四大寓言。（也有说《伊索寓言》《拉·封丹寓言》《克雷洛夫寓言》为世界三大寓言）

《拉·封丹寓言》博采众长。拉·封丹受到好友、学者莫克鲁瓦的影响，崇拜古代诗人，同时结识了莫里哀、拉辛、布瓦洛等大作家，对古希腊的伊索寓言、古罗马诗人费德尔的寓言、古印度诗人皮尔佩的作品以及中世纪和17世纪的民间故事都颇为熟悉。《拉·封丹寓言》的伟大之处在于作者能够把简单的故事转化成优美的诗句，将人生的哲理转化为带有韵律的诗歌，用诗化的语言揭示最质朴的道理。莫克鲁瓦评价拉·封丹："他是我认识的最坦诚、最厚道的人：从不弄虚作假，我不知道他这一生是否说过谎。"

在拉·封丹的寓言世界里，万物有灵，皆可开口说话。人不再是故事的主角，动物、植物甚至山峦、风等自然事物都成为拉·封丹故事的主人翁。拉·封丹的寓言往往有着深刻的寓意，同时对人类社会中各种丑恶现象和人性的弱点进行辛辣的讽刺。拉·封丹用他敏锐的洞察力和丰富的想象，借动物、植物、神灵甚至自然现象之口，书写人的本性，而这些故事在三百多年后的今天看来依旧生动鲜活，富有寓意。因此可以说拉·封丹超越了他所处的时代，《拉·封丹寓言》真正击中了人类社会和人性本身的弱点。

《拉·封丹寓言》通俗易懂，又具有一种迷人的说服力，因此往往被当做教育孩子的读物。其中，《知了和蚂蚁》《龟兔赛跑》《狮子和牛虻》和《丢掉尾巴的狐狸》等诸多故事已经成为全世界读者熟知的经典。但事实上，《拉·封丹寓言》不仅仅是教育孩子的好教材，也是成年人审视社会和自己的一面明镜。拉·封丹的寓言集创造了约五百个形象，看似纷乱繁杂，但如果我们细细体会会发现，这其实在不知不觉中构成了一个社会，也构成了一个人的心灵。

【故事与人物】

《拉·封丹寓言》共十卷，每卷由许多小故事组成。有些故事揭示了当时社会黑暗丑恶的一面，有些则揭示了人性的弱点，还有一些并未阐明主题，等待读者的解读。这些故事的共同特点是语言精练典雅，情节生动，富有寓意，对于人物灵魂的刻画极为深刻，因此这些小故事总能让我们感受到其中的人物就活在我们的生活里。

以下选取具有代表性的三则寓言对《拉·封丹寓言》的故事与人物特点做一简单分析。

有一则寓言名为“爱神和疯神”，讲的是诸神之间的故事。有一天，爱神和疯神在一起游戏，那时候爱神的双眼很明亮美丽。他俩发生了争吵，爱神想请其他的神对此事评个道理，但疯神却实在没有耐心，他狠狠地打了爱神一下，使得爱神从此失去了光明。

身为母亲的美神维纳斯，闻此消息哭得泪如雨下，她提出了复仇的要求，神王朱庇特和复仇女神奈美西丝、地狱里的判官和众神，都被她吵得昏头昏脑。维纳斯指出了事件的严重后果，她的儿子爱神要是离开了手杖将难移寸步。对此罪行，无论用什么办法惩罚都将不会过分，害人者应该得到相应的处罚。在认真考虑了原告的利益以及公众的情绪后，最高法庭最后作出了如下判决：罚疯神充当爱神的引路人。

这则寓言是对爱情的绝妙比喻。故事以“爱神”比喻“爱情”，以“疯神”比喻被“冲昏了的头脑”，爱神是“瞎子”比喻爱情是盲目的，而疯神充当爱神的“引路人”则比喻每当爱情到来的时候，人往往表现出昏昏沉沉、疯疯癫癫的状态，也就是当代流行语中常说的“为爱痴狂”。故事中的爱神、美神、神王、复仇女神等都是罗马神话中的人物，而“疯神”则不见于神话之中，可见“疯神”是作者虚构出的人物。可以说，拉·封丹在这则寓言中以虚实结合的手法将“爱情总是疯狂而盲目的”这一道理完美地嫁接在了罗马神话之中。

有一则寓言名为“教育”，讲的是两只狗的故事。“肥肉”和“恺撒”是同胞兄弟，它们的祖先都属名贵的狗种：健壮、勇敢、漂亮。一个很偶然的机会，它们分别到了两个不同主人的家。“恺撒”常在厨房，“肥肉”却去了森林。结果，“肥肉”发展了它的长处，而“恺撒”却蜕变成厨师的助手，人们改称它“肥肉”了。

“恺撒”的兄弟因历经沙场的考验，追野猪、逐奔鹿，成了战功赫赫的狗，真正的恺撒。它还留意在婚姻中不让自己孩子的血统退化。可“肥肉”却对这方面满不在乎，它随意繁衍自己的后代，向它遇到的任意的对象求偶，正因如此，此类劣狗在法国随处可见，形成了庞大的家族，但一遇危险就逃之夭夭，与那些“恺撒”相比真有天壤之别。

人们很难和自己的祖先父辈保持相同，由于疏于留意，加上时间的淘汰，许多因素都能使人退化。缺乏对人本性和天赋、潜质的后天培养，真说不清有多少“恺撒”将要变成“肥肉”！

这则寓言体现了拉·封丹对当时社会贵族阶层的退化的讽刺。在故事中，“恺撒”和“肥肉”都是出身高贵的“名贵狗种”，都有着健壮、勇敢、漂亮的外表，代表着当时法国社会的贵族阶层。“恺撒”和“肥肉”一个在厨房而另一个去了森林，代表着不同家族在不同的环境中生存，有的在沙场磨砺，有的则成了无用的官僚。结果在环境的影响之下，“恺撒”变成了“肥肉”，而“肥肉”锻炼成了真正的“恺撒”，“肥肉”越来越多，而“恺撒”却越来越少。这则寓言从社会层面揭示了法国贵族阶层堕落、退化的原因，可谓以小见大，发人深省。

还有一则寓言讲的是苍蝇和蚂蚁的故事。苍蝇和蚂蚁在争辩谁更有价值。“啊，神，这应不应该？有自尊心竟糊涂到这种境地，”苍蝇说道，“一只卑贱的爬虫，还要与我苍蝇相比。我进出王宫、参加宴会是常事，杀牛祭祖，我总尝在人先。而你这个瘦弱可怜的家伙当时在哪里呢？你随便拖点什么面包渣之类的东西回家就能对付着吃上三天。再者，小乖乖，请你告诉我，你在皇帝、国王或者美人的头上停留过吗？我可使皮肤白皙的美女更加洁白，例如一个男人倾倒的女子，她做美容术的最后化妆，就是贴上一点蝇痣，使脸庞更加美丽迷人。所以你不用唠叨你的粮仓如何如何来烦我。”

“你到底是有完没完？”这位善于治家的蚂蚁反驳道，“不错，你进出王宫，但大家都在骂你。你以为你抢先偷尝献给神的祭品就是有面子？你这是玷污供品，传播病菌。你停在国王或驴子头上，这是事实，但我更清楚莫名其妙地被打死，就是对你这种令人厌恶的行为的惩罚。你还说成为一种装饰可以给人增添美感，这也是事实。你我皆为黑色，管那叫蝇痣也是可以的，但这能算一个值得标榜的话题吗？劝你别再夸夸其谈了，赶紧把这自命不凡的习气改掉吧！当冬天到来之际，你就不会再有市场，你会挨饿、受冻、衰亡。而我呢，将安心地享受我的劳动果实，不用奔波，不遭风雨，无忧无虑幸福生活。我今天脚踏实地的劳作就是为了使我今后的日子幸福。要认清什么是光荣，什么是虚荣。得，我浪费了不少时光，该干活了。要知道，我的粮仓和厨房，空话是不能装满它的。”

这则寓言的寓意非常丰富，至少包括以下三点：第一，只有劳动才能获得幸福的生活，说空话是不能填饱肚子的。第二，人性具有像苍蝇一样虚伪的一面，总是爱慕虚荣，把自己的夸夸其谈看作出风头，把别人的踏实本分看作低贱卑微。第三，当时的法国社会充满了如苍蝇一般攀附权贵、狐假虎威的人，他们卑鄙虚伪，自命不凡，而拉·封丹则借蚂蚁（劳动人民）的嘴，对这些权贵的附庸和爪牙进行了无情的讽刺。

【精彩片段】

褡 裢

有一天，神王朱庇特说：“所有动物听旨，如果谁对自己相貌形体有意见，今天可以提出来，我将想办法给予修正。”神王对猴子说：“猴子过来，你先说，你与他们比，觉得谁最美，你满意你的形象吗？”

猴子回答说：“我的四肢完美，相貌至今也无可挑剔，十分地满意。比较而言，我的熊老弟长相粗笨，它若相信我的话，这辈子恐怕是不愿看见自己的模样了。”

这时，熊蹒跚地走上前来，大伙以为它会承认自己相貌不扬，谁知它却吹嘘自己的外表，同时又在评论大象，说是尾巴太短，耳朵又太大，身体蠢笨得简直没有美感可言。

老实的大象听了此番话，言辞恳切地回答：“以我的审美观来看问题，海中的鲸要比我肥胖多了。”

这时细小的蚂蚁抢着说：“微生物是那么的小，和它们比，我可是一个巨人。”

这些动物在宫中互相指责，却没有一个肯说自己的不是之处，神王朱庇特只好挥手让它们退下。

正像这些动物一样，我们人在这一点上表现得更加突出，看别人的表现，鸡蛋里能挑出骨头；看自己则是再丑也是自己的孩子好。我们容忍自己却不会宽容别人，就像戴上了一副变色镜。好比万能的造物主给我们每人做了个装东西的褡裢，古往今来，人们总是习惯把自己的缺点藏在褡裢后面的口袋里，而把前面的口袋留着装别人的缺点。

庄稼汉和他的孩子

干活和受累，这是创造财富的本钱。

有一个富裕的庄稼汉，在自己感到将不久于人世的时候，便不让旁人在场，把孩子们都召到自己跟前，说：“你们千万不要卖掉家产和土地，那是祖辈留下来的，地里埋着财宝，我不知道确切的位置，你们只要发奋挖掘，就一定能成功。秋收后你们就去翻地，挖、锄并用，每个地方都别落下。”

父亲说完便死了，孩子们根据遗嘱把地里翻了个遍，折腾了一番。一年过去了，财宝没有找到，不过地里的收成比往年要好得多。他们终于悟出了父亲临死前暗示的道理，这就是劳动创造财富。

赏 析

这两个故事是全书中较有代表性的两则寓言。第一则寓言通过朱庇特与动物们的对话揭示了人的本性——在我们自己眼中，他人的缺点往往被无限放大，而自身的问题却总是视而不见。第二则寓言则是一个善意的骗局。父亲谎称田地中有财宝，于是孩子们争相挖掘土地，这一看似无谓的举动恰恰完成了对田地的深耕，从而使庄稼得到了丰收。父亲不仅仅通过说教，而是通过让孩子们体会收获的快乐教导了他们劳动创造财富的道理。这两则寓言或着眼于人性的弱点，或着眼于人生的真理，以小见大，让人回味无穷。

阅读思考

1. 阅读上面两则片段，用自己的话说说寓言讲述的道理。

2. 在第二则寓言中，父亲对孩子们撒了谎，你认为父亲撒谎是正确的吗？为什么？

3. 分角色排演第一则寓言。

【相关链接】

让·奥里厄评价拉·封丹

假如不写六百页的传记，要我用四行文字表述拉·封丹的一生，我就会这样写：

“从前有个人，将头脑里的音乐写成诗。

他的岁月流淌，犹如泉水那样清澈。

正因为如此，水仙林神都叫他清泉的让（让·德·拉·封丹的意译），

而这名字就永世与他相伴了。”

蚂蚁的葬礼

拉·封丹从小对大自然有着浓厚的兴趣，整天沉湎于对动物的观察和想象。有一次在朋友家里聚会的时候，大家吃晚饭时找不到他，原来他在花园

里参加一只蚂蚁的“葬礼”，一直跟随着那群送葬的蚂蚁。

拉·封丹的墓志铭

拉·封丹晚年依然童心未泯，虽然在成名后担任法兰西学士院院士，但他一生不求名利、我行我素，而且还用自己的名字“让”写了三句用以自嘲的墓志铭：

让去了，像他来时一样，连本带利全都吃个精光，金银财宝从不放在心上。

拉·封丹名言

☆每个人都把过好日子归功于是自己的才干。要是因为自己的错误导致了失败，我们就咒骂起命运女神来。没有比这件事更为常见：好事归功自己，坏事归罪命运，有理的总是我们，错误的总是命运。

☆温和比残暴更有希望获得成功。

☆忍耐和时间，往往比力量和愤怒更有效。

《伪君子》：悲剧底蕴的喜剧

张林霞

【作家小传】

他不仅是伟大的戏剧家，也是一名出色的演员和导演；他的作品是法兰西喜剧院创办三百多年来上演次数最多的；他被称为“法语创作中最全面最完满的诗歌天才”，他就是莫里哀。

莫里哀 1622 年 1 月 15 日生于法国巴黎。本名让巴蒂斯特·波克兰，莫里哀是他参加剧团以后用的艺名。莫里哀 10 岁丧母，外祖父经常带他去看闹剧、喜剧和悲喜剧，使得他从小就喜爱戏剧。

莫里哀中学毕业后进入奥尔良大学学习法律，并取得了法学硕士学位。大学毕业后，父亲希望儿子当一名律师或继承自己的事业当一名装饰商，而莫里哀既不想当律师又不想继承父亲的事业，决心要从事戏剧事业。演戏在当时被认为是下流职业，莫里哀不顾当时的社会偏见和父亲的强烈反对，离开家庭，与几个志同道合的朋友组成了“光耀剧团”。但因经营不善，剧团不得已而解散，他也因负债而被指控入狱。但莫里哀并没有灰心，出狱后，他又参加了一个流浪剧团，他跟随剧团几乎走遍了整个法国。他广泛接触了社会，这为他以后的戏剧创作积累了丰富的素材。莫里哀给后人留下《可哭的女才子》《丈夫学堂》《太太学堂》《伪君子》《悭吝人》等三十多部喜剧，我国曾翻译出版的作品有二十多种。有人曾劝他放弃舞台，只担任编剧，这样，他就可以进法兰西学士院作院士，这被视为当时学术界、文艺界的最高荣誉。但莫里哀拒绝了，说：“我不能不演戏，只有舞台生活才是我的荣耀。”1673 年 2 月，莫里哀离开了人间，终年 51 岁。

【作品导读】

《伪君子》是一部五幕喜剧，创作于1664年，代表了莫里哀喜剧的最高成就。当时在法国，天主教势力迅猛扩展，活动极为猖獗。特别是天主教中的“圣体会”经常指派一些人伪装成虔诚的教士，披着慈善事业的外衣，干着宗教特务的勾当。他们还充当教徒的所谓良心导师，目的是刺探他们的言行，以便给宗教裁判所准备材料。由于《伪君子》的矛头直接指向了圣体会，因此它的上演可谓是一波三折。莫里哀为了争取这个剧本的演出，从1664年开始，同反动势力进行了四年多时间的斗争。直到1669年，教皇发布“教会和平”谕令，宗教迫害暂时有所缓和，莫里哀对作品进行了第三次修改，这部精心之作才最终于1669年2月上演，并获得极大的成功。

剧作通过描写伪装圣洁的教会骗子答尔丢夫混进商人奥尔恭家，图谋勾引其妻子并夺取其家财，最后真相败露、锒铛入狱的故事，深刻揭露了教会的虚伪和丑恶。答尔丢夫也成为“伪君子”的代名词。伏尔泰指出，《伪君子》揭露了伪君子们的所有丑陋面，对当时的社会风气的净化以及人们的自觉产生了积极的影响。这部喜剧根据古典主义的基本规则写成，遵守“三一律”（单一的故事情节、时间在一天之内、一个地点），又不囿于“三一律”以及古典主义戏剧诸原则的限制，大胆吸取了即兴喜剧、闹剧和传奇剧的手法。在人物形象的塑造上，作者除了对人物进行外貌描写外，最主要是从语言入手，生动有趣的语言不但令读者、观众发笑，还鲜明地突出剧中人物的个性特征。莫里哀打破古典主义把喜剧和悲剧决然分开、不得交错的“风格整一”法则，在《伪君子》这出喜剧中穿插一些悲剧性因素，具有一种“闹后趋静”“乐极生悲”的艺术效果，“莫里哀艺术的伟大震撼力，正来自以喜剧的形式，表现了社会生活中的悲剧内容”。

歌德说：“莫里哀是很伟大的，我们每次重温他的作品，每次都重新感到惊讶。他是个与众不同的人，他的喜剧作品跨到了悲剧界限边上，都写得很聪明，没有人有胆量去模仿他。”

【故事与人物】

巴黎富商奥尔恭笃信天主教，在教堂里他碰到一个看来十分虔诚的信士答尔丢夫。此人每天在教堂里跪在奥尔恭的对面，专心致志地祷告上天，谦卑地吻着土地。奥尔恭走出教堂，他总是赶在前头，献上圣水。奥尔恭打听到他生活贫寒，送钱给他，答尔丢夫总是说：“一半都嫌太多。”奥尔恭不肯收回，他就当场散给穷人。奥尔恭被答尔丢夫的行为感动了。两人从此密切接触起来。奥尔恭还把答尔丢夫接到自己的家中，奉为良心导师，精心伺候。

答尔丢夫进到奥尔恭家以后，吹毛求疵，挑剔别人，但奥尔恭和他的母亲柏奈尔太太对答尔丢夫简直是着了迷。而答尔丢夫觊觎的是奥尔恭漂亮的续妻欧米尔。女仆桃丽娜和妻兄克雷央特也劝奥尔恭不要对答尔丢夫太好，并提醒奥尔恭对真假信士，一定要分清真伪。奥尔恭完全被“虔诚”的答尔丢夫蒙蔽了，不听劝告，一意孤行。在答尔丢夫的影响下，奥尔恭一心敬奉上天而变得麻木不仁。他对答尔丢夫毫无保留，把他最危险的秘密，即一个逃亡朋友寄存的文件匣子也交给了答尔丢夫，非但如此，还打算取消女儿玛丽亚娜原订的婚约，把女儿嫁给答尔丢夫，让答尔丢夫成为自己的乘龙快婿。

欧米尔夫人劝说答尔丢夫放弃与玛丽亚娜的婚事，然而这位道貌岸然的答尔丢夫，竟然将手放在了欧米尔的身上，向她求起爱来。奥尔恭的儿子发现了答尔丢夫的丑行，向父亲告发。答尔丢夫装出一副忍辱负重的样子，说是上帝“借这个机会来磨炼”他，别人再怎么诬陷，自己也应该忍受。这番话骗得奥尔恭对他更加信任，一怒之下赶走了儿子，把全部财产的继承权都赠给了答尔丢夫。

危急时刻，美貌聪慧的欧米尔巧设机彀，使奥尔恭终于看清了答尔丢夫的伪君子面目。由于答尔丢夫，奥尔恭身陷绝境，国王明察秋毫，将答尔丢夫拘捕入狱，危险解除，一家人又重回宁静生活。全剧以大团圆结束。

莫里哀构思巧妙，充分运用夸张与对比的艺术表现手法，使人物形象栩栩如生。答尔丢夫是一个宗教骗子的形象，他贪得无厌、心狠手辣、虚伪阴险、贪图安逸、内心淫恶。奥尔恭刚愎自用、顽固暴躁、专制迷信、愚昧褊狭，但最终幡然醒悟，回头是岸。女仆桃丽娜也刻画得细致真实、形象生动，她是一个富有正义感而又机智勇敢、直率善良的下层劳动妇女的形象，她被认为是莫里哀笔下描写得最动人的仆人形象。

【精彩片段】

第三幕 第二场

出场人物：答尔丢夫、桃丽娜

答尔丢夫：（看见桃丽娜）劳朗，把我的鬃毛紧身跟鞭子都好好藏起来，求上帝赐你光明。倘使有人来找我，你就说我去给囚犯分捐款去了。

桃丽娜：装这份儿蒜！嘴上说得多么好听！

答尔丢夫：你有什么事？

桃丽娜：我要对你说……

答尔丢夫：（从衣袋里摸出一块手帕）哎哟！天啊，我求求你，未说话以前你先把这块手帕接过去。

桃丽娜：干什么？

答尔丢夫：把你的双乳遮起来，我不便看见。因为这种东西，看了灵魂就受伤，能够引起不洁的念头。

桃丽娜：你就这么禁不住引诱？肉感对于你的五官还有这么大的影响？我当然不知道你心里存着什么念头，不过我，我可不这么容易动心，你从头到脚一丝不挂，你那张皮也动不了我的心。

答尔丢夫：你说话客气点，否则我立刻躲开你。

桃丽娜：不用，不用，还是我躲开你吧，因为我只有两句话要对你说，就是太太这就下楼到这里来，请你允许她和你谈几句话。

答尔丢夫：可以，可以。

桃丽娜：（自语）你看他一下变得多么温柔！说真的，我还是相信我一向批评他的话，实在一点也没评错。

答尔丢夫：她就来了吗？

桃丽娜：我已经听见她了，好像是的。是的，真是她本人来了。让你们俩人在这儿，我去了。

赏　析

这是答尔丢夫与桃丽娜的一场戏，在这场戏中，答尔丢夫“圣人”的面具被桃丽娜无情地揭开来。当他看到女仆桃丽娜穿着低胸的衣服时，他马上拿出一块手帕递给她，还说灵魂会因此受伤，引起不洁的念头，仿佛他是一个没有欲望的圣徒。而桃丽娜尖锐的驳斥，一下子说到了他的本质：他是一个经不起肉体诱惑、满脑子淫乱思想的色棍。当桃丽娜表示太太要见答尔丢夫时，他马上原形毕露，“温柔”起来，前后的巨大反差暴露出他内心的龌龊。在这里作者讽刺的笔锋已经达到了惊人的尖锐，把他的这种两面派的嘴脸刻画得非常深刻，惟妙惟肖。

阅读思考

1. 阅读上面的对话，分析桃丽娜所表现的性格特征。

2. “没有冲突就没有戏剧”，在这场戏中，作者是如何表现矛盾冲突的？

3. 莫里哀的人生经历，给你怎样的启示？试就一点加以阐述。

【相关链接】

《悭吝人》：拜金主义的讽刺画

阿巴贡是个典型的守财奴、吝啬鬼。他不仅对仆人及家人十分苛刻，甚至自己也常常饿着肚子上床，以致半夜饿得睡不着觉，便去马棚偷吃荞麦。他的妻子早年去世，遗下一儿一女。他要女儿嫁给年近半百的昂赛末，因为对方“不要陪嫁费”。他要儿子娶有钱的寡妇，因为这不仅不花钱，还可以捞到一大笔收入。认为“世上的东西，就数钱可贵”。阿巴贡捞钱的主要方式是以十分毒辣而狡猾的放债手段放高利贷。他老怕别人算计他的钱，就把一万金币埋在花园里。他爱上了一个可以做他女儿的美丽姑娘玛丽雅娜，一见面就赞美她是“明星群中最美丽的一颗”。他不顾旁人和儿女的笑话，决定要娶她。但玛丽雅娜前来相亲时，却与阿巴贡的儿子克莱昂特到花园里去幽会了，原来他俩早已相爱。阿巴贡气得暴跳如雷。接着又发现埋在花园里的钱丢了，他顿时痛不欲生。阿巴贡误以为钱是乔装佣人的贵族青年法赖尔偷的，而将其告上法庭。在警局，玛丽雅娜、法赖尔与昂赛末认亲，化解误会，两对年轻人喜结良缘。

莫里哀写作《悭吝人》时，受了古罗马喜剧家普劳图斯的喜剧《一坛黄金》的启发，但莫里哀的剧本大大地超过了普劳图斯的作品。

献身艺术 矢志不渝

莫里哀一生热爱戏剧艺术并为之付出了毕生精力。他的最后一部作品《无病呻吟》于1673年2月在巴黎皇家大剧院上演。他本人亲自扮演该剧的主角。此时，他的肺病已非常严重，加之受了风寒，他觉得头晕目眩，浑身无力。17日这天，他的病情更重了，但他以坚强的毅力，克服病痛，坚持演出，并且一丝不苟地进行角色创造，把阿尔贡的性格刻画得入木三分，赢得了观众的喝彩。但大幕刚落下，莫里哀就昏倒在舞台上。演出结束后仅四个小时，莫里哀就永远离开了他所爱的戏剧艺术。一个喜剧大师如此悲剧式的死亡，让人不禁潸然泪下。

法兰西学士院成立后，古典主义文艺理论家布阿洛被选为院士，他曾劝莫里哀放弃演丑角的行当，这样便有可能当上院士，获得当时文人的最高荣誉，但被莫里哀谢绝了。莫里哀以自己卓越的成就，赢得了他在法国和欧洲文学史上的重要地位。因此，在莫里哀去世之后，法兰西学士院在大厅里为他立了一尊石像，底座上刻着这样的题词：

他的荣誉什么也不缺少，

我们的光荣却缺少了他。

《少年维特的烦恼》：少年的钟情与忧郁

牛丽娜

【作家小传】

恩格斯盛赞他是“德国最伟大的诗人”，拜伦称誉他为“欧洲诗坛的君王”。世人公认他是继荷马、但丁、莎士比亚之后西方文学的第四座里程碑。他就是约翰·沃尔夫冈·冯·歌德。

1749年8月28日近午时分的法兰克福，大文豪歌德诞生了。这是一个富庶的市民之家。祖父凭借葡萄酒生意积累了殷实家资。父亲尽管用金币买到皇家顾问的头衔，但微贱的出身致使他怀才不遇，于是把毕生希望寄托于唯一的儿子身上。母亲作为市长女儿，给予歌德的是快活的天性和极高的文学天赋。

16岁的歌德，离开故土，遵从父命到莱比锡大学攻读法学，但法律并非他心之所钟。22岁拿到法学博士的歌德荣归故里，成为陪审法院律师，但他对此仅是虚与委蛇，而是全情投入到了“狂飙突进运动”，24岁便写下《少年维特的烦恼》，成为运动初期无可争议的主将和旗手。

本应继续在文学上开疆拓土，但26岁的歌德为了实现社会理想，受邀到魏玛宫廷担任要职。现实总是残忍的，他只能在政务和宫廷酬酢中蹉跎十年光阴。他用一年零九个月的时间游历了意大利，重获新生，找回了自我。

45岁时歌德与席勒订交。二人共同写出400多首针砭时弊的短诗，并相互砥砺创作出大量叙事谣曲，十多年的情谊如美酒一样甘醇。

歌德一生笔耕不辍，为后世留下了卷帙浩繁的作品，搜集最广的魏玛版《歌德全集》多达143卷。

歌德在自然科学方面也多有创见。他从事研究的有动植物形态学、解剖学、颜色学、光学、矿物学、地质学等，他提出了植物形变论，还发现了颚间骨，证实了他关于一切生物都有相同的“原形态”和“亲缘关系”的设想。这使他成为欧洲在达尔文之前主张进化论的先驱。

1832 年 3 月 22 日，歌德走完了漫长而光辉的一生，其临终遗言是：“多一些光！”

【作品导读】

18 世纪的德国，一批受到启蒙思潮感染与激励的精英分子，勉励自我要如狂飙一样冲破社会的黑暗，进而着力于在分裂落后的邦国掀起一场反抗封建专制斗争的精神风暴。他们与法国启蒙思想家卢梭倡导的“返归自然”的观点遥相呼应，以“天才、精力、自由、创造”为中心口号，要求摆脱封建传统偏见的束缚，主张个性解放和民族意识的觉醒。歌德与自己大学时的导师约翰·戈特弗里德·赫尔德合作的小册子《论德意志特性与艺术》，作为宣言书，开启了这场伟大的狂飙突进运动。克林格尔的剧作《狂飙突进》，主人公维尔德这样高呼：“让我们发狂大闹，使感情冲动，好像狂风中屋顶上的风标。”席勒的《强盗》《阴谋与爱情》等力作不断涌现。音乐界，海顿、莫扎特均运用非理性、看似混乱的节奏创造崇高感，以表达对解放和自由的追求。

运动在小说方面影响最大的作品，是歌德的书信体即兴章《少年维特的烦恼》。深情痴恋的歌德饱尝爱情难圆之苦，为了彻底疗治苦痛，他杜门谢客、发愤著书，仅用四周时间便创作出这部“真我色彩”的荡气回肠的传世佳作。

迄于 18 世纪 70 年代，德国被认为是“没有文学的野蛮国度”，《维特》的出现改变了这种状态。

世界文学名著之中，若论流传深远，没有哪一本书能与《维特》媲美。18 世纪末，印刷并不普及，有形的遥遥距离却不能阻碍无形的思想沟通，郁郁少年《维特》跨越了种种界限，成为译本最多、发行最广的小说。强劲的“维特热”席卷整个欧洲。一夜之间，维特便成了几代人崇拜的偶像，年轻男子纷纷模仿他的青衣黄裤、风度举止，女孩子竞相以绿蒂一袭素朴的白色洋装装扮自己。原本冷清的耶路撒冷墓地成了同情者和崇拜者凭吊集会的场所，甚至有人突发奇想一丝不苟地效仿维特的自杀姿势。维特还到达过遥远的东方，清代青瓷花瓶上绘着维特与绿蒂的彩画。茅盾的《子夜》里，吴少奶奶赠与自己青年时代恋人的定情之物便是一本读得破旧了的《维特》。维特狂飙突进的反抗精神、自由发展人性的人道主义理想，在千千万万渴望个性解放、感情自由的青年中，引发了强烈共鸣。

【故事与人物】

青年男子谁个不善钟情？
妙龄女郎谁个不善怀春？
这是我们人性中的至神至圣，
啊，怎么从此中有惨痛飞迸？

崇拜自然、能诗善画的青年维特，依靠父亲的遗产过着悠游从容、自由自在的生活。1771 年春回大地，为了料理母亲的遗产事宜，维特来到瓦尔海姆边一个偏僻的小村庄。澄澈恬淡的自然风光，质朴醇和的民俗风情，深深感染了他，在这样的环境中静心品读《荷马史诗》，维特真有些乐不思蜀了。

维特是一个聪明、善良、拥有美好理想的年轻人。他相信这个世界会给予洋溢生命热情的年轻人以广阔的舞台，通过自我不懈努力可以收获鲜花、收获爱情、收获尊重。不谙世事的他，根本意想不到非贵族的出身，会给他带来怎样的束缚和障碍。

在一次乡村舞会上，维特结识了美丽纯真的少女绿蒂，绿蒂是贵族法官布甫的女儿，在母亲去世后，懂事的绿蒂主动承担起打理家务和照顾弟妹的责任。维特对这个风姿绰约的贵族女子一见倾心，绿蒂也钟情于他，情意相投的二人被丘比特之箭深深击中了。舞会结束后，二人激动地站在窗前，绿蒂满含泪水凝望维特，维特也热泪纵横地吻着绿蒂纤细的手。

然而绿蒂早已听由父母之命，与另一贵族青年阿尔伯特订立了婚约。她并不敢反抗父亲，这造就了她和维特感情上难以逾越的鸿沟。维特却不以为意，依旧苦苦地追求绿蒂，寻找各种机会与绿蒂见面，一旦有机会相见，他从前一天晚上便开始兴奋、激动，辗转反侧，彻夜无眠，以至于到第二天早晨可以相聚时已经疲惫不堪。见到自己迷恋的心上人，维特却词穷了，坐在那里，两眼漆黑，完全听不到绿蒂在言语什么，甚至头晕眼花，看不清绿蒂的面容。

一个多月后阿尔伯特从外地返回，维特难以再和绿蒂天天厮守，回到现实，维特告诫自己不能再对绿蒂抱任何奢望。维特和阿尔伯特进行了一场关于自杀问题的争论，这次正面冲突，让维特更加抑郁。他在痛苦中挣扎着，终于知晓希望全无，便强迫自己离开绿蒂，离开这个让他又爱又恨的小村庄，也许转移精力才能消解积压在内心的苦痛。

回到城中，维特在公使馆当了公务员。转战官场，尽职尽力，但依然受到旁人的冷眼与嘲笑，迂腐的公使百般挑剔刁难，世俗的同事冷嘲热讽、处处防备。旁人的一个眼神、一句话，都会给生性敏感的维特带来极大刺激。一次维特出现在贵族沙龙，那些高贵的先生和夫人，宁肯退场，也不愿同维特这样低下的人一起参加晚会。只有偶然相识的谦卑宽和、博学多闻的C伯爵，对维特报以友善的微笑，带给他些许慰藉。一天，伯爵邀请维特到家中用餐，一群贵族饭后赶来，个个都带着高傲鄙视的神情，伯爵不得不催促维特迅速离开。绝不可再在这样的环境下蝇营狗苟，盛怒之下，维特终于辞去了公职。

维特应一位侯爵将军之邀，去其猎庄，他想从军，但侯爵劝他打消念头。他在侯爵那儿并不自在，因为他始终不能忘怀绿蒂。

再次回到小山村，物是人非。善良的村民一个个惨遭不幸。因向女主人求爱而被解雇的农夫杀了人，维特竭力为他辩护，却被法官无情驳回。心爱的绿蒂早已成为阿尔伯特的妻子，但绿蒂婚后并不幸福。维特千百次地想拥抱绿蒂，可见到她却不敢伸手。绿蒂在情感上也仍旧依恋着维特，然而却没有决心和勇气以牺牲自己的婚姻为代价投入维特的怀抱，因为丈夫是她和弟妹生活上的依靠，而维特仅是她精神上的支撑。两难中的绿蒂终于决定彻底疏远维特，请维特放手，并外出远行。失望越大，追求越坚，矛盾中无法解脱的维特，常常想到死，把死看做是自己最后的出路和希望。

与陈腐迂阔的贵族男女和市侩平庸的小市民相较，维特是一个崭新的人。他将贵族阶级的尊崇、资产阶级的金钱、公使秘书的权势视为粪土，他蔑视社会既成的尊卑关系、法律准则、宗教信条，甚至认为宗教信仰只是“虚弱者的手杖”。维特执着以求的只有“自然”。然而维特却不断受到爱情和事业的重重打击。人生屡屡受挫，维特陡然发觉自己执着的理想世界不过是墙上的一幅画，走向理想只会撞得头破血流。圣诞节前的一天，维特来到绿蒂的身边，作生死之别。两天后，他留下了令人不忍卒读的遗书。世界是“牢狱”，社会是“囚笼”，唯有回到天父的怀抱、自然的怀抱，才能获得安适。明知自杀是“叛教”之举，维特却执意在圣诞节前夕结束生命，死亡是他最后的救赎。午夜时分，维特用一颗子弹解脱了自己。

关于维特的自杀，历来聚讼纷纭。歌德认为，自杀是维特寻求解脱，也是对社会最有力的抗争。早在一年多以前维特在与阿尔伯特的谈话中，维特已将自杀与“一个在暴君残酷压迫下呻吟的民族终于奋起挣断枷锁”的果敢行动相联系。在今天看来，宁赴死地而不隐忍苟活，颠覆传统，捍卫价值和理想，维特与腐朽社会彻底决裂，其义勇之态可嘉可赞。拿破仑熟读《维特》，便从中找到了影中的自己和革命的源泉。然而，不畏死，焉惧生，为何维特不能采用更具实效的斗争方式？在绿蒂不可得之后，便沮丧地躲回人生极限的死胡同中，这展现了资产阶级的软弱性，实乃可叹可悲。

【精彩片段】

已经决定了，绿蒂，我要去死。我在给你写这句话时，并没有怀着浪漫的激情，相反，倒是心平气和，在将要最后一次见到你的今天的早上。当你捧读此信的时候，亲爱的，冰冷的黄土已经盖住了我这个不安和不幸的人的僵硬的躯体。他在自己生命的最后一刻所感到的快慰，就是能和你再谈一谈心。我熬过了一个多可怕的夜晚啊；可是，唉，这也是一个仁慈的夜晚！是它坚定了我的决心，使我最后决定去死！昨天，我忍痛离开你时，真是五内俱焚；往事一一涌上心头，一个冷酷的事实猛地摆在我面前：我生活在你身边是既无希望，也无欢乐啊……

我一回到自己房里，就疯了似的跪在地上！上帝呵，求你赐给我最后几滴苦涩的泪水，让我用它们来滋润一下自己的心田吧！在我脑海中翻腾千百种计划，千百种前景，但最后剩下的只有一个念头，一个十分坚决、十分肯定的念头，这就是：我要去死！我躺下睡了，今儿一早醒来心情平静，可它却仍然在那里，这个存在于我心中的十分强烈的念头：我要去死！——这并非绝望；这是信念，我确信自己苦已受够，是该为你而牺牲自己的时候了。是的，绿蒂，我为什么应该保持缄默呢？我们三人中的确有一个必须离开，而我，就自愿做这一个人！呵，亲爱的，在我这破碎的心灵里，确曾隐隐约约出现过一个狂暴的想法——杀死你的丈夫！——杀死你！——杀死我自己！

过去的事就让它过去吧！当你在一个美丽夏日的黄昏登上山冈，你可别忘了我啊，别忘了我也常常喜欢上这儿来；然后，你要眺望那边公墓里的我的坟茔，看我坟头的茂草如何在落日的余晖中让风吹得摇曳不定……

赏　析

这是维特在结束生命前写给绿蒂的一封信。维特说此刻的自己应心平气和，然而得不到挚爱的女子，看着所爱深陷婚姻的泥淖，感受自己与最初的理想渐行渐远，而他根本无力去改变，这于一个奋进自励的青年而言，是怎样的无奈、颓唐和苦闷？他也有过得不到就毁灭的狂暴企图，然而内心的正直纯洁让他选择了牺牲自己而成全别人。为所爱而牺牲自我，试想维特举起手枪的那一刻又是怎样的义勇决绝？

阅读思考

1. 面对死亡，维特是一种怎样的态度？他为何选择自杀？

2. 以“看我坟头的茂草如何在落日的余晖中让风吹得摇曳不定……”结尾，有何用意？

3. 与歌德同时代的启蒙作家尼柯莱创作了《少年维特的欢乐》，结局是给维特的枪中装了一泡鸡血，阿尔伯特在维特鸡血喷头后将绿蒂拱手相让。相较歌德的结局设计，你更欣赏哪一种？为什么？

【相关链接】

《浮士德》：德国人世俗的圣经

《浮士德》是歌德用60年时间打磨的史诗性巨著。浮士德与魔鬼订立契约，一生上下求索，对知识、感官享受、权势荣华、“美”的一次次追求，一次次幻灭，终于在为众生谋福利的事业中获得满足，找到了“智慧的最后结论”：“只有每天争取自由和生存的人，才配享受自由和生存。”浮士德精神已成为自强不息、不懈追求等优秀品质的代名词。普希金称《浮士德》为“现代生活的《伊利亚特》”。此书甚至被称为“现代诗歌的王冠，欧洲文艺复兴以来三百年历史的总结”。

魏玛的孔夫子

德国人尊奉歌德为“魏玛的孔夫子”，歌德长期生活和工作的小城魏玛，自歌德以来一直享有德国民族文化圣地的荣光。而且歌德确实与古老中国有很深的交集。

孩提时代，歌德已受到中国文化熏陶。歌德的父辈受过“中国热”影响。法兰克福的故居，二楼主厅名为“北京厅”，陈设着中国式的描金红漆家居，墙上挂着印有中国图案的蜡染壁帔，音乐室里摆着仿照中国家具风格制作的古老风琴。

晚年歌德放眼遥远的东方，大量阅读中国书籍，《好逑传》《玉娇梨》《花笺记》《今古奇观》《赵氏孤儿》等。他写了14首富有中国情致的抒情诗，题名为《中德四季晨昏吟咏》，抒发了他对东方古国的憧憬。沉醉于中国文学，歌德感悟到人类文化的融合，提出“世界文学的时代就要来临”的光辉预言。

《阴谋与爱情》：黑暗王国中的一抹爱情之光

夏　鸣

【作家小传】

德国符腾堡的小城马尔赫尔，莱茵河著名支流内卡河缓缓流过。1759 年 11 月 10 日，在小城里一个毫不起眼的市民家庭中，一代戏剧天才降临人间，这个孩子名叫约翰·克里斯托弗·弗里德里希·冯·席勒（通常被称为弗里德里希·席勒）。多年后，他成为德国 18 世纪著名诗人、哲学家、历史学家和剧作家，德国启蒙文学的代表人物之一，著名的"狂飙突进运动"的代表人物，被公认为德国文学史上地位仅次于歌德的伟大作家。

席勒的父亲是军医，母亲是面包师的女儿。尽管家庭是那么贫穷，但抑制不住席勒童年时代对诗歌、戏剧的兴趣。1768 年席勒入拉丁语学校学习，1773 年被公爵强制选入他所创办的军事学校，接受严格的军事教育。在军事学校上学期间，席勒结识了心理学教师阿尔贝，并在他的影响下接触到了莎士比亚、卢梭、歌德等人的作品，这促使席勒坚定地走上文学创作的道路。1777 年，席勒开始创作剧本《强盗》，1781 年完成，次年 1 月在曼海姆上演，引起了巨大的反响。据史料记载，当时的剧院就如同疯人院一样，人们潮水般地涌入狭窄的礼堂观赏戏剧，有些评论家甚至认为席勒就是德国的莎士比亚。

《强盗》取得成功之后，席勒进入了生命中的第一个旺盛的创作期。从 1782 年至 1787 年，席勒相继完成了悲剧《阴谋与爱情》《欢乐颂》和诗剧《唐·卡洛斯》等。

《阴谋与爱情》是席勒青年时代创作的顶峰，它与歌德的《少年维特之烦恼》同是"狂飙突进运动"最杰出的成果。此剧揭露上层统治阶级的腐败生活与宫廷中尔虞我诈的行径，无论在结构上还是题材上都是德国市民悲剧的典范。

1787年，席勒前往魏玛后，几乎没有进行文学创作，而是专事历史和美学的研究。

1794年，席勒与歌德结交，并很快成为好友。在歌德的鼓励下，席勒于1796年重新恢复文学创作，进入了生命中第二个旺盛的创作期。创作的著名剧作包括《华伦斯坦三部曲》《奥尔良的姑娘》《威廉·退尔》等。这一时期席勒创作的特点是以历史题材为主，主题贴近宏大的社会变革。

1805年5月，年仅46岁的席勒不幸逝世，歌德为此痛苦万分："我失去了席勒，也失去了我生命的一半。"歌德死后，根据他的遗言，与席勒葬在一起。

【作品导读】

《阴谋与爱情》的故事发生在18世纪的德国。当时德国处在政治分裂、经济落后的封建社会，分裂成许多封建小邦。各邦最高统治者施行了残暴的独裁统治。

《阴谋与爱情》直接取材于德国现实，席勒曾直言不讳："剧本故事发生于德国第一宫廷中。"剧中人物实际上是以专横腐朽的符腾堡公国的统治者为原型。剧中不怕把18世纪德国的主要矛盾即市民阶级和封建贵族之间尖锐对立的矛盾以及婚姻自由的问题，正面搬上舞台，有力地批判了封建贵族的堕落和寡廉鲜耻，同时对市民阶级的反抗精神和青年男女追求爱情的举动予以热烈的歌颂，表现出了鲜明的反封建压迫和争取民主自由的狂飙激情，为观众展现了"黑暗王国中的一抹爱情之光"。恩格斯说，这个剧本的主要价值就在于"它是德国第一部具有政治倾向的戏剧"。

在艺术上，《阴谋与爱情》严格遵守亚里士多德关于悲剧的结构理念，由序幕——展开戏剧冲突——高潮——转折——悲剧结局组成，并在情节展开中显示矛盾双方的性格，让思想倾向在情节的展开中自然流露出来。席勒克服了早期创作中人物爱作长篇演说，让人物成为作者传声筒的写法，成功地借鉴了莎士比亚的《罗密欧与朱丽叶》，特别是《奥赛罗》中的场景。

【故事与人物】

《阴谋与爱情》是一部市民悲剧，主要情节是：在欧洲某一个大公国里，宰相瓦尔特的儿子斐迪南爱上了乐师米勒的女儿露伊斯。但是这对年轻人的爱情既遭到作为平民的米勒的反对，也遭到作为贵族的宰相的破坏。米勒反对他女儿爱上一位贵族公子，因为他认为门第不当，贵族公子不可能真正爱平民姑娘。宰相反对他儿子爱上平民的女儿，除了门第观念外，主要原因是他要儿子立刻娶大公的一位情妇米尔佛特夫人为妻，以牺牲亲生儿子的爱情为代价来博得大公的欢心，从而确保自己政治地位的稳固和日后的飞黄腾达。

瓦尔特宰相为拆散这对恋人，在威胁与利诱都失败后，就同他的秘书乌尔姆定下一条阴谋毒计：宰相下令将露伊斯的父亲、母亲投入监狱，然后乌尔姆利用露伊斯救父母心切去劝说露伊斯放弃对斐迪南的爱。在乌尔姆的压力下，露伊斯为了救父母出狱，在乌尔姆口授下违心地给宫廷总管卡尔普写下了一封假情书并立下誓言不说出真情。乌尔姆拿到这封露伊斯亲笔写的假情书，利用一次集会假装丢失，让斐迪南“偶然地”拾到它。斐迪南看到这封假情书后，果然中计，他认为露伊斯以前对他的情意全是假的，他的真正的爱受到了欺骗，而露伊斯又立下了誓言，不能道破真情。斐迪南在绝望的情况下往果汁中下了毒药。露伊斯喝下放了毒药的果汁，终于在临死之前告诉了斐迪南那封情书是假的，是为了救父母在宰相的施压下写的。斐迪南得知真情后悔恨不已，在他心爱的人遗体旁饮恨服毒身亡。一对年轻人为了纯洁的爱情双双殉情，成为阴谋的牺牲品。露伊斯和斐迪南对现实的反抗具有狂飙突进运动时期的主人公们共同的特点：以反抗开始，以失败告终。

在《阴谋与爱情》剧本中，斐迪南虽出身贵族，但渴望婚姻自由，敢于蔑视封建门第观念和等级偏见，他的思想代表了新兴市民阶级意识；但他性格也有懦弱的一面，剧终时，濒死的斐迪南向父亲——悲剧的制造者伸出了和解的手，表示原谅，作出了妥协的表示。女主人公露伊斯具有市民阶级的人文主义乌托邦理想，有着强烈的反封建意识，渴望平等和婚姻自由，表示要“摆脱一切可恨的外壳，让人成为人”，对封建等级“外壳”极其痛恨，可是她面对强大的封建势力，深感平等的遥远和无望。她在封建力量的重压下，对自己的前途毫无信心，决定牺牲自己的爱情，投入宰相设下的罗网。她自始至终是一个具有浪漫气质，却充满感伤色彩、从未露出过笑容的悲剧人物。露伊斯的软弱反映了德国市民阶级在政治上的不成熟和经济上的不够强大。

米勒出身平民，是一个乐师，虽在贵族面前显示了市民阶级的自尊和道德上的优越感，但他胆小怕事，只求家里太平，面对宰相，他诚惶诚恐，根本不敢冒犯。他的妻子则更表现出市民阶级的狭隘性。

【精彩片段】

第一幕 第一场

乐师家里的一个房间。

米勒正从圈椅里站起来，把大提琴靠在一旁。米勒太太坐在桌旁喝咖啡，还穿着睡衣。

米勒：（迅速地踱来踱去）事情就这么定了。情况正变得严重起来。我的女儿和男爵少爷已成为众人的话柄，我的家已遭人笑骂。宰相会得到风声的——一句话，我不准那位贵公子再进咱家的门。

米勒太太：又不是你求他上你这儿来的——又不是你把闺女硬塞进了他怀里！

米勒：我是没有求他上咱家来——我是没有把闺女硬塞给他；可谁会计较这些呢？——身为一家之主，我本该更严厉地管教自己的女儿，本该更好地提防那位少校——或者立刻去见他的父亲大人，把事情原原本本报告给他。男爵少爷最终会闹出乱子来的，这我无论如何都该知道，而一切罪责将通通落在我这个提琴师头上。

米勒太太：（将咖啡喝得一点不剩）笑话！胡扯！什么会落在你头上？谁又能把你怎么着？你仍然干你的老行道，仍然招收学生，只要什么地方还有招的。

米勒：可是，你告诉我，这整个买卖结果又会怎样？——他不可能娶咱闺女——根本谈不上娶不娶的问题；而做他的一个——上帝怜悯！——得啦得啦！——就说有这么位贵公子，东游西荡地鬼知道已经尝试过多少美酒，眼下自然也会有胃口来饮一点清水。当心！当心！即使你对每一只夜蛾子都保持警惕，他也会在你鼻尖儿底下把你的闺女骗走，叫她吃亏上当，自己却溜之大吉。姑娘呢，便一辈子身败名裂，要么待在家里嫁不出去，要么就继续操持那可恶的营生。（用拳头去打自己额头）耶稣基督啊！

米勒太太：愿上帝发发慈悲，保佑我们！

赏　析

《阴谋与爱情》的开端独具匠心。剧本从米勒的女儿露伊斯和斐迪南在热恋中引起米勒家庭的严重不安写起，交代了米勒和米勒太太对待露伊斯同斐迪南相爱的两种不同态度和双方的家庭身世，提出一个十分尖锐的问题——

一个平民少女和宰相的儿子相爱，成了社会上人们议论的话柄。米勒清楚地认识到社会地位不同，门第悬殊，露伊斯和斐迪南终归不能结合，到头来女儿只会被人玩弄遗弃，自己的家庭幸福必将遭受破坏，造成一个山雨欲来风满楼的戏剧情势。为了结束露伊斯与斐迪南的爱情，他决定去谒见斐迪南的父亲宰相瓦尔特。米勒太太则相反，她认为一个贵族公子爱上自己的女儿，金钱与地位俱来，家门也会显赫生辉。席勒在这段戏里初步勾画了这两个人物的性格特点，为下文故事的展开、人物性格的发展奠定了基础。

阅读思考

1. 阅读上面剧本片段，从中可以看到米勒、米勒太太对自己女儿与宰相之子的恋爱问题上表现出的态度截然不同，试分析两人的性格特征。

2. 这个选段是剧本的开端，在剧中的地位和结构怎样？

3. 在一些文学作品中，爱情的力量是伟大的，爱情的发展是无法改变和阻挡的，因为就本性而言，爱只会自行消亡，任何计谋都难以使它逆转。但席勒为什么要以两人的悲剧结束，结合18世纪的德国历史背景，阐述其原因。

【相关链接】

席勒作品的影响

《阴谋与爱情》创作于18世纪80年代初，正值青年席勒反封建意识最强烈的时候，也是他的狂飙气质表现得最鲜明的时候，因此这部剧本是席勒全部创作中反封建倾向最为突出的作品。《阴谋与爱情》的反封建性，尤其体现在它并不取材于历史，而是直接取材于席勒生活的时代，观众对此剧的现实性一目了然，而法兰西共和国则由于此剧的反封建思想，授予席勒“荣誉公民”的称号。无论在席勒本人的创作中，还是在整个德国戏剧文学中，《阴谋与爱情》都称得上是中国观众最为熟知和喜爱的作品之一。

2014年3月28日，习近平主席访问德国，在德国科尔伯基金会发表演讲时说道：“中华民族和德意志民族是两个伟大民族，为人类文明进步做出了重大贡献。德国不仅以其发达的科学技术和现代制造业闻名世界，而且在哲学、文学、音乐等领域诞生许多享誉全球的巨擘。”这其中就包括席勒的代表作《阴谋与爱情》《欢乐颂》和《唐·卡洛斯》。

歌德与席勒的友谊

在群星璀璨的众多历史文化名人中，歌德是德国文坛上一颗最光彩夺目的巨星。1749 年 8 月 28 日，伴随着 12 时的钟声，约翰・冯・歌德出生于一个名门望族之家。父亲是皇室参事，母亲是法兰克福市长之女。歌德自幼受到良好的家庭教育，喜爱文学，在父母身边度过了从少年时代到青年时期的一段岁月。

1765 年，歌德由故乡法兰克福来到莱比锡大学攻读法律。1771 年大学毕业后，他结识了赫尔德，并投身到反对封建专制和反宗教的狂飙突进运动。狂飙突进文学也因有歌德加入而更负盛名。1775 年，歌德成为年轻的魏玛公爵宫廷的宠臣，走进了上流社会的生活圈子。

席勒来到魏玛之后，在 1794 年 7 月与歌德结交，从此两人频繁交往，密切合作。他们的性格观点虽然不同，但互相取长补短，彼此都受益匪浅。自此，席勒与歌德（恍如中国的李白和杜甫），两个智慧的头脑走上了共同的道路，两人的友谊维持了 10 年。在魏玛，乡村生活的宁静单纯与歌德、赫尔德、席勒这些思想家们的深邃幽远形成了一种和谐。他们积极参加一些文学聚会，还一起创作了《讽刺短诗》及许多叙事谣曲，也各有一些名作问世。1805 年，46 岁的席勒不幸去世。歌德极为悲痛，感到他失掉了“他生命的一半”。而席勒也十分庆幸与歌德的友谊。他说，“我整个生命中最美的事件，是和歌德的交往而不是婚姻”。而长他十岁的歌德，还比他多活了将近三十年。

马克思曾说过，“席勒是德国的莎士比亚”，歌德是“最伟大的德国人”。他们既是诗人、剧作家、文学家，又是思想家，他们一生所创造的精神财富，不仅属于德国，也属于世界！

《克雷洛夫寓言》：关注时代变化的史诗

于伟伟

【作家小传】

克雷洛夫（1769—1844 年），全名是伊万·安德列耶维奇·克雷洛夫，是享誉俄国乃至世界的寓言家。

克雷洛夫于 1769 年出生于俄国一个没落的贵族家庭。1782 年，克雷洛夫迁居彼得堡，适逢当地上演讽刺喜剧《纨绔子弟》，克雷洛夫看后深受启发，便开始剧本创作。1804 年，克雷洛夫见到了俄国寓言作家德米特里耶夫，他把自己翻译的法国作家拉·封丹的寓言译稿给德米特里耶夫看，德米特里耶夫非常赞赏他的文笔，并建议他可以写写寓言。这一写就一发而不可收拾，克雷洛夫凭借寓言成为俄国文学史上一颗闪亮的明星。

1812 年，拿破仑入侵俄国，作为一个富有时代责任感的作家，克雷洛夫密切关注着战争局势。当俄军总司令库图佐夫决定放弃莫斯科，遭到上层不满和很多人责难时，克雷洛夫写了《大车队》等寓言为库图佐夫辩护，指出此时最需要团结一致。当拿破仑遭到惨败想要求和时，克雷洛夫写了《狼落狗舍》这一名篇，提醒人们认清拿破仑求和的本质。而当亚历山大一世以胜利者的姿态返回莫斯科时，杰尔查文等老友都纷纷写诗文歌颂他，唯独克雷洛夫写了寓言《黄雀与刺猬》，给予警醒。1825 年年末，克雷洛夫参加了支持十二月党人的杂志《北极星》的工作。十二月党人被镇压后，尼古拉一世想缓和与知名作家的关系，所以克雷洛夫未受到牵连。晚年的克雷洛夫仍然思维敏捷，有人称赞他作品出的版数最多，他开玩笑地说：“我的作品是给孩子看的，孩子容易弄坏书，所以版次就多喽。”

克雷洛夫是一个勤奋的作家，一生写了二百多篇寓言，五十岁时学会古希腊文，五十三岁还开始学英文。他的作品生前就被译成十多种文字，在世界广为流传，成为与古希腊的伊索、法国的拉·封丹齐名的有世界影响力的寓言作家。

【作品导读】

克雷洛夫生活的年代跨越了 18 世纪后期和 19 世纪前半叶。这一时期俄国社会经历了反对农奴制的普加乔夫起义，叶卡捷琳娜二世统治走向反动和没落，亚历山大一世反动统治，1812 年卫国战争、十二月党人起义等重大历史事件。克雷洛夫密切关注时代变化，写下了一系列富有史诗价值的寓言作品。

克雷洛夫创作的寓言，从主题上看，主要分为以下几种：

（1）讽刺统治阶层。

有的寓言描写了强权者的专横无理，揭露了在强者面前弱者永远有罪的强盗逻辑，像《狼和小羊》《狮子分猎物》等；有的寓言揭露了统治者欺压百姓的狡诈伎俩，像《大象当官》《村社大会》等；有的寓言揭露了沙皇专制下法律维护统治者的虚伪本质，如《农夫与蛇》《乌鸦》等；有的寓言抨击了统治者的种种丑行，如贪污受贿、寄生、无知、无能、崇洋、任人唯亲，如《猴子和眼镜》《老鼠会议》等；有的寓言则勇敢地把矛头直指沙皇本人，如《杂色羊》等。

（2）同情劳动人民。

普希金称克雷洛夫是“最有人民性的诗人”。人民性体现在对人民的爱戴和对敌人的憎恶上。如《蜜蜂和苍蝇》，嘲笑了无益于人类的苍蝇，而勤劳的蜜蜂“在自己的国度里生活得非常惬意”；如《鹰和蜜蜂》，通过蜜蜂赞美了默默无闻从事低贱劳动的人们，颂扬他们“为共同利益而工作”，不想突出个人的劳动的崇高精神；如反映 1812 年卫国战争的著名寓言《狼落狗舍》，不仅揭露了侵略者的面目，更表现了俄罗斯人民奋起打击侵略者的坚定决心和伟大力量。

（3）富有训诫意义。

如《四重奏》是针对当年政府改组而写的，但是作品注重事物的本质而不是形式的思想却有普遍意义；如《大车队》本来也是批判当年对库图佐夫指挥卫国战争不满的统治者上层，但是今天用来劝诫人们不要瞎指挥，不要看人挑担不吃力；另外，如《狐狸和葡萄》，告诫人们不要听信别人谄媚吹捧；如《挑剔的待嫁姑娘》，告诫人们不要因过于挑剔而丧失时机；如《小树林与火》，告诫人们要谨慎对待友谊；如《狗鱼和猫》，告诫人们要谦虚好学；如《天鹅、狗鱼和大虾》，告诫人们要协作一致才能办好事；如《橡树和芦苇》，告诫人们要有柔韧不屈的品格等等。

克雷洛夫创造的寓言，在艺术特色上，主要呈现为：

（1）戏剧创作印痕。

克雷洛夫在专门创作寓言之前曾经是个剧作家，戏剧创作的一些手法在寓言中表现明显，如结构紧凑、情节进展迅速。他的寓言篇幅不长，有的即使只几行成篇，也都蕴涵深刻的寓意。

对白是戏剧的基本要素，克雷洛夫的寓言中对白得到了充分的运用，有的寓言几乎通篇都是对话，而且对话都符合形象的个性，如《橡树下的猪》《猴子和眼镜》等。

对比也是戏剧中不可或缺的因素，克雷洛夫寓言中常常可以见到这种形象的对照，如自由与不自由（《风筝》），贫与富（《承包商和鞋匠》），有权和无权（《狼和小羊》），劳动与游手好闲（《蜻蜓和蚂蚁》）等等。

（2）幽默讽刺手法。

克雷洛夫办讽刺杂志时，许多讽刺文章都是他写的，所以幽默讽刺也就成为他寓言的另一特色。如《狗的友谊》采取先扬后抑的手法达到强烈的讽刺的效果，《狐狸和旱獭》用了一句“我只看到你嘴上常粘着鸡毛”，幽默地点明了狐狸的本质等。

（3）语言朴实无华。

克雷洛夫寓言把过去文学中不常用的民间普通用语、习语引入创作，以具有鲜明特点的动物形象来表现相应的各种社会人物的复杂性格，因此其故事内容显得浅显，易于把握，如《乌鸦与狐狸》中的狐狸，《狼和小羊》中的狼等。

【精彩片段】

乌鸦与狐狸（节选）

上帝忽然赏给乌鸦一小块乳酪。乌鸦高高地躲到枞树树梢，摆好架势准备享用这顿早餐。但是嘴里衔着乳酪，它还得思量一番。

可倒霉得很，有只狐狸路过近旁。乳酪的香味突然让狐狸停止奔跑。狐狸看到乳酪，乳酪把狐狸迷住，狡猾的骗子踮起脚尖走近枞树。摇晃尾巴，一眼不眨盯着乌鸦瞧，轻声细气甜言蜜语说道：“心肝宝贝，你长得多么美妙！

多美的脖子，多美的眼睛！简直就像童话梦境！多好的羽毛，多好的鸟嘴巴！一定还有天使般的声调！唱吧，可爱的乌鸦，别害臊，小妹妹，你长得这样美丽，如果还是歌唱的行家，那你就是我们的鸟中之王！”

乌鸦被赞美得晕头转向，嗉囊里高兴得透不过气来，它听从这狐狸讨好奉承的话，张开喉咙大声哑哑地喊叫。乳酪落到地上，骗子衔起它就跑。

山　雀

一只山雀飞临大海之上，它夸口说，要把整个大海烧光。

这番话立刻在全世界传开，恐惧笼罩着涅普土诺斯京城的居民；鸟儿一群一群飞走，许多走兽从森林里跑出来想看热闹，看那海洋将怎样炽烈燃烧。

据说，那些吃惯白食的猎人们，听了这不胫而走的传闻，第一批人甚至带了大汤勺来到海滨，准备尝尝这美味的鱼汤，这种鱼汤就连包税商和最慷慨的人，都从来没有请秘书老爷品尝。人们挤在一起，奇迹还没来，他们就已惊奇万分，他们不言不语，眼睛盯住大海，迫切等待；只是偶然才有人低声说话：“水马上就要开了，马上就要燃烧起来了！”

然而并没有这样：大海没有燃烧。

那么至少是海水沸腾吧？——也没有沸腾。

那么这个伟大的妙想究竟怎样来收场？

山雀满怀着羞惭飞回家去；山雀竭力要把荣誉创造可是大海并没有燃烧。

在这儿我还得再说一句，然而一点都不想得罪任何人，凡事还没有结果，切不要自吹自擂。

承包商和鞋匠（节选）

“你说得有道理，好朋友。我们尽管富有，但是也不免烦恼。尽管人们说，贫穷不是罪恶，但是安贫乐道，总不如有财有势的好。这一袋卢布你拿去，我就喜欢你的诚实。过来，上帝保佑你靠我的帮助发财致富，注意，你不能糟蹋这些钱财，好好保存，有真正需要才能动用。五百卢布是一笔相当不错的数目。再见！”

于是我们的鞋匠，抓起了钱袋，赶忙回家，不是奔跑，而是飞跃，他把礼物揣在怀里直冲回去，当天夜里他把钱袋深埋在地底下，同时埋进去的还有他的欢乐！他不仅不再歌唱，连睡梦也不知去向，（他也尝到了失眠的滋味！）；什么都使他怀疑，什么都使他不安，只要晚上猫儿扒扒搔搔，他就以为盗贼正向他逼近，他全身发冷，竖起耳朵细听。总之，宁静生活不见了——简直想跳到河里去。

鞋匠绞尽脑汁，苦苦思索，他的脑子到底开了窍；他拿起钱袋直奔向承包商，并且说：“谢谢你的慷慨，这是你的钱袋，你把它收回去：拿到钱袋以前，我从来不知道睡不好觉。你过你的富有的生活吧，可是我，即使给我一百万，也不愿放弃我的歌，我的睡梦。”

赏　析

生活是一个大万花筒，我们总会遇到不同的人物，譬如第一则寓言片段中的狐狸，作者侧重通过对狐狸的语言描写，突出了狐狸狡猾、善于花言巧语的特点；譬如第二则寓言中的山雀，作者通过夸张手法，写出了山雀的自吹自擂；譬如第三则寓言中的鞋匠，作者通过写他的心理活动和语言，突出了鞋匠善于思考、敢于舍弃金钱、珍惜平凡的幸福的形象特点。

阅读思考

1. 上面三则寓言中提到的乌鸦、山雀、鞋匠分别具有怎样的性格特点？

2. 通过阅读这三则寓言你分别收获了怎样的人生哲理？

3. 读完上面三则寓言，你对哪一则寓言有话想说？请选择该寓言续写结尾部分。（200 字左右）

【相关链接】

克雷洛夫轶事

克雷洛夫在写作上非常认真，在发表之前先朗诵给朋友们听，然后听取他们的意见，经常不止一次地修改，重写五到七次之多。

1809 年克雷洛夫出版了他第一本寓言集，收录寓言 23 则，包括他改写的伊索和拉·封丹的作品和他自己的创作，均用诗体写成。睿智、幽默而又通俗的语言，配上精彩的故事情节和带韵的诗体，使得他的寓言受到文学界和公众热烈的欢迎，广为流传。当时甚至发生过克雷洛夫改写的拉·封丹的寓言又被译回法语，并比原作还受欢迎的事情。

1819 年，克雷洛夫 50 岁时，为了能阅读古希腊诗人荷马的诗歌和伊索寓言的原文，决心学会古希腊语，朋友劝他：“人到五十岁学外语是很困难的。”他说：“只要有决心和毅力，任何时候学都不晚。”从此，他不得不配眼镜。两年后，他熟练地掌握了古希腊语，很流利地读起《伊索寓言》的原文，这使他的朋友古希腊语专家格涅季奇惊叹不已。

有一次，克雷洛夫遇到一个作家，这位作家絮絮叨叨、翻来覆去大谈自己的作品，让克雷洛夫十分反感，克雷洛夫随即写出了著名寓言《杰米扬的鱼汤》，讽刺虽然不错但多次重复而没有新意的事情。

晚年的克雷洛夫与著名诗人普希金惺惺相惜，两个人常常一起散步并畅谈文学，普希金也推崇克雷洛夫为最有人民性的诗人。后来，普希金的去世给了克雷洛夫极大的打击，他从此封笔再也没有写过一篇寓言作品。

《红与黑》：灵魂的哲学诗

鲍亚民

【作家小传】

司汤达（1783—1842 年），19 世纪法国杰出的批判现实主义作家，原名亨利·贝尔。1783 年 1 月 23 日生于法国格勒诺布尔，他早年丧母，父亲是一个有钱的律师，信仰宗教，思想保守。他少时兴趣广泛，酷爱数学，身为雅各宾党人的数学老师格罗经常向他讲述法国大革命的历史，指导他学习洛克等哲学家的哲学思想。这些为他世界观的形成奠定了基础。1796 年，司汤达进入格勒诺布尔中心学校学习，1799 年以优异的成绩毕业，来到巴黎，原来准备投考著名的综合工艺学校，但次年 5 月，司汤达投奔拿破仑军队，参加了著名的马伦哥战役，并先后在米兰兵站、骑兵部队任过军曹、少尉和副官。6 月初入米兰，很快被任命为第六龙骑兵少尉。之后辞去军职并在米兰定居，开始练习写作。1806 年至 1814 年期间，司汤达回到巴黎随拿破仑的军队转战欧洲大陆，在 1812 年从莫斯科大撤退时，他担任后勤军官。1814 年，拿破仑下台，波旁王朝复辟。在这种形势下，司汤达觉得“除了遭受屈辱，再也不能得到什么”，便离开祖国，侨居意大利的米兰，直到 1821 年回国。1842 年 3 月 23 日，司汤达在巴黎中风死去。司汤达在写作上给人类留下了巨大的精神遗产，包括数部长篇，数十个短篇故事，数百万字的文论、随笔和散文、游记。 他以准确的人物心理分析和凝练的笔法而闻名，被誉为最重要和最早的现实主义的实践者之一。代表作有《红与黑》（1830 年）、《巴马修道院》（1839 年）等。

【作品导读】

《红与黑》这个故事发生在 19 世纪上半叶的法国，当时正值波旁王朝复辟时期。法国大革命后，拿破仑帝国已成为过去。以前，在拿破仑帝国时代，年轻人，尤其是并非贵族出身的年轻人可以参加革命的军队，凭着勇敢和手中的武器，建立军功出人头地，使自己威名远扬。但时过境迁，拿破仑失败，波旁王朝复辟，贵族卷土重来，他们害怕再来一次革命，便与教会勾结，平民青年没有任何出路，只能披上黑袍，以教士职业为晋身之阶。这是一个个性和魄力受到压抑的时期，这是一个停滞、萎缩、丧失了活力的社会。

《红与黑》的艺术特色主要表现在以下几方面：

第一，小说通过描写典型环境中的典型性格，反映了时代的本质特征。作家选取了三个典型环境：先是唯利是图的维立叶尔城，然后是阴森可怖的贝尚松神学院，最后是政治中心巴黎。这样的典型环境为主人公于连的行为方式提供了合理的依据，同时也为他的悲剧性结局铺垫了基础。

第二，出色的心理描写。司汤达自称是“人类心灵的观察家”，《红与黑》中，他几乎对所有人物的心理都有细致的分析。特别对于连在各种情境下的感受，内心斗争，爱与恨、勇敢与怯懦、骄傲与自卑、狂热与颓废、欢乐与痛苦等心理活动，都分析得细致入微。

第三，《红与黑》情节紧凑，结构严谨，故事单线发展，线索分明，以于连的个人奋斗史为“经”，以他与市长夫人、侯爵小姐的恋爱生活为“纬”，辅之以三个典型环境，前后衔接自然顺畅，条理清晰，形成一个有机的艺术整体。

《红与黑》被誉为灵魂的哲学诗、法国批判现实主义文学的奠基之作、19世纪卓越的政治小说、现代小说之父的经典著作、19世纪欧洲文学史中第一部批判现实主义杰作，它是美国作家海明威开列的必读书，被英国小说家毛姆认为是真正的杰出的文学书，也是1986年法国《读书》杂志推荐的理想藏书。小说自1830年问世以来，赢得了世界各国一代又一代读者的心，特别为年轻人所喜爱。作品所塑造的少年野心家于连是一个具有高度典型意义的人物形象，已成为个人奋斗的野心家的代名词。

【故事与人物】

木匠索黑尔的儿子于连，由于精通拉丁文，被选作市长家的家庭教师。他十八九岁，长得文弱清秀，两只眼睛又大又黑。在宁静时，他的眼中射出火一般的光辉，又像是熟思和探寻的样子，但一瞬间，又流露出可怕的仇恨。由于他整天抱着书本不放，不愿做力气活，因而遭到全家的嫌弃与怨恨，经常被父亲和两个哥哥毒打。他小时疯狂地崇拜拿破仑，渴望像拿破仑那样身佩长剑，做世界的主人。但后来他又想当神甫，因为神甫收入惊人。于是，他投拜在神甫西朗的门下，钻研起神学来。他仗着惊人的好记性把一本拉丁文《圣经》全背下来，这事轰动了全城。市长的年轻漂亮的妻子德·瑞那夫人对于连产生好感，德·瑞那夫人的女仆爱丽沙也爱上了于连，但于连拒绝了女仆爱丽沙的爱情。之后和德·瑞那夫人恋情暴露，于连被迫离开，到了贝尚松神学院。

由于学习成绩名列前茅，院长让他当新旧约全书课程的辅导教师。神学院是个伪善的地方，他很快就堕入了忧郁之中。彼拉院长受到排挤辞职不干了，并介绍于连为木尔侯爵的秘书。侯爵是当时的显赫人物，对于连十分满意，委以重任，赠给他一枚十字勋章，这使于连感到获得了极大的成功。于连在贵族社会的熏陶下，很快学会了巴黎上流社会的艺术，成了一个花花公子。侯爵的女儿玛特尔爱上于连，于连并不爱玛特尔那清高傲慢的性格，但想到“她却能够把社会上的好地位带给她丈夫”时，便热烈地追求起她来，并且很快征服了她。

于连在骠骑兵驻地穿上军官制服，陶醉在个人野心满足的快乐中，但好景不长，德·瑞那夫人给木尔侯爵写信揭露了他们原先的关系。这时恼羞成怒的于连买了一支手枪，随即赶到教堂，向正在祷告的德·瑞那夫人连发两枪，夫人当场中枪倒地。于连因开枪杀人被捕了。入狱后，他头脑冷静下来，对自己的行为感到悔恨和耻辱。他意识到野心已经破灭，但死对他来说并不可怕。德·瑞那夫人受了枪伤并没有死。稍愈后，她买通狱吏，免得于连受虐待，于连知道后痛哭流涕。公审的时候，于连当众宣称他不祈求任何人的恩赐。法庭宣布于连犯了蓄谋杀人罪，判处死刑。德·瑞那夫人不顾一切前去探监。于连这才知道，她给侯爵的那封信，是由听她忏悔的教士起草并强迫她抄写的。于连和德·瑞那夫人彼此饶恕了。他拒绝上诉，以示对封建贵族阶级专制的抗议。在一个晴朗的日子里，于连走上了断头台。

于连确实是野心家。于连的野心膨胀过程是故事最表面也是最直接的线索。但是于连也像一个哲学家，他思考人生，思考巴黎，在他的脑中挥之不去的是当像拿破仑般的英雄。于连最后明白德·瑞那夫人是他的终生至爱，但为时已晚。

作者在《红与黑》中塑造了于连，更塑造了于连背后的时代。在上层社会中，人人都重视荣誉，可是又都过着奢侈、颓废的生活，是一个没有活力、腐朽而停滞的时代。

【精彩片段】

第二天还有一件几乎更令人不快的事等着他呢。很长时间以来，他父亲就说来看他；这一天，于连还没醒，白发苍苍的老木匠就来到了他的牢房。

于连感到虚弱，料到会有最令人难堪的责备。他那痛苦的感觉就差这一点儿了，这天早上，他竟深深地懊悔不爱他父亲。

“命运让我们在这世界上彼此挨在一起，”看守略略打扫牢房时于连暗想道，“我们几乎是尽可能地伤害对方。他在我死的时候来给我最后的一击。”

就剩下他们两个的时候，老人开始了严厉的指责。

于连忍不住，眼泪下来了。“这软弱真丢人！”于连愤怒地对自己说，“他会到处夸大我的缺乏勇气，对瓦勒诺们、对维里埃那些平庸的伪君子们来说，这是怎样的胜利啊！他们在法国势力很大，占尽了种种社会利益。至此我至少可以对自己说：他们得到了金钱，的确，一切荣誉都堆在他们身上，而我，我有的是心灵的高尚。

“而现在有了一个人人都相信的见证，他将向全维里埃证明我在死亡面前是软弱的，并且加以夸大！我在这个人人都明白的考验中可能成为一个懦夫！”

于连濒临绝望。他不知道如何打发走父亲。装假来欺骗这个目光如此锐利的老人，此刻完全是他力所不能及的。

他迅速想遍一切可能的办法。

“我攒了些钱！”他突然高声说。

这句话真灵，立刻改变了老人的表情和于连的地位。

“我该如何处置呢？”于连继续说，平静多了，那句话的效果使他摆脱了一切自卑感。

老木匠心急火燎，生怕这笔钱溜掉，于连似乎想留一部分给两个哥哥。他兴致勃勃地谈了许久。于连可以挖苦他了。

“好吧！关于我的遗嘱，天主已经给了我启示。我给两个哥哥每人一千法郎，剩下的归您。”

“好极了，”老人说，“剩下的归我；既然上帝降福感动了您的心，如果您想死得像个好基督徒，您最好是把您的债还上。还有我预先支付的您的伙食费和教育费，您还没想到呢……”

“这就是父爱呀！”于连终于一个人了，他伤心地反复说道。

赏 析

选段写的是父子见面的场景，于连经历了安慰、更不愉快、愤怒、陷入绝望、比较平静、伤心、孩子般的热情、痛苦变成忧郁的感情变化。对父亲的来访，于连的整体感觉是伤心。于连的父亲是一个无情且贪婪的人。面对将死的儿子父亲给予的不是安慰，而是与儿子算了一笔账，老木匠迫切希望能拿到这笔钱……“如果您想死得像个好基督徒，您最好是把您的债还上。还有我预先支付的您的伙食费和教育费，您还没想到呢……”此时人与人之间已经完全没有亲情，而变成了赤裸裸的金钱关系。

阅读思考

1.“很长时间以来，他父亲就说来看他；这一天，于连还没醒，白发苍苍的老木匠就来到了他的牢房”，这句话说明了于连父子怎样的感情？

2.“就剩下他们两个的时候，老人开始了严厉的指责”，“指责”一词表明“老人”怎样的性格特点？设想“指责”的具体内容是什么？

3. 对于连的父亲这一人物形象作简要分析。

【相关链接】

谦恭好学的司汤达

司汤达很喜欢把自己的文稿寄给朋友阅读，征求他们的意见，求得他们的严肃批评指点，以促使自己不断提高。

有好几次，他把给维克多看过的稿件寄给作家梅里美。这份原稿经维克多之手，寄回时加了很多批评，如：“讨厌”“昏话”等等。

梅里美对虚心诚恳的司汤达说了一段很精彩的话：“我没见过任何人在受到批评时比他更坦率，或者接受朋友的批评更大方正直。”“不管别人的说法多么严厉，甚至不公平，他从不因此而生气。他有一条座右铭是：谁要是干上‘白纸上写黑字’这一行，别人说他笨拙，他就不应该惊异或者动气。他切实执行这一座右铭，而且他决不装着无所谓。他把别人的批评时常记在心里，毫不恼怒，并且认真加以研讨，仿佛在研讨一个几世纪以前作家的作品一样。”

正是这种谦恭、诚恳和自我严格要求的品格，使司汤达取得了巨大成就。

《欧也妮·葛朗台》：揭示资本主义社会实质的里程碑

鲍亚民 杜　若

【作家小传】

巴尔扎克是19世纪法国，也是西欧前期批判现实主义的代表作家。

1799年5月20日，巴尔扎克出生于工商业相当发达的法国西部城市都尔（另译名杜尔）。巴尔扎克的父亲原是农民出身，善于钻营，在法国大革命和帝国时期跻身于资产阶级的行列，并把家人的姓氏改成了贵族的姓氏。

巴尔扎克不满五岁便到都尔郊外的圣西尔上学。1814年，巴尔扎克全家迁居巴黎，随迁的巴尔扎克先后进过巴黎的几所私立寄宿学校读书。1816年，17岁的巴尔扎克按照父亲的安排，进了法律学校攻读法律，但已经爱上文学创作的巴尔扎克并无意于从事法律工作，他经常设法去听巴黎大学的文学讲座，并获得了文学学士的学位。

1819年，从法律学校毕业的巴尔扎克，不顾父母的强烈反对，正式宣布自己的志愿是从事文学写作,并一个人住在巴黎的一个小阁楼上投入写作。

巴尔扎克一开始时的写作极不顺利。头两年，巴尔扎克写出了一部以17世纪英国资产阶级革命为题材的悲剧《克伦威尔》，但这部作品以失败告终。而后又用多种笔名或与别人合作写出并发表了一系列的神怪小说，还为改变自己的经济状况，尝试做起了商人，做出版人，开办了印刷厂、铸造铅字等，但是都没有成功，还因此而负债累累。于是，巴尔扎克就又重新回到他的创作上来。

1829年，巴尔扎克发表了成名作《朱安党人》，从此，他的人生也就进入了崭新的历史时期。最终，他以二十年的心血和精力为代价，树起了欧洲文学史上、同时也是世界文学史上的一座光辉灿烂的纪念碑——《人间喜剧》。

但由于长期紧张而繁重的劳动损害了身体，巴尔扎克于1850年8月18日去世，时年五十岁。

巴尔扎克与世长辞后，著名大作家维克多·雨果在悼词中这样评价道：

“在最伟大的人物中间，巴尔扎克是名列前茅者；在最优秀的人物中间，巴尔扎克是佼佼者之一。”

【作品导读】

《人间喜剧》是巴尔扎克的多卷本巨著，是他以毕生精力完成的光辉创作群，堪称人类精神文明的奇迹。它被恩格斯誉为“一部法国社会，特别是巴黎上流社会的卓越的现实主义历史”。它再现了1816年至1848年间，也就是“王政复辟”到七月王朝期间广阔的社会图景。巴尔扎克对现实主义文学最大的贡献在于他对典型人物形象和社会风俗的细致刻画，并表达人物性格在社会环境中的变化和发展。他以“编年史的方式”描写逐年上升中的资产阶级对贵族社会日甚一日的冲击。他所创造的人物高老头、葛朗台、高布赛克、拉斯蒂涅、吕西安、贝姨、伏托冷等等几乎已经成为文学史上不同类型资产阶级代表人物的样板形象，对以后的现实主义文学产生了深远的影响。

这里说说他的长篇小说《欧也妮·葛朗台》。

《欧也妮·葛朗台》是欧洲文学史上第一部全面而深刻地揭示资本主义社会里程碑式的作品，法国著名文艺批评家皮埃尔·马尔贝也曾说过：“巴尔扎克小说真正定型是从《欧也妮·葛朗台》开始的。”的确，《欧也妮·葛朗台》是巴尔扎克的代表作，它是《人间喜剧》中“最出色的画卷”之一，是巴尔扎克创作的一次飞跃，这部小说在人物塑造、环境描写、故事叙述等方面取得了惊人的成就，在世界文学史上具有独特的魅力。这部作品除了语言精美生动、细节描写精彩独到、情节紧凑、布局严密之外，作者创造的一系列有血有肉的人物形象，更是深入人心。尤其是葛朗台老头，已经是举世闻名的吝啬鬼形象的代言人之一。

【故事与人物】

葛朗台是法国索漠城最富有的商人。他原是一个箍桶匠，四十岁时娶了木板商的女儿，买下了区里最好的葡萄园。他向革命军承包葡萄酒，狠捞了些钱。后来又从岳母、妻子的外公、自己的外婆处得到三笔遗产。

葛朗台精明狡猾，他搞投机买卖，预算总是“精确得好比天文学家”。在做交易时，他讨价还价，装口吃，期期艾艾，把对方弄得晕头转向而陷入他的圈套，结果他让别人吃了亏，自己讨得了便宜。

由于吝啬和爱财，葛朗台在家庭生活中是个锱铢必较的人物。他亲自安排一天的伙食，连多用一块糖，多点一根蜡烛也不许可。他的妻子像奴隶般顺从。为了省钱，全家的衣服都由妻子、女儿缝制。家里杂务由拿侬包办，她“像一条忠心的狗一样看护主人的财物”。

经常出入葛朗台家门的客人有两家六个人：公证人克罗旭一家（公证人、神甫和他们的侄子德·蓬风）和银行家德·格拉桑一家（格拉桑夫妇和他们的儿子阿尔道夫）。这两家人上葛朗台家来，目的是娶葛朗台的独生女儿欧也妮，好继承丰厚的遗产。老奸巨猾的葛朗台将计就计，利用女儿作为钓饵来“钓鱼”，以便从两边捞到好处。

葛朗台的侄子夏尔从巴黎来投奔伯父。夏尔 22 岁，是个花花公子。欧也妮自出生以来，没有离开过索漠城一步，第一次见到这样一位标致的堂兄弟，顿生好感。夏尔的到来，使公证人和银行家都忧心忡忡，他们担心欧也妮会被夏尔夺去。

欧也妮对堂弟表现出异常的关心。她瞒着父亲尽量招待堂弟吃喝得好些，并把自己的私蓄掏出来待客。葛朗台从弟弟来信中获知弟弟破产了准备自杀，把儿子托给他监护。然而，葛朗台不愿把夏尔这个包袱背在身上。他打算把夏尔打发到印度去，但又想不花一个子儿就博得“讲义气的哥哥”的好名声。

于是，葛朗台有生以来举行了第三次请客。客人自然又是公证人和银行家两家。因为有求于人，葛朗台又装口吃。他结结巴巴地说他要清理弟弟在巴黎的债务，不被宣告破产，但必须把债权证件抓在手里。格拉桑表示自己愿意自费到巴黎去帮助办理。葛朗台让夏尔签了一份放弃父亲遗产继承权的声明书，然后把他打发到印度去。

欧也妮偷看了夏尔写给情妇的绝交信，更加同情破产的堂弟。她把自己的全部积蓄六千法郎送给堂弟做盘缠。夏尔将母亲留给他的镀金梳妆盒寄存在欧也妮处。两人私订了终身。欧也妮表示一定要等他回来，夏尔也表示了同样的决心。然后，夏尔便启程到印度去了。

葛朗台每逢新年，都有把玩女儿积蓄的习惯。又是新年到了，他见女儿的积蓄不翼而飞，便严加追问。欧也妮只好承认自己将钱送给了堂弟。于是葛朗台大发雷霆，他把女儿锁在房里，只给她面包和冷水。无论谁来说情，他都置之不理，妻子被吓病了。害怕妻子死后女儿继承母亲的财产而分割他的家财，葛朗台才把女儿放出来。

一天，欧也妮母女正在欣赏夏尔赠送的梳妆盒，恰好被葛朗台撞见了。他看到梳妆盒上的金子，眼睛里发出亮光，把身子一纵，“像饿虎扑向熟睡的儿童那样朝梳妆盒扑来”。他把梳妆盒抓在手里，准备用刀子把金子挖下来。欧也妮急了，她声称如果父亲敢碰盒子上的金子，她便用这把刀子自杀。父女争执起来。直到葛朗台的妻子晕过去，他才住手。不久，葛朗台太太病死了。葛朗台通过公证人让女儿签署了一份放弃母亲遗产继承权的证件，把全部家产总揽在手里。

1827 年，葛朗台已经 82 岁了。他患了风瘫症，不得不让女儿了解财产管理的秘密。他不能走动，但坐在转椅里亲自指挥女儿把一袋袋的钱秘密堆好。当女儿将储金室的房门钥匙交还他时，他把它藏在坎肩口袋里，不时用手抚摸着。临死前，他要女儿把黄金摆在桌面上，他“就像刚学会看的孩子傻盯着同一件东西”一般盯着黄金。神甫给他做临终前法事，把一个镀金的十字架送到他唇边亲吻，葛朗台见到金子，便作出一个骇人的姿势，想把它抓到手。而这一下的努力几乎便送了他的命。他唤欧也妮前来，对她说，“把一切管得好好的，以后到那里向我交账。”

父亲死后，欧也妮做了很多慈善事业。她因夏尔无情的行为受到极大的刺激。最后，她答应嫁给德·蓬风。几年后，德·蓬风当上了法院院长。可是在他当选为索漠城议员的第八天就死了。欧也妮 33 岁守了寡，她用 150 万法郎还清了叔父的债务，让堂弟过着幸福、名誉的生活。她自己则幽居独处，过着虔诚慈爱的生活，并“一心向往天国，怀着神圣的思想，过着虔诚和悲天悯人的日子，不断地暗中接济穷人”。

小说中，欧也妮在父亲对金钱的贪婪下失去了自己的爱情，损耗了自己的青春，最终却等来了发财归来的负心汉，欧也妮命运是可悲的，而其父葛朗台更为可悲。他仿佛就是为了金钱而存在于这个世上，也因为金钱而从这个世上消逝，一切仿佛是过眼云烟，也只有和他有过金钱交易的人还带有一点记忆吧！

【精彩片段】

老箍桶匠病得厉害，常在女儿面前哆嗦。眼见他这种老态的拿侬与克罗旭他们，认为是他年纪太大的缘故，甚至担心他有些器官已经衰退。可是到了全家戴孝那天，吃过了晚饭，当唯一知道这老人秘密的公证人在座的时候，老头儿古怪的行为就有了答案。

饭桌收拾完了，门都关严了，他对欧也妮说：

“好孩子，现在你承继了你母亲啦，咱们中间可有些小小的事得办一办。——对不对，克罗旭？”

“对。”

“难道非赶在今天办不行吗，父亲？”

“是呀，是呀，小乖乖。我不能让事情搁在那儿牵肠挂肚。你总不至于要我受罪吧。”

“噢！父亲……”

“好吧，那么今天晚上一切都得办了。”

“你要我干什么呢？”

“乖乖，这可不关我的事。——克罗旭，你告诉她吧。”

“小姐，令尊既不愿意把产业分开，也不愿意出卖，更不愿意因为变卖财产，有了现款而付大笔的捐税，所以你跟令尊共有的财产，你得放弃登记……”

“克罗旭，你这些话保险没有错吗？可以对一个孩子说吗？”

“让我说呀，葛朗台。”

“好，好，朋友。你跟我的女儿都不会抢我的家私。——对不对，小乖乖？”

“可是，克罗旭先生，究竟要我干什么呢？”欧也妮不耐烦地问。

“哦，你得在这张文书上签个字，表示你放弃对令堂的承继权，把你跟令尊共有的财产，全部交给令尊管理，收入归他，光给你保管虚有权。”

“你对我说的，我一点儿不明白，”欧也妮回答，“把文书给我，告诉我应该签在哪儿。”

葛朗台老头的眼光从文书转到女儿，从女儿转到文书，紧张得脑门上全是汗，一刻不停地抹着。

“小乖乖，这张文书送去备案的时候要花很多钱。要是对你可怜的母亲，你肯无条件放弃承继权，把你的前途完全交托给我的话，我觉得更满意。我按月付你一百法郎的大利钱。这样，你爱做多少弥撒给谁都可以了！……嗯！按月一百法郎，行吗？”

“你爱怎么办就怎么办吧，父亲。”

“小姐，”公证人说，“以我的责任，应当告诉你，这样你自己是一无所有了……”

“嗨！上帝，”她回答，“那有什么关系！”

“别多嘴，克罗旭。——一言为定，”葛朗台抓起女儿的手放在自己手中一拍，“欧也妮，你绝不反悔，你是有信用的姑娘，是不是？”

“噢！父亲……”

他热烈地、紧紧地拥抱她，使她几乎喘不过气来。

“得啦，孩子，你给了我生路，我有了命啦；不过这是你把欠我的还了我，咱们两讫了。这才叫做公平交易。人生就是一件交易。我祝福你！你是一个贤德的姑娘，孝顺爸爸的姑娘。你现在爱做什么都可以。”

“明儿见，克罗旭，”他望着骇呆了的公证人说，“请你招呼法院书记官预备一份放弃文书，麻烦你给照顾一下。”

赏　析

这段文字运用了多种方法来刻画守财奴葛朗台的形象。一是通过运用动词。当公证人告诉欧也妮，签字后财产会一无所有时，“葛朗台抓起女儿的手放在自己手中一拍”，这一“抓”一“拍”，就“撕下了罩在家庭关系上的温情脉脉的面纱，把这种关系变成了纯粹的金钱关系”。二是通过语言描写。文中葛朗台的语言非常个性化，将葛朗台爱财甚于性命的特点淋漓尽致地表现了出来。三是通过神态描写。葛朗台“常在女儿面前哆嗦”这一切都是假象，只想骗取继承权。巴尔扎克娴熟地运用了漫画式的夸张手法，运用幽默离奇的语言，刻画出一个极端贪婪、极端吝啬的变态人物形象，让人觉得既荒诞可笑，又真实可信。

阅读思考

1. 在骗取继承权的过程中，葛朗台有哪些精彩的表演？这能说明什么？
2. 怎样理解文中的“人生就是一件交易”这句话？
3. 小说中欧也妮形象的塑造对刻画葛朗台这一形象有何作用？

【相关链接】

长袍加身才动笔

巴尔扎克在写作之前，必定先要穿上一件白色的长袍子，才坐在书桌前写作。穿着长袍子写作，成了巴尔扎克最引人注目的一个特点。

巴尔扎克的白色长袍，得来全属偶然。有一天，他在街上买回一件白色的长袍，上下一般粗，像一个直筒，长过膝盖，又像和尚的袈裟。他非常喜欢，认为这件衣服肥大，不影响颈部的自由活动，工作起来也很方便。

他为自己意外的收获高兴不已。于是，他拿着白袍子来到好朋友、女作家乔治·桑的家里，乔治·桑为了替巴尔扎克助兴，马上和一些朋友为巴尔扎克的白袍子干杯庆贺。巴尔扎克在兴奋之余，穿上白袍，从台上取下一根七节烛台，一定要乔治·桑和她的朋友们陪他作一次庄严的祈祷。

从此之后，这件白长袍伴随着巴尔扎克的一生，成了他的工作服。每当半夜起床之后，巴尔扎克必定先穿上白袍子，然后再进行创作。

《巴黎圣母院》：雨果浪漫主义的不朽之作

张 雯

【作家小传】

法国南部的贝尚松城于1802年的冬日迎来了一个伟大的生命：12岁开始写诗，15岁获得了法兰西科学院为了纪念圣路易节诗歌比赛的第一鼓励奖；曾被名重一时的浪漫派先驱夏多布里昂誉为“神童”，他就是法国伟大的浪漫主义先驱——维克多·雨果。

“要么成为夏多布里昂，要么一事无成。”这是雨果为自己立下的第一个雄心壮志：他要成为文坛泰斗！

1827年，雨果发表了《〈克伦威尔〉序言》，这是浪漫主义文学的宣言书，雨果从此成为浪漫派的领袖。19世纪20至40年代，雨果主要从事诗歌和戏剧创作，这期间起草了《巴黎圣母院》的大纲，这部小说后来成了浪漫派文学的典范作品之一。

40年代开始，雨果力图在政治上有所作为，被选入法兰西学士院，并成为贵族院议员，创作中的斗争热情随之减弱。1843年，他写了一个剧本《卫戍官》，上演时被观众喝倒彩，遭到了失败。雨果为此将近10年没有写作。

后因为政局变动，坚定的共和主义者立场使得雨果受到法兰西第二帝国的迫害，无奈之下，他不得不流亡国外。但就是流亡期间恰成了雨果创作最丰盛的时期。他写了大量的政治讽刺小册子和政治讽刺诗，发表了名扬后世的长篇小说《悲惨世界》《海上劳工》和《笑面人》。雨果的小说创作以《九三年》收尾。

1881年2月26日，在雨果巴黎寓所的窗外，有60万仰慕者走过，祝贺他80寿辰。1885年5月22日，雨果患肺充血，不治而逝。在昏迷状态中，他吟出一个佳句：“人生便是白昼与黑夜的斗争。”这句话概括了他作为斗士的一生。6月1日，法国政府为他举行国葬，两百万人参加了隆重的葬礼，人们高呼“雨果万岁！”他的遗体被运到先贤祠安葬。

【作品导读】

《巴黎圣母院》被誉为“天衣无缝”的“长篇小说中的莎士比亚”“巨人般的作品”。小说是以中世纪的巴黎作为背景，艺术地再现了四百多年前法国路易十一统治时期宫廷与教会狼狈为奸压迫人民群众，人民群众英勇斗争的历史真实。这部作品一经面世就很受读者的欢迎，一版又一版地重印，一时之间，洛阳纸贵。

据说，一次雨果在参观巴黎圣母院时，在一座尖顶钟楼的阴暗角落里，发现墙上有个手刻的字：AN-ARKH（希腊单词，意思是命运）。字母经岁月侵蚀，深深凹陷在石头里面。这些难以描状的符号，尤其所蕴藏的宿命和悲惨的意义，深深震撼了他，激发了他的创作灵感。

由于出版商的逼迫，雨果只用了六个月的时间便匆匆交稿。据雨果夫人的叙述，“他买了一瓶墨水和一大块厚厚的灰色羊毛披肩，把自己从头到脚裹了起来，把其他的衣服都锁在别处，免得自己忍不住要跑出去，他奋笔疾书他的小说，仿佛蹲监狱一般”。他除了吃饭、睡觉，从不离开书桌，终于赶在出版商规定的期限之前，完成了这部具有巨大的思想力量和艺术力量的小说。

小说的情节以现实为基础，同时又充满了奇特的想象，关于圣迹区的描写，关于克洛德化装跟踪弗比斯的描写，关于三个主人公结局的描写，都给人以曲折奇幻的感觉，引人入胜。小说中还有一些现实生活中不可能存在的怪诞情节，如作者对“奇迹王朝”的描写，对卡西莫多与爱斯梅拉达的尸骨一被分开就化为灰尘的描写，都充满了浪漫主义的幻想。丰富的想象，奇特的情节，鲜明的对照，凝结成为一部浪漫主义巨著，为浪漫主义树立了一座丰伟的文学纪念碑，至今仍是广大读者喜爱的一部艺术珍品。

【故事与人物】

一部好的作品，不仅符合当时的时代要求，而且在若干年后再拿起它时仍有深刻的教育意义，给人以启示和鼓舞。法国作家维克多·雨果所著的长篇小说《巴黎圣母院》就是这样的作品。

故事发生在15世纪的巴黎。克洛德·弗罗洛是巴黎圣母院的副主教，收养了一个相貌极端丑陋的弃儿，起名卡西莫多，并让卡西莫多做了巴黎圣母院的敲钟人。

爱斯梅拉达自幼与母亲分离，她寄身于流浪群体中。十六岁的她美丽、善良、纯洁，训练了一只可爱而聪明的小山羊拉利，在巴黎街头，她和她的小山羊拉利敲手鼓、跳舞、表演节目，赢得人们的喜爱。

巴黎圣母院的副主教克洛德爱上了艾斯梅拉达，常常怀着邪恶的念头悄悄跟踪爱斯梅拉达，甚至命令养子兼仆人卡西莫多和自己一起去劫持爱斯梅拉达。但当国王近卫弓手队队长听到呼救时，克洛德悄悄地溜走了。忠诚的卡西莫多代人受过，在刑柱上，受尽屈辱，口渴难耐，但是没有人可怜他。而这时美丽的少女以德报怨，给他送上了甘甜的水，卡西莫多感动得流下了眼泪。

爱斯梅拉达爱上了把自己从暴徒手中救出的弓手队队长弗比斯，但弓手队队长却在和贵族小姐谈婚论嫁。爱斯梅拉达痴爱弗比斯，弗比斯却只贪恋她美丽的身体。弗比斯甜言蜜语，爱斯梅拉达答应和他幽会。幽灵一般的克洛德藏进弗比斯与情人幽会的房间，眼看着自己心仪的少女被弗比斯紧紧拥抱，失去理智的他抽出匕首刺进了弗比斯的身体，然后像幽灵一样飞速逃走，可怜的爱斯梅拉达成了替罪羔羊。

人人喜爱的爱斯梅拉达一夜之间成了罪人，成了众人眼中的巫女，聪明的小山羊拉利的表演在人们的眼里成了她是巫女的明证，她因刺伤弓手队队长弗比斯而被判处绞刑。副主教来到囚室，恳求他接受自己的感情，以此作为救出少女的条件，遭到拒绝。敲钟人将美貌的少女救进圣母院避难。卫队要冲进去抓人，却被拦在了外面，教徒们说："人世间的一切法律到教堂的门槛为止。"

阴险的副主教施诡计怂恿爱戴爱斯梅拉达的流浪民众到圣母院去救回少女，暗夜中不明真相的卡西莫多以为是敌人要来抓捕爱斯梅拉达，竭尽全力投入战斗，他砸死、烫死、摔死了无数的人。等卡莫西多再去看望心中的女神时，却发现爱斯梅拉达已经被副主教带走了。半路上副主教苦苦哀求爱斯梅拉达跟着自己，但是仍然遭到拒绝。自己得不到的，任何人也休想得到，抱着这样的险恶心理，副主教把爱斯梅拉达交给深深痛恨吉卜赛少女的隐修女居迪尔，然后自己去找警官来抓人。

爱斯梅拉达恳求隐修女放过自己，在对话时两人却发现对方正是自己要找的亲人。警官来了，隐修女想掩护女儿蒙混过关；但是镇压完群众暴乱就要离开的弓手队长弗比斯的声音引出了刚刚度过危险的少女的高声呼救。结果母亲为保护女儿而死。纯洁、善良的少女随后也被绞死。

卡西莫多看到少女死了，明白是自己的养父、主人、自己深深敬爱的副主教克洛德·弗罗洛害死了她，于是愤怒的卡西莫多将道貌岸然的副主教从高高的钟楼上推下。

卡西莫多来到存放爱斯梅拉达尸体的墓窖，怀抱着心中的女神长眠不起。

雨果在《巴黎圣母院》中塑造了四种类型的人物。第一种是外形美，内心也善良，如波西米亚少女爱丝梅拉达；第二种是外形丑，内心善良，如敲钟人卡西莫多；第三种是外形美，而内心丑恶，如弗比斯；第四种是内心丑恶，性格阴沉、险恶，外形也丑恶，如副主教克洛德。雨果把这种互相映照的人物形象纳入《巴黎圣母院》这一完整的艺术体系中，是因为他相信，“真正的诗，完整的诗，都是处于对立面的和谐统一之中”。

《巴黎圣母院》是雨果的“命运三部曲”之一，虽成书于1831年，可书中对人间善恶美丑的揭示，对社会现实的揭露，对命运的剖析，乃至强烈的浪漫主义色彩和独特的语言特点，在今天细细品味，都是耐人寻味的。

【精彩片段】

这样，卡西莫多看见了教士在注视什么了。在那常备的绞刑架旁边已经竖起了梯子；广场上聚集了一些民众，还有许多兵士。有个汉子在地上拖着一个白色的东西，这东西的后面又拽着一个黑乎乎的东西。

这个汉子走到绞刑架下停了下来。那里发生了什么事，卡西莫多没有看清楚。这并不是因为他的独眼没能看得那么远，而是一大堆兵卒挡住了他的视线，使他无法看清一切。再说，此刻，旭日东升，地平线上霞光万道，巴黎的一切尖顶，诸如尖塔、烟囱、人字墙，都沐浴在光的洪流中，仿佛全一齐燃烧了起来。

这时候，那个汉子开始爬上梯子，卡西莫多一下子看得一清二楚了。那个汉子肩上扛着一个女子，一个身穿白衣的少女，这个少女的脖子上套着一个绳结。卡西莫多认出来了：这是她！那汉子就这样爬到了梯子的顶端，站在上面调整了一下绳结。这边，教士为了看得更清楚，爬上栏杆跪了下来。突然，那个汉子用脚后跟猛地踹开梯子，已有半晌连气都透不过来的卡西莫多，顿时看见那不幸的孩子吊在绞索的一端，离地有一丈两尺高，左右晃动，而那个汉子蹲坐着，把两脚踩在她的肩膀上。绞索转了几转，卡西莫多看见少女全身可怕地抽搐了几下。教士他呢，伸长着脖子，眼睛圆睁，眼珠儿快要蹦出来似的，凝视着那令人毛骨悚然的一对：那个刽子手和那个少女，即蜘蛛和苍蝇。

就在这惨绝人寰的最恐怖的一刹那，教士脸色铁青，猝然迸发出一声魔鬼般的狞笑，这是只有当人已非人时方能发出的笑声。卡西莫多听不见笑声，却看出来了。这个敲钟人在副主教背后后退了几步，霍然间，疯狂地向他猛扑过去，用两只巨掌从教士的后背狠命一推，把克洛德推下了他正欠身俯视的深渊。

教士大叫一声“该死”，随即掉了下去。

赏　析

这个片段生动地展现了卡西莫多和克洛德目睹了爱斯梅拉达上绞刑架的全过程。作者从卡西莫多的角度，详细地描述了广场上的刽子手将爱斯梅拉达处以绞刑的过程；同时作者也从卡西莫多的视角交代了养父的丑陋与卑鄙。在表现人物情感变化时，笔法细腻，全角度交代了卡西莫多的心理变化过程，能很好地激发读者的共鸣。

阅读思考

1. 阅读上面的片段，分析卡西莫多的性格特征。

2. 选段中的景物描写虽然少，但确实是精彩的一笔，请试着分析这节中景物描写的作用。

3. 雨果提出过一条美学原则：对照。他认为：“丑在美的旁边，畸形靠近着优美，丑怪藏在崇高的背后，美与恶并存，光明与黑暗相共。”这条对照原则一直指导着雨果的文学创作。请运用对照原则分析选文片段，试着说说这篇小说的创作主旨。

【相关链接】

《悲惨世界》：人类苦难的百科全书

《悲惨世界》是一部震撼人心的辉煌巨著，是法国文学史上最杰出的小说，被推荐为影响历史进程的一百本书之一。从 1828 年起构思，到 1845 年动笔创作，直至 1861 年才终于写完全书，《悲惨世界》创作历时三十余年，这在雨果的小说创作中也是绝无仅有的。

《悲惨世界》是以真实的事件为蓝本而创作的，一个贫苦农民因为偷了一块面包被判五年苦役，出狱后又因黄色身份证而不能就业，这深深触动了雨果，因此他花了多年时间完成了这部巨著。

小说塑造了主人公冉阿让这个悲惨世界中的悲惨典型。为了不让姐姐的孩子饿死而偷了一块面包，被判五年徒刑；又因不堪忍受狱中之苦四次逃跑，刑期加到十九年；出狱之后他找不到工作，连住宿的地方都没有。后来他受到一位主教的感化决心去恶从善；改名换姓埋头工作，终于当上了市长。成了大富翁后他乐善好施，兴办福利，救助孤寡，然而法律却滥判无辜，他为了不嫁祸于人毅然上法庭承认自己的真实姓名，并为救助孤女而逃出法律的魔爪。然而法律不容他，社会不容他，连他辛辛苦苦带大的孤女也误解他，他多年舍己救人，最后却在孤寂中走向死亡。

世间的一切不幸，被雨果统称为苦难。因饥饿偷面包而成为苦役犯的冉阿让、因穷困堕落为娼妓的芳汀、童年受苦的珂赛特、老年生计无着的马伯夫、巴黎流浪儿伽弗洛什以及甘为司法鹰犬而最终投河的沙威、沿着邪恶的道路走向毁灭的德纳第，这些全部都是具有代表性的人物。他们所经受的苦难，无论是物质的贫困还是精神的堕落，全部都是由社会造成的。

雨果作为人类生存状况和命运的思考者，能够全方位地考察这些因果关系，以未来的名义去批判社会的历史和现状，以人类生存的名义去批判一切异己力量，从而表现了人类历史发展中的永恒性矛盾。正是在这个意义上，《悲惨世界》可以称作人类苦难的“百科全书”。

《三个火枪手》：大仲马妙笔演绎侠客行

范　莹

【作家小传】

1802 年 7 月炎热的一天，在法国巴黎附近的一座小城市维勒·科特莱，一个名叫亚历山大·仲马的婴儿呱呱坠地，这个婴儿日后成为法国 19 世纪积极浪漫主义作家、文学巨匠，他就是后人所说的大仲马。

大仲马的祖父是个侯爵，1760 年，他漂洋过海到中美洲的圣多明各岛去做庄园主，后来跟黑人女奴生下了一个男孩，就是大仲马的父亲托玛·亚历山大。托玛十八岁回到法国，与其贵族家庭决裂并以母姓“仲马”参军。1789 年，法国大革命爆发，托玛曾任拿破仑军队的骑兵司令，却因反对拿破仑的独裁统治而遭到迫害而死。其时，他的儿子亚历山大·仲马只有四岁，但母亲向他讲述的父亲的战斗故事在他心里深深地扎下了根，影响了这位大作家未来的创作。

1816 年，大仲马结束了学校生活，进入一家公证人事务所当办事员。在此期间，他结识了几位文学爱好者，并在他们的引导下进行戏剧创作。19 世纪 40 年代，随着法国浪漫主义戏剧高潮的低落，大仲马开始转向小说创作，他以小说的形式描绘历史事件，采用虚实结合的手法讲故事。因天马行空般的想象力和编故事的高超技巧，他被后人誉为“通俗小说之王”。大仲马一生创作的作品多达两百七十种，代表作有《三个火枪手》《基督山伯爵》等。

1870 年 12 月 5 日，大仲马病逝。儿子小仲马在安葬仪式上的致辞中说：“我希望这个仪式不仅是一次哀悼，更是一次喜庆；不仅是一次葬礼，更是一次复活。”

2002 年 11 月 30 日，大仲马的遗骸被移放在了巴黎的先贤祠。大仲马是第 72 位进入先贤祠的对法兰西做出非凡贡献的人，也是继伏尔泰、卢梭、雨果、左拉和马尔罗之后第六位进入先贤祠的法国作家。

【作品导读】

《三个火枪手》又名《三剑客》，发表于1844年。当时，为了撰写另一本书，大仲马曾在皇家图书馆搜寻资料，他无意中看到了一本名为《达达尼昂先生回忆录》的书，这本书讲述了达达尼昂初次拜访国王的火枪队队长时，遇到了三个年轻的火枪手，名叫阿多斯、波托斯和阿拉密斯，它们都是化名，是达达尼昂用来隐瞒一些也许非常显赫的人物而虚构的。这三个外国名字立即引起了大仲马的注意。当时，以天主教为主的法国开始了宗教改革，新教势力日益强大，并占据了不少城市，形成国中有国的局面。为了法国的统一和政权的巩固，1625年，红衣主教亲自指挥军队攻下了新教的最后一个堡垒——拉罗舍尔城，从此剥夺了新教的政治特权。这段历史是法国重大的政治事件，于是，大仲马以这段历史为背景，以三个火枪手和达达尼昂为主要人物，写出了《三个火枪手》。这部作品当年一面世就引起了轰动。

当时的法国文坛正在掀起一股创作历史小说的热潮，许多著名作家都献上了自己的佳作，如巴尔扎克的《朱安党人》（1829年）、梅里美的《查理九世时代的轶事》（1829年）、雨果的《巴黎圣母院》（1831年）等，这些作品在法国上流社会风靡一时。大仲马的《三个火枪手》以连载形式出现在报纸上时，立即受到各阶层广大读者的喜爱，一时间人人都在谈论达达尼昂和他的三个火枪手好友。甚至有人风趣地把《三个火枪手》与深受大家喜爱的另一本小说《鲁滨孙漂流记》编成了一个有趣的笑话：如果鲁滨孙正待在某个荒岛上，那他一定靠读《三个火枪手》来消磨时间。大仲马凭借此书真正成为家喻户晓的著名小说家，同时代的俄国文学评论家别林斯基称他为“一名天才的小说家”。

《三个火枪手》以法英宫廷斗争为背景展开故事情节，尽管大仲马对历史人物的评价不完全准确，对历史事件的描写也带有很大的随意性，但从总体上看，他的历史小说仍是一幅色彩绚丽的画卷，文字相当讲究，鲜活而不艰涩，风趣而不粗俗。作品从不同角度展现了当时的社会概况。大仲马曾说：“什么是历史？历史就是钉子，用来挂我的小说。”他那天马行空般的想象力和编故事的高超技巧使得他写的历史小说情节曲折、人物形象栩栩如生，人物性格通过其自身的行动和妙语连珠的对话来展现，读起来趣味盎然，引人入胜。

【故事与人物】

年轻的加斯科尼贵族子弟达达尼昂，遵照父亲的安排从乡下来到巴黎，加入了德·特雷维尔先生领导的皇家火枪队，当上了一名火枪手，拥有了当时贵族青年都向往的莫大荣耀。

在一次与红衣主教卫队的交锋中，达达尼昂认识了三个火枪手：阿多斯、波托斯和阿拉密斯，他们成为惺惺相惜的好友。

年轻的达达尼昂对安娜王后的心腹女侍波那雪夫人一见钟情，被她的温柔与美貌所倾倒。安娜王后与英俊潇洒的英国首相白金汉公爵相爱，把国王送给自己的一串镶有十二颗钻石的坠子作为信物赠予了公爵。权倾朝野的宰相、红衣主教黎塞留得知这个消息后，唆使国王要王后在一次舞会上佩戴这串坠子，以此达到破坏王后与国王的夫妻关系、挑拨英法两国关系的目的，借机削弱王权，独揽大权。为此，红衣主教秘密地派遣外表美艳妩媚，实则毒如蛇蝎的女爪牙米莱狄潜入英国，实施一个可怕的计划……

安娜王后知道国王要自己佩戴坠子出席舞会后，焦急万分。波那雪夫人想起了达达尼昂，于是推荐他为王后效力，前往英国面见白金汉公爵，取回坠子，阻止红衣主教的阴谋。

为了自己的心上人，为了保住王后的名誉，更为了避免英法两国开战而造成生灵涂炭，达达尼昂毫不犹豫地答应了王后去取回坠子。他与三个伙伴星夜兼程奔赴伦敦。一路上，他们冲破了红衣主教的重重阻拦，终于顺利地到达了伦敦。

而此时，米莱狄已经悄悄地潜入白金汉公爵的府邸，找到安娜王后的坠子并剪掉两颗钻石带回了法国。

当达达尼昂等人见到白金汉公爵后，发现坠子已被毁坏，顿时惊慌不已。幸好白金汉公爵用最快的时间不惜重金修复了坠子，交给了达达尼昂。

在舞会开始前，火枪手们终于将坠子送到了王后手中，使她可以顺利地戴上它出席舞会。看到佩戴着坠子的王后，红衣主教自知阴谋失败，气急败坏。

1625年，红衣主教黎塞留率兵围攻新教徒的最后堡垒——拉罗舍尔城，米莱狄被派往英国去阻止白金汉公爵对该城做出救援。达达尼昂和三个火枪手得知这一消息后，与白金汉公爵联手，经过周密策划，使米莱狄一到英国时，便被关进了监狱。

狡诈的米莱狄愤怒得发了狂，她想出了一条恶毒的诡计……头脑简单的费尔顿中尉被安排看守关押米莱狄的秘密城堡，米莱狄绝佳的演技蒙蔽了他，他认为这个看上去既美丽又柔弱的女子是个遭到白金汉公爵等权贵欺压的可怜人，他在米莱狄的引诱和挑唆下，帮助她逃出了城堡，并疯狂地刺杀了白金汉公爵。

米莱狄逃出来后，隐居在法国的一座修道院里，并害死了正巧也隐居在此的达达尼昂的心上人波那雪夫人。

达达尼昂面对死去的心上人悲痛欲绝，他的朋友阿多斯也道出了心中隐藏已久的秘密：米莱狄曾是他的妻子，这个女人的种种恶行给身为贵族的阿多斯造成了无尽的痛苦，所以他隐姓埋名成为了一名火枪手。

愤怒的达达尼昂发誓要为心上人报仇，阿多斯也想为自己受到的欺骗与耻辱做个了断。火枪手们遇到了曾遭受米莱狄玩弄并亲眼目睹白金汉公爵死亡的温特勋爵，他们一起费尽周折，终于找到了米莱狄。在一个阴暗的暴风雨之夜，他们对她进行了审判并执行了死刑，弯弯的下弦月被暴风雨留下的最后残迹染成了血红色，恶贯满盈的米莱狄得到了应有的下场。

红衣主教得知米莱狄已死的消息后，害怕自己的恶行败露，不得不任命达达尼昂为火枪队副队长，其他三位火枪手也各得其所，过上了自己想要的生活……

《三个火枪手》这部小说大量情节都是大仲马妙笔生花的杰作，他笔下的达达尼昂义胆忠肝，机智勇敢，讲义气重友情；阿多斯为人深沉稳重，处事老练，嫉恶如仇；波托斯胸无城府，豁达直率，憨直可爱；阿拉密斯尘缘未了，风流倜傥，优雅温柔。他们个个性格鲜明，感情丰富。曾有评论家说道：“这些品性使这四位人物成为我们至今仍乐于见到的那个法兰西——那和蔼可亲、心地善良、轻松愉快的法兰西的缩影。”

【精彩片段】

三个人全都想到达达尼昂还年轻，担心他缺乏经验。

……达达尼昂懂得他们为什么犹豫不决。

“先生们，还是让我试试吧！”他说，“我以人格向你们保证，如果我们打败了，我决不活着离开这儿。”

…………

“好，阿多斯、波托斯、阿拉密斯和达达尼昂，前进！”阿多斯大声喊道。

“喂，先生们，你们作出决定了吗？”朱萨克第三次喊。

“已经作出了，先生们。”阿多斯说。

“你们决定怎么办？”朱萨克问。

“我们就要有向你们进攻的荣幸了。”阿拉密斯回答，一只手略微举了举帽子，另一只手拔出了剑。

…………

九个参加厮杀的人相互朝对方猛扑过去，在狂怒中他们还是没有忘记一定的章法。

阿多斯选中红衣主教手下的红人，一个叫卡于扎克的家伙；和波托斯交锋的是比斯卡拉；阿拉密斯同时对付两个敌手。

至于达达尼昂，他向朱萨克本人冲了过去。

年轻的加斯科尼人心跳得那么厉害，几乎把他的胸膛都要炸开了，谢天谢地！不是因为害怕，他没有感到丝毫害怕，而是因为好胜心强，他像一只狂怒的老虎那样厮杀，不停地围着对手转，一再改换招式和位置。朱萨克正像当时人说的，是个剑迷，经验极其丰富；然而遇到这样一个对手，他使出浑身解数，还是难以招架，因为这个对手身体灵活，蹦蹦跳跳，时时刻刻都背离成规，同时从各个方向进攻，又像对自己的姓名特别看重的人这样一下下挡住了攻击。

这种打法到最后终于使朱萨克失去了耐心。他因为自己被一个他看成是毛孩子的人困住，怒不可遏；他过分激动，开始犯了一些错误。达达尼昂缺乏实践经验，却掌握着深厚的理论基础，他成倍加快了动作的速度。朱萨克一心想赶快结束，于是一腿跨前，膝部尽量向前一屈，同时狠狠地一剑朝对手刺去；但是对手敏捷地挡开，就在他重新挺直身子时，像蛇一样钻到他的剑底下，一剑刺穿了他的身体。朱萨克一头栽倒在地上。

达达尼昂这时焦急地朝整个战场迅速望了一眼。

阿拉密斯已经杀死了两个对手中的一个，但是另一个却紧紧逼住他不放。然而阿拉密斯的情况很好，他还能够抵挡。

比斯卡拉和波托斯刚刚同时刺中了对方：波托斯胳膊上挨了一剑，比斯卡拉大腿上挨了一剑。但是双方的伤势都不严重，他们反而斗得更加顽强凶猛了。

阿多斯再一次被卡于扎克刺伤，脸色显得十分苍白，但是他一步也不后退，只不过剑换了手，用左手在战斗。

赏　析

这个片段生动地展现了英勇的火枪手们是如何与红衣主教卫队交战的。作者先从三个火枪手不信任没有战斗经验的达达尼昂落笔，设下悬念；随后笔锋一转，通过大量的动作描写和心理描写来交代达达尼昂是如何应对难缠的对手并最终取得胜利的。同时，作者也描写了其他三位火枪手的战况。这样的描写使画面丰富生动，犹如摄影镜头般360度记录了整个战斗场面，令读者眼花缭乱又兴奋不已。

阅读思考

1. 阅读上面的片段，分析达达尼昂此时所表现的性格特征。

2. 在描写达达尼昂与朱萨克的厮杀时，作者是怎样分配笔墨的？这样写有什么好处？

3. 在与敌人的较量中，阿多斯身负重伤，有些力不从心。原书中的情节是：达达尼昂前来帮忙应对，倔强的阿多斯请求达达尼昂不要将对手刺死，留待自己伤好后堂堂正正再与他一决胜负。请根据你所了解的两个人物的性格对这个情节进行详细描写。要求：通过对话的方式完成情节的发展，并符合人物性格。

【相关链接】

《基督山伯爵》：一场文学的竞赛

1846年8月28日到1848年1月15日，大仲马的小说《基督山伯爵》在法国《辩论报》上连载。这部小说的缘起是一场文学创作的竞赛。竞赛的对手是另一位小说家欧仁·苏，他因连载小说《巴黎的秘密》而轰动一时，获益颇丰。于是出版商也请大仲马把创作的目光从历史移向现在，最好能以巴黎为背景，描写现实社会中的奇妙故事。大仲马接受了这个建议，决心要写出比欧仁·苏更有吸引力的作品来。

大仲马和他的合作者、历史教师马凯根据所搜集的一篇名为《金刚石和复仇》的小故事进行了艺术加工，创作了扣人心弦的《基督山伯爵》。小说的主人公邓蒂斯是名年轻有为的水手，幸福的生活正在等着他，但却遭人诬陷，被打入死牢，而陷害他的人却飞黄腾达。邓蒂斯在囚禁中度过了十四年的漫长岁月，他无意中获得了基督山宝藏的秘密，越狱取得宝藏后，进入巴黎上流社会，一一惩罚了他的仇人。报仇之后，他扬帆远航，遁世而去。

这部小说发表后，读者如痴如迷，纷纷去信向报社打探基督山伯爵遁世后的经历。更有甚者贿赂印刷厂工人，以期能第一时间拿到刚刚印刷出来的报纸，先睹为快。

《基督山伯爵》为大仲马赢得了巨大的荣誉和财富，他甚至修建了一座宏伟的城堡，号称为“基督山城堡”，以纪念《基督山伯爵》为自己带来的荣誉。

一生中最得意的作品

亚历山大・小仲马是大仲马的私生子，直到小仲马七岁时，大仲马才从法律上承认了这个儿子。受父亲影响，小仲马也热爱文学创作，并且和他父亲一样，成为了法国最重要的作家之一，不同的是，小仲马的作品不以情节的曲折离奇取胜，而以真切自然的情理来打动人心。

《茶花女》是小仲马扬名文坛的力作，同时它也被视为法国现实主义戏剧开端的标志，曾多次被改编为电影、歌剧、芭蕾舞剧，书中所体现出的人道主义情怀引起了人们深深的共鸣。

大仲马为有这样的儿子而感到自豪，曾有人问大仲马一生中最得意的作品是什么，他自豪地回答：“当然是我的儿子！”

《魔沼》：乔治·桑纯朴清新绘田园

范　莹

【作家小传】

19世纪上半期的法国文坛活跃着一位洒脱倔强的女作家——乔治·桑，她因杰出的文学成就赢得许多人的欣赏，她在世时就已经蜚声国内外，影响遍及社会思想、政治文化、文学艺术等各个领域。马克思和恩格斯对她都有较高的评价，马克思甚至把自己的著作《哲学的贫困》题献给乔治·桑。

乔治·桑生于1804年，原名阿芒丁娜·奥罗尔·吕西尔·杜邦，从小由祖母抚养。1817年，她进入巴黎的一所修道院学习，1822年，她与杜德望男爵结婚，九年后离婚，带着子女来到巴黎，开始了写作生涯。她以乔治·桑为笔名，创作了大量作品，如《安蒂亚娜》《瓦朗蒂娜》《安吉堡的磨工》《小法岱特》等，写作对她而言是一种精神享受。

在当时封闭保守的社会里，乔治·桑是个特例，她喜欢穿男装、抽烟斗，以示男女平等。她的作品以女性问题为题材，小说《安蒂亚娜》的同名女主人公代表了"弱者"和受社会法律"压抑的情感"，她与"文明的一切障碍"作斗争。

乔治·桑以其细腻的情感、独特的题材、诗化的理想主义在法国文学史上占据了不可磨灭的地位。直到逝世前不久，她仍在不断地从事着写作。

1876年5月的一个清晨，72岁的乔治·桑平静地离开了人世。她被安葬在故乡的墓地，福楼拜、小仲马等好友闻讯赶来参加丧礼，他们静静地聆听着维克多·雨果写来的悼词："我痛惜一个伟大的女性的去世，向这个流芳百世的人致敬……"

几天后，福楼拜在给屠格涅夫的信中提到了乔治·桑："……她永远是法国一位杰出人物，而且是法国唯一的光荣。"

【作品导读】

《魔沼》是乔治·桑的田园小说代表作，小说讲述了一个朴实动人的乡村爱情故事。它的情节很简单，基本上只描写了一天一夜所发生的事情，但乔治·桑却从简单的情节中挖掘出了男女主人公正直乐观、朴实善良的思想情怀，他们虽然很平凡，但却具有一种健康的美。小说的语言质朴无华，情真意切，像一曲动听的田园牧歌，紧紧抓住了读者的心。

作者笔下的乡村，静谧而富有独特的景色，为男女主人公的感情经历增添了浓郁的浪漫色彩。乔治·桑无疑是将主人公的爱情经历和乡村风景理想化了，因为她认为“原始生活是一切人、一切时代的憧憬和理想”，“社会愈无，愈腐败”，人们对田园生活的各种幻梦就“变得愈纯洁，愈热情”。《魔沼》体现了这种浪漫主义的文学主张，作者笔下的理想世界和理想人物，是作为当时社会丑恶现象的对立面出现的，尽管缺乏深刻性，但却具有正面理想的价值。

浓郁的乡土气息、鲜明的地方色彩、美丽动人的故事以及朴素简洁如行云流水般的语言，赋予了乔治·桑田园小说和缓古朴、平静祥和、隽永清幽的韵味，她少女时代对大自然的热爱以及从卢梭那里继承下来的对淳朴人性的崇尚，在此得到了充分的体现。同时，鲜明生动的生活画面与朴实自然的艺术风格相融合，给人以耳目一新之感。因此，与单纯宣泄主观情感的爱情小说和注重抽象说教的空想社会主义小说相比，乔治·桑的田园小说尤其深受读者喜爱。

女作家乔治·桑善于感受、乐于抒发，深受大自然的启迪和现实社会的影响，希望自己成为生活的“直译者”。她凭借细腻的情感、独特的题材和诗化的理想主义风格在法国文学史上占据了不可替代的重要地位。

【故事与人物】

深褐色的土地上镶嵌着绿色的宽线条，在这秋天临近的时节稍稍泛红；刚下过的雨水在犁沟里留下一条条积水，太阳一照，像银丝一样闪闪发亮。在这块田的高处有一个老农正不慌不忙地干着活儿，一个六七岁的孩子正在田间玩耍。一个精力充沛的年轻农夫也正在田间劳作，他叫热尔曼，年近三十，小男孩是他的大儿子皮埃尔，老农夫是他的岳父莫里斯老爹。

莫里斯老爹的女儿去世已经两年了，留下了三个年幼的孩子和将近三十岁的热尔曼。老爹心疼孙子，也很关心热尔曼，于是他在劳动的间隙劝女婿再婚。听了岳父的肺腑之言，热尔曼终于决定去相亲。莫里斯老爹告诉热尔曼，他已经为他物色了一个合适的人选，那是隔壁教区的一个年轻寡妇，她没有孩子、家道殷实，而且跟热尔曼死去的妻子同名，叫卡特琳。莫里斯老爹安排热尔曼第二天就前往卡特琳家去相亲，热尔曼同意了。

傍晚邻居吉叶特大娘过来串门时听说热尔曼要去隔壁教区时，便请求热尔曼带她的女儿玛丽一起去。这个十六岁的女孩为了减轻家庭负担，要到附近的牧场去放羊。

次日，热尔曼骑着马带着玛丽和自己的儿子皮埃尔上路了。一路上，他们有说有笑，顽皮活泼的小皮埃尔跟玛丽相处融洽，玛丽也把孩子照顾得很好。午饭时，热尔曼邀请玛丽到一个小酒店共进午餐，但玛丽一想起要离开母亲和朋友去陌生的地方待上八个月就难过得什么也吃不下，热尔曼耐心地安慰着玛丽，鼓励她振作起来，并且答应她等这项工作结束后，雇用她在自己的牧场工作，这样她就不用背井离乡离开亲人了。饭后，他们继续赶路……

他们穿过一大片荒地，来到一处名叫“魔沼”的树林里，热尔曼不熟悉地形，因此迷了路。这时，雾色浓密，月亮也完全被遮住了，疲乏的马匹挣脱了缰绳，弄断了肚带，尥了五六下蹶子，跑掉了。无可奈何的热尔曼只得和玛丽找个地方露宿。

玛丽因为赶路累得浑身是汗，但她一点也不抱怨，也不着急。她一心照顾着孩子，她坐在沙地上，让孩子舒服地睡在自己的膝上；还温柔地劝热尔曼不要急躁，也不要气馁，并指挥热尔曼把马鞍翻过来用两人的披风给孩子做成一个温暖而舒服的“床”。

安顿好孩子后，心灵手巧的玛丽又为热尔曼生起了一堆火，两人一边烤火一边聊天。热尔曼看着这个勤劳善良又很能干的姑娘，感觉跟她在一起有种前所未有的踏实舒服的感觉，因此渐渐对她产生了好感。由于走了很长的路，热尔曼肚子饿了，机灵的玛丽建议他从送给相亲对象的鹌鹑和野兔中拿一只来烤熟当晚餐，热尔曼采纳了她建议。肥嫩的鹌鹑在炙烤下散发着诱人的香气，热尔曼说这样的美味要是能有酒来搭配就好了，而玛丽居然神奇地从自己的篮子里拿出了一瓶酒。那是热尔曼午餐时剩下的酒，被会过日子的玛丽悄悄收了起来，现在终于派上了用场。虽然是在野外，但他们的晚饭非常丰盛，除了烤鹌鹑和酒外，玛丽还将自己一路上收集的新鲜栗子烤熟了给大家吃，父子俩都吃得很愉快。

饭后，小皮埃尔在玛丽的帮助下，开始背诵祷文，他表现出了前所未有的专心与虔诚。在篝火的映照下，热尔曼看着他的小天使在少女的怀抱里打盹；她抱着他，默默地为热尔曼死去的妻子祈祷。热尔曼感动了，任何话语都无法表达他对玛丽油然而生的敬意与感激。小皮埃尔在半睡半醒中对父亲说：“我的小爸爸，如果你想给我另外找一个妈妈的话，我希望她是玛丽。”热尔曼陷入了沉思，在相处中他发觉玛丽是一个聪明能干又温柔善良的女人，他已经爱上了她。但在跟玛丽的谈话中，他发觉这个单纯的女孩对自己似乎只有敬意而没有爱情，他觉得自己是一个年纪很大的鳏夫（其实他只有二十八岁），配不上这个年轻的女孩。热尔曼努力地使自己的心情平静下来，但越努力就越做不到，他在森林的浓雾中走来走去，心里很不自在，觉得自己快要发疯了。

清晨，热尔曼终于鼓起勇气向玛丽表达了爱意，但玛丽却觉得年龄是两人之间最大的障碍。遭到拒绝的热尔曼心如刀绞。于是，他们继续赶路。

热尔曼把儿子小皮埃尔寄放在了玛丽打工的农场，自己则赶往富尔什农场。农场里，莱奥纳老爹带着他去见自己的女儿：富有风韵而又傲慢的盖兰。同时，他也见到了自己的另外三个“竞争者”。热尔曼坐在盖兰的另外三个结婚候选人中，觉得很不自在，而盖兰则装模作样地敷衍着他们。饭后大家结伴来到半里地外的村里做弥撒，之后，盖兰带着三个追随者得意洋洋地四处炫耀。莱奥纳老爹怂恿热尔曼也加入其中，去卖力地追求自己的女儿，但朴实的热尔曼却认为这个风骚而爱慕虚荣的女人不适合自己，于是他婉言拒绝了莱奥纳老爹，前往奥尔莫农场去找玛丽和小皮埃尔。在那里，热尔曼听说玛丽遭到了农场主的调戏，她又气又怕，已经离开了农场，去富尔什农场找他了。热尔曼又追回了富尔什农场，却发现奥尔纳家自私的女佣将玛丽和孩子当做乞丐，把他们拒之门外。热尔曼万分焦急地骑着马顺着来时的路去找心爱的人，在“魔沼”，他终于找到了儿子和玛丽，并巧遇曾调戏和威胁玛丽的农场主。热尔曼狠狠地教训了那个轻浮又狠毒的家伙，然后带着玛丽和儿子回家去了。

回到家后，热尔曼给岳父岳母讲述了自己的经历以及玛丽的不幸遭遇，老人表示非常理解。相亲一事就这样过去了。日子仍旧一天天地过着，热尔曼虽然对任何人都绝口不提玛丽，但他总是默默地关心和帮助着玛丽与她的母亲，玛丽将这些都看在了眼里，心里对热尔曼渐渐产生了好感。

一天，热尔曼的岳母聊天中得知女婿喜欢上了年轻的玛丽，她决定帮助热尔曼。岳母鼓励热尔曼去跟玛丽好好谈一谈，向她求婚。

在玛丽家，热尔曼鼓足勇气表露衷肠，玛丽则热泪盈眶地对他说：“热尔曼，难道你没看出来吗，我爱你！”在日复一日的相处中，玛丽早已爱上了善良朴实的热尔曼。这时，小皮埃尔和他的妹妹也跑来找玛丽玩，幸福的热尔曼把孩子放在未婚妻的怀中，一家人幸福地拥抱在了一起……

在一年之中最适合的时节，热尔曼和玛丽在亲朋好友的祝福中举行了婚礼，他们的婚宴上充满了欢声笑语。

【精彩片段】

热尔曼越是想去分析，使自己心情平静下来，就越是做不到。他走开二十步远，消失在浓雾中；蓦地，他又走回来跪在两个熟睡的孩子身边。他想再吻一吻小皮埃尔，他的一条臂膀搂着玛丽的脖子；……玛丽感到有股像火一样的热气一扫而过，她惊醒了，惶恐不安地望着他，一点儿也不明白他想干什么。

“我看不清你们，我可怜的孩子们！”热尔曼说，他赶紧缩回身子，“我把你们压疼了吧！”

小玛丽天真地信以为真，又睡着了。热尔曼走到火堆的另一头，向上帝起誓，他不再走动，直到她睡醒。他信守诺言，但心里很不自在，觉得自己都要发疯了。

将近子夜，雾终于散去，热尔曼可以透过树枝看到繁星闪烁。月亮也从蒙盖着它的雾气中挣脱而出，开始在湿漉漉的苔藓上撒下星星点点的钻石。橡树干仍然处在庄严肃穆的黑暗中，稍远一点，桦树的白色树干活像一排裹着尸布的幽灵。火光映在水塘中；青蛙习惯了火光，试着发出几下细弱胆怯的鸣声。老树虬结的枝桠布满白色的地衣，仿佛干瘦的巨大臂膀似的，伸展交叉在我们的旅行者的头顶上；这是一个美妙的地方，可是荒凉寂寞，热尔曼忍受不了，便唱起歌来，往水里扔石子，排解这可怕的孤寂烦闷。他想叫醒小玛丽；这时他看见她站起身来，看看是什么时辰，他向她提议重新上路。

“再过两个小时，”他对她说，“快要天亮了，天气会非常冷，尽管有火，咱们也忍受不了……现在往前赶路可以看得清了，咱们会找到一个接待我们的人家，至少能找到一个谷仓，咱们可以在屋顶下休息。”

玛丽没有别的主意，虽然她还很想睡觉，但她准备跟着热尔曼上路。

赏　析

在“魔沼”中迷路的这个夜晚，两颗孤独的心渐渐靠近，尤其是热尔曼，他开始慢慢地喜欢上了善解人意的玛丽。在这个平静的夜晚，热尔曼的内心却并不平静，羞涩的他不知道该如何对一个女孩表白，他的内心如同迷雾笼罩的夜，充满了惆怅与迷惘。但他终将拨开迷雾，勇敢地去争取自己的爱。

阅读思考

1. 选文第一段中的动词“跪”“搂”“扫”等，表达了主人公热尔曼怎样的心理活动？

2. 选文中两次提到雾，一次说热尔曼“消失在浓雾中”，一次说“雾终于散去”“月亮也从蒙盖着它的雾气中挣脱而出”，试分析“雾”这一意象有何含义。

3. 乔治·桑曾说，“原始生活是一切人、一切时代的憧憬和理想”，她的小说在主题思想、人物塑造、情节结构等方面都有其独特的一面，请选择一个方面做简要的分析。

【相关链接】

肖邦与乔治·桑

乔治·桑和波兰音乐家肖邦曾有过一段脍炙人口的爱情故事。

1836 年冬天，肖邦结识了比他大 6 岁的乔治·桑，最初他对这位特立独行的女作家印象并不太好。随着时间的推移，肖邦渐渐发现和她在一起可以尽情倾诉内心深处的情感，生气勃勃的乔治·桑让忧郁苍白的肖邦充满了力量，他们相爱了，在一起生活了 9 年，期间，肖邦的音乐生涯也达到了他人生的最高点，堪称是他鸣唱“天鹅之歌”的岁月。

1846 年，由于种种原因，肖邦和乔治·桑分手了。肖邦回到巴黎后心情十分忧郁，肺病加重，为了生活，他还要带病教学生弹琴，他痛苦地自称为“一个远离母亲的孤儿”。次年，他有感于和乔治·桑在一起的岁月，于是写下了《升 C 小调圆舞曲》。

1849 年 10 月，肖邦在生命的最后一刻喃喃地说：“我真想再见她一面。”肖邦逝世后，遵照遗嘱，他的心脏被运回祖国波兰，而遗体则埋葬在巴黎的拉雪兹公墓。乔治·桑在得到肖邦的死讯后停下了手头所有的工作。此后直至 1876 年逝世，乔治·桑再也没有提起过肖邦，似乎这是她一生最不愿被触及的往事。

《死魂灵》："俄国文学史上无与伦比的作品"

韩红兵

【作家小传】

1809年4月1日，这一天是西方的愚人节，乌克兰波尔塔瓦省密尔格拉德县大索罗钦采镇一个地主之家迎来了一个崭新的生命——尼古拉·瓦西里耶维奇·果戈理。有谁能想到这个与愚人节不谋而合的日期仅仅是其一生黑色幽默的开始呢？

果戈理从小受父亲影响，爱好绘画，喜欢乌克兰民间戏剧、民谣和传说。1831年，果戈理结识普希金，普希金帮助他走上写作的道路。果戈理的作品主要有：《狄康卡近乡夜话》《彼得堡故事集》、讽刺喜剧《钦差大臣》、长篇小说《死魂灵》等。他的创作无情地揭露和讽刺了腐朽的农奴制度，促进了俄国解放斗争的发展，从而将俄国现实主义文学的发展推进到一个新的阶段。1836年，在对《钦差大臣》的一片攻讦声中，果戈理到国外治病、客居，同时继续《死魂灵》的写作。

果戈理的死亡也充满着"幽默"色彩：1852年2月，他预感自己将不久于人世，就向朋友交代了后事，并让他把手稿拿走，等自己死后交给费拉列特大主教，但朋友并没有拿走他的手稿。2月24日，他烧掉了将近完成的《死魂灵》第二卷的手稿，然后就病倒了，拒绝进食，于1852年3月4日在莫斯科辞世。果戈理被埋葬在莫斯科的顿斯科依修道院，其墓地竖立着一座青铜十字架，其墓志铭为援引自《耶利米书》中的一句话："我将嗤笑我的苦笑。"该修道院于1931年拆迁，当时的苏联政府决定将他移葬他处，移葬时发现果戈理是面朝下葬在棺中，因此出现了果戈理是被活埋的传说。相传他的头颅曾被收藏家数度转手，后来神秘失踪，并引发了都市传说——果戈理幽灵列车。车尔尼雪夫斯基称果戈理为"俄国散文之父"。

【作品导读】

长篇小说《死魂灵》的创作在《钦差大臣》写作之前就已开始，农村的生活和普希金提供的素材，成为果戈理创作这部作品的源泉。

1842 年，《死魂灵》的第一卷艰难出版，在社会上引起了强烈反响。民主派人士和进步青年热烈欢迎它，而反动政府的卫道士却攻击它，说它缺乏生活的真实，是对现实的肆意扭曲。这部小说被公认为“自然派”的奠基石，“俄国文学史上无与伦比的作品”。

《死魂灵》在作者的构思中共有三部。第一部是在 1836 年至 1842 年这六年倾注主要心血而推出的经典之作。自 1842 年至 1852 年，果戈理呕心沥血投入其第二部的创作。果戈理认为上帝赋予他写作的天才，要让他向俄国指明在一个罪恶的世界中如何正确地生活，因此后来他不满意自己的作品，数易其稿，希望它能如但丁的《神曲》一样引导俄国走向“天堂”。最终仍然不满意，两度焚稿，留下残缺不全的几章。在这部小说里，作家描绘了官僚、地主们日常生活，展现了他们蝇营狗苟、卑琐庸俗、贪婪愚昧的精神世界，以及资本原始积累者的欺骗、讹诈、冷酷、钻营的丑恶行径，猛烈抨击了农奴制和当时的官场的黑暗，渴望寻找一条用东正教来解决国内问题的路子。在作者看来，《死魂灵》的写作目标与意图是“从一个侧面来表现全俄国”。

《死魂灵》在人物塑造、幽默讽刺的运用和抒情的结合方面，都达到了俄国文学前所未有的高度。赫尔岑认为：《死魂灵》震撼了整个俄国。

【故事与人物】

乞乞科夫是个破落贵族家庭出身的子弟，从小就接受了父亲损人利己、唯利是图的教导，追逐金钱、发财致富就成了他唯一的生活目的。他看到当时俄国疾病流行，大量农奴死亡，灵机一动，计上心来，在死人身上打起了算盘，决定做一笔收买“死魂灵”的生意。

俄国地主把农奴叫做“魂灵”，每十年，国家进行一次人口调查，调查后死掉的农奴在国家户口花名册上仍然存在，地主照样为他们纳税，直到下次注销为止。乞乞科夫要买的“死魂灵”，是指那些实际上已经死了但是在法律上还算活着的农奴。这些名存实亡的农奴已经不再是农奴主剥削的对象，但按照俄国的法律，地主们还得为占有这些虽然死了却还没有被注销的农奴纳税。因此，地主们是愿意把“死魂灵”送人，或是低价卖出的。狡诈的乞乞科夫就钻了这个空子，他想趁新的人口调查没有进行之前，先是向地主去索要或者低价收买这些“死魂灵”，再到救济局抵押，从这种买空卖空的投机勾当中发一大笔横财。

于是，他坐着马车，访问地主庄园，收买“死魂灵”。

玛尼洛夫是乞乞科夫拜访的第一个地主。乞乞科夫到他家时，两个人彼此谦让，谁也不肯先进客厅的门，相持了好几分钟，最后两人并排着同时挤进了门。贵族优裕的生活使玛尼洛夫养成了无所事事的习性，他整天沉溺在虚无缥缈的幻想中，他每天的最大兴趣是和朋友们空谈所谓的学问。他的庄园农奴死亡率很高，究竟死了多少他从不过问，对于乞乞科夫购买死魂灵，他既不理解，也不过问，却把农奴当做“纯粹的废料”，拱手相让。

乞乞科夫又走访了科罗潘契加，这是个只有80个农奴的女地主。乞乞科夫和她谈死魂灵买卖时，科罗潘契加愚蠢到以为他是想把死人从地下刨出来。乞乞科夫一眼就看穿了她的“香烟小贩”的本质。乞乞科夫骗她自己是办差的，科罗潘契加想让他以后买自己的农产品，最终同意将死魂灵卖给他。

罗士特莱夫是乞乞科夫拜访的第三个地主。他和乞乞科夫初次相见，就搂着对方亲昵地叫着“心肝”“乖乖”，后来，由于乞乞科夫拒绝和他用下棋的方式赌博，罗士特莱夫便暴跳如雷。乞乞科夫谈及死魂灵买卖时，他先不商谈死魂灵的价钱，而是强迫乞乞科夫买他的东西，把死魂灵作添头。

乞乞科夫又走访了索巴凯维支，在谈死魂灵交易时，索巴凯维支漫天要价，经过艰难讨价还价，交易终于成功。交易办成后，乞乞科夫查看死农奴的名单时，发现索巴凯维支竟然将一个女农奴的名字偷偷地混在了里面，使老奸巨猾的乞乞科夫也没占到便宜。

乞乞科夫走访的第五个地主是泼留希金，在泼留希金敲骨吸髓的压榨下，他庄园里的农奴整批整批地死掉了，乞乞科夫顺利地完成了与泼留希金的交易。

这样，乞乞科夫摇身一变，就成了拥有几百名农奴的大地主。正当他满载而归，在城里办理法定手续时，一个地主揭穿了他的秘密，并散布流言，说他制造假钞，预谋诱骗省长女儿，引起一片恐慌，乞乞科夫预感大祸临头，于是急匆匆地狼狈逃走了。

乞乞科夫是贯穿作品的中心人物，是俄国资本主义原始积累时期，从小地主、小官吏过渡到新兴资产者的典型。他既精于官场应付和与地主打交道的世故伎俩，又有资产阶级投机钻营、圆滑奸诈的特点。

乞乞科夫扮演着“向导”的角色。读者跟随他的脚步，走访各个庄园，结识了形形色色的地主，领略了他们独特的“风采”。玛尼洛夫貌似温文尔雅，实则却头脑空虚、庸俗无聊、懒惰成性。科罗潘契加是一个寡妇，孤陋寡闻、闭塞保守、贪婪吝啬，但善于经营。罗士特莱夫是“一个骗子、赌徒和恶棍”，他厚颜无耻、野蛮放荡、吹牛撒谎成性。索巴凯维支老于世故、凶狠狡猾而又顽固不化。泼留希金是书中写得最富个性特征、最富典型意义的人物形象，在他身上，我们看到了病态的贪婪和病态的吝啬。

【精彩片段】

那人身上穿的衣服不伦不类，很似一件女人的长罩衫；头上戴的是农村仆妇常戴的那种尖顶帽子；乞乞科夫只觉得那人的声音有些嘶哑，不像女人。“对，这是个婆娘！”乞乞科夫心里想道，然后又转了念头，“噢，不对！”他仔细端详了一下，最后断定说：“是个婆娘！当然是。”那人也在仔细地打量着他，好像她家来客人是件稀奇的事，由于她不仅打量了他，还打量了马匹和谢利凡，而且把马匹一直从头打量到尾。根据她腰上挂的一串钥匙和骂那个乡下人所用的相当脏的字眼，乞乞科夫判断此人准是个管家婆。

“喂，老妈妈，老爷呢？”他跳下马车说。

“没在家，”管家婆没等他说完，就打断了他的话，等一小会，又问道：“您找他干什么？”“有事。”“进屋吧！”管家婆说着，就转过身去，把背对着他，那后背沾满了面粉，下摆上撕了一个大口子。

乞乞科夫走进宽敞而昏暗的弄堂，感到像置身冰窖一样寒气袭人。他从穿堂走进一间屋子，这屋子也同样是昏暗的，只有屋门下部的一个大裂缝透进一点点光线，算是使这间屋子有了比较微弱的光亮。他开了这扇门，才最后走到了亮的地方，眼前的景象杂乱得使他感到震惊。看样子这家人好像是准备刷地板，暂时把全部家具都扔到这里来了。一张桌子上竟然放了一把破椅子，破椅子旁边放了一架座钟，钟摆早已停止摆动，蜘蛛已在上边结了网。桌旁，侧面靠墙倚着一个柜橱，里面摆着古式银器、几只长颈玻璃瓶和中国瓷器。一张老式螺钿写字台，有些地方贝壳薄片已经脱落，只留下一些露着黄色胶渍的小槽。那写字台上摆的东西五花八门：一摞写得密密麻麻的纸……上面压着一个已经发绿了的卵形把手的大理石镇纸，一本红裁口皮封面的古书，一个从圈椅上掉下来的扶手，一个已经干枯了的榛子大小的柠檬，一只装着不知什么液体，里面浮着三只苍蝇，上面盖着个信封的高脚杯，一片不知从哪儿拾来的破布，一块封蜡，两支满是墨水斑渍，干得像得了肺病似的鹅毛笔，一根已完全霉黄了的牙签……或许是这家主人曾在法国人 1812 年入侵莫斯科以前用它剔过牙。

赏 析

这是乞乞科夫和泼留希金相见时的一个片段。通过这段描写，我们见识了一个超级“吝啬鬼”的“庐山真面目”。作者在这一片段的描写中充分运用各种艺术手法展示了泼留希金吝啬至极的个性。作者首先通过讽刺手法使人物形象具有喜剧色彩，从身上“不伦不类”的衣服到“不男不女”的外形，作者极尽夸张之能事，惟妙惟肖地活画出了一个不是乞丐胜似乞丐的病态“吝啬鬼”形象。作者的高明之处还在于用典型化的环境描写来烘托人物的性格。果戈理紧扣主人公所处的特定环境，渲染气氛，写活人物。

阅读思考

1. 结合文本，具体分析环境描写的作用。

2. 你认为这段文字在语言运用上有什么特点？请具体分析。

3. 欧洲文学长廊中的四个经典人物形象，以吝啬而著称。他们年龄相仿，脾气相似，有共性，又有各自鲜明的个性特征。试比较泼留希金与其他三位的不同。

【相关链接】

《钦差大臣》及果戈理“含泪的微笑”

鲁迅先生把果戈理的讽刺称作“含泪的微笑”，果戈理创作的美学原则是“由分明的笑和谁也不知道的不分明的泪，来历览一切壮大活动的人生”，分明的笑即以夸张的手法，典型化的细节，个性化的肖像描写等，突出人物外表和内心的矛盾，刻画人物的性格；不分明的泪则是作者从地主阶级的立场出发，对地主的无聊的堕落，表示同情和哀婉，并对理想的地主社会充满幻想。

果戈理试图用戏剧反映现实，他在《作者自白》中说道：“我决定在《钦差大臣》中将我当时所知道的俄罗斯的全部丑恶集成一堆……痛快地一并加以嘲笑。”

他成功地做到了这一点。

《钦差大臣》的故事发生在俄国的某个偏僻小城。一群贪官污吏风闻首都已派出微服私巡的钦差大臣时，每个人都慌乱得不知如何是好。正当此时，突然听到有一位叫赫列斯达柯夫的人正投宿于城内唯一的旅馆里，于是，他们就误认这位外形不凡，而实际上因赌博、游荡而辞官返乡，途经此地的赫列斯达柯夫为钦差大臣了。市长立刻在家里开了一个盛大的欢迎会，且不断贿赂这年轻人。其他官员为掩盖自己的罪行也拼命阿谀奉承，百般谄媚讨好。这位浪荡公子起初感到莫名其妙，等到有所醒悟时，索性以假当真，大吹大擂起来，他跟市长的妻子调情，向市长的女儿求婚，大捞一把，然后扬长而去。当市长因为得到乘龙快婿，并为自己即将飞黄腾达而得意忘形时，邮局局长手捧一封信走进来。那封信是青年写给彼得堡的朋友的，他在信里大肆嘲笑那些把自己误认为是钦差大臣的笨蛋，并为每一个官吏取了一个令人难堪的绰号。当市长与官吏们后悔不迭、丑态百出时，真正的钦差大臣来临了。官员们顿时呆若木鸡。喜剧以哑场的形式戛然而止。

喜剧的前面有一句题词："脸歪莫怪镜子。"的确，《钦差大臣》就像一面照妖镜，照出了专制俄国官场的腐败，深刻揭露了专制制度压迫欺骗人民的本质。

"怪癖"造就文学天才

果戈理每天清晨写作。在动笔之前，他先沉思，默默地来回踱步，要是有人同他说话，他就请他住嘴，别打搅他。在灵感到来的时刻，果戈理会把自己关在屋子里一连写上好几天。果戈理不承认灵感可以消极地等到，他认为每天必须不间断地工作。他坚信，写东西的人不能放下笔，就像画家不能放下画笔一样，每天必须得写点什么，要把手训练得完全听从思想。

果戈理是有名的"笔记迷"，他有一本厚达490页的大型记事簿，名为《万宝全书》。出门时，他常带个袖珍笔记本，随时随地把自己的观察和感受记录下来。

果戈理非常重视修改作品，总是不厌其烦地改动和充实已经写好的作品。果戈理在自己的作品发表之前，有先请别人提意见的习惯。有一次，他写好一个剧本，把当时最有名的诗人茹科夫斯基请来。一吃完午饭，他就开始朗读自己的新作。年迈的茹科夫斯基有睡午觉的习惯，听着听着，不觉打起盹来了。过一会儿，诗人睁开眼睛时，果戈理对他说："你看，我希望听到你的意见，而你的瞌睡就是最好的批评。"说着，就把剧本投入了火中。

《罗亭》：屠格涅夫真实再现悲哀的“多余人”

王凤芹 范 莹

【作家小传】

屠格涅夫生于1818年10月28日，他的母亲是个大农奴主，他的童年就是在母亲的大庄园里度过的。

他的父母非常关心儿子的教育，聘请了最好的老师培养他，使他在15岁时就以优异的成绩考入了俄国最好的大学莫斯科大学，并于三年后以优异的成绩完成了大学的学业。后来他又到德国留学深造。屠格涅夫在俄国作家中是受教育程度最高、读外国文学作品最多、与西欧作家交往最早的作家。

1852年，屠格涅夫的随笔集《猎人笔记》使他进入俄国杰出作家的行列。作品中鲜明的人道主义和民主主义倾向引起了沙皇当局的极大关注，并借故把他拘留，后又流放近两年。屠格涅夫写得最多的是两类知识分子：他在五部长篇小说即1856年的《罗亭》、1859年的《贵族之家》、1860年的《前夜》、1867年的《烟》和1877年的《处女地》里，刻画的主人公或中心人物都是贵族知识分子或平民知识分子。在中篇小说中他多写贵族青年男女动人而又不成功的爱情，也写到了平民知识青年。屠格涅夫的作品真实地反映了俄国当时的时代变革，他高度的现实主义精神和矛盾的世界观也在作品中有所表现。他同情衰亡中的贵族阶级，而他的理智却又使他展示了平民的胜利。

屠格涅夫是一位多产的伟大作家，并且在文学理论和文学批评方面也有所贡献。他是我国几代读者最喜爱的外国作家之一。

【作品导读】

文学与时代密切相联，这是俄罗斯文学的传统，这一传统在19世纪的俄国更被推向了高潮。这一时期的俄国文学真实地记载了俄国民族解放运动的全过程，并且塑造出了不同时期的典型形象系列。其中“多余人”的形象是这一时期的一个独特的形象系列，他充分体现了贵族革命阶段贵族知识分子的特点。

1856年，屠格涅夫的第一部长篇小说《罗亭》问世，小说主人公罗亭成为俄国文学“多余人”系列形象中比较优秀的一个。罗亭这个“多余人”的形象，反映了居于革命领导地位的贵族知识分子的精神变迁，着重揭示了那个时代的社会病源，提出了“谁之罪”的重大社会问题，谴责了那个使本来有为的青年人终归碌碌无为的政治体制与社会风气，表现了贵族阶级自身及其教育方式的没落与腐朽。每当面临转折与社会转型，尤其是“大变革”的前夜，最先觉醒的知识分子尤其是敏感的青年一代所经历的精神痛苦与无望的抗争，都让我们想起“罗亭”的生命历程。屠格涅夫这位伟大的现实主义者，是站在社会发展的高度，认识、观察了19世纪产生的“多余人”所走过的道路，并在创作中揭示了社会这一类成员的发展趋势。他所创造的这一形象，在世界文学宝库中，永远保存着它的客观价值。车尔尼雪夫斯基在谈到《罗亭》时指出，“他（指罗亭）身上的一切——从他的思想到他的行动，从他的性格到他的习惯——都是新颖的。”而涅克拉索夫则称，“罗亭给读者留下极其强烈、有益的印象，很长时间以来，没有一部俄国小说给人留下这样的印象了。”

这部作品鲜明的艺术特色有几个方面：

（1）情节结构的单纯性。《罗亭》这部小说遵循单线索发展的规则，没有交叉错落的情节，没有枝蔓旁生的铺写，只是以罗亭与娜塔莉亚的爱情为线索，情节单纯，以各种人物的对话、观点、评价为依据，深刻展示主人公的人物特性。

（2）人物数量少而精。史诗性的长篇小说往往写到上百个人物，但屠格涅夫的长篇小说从来不追求人物众多，而是集中写几个人物，且人物关系简单明了。《罗亭》中典型人物是罗亭、娜塔莉亚、娜塔莉亚的母亲，人物较少但都性格鲜明。

（3）心理描写的独特技巧。屠格涅夫从不作大段的心理分析，而是注重表现人物心理发展变化的结果。因为屠格涅夫认为人物的内心活动不可能用语言表达出来，所以他常常通过人物的表情与动作等细枝末节来暗示人物心理的变化，让读者去猜测人物当时的心理状态。

【故事与人物】

一个恬静的夏日的早晨，田野里闪烁着朝露，地势平缓的山坡上，到处都是刚刚扬花的黑麦。富孀利平娜探望完一位生病的老农奴后，遇到了女贵族达莉亚的食客康斯坦丁·季奥米德奇，他代达莉亚来邀请利平娜出席一个宴会，利平娜欣然应允。

达莉亚的宅第是一座美轮美奂的砖瓦结构的巨宅，雄伟地耸立在山丘顶上，俄罗斯中部的一条主要河流就从这座山丘下流过。达莉亚出身望族，在莫斯科人人都知道她，诗人也争相为她献诗，但她却是个傲慢专横的女人，连她的三个孩子都怕她。现在，她的客厅里已经有了不少来宾：她 17 岁的女儿娜塔莉亚正在和法国家庭教师一起刺绣，季奥米德奇在弹琴，脾气乖戾的邻居皮加索夫正在与朋友们高谈阔论，利平娜和她的弟弟沃伦采夫也应邀前来赴宴……人们都在等着一位男爵的到来，但最终男爵有事未能到来，却让他的朋友罗亭先生前来赴宴。

罗亭大约三十来岁，高挑个儿，背微拱，鬈发，肤色黝黑，深蓝色的眼睛很是灵活，聪明之态一望可知。他颇善言辞，很快就同饶舌的皮加索夫争论开来。皮加索夫认为根本不存在“信念”之类的东西，罗亭则针锋相对：“您怎么能说没有信念这种东西呢？‘没有信念’本身就是一种‘信念’啊！”才思敏捷的罗亭抓住了皮加索夫的要害，频频反驳，很快就让一向自以为是的皮加索夫败下阵来。罗亭优雅的风度和雄辩的口才征服了在场的人，17 岁的美丽少女娜塔莉亚更是对罗亭大为倾心。宴会结束后回到卧室，娜塔莉亚整夜未眠，她躺在床上，用手支着头，目不转睛地凝视着黑夜，她的血管狂热地跳动着，对罗亭的爱慕之情使她的胸口薇薇起伏。

在接下来的两个月里，罗亭和娜塔莉亚非常亲近，他们一起朗诵优美的诗歌，谈论爱情、责任、女性的使命等话题，罗亭点燃了娜塔莉亚心中的爱情之火，她更加崇拜他了，简直把他看成了自己的心灵导师。罗亭的好友列日涅夫也爱慕着娜塔莉亚，他向她讲述了罗亭的往事，连他在外国的风流韵事也毫无保留地都告诉了娜塔莉亚。娜塔莉亚经过激烈的思想斗争后仍属意罗亭。罗亭则知道了利平娜的弟弟沃伦采夫也很喜欢娜塔莉亚，在一次散步时，他对娜塔莉亚说：“在一颗坚强的心里，旧的爱情只有等到新的爱情萌芽才会凋落。”翌日，罗亭在花园里又跟娜塔莉亚见面，彼此向对方表达了爱意。

娜塔莉亚的母亲达莉亚得知此事后，坚决反对，为此，娜塔莉亚约罗亭见面，告诉他母亲不同意两人的婚事，问他怎么办。娜塔莉亚原本希望罗亭能够跟自己一起勇敢地面对母亲的阻挠，甚至做好了私奔的准备，不料罗亭却说："只有屈服，还能怎么办！"娜塔莉亚听后面色苍白，伤心地说："我来这里的时候，心里已悄悄地和我的家庭告别了。我伤心的是我认错了您，一个懦夫！"于是，一对相爱的人都回到了各自的轨道上，罗亭离开了达莉亚的庄园，娜塔莉亚心如刀割，她第一次遭此打击，她觉得这样活下去太痛苦，她为自己，为自己的爱情，为自己所经历的悲痛而羞愧莫名。摆在她面前的是日复一日的折磨，她只能咬牙默默忍着，在别人面前装作若无其事的样子生活下去。

时光就这样慢慢地流逝，两年后，娜塔莉亚已经嫁给了一直爱慕她的沃伦采夫，而列日涅夫也和利平娜结婚了。人们在一起时回忆起了罗亭，感慨地说他是一个能让人灵魂燃烧起来的人，他拥有激情，令人倾倒，人们对他都有各自的回忆……

又过了几年，列日涅夫偶然在一家旅馆遇到了罗亭，他显得苍老、疲惫，他的神态已经跟当年神采飞扬的青年判若两人，周身上下无不流露出他内心极度的疲惫和隐藏极深的幽幽的哀伤，这远远不同于他当年经常要加以炫耀的那种一半是装出来的忧郁——凡是满怀希望、自信和自尊的青年人都爱炫耀的那种忧郁。

罗亭向列日涅夫讲述了这几年来自己的遭遇：农业改革、疏通河道、教学改革，没有哪一样不是他以满腔的热情投入进去努力想做出点成绩来的，但是没有哪一件不是以彻底失败而告终的。列日涅夫劝罗亭放弃那些宏愿安定下来，但罗亭却凄然地苦笑说："我生来就是风滚草，我停不下来。"两个朋友碰了杯，用地道的俄罗斯嗓音动情地唱起了他们大学时代常唱的老歌，歌罢，他们拥抱了一下，罗亭快步离去。

列日涅夫站在窗前，沉思良久，低声叹道："可怜的人！"

户外起风了，风不祥地呼啸着，沉重而凶狠地敲打着玻璃，发出阵阵哀声，秋天漫漫的长夜开始了。在这样的夜里，能安坐在自家的屋顶下，有个温暖的栖息之所的人，是幸福的……

1848年6月26日下午，在巴黎，"国民工场"的起义正在如火如荼地进行着。突然，在街垒顶上一辆翻倒的公共马车被压瘪的车身上出现了一个高大的汉子，他一只手持一面红旗，另一只手举着把钝了的弯马刀，冲向敌人。忽然，一颗子弹射穿了他的心脏，他像一个布袋似的扑倒下去，像是在给什么人下跪……他就是德米特里·罗亭。

罗亭出身于破落贵族家庭，念过大学，知识渊博，热情洋溢，关心重大社会问题，追求崇高的人生目标并有为理想而奋斗的决心，是一个上层社会青年知识分子的形象。但是他空有满脑子思想，无行动力，是“行动的矮子”。罗亭激情四溢的思想言论和退缩放弃的软弱行为形成强烈的对比，因其与社会的格格不入而成为“多余人”形象中的一个光彩照人的人物。

【精彩片段】

列日涅夫跳了起来。

…………

“我引起了你的怜悯。”罗亭闷声闷气地说。

“不，你想错了。你令我尊敬——就是这么回事。有谁妨碍你在那位地主在你那位朋友家里年复一年地住下去呢？我完全相信，假如你肯巴结他，他一定会让你不愁吃不愁穿。为什么你在中学里无法跟别人友好相处？你这个怪人为什么每次做好事总要牺牲自己的个人利益，无法在肥沃但是险恶的土地上扎根呢？”

“我生来就是无根的浮萍。”罗亭苦笑着说，“我不能停止不前。”

“这是事实，不过你无法停止不前，并不是因为像你一开始说的你心里有一条虫……盘踞在你心里的不是一条虫，也不是一颗由于无所事事而焦躁不安的灵魂——那是热爱真理的烈火在你内心熊熊燃烧。很显然，尽管你遇到了种种挫折，但是你内心的这团火，比起许多不认为自己自私、反而把你称为阴谋家的人，燃烧得更加炽烈。假如我处在你的位置上，我早就迫使内心的这条虫安静下来，早就跟一切妥协了。可是你却毫无怨言。我坚信，即使在今天，在此时此刻，你也准备像年轻小伙子那样再一次开始新的工作。”

“不，老兄，现在我累了。”罗亭说，“我受够了。”

“累了！换了别人早就送命了。你说人死了一切也就和解了，你以为活着就不能和解吗？一个人上了年纪还不能宽容别人，那他自己也不值得别人宽容，而谁又能说他不需要宽容呢？你做了能做的一切，奋斗了一辈子……还要怎么样呢？你我走的不是一条路……”

赏　析

这段对话，几乎是人物的内心独白，是罗亭内心的真实写照。“我生来就是无根的浮萍。”罗亭为了自己的尊严和理想，不断地漂泊，苦苦求索，但他又缺少坚定的意志力。“这是事实，不过你无法停止不前，并不是因为像你一开始说的你心里有一条虫……盘踞在你心里的不是一条虫，也不是一颗由于无所事事而焦躁不安的灵魂——那是热爱真理的烈火在你内心熊熊燃烧。”把罗亭那颗躁动不安而又永远追求真理的狂热内心比作“一条虫”，新颖而独特！作者在心理描写方面可谓匠心独运！与时代的不和解，与环境的不和解，注定了罗亭这类多余人的悲剧。正是在多余人所具有的先知先觉的时代精神与所处的时代情境的矛盾冲突中，历史必然要求和实际上这个要求不可能实现的悲剧也就产生了，理想家成了多余人。作者就是这样“把美毁灭给人看”的。思想如此深刻，令人由衷赞赏！

阅读思考

1. 从上面的文字可以看出罗亭怎样的内心世界？

2. 言为心声，这段人物对话写得很精彩，你从中学到了哪些方法？

3. “一个人上了年纪还不能宽容别人，那他自己也不值得别人宽容，而谁又能说他不需要宽容呢？”这句话现在已成为一句名言，请谈谈对你的启发。

【相关链接】

屠格涅夫代表作

《父与子》：20 世纪中叶，屠格涅夫敏锐地发现，俄国社会政治改革不断深化的同时，一个新兴的文化阶层正在俄国开始出现，这就是《父与子》中所出现的平民知识分子阶层，一种介于贵族文化与农民文化之间的平民文化阶层。敏锐的屠格涅夫观察到这一文化现象时，便在《父与子》这部作品中树立了巴扎罗夫这一平民知识分子形象。

《猎人笔记》：屠格涅夫的成名作，是一部通过猎人的狩猎活动，记述 19 世纪中叶俄罗斯农村生活的随笔集。作品采用见闻录的形式，描述真实、具体、生动、形象，体裁风格多样，语言简练优美，可谓散文化小说、诗化小说的范例。别林斯基评价该作品“从一个前人所不曾有过的角度接近了人民”。《猎人笔记》是作者成名之作，对俄罗斯文学产生了很大影响。

《贵族之家》：屠格涅夫的第二部长篇小说，屠格涅夫本人曾在个人文集的前言中说：“《贵族之家》获得了我曾经获得的最大的一次成功。”虽然评论界对这部小说的评价并不完全一致，但它确实是俄罗斯经典长篇小说的典范之一。

《匹克威克外传》：描绘城市众生相，细说人间冷暖情

范 莹

【作家小传】

1812年2月7日，查尔斯·狄更斯出生于英国的朴茨茅斯，五岁时与家人迁居至查塔姆。儿童时代的狄更斯如饥似渴地读了许多文学名著，如《鲁滨孙漂流记》《堂·吉诃德》等。这些小说激发了他的想象力，对他日后的创作产生了潜移默化的作用。

1822年，狄更斯举家迁往伦敦的贫民区里，那里生活条件十分恶劣，肮脏的街道、摇摇欲坠的破房子、滋事斗殴的野孩子……种种景象，给狄更斯留下了深刻的印象，日后，这些城市众生相都被他写进了自己的作品中。

1832年，20岁的狄更斯成为《真正的太阳报》的记者，同时也开始了文学创作。小说《匹克威克外传》令狄更斯一举成名，他开始专门从事文学创作。这一时期，他最重要的作品有《马丁·朱述尔维特》《董贝父子》和《圣诞故事集》。

19世纪中期，狄更斯的创作进入了全盛时期，他创作了《大卫·科波菲尔》《艰难时世》《小杜丽》《双城记》《远大前程》等一系列脍炙人口的佳作。

长期过度的笔耕损害了狄更斯的健康，刚到五十岁时，他已显得十分衰老。1868年下半年，身体衰弱的狄更斯意识到自己的时间不多了，他全力以赴赶写小说《埃德温·德鲁德之谜》。1870年初夏的一个夜晚，狄更斯突然中风昏迷，翌日便静静地离开了这个世界，享年58岁。

狄更斯的遗体安放在伦敦威斯敏斯特大教堂的“诗人之角”。与他一起安眠在此处的还有乔叟、弥尔顿、彭斯等为英国文学发展做出过巨大贡献的

伟大作家们。

狄更斯身上有一种自觉的反思和批判精神，他为弱势群体代言，追求社会正义，探寻能使人类和谐相处的核心价值。从他身上汲取营养的作家不可胜数，如陀思妥耶夫斯基、乔伊斯、卡夫卡、福克纳、纳博科夫以及2001年的诺贝尔文学奖得主奈保尔等。

【作品导读】

1836年对于狄更斯来说，可谓三喜临门：2月7日，他出版了《博兹随笔集》；3月31日，小说《匹克威克外传》开始连载；4月2日，他结婚了。

《匹克威克外传》使狄更斯成为家喻户晓的知名作家，人们都说18世纪的英国小说家亨利·菲尔丁复活了。这部既富有浪漫奇想又紧贴社会现实的幽默讽刺小说，讲述了不谙世事的匹克威克先生带领朋友们漫游英国各地的有趣经历。全书有两条主线，一条是匹克威克先生与骗子金格尔一次又一次的较量；另一条是巴德尔太太对匹克威克悔婚的诉讼。在这两条主线里，匹克威克朋友们的故事及旅途见闻（即故事中的故事）构成了一条条副线。这种故事套故事的结构，显然是受《天方夜谭》《十日谈》《堂·吉诃德》等小说的影响。

狄更斯的批判精神众所周知，在《匹克威克外传》中，他犀利的笔锋戳向了当时英国社会的各个阶层，刻画了英国社会的众生相：玩弄权术的市长、贪婪无耻的教士、唯利是图的律师、见利忘义的经纪人等。同时，在《匹克威克外传》中也充满了作者的仁爱理想，狄更斯坚信宽恕与爱能感化人和改造人，因此他在自己的小说中，寄托了美好浪漫的仁爱理想。

读《匹克威克外传》这部融浪漫情趣与现实关怀、喜剧精神与悲剧意识于一体的巨著，会让大家对世事、人生产生更多的感悟。

【故事与人物】

太阳是各行各业最守时的仆人，它慢慢升起，照亮了1827年5月13日的早晨。匹克威克先生推开卧室的窗户，俯视外面的世界。

这位独身的老绅士是以他的姓氏命名的一个社团——匹克威克俱乐部的创办人。为了增长见识，开阔眼界，他决定带着俱乐部的三个成员：图普曼先生、温克尔先生以及斯诺格拉斯先生到远离伦敦的地方去游历。他们准备把自己一路上的风景以及对人物风俗的观察等经历全部如实记录下来，随时向伦敦的匹克威克俱乐部通讯社汇报。

匹克威克先生一行四人的第一个目的地是罗彻斯特。初到此地，匹克威克先生拿出笔记本正要记录途中见闻时，却被误认为是密探，遭到人们的围攻。多亏一个叫金格尔的青年解围，于是他们邀请金格尔结伴同行。到达目的地后，金格尔怂恿图普曼先生乘温克尔先生喝醉酒时，偷来他的礼服让自己穿上，两人一起去参加旅馆里的舞会。

在舞会上，金格尔向一个女子大献殷勤，深爱这个女子的医生被激怒了，提出要与他决斗。第二天，穿着礼服的温克尔先生被误认为是昨晚的挑衅者，被迫出来决斗。幸亏有人发现了这个错误，才避免了一起流血事件。

接着，匹克威克先生一行又结识了华德尔先生，并应邀到华德尔家的迈诺庄园做客。途中，顽皮捣蛋的马儿给他们添了不少麻烦，四人只得弃马步行，直到黄昏才风尘仆仆、狼狈不堪地赶到迈诺庄园。主人华德尔先生邀请大家第二天去打猎，一心想在众人面前显露自己好枪法的温克尔先生偏偏一枪打伤了同伴图普曼先生。华德尔先生的妹妹自愿照料伤员，其余人都去看板球赛了。大家凑巧又碰到了金格尔，并把他带回了迈诺庄园。金格尔巧舌如簧，竟然诱骗有钱的老处女华德尔小姐跟他私奔。怒气冲冲的华德尔先生和匹克威克先生立刻跟踪追去。一对情人被追上后，金格尔因为放弃了华德尔小姐而获得 120 英镑作为“酬劳”，他感到十分开心。

返回伦敦后，匹克威克先生与房东巴德尔太太商量后，雇用了精明能干的山姆做贴身男仆。由于匹克威克先生文雅亲切，竟被巴德尔太太误认为是对自己有意思，并向他求婚，结果闹了个大笑话。

风波平息后，匹克威克先生等人去了伊坦斯维尔。这个镇上有“蓝党”和“浅黄党”两个相互敌对的党派，只要碰到一起，两党的成员就要发生争吵。某日，正逢国会议员竞选，两党的报纸互相攻击，大泼污水，把全镇搅得乌烟瘴气、不得安宁。投票时，由于全镇选民处于狂热的兴奋状态中，以至许多人昏厥在了人行道上，完全不省人事。

选举后的第三天，匹克威克先生应邀到莱奥·亨特尔夫人府邸参加早宴，却又意外地遇上了骗子金格尔，当匹克威克先生无意中听说金格尔正在设法拐骗女子寄宿学校的一位有钱小姐时，便冒雨躲藏在寄宿学校的花园里，想营救那位无辜的女孩，谁知反落入了金格尔的陷阱，被寄宿学校的人当场抓住，差点被当作坏人惩办。

一天，法院送来一张传票，有人控告匹克威克先生毁弃婚约，这让他大为吃惊。原来是伦敦的巴德尔太太受两个黑心律师的挑唆，由他们作证说匹克威克先生答应和她结婚却悔婚，向他索赔一大笔钱。匹克威克先生又急又怒，当众声明：即使入狱，也不愿意无道理地付任何罚金。

随后，匹克威克先生和同伴们按计划去了巴斯。在巴斯，他们遇到了两个医科学生本杰明·艾伦和鲍勃·索耶。艾伦想把妹妹艾拉贝拉嫁给自己的好朋友索耶，但艾拉贝拉却坚决不同意。温克尔先生听说艾拉贝拉不肯嫁索耶而另有所爱时十分欣喜，因为这位小姐曾对他表示过好感。匹克威克先生精心安排这一对有情人在花园幽会，他俩互诉衷肠，决心不顾家人的反对私下结婚。

匹克威克先生忙着替朋友张罗婚事时，自己却因拒付悔婚罚金而被关入伦敦监狱。幸亏仆人山姆的精心安排，他才未在狱中吃多大的苦头。不久，巴德尔太太也被关进了监狱，原来两个黑心的律师要加害匹克威克先生不成，恼羞成怒，迁怒于巴德尔太太。善良的匹克威克先生不计前嫌帮助巴德尔太太出狱，还帮她支付了因诬陷自己入狱而需承担的费用。

出狱后，一心想成全温克尔与艾拉贝拉婚事的匹克威克先生接受了大家的劝告付了罚金。出狱后，匹克威克先生说服了艾伦，又去找温克尔先生的父亲，要他成全儿子与艾拉贝拉的婚事。但老温克尔先生十分固执，不但不应允这门亲事，还要中断儿子的经济供给，取消他的继承权。但是，当老温克尔先生见到美丽温柔的艾拉贝拉时，很快改变了态度，同意了儿子的婚姻。

就在此时，华德尔先生也带着女儿艾米莉来找匹克威克先生，说艾米丽与斯诺格拉斯先生一直相爱着。匹克威克先生大喜，欣然促成了这门亲事。

金格尔受到匹克威克先生的感化而改邪归正，在匹克威克先生的帮助下找到了一份好工作，从此走上了正道。匹克威克先生经历了两年的社会调查后，带着忠仆山姆隐居在伦敦郊区。这位善良的老绅士深受人们的尊重，闲来无事就整理他外出游历所记录的内容，他的许多故事都是人们的谈资。

【精彩片段】

匹克威克先生提着旅行箱，大衣口袋里放着望远镜，背心里揣着随时准备记下值得一记的笔记本，来到了位于圣马丁广场的驿站车停车场。

“马车！”匹克威克先生叫道。

“来啦，先生。”一个模样古怪的人叫道。他穿着粗麻布上衣，系着同样料子的围裙，脖子上挂着一个带号码的铜牌，仿佛他是一件被分类收藏的什么稀罕之物似的。这是一个饮马的人。“来啦，先生。瞧，有了，第一辆车！”……于是匹克威克和他的皮箱一股脑儿进了马车。

…………

“这匹马有几岁了，朋友？”匹克威克先生问道，同时把他准备用来付车费的那个先令在鼻子上蹭来蹭去。

“四十二岁。”车夫一边回答，一边斜眼瞟了他一下。

“什么！”匹克威克先生脱口惊叫道，同时伸手去摸他的笔记本。车夫把他的回答重复了一遍。匹克威克先生紧盯着那个人的脸，可那是一副坚定不移的样子，于是他立即记下了车夫的话。

“你每一次让这马出来拉多长时间的车呢？”匹克威克先生问道，想了解更多的情况。

“两三个星期。”车夫回答。

“几个星期？”匹克威克先生惊叫道——笔记本再次掏了出来。

“它要是回家，就是到它住的潘顿维尔去。”车夫冷冰冰地说道，“但我们很少拉它回去，因为它太虚弱了。”

“因为它太虚弱？”大惑不解的匹克威克先生重复道。

“把它从马车上解下来时，它总是跌倒在地上。”车夫继续说，“但只要把它套上车，我们就把它拴得牢牢的，拉得紧紧的，这样它就不大容易跌倒了。另外我们还有一对很大很大的轮子，只要它真的走动起来了，轮子就在后面赶着它，它就得往前跑——它不得不跑。”

匹克威克先生把听到的情况一字不差地记在了笔记本上，打算把它汇报给俱乐部，作为马儿在恶劣条件下倔强坚忍的一个非凡例证。记录刚好做完，他们已到达金十字街。车夫跳下马车，匹克威克先生也钻出了车厢。一直在焦急地等待着他们的杰出领袖的图普曼先生、斯诺格拉斯先生和温克尔先生一齐拥上来接驾。

“给你车费。”匹克威克先生说，把那一先令递给车夫。

令这位饱学之士大感惊讶的是，那个莫名其妙的家伙居然把钱扔在人行道上，而且还暗示希望能有幸向匹克威克先生讨教几招，谁决斗获胜，钱就归谁。

…………

“你记下我的号码干什么，嗯？”车夫问道。

“我没有记。”匹克威克先生愤慨地说。

“谁会相信呢？”车夫继续向围观的人申诉，“谁会相信呢？明明就是一个告密者，坐上人家的车子，一路上不只记下人家的号码，还记下人家所说的一字一句。”（匹克威克先生脸上闪过一缕亮光——原来与笔记本有关。）

……车夫说：“在激怒我和他决斗之后，他又找来了三个人替他作证。但我也豁出去了，哪怕蹲上六个月局子。上呀！”马车夫一点也不顾惜自己的私人财产，他把帽子往地上一扔，接着一拳打掉了匹克威克先生的眼镜，紧接着又朝匹克威克先生的鼻子打了一拳，第三拳打在斯诺格拉斯先生的一只眼睛上，第四拳则变了花样，击中的是图普曼先生的腰部，然后他蹦到马路上，接着又跳回人行道，最后把温克尔先生体内暂存的一点士气打了个烟消云散；所有这一切都是在五六秒钟之内完成的。

赏　析

这是一个充满喜剧色彩的场景，不谙世事的匹克威克先生初到陌生的地方，便开始履行自己采访记录人物风俗的职责，采访起了马车夫，他的刨根问底却引起了车夫的警觉，误认为他是警方派来的密探，并且还有三个“帮凶”，于是车夫大打出手。这段内容反映了当时的社会弊端：统治者与民众严重对立，人与人之间充满了戒备心理。作者犀利的笔锋和诙谐风趣的描写再加上夸张的人物勾勒，能让我们感受到到狄更斯作品的深刻魅力。

阅读思考

1. 匹克威克先生的言行举止体现了他什么样的性格特点？

2. 从匹克威克先生与马车夫的谈话中，你能了解到他们处在一个什么样的社会中呢？

3. 狄更斯在小说《匹克威克外传》中充分表达了他的道德理想——人道主义精神，阅读过小说后，请简要说说匹克威克先生是如何体现这种精神的。

【相关链接】

狄更斯世界：世界首个文学主题公园

为了纪念文学巨匠查尔斯·狄更斯，英国兴建了一座主题公园，这是世界上第一座以文学为主题的大型主题公园，名为“狄更斯世界”。

“狄更斯世界”的负责人表示，建设这个主题公园是希望更多的年轻人牢记狄更斯。他说“狄更斯完成过十多部长篇和二十多部短篇，可是很多年轻人甚至说不出其中五部的名字。”

这个耗资 6200 万英镑的“狄更斯世界”，坐落在狄更斯儿时居住过的肯特郡查塔姆，狄更斯的很多作品都是以此地为背景创作的。

“狄更斯世界”的设计者们根据狄更斯多部小说如《双城记》《匹克威克外传》《大卫·科波菲尔》《远大前程》等，重塑了维多利亚女王时代的伦敦。当游客进入公园，小说中的人物还会地走到游客身边，进行现场表演。

“狄更斯世界”开放后，游客络绎不绝，一位游客表示：“我们找到了一种有趣的方式，向年轻的一代展现狄更斯。”

《罪与罚》：刻画人心灵深处的奥秘

宋加群

【作家小传】

陀思妥耶夫斯基是俄国19世纪伟大的批判现实主义作家，是俄国文学的杰出代表，与托尔斯泰一起被誉为俄国文学的两大柱石。1821年11月11日，陀思妥耶夫斯基出生在俄罗斯的一个普通医生家庭。1834年他进入莫斯科契尔马克寄宿中学，毕业后入彼得堡军事工程学校工作。

在彼得堡军事工程学校期间，陀思妥耶夫斯基涉猎了莎士比亚、帕斯卡尔、维克多·雨果等人的文学作品，并开始文学创作。1843年，他将巴尔扎克的小说《欧也妮·葛朗台》译成俄文。于是在1844年退伍后，陀思妥耶夫斯基开始了自己的写作生涯。1845年，陀思妥耶夫斯基写出他的处女作——书信体短篇小说《穷人》。1846年1月，《穷人》连载于期刊《彼得堡文集》上，广获好评。1849年4月23日，他因牵涉反对沙皇的革命活动而被捕，判处死刑。后改判流放西伯利亚。在服刑期间，陀思妥耶夫斯基曾说："我只担心一件事，我怕我配不上自己所受的苦难。"西伯利亚服刑十年时间是他人生主要的转折，他开始反省自己，笃信宗教。1860年，陀思妥耶夫斯基返回圣彼得堡，次年发表了第一部长篇《被侮辱与被损害的》。这部作品可以被看作是他前后期的过渡作品。1866年，他的代表作《罪与罚》出版，为他赢得了世界性的声誉。1868年，他完成了《白痴》，1872年，完成了《群魔》，1880年，发表《卡拉马佐夫兄弟》。这部小说是陀思妥耶夫斯基哲学思考的总结，被弗洛伊德称为人类有文明历史以来最为伟大的小说。1881年，陀思妥耶夫斯基准备创作《卡拉马佐夫兄弟》第二部。2月9日，他的笔筒掉到地上，滚到柜子底下，他在搬柜子过程中用力过大，结果导致血管破裂，当天去世。

陀思妥耶夫斯基是发展心理和意识描写的一代宗师，西方的众多作家都将其视为导师。有人评价“托尔斯泰代表了俄罗斯文学的广度，陀思妥耶夫斯基则代表了俄罗斯文学的深度”，鲁迅称陀思妥耶夫斯基是“人类灵魂的伟大的审问者”，高尔基评价说：“就表现力来说，他的才能只有莎士比亚可以同他媲美。”

【作品导读】

1849年，陀思妥耶夫斯基因牵涉反对沙皇的革命活动而被捕，判处死刑，后改判流放西伯利亚。服役期间他与罪犯共度的苦痛生活，使他对俄国社会的阴暗面有极深刻的观察，也对人类生活、人性中的善恶及俄国人的性格有了新的思考，这些观察及思考全部呈现在了《罪与罚》中。

《罪与罚》是陀思妥耶夫斯基奠定声誉的代表作，写于1866年。当时正是俄国农奴制度改革后社会急剧动荡的年代，民众在崩溃的农奴制和急速发展的资本主义双重压迫下，缺衣少食，饥寒交迫。透过触目惊心的紧张情节，展现了那个时代的赤贫、奴役、酗酒、卖淫、凶杀等现实生活图景。

在《罪与罚》里，陀思妥耶夫斯基并没有直接去说赎罪，而是重点写罚。作者有意识地向人们告诫，人要彻底认识到自己的堕落，就必须对罪恶有一个清醒的认识，这个认识中夹杂着人的道德自知和善的愿望。罚的心路历程本身就是一个心灵反思与徘徊的过程，因此人要在善恶的较量中去自我受罚，从而在痛苦的受难中确立真正的价值观。

陀思妥耶夫斯基自身的苦难经历，使得他的创作中存有大量的宗教原罪意识，并以此为依托去寻求精神上的突破。他以小说的方式告诫人们，人需要认清自己，以免误入歧途。小说中，差不多每个人都是有罪的，不论是“被欺凌与被侮辱的”的下层人，还是所谓掠夺者的上层人。从老太婆的妹妹莉扎韦塔到警察官波尔菲里，从放高利贷者阿廖娜到极端自私者卢仁，从卖淫救全家的索尼娅到把女儿杜尼娅许配给卢仁的普里赫里娅，从酗酒失业的马尔梅拉多夫到逼迫女儿卖淫的卡捷琳娜，从为情欲所困的斯维德里盖洛夫到杀人抢劫的拉斯柯尼科夫，甚至从怀有嫉妒恶心的玛尔法到为了哥哥不惜献出自己的杜尼娅等等皆是如此。

《罪与罚》具有很高的艺术成就。小说全面地显示了陀思妥耶夫斯基关于“刻画人的心灵深处的奥秘”的特点。作者始终让人物处在无法解脱的矛盾之中，通过人物悲剧性的内心冲突揭示人物性格，同时作者对幻觉、梦魇和变态心理的刻画也极为出色。小说中，由于作者着力拓宽人物的心理结构，情节结构相对地处于从属地位。尽管作品中马尔梅拉多夫一家的遭遇令人同情，凶杀事件扣人心弦，但它们都只是“一份犯罪的心理报告”的组成部分。正因为这样，主人公的内心世界才以前所未有的幅度和深度展现在读者面前。

《罪与罚》作为一部卓越的社会心理小说，它的发表标志着陀思妥耶夫斯基艺术风格的成熟。

【故事与人物】

《罪与罚》全书悬宕起伏，无可比拟的心理分析技法是其最大特色。尼采四十岁读毕此书，大受感动，认为这是血沫谱成的音符。

主人公拉斯柯尼科夫为贫困所迫，不得不中途辍学。他住在一间租来的、像个衣柜似的陋室里，整日像只猫似的躲着催租的女房东，靠母亲省下来的一点抚恤金和借债过日子。在走投无路的困境中，经过苦思冥想，他头脑中产生了一种“理论”。根据这一理论，世界上的人分为两类：一类是平凡的人，低等人，他们只是繁衍同类的材料，必须俯首帖耳地做奴隶；另一类是“非凡的人”，他们是统治者，不受法律和道德的约束，可以为所欲为，甚至可以随意杀人。为了从困厄中挣扎出来，为了不再连累母亲和妹妹，同时也是为了实践一下自己的“理论”，来检验自己到底是个和大家一样的“虱子”，还是一个“非凡的人”，他铤而走险，举起发抖的双手，用斧子砍死一个放高利贷的老太婆，抢走她的钱和首饰，继而为灭口又狠心杀死了她的妹妹。事情虽然干得不那么顺利，但由于种种巧合，他竟安全地逃离了现场。警方也始终没能找到确凿的证据，而且后来还出现了一个“替身”：嫌疑犯米柯尔卡向警方自首，“供认”是他杀死了老太婆。此时真正的凶手拉斯柯尼科夫几乎可以完全逃脱法律的惩罚了；然而，他却没能摆脱掉另一种更可怕的惩罚：道德与良心的惩罚。人性与反人性、良知与他的“理论”几乎每时每刻都在进行着激烈的斗争。他为那“荒唐的”念头感到厌恶，不相信自己真会去做“那件事情”，直到行凶前的最后一刻他还在犹豫：“不如回去吧？”杀人后，他便陷入了痛苦的精神折磨之中。他得了热病，昏迷三天三夜，发高烧，做噩梦，动辄歇斯底里大发作；他开始厌烦世上的一切，甚至对自己的母亲和妹妹也产生一种生理上的憎恶；他对什么都怀疑，却又神经质地一次次暴露自己，甚至下意识地再次去凶杀现场拉门铃，重温“当时那种又痛苦又可怕的丑恶感觉”。他的精神防线彻底崩溃了，他痛心地说：“难道我杀死了老太婆吗？我杀死了我自己，而不是老太婆！我一下子把自己毁了，永远地毁了！”

他怀着痛苦的心情来到索尼娅处，受到索尼娅宗教思想的感召，向她说出了犯罪的真相与动机。在索尼娅的劝说下，他向警方投案自首。

拉斯柯尼科夫被判处八年苦役，来到了西伯利亚。不久，索尼娅也来到了那里。一天清晨，两人在河边相遇。他们决心虔信上帝，以忏悔的心情承受一切苦难，获取精神上的新生。

陀思妥耶夫斯基对于《罪与罚》核心人物拉斯柯尼科夫的性格塑造，着力凸显“罪与罚”的主题，为本书挖掘出难得一见的深度。拉斯柯尼科夫是无神论者，个性矛盾、多变，甚至荒谬；但他又是慷慨、善良的人道主义者，有时却又冷酷无情、麻木不仁，到了失去人性的地步。让拉斯柯尼科夫甘心以受苦去赎罪的关键人物是索尼娅，她是社会上人人歧视的妓女，却代表着至高无上的圣洁与救赎，颇具象征性。索尼娅告诉拉斯柯尼科夫：“去承认你的罪过，上帝就会给你新生了。”鼓舞他：“以受苦去赎你的罪吧。”索尼娅自己保留铜制的十字架，另外把木制的十字架送给拉斯柯尼科夫，她犹如圣母玛利亚，说：“我们一同受苦难，也一同挂十字架。”感动得无神论者拉斯柯尼科夫最终决心相信上帝，走上信仰之路，取得内心的平静；宗教信仰让他的生命找到慰藉和依靠，使他有了生活的理由。

【精彩片段】

7月初，天气特别热的时候，傍晚时分，有个年轻人走出他在C胡同向二房东租来的那间斗室，来到街上，然后慢腾腾地，仿佛犹豫不决地往K桥那边走去。

他顺利地避开了在楼梯上与自己的女房东相遇。他那间斗室是一幢高高的五层楼房的顶间，就在房顶底下，与其说像间住房，倒不如说更像个大橱。他向女房东租了这间供给伙食而且有女仆侍候的斗室，女房东就住在他楼下一套单独的住房里，他每次外出，都一定得打女房东的厨房门前经过，而厨房门几乎总是冲着楼梯大敞着。每次这个年轻人从一旁走过的时候，都有一种病态的胆怯的感觉，他为此感到羞愧，于是皱起眉头。他欠了女房东一身债，怕和她见面。

倒不是说他是那么胆小和怯懦，甚至完全相反；但从某个时期以来，他一直处于一种很容易激动和紧张的状态，患了多疑症。他是那样经常陷入沉思，离群索居，甚至害怕见到任何人，而不单单是怕与女房东见面。他让贫穷给压垮了；但最近一个时期就连窘迫的处境也已不再使他感到苦恼。绝对必须的事情他已经不再去做，也不想做。其实，什么女房东他都不怕，不管她打算怎样跟他过不去。然而站在楼梯上，听这些与他毫不相干的日常生活中鸡毛蒜皮之类琐事的种种废话，听所有这些纠缠不休的讨债，威胁，抱怨，自己却要尽力设法摆脱，道歉，撒谎，——不，最好还是想个办法像猫儿样从楼梯上悄悄地过去，偷偷溜掉，让谁也别看见他。

可是这一次，到了街上以后，那种怕遇到女债主的恐惧心理，就连他自己也感到惊讶。

“我正要下决心做一件什么样的事情啊，但却害怕一些微不足道的琐事！”他想，脸上露出奇怪的微笑。“嗯……是的……事在人为嘛，他却仅仅由于胆怯而错过一切……这可是明显的道理……真有意思，人们最害怕什么呢？他们最害怕迈出新的一步，最害怕自己的新想法……不过，我说空话说得太多了。因为我尽说空话，所以什么也不做。不过，大概也可能是这样：由于我什么也不做，所以才尽说空话。我是在最近一个月里学会空话的，整天躺在一个角落里，想啊……想入非非。嗯，现在我去干什么？难道我能去干这个吗？难道这是当真？绝对不是当真的。就是这样，为了梦想，自己在哄自己；儿戏！对了，大概是儿戏！”

赏　析

陀思妥耶夫斯基被世人誉为心理描写大师。他擅长用各种形式揭示人的二重性，揭示人心灵深处善与恶之间的不断斗争。小说开头部分形象地刻画了拉斯柯尼科夫这个典型的人物。正如小说中他的朋友拉祖米欣所说的：“他阴沉、忧郁、高傲；最近他又变得神经过敏和多疑。他为人忠厚，心地善良。他不喜欢流露自己的感情，宁愿表现出冷酷无情，而不愿说出自己的心里话。而且，有时候他一点疑心病也没有，只是冷冰冰的，麻木不仁到了不近人情的地步，真的，他身上仿佛有两种相反的性格在轮流起作用。”在拉斯柯尼科夫身上，有一种几乎难以发觉但却极其危险的因素在左右着他，他所犯下的那桩谋杀案似乎也来自于一种隐秘的力量。于是，这让我们在阅读的最初就预感到了这个可怜的人终将要在他内心的上帝面前认罪忏悔！

阅读思考

1. 阅读上面的片段，分析拉斯柯尼科夫的性格特征。

2. 最后一段在描写拉斯柯尼科夫时，作者为什么要如此不厌其烦地描写他的内心独白？

3. 每次拉斯柯尼科夫从女房东住房旁走过的时候，都有一种病态的胆怯的感觉。你如何理解这种“病态的胆怯”。

【相关链接】

《卡拉马佐夫兄弟》：“史上最伟大的小说”

《卡拉马佐夫兄弟》对后世影响深远。西格蒙德·弗洛伊德称其为“史上最伟大的小说”。1928 年，弗洛伊德发表了一篇名为《陀思妥耶夫斯基和弑父》的论文并在其中探讨了陀思妥耶夫斯基自身的精神及其对于这部小说的作用。在论文中他称陀思妥耶夫斯基的癫痫病并非自然发生，而是对于父亲死亡含有愧疚的生理表现。在他看来，陀思妥耶夫斯基由于潜在的占有母亲的欲望而期盼父亲的死亡。值得关注的是陀思妥耶夫斯基的癫痫病也正是在他的父亲死去那一年（他 18 岁时）首次发作，弗洛伊德在理论中引此为证。

但人们一般都把《卡拉马佐夫兄弟》评价为 19 世纪后半期的一部批判现实主义作品。其实，作品的思想内容十分复杂，作家的创作意图也深远得多。陀思妥耶夫斯基想要在这部作品中对自己的一生探索做个总结，想要在书中探讨他认为人生与社会最重大的全宇宙的问题：有没有上帝？有没有灵魂不死？探讨善与恶、社会主义与无政府主义，探讨“怎样按照新方式改造全人类”。

在《卡拉马佐夫兄弟》中，陀思妥耶夫斯基的艺术成就达到了新的高峰。作家按照自己称之为“接近虚幻的现实主义”的美学观点，“选取最奇特的现象”（畸形的父子、兄弟关系和弑父案）作为创作素材，把主人公放到“最奇特的外部的和心理的境界”，然后以敏锐的洞察力和惊人的准确性刻画人物的精神状态。小说取得了震撼人心的艺术效果。

《包法利夫人》：一个时代女性悲剧命运的浓缩与展示

赵亚炯

【作家小传】

1821 年 12 月 12 日，居斯达夫·福楼拜出生在法国卢昂一个著名的外科医生家里。少年时代，他就喜欢文学，开始广泛地阅读塞万提斯、莎士比亚、拜伦和雨果的作品。这为他以后的创作奠定了初步的基础。

中学毕业后，福楼拜被送到巴黎大学攻读法律，但是他对法律丝毫不感兴趣。所幸的是，在这期间，他与心仪已久的雨果相识，促使他确定了自己文学创作的道路。22 岁时，他得了一种非常古怪的病，回到家乡疗养。这反而称了他的心愿，得以安心写作。1846 年，他所敬爱的父亲去世，接着他最亲昵的妹妹也在同年去世。于是，福楼拜陪伴母亲，抚养幼小的甥女，在塞纳河畔靠近卢昂的克鲁瓦塞庄园几乎度过了他的余生。1880 年 5 月 8 日，福楼拜因中风去世，书桌上还留着他未完成的手稿。

福楼拜是 19 世纪法国杰出的批判现实主义作家。他崇尚客观、真实，为了使作品忠实地反映生活，他在写作前不仅要去实地调查，还要翻阅数以千计的有关书籍，或者去咨询有关知情人士，力求每一个细节都来自仔细的观察或亲身的体验。他在语言上对自己也有极高的要求。为了能更加形象地揭示人物的性格和思想感情的变化，为了寻找一个准确、生动的词，福楼拜往往搜肠刮肚，反复推敲。他常常高声朗诵自己的作品，留意每一个句子的音韵，斟酌独特的、确切的词来准确表达他的思想。他写《包法利夫人》花了四年零六个月，正反两面的草稿用了一千八百张，可最后定稿却不到五百页。这种异常严谨的创作态度，使他的每一部作品都堪称法国现实主义文学的经典，如《情感教育》《萨朗波》等，《包法利夫人》更是奠定了他在世界文学史上的地位。

对他推崇备至的李健吾先生曾这样评价："司汤达深刻，巴尔扎克伟大，但是福楼拜完美。"

【作品导读】

《包法利夫人》是福楼拜的成名作，历经五年的辛勤创作，于 1856 年 10 月到 12 月 15 日在《巴黎杂志》上分期刊载。小说一经发表，即在社会上引起强烈反响。随后，法院就以"有伤风化"的罪名传讯了福楼拜，幸亏律师的有效辩护和公众舆论的支持，他才幸免于罪。一部小说，为什么会掀起如此轩然大波呢？原因就是它真实深刻地暴露出了 19 世纪上半叶法国社会的脓疮，对法国贵族、教会、资产阶级的恶行败德和小市民的庸俗作了淋漓尽致的揭露批判。小说的主要人物和基本情节取材于一宗真实的自杀案。福楼拜父亲的学生德拉马尔是一位乡村医生。他的妻子爱看小说，生活浮华，看不起自己的丈夫。先与近邻相好，后来又结交了一名小书记，并且暗地举债供自己挥霍，最终债台高筑，服毒自杀。这在当时，本是一件十分普遍的事，但福楼拜却以巨大的艺术力量把它提炼成一部反映时代的伟大小说。

小说描写了包法利夫人爱玛因追求浪漫虚幻的"巴黎式爱情"而导致毁灭的悲剧故事，塑造了爱玛这一文学画廊中的典型形象。她的幻想、追求、苦闷、挣扎、沉沦，直至毁灭，浓缩了一个时代女性的悲剧命运，甚至完全可以说超越了时代而成为历久弥新的形象。

《包法利夫人》在艺术上取得了极高的成就，集中体现了福楼拜高超的创作才能，堪称法国批判现实主义的杰作。这部小说以严格的写实而著称，一切都建立在严密的调查和观察的基础上，力求达到完全的客观性，在平静叙述中展示人物不平静的心灵。语言生动，描写细腻，精确地揭示出人物性格和思想情感的变化，塑造了典型环境中的典型人物。这些都构成了这篇小说独特的风格，对后代的作家产生了深远的影响。

这部小说自发表以来就获得了极高的赞誉。左拉这样评价："《包法利夫人》的清澈和完美，让这部小说变成同类的标准、确切而无疑的典范。"福楼拜也因此被公认为法国现实主义文学的大师。

【故事与人物】

爱玛·卢欧是科尔斗田庄的主人卢欧老头的独生女。十三岁时，卢欧老爹为她以后能跻身上流社会，把她送到修道院读书，接受贵族思想的教育。在森严幽闭的修道院，她偷读了很多浪漫主义的作品，终日沉湎在对爱情的憧憬中。她对司各脱历史小说中描写的贵妇人的奢华生活更是非常向往，幻想着在古老的城堡中和风度翩翩的骑士谈情说爱。就这样，修道院的生活使爱玛变成了一个耽于幻想、追求刺激、渴望爱情的少女。

可是爱玛的生活并没有朝着她所希望的方向发展，她嫁给了一位乡村医生查理·包法利。这是一个相貌平庸、安分守己、谈吐刻板、了无生趣的老实人。对满脑子浪漫主义幻想的爱玛来说，结婚使她大失所望。俭省的家计，偏僻的小镇，刻板无聊的生活，让爱玛感到前所未有的烦恼和苦闷。她厌倦了这种生活，对丈夫查理也逐渐产生了厌恶之情，渴望能找到一个潇洒风雅的男子来满足自己情感的空虚。正当她苦闷彷徨时，一场舞会又使她陷入更深的痛苦中。侯爵请包法利夫妇到渥毕萨作客，侯爵府的豪华气派、轻歌曼舞、贵妇人们的珠光宝气越发引发了爱玛对自己平庸单调生活的不满。她的脾气越来越坏，并患上了一种奇怪的神经性疾病。

为了给爱玛换一个好的环境，查理决定离开熟悉的道特搬到永镇去行医。到永镇的第一天，她就与居由曼事务所的赖昂一见倾心。可是由于宗教和家庭的顾虑，多少制约了她的欲望，她不敢迈出偷情的最后一步。赖昂得不到爱玛，不久离开永镇到巴黎谋职，爱玛的第一次罗曼蒂克就此破灭。爱玛重新回到了单调乏味的家庭生活中，倍感痛苦失落。就在这时，她遇到了三十四岁的罗道夫·布朗皆。这是一个卑鄙无耻的风月场老手，在永镇附近有一处田产。他一眼就看穿了爱玛的空虚和渴望，轻易地就把她弄到手，但不久就对她厌倦了。可爱玛却对他日益迷恋，借债添购服饰礼物，把罗道夫打扮成幻想中的风流骑士，还提出要跟他私奔。可罗道夫却只给爱玛留了一封信，便独自乘上马车离开了永镇。为了表示自己的依依不舍，他还在信上洒了点水来充当眼泪。爱玛生了场大病，她所向往的“巴黎式爱情”又成了泡影。

查理带爱玛去卢昂看戏散心，不想却在剧院遇见了赖昂。这时的赖昂已经成了有丰富社会经验的人，他绝不想放过这次机会。此后，爱玛以学琴为名，每周都去卢昂和赖昂幽会。她沉湎于爱情的欢乐中，放肆挥霍，不停地去布商勒乐那儿赊购服饰，终于债台高筑。勒乐乘危逼债，迫使爱玛瞒着丈夫抵押了房屋产权，并到法院起诉。法院限她二十四小时清偿债务，否则拍卖一切家产。

爱玛四处奔走，向她的情人求助。可是，赖昂想到自己将被提拔为高级文书，便毫不犹豫地抛弃了她，消失得无影无踪。爱玛走投无路，她把最后一个钱币扔给乞丐，然后服毒自尽。查理·包法利悲痛欲绝，在承受了重重打击后，没过多久也死在了家里。

爱玛的追求和幻灭让人唏嘘感叹。作者把爱玛看作是整个法国妇女的悲剧。他说："就在此刻，我相信我可怜的包法利夫人正在法国的二十个村庄里受苦、哭泣。"爱玛渴望真挚的感情，憧憬幸福的生活，这一点是值得肯定的。但是，自始至终，她的幻觉远比她的能力强大，对浪漫爱情和空虚幻境的向往蒙蔽了她，支配着她，令她透支了自己的能力和激情，走上了一条不归路。爱玛的悲剧对那些不切实际、好高骛远的女性无疑起到了深刻的警示作用。

【精彩片段】

于是，她的处境像无底的深渊，出现在她眼前。她喘不过气来，胸脯喘得都要裂开了。她一激动，英雄气概也油然而生，这使她几乎感到快乐，就奔下山坡，穿过牛走的木板桥，走上小街小巷，走过菜场，来到药房门前。

药房里没有人。她正要进去；但门铃一响，会惊动大家的；于是她溜进栅栏门，连大气也不敢出，只是摸着墙，一直走到厨房门口，看见炉台上点着一支蜡烛。朱斯坦穿着一件衬衫，端着一盘菜走了。

"啊！他们在吃晚餐。等一等吧。"

他回来了。她敲敲窗玻璃。他走了出来。

"钥匙！上头那一把，放……"

"怎么？"

他瞧着她，奇怪她的脸色怎么这样惨白，在黑夜的衬托下，更形成了鲜明的对照。在他看来，她简直美得出奇，像幽灵一样高不可攀。他不了解她的意图，但却有不祥的预感。

她赶快接着说，声音很低，很甜，令人心醉。

"我要钥匙！你给我吧。"

板壁很薄，听得见餐厅里叉子碰盘子的响声。

她借口说老鼠吵得她睡不着，她要毒死老鼠。

"那我得告诉老板。"

“不要！等一等！”

然后，她装出满不在乎的神气说：

“哎！用不着你去，我马上就告诉他。来，你给我照亮！”

她走上通到实验室的过道。墙上有一把钥匙，贴了“储藏室”的标签。

“朱斯坦！”药剂师等上菜等得不耐烦了，喊道。

“上楼！”

他跟着她。

钥匙在锁孔里一转，她就一直走到第三个药架前，凭了她的记忆，拿起了一个蓝色的短颈大口瓶，拔掉塞，伸进手去，抓了一把白粉出来，马上往嘴里塞。

“使不得！”他扑过去喊道。

“别嚷！人家一来……”

这真要了他的命，他要叫人。

“什么也别说，免得连累你的老板！”

于是她赶快转身就走，痛苦也减轻了，几乎和大功告成后一样平静。

赏　析

这个片段选自《包法利夫人》第三部第八节，是小说的高潮部分。描写了爱玛在求助罗道夫遭拒后走投无路、服毒自杀的悲剧结局。作者紧紧抓住人物此时的神态、语言、动作、心理来塑造人物。“奔下山坡，穿过牛走的木板桥”，“她溜进栅栏门，连大气也不敢出，只是摸着墙，一直走到厨房门口”，“抓了一把白粉出来，马上往嘴里塞”，这些动作描写，精准地描写出爱玛在自杀时绝望，渴望解脱的决绝心理。

阅读思考

1. 如何理解文段结尾“于是她赶快转身就走，痛苦也减轻了，几乎和大功告成后一样平静”？

2. 试以本片段为例说一说福楼拜塑造人物形象的主要方法。

3. 经典就是指那些经得起时间汰选并让我们常读常新的作品。试从人物形象和思想内容的角度谈谈这部作品是否还有其现实意义。

【相关链接】

为文学而痴迷一生

福楼拜是一位不知疲倦的“文字劳动者”，他把自己的一生都奉献给了他所挚爱的文学事业。他常常夜以继日地辛勤写作，精益求精地修改作品。他在给友人的信中说，为了八行文字而修改了三天，为了构思一段五十行的描写而花费了几个月的时间。他这种对创作完美的不懈追求使他成了许多后学者崇拜的导师，法国短篇小说家莫泊桑就是其中一位。

一次，莫泊桑带着一篇新作去请教福楼拜。他看到福楼拜桌上放着厚厚的一叠文稿，翻开一看，却见每页上都只写一行，其余九行都是空白。莫泊桑不解地问：“先生，您这样写，不是太浪费稿纸了吗？”福楼拜笑了笑，说：“我早已养成了这种习惯，一张十行的稿纸上，只写第一行，其余九行是留着修改用的。”莫泊桑听了，恍然大悟。于是立即告辞，回家修改自己的小说去了。

福楼拜就是以这样一种近乎苛刻的标准进行创作，他不仅在语言上锤炼推敲，而且对笔下的人物也倾注了全部的感情，以至于到了痴狂的程度。

有一次，福楼拜的一位朋友来拜访他，敲了几次门，都没人答应，以为福楼拜不在家。可仔细一听，里面仿佛有哭泣声。这位朋友以为出了什么大事，急忙推门闯进房间，却见福楼拜伏在案前痛哭流涕，连朋友进来也没有觉察。朋友走上前去，摇着他的肩膀问：“什么事使你哭得这样伤心？”福楼拜悲痛万分地说：“包法利夫人死了！”他的朋友不解地问他：“哪一位包法利夫人呀？”福楼拜指着桌上一堆几寸厚的书稿说：“就是我的《包法利夫人》中的包法利夫人！”朋友这才明白，他在为自己小说中女主人公的死而伤心。因而劝他说：“你既然不愿让她死去，就让她活下来吧！”福楼拜无可奈何地说：“写到这里，生活的逻辑让她非死不可，没有办法啊！”

我们可以毫不夸张地说，人物的命运就是他的喜怒哀乐，孜孜不倦地创作就是他的生命。为文学，福楼拜痴心不改。

《茶花女》：为被侮辱与被损害者献上的血泪哀歌

刘慧文

【作家小传】

亚历山大·小仲马（1824—1895年），法国19世纪著名的小说家、戏剧家。

1824年7月28日，小仲马出生于法国巴黎。由于母亲拉贝身份卑微，大仲马拒不娶她为妻，小仲马就成了私生子。身为私生子的小仲马在童年和少年时代受尽歧视和讥讽，心灵上留下难以愈合的创伤。由父亲认领后，小仲马又受到溺爱，使他从18岁起陷入奢侈而荒唐的生活。

1842年，在大仲马的文学才能的熏陶下，小仲马开始文学创作。

1848年，他痛感法国资本主义社会的淫靡之风造成许多像他们母子这样的被侮辱与被损害者，决心通过文学改变社会道德。他曾说："任何文学，若不把完善道德、理想和有益作为目的，都是病态的、不健全的文学。"这是他文学创作的基本指导思想。痛苦的家境对小仲马一生产生了深刻影响，因此，他后来的文学创作大多以探讨社会道德问题为主题。1848年，小仲马因发表长篇小说《茶花女》，而一举成名。这部作品使他在法国文学史上占有了重要的一席之地。

1852年，小仲马又将《茶花女》改编为同名话剧演出，获得了极大的成功。此后，他开始转向戏剧创作。其后三十余年的创作生涯中，他的戏剧作品有《半上流社会》(1855年)、《金钱问题》(1857年)、《私生子》(1858年)、《放荡的父亲》(1859年)、《克洛德的妻子》(1873年)、《福朗西雍》(1887年)等二十余部。其作品大多以妇女、家庭、社会、爱情和婚姻等为题材，揭露了资产阶级的淫靡风尚和道德堕落，比较深刻地反映了当时法国的社会现实。

1875年，他当选为法兰西学院院士。

1895年11月27日，小仲马去世。

【作品导读】

《茶花女》是根据小仲马亲身经历所写的一部力作。这是发生在小仲马身边的一个故事。1844年9月，小仲马与巴黎名妓玛丽·杜普莱西一见钟情。玛丽出身贫苦，流落巴黎，被逼为娼。她珍重小仲马的真挚爱情，但为了维持生计，仍得同阔佬们保持关系。小仲马一气之下就写了绝交信并出国旅行。1847年小仲马回归法国，得知只有23岁的玛丽已经不在人世，她病重时昔日的追求者都弃她而去，死后送葬只有两个人！她的遗物拍卖后还清了债务，余款给了她一个穷苦的外甥女，但条件是继承人永远不得来巴黎！现实生活的悲剧深深地震动了小仲马，他满怀悔恨与思念，将自己囚禁于郊外，闭门谢客，开始了创作之旅。一年后，他写下了这本凝集着永恒爱情的《茶花女》。

《茶花女》讲述了青年人阿尔芒与巴黎上流社会一位交际花玛格丽特之间曲折凄婉的爱情故事。作品通过一个妓女的爱情悲剧，揭露了法国七月王朝上流社会的糜烂生活，对贵族资产阶级的虚伪道德提出了血泪控诉。

小说采用了三个第一人称的叙述法。全书以作者“我”直接出面对玛格丽特的生平事迹进行采访着笔，以阿尔芒的自我回忆为中心内容，以玛格丽特临终的书信作结。这就把女主人公的辛酸经历充分展露在读者面前，很容易激起读者的同情和怜悯；众人对玛格丽特遭遇的反应，也通过作者“我”表达了出来；这样就增强了故事的真实感，使作品充满了浓厚的抒情色彩。小说动用倒叙、补叙等多种手法，从玛格丽特的不幸身死，对她的遗物进行拍卖，作者“我”抢购到一本带题词的书写起，从而引出题赠者阿尔芒对死者的动人回忆。

《茶花女》问世后引起了极大震动，被译成各种文字在世界上广为流传。《茶花女》后来被改编成歌剧，由意大利著名的音乐家威尔第作曲，影响更为深远。不久，无论是剧本还是小说，很快就跨越国界，流传到欧洲各国。它率先把一个混迹于上流社会的风尘女子纳入文学作品描写的中心，开创了法国文学“落难女郎”系列的先河。而它那关注情爱堕落的社会问题的题材，对19世纪后半叶欧洲写实主义问题小说的产生、写实性风俗剧的潮起，产生了极为深远的影响。

【故事与人物】

玛格丽特原来是个贫苦的乡下姑娘，来到巴黎后，开始了卖笑生涯。由于生得花容月貌，巴黎的贵族公子争相追逐，玛格丽特成了红极一时的“社交明星”。她随身的装扮总是少不了一束茶花，所以人称“茶花女”。

茶花女得了肺病，在接受矿泉治疗时，疗养院里有位贵族小姐，身材、长相和玛格丽特差不多，只是肺病已到了第三期，不久便死了。小姐的父亲裘拉第公爵偶然发现玛格丽特很像他女儿，便收她做了干女儿。玛格丽特说出了自己的身世，公爵答应只要她能改变自己过去的生活，便负担她的全部日常费用。但玛格丽特不能完全做到，公爵便将钱减少了一半，玛格丽特入不敷出，不久就欠下几万法郎的债务。

一天晚上十点钟，玛格丽特回来后，一群客人来访。邻居普吕当丝带来两个青年，其中一个是税务局长迪瓦尔先生的儿子阿尔芒，他疯狂地爱着茶花女。甚至早在一年前，玛格丽特生病期间，阿尔芒每天跑来打听病情，却不肯留下自己的姓名。普吕当丝向玛格丽特讲了阿尔芒的一片痴情，她很感动。玛格丽特和朋友们跳舞时，病情突然发作，阿尔芒非常关切地劝她不要这样残害自己，并向玛格丽特表白自己的爱情。他告诉茶花女，他现在还珍藏着她六个月前丢掉的纽扣。玛格丽特原已淡薄的心灵再次动了真情，她送给阿尔芒一朵茶花，以心相许。

阿尔芒真挚的爱情激发了玛格丽特对生活的热望，她决心摆脱百无聊赖的巴黎生活，和阿尔芒到乡下住一段时间。她准备独自一人筹划一笔钱，就请阿尔芒离开她一晚上。阿尔芒回去找玛格丽特时，恰巧碰上玛格丽特过去的情人，顿生嫉妒。他给玛格丽特写了一封措辞激烈的信，说他不愿意成为别人取笑的对象，他将离开巴黎。但他并没有走，玛格丽特是他整个希望和生命，他跪着请玛格丽特原谅他。

经过努力，玛格丽特和阿尔芒在巴黎郊外租了一间房子。公爵知道后，断绝了玛格丽特的经济来源。玛格丽特背着阿尔芒，典当了自己的金银首饰和车马来支付生活费用。阿尔芒了解后，决定把母亲留给他的一笔遗产转让，以还清玛格丽特所欠下的债务。经纪人要他去签字，他离开玛格丽特去了巴黎。

那封信原来是阿尔芒的父亲迪瓦尔先生写的，他想骗阿尔芒离开，然后去找玛格丽特。他告诉玛格丽特，他的儿子爱上一个体面的少女，那家打听到阿尔芒和玛格丽特的关系后表示：如果阿尔芒不和玛格丽特断绝关系，就要退婚。玛格丽特痛苦地哀求迪瓦尔先生，如果要让她与阿尔芒断绝关系，就等于要她的命，可迪瓦尔先生毫不退让。为了阿尔芒和他的家庭，她只好做出牺牲，发誓与阿尔芒绝交。

玛格丽特非常悲伤地给阿尔芒写了封绝交信，然后回到巴黎，又开始了昔日荒唐的生活。她接受了瓦尔维勒男爵的追求，他帮助她还清了一切债务，又赎回了首饰和马车。阿尔芒也怀着痛苦的心情和父亲回到家乡。

阿尔芒仍深深地怀念着玛格丽特，他又失魂落魄地来到巴黎。他决心报复玛格丽特的“背叛”。他找到了玛格丽特，处处给她难堪，骂她是没有良心、无情无义的娼妇，把爱情作为商品出卖。玛格丽特面对阿尔芒的误会，伤心地劝他忘了自己，永远不要再见面。阿尔芒却要她与自己一同逃离巴黎，逃到没人认识他们的地方，紧紧守着他们的爱情。玛格丽特说她不能那样，因为她已经起过誓，阿尔芒误以为她和男爵有过海誓山盟，便气愤地给玛格丽特写信侮辱她，并寄去了一叠钞票。玛格丽特受了这场刺激，一病不起。新年快到了，玛格丽特的病情更严重了，脸色苍白，没有一个人来探望她，她感到格外孤寂。迪瓦尔先生来信告诉她，他感谢玛格丽特信守诺言，已写信把事情的真相告诉了阿尔芒。现在玛格丽特唯一的希望就是再次见到阿尔芒。临死前，债主们都来了，带着借据，逼她还债。执行官奉命来执行判决，查封了她的全部财产，只等她死后就进行拍卖。弥留之际，她不断地呼喊着阿尔芒的名字。她始终没有再见到她心爱的人，死后只有一个好心的邻居朱利为她入殓。当阿尔芒重回到巴黎时，朱利把玛格丽特的一本日记交给了他。从日记中，阿尔芒才知道了她的高尚心灵。

阿尔芒怀着无限的悔恨与惆怅，专门为玛格丽特迁坟安葬，并在她的坟前摆满了白色的茶花。

玛格丽特作为小说的主人公，阿尔芒的恋人，美丽纯洁，善良无私，文雅端庄。她虽然沦落风尘，但是仍然保持一颗纯洁的心灵和独立的人格，向往真正的生活和爱情。而小说的男主人公阿尔芒，是玛格丽特最忠诚、最心爱的情人，对玛格丽特忠贞不二，但他爱冲动、嫉妒心强。由于不明真相，他对离开了的玛格丽特百般挖苦嘲讽，使玛格丽特身心遭到沉重的打击。最终他明白事情的真相，内心充满无限的悔恨。作为玛格丽特的女仆，纳妮娜善良朴实，为玛格丽特应酬客人，料理家务，对玛格丽特极为忠诚。而心地善良的朱利，作为玛格丽特的好朋友，在玛格丽特临终前，她一直陪伴在她的身边。小说中还刻画了一些令人不齿的反面人物，如阿尔芒的父亲迪瓦尔，自私伪善，满腹偏见，他用谎言强迫玛格丽特离开阿尔芒，使玛格丽特的生活理想彻底破灭，是玛格丽特悲剧的直接制造者；玛格丽特的朋友普吕当丝，自私贪财，虚情假意，她为玛格丽特每做一件事都要收取酬金，而当玛格丽特奄奄一息的时候，她又毫不留情地离开了玛格丽特。

【精彩片段】

在那命定的夜晚之后，您跟我一样了解，然而您无从知晓的，也不可能有所觉察的，就是我们分手之后，我经受了多大的痛苦。

我得知您父亲把您带走了，但是我完全料想得到，您不可能长久地远离开我，因此那天在香榭丽舍大街遇见你，我很激动，但是并不感到惊讶。

于是开始了那一连串的日子，每天您都要给我一种新的侮辱，而我几乎高兴地接受您的侮辱，因为，这不仅证明您始终爱我，而且我也感到，您越是折磨我，等您了解真相的那一天，我在您眼里就会越高尚。

这种愉快的殉难，您不要感到惊讶，阿尔芒，正是您当初对我的爱给我打开心扉，迎进高尚的激情。

然而，我并不是一下子就变得那么坚强。

在我实施为您做出的牺牲，到您又返回巴黎，这段时间相当长，我需要消耗肉体才不至于变疯，才能在我重新投入的生活中变得麻木不仁。普吕当丝告诉过您，我参加所有晚会、舞会，出席所有盛宴，对不对？

我过起放纵的生活，就好像希望尽快自杀，而且我也相信，这种希望很快就会实现。我的身体状况必然日益恶化，我派杜韦尔努瓦太太去向您讨饶的那天，我的肉体和精神都已经消耗殆尽。

我不想提醒您，阿尔芒，一个要死的女人，在您请求一夜之欢时，未能抗拒住您的声音，她仿佛丧失理智，一时间以为她可能把过去和现时融合起来，然而，您却以什么方式报答我爱您的最后表示，您以什么样的凌辱将这个女人赶出巴黎。阿尔芒，您有权那样做：别人每夜并不总付给我那么高价！

…………

我变成了没有灵魂的躯壳，没有思想的物品；我在一段时间里，过上了这种行尸走肉的生活。后来我又回到巴黎，打听您的消息，得知您动身远游了。再也没有什么能支持我的了。我的生活又恢复旧观，回到两年前您认识我的那种状态。我试图把公爵拉回来，但是我把这个人伤害得太狠，而老年人可没有那种耐性，无疑他们发觉自己不可能总活下去。病魔日益侵蚀我的肌体，我面无血色，终日愁苦，身体也更加瘦损了……

现在我彻底病倒了，又身无分文，债主们又都纷纷来逼债，给我送来单据就跟催命似的。您若是在巴黎该有多好啊，阿尔芒！您会来看望我的，您来探望就会给我安慰。

赏　析

节选的这个片段在小说的结尾部分，作者以玛格丽特手记的方式，表现了玛格丽特临死前真实而复杂的内心世界：她挚爱阿尔芒，然而又不能把真相告诉他，只能折磨自己，过一种“行尸走肉的生活”。这段文字读来让人心碎。

阅读思考

1. 在此节选的片段开始，玛格丽特为什么说阿尔芒“不可能长久地远离开我”？

2. 试理解文段中“然而，我并不是一下子就变得那么坚强”这句话的深刻含义。

3. 结合整部小说，请你设想一下，如果阿尔芒明白事情真相之后，又见到了活着的玛格丽特，会有怎样的语言、行为呢？而那时的玛格丽特又会如何应对？

【相关链接】

只想拥有真实的高度

一天，大仲马得知他的儿子小仲马寄出的稿子总是碰壁，便对小仲马说：“如果你能在寄稿时，随稿给编辑先生附上一封短信，或者只是一句话，说‘我是大仲马的儿子’，或许情况就会好多了。”

小仲马固执地说：“不，我不想坐在你的肩头上摘苹果，那样摘来的苹果没有味道。”年轻的小仲马不但拒绝以父亲的盛名做自己事业的敲门砖，而且不露声色地给自己取了十几个其他姓氏的笔名，以避免那些编辑先生们把他和大名鼎鼎的父亲联系起来。

面对那些冷酷而无情的一张张退稿笺，小仲马没有沮丧，仍在持之不懈地创作自己的作品。他的长篇小说《茶花女》寄出后，终于以其绝妙的构思和精彩的文笔震撼了一位资深编辑，这位知名编辑曾和大仲马有着多年的书信来往。他看到寄稿人的地址同大作家大仲马的丝毫不差，怀疑是大仲马另取的笔名，但作品的风格却和大仲马的迥然不同。带着这种兴奋和疑问，他迫不及待地乘车造访大仲马家。

令他大吃一惊的是，《茶花女》这部伟大的作品，作者竟是大仲马名不见经传的年轻儿子小仲马。“您为何不在稿子上署上您的真实姓名呢？”老编辑疑惑地问小仲马。小仲马说：“我只想拥有真实的高度。”

老编辑对小仲马的做法赞叹不已。

《茶花女》出版后，法国文坛书评家一致认为这部作品的价值大大超越了大仲马的代表作《基督山伯爵》。小仲马一时声名鹊起。

《怎么办？》：进步青年“生活的教科书”

夏 鸣

【作家小传】

1828 年7月24日，在伏尔加河边美丽的萨拉托夫城一个牧师家庭里，一个男孩来到了世上。这个孩子喜欢读书，常为书中的人物哭泣而忘了吃饭，妈妈喊来了他的爸爸，又拿了很多他平时喜欢读的书哄他，他才擦擦眼泪继续吃饭。这个小男孩后来成长为俄国19世纪杰出的革命家、思想家、革命民主主义战斗的旗帜，一代新人的思想领袖，他就是车尔尼雪夫斯基。

14 岁的时候，车尔尼雪夫斯基以优异的成绩考取了萨拉托夫的教会中学。16 岁时，他已经通晓七种语言，阅读了俄国民主主义者别林斯基和赫尔岑大量的文章。他还喜欢俄国大诗人普希金和莱蒙托夫的诗，以及英国作家狄更斯和法国女作家乔治·桑的小说。

1846 年,车尔尼雪夫斯基考取了圣彼得堡大学文史系。在大学读书期间，他更加勤奋，读书常常是通宵达旦，被老师和同学戏谑地称为“伏尔加河边的读书迷”，这也是他最终能成为著名文学家的重要原因。

1850 年，他大学毕业；次年返回故乡，任过中学语文教师。后秘密前往英国伦敦，同侨居在那里的赫尔岑商讨反对沙皇统治的问题。1862 年，车尔尼雪夫斯基被沙皇政府逮捕，被判处服七年苦役并终生流放西伯利亚。在囚禁与流放中，他毫不沮丧，写下了许多充满革命激情的优秀作品，如《怎么办？》。在漫长的流放期间，他继续写了许多小说和文章，其中保存下来的只有长篇小说《序幕》，它描绘农奴制改革前夜的俄国社会斗争，刻画了革命民主主义者的形象——伏尔庚和列维茨基。1883 年由于健康原因车尔尼雪夫斯基获准回到阿斯特拉罕居住，撰写了《回忆屠格涅夫与杜勃罗留波夫的关系》《人类知识的特征》等文章。1889 年 6 月被准许返回故乡萨拉托夫，四个月后，因脑溢血离开了人世。

车尔尼雪夫斯基把俄国革命民主主义思想发展到空前的高度。他的光辉著作和威武不屈的品质，为他赢得了崇高的威望，成为俄国一代进步青年所景仰的英雄人物，对俄国革命运动产生了巨大的影响。列宁把他誉为“未来风暴中的年轻舵手”，普列汉诺夫把他比作“俄国文学中的普罗米修斯”。

【作品导读】

长篇小说《怎么办？》是车尔尼雪夫斯基在被囚于彼得保罗要塞期间创作的，始创作于1862年12月，完成于1863年3月，只用了四个月的时间，发表于《现代人》杂志上。

这部作品是俄国19世纪现实主义文学的优秀代表作，是矗立在俄国文学史上的一座巍峨的丰碑。小说借一个渴望自由和独立的新女性薇拉同平民知识分子罗普霍夫与吉尔沙洛夫的三角恋爱故事，表达对妇女解放和自由恋爱的新思想；通过薇拉创办的新型缝衣工场和她的四个梦，宣扬空想社会主义思想；围绕自由劳动、妇女解放和秘密革命活动三条线索展开，提出只有斗争才能改变人民的厄运。小说结构新颖别致，叙述经常伴以政论性的旁白，并常用隐喻、暗示表达一代新人的革命活动。

从情节结构的安排来说，作家采用了倒叙的手法。作品开头便写一个不知名的人开枪自杀的事件，使之带有惊险小说的性质，容易瞒过检查机关的耳目。然后，才叙述故事开端、发展和高潮。薇拉的四个梦是作品的中心环节，作者不仅以做梦来表现人物心理，更重要的是把梦作为提出理想的一种手段。它在作品中推动情节的发展，同时，也成为主人公性格发展的新的里程碑。

1863年，《怎么办？》发表后引起了广泛的反响。面对俄国的黑暗统治，车尔尼雪夫斯基借用此书提出了“怎么办”这一问题，引起无数读者的思考。它解决了无数俄国青年一直萦绕在心头的“是沉默还是爆发”的问题，教育了一代又一代的俄国及其他许多国家的青年和革命者，因此它被誉为“生活的教科书”是再合适不过的。

【故事与人物】

薇拉·巴夫洛夫娜出身于一个小市民的家庭，她的父亲巴威尔是个四等文官的房舍管理人，母亲玛丽娅是个势利、爱好虚荣的女人，一心想把她嫁给有钱人。薇拉在医学院学生罗普霍夫的帮助下拒绝了父母包办婚姻的企图，脱离家庭。罗普霍夫把一些进步书籍借给薇拉看，使她呼吸到民主自由的新空气。在交往中，薇拉和罗普霍夫的感情有了进一步的发展。婚后，薇拉创办了一个实行社会主义原则的缝纫工场。在工场中，她和女工们一同管理经济，平均分配红利。

罗普霍夫的朋友吉尔沙洛夫是个地方法院穷书记的儿子，从医学院毕业后，获得了教授的职位。在罗普霍夫结婚的初期，他常上他们家去，发觉自己爱上了薇拉。为了抑制自己的感情，吉尔沙洛夫有意疏远了这个家庭。后来，罗普霍夫得了肺炎，吉尔沙洛夫去给他看病，他对薇拉爱慕的感情又复活了。他再次抑制自己，和一个过去被他拯救、现在在薇拉工场当女工的克留科娃同居。罗普霍夫感到薇拉与吉尔沙洛夫性情相投，他们在一起生活会更幸福，为了不给薇拉带来痛苦，他假称要回到家乡里亚桑去看父母。薇拉送他上车，临别时，他对薇拉说：“爱一个人就是衷心希望他幸福，然而没有自由便没有幸福，你不愿束缚我，我也不愿束缚你。”不久，便传来罗普霍夫自杀的消息。这使薇拉很伤心，想丢开缝纫工场离去。

大学生拉赫梅托夫奉了罗普霍夫的嘱托来看薇拉，他是个革命者，祖先是个大贵族，但他对贵族阶级不满。在彼得堡，他认识了吉尔沙洛夫，从他那里，阅读了许多进步书籍，开始了他的新生。拉赫梅托夫来找薇拉，劝她不要离开工场，应当继续关心女工的命运和幸福，并把罗普霍夫写的一张字条交给她，转告了罗普霍夫自动离家和他对婚姻自由的看法。吉尔沙洛夫也收到罗普霍夫的来信，劝他和薇拉结合，于是薇拉和吉尔沙洛夫结婚了。

两年后，薇拉筹建的第二家缝纫工场走上了正轨。新、旧两家工场保持密切的联系，并互相转让订货。罗普霍夫在国外生活了一段时间，去了美国。在那儿，他为争取黑人解放而进行斗争。后来，他化名为毕蒙特回到俄国，结识了波洛卓娃一家，并爱上了波洛卓娃而结婚了。

罗普霍夫和吉尔沙洛夫两家搬住在一起，他们按照自己最喜爱的生活方式生活着。工场已发展为三个，他们对未来充满美好的信念，共同进行着他们所热爱的事业。拉赫梅托夫因革命被关进监狱，出狱后，他和一向爱他的年轻寡妇结了婚，他们一同走上了宣传革命的道路。

《怎么办？》的副标题是《新人的故事》。这部小说的显著特色是以欢乐的情调、明朗的画面展示了新人的故事。人物新、故事新、思想新，正是俄国解放运动进入第二阶段的反映。其中的“新人”分为两类：一类是薇拉、罗普霍夫、吉尔沙洛夫等人，是普通人中的“新人”；另一类就是拉赫梅托夫等人，是“新人”中的特殊人。作为“平常的正派人”的典型，薇拉、罗普霍夫和吉尔沙洛夫具有一种最重要的共同点，就是他们都有着强烈的民主主义思想和改造俄国社会的决心。这些新人在爱情冲突中，显示了高尚的品质，他们信奉的是希望人人都快乐幸福。

【精彩片段】

薇拉·巴夫洛夫娜过了一会睡着了，并且做了一个梦。

她梦见一片田野，在田野上行走的有她亲爱的丈夫和阿列克谢·彼得罗维奇，丈夫说：

“您很想知道，阿列克谢·彼得罗维奇，为什么有的泥土能长出这么白、这么好、这么嫩的小麦，有的泥土却长不出来？这差别您自己马上就能看出来的。您瞧这株长得好的麦穗的根部：根旁是泥土，不过这泥土是新鲜的，可以说是精良的泥土。您闻到一股潮湿不爽的气味，但是它没有霉味，也不发酸。您知道，拿您和我信奉的那种哲学术语来说，这精良的泥土叫做实用的泥土。它的确脏，可只要仔细地观察，你准能看出，构成这泥土的全部元素本身都是健康的。元素用这种方式化合，就构成了泥土，可是让原子的配置稍许改变一些，就会产生另一种东西，而产生出的新的东西也全部是健康的，因为基本元素都是健康的。而这种泥土所具有的健康的属性又是从何而来的呢？请注意这片草地的情形：您看，这儿的水是流动的，所以这儿不可能存在腐朽的现象。”

“对,运动是真实的存在,”阿列克谢·彼得罗维奇说,“因为运动就是生命，而真实的存在和生命又是一回事。但生命的主要因素是劳动，所以真实的存在的主要因素也是劳动，真实的存在的最可靠的标志是具有实际的意义。”

“那么您看吧，阿列克谢·彼得罗维奇，当太阳开始晒暖这泥土的时候，热能便开始逐渐地把泥土中的元素转化为一种更为复杂的化合物，也就是高级形态的化合物麦穗，在日照下从这泥土中长出了麦穗，它一定是一株健康的麦穗。”

“对，因为这是有真实生命的泥土。”阿列克谢·彼得罗维奇说。

“现在我们转移到这片草地上去。我们在这儿也来取一棵植物，同样地来观察它的根部。根上也有泥土。请注意这儿的泥土的性质。不难看出，这儿的泥土是腐朽的。”

“用科学术语说，就是不实用的泥土。”阿列克谢·彼得罗维奇说。

“对，因为元素本身不健康。”阿列克谢·彼得罗维奇说。

“我们不难发现这种不健康的原因……”

“也就是造成这不实用的腐朽的原因。”阿列克谢·彼得罗维奇说。

“对，也就是这些元素腐朽的原因，这不难发现，只要我们注意到这片草地的情况。您看，这儿的水不流动，因而淤滞住，并变腐臭了。”

“对，缺乏运动就是缺乏劳动，”阿列克谢·彼得罗维奇说，“因为按照人本主义的分析，劳动是运动的基本形态，它为所有其他的运动形态如消遣、休息、游玩和娱乐，打下基础，并赋予其内容，所有其他的运动形态若没有预先的劳动就不会具有实际的意义。而没有运动就没有生命，也就不是真实的存在，所以这是一种不实用的即腐朽的泥土。……”

赏　析

这个片段生动地展现了薇拉·巴夫洛夫娜的第二个梦。作者借用梦境，以细腻的心理分析和对话，对人物的内心世界进行深入挖掘，巧用暗喻，谴责了寄生阶级，揭示了他们腐朽堕落的原因，形象说明“在精良的泥土上，有真实生命的泥土上产生出的新的东西也全部是健康的，因为基本元素都是健康的”；而在腐朽的泥土、不实用的泥土上“植物不可能长得好”，因为这块泥土的“元素本身不健康”，所以产生出来的其他东西“全部都必定是不健康的、劣质的”。这就指出了改造社会的必要性以及通过劳动和积极的社会活动去争取自由、解放的道路。无疑在当时的社会中，作者不可能从正面来描写革命；但是，从字里行间，人们还是可以感受到革命的信息。

阅读思考

1. 阅读上面的片段，说说薇拉此时这个梦境展示内容的象征意义。

2. 薇拉的梦境内容与当时的社会现实有何矛盾之处，他们应当如何实现自己的理想？

3. 根据梦境内容，结合上下文，分析薇拉的性格是如何发展的？

【相关链接】

伟大的作品把一切伟大的灵魂紧密地联结在一起

列宁非常喜爱这部小说，他说：“在我接触到马克思、恩格斯和普列汉诺夫的著作之前，对我起主要的、占压倒优势影响的只是车尔尼雪夫斯基，这种影响就是从《怎么办?》开始的。这部小说能使人整个的生命都充满活力。”他还称赞这部小说:“这才是真正的文学,这种文学能领导人、引导人、鼓舞人。我在一个夏天把《怎么办?》读了五遍,每一次都在这部作品中发现了新的令人激动的思想。”伟大的作品把一切伟大的灵魂紧密地联结在一起。

一本书的价值不仅仅在于书本的精神与引导作用,也在于这本书背后的不为大众所知的故事。《怎么办?》以爱情的外衣掩盖了革命的锋芒,用伊索寓言式的语言蒙骗当时的统治者。就这样,愚蠢而又自以为是的统治者亲手为这部小说打开了通往世界的大门,让当时许许多多的俄国青年从黑暗的统治中觉醒,从中受到教育与鼓舞。可以说,在这场智慧与武力的斗争中,车尔尼雪夫斯基无疑是最大的赢家,收获了他最希望看到的——俄国人民的觉醒,无产阶级革命的爆发。只是为此他也付出了极大的代价,但他必定是幸福的,因为就像他所说的:“一切真正美好的东西都是从斗争和牺牲中获得的,而美好的将来也要以同样的方法来获取。”

习近平主席谈《怎么办?》

2013年3月23日,新任国家主席习近平首访俄罗斯,在莫斯科国际关系学院演讲时,他引用了车尔尼雪夫斯基的名言:“历史的道路不是涅瓦大街上的人行道。它完全是在田野中行进的,有时穿过尘埃,有时穿过泥泞,有时横渡沼泽,有时行经丛林。”习主席说:“在中国,我们这个年纪的人,对俄罗斯文化都有所了解。”他说:“我年轻时读了车尔尼雪夫斯基的《怎么办?》,当时给了我很大的影响。这就是优秀文化的魅力。”

《安娜·卡列尼娜》：描绘时代、家庭变迁与女性命运沉浮的永恒经典

王海燕

【作家小传】

1828年9月9日，列夫·尼古拉耶维奇·托尔斯泰出生于距莫斯科不远的雅斯纳亚·波良纳的贵族庄园。他出身名门，是彼得大帝时代承袭下来的贵族，世袭伯爵。托尔斯泰两岁丧母，九岁逝父，从小由姑妈照料长大。由于家境殷实，童年起就有家庭教师精心照管他的生活和学习。

16岁时，托尔斯泰考入喀山大学东方语系。三年后，他中断学业，回家经营庄园。1851年，托尔斯泰到他哥哥所在的军队当了一名下级军官，在高加索地区参加了沙俄与土耳其的克里米亚战争。1855年，他参加了著名的塞瓦斯托波尔保卫战。此役中，托尔斯泰英勇善战，屡建战功。

从1852年开始，《现代人》杂志上发表了托尔斯泰的自传体中篇小说《童年》，这是他步入文坛的处女作。在《童年》中，托尔斯泰通过对小主人公单纯而又富有诗意的内心世界的细微描写，展示了一个出身贵族家庭、聪颖、敏感儿童的精神成长过程。到1864年，托尔斯泰已经发表了二十多篇中、短篇小说。尽管托尔斯泰个人认为这些作品不过是“小试牛刀”，但事实上仅凭此就足以让他有资格置身于俄罗斯一流作家的行列。如果说19世纪60年代还仅仅是俄罗斯伟大作家的话，随着《战争与和平》《安娜·卡列尼娜》两部长篇巨著的先后问世，托尔斯泰开始赢得了世界声誉，成为一代文学巨匠。

1910年11月10日，托尔斯泰从自己的雅斯纳亚·波良纳庄园秘密出走。途中，他不幸患上了肺炎。10天后，托尔斯泰在阿斯塔波沃车站的站长室逝世，走完了自己辉煌而又孤独的一生。

托尔斯泰以自己一生的辛勤创作，登上了当时欧洲批判现实主义文学的高峰。他还以自己有力的笔触和卓越的艺术技巧辛勤创作了“世界文学中第一流的作品”，被称颂为具有“最清醒的现实主义”的“天才艺术家”。

【作品导读】

“你写作《安娜·卡列尼娜》的念头是怎样产生的？”1878年有人问托尔斯泰。托尔斯泰躺在沙发上回答说：“是的，就像现在这样，饭后我独自躺在这张沙发上，吸着烟……我不知道我是在竭力思索呢，还是在与瞌睡作斗争，突然有一条非常漂亮的贵妇人的光胳膊在我面前掠过，我不由得仔细看看这个幻影。接着出现了肩膀、脖子，最后是一个美丽的女人的形象，她身穿白衣裳。她那双含怨带恨的眼睛看着我。幻影消失了，可是我已无法摆脱它，它日夜跟踪着我。为了摆脱它，我必须给它找个化身。这就是写作《安娜·卡列尼娜》的起因。”

当然，《安娜·卡列尼娜》的创作动机不会这么简单，安娜这个光艳照人的形象也并非产生于一次偶然的幻觉。小说创作于1873年至1877年，当时俄国正处于历史大变动时期，古老的封建地主俄国受到西欧资本主义浪潮的猛烈冲击。在这新旧交替的历史时期，尤其吸引托尔斯泰注意的是家庭的变化和妇女的命运。家庭悲剧层出不穷，一幕幕展现在他的眼前，而一个妇女因爱情问题而卧轨自杀的消息，特别使他感到震惊和难过。这也许就是他创作《安娜·卡列尼娜》的直接原因。

《安娜·卡列尼娜》巨大的思想和艺术价值，使得这部巨著一发表便引起巨大社会反响。托尔斯泰并没有简单地写一个男女私通的故事，而是通过这个故事揭示了俄国社会中妇女的地位，并由此来鞭挞它的不合理性。作品描写了个人感情需要与社会道德之间的冲突。1877年，小说首版发行。据同代人称，它不啻是引起了“一场真正的社会大爆炸”，它的各个章节都引起了整个社会的“跷足”注视，及无休无止的“议论、推崇、非难和争吵，仿佛事情关涉到每个人最切身的问题”。

但不久，社会就公认它是一部了不起的巨著，它所达到的高度是俄国文学从未达到过的。伟大作家陀思妥耶夫斯基兴奋地评论道：“像真正的艺术作品一样，《安娜·卡列尼娜》是很完美的……在现代欧洲文学作品中没有任何类似的作品能和它媲美。”

【故事与人物】

安娜·卡列尼娜的哥哥奥勃朗斯基公爵已经有五个孩子，仍和法国家庭女教师恋爱，因此和妻子多丽闹翻，安娜从彼得堡乘车到莫斯科去为哥嫂调解，在车站认识了青年军官伏伦斯基。伏伦斯基毕业于贵族军官学校，后涉足于莫斯科社交界，以其翩翩风度得到了多丽的妹妹吉娣的垂青，但他只与她调情，并无意与她结婚。而深爱着吉娣的康斯坦丁·列文也从乡下来到莫斯科，他打算向吉娣求婚。但早倾心于伏伦斯基的吉娣却拒绝了他的求婚，她正想象着与伏伦斯基将来的幸福生活。

在伏伦斯基看到安娜的一刹那，便被安娜俘虏，在舞会上，他向安娜大献殷勤，而吉娣精心打扮想象着伏伦斯基要正式向她求婚。吉娣发现伏伦斯基和安娜异常地亲热，因此感到很苦闷。安娜不愿看到吉娣痛苦，劝慰了兄嫂一番，便回彼得堡去了。随后伏伦斯基也来到彼得堡，开始了对安娜的热烈追求。他参加一切能见到安娜的舞会和宴会，从而引起上流社会的流言蜚语。起初，安娜还一直压抑着自己的情感，不久，伏伦斯基的热情唤醒了安娜沉睡已久的爱情。

安娜的丈夫亚历山大·卡列宁其貌不扬，在官场中却是个地位显赫的人物，是一个“完全醉心于功名”的人物。他根本不懂什么是倾心相爱的情感，他认为他和安娜的结合是神的意志。他责备妻子行为有失检点，要她注意社会性的舆论，明白结婚的宗教意义，以及对儿女的责任。他并不在乎妻子和别人相好，“而是别人注意到才使他不安”。

在奥勃朗斯基家的宴会上，列文与吉娣彼此消除了隔阂，互相爱慕。不久他们结婚了，婚后他们回到列文的农庄，吉娣亲自掌管家务，列文撰写农业改革的论文，他们的生活幸福美满。

安娜和伏伦斯基的爱情遭到周围人的敌视与排斥。旧日的亲戚朋友拒绝与安娜往来，使她感到屈辱和痛苦。伏伦斯基被重新踏入社交界的欲望和舆论的压力压倒，与安娜分居，尽量避免与她单独见面，这使安娜感到很难过。伏伦斯基对安娜越来越冷淡了，他常常把安娜一个人扔在家里。安娜回想起这段生活，明白了自己是一个被侮辱、被抛弃的人，她决心“不让你折磨我了”，起了一种绝望而决心报复的心。最后安娜身着一袭黑天鹅绒长裙，在火车站的铁轨前，让呼啸而过的火车结束了自己无望的爱情和生命。这段为道德和世间所不容的婚外情最后的结果由安娜独自承担，给读者留下了无限感伤。

卡列宁参加了安娜的葬礼，并把安娜生的女儿带走了。伏伦斯基受到良心的谴责，他志愿参军去塞尔维亚和土耳其作战，但愿求得一死。

小说通过安娜追求爱情而失败的悲剧，列文在农村面临危机而进行的改革与探索这两条线索，描绘了俄国从莫斯科到外省乡村广阔而丰富多彩的图景，是一部社会百科全书式的作品。托尔斯泰成功地塑造了许多在文学史上光芒四射的人物：安娜、伏伦斯基、吉娣、列文、卡列宁……

安娜是托翁笔下精心塑造的俄罗斯上流社会的妇女形象。她不仅天生丽质，聪明过人，而且纯真、诚实、端庄，还有一个“复杂而有诗意的内心世界”。可是她遇人不淑，嫁给了为人自私、虚伪、刻板、冷酷、一心追逐名利的“官僚机器”卡列宁。与伏伦斯基的邂逅，重新唤醒了她对生活的追求。为了恋爱和生活，安娜终于跨出了上流社会的樊篱，抛弃了丈夫和儿子，正式投入伏伦斯基的怀抱。最终，安娜选择了爱情，可这爱情又成了镜花水月，使她越来越深地陷入了悲剧的命运，以至于最后卧轨自杀。

列文在小说占的比重不亚于安娜，他几乎是作者的原型，也是一个有着深刻矛盾的人物。他鄙视彼得堡的宫廷贵族，不愿与之同流合污，却又以出身世袭贵族而自豪；他不满于上流社会的荒淫和虚伪，却认为奢侈是贵族的本分；他反对农奴制，同情农民，却又向往于贵族的古风旧习；他厌恶资本主义并否定资本主义在俄国发展的必然性，自己的农业经营又沿袭着资本主义方式；他断定资产阶级的所得统统是不义之财，却和劳动者分斤拨两；他不赞成哥哥那种资产阶级自由主义者的观点，也不赞成另一个哥哥的革命民主主义立场；这些都是有道德感情的贵族在历史转折时期而背对历史发展所必然产生的思想波动。与安娜不同的是，列文获得了真正的爱情和家庭的幸福。

【精彩片段】

她突然想起她同伏伦斯基初次相逢那天被火车轧死的人，她明白了她应该怎么办。她敏捷地从水塔那里沿着台阶走到向铁轨边，在擦身而过的火车旁站住了。她察看着车厢的底部、螺旋推进器、链条和慢慢滚过来的第一节车厢的巨大铁轮，竭力用肉眼测出前后轮之间的中心点，估计中心点对住她的时间。

“那里！”她自言自语，望望车厢的阴影，望望撒在枕木上的沙土和煤灰，“那里，倒在正中心，我要惩罚他，摆脱一切人，也摆脱我自己！”

她想倒在开到她身边的第一节车厢的中心。可是她从臂上取下红色手提包时耽搁了一下，来不及了，车厢中心已经过去了。只好等下一节车厢。一种仿佛投身到河里游泳的感觉攫住了她，她画了十字。这种画十字的习惯动作，在她心里唤起了一系列少女时代和童年时代的回忆，周围笼罩着的一片黑暗突然打破了，生命带着它种种灿烂欢乐的往事刹那间又呈现在她面前，但她的目光没有离开第二节车厢滚近拢来的车轮。就在前后车轮之间的中心对准她的一瞬间，她丢下红色手提包，头缩在肩膀里，两手着地扑到车厢下面，微微动了动，仿佛立刻想站起来，但又扑通一声跪了下去。就在这一刹那间，她对自己的行动大吃一惊。“我这是在哪里？我这是做什么？为了什么呀？”她想站起来，闪开身子，可是一个冷酷无情的庞然大物撞到她的脑袋上，从她背上轧过。“上帝呀，饶恕我的一切吧！”她说，觉得无力挣扎。一个矮小的乡下人嘴里嘟囔着什么，在铁轨上干活。那支她曾经用来照着阅读那本充满忧虑、欺诈、悲哀和罪恶之书的蜡烛，闪出空前未有的光辉，把原来笼罩在黑暗中的一切都给她照个透亮，接着烛光发出轻微的哔剥声，昏暗下去，终于永远熄灭了。

赏 析

安娜在生命的最后选择了卧轨是有原因的。她在初遇伏伦斯基时见到过卧轨自杀的场面。这成为她选择卧轨的诱因，或者说这件事进入了潜意识里。安娜或许本来不想自杀，但伏伦斯基的信成了导火索。从初次在车站遇见的躁动到最后在车站收到手信的伤感，人生的波折和路程竟然回到了起点，只是人已年轻不再、事亦非心中所向往。自己追求爱情和自由终究毫无结果和意义。于是，当想到要惩罚自己，考虑如何了结生命时，现实场面的刺激便使她倾向于意识里的所见所闻——卧轨。从动机上，安娜的自杀属于追求性自杀，企图以自杀进行反抗，或者从痛苦的压力中逃避和解脱出来。

阅读思考

1. 托尔斯泰大量使用心理描写的手法叙述安娜的爱情挫折和婚姻悲剧，使作品极具艺术魅力。读者在感受俄罗斯社会残酷现实的同时也为安娜的心理变化过程所震撼，试分析小说对自杀前安娜的内心话语的描写。

2. 小说以安娜的卧轨自杀结束，联系整部小说的内容，谈谈这个悲剧带给我们的思考。

【相关链接】

《战争与和平》：近代的《伊利亚特》

19 世纪 60 年代，托尔斯泰想写一部以 1812 年俄国抗击拿破仑入侵为题材的小说。他遍阅有关历史资料、宫廷档案，想尽可能弄清当时的真实情况，作为创作长篇小说的依据。在查阅资料时，他发现史学家在叙述历史事件时，往往随意篡改历史，甚至吹牛撒谎，以达到不可告人的目的。但作家是艺术家，艺术家描写历史必须真实，不能随心所欲，昧着良心胡编乱造。再有，史学家总是把帝王将相、英雄豪杰作为历史的中心人物，竭力地加以美化，肉麻地对之歌功颂德。托尔斯泰说："在史学家看来，在达到一定目的上起作用的就是英雄；在艺术家看来，这种和生活各方面都一致的人物不可能也不应该是英雄而应该是人。"

除了查阅史料外，托尔斯泰又同许多经历过这一年代的老人交谈，竭力掌握真实情况。于是 19 世纪初俄罗斯社会的全景图在作者头脑里渐渐形成，而且越来越清晰，他对待各种人物的爱憎也越来越分明。经过五年的艰苦努力，终于创作出了一座有 559 个人物画像的艺术长廊，使全世界读者为之震惊。罗曼·罗兰说，《战争与和平》是"我们的时代最伟大的史诗，是近代的《伊利亚特》"。

开玩笑的安娜

有一天，一位访客同俄国大文豪托尔斯泰谈起他的长篇小说《安娜·卡列尼娜》。客人说："您的《安娜·卡列尼娜》非常感人，但是最后您使她卧轨自杀，未免过于残忍了。"托尔斯泰看了看这位客人，笑着回答说："安娜跟我开了一个大玩笑，她卧轨自杀了，我万万没有料到她会这样！一般来说我的男女主角们跟我开的这种玩笑，我向来不大喜欢！"客人听了感到不好理解，便问托尔斯泰："您说的话，我不大明白，能否请您再解释一下呢？"托尔斯泰接着说："不难理解，作品中的人物做那些在现实生活中应该做的事，他们的行为是现实生活中常有的，不是我愿意或者不愿意能够决定的。"

《哈克贝利·费恩历险记》：幽默讽刺与浪漫主义的完美融合

刘志新

【作家小传】

1835 年 11 月 30 日出生于美国密苏里州佛罗里达乡村贫穷律师家庭里的山姆·克雷门斯，是个热爱河流而调皮多动的孩子。

他 11 岁时父亲因感染肺炎去世。他 13 岁时到一家印刷厂做了为期两年的学徒。出师后，他用自己的工资让母亲在全镇女士面前出尽了风头。

21 岁时他萌生了学习驾驶轮船的念头，并于 1858 年 9 月取得执照成为正式的驾驶员，在密西西比河上驾驶着轮船航行，这段时间是山姆人生中志得意满的时候。可惜好景不长，美国南北战争的爆发，导致所有的驾驶员都失业了！

1861 年，山姆回到汉尼拔，以担任“内华达部长”的哥哥的秘书身份远赴内华达州的首府卡森市。在这里山姆尝试了另外两项不适合他的工作：开垦森林和开矿。这两项工作给了山姆很多的写作题材，他开始在报上发表幽默短文，后来还得到了担任《地方企业报》编辑和记者的机会。三年之内他成为人们公认的才华横溢的年轻记者。这时他取了一个独特的笔名——马克·吐温。

1871 年，36 岁的马克·吐温迁居哈特福，在那里完成了《汤姆·索亚历险记》和《哈克贝利·费恩历险记》，成为不朽的作家。

50 岁时他带着家人开始环游世界，足迹遍及美洲、澳洲、新西兰、印度、锡兰、南非和英国等地，直到 65 岁才回国。

1910 年 4 月 21 日，这位天才的作家去世了。终其一生，马克·吐温都充满了冒险和探索的精神，他一直在不懈地寻找真正适合自己的生活道路。这个从密西西比河畔走来的小男孩将永远屹立在美国文坛上。

【作品导读】

1950年前后的美国社会除了政治生活腐败、劳资矛盾加深、教会虚伪诡诈、人民不堪其苦之外，最迫切、最严重的问题是蓄奴制和种族歧视。这种现象不仅在南部各州普遍而猖獗，而且南部和北部之间为奴隶制的争执已经开始白热化。《哈克贝利·费恩历险记》这本书所描写的正是这一历史时期。作者对一切不合理的现象，表现出战斗的姿态，对受迫害的广大黑人群众旗帜鲜明地予以真诚的同情和支持。

作为美国文学经典著作的《哈克贝利·费恩历险记》，语言艺术上最独特的一点就是口语化语言的运用。作家在广泛采用美国南方方言和黑人俚语的基础上，经过精妙的提炼加工，形成了一种富于口语化特征的文学语言，简洁生动，自然含蓄，是英语文学的范本。这部小说也比较全面地体现了马克·吐温创作的艺术魅力。在作品中作者把现实主义的真实性和浪漫主义的抒情性巧妙地糅合在一起，哈克与吉姆的漂流经历充满了传奇色彩，不仅将沿岸一带的城乡生活描写得翔实真切、具体可感，而且密西西比河上和沿岸的自然景物也闪烁着奇异壮丽的光华。

小说采用第一人称叙事方式，从哈克的视角反映生活、刻画形象，亲切生动，引人入胜。而哈克有着成人的眼光无法诠释的特性——就是他的童心。他以儿童的眼光和想法去触碰这个纷繁复杂的社会，并以逃避的方式来表达自己的反抗。他童心的色彩射出耀眼的光芒……

一百多年来，这部小说一直受到世界各国人民的热烈欢迎，专家们也好评如潮。英国诗人艾略特认为哈克的形象是不朽的，堪与唐·吉诃德、浮士德、哈姆雷特比美，美国小说家海明威称颂它："一切现代美国文学来自一本书，即马克·吐温的《哈克贝利·费恩历险记》……这是我们所有书中最好的。一切美国文学都来自这本书，在它之前，或在它以后，都不曾有过能与之媲美的作品。"

【故事与人物】

《哈克贝利·费恩历险记》一书描写主人公哈克贝利·费恩和黑奴吉姆的流浪故事。

哈克贝利·费恩和汤姆·索亚是一对爱好自由、追奇猎险的孩子。他们找到了强盗藏在山洞里的一笔钱，每人分得六千金币。过惯了自由散漫的流浪生活的哈克被寡妇道格拉斯收为养子，想让他成为未来的"上流人物"，于是哈克整天穿着阔绰美丽的衣服，不但要天天祈祷，还要学习那些没完没了的“清规戒律”，这些让他备受煎熬。直到有一天，那个曾抛下他到外面放荡的无赖兼酒鬼父亲的得知哈克有钱之后，就回来纠缠，要他的钱，还与寡妇道格拉斯争夺对哈克的监护权，在无果的情况下强行把哈克带到了一个僻远林子里的一间小屋锁了起来。喝醉了酒的父亲经常毒骂和狠揍哈克，于是哈克决心远远地离开酒鬼父亲和寡妇道格拉斯。他趁父亲去镇上卖木材的机会，精心安排了一个自己被淹死的假象，然后偷了个小划子，逃到了杰克逊岛上躲了起来。

在荒无人烟的杰克逊岛上，哈克遇到了华珍小姐家的黑奴吉姆。吉姆是在听说华珍小姐要把他卖了的情况下逃出来的。他们在杰克逊岛上共同生活了几天，同病相怜之感让两个人成了患难之交。

自从哈克逃出来之后，镇上的人们作了种种猜测。有人认为是吉姆杀死了他，因为哈克消失的那天，吉姆也逃跑了，于是他们悬赏捉拿吉姆。有人甚至怀疑是哈克的父亲杀死了他。还有人来杰克逊岛上搜查过，都被他们巧妙地躲开了。

为了寻求一个安全的地方，他们决定乘木筏顺密西西比河漂流，希望能够逃离蓄奴制比较严重的南部到北方的自由州去。为了安全考虑，他们白天躲在岸边的树林里，夜间顺流而下，真可以说是历经磨难。但当他们快到开罗的时候，哈克的思想却出现了动摇，感到放走吉姆是一件“没良心”的事，想去报告，可是吉姆的由衷感激又让他心软了，哈克还机智地骗过了两个来抓吉姆的白人。可是他们却错过了从开罗上岸的机会。他们的小木筏被一艘逆流而上的大轮船撞沉了。哈克和吉姆掉进了河里，并由此失散。在这个过程中哈克又目睹了谢泼德森和格兰杰福特两个家族的恩怨情仇，于是他想离开这个野蛮的地方。

正所谓无巧不成书，哈克和吉姆在苇塘的后面巧遇了，此时的吉姆也经历了重重磨难。于是他们又修好了木筏，再次顺着密西西比河而下，可是他们不但没有远离反而深入了蓄奴区。他们感到很无奈，只好听天由命。于是小小的木筏便成了唯一安全的地方。可是没多久，情况就发生了改变。一天拂晓，善良的哈克收留了两个被愤怒人群追赶着的人，这两个人就是狡猾的骗子“国王”和“公爵”。他们不但喧宾夺主，控制了木筏，而且还背着哈克把吉姆卖了。哈克偷偷躲过这两个狡猾的骗子，去解救吉姆。他来到费尔普斯农场，发现买下吉姆的正是汤姆的姨夫，而费尔普斯一家正等待汤姆前来做客。费尔普斯太太误把哈克认做汤姆。机灵的哈克将错就错，并出去截住了汤姆，与他一起设计救出吉姆。汤姆喜欢冒险，他坚持按书上的惊险方式进行营救。他以自己弟弟席德的身份见了姨夫一家，并悄悄用匿名信的方式说出了吉姆即将逃跑的消息。当吉姆逃跑的消息一传开，农场里的人就荷枪实弹地四处追捕。这场景可真把哈克和汤姆吓坏了。他们慌了手脚，拼命乱跑，结果汤姆腿上挨了一枪，让他饱尝了冒险的滋味。可是当人们押回吉姆时，事实真相也被揭露了出来：根据吉姆原主人华珍小姐的遗嘱，吉姆早已获得自由。最后费尔普斯太太热情地提出要收养哈克，但被谢绝了。哈克已决定要到印第安人居住的地方去过漂泊不定的自由生活……

小说的主人公哈克是美国文学史上一个著名的富于正义感和叛逆精神的儿童形象。哈克是一个被所谓的“文明社会”称作“叛逆”的家伙，然而他的天性却是友好而诚实的。他的双重性格是他骨子里的传统思想与天真无邪的天性进行斗争的结果。如小说开始时，写哈克活泼好动，爱好自由生活，但因为长期受到种族主义反动说教和社会风气的影响，歧视吉姆，常常捉弄他，一度想写信告发吉姆的行踪。然而当他们有了同病相怜之感后，经过日日夜夜的相处相伴，他决心帮助吉姆获得自由。

哈克同时也是一个逃避现实主义者，像这段描写所揭示的一样：“每天舒服地躺在那儿抽烟、钓鱼、不必读书，不用做功课，就那么懒懒地、痛痛快快地过日子。两个多月过去了，我的衣服已经烂得不成样子，……我再也不想回去了。……总的说来，在林子里过的真是一段美好时光。”

吉姆是一个勤劳朴实、热情诚实、忠心耿耿的黑奴。同时，他又是一个既愚昧无知又奴性十足的人。他没有弄清楚主人的真正用意就从主人家中逃了出来。为了能够躲避蓄奴区，在逃跑的过程中可谓一路艰险，然而却没有摆脱再次被卖掉的命运。他的不幸命运是广大黑奴悲苦人生的一个缩影。值得肯定的是，他不再逆来顺受，而是采取了出逃的对策，这在当时的历史条件下，要算是力所能及的反抗了。

吉姆还是一个富有同情心和牺牲精神的人，如逃跑过程中照顾哈克；汤姆受伤时，他不顾自己的安危，留在危险区域协助医生救护他。这就鲜明地揭示出了蓄奴制的残酷无情，表明了废除蓄奴制的必要性和迫切性。

【精彩片段】

等我醒来，太阳已经老高了。我看，该是过了八点钟了吧。我躺在草地上阴凉的树荫里，一边思量着，觉得身上已经歇过气来了，挺舒服的，挺满意的。透过树荫的一两处空隙，我能见到阳光。不过，这里到处是一棵棵巨大的树木，一片阴森森的。有些地方，阳光透过树叶，往下筛落，留下了地上几处斑斑点点的亮色。每当这些地方亮色摇曳，便知道有微风吹拂过。枝头有几只松鼠，态度友好地对着我吱吱地叫着。

我还是一味懒洋洋的，舒舒服服的，——还不想起身做早饭。是啊，我又打起了瞌睡。可是忽听得河上远处传来重重的"轰"的一声，我连忙爬了起来，支起一只胳膊，仔细地倾听。没有多久，又传来了一声。我跳起身来，走出去，通过树叶的空隙往外张望，但见远处大河之上一团黑烟——大约是在渡口附近。渡船上挤满了人，正往下游漂来。到了这一刻，我已懂得是怎么一回事了。"轰"，我看到渡船一侧喷出白烟。要知道，他们这是在河上放炮，指望我的尸体能浮到水面上来。

我正饿极了，不过眼下可不是我生火的时刻，因为人家会望见烟的。所以我就坐下来，看着炮火冒的烟，听着炮轰声声。大河河面有一英里宽，每到夏天早晨，一片好风光——这样，看着人家忙着找寻我的尸体，委实是一种乐趣。只要我能有一口东西吃就好。嗯，我突然想起，人们往往把水银灌到面包圈里，然后让它们在水面上漂，因为它们往往对准了沉在下面的尸体漂去，一到那里便停下来不动了。我自言自语：我得留心看着，看有没有漂到我身边来找我的面包。要是有的话，定要给点颜色让它们看看。我移到了岛上靠伊利诺斯州一边的地方，看一看我的运气究竟如何。事情倒并没有叫我失望，一只特大的面包漂了过来，我靠了一根长棍子，几乎把面包捞到手了，只是脚一滑，它就漂向远处了。当然，我是等在水流最靠近河岸的地方的——这个窍门我是精通的。可是不久又漂来了第二个，这一回啊，我可就旗开得胜啦。我拔开上面的塞子，把那一点儿水银给抖了出来，就咬了一口。这可是"面包房的面包"——是供上等人吃的——可不是你们下等人吃的那种玉米面包。

赏　析

哈克的逃避是一种无声的抗议。哈克作为一个儿童一直伴随着他的是童话里的声音，那是一种追崇真善、向往自然的声音。哈克自然也崇尚自然，他觉得在树林里听这自然的声音，睡得才是最安稳的，"我躺在草地上阴凉的树荫里，一边思量着，觉得身上已经歇过气来了，挺舒服的，挺满意的。"这才是他真实的感受。

阅读思考

1. 描写哈克醒来时岸边的风光有什么作用?

2. 画线的句子反映了哈克怎样的心态?

3. 小说的结尾写道:“我们赶忙将杰姆身上的镣铐卸掉。葆莉姨妈、西拉斯姨父和萨莉姨妈知道了他怎样忠心地帮助医生照看汤姆以后,就大大地把他夸奖了一番,重新把他安顿好,他爱吃什么就让他吃什么,还让他玩得开心,不用做任何事。”请你发挥想象力写出吉姆以后的生活。要求:符合社会现实以及人物性格。

【相关链接】

为什么《哈克贝利·费恩历险记》遭到封杀?

《哈克贝利·费恩历险记》是马克·吐温最有影响力的作品,马克·吐温也因此被称为“美国文学史上的林肯”。但为什么历史上这部作品多次遭到封杀呢?因为这部作品牵扯到了种族问题。从给他的称号中就能看出来了,为什么偏是“林肯”,而不是“华盛顿”,因为一提到林肯大家就想到了黑奴解放。种族问题在美国如此敏感,因为揭露了资本主义的腐朽与奴隶制度的罪恶,所以这部作品越有影响力就越容易遭禁。

必须站着

马克·吐温有一次到一个小城市演讲,他决定在演讲之前先理理发。

“你喜欢我们这个城市吗?”理发师问他。

“啊!喜欢,这是一个很好的地方。”马克·吐温说。“您来得很巧,”理发师继续说,“马克·吐温今天晚上要发表演讲,我想您一定是想去听听喽?”

“是的。”马克·吐温说。

“您弄到票了吗?”

“还没有。”

“这可太遗憾了!”理发师耸了耸肩膀,两手一摊,惋惜地说:“那您只好从头到尾站着了,因为那里不会有空座位。”

“对!”马克·吐温说,“和马克·吐温在一起可真糟糕,他一演讲我就只能永远站着。”

《羊脂球》：莫泊桑对人性的赞扬与揭露

支丽蓉

【作家小传】

1850年8月5日，莫泊桑诞生于法国诺曼底省。谁也没有想到，莫泊桑的一生虽然短暂，但是却取得了令人瞩目的文学成就，他创作了一系列著名的长篇小说，更是在短篇小说方面贡献巨大，被誉为"短篇小说之王"，与契诃夫和欧·亨利并称为"世界三大短篇小说家"。莫泊桑是19世纪后半叶法国优秀的批判现实主义作家，对后世产生极大影响。

莫泊桑虽是贵族后裔，但是他的一生并没有享受到贵族的舒适生活。他的祖父是复辟时期的税务官，而父亲则游手好闲，不务正业。莫泊桑在诺曼底的乡下与城镇度过了他无忧无虑的童年时光。1859年至1860年，他跟随父母来到巴黎小住，就读于拿破仑中学，后来父母离异，他又随母亲回到诺曼底地区，家乡的生活与美丽的自然风光对莫泊桑日后写作的影响很大。

1869年，莫泊桑赴巴黎大学攻读法律专业，不久以后普法战争爆发，他应征入伍，在军队里担任文书与通讯工作。战争结束后，莫泊桑于1872年3月开始在海军任小职员。小职员的生活无聊乏味，但是他勤奋创作，同时拜福楼拜为师。十年间,他完成了三百多个短篇小说和六个长篇小说。长篇有《一生》《漂亮朋友》等；中短篇有《项链》《我的叔叔于勒》《一个女雇工的故事》等。在他广泛的写作中，诺曼底地区乡镇的风光、普法战争和巴黎的小公务员生活成为他写作的三个突出特点。

莫泊桑于1893年7月6日去世，爱弥尔·左拉致悼词，并预言莫泊桑的作品将永垂不朽，将是"未来的学生们作为无懈可击的完美典范口口相传"的作品。

【作品导读】

1880 年，莫泊桑完成了《羊脂球》的创作，作品一经发表就轰动了法国文坛。由于莫泊桑亲身经历了普法战争，他在战争中的所见所闻、所感所想，都成为他日后写作的源泉。这场战争，让他亲眼目睹了法军的溃败，普鲁士士兵的粗野，当权者与资产阶级的卑鄙，普通民众的爱国主义热情，对于这一历史事件，不同的阶层有不同的反应，莫泊桑敏锐地捕捉到这些反应，成为他日后小说创作的素材。

战争对于人的影响总是巨大的，莫泊桑对战争的感受非常深刻，以至于在他整个创作中都执着于这个题材，产生了一大批以战争为内容或背景的作品，除了《羊脂球》，还有《菲菲小姐》《两个朋友》《米隆老爹》《一场决斗》等。

在《羊脂球》中，莫泊桑所描述的人物有贵族贝尔·德·布雷维尔伯爵和夫人、纺织业大佬卡雷·拉玛东先生和夫人、葡萄酒批发商鸟夫妇、民主党高尼岱、妓女羊脂球和两个修女。他们出逃的原因各不相同，却同聚于一辆马车，这样一个小小的马车车厢，像极了社会这个大圈子，有贵族、企业家、小业主、小民众。但是在到达旅馆前，被困旅馆和离开旅馆这三个场景的描述和对比中，特别是他们对待羊脂球前后不同的态度变化，表现了他们不同的社会身份和真实内心。他们虚伪卑鄙、唯利是图，打着爱国主义的旗号实则只为自身利益考虑。在对人物的描绘上，莫泊桑不刻意渲染形象、不刻意描画内心活动，而是致力于描写处于常态的感情、灵魂和理智的发展，表现人物内心的真实与本性的自然。莫泊桑短篇小说在人物描写上的现实主义艺术，总的来说，就是人物形象的自然化与英雄人物的平凡化。

生命是平等的，看完这部作品后我们应该思考，一个人身份和社会地位的高低并不能决定这个人生命的贵贱。这个故事肯定了羊脂球的爱国精神和自我牺牲精神，并讽刺了上流社会人物由高贵端庄的显赫外表包裹着的自私冷漠的内心品质。

【故事与人物】

普鲁士军队向巴黎大举进攻，据说普鲁士军队就要开进鲁昂城了，城里沉稳安静的气氛悄悄地变为惊恐不安的等待。普鲁士士兵终于来了，法国人作为战败者的义务也开始执行，普鲁士军官住在很多家庭里，掠夺财物，空气里增添了一种让人不能忍受的外来气氛，仿佛一种气味散布开来，那就是侵略的气味。一些人秘密地复仇，一些人则选择出逃。

有些人利用几个相熟的德国军官的势力，从总司令那里获得准许离境的证书。有十个人在车行里订了座位，订好一辆由四匹马拉的公共马车，他们决定在一个星期二的早晨天不亮时就动身，以免招惹很多人来看热闹。马车终于套好，当马车驶离这个城市时，天还是黑的，马车里的人看不清对方的脸，等天刚蒙蒙亮时，人们才好奇地相互打量着。

马车里坐着葡萄酒批发商鸟先生夫妇，他从伙计干到老板，靠廉价批发质量很差的葡萄酒发家，他诡计多端，是个十足的奸商。他的太太是个高大强壮、精打细算的妇人。还有道貌岸然的卡雷•拉玛东先生，他在纺织业里有很高的地位，开着三座纺织城，获得过四级荣誉胸章，是省议会的议员。他有一个年轻漂亮的妻子，这位太太喜欢招惹好人家出身的军官。贵族贝尔•德•布雷维尔伯爵和夫人，他们的姓氏是诺曼底最古老最高贵的姓氏，贝尔伯爵是一位老绅士，也是省议会的议员，他注重服装的修饰以显示显赫的地位，他的妻子气派雍容，善于交际。还有败光家业，盼望共和的民主党高尼岱，身材丰满圆润并且充满魅力的妓女羊脂球和两个修女。当他们发现车厢里有一个妓女时，那些正经妇人立马结为一队，开始窃窃私语，什么“婊子”啦，“社会耻辱”啦等等。车厢外下着雪，马车前进得很慢，估计到天黑前都到不了旅馆，他们因为走得匆忙没有准备食物，停车去农庄寻找食物也没有找到，等到下午三点时，所有人都饥肠辘辘了。只有羊脂球在她的小篮子里备好了三天的食物。当她拿出一些食物开始吃时，那些太太们更加厌恶她，想要把羊脂球和她的食物一同扔下车去。羊脂球谦逊而温和地邀请了所有人一起吃东西，这些上层人欲拒还迎，虽然吃了羊脂球的食物，但是仍然没有放下自己的架子，只是对羊脂球的态度缓和了一些，可想而知，羊脂球小篮子里的东西被这些话很少却吃得不少的人一扫而光。

终于到了旅馆，又遇到新的问题，他们发现一位德国军官也居住在这个旅馆，他提出了让羊脂球陪他睡觉的要求，如果不答应就扣留马车不予放行。当听到这个消息时，起初人们还很气愤，谴责这个普鲁士军官不是人，但一阵狂怒之后他们照常用餐，各自想着各自的心事。羊脂球痛恨普鲁士人，她内心里是爱国的，虽然她是个妓女，但是她不愿与侵略者发生任何关系。随着羊脂球的不断拒绝，大家被扣留的时间也越长，人们对羊脂球的态度逐渐发生变化，怨恨也越大，觉得羊脂球连累了他们，和别人发生关系本是羊脂球的本职，可是她却一再推托，后来这几位太太几乎不和羊脂球说话了，可是内心里却骂了无数遍“婊子”。终于在羊脂球出去的一天，这些先生太太们聚在一起，开始想办法。这些人像抗敌一样制定策略，确定先后次序和每人的言语，等羊脂球回来后，他们一个个轮番上阵，笑脸相迎，讲道理，说好话，终于说服了羊脂球。大家一听到这消息，所有人都倍感轻松，露出了微笑，愉快地开始晚餐，并且说些趣味低级的玩笑，不堪入耳，太太们也含沙射影地说些调皮话，大家都很兴奋，所以这一夜都睡得很晚。

第二天马车总算被放行了，所有人都心花怒放，准备食物，预备上路。等羊脂球匆忙地上了马车，跟大家打招呼时，所有人好像不认识她一样，人人都离她远远的，好像她的裙子里带了什么传染病。马车启动了，所有人都自顾自地聊天，到了中午该吃饭时，马车里的每个人都给自己预备了充足的食物，独自享受着，而羊脂球匆忙慌张地起了床，什么也没准备。车厢里没有一个人看她，也没有一个人想到她。羊脂球感觉到自己淹没于这些正直的恶棍的轻蔑中，他们先把她当做牺牲品，然后又像抛弃一件肮脏无用的东西一样把她抛掉，她想起自己那装了满满一篮子的好东西，眼泪不自觉地涌上来，一位太太低声说“她在痛哭自己做了丢脸的事”。羊脂球一直哭，没有人理她，没有人安慰她，只是有人吹起《马赛曲》的调子，马车消失在黑夜里。

《羊脂球》里的人物都有着鲜明的形象，鸟商人奸诈狡猾、唯利是图，在这次出逃的过程中总是以自身利益为主，最先吃羊脂球东西的是他，提议把羊脂球捆起来送给敌人的也是他，他甚至在出逃的过程中不忘向当地人推销自己的葡萄酒。贝尔·德·布雷维尔伯爵老奸巨猾、爱慕虚荣，表面上是个亲切和蔼的贵族，实际上却没有贵族该有的高贵品行，他花言巧语地劝说羊脂球最终达到了自己的目的。羊脂球虽然是个妓女，处在社会的最底层，但是她心地善良，当大家没有带食物时，她热情邀请他们一起吃东西，面对侵略者时，她能保持该有的民族自尊心，明辨是非，为了大家的利益甘愿牺牲自己与普鲁士军官发生关系，但是天真的她并没有得到该有的尊重。

【精彩片段】

这样一来，鸟夫人的市井下流脾气爆发了：“然而我们不会老死在这儿。既然和一切的男人那么干，本是她的职业，这个贱货的职业，我认为她并没有权力来选精择肥。我现在请教一下：在鲁昂她碰见谁就要谁，甚至于好些赶车的她也要！对呀，夫人，州长的赶车的！我很知道他，我，他到我店里买他喝的酒。今天遇着要给我们解除困难，她倒要撒娇，这个拖着鼻涕的家伙！

我呢，认为他很懂规矩，这个军官。他也许旷了很久，我们三个无疑都是可以被他赏识的。但是他并不那么做，而满意于这个属于公共的女人。他敬重有夫之妇哪。您揣想一下吧，他是主人翁，只需开口说一声‘我要’，就可以用他的部下仗着蛮劲来抓我们。”

其余两个妇人都轻轻地打了一个寒噤。漂亮的卡雷·拉玛东夫人的眼睛发光了，她的脸色有点苍白了，如同觉得自己已经被军官用蛮劲抓住了。

男人们本来都在另一旁说话，现在都走过来了，气忿忿的鸟老板想把“这个贱东西”的手脚缚起来送给别人。不过伯爵出身于三代都做过大使的家庭并且具有外交家的外貌，却主张用巧妙手腕：“应当教她自己决定。”他说。

这样一来，他们发动阴谋了。

妇人们交头接耳压低了声音，而且讨论得普遍，每一个人发表了自己的见解，究竟那是很合身份的，尤其是为了说出最不顺口的事情，这些贵妇人都找着了种种玲珑的转折，种种巧妙的动人口吻。语言上戒备得真严，一个局外的人可以一点也不懂。不过那层给上流妇人做掩护的薄薄的廉耻之感只蒙着表面，所以她们在这种放纵的冒险之中都是心花怒放的，都是实在快活得发痴的，都觉得正对她们的劲儿，把爱情和肉欲混在一块儿，好像一个馋嘴的厨子正给另一个人烹调肉汤一样。

故事到末了真叫人觉得滑稽，快乐的心情自然而然地发生了。伯爵找着那些趣味略辛辣的诙谐，不过叙述得非常之好只教人微笑。轮到了鸟老板，他发挥了三五段比较生硬的猥亵之谈，大家都简直不以为刺耳；后来他妻子粗率地发表的意见取得了全体的认可，她说：“既然那是这个‘姑娘’的职业，为什么她可以拒绝这一个比拒绝另一个厉害？”和蔼的卡雷·拉玛东夫人仿佛想起自己若是处于羊脂球的地位，那么她拒绝这个军官可以不及拒绝旁的一个人厉害。

他们如同对于一座被攻的炮台一般长久地预备包围的步骤。每一个人都接受了自己将要扮演的角色，都接受了自己将要倚仗的论据，都接受了自己将要执行的动作。

赏　析

这一段展现的内容是羊脂球外出，这些先生太太们商量着怎样使羊脂球答应军官要求的策略。所有人的本性暴露无遗。平时一个个看着高不可攀，善良正直，却在侵略者面前卑躬屈膝，只能欺负这个社会地位低下的妓女。

莫泊桑在这里巧妙地运用了一个比喻，说他们如同对于一座被攻的炮台一般长久地预备包围的步骤，他们决定如何去进攻，种种可用的诡谋和冲锋的奇袭，去强迫这座有生命的堡垒在固有的阵地接待敌人。对于现实的敌人他们是懦弱的，但是对于弱者，他们却像对待敌人一般精心布局。

阅读思考

1. 请通过“精彩片段”中鸟夫人的语言分析她的性格。

2. 结合文章内容，赏析结尾处的比喻句。

3. 对比一下文章前半部分写马车里的人吃了羊脂球的东西，听了羊脂球对于普鲁士士兵的态度后对她的夸奖与“精彩片段”里这些人对羊脂球的另一番评价，你有什么样的感触？以小文段的方式写出来，观点合理，表达清晰即可。

【相关链接】

莫泊桑与他的老师福楼拜

莫泊桑拜大作家福楼拜为师。有一次，福楼拜要求他长期记录家门前马车经过的情形。在坚持了两天观察以后，莫泊桑觉得一无所获，只好再去求教老师。福楼拜说：“怎么会觉得没有东西好写呢？那富丽堂皇的马车，跟装饰简陋的马车是一样的走法吗？烈日炎炎下的马车是怎样走的？狂风暴雨中的马车是怎样走的？马车上坡时，马怎样用力？马车下坡时，赶车人怎样吆喝？他的表情是什么样的？这些你都能写得清楚吗？怎么会没有什么好写呢？”接着，福楼拜又指导莫泊桑说，对所要写的东西，不光要仔细观察，还要善于发现别人没有发现和没有写过的特点。莫泊桑牢记老师的教导，仔细观察，用心揣摩，积累了许多素材，终于成为世界著名的作家。

《华伦夫人的职业》：由残酷社会造成的女性堕落悲剧

刘慧文　杜　若

【作家小传】

萧伯纳，英国现代杰出的现实主义戏剧作家。1856 年 7 月 26 日，他出生于爱尔兰的首都都柏林一个小公务员家里，父亲是个没落贵族，母亲出身于高贵的乡绅世家，从小受过严格的上等教育。萧伯纳年幼时，受邻居影响，迷恋上了音乐，13 岁就能用口哨吹出许多优秀歌剧的片段，但由于家里太穷，15 岁的萧伯纳不得不辍学，进入都柏林的汤森地产公司当学徒。

1876 年，他的父母离婚。萧伯纳告别了年迈的父亲，离开了贫困的故土爱尔兰，随母亲来到伦敦。

1876—1898 年，他在伦敦从事新闻工作，在《明星报》《星期六评论》上写了很多关于音乐和戏剧的评论文章。19 世纪的英国戏剧一蹶不振，萧伯纳嘲笑它们是迎合低级趣味的“糖果店”，他认为戏剧应该依赖对立思想的冲突和不同意见的辩论来展开。他听了剧评家朗诵了易卜生的剧本《培尔·金特》之后，感受到“一刹那间，这位伟大诗人的魔力打开了我的眼睛”，从此开始对戏剧产生浓厚的兴趣，安下心来研究易卜生的剧本，并写下了《易卜生主义的精华》一书，这部书在欧洲戏剧史上有着重要的地位。在易卜生的影响下，他立志要革新英国的戏剧。

1892 年，萧伯纳正式开始创作剧本。他的戏剧改变了 19 世纪末英国舞台的阴霾状况，他本人也成了戏剧界的革新家，掀开了英国戏剧史的新一页。进入 20 世纪之后，萧伯纳的创作进入高峰，发表了著名的剧本《人与超人》《芭芭拉少校》《伤心之家》《圣女贞德》等。

当1925年的诺贝尔文学奖降临在他头上的时候，萧伯纳非常幽默地说了一句话："干嘛要在一个老头子的脖子上系上一只金铃？"

1950年11月2日，萧伯纳在赫特福德郡埃奥特圣劳伦斯寓所因病逝世，享年94岁。萧伯纳毕生创造幽默，他的墓志铭虽然只有一句话，但恰巧体现了他的幽默风格："我早就知道无论我活多久，这种事情迟早总会发生。"

【作品导读】

萧伯纳的文学开始于小说创作，但是最突出的成就在戏剧方面，是杰出的现实主义戏剧大师。他一生创作了51部剧本，题材范围十分广阔，其中有许多精品。

萧伯纳一向反对"为艺术而艺术"的文艺作品和庸俗无聊的时兴戏剧，主张写重大的社会问题。他在作品中辛辣讽刺资本主义社会的虚伪和罪恶，无情揭露其政治、经济、文化等方面的种种矛盾和不合理现象，因此作品问世后往往能产生巨大的社会反响；至今他的不少剧作仍在世界各地上演，对他的戏剧的研究也在不断地进行。在艺术上，萧伯纳接受易卜生影响，主张摒弃以浪漫、尖锐和血腥的结局构筑情节的旧式悲剧，反对巧合、误会和离奇的情节，提倡剧本的任务是引起观众的思考，戏剧是"思想的工厂，良心的提示者，社会行为的说明人，驱逐绝望和沉闷的武器，歌颂人类上进的庙堂"。

在表现手法上，他通过人物对话和思想感情交锋表现性格冲突和主题思想。他的戏剧语言犀利机智，妙语连珠，处处闪射着智慧的光芒。这不仅体现了他对人生和社会的洞察幽微，更展示出他对语言艺术的高度驾驭能力。

萧伯纳杰出的戏剧创作活动，不仅使他获得了"二十世纪的莫里哀"的美誉，而且"因为他那些充满理想主义及人情味的作品——它们那种激励性的讽刺常蕴涵着一种高度的诗意美"而于1925年获得了诺贝尔文学奖。他把这笔奖金捐给了瑞典的穷作家们。

《华伦夫人的职业》是一部地道的社会问题剧。华伦夫人在欧洲开妓院，获得厚利。女儿薇薇不知道这件事，自命清高，在剑桥大学获得数学优等奖。当薇薇最终了解到母亲的苦难经历后，她谅解了母亲的过去，但在经济上和母亲决裂，决心依靠自己的劳动独立生活。华伦夫人能干、老道、现实，既传统又反传统；女儿薇薇聪明、冷静、受过高等教育，同时极具反叛精神，是一个决心依靠自己的奋斗取得独立的新女性形象。在金钱观与婚姻观上，她们有着明显的分歧，这些分歧和冲突也更引人思考其背后的社会根源，从而使得这部作品更具有现实主义批判意义。

【故事与人物】

在英国塞吕州海西米尔偏南的地方，有座带乡村风味的花园别墅。华伦夫人的女儿薇薇夏天在这里复习功课，钻研法律，和附近的牧师赛密尔的儿子富兰克交往密切。一天下午，普瑞德来访，他称赞薇薇在剑桥大学得到的优良成绩。薇薇说她将来要到伦敦法律事务所去工作，这次来乡间就是为了能安静地学点法律，为将来的工作做准备。普瑞德听了感到吃惊，说华伦夫人不会同意她选择的工作。薇薇听后表示不同意。因为华伦夫人很有钱，总是长年累月地在外奔波，薇薇从小学到大学都住在学校，母女很少见面，她对母亲的事情一无所知。

这时，正和薇薇相好的少年绅士富兰克来看薇薇，接着牧师赛密尔也来了。华伦夫人、乔治和牧师父子在一起闲谈，谈到了薇薇的婚姻。富兰克想跟薇薇结婚，赛密尔竭力反对，乔治也认为是胡闹。晚饭时，乔治尽量向薇薇献殷勤，但得到的是冷落。原来，乔治是个流氓资本家，只要有 35% 的利息，就什么事都干得出来。他和华伦夫人有着特殊的关系，也是华伦夫人所从事行业的后台老板。华伦夫人叫女儿应该常跟乔治见面，希望能跟他结婚。薇薇坚决不同意，无奈之下，华伦夫人终于向女儿谈起了自己的身世。

华伦夫人的母亲是个寡妇，独自养活四个女儿。其中，华伦夫人和利兹是亲姊妹；另两个是异父姊妹。华伦夫人年轻时在一个酒吧端酒、洗杯子，一天工作 14 个小时，一星期只挣四先令。一天晚上，华伦夫人看见突然失踪已久的利兹穿着华丽的皮大衣走进酒吧，好似上流社会的女人一样。利兹见华伦夫人长得漂亮，就提议合伙做买卖。利兹说："本钱只是一张好脸孔和一套奉承男人的本事。"于是在利兹的指引下，华伦夫人涉入了卖淫生涯。随着生意的兴旺和时间的推移，她俩雇用了一些善良的女孩子来干这勾当，她俩成了老鸨。就这样，华伦夫人有了钱，能使女儿接受高等教育。

薇薇听了母亲讲的身世，心情很不平静。她认为母亲真是个了不起的女人。

第二天，乔治、普瑞德和华伦夫人母女受邀到赛密尔牧师家。乔治自恃有钱有地位，向薇薇求婚，在遭到拒绝后，说出他和华伦夫人合股在欧洲许多大城市都开设了妓院，华伦夫人直到现在还在从事老鸨那个赚钱的职业。知道这个情况后，薇薇更鄙视乔治，坚决拒绝了他的求婚。为了报复，乔治揭露了赛密尔牧师原先和华伦夫人有过暧昧关系的事。原来薇薇和富兰克是同父姐弟。

薇薇陷入了极端的愤怒和痛苦之中。她冲出门去，离开了乡下别墅，回到了伦敦。一个星期六的下午，富兰克来到法律事务所看望薇薇，普瑞德要到意大利去也来与她告别。她既不理睬富兰克的胡搅蛮缠，也不应允普瑞德要她到威尼斯等美丽世界去过日子的要求，把母亲按例寄来的每月生活费也退了回去，要与母亲分手。此时，华伦夫人来了。

当男人们走后，华伦夫人责问女儿为什么不告诉她一声就走了，为什么银行把钱退回去？薇薇表示她已知道全部事情真相，她要同母亲分手。华伦夫人拼命为自己辩护，并用钱和物质生活引诱她，还嘲笑女儿。薇薇反唇相讥，激烈地争辩；见劝说不了妈妈，就坚决要求分手。最终，华伦夫人离开了薇薇。

薇薇从此不再有什么顾惜的了，她不找丈夫，不要母亲，摆脱了一切纠缠，整个身心都投入到了工作上。

主人公华伦夫人既是一个慈爱自尊的母亲，又是一个无耻贪婪的老鸨，但在实质上，她是一个资本主义社会制度下的受害者。华伦夫人出身贫苦，在操持皮肉生涯之后，由于经营有道，发展成为欧洲多个大妓院的老板。为了不让女儿重蹈覆辙，她以嫖资供女儿接受高等教育。当薇薇最终了解到母亲的苦难经历后，她谅解了母亲的过去，但还是在经济上和母亲决裂，决心依靠自己的劳动独立生活。

【精彩片段】

华伦夫人：对一个贫穷的女孩来说当然是值得做的，自己要她能抵制住诱惑，长得漂亮，行为端庄，又明白事理。这远远比她能做的其他工作都好得多。以前我总以为事情不应该这样。薇薇，对女人来讲没有更好的职业了，这不对。我再说一次，这是错误的。但是，事情就是这样，不管对与错，一个女孩子都必须尽力而为。当然了，要一个上等淑女做这事就不值得了。如果你喜欢这事，你就是傻瓜；可是如果我当初喜欢做别的工作，就也是傻瓜。

薇薇（被越来越深地感动了）：妈妈，如果我们现在和你从前过那种苦日子时一样贫穷，你确信你不会建议我去滑铁卢酒吧工作，不去嫁给一个工人，也不走进工厂吗？

华伦夫人（愤愤不平地）：当然不会。你把我当成什么样的母亲啦！<u>你食不果腹、历尽艰辛时怎么可能保持自尊呢？何况，没有尊严，女人有什么价</u>

值？生活的意义又在哪？为什么当别的同样拥有好机遇的女人生活在贫民窟里时，我却能独立自主，能够给我女儿提供一流的教育机会？就因为我懂得如何尊重自己和控制自己。为什么利兹在教堂镇上能受到尊崇？道理是一样的。要是我当初把牧师的傻话当回事儿了，我们现在又会在哪儿呢？替人家擦地板，每天挣一先令六便士，到老了就进贫民救济院，不然还能有什么指望呢？孩子，不要被那些不懂时世的人引入歧途。女人唯一一个过上体面日子的方法就是去结交一个有钱供养她的男人。如果刚好她与这男人门当户对，就想办法让他娶她回家；要是她比他身份地位差得太远，就别指望了。何必心存幻想呢？结了婚也不会幸福的！你随便去问一个伦敦上流社会做母亲的人，她都会跟你讲同样的道理，只不过我讲话直来直去，她却可能会拐弯抹角些。区别就在这儿。

薇薇（出神地，两眼盯着母亲）：我亲爱的妈妈，真是个了不起的女人，你比全英国人都有魄力。难道你真的一点也不感到怀疑——或者——或者——觉得羞耻吗？

赏　析

华伦夫人出身贫苦，原本正直的她在目睹了无数安守本分、诚实劳动的妇女生活艰难甚至濒于死亡边缘的事实后，价值观发生改变而操持起皮肉生涯，并逐步发展成欧洲多个大妓院的老板。低贱的职业给她带来财富和体面，她从另一个角度认识到了这个世界的规律，因此摆脱贫困后仍不放弃这一职业。为了不让下一代重蹈覆辙，她隐瞒真相用嫖资供女儿薇薇到剑桥读书。薇薇得知实情后责问母亲，华伦夫人为自己辩解。节选的片段便是本剧十分精彩的部分，展示了华伦夫人人生哲学形成的全过程。

阅读思考

1. 当薇薇知道母亲所从事的职业之后，态度有了怎样的转变？

2. 试理解画线句子的深刻含义。

3. 从节选的片段中，通过华伦夫人的两段话语，你觉得她是一个什么样的人？

【相关链接】

萧伯纳与宋庆龄

萧伯纳与宋庆龄一起，是“国际反帝同盟”的名誉主席，他对中国人民一直怀有深厚的感情。 1933 年年初，在宋庆龄、蔡元培、鲁迅、杨杏佛发起的中国民权保障同盟总会的邀请下，77 岁高龄的萧伯纳偕夫人乘英国“不列颠皇后号”轮船漫游世界，并从香港到上海作短暂访问。轮船抵达吴淞口后，宋庆龄已经和杨杏佛等上船迎接，他们在皇后轮上相见甚欢，还共进了早餐。在长达四个小时的密谈中，宋庆龄和萧伯纳围绕“危机的中国与红色的苏俄”展开探讨。萧伯纳迫切想知道危机的中国里正在发生的一切，他问中国对日本的侵略有什么准备，问“满洲国”是一个怎样的政府，问南京政府与红军能不能成立一种联合战线来抵抗日本，甚至迫不及待地问：“苏维埃区域在哪里？有多大面积？”

萧伯纳本来不想再登岸了，他推辞道：“除了你们，我在上海什么人也不想见，什么东西也不想看。现在已经见到你们了，我为什么还要上岸呢？”宋庆龄笑道：“上海是有不值得见的人、不值得看的东西，你尽可不见不看。但你既是环游世界，到上海而不下船不上岸，这能算你到过上海吗？现在我请你到我的家里做客，一是尽我地主之谊，二也是成就你真正环游世界的宏愿。”萧伯纳不由得感叹宋庆龄的热情，也惊讶于宋庆龄的口才，不忍拒绝。这样，在宋庆龄的反复相邀之下，原本因夫人身体不适而心情郁烦、无心登岸的萧伯纳，这才“游兴复浓”，“愿登岸一行”。

（节选自《萧伯纳“闪电”访沪始末》，
原文载于《中华读书报》，作者：周惠斌）

《套中人》：因循守旧、害怕变革者的符号象征

刘志新

【作家小传】

1860 年 1 月 29 日，契诃夫出生在俄国罗斯托夫州亚速海边的塔甘罗格一个杂货店老板家。1867 年，他进入当地的一所希腊小学读书。1876 年，契诃夫父亲的商店破产，全家逃往莫斯科躲债。1879 年，契诃夫完成高中学业，前往莫斯科和家人团聚。在这里他获得了奖学金并进入莫斯科大学医学系。1880 年 3 月，他的短篇小说《给博学的邻居的一封信》发表在《蜻蜓》杂志上，这既是他的处女作，也是他的成名作。

1884 年，契诃夫大学毕业，成为一名医生。在与社会和人民的广泛接触中，丰富了自己的阅历，为后来的创作积累了素材。他认为"天才的姊妹是简练"，"写作的本领就是把写得差的地方删去的本领"。1898 年，他加盟莫斯科艺术剧院，结识了高尔基，并与之建立了深厚的友谊。他们经常在一起研究戏剧和小说的发展，研究如何为俄国的戏剧发展开辟新的道路。1900 年，他创作并发表了四幕正剧《三姐妹》以及短篇小说《在圣诞节节期》《在峡谷里》。这一年，契诃夫当选为俄国皇家科学院名誉院士。1904 年 7 月 15 日，契诃夫在德国巴登维勒与世长辞。

契诃夫是 19 世纪后期俄国著名的批判现实主义作家、俄国主要剧作家和短篇小说大师、世界三大短篇小说之王之一，一生写了七八百篇短篇小说和中篇小说以及十几个剧本，深刻地揭露了俄国社会的各种病态，猛烈抨击了沙皇专制制度。

【作品导读】

1881 年，沙皇亚历山大二世被刺身亡，继位的沙皇亚历山大三世加强了

专制恐怖统治。当时担任宗教院检察总长的波贝多诺斯采夫给沙皇的奏章中说："在当前这个艰苦的时代，政府的当务之急就是平息那种头脑不清、濒于疯狂的社会舆论；必须禁止那种人人饶舌的不可名状的街头巷议，以期尽量减少流言蜚语。"在此之前，受欧洲进步文明潮流的影响，俄国也兴起变革之风，尤其在进步的知识分子和贵族中间，要求自由民主、改变专制制度的呼声日益强烈。面对汹涌的变革浪潮，沙皇政府采取一切暴力手段进行镇压，逮捕流放革命者，查封进步刊物，禁锢人们的思想言论。全国警探遍布，告密者横行，一切反动势力纠合起来，对抗进步的潮流，竭力维护腐朽没落的沙皇统治。

身处这一恐怖环境中的俄国知识分子，正如高尔基《海燕》中所描写的，有在"乌云和大海之间""勇敢地""自由自在地""高傲地飞翔"的海燕，但也有被"那轰隆隆的雷声吓坏了""胆怯地把肥胖的身体躲藏在悬岩底下"的海鸟与企鹅。契诃夫就属于前者。

19世纪80年代，也就是契诃夫刚开始创作时，在俄国大量流行的幽默杂志影响了契诃夫，他的作品逐渐形成了一种机智幽默、略含讥刺、平而不淡、浓而不烈的风格，《套中人》就运用了这样的写法。作者用讽刺手法塑造了一个保守、反动、扼杀一切新思想的"装在套子里的人"的典型形象。这个形象从外表、言论到生活习惯、思维方式，无不是"套子"式的。他是沙皇专制主义的产物，白色恐怖的时代特征在他身上有着鲜明而深刻的具体体现：他诚惶诚恐，战战兢兢，不敢越雷池一步……然而，更为可恨的是，他不仅自觉地生活在"套子"里，而且还要把周围的一切都装在"套子"里。作品问世以来，别里科夫已经成为那些害怕新事物、维护旧事物，反对变革、阻碍社会发展的人的代名词。

【故事与人物】

《套中人》是契诃夫优秀的代表作之一。这部作品在契诃夫的短篇小说中算是比较长的，但也不过一万字多一点，其故事也不复杂。

主人公别里科夫是在中学里教希腊语的一位中年教师，在现实生活中，他总是感到心神不安，哪怕是一点点风吹草动都会让他害怕。为了与世人隔绝，避免受到外界的影响，他想出了一个极好的方法：给自己包上一层外壳，给自己制造一个所谓安全的套子。于是他在生活中一刻也离不开各种各样的"套子"，哪怕在艳阳高照的大晴天，他出门也总是穿着雨鞋，带着雨伞。就连他的脸也好像装在套子里，因为他总是把脸藏在竖起的衣领里面，戴着黑眼镜，耳朵里塞上棉花。坐出租马车的时候也要车夫把车篷支起来。他的雨伞、怀表、削铅笔的小折刀等等一切能包裹起来的东西都装在套子里，但是这一切只是他抵挡恐惧的外在表现。

不仅如此，他还要把思想藏在“套子”里。这个“套子”就是沙皇政府压制人民自由的文告和法令，他老是一个劲地嚷着：“千万别闹出乱子啊！”这句话就像咒语一样压得人们简直喘不过气来。如果仅仅是这样，就认为他是在自言自语，那么你就错了，其实问题远远没有这么简单，他还总是用这些“套子”去“套”别人的思想。在他的脑子里，一切被禁止的东西都让他感到心里踏实、清楚明了，而对一切没有被政府明令禁止的事物他都觉得可疑、害怕。特别让人无法容忍的是，他总是像一个幽灵一样不请自到地造访每个教师的住所，一句话不说地坐上一两个钟头，然后又像幽灵一样地消失。他的恐惧像毒瘤一样一点一点地蔓延，传染给他周围的每一个人。

更令人诧异的是大家都害怕看见他。因为就是这么一个古怪猥琐的人，竟然把整个中学辖制了足足十五年，而且全城都受到了他的辖制。更可悲的是在这样漫长的时间里竟然没有一个人想要反抗，想要对他说一个“不”字。那是怎样的 15 年啊！全城的人什么都怕：不敢大声说话，不敢寄信、交朋友、读书，不敢接济穷人、教人识字，不敢吃荤、打牌，不敢搞任何娱乐活动，人们都像他一样蜷缩在自己的套子里苟且偷生。总而言之，人们始终对这个神经质的、变态的套中人妥协让步，可以说许多人也不同程度地被迫钻进“套子”里去了。而最可怕的是，渐渐地，这一切都成了习惯，成了再自然不过的事情。

一天，学校里从乌克兰新来了一位史地教师——密哈益·沙维奇·科瓦连科，跟他一起来的还有他的姐姐华连卡，他们的到来如同一块石子一样把死水一潭的沉闷生活搅起了涟漪。乌克兰人豪爽、快乐、活泼的性格非常鲜明地体现在华连卡身上，她简直就像蜜饯水果，活泼极了，很爱热闹，老是唱俄罗斯的抒情歌曲，还会放声大笑。这样的快乐甚至也感染了“套中人”别里科夫，好心的校长太太给他做媒，把华连卡介绍给他。他也一度投入到“爱情”之中，但是不久，他又开始“脸上露出淡淡的苦笑”，说得去权衡权衡。

有个人给别里科夫画了一幅漫画，画着别里科夫打着雨伞，穿着雨衣，卷着裤腿，正在走路，臂弯里挽着华连卡。这幅漫画几乎散发给全城的每一个人，弄得他难堪极了。5 月 1 日那天，学生和老师约定到城郊的小树林里过礼拜，他看到华连卡姐弟俩都骑着自行车，他心里乱得很，不肯再往前走，就回家去了。第二天，别里科夫来到华连卡的弟弟科瓦连科那里，他给科瓦连科提建议说：年轻女人和教师骑自行车影响不好，并警告科瓦连科千万要注意影响。愤怒的科瓦连科立即报以冷言，最后揪着别里科夫的脖领子从楼梯上推了下去，谁知“藏在套子”中的他，竟然毫无损伤！

但是，他那尴尬的模样正巧被刚回家的华连卡和她的同伴碰个正着。华连卡以为别里科夫是一不小心摔下来的，就忍不住纵声大笑，笑声在整个屋子里回荡着。这响亮而清脆的笑声，结束了一切事情：结束了预想中的婚事，结束了别里科夫的人间生活。别里科夫又怕又羞，回去后就“病倒”了，过了一个月就一命呜呼了。

别里科夫就这样极具戏剧性地死去了。全城人都去为他送葬，所有人都庆幸这是“一件赏心乐事”。学校以及城里的人以为就此可以享受解脱的自由了，而悲哀的是，这种恐惧的情绪已经渗透到每一个人的血液中去了，好心情持续了还不到一个星期，生活又恢复了老样子，和先前一样，仍旧那么压抑、沉闷。

别里科夫这个形象是契诃夫以故乡塔于洛格初级学校的一个教员兼学监狄河诺夫为原型塑造的。契诃夫对黑暗的沙皇专制制度下的知识界做了长期的、深入细致的观察，把知识分子中的“狄河诺夫”们的思想性格和习惯集中起来进行艺术概括，运用夸张的艺术手法，塑造了别里科夫这个世界文学史上少见的典型形象。

契诃夫在短短的篇幅里，以讽刺的手法，入木三分地刻画出别里科夫这一沙皇专制制度的忠实卫道士的典型形象。 他封闭、怀旧、胆小多疑、极力维护现行秩序，从他的性格行为上看，他的所谓“性情孤僻”，其实是“逃避”外界活生生的生活。人类生活总要向前发展，文明才能进步。他怕的就是这样的发展、进步，所以他干脆逃避生活，以今不如昔来安慰自己，甚至歌颂“从没存在过的东西”，可见他已经虚妄到何等地步！ 因此他成为因循守旧、畏首畏尾、害怕变革者的符号象征。

【精彩片段】

我的同事希腊文教师别里科夫两个月前才在我们城里去世。您一定听说过他。他也真怪，即使在最晴朗的日子，也穿上雨鞋，带着雨伞，而且一定穿着暖和的棉大衣。他总是把雨伞装在套子里，把表放在一个灰色的鹿皮套子里。就连那削铅笔的小刀也是装在一个小套子里的。他的脸也好像蒙着套子，因为他老是把它藏在竖起的衣领里。他戴黑眼镜，穿羊毛衫，用棉花堵住耳朵眼。他一坐上马车，总要叫马车夫支起车篷。总之，这人总想把自己包在壳子里，仿佛要为自己制造一个套子，好隔绝人世，不受外界影响。现实生活刺激他，惊吓他，老是闹得他六神不安。也许为了替自己的胆怯、自己对现实的憎恶辩护吧，他老是歌颂过去，歌颂那些从没存在过的东西；事实上他所教的古代语言，对他来说，也就是雨鞋和雨伞，使他借此躲避现实生活。

…………

我们要老实说：埋葬别里科夫那样的人，是一件大快人心的事。我们从墓园回去的时候，露出忧郁和谦虚的脸相，谁也不肯露出快活的感情。——像那样的感情，我们很久很久以前做小孩子的时候，遇到大人不在家，我们到花园里去跑一两个钟头，享受完全自由的时候，才经历过。我们高高兴兴地从墓园回家。可是一个礼拜还没有过完，生活又恢复旧样子，跟先前一样郁闷、无聊、乱糟糟了，局面并没有好一点。虽然我们埋葬了别里科夫，可是这种装在套子里的人，却还有许多，将来也还不知道有多少呢！

赏　析

选文第一段，作者主要从生活习惯和思想上描写别里科夫的套子。生活上又从穿着、用具、出行、住处等方面加以刻画。他思想上的套子则是憎恨现实，歌颂过去。职业上他所教的古代语言，足以说明他想借此逃避现实生活，喜欢怀旧。最后两段是写埋葬了别里科夫，但生活中还有许多“别里科夫”。说明只要沙皇专制制度存在，就有别里科夫的存在。要消灭这种装在套子里的胆小保守的人，就要消灭适合他们生存的那种制度。任何一个时代，胆小、保守是要不得的，应该勇于开拓创新，适应新的环境和新的潮流，这样才能跟上时代的发展。

阅读思考

1. 选文第一段用什么手法来塑造别里科夫这一形象的？

2. 既然“埋葬别里科夫那样的人，是一件大快人心的事”，那为什么“我们从墓园回去的时候”，却又“露出忧郁和谦虚的脸相，谁也不肯露出快活的感情”呢？

3. 华连卡“响亮而清脆的哈哈哈”、柯瓦连科强硬的冷言冷语对别里科夫是致命的打击，那么，另外的“别里科夫”又会怎样对待华连卡姐弟俩？他们的命运又将如何，还会有怎样精彩的故事？请续写一篇400字左右的故事，尽量使用语言描写。

【相关链接】

《小公务员之死》的情感基调

“一个美好的晚上，一位心情美好的庶务官伊凡·德米特里·切尔维亚科夫，坐在剧院第二排座椅上……感到幸福无比”，小说开头为读者营造了一种轻松愉快的氛围。“但突然间”却让我们为之紧张，紧接着作者又暂时跳出故事，好像一位朋友在和我们聊天，聊作家笔下的“但突然间”，在这里，我又感受到了轻松愉快。开头处，短短几行，一波三折，让读者心情呈起伏状，吊足了读者的胃口。惜墨如金，语言简练，这正是契诃夫作品的魅力所在。

小说的基调是轻松愉快、诙谐幽默的。主人公切尔维亚科夫在观看歌剧时打了一个喷嚏，喷嚏溅到了一位在交通部门任职的将军头上，然后小说就陷入了循环往复的道歉之中。将军本来不以为然，小职员却害怕得罪了将军两次道歉，且对将军本不放在心上的回答耿耿于怀，妄加揣测，自以为是地继续道歉。回到家中，与妻子说及此事，妻子的回答使得切尔维亚科夫更加不放心。于是，主人公又找到将军继续喋喋不休地道歉，将军终于不耐烦，说了一句“滚出去”，主人公因为这句话“感到肚子里什么东西碎了”，回到家中倒在长沙发上死了。我相信每个人看到如此荒唐的死法都会忍俊不禁地笑出来。这种看似不大可能的事情，以夸张的手法实现了讽刺效果。既让我们感到可笑，也引发我们深思。

《约翰·克利斯朵夫》：独具特色的“音乐小说”

刘慧文

【作家小传】

罗曼·罗兰（1866—1944年），法国现代著名的小说家、戏剧家和散文家。

1866年1月29日，罗曼·罗兰生于法国中部克拉姆西的一个公证人之家。母亲笃信宗教，酷爱音乐，给罗曼·罗兰以深刻的影响。1880年，罗曼·罗兰全家迁至巴黎。他于1889年毕业于巴黎高等师范学院史学系，不久来到罗马读研究生。从罗马回来后，他在巴黎大学教艺术史，从此开始了文学创作。

1898年，罗曼·罗兰一面在巴黎大学担任艺术史的教学，一面开始创作历史剧。从1902年开始，罗曼·罗兰的创作进入了一个新阶段。他写作《名人传》，包括《贝多芬传》《米开朗基罗传》和《托尔斯泰传》。他要为具有巨大精神力量的英雄树碑立传，让世人“呼吸到英雄的气息”。

1912年，罗曼·罗兰发表了著名的长篇小说《约翰·克利斯朵夫》，这部作品奠定了罗曼·罗兰在西方文学史上的地位，使他获得了全欧的声誉。1915年，罗兰因“他的文学作品中的高尚理想和他在描绘各种不同类型人物时所具有的同情和对真理的热爱”而获得诺贝尔文学奖。

1914年，第一次世界大战爆发，罗曼·罗兰定居在日内瓦。他走出书斋，参加了日内瓦“战俘通讯处”的工作。他利用瑞士的中立国环境，写出了一篇篇反战文章，谴责这场战争，呼吁以精神的力量去遏止战争势力。

1917年，俄国十月革命爆发，罗曼·罗兰与法朗士及巴比塞等著名作家一起反对欧洲帝国主义国家的干涉行动，他公开宣称：“我不是布尔什维克，然而我认为布尔什维克的领袖是伟大马克思主义的雅各宾，他们正在从事宏伟的社会实验。”

1935年6月，罗曼·罗兰应高尔基的邀请访问了苏联，并与斯大林见面。

1937年9月，罗曼·罗兰在故乡克拉木西小镇附近购买了一座房子，隔年5月底从瑞士返回故乡定居。1940年，德军占领巴黎，罗曼·罗兰本人被法西斯严密监视。1944年8月，纳粹败退，巴黎解放，罗曼·罗兰重获自由。

1944年12月30日，罗曼·罗兰去世，享年78岁。

【作品导读】

长篇小说《约翰·克利斯朵夫》共十卷，1904～1912年间陆续出版问世。它反映了世纪之交风云变幻的时代和具有重大意义的社会现象。

小说以第一次世界大战前20～30年间的欧洲社会生活为背景，以音乐家克利斯朵夫的一生经历为线索，揭露和批判了资本主义社会的黑暗与资产阶级文化艺术的堕落，肯定和赞扬了民主主义知识分子坚持进步文化传统、追求高尚情操、不与丑恶现实同流合污的斗争精神，表达了作家进步的政治立场和改革社会的美好愿望。

《约翰·克利斯朵夫》以其优美的文笔、犀利的批判精神、追求真理的热情和描写生活的广阔性和深刻性，为世人所瞩目，被誉为“二十世纪第一部最伟大的小说”。而作品中卓绝的人物心理描写，更令人叹服。克利斯朵夫童年时代早熟的矛盾复杂的内心活动，狂热的幻想和冰冷的失望对他的煎熬，初恋时的惊喜与困惑，对大自然敏锐而深沉的感受，从音乐创作中获得的悲伤与喜悦，在孤寂反抗中所承受的心灵创伤，晚年遁世时清明高远的心境，等等，都描写得十分细致和深刻，具有浓郁的抒情性与哲理性。

《约翰·克利斯朵夫》还是一部独具特色的“音乐小说”，它最显著的艺术特点在于具有交响乐一样的宏伟气魄、结构和色彩。音乐和小说结合在一起，产生了巨大的魅力。罗兰具有精湛的音乐修养，他不仅精通欧洲音乐大师们的作品，而且自己也是个优秀的钢琴家，他还是一个音乐艺术史教授、音乐评论家和音乐家传记作者。这些条件保证了他能在一部长篇小说中创造出交响乐一般华美瑰丽的效果。

从结构上看，《约翰·克利斯朵夫》的各卷犹如交响乐的几个乐章一样，分成序曲、发展部、高潮和结尾，气势浩荡，浑然一体。有人认为主人公的童年、青年和反抗是第一乐章，他在巴黎达到成熟时的斗争是第二乐章，他的成功和平静是第三乐章。罗兰凭着他对欧洲音乐的深厚素养，在小说中穿插对音乐作品和音乐家的评点，带领读者漫游欧洲古典音乐的王国，使读者感到生活在管风琴声的氛围里，陶醉在音乐曲调的享受中。

【故事与人物】

约翰·克利斯朵夫出生在德国莱茵河畔的一座小城，他们家是一个受人尊敬的音乐世家，祖父曾是王府乐队的指挥，父亲却经常酗酒，以致家境逐步败落。

小克利斯朵夫长相丑陋，但受到祖父的喜爱，常和祖父一起漫步田野，听祖父讲古代的英雄故事，这使他从小就萌发了做大人物的想法。祖父送他一架旧钢琴，还带他到剧场欣赏歌剧，引起了他对音乐的兴趣。父亲发现了他的这个爱好，想把他的这一特长作为将来向上爬的手段，于是天天用戒尺逼他练琴，累得他终于有一天支持不住了，他起而反抗：故意弹错音节。但父亲的逼迫使他对音乐厌恶透顶的同时，内心已被音乐占据。他不由自主地爱上音乐，并要把一生都献给这个凝聚自己所有喜怒哀乐的艺术。

克利斯朵夫 11 岁时被任命为宫廷音乐联合会的第二小提琴手，用他的收入贴补家庭生活。后来，他一边接受音乐教育，一边参加乐队演奏。他有一个伟大的信念：将来要写出伟大的作品。

一次赴乡间野餐，克利斯朵夫结识了博学多闻的青年奥多，两人成为知交。和奥多的友谊成为他未来爱情的先导。参议官新寡的太太克里赫带着女儿弥娜搬来与他家毗邻。太太请他教女儿弹琴，弥娜和他年纪相仿，很赏识他的天赋和品格，也不时修正他的举止和仪态，对他产生了好感。克利斯朵夫一次在弹琴时很冲动地吻了弥娜的手。很快，弥娜的母亲窥破了他们的关系，她以出身、门第和财产为由极力反对，这使克利斯朵夫认清了他和她们的距离，悲愤交加地离开了这里。

爱情的打击使他消沉下去，他整天和一些不三不四的朋友泡在酒馆里。舅舅帮助了他，教育他突破情欲之网，重新振作精神，埋头音乐创作，克利斯朵夫警醒了。

克利斯朵夫在听音乐会时，感到演奏者萎靡不振，他发现所谓大师的作品无不充满着虚假和造作。他义无反顾地撕毁了以前俗套的乐曲，批评了几乎所有德国古典音乐大师的虚伪。他把那些乐队指挥、演奏家、歌唱家乃至观众都得罪了。他孤独、愤怒，决意远走他乡。

在巴黎，他过着艰苦的生活，一方面他要找工作糊口，另一方面他又不肯亵渎音乐艺术。在别人的引荐下，他参加了巴黎文艺界的活动，用交响诗的形式写成了话剧，并拿到剧院去演出。因社会党议员和政客们的阻挠，演出告吹。克利斯朵夫大病一场，庆幸的是找到了志同道合的朋友——一个靠教书为生的青年诗人奥里维。

克利斯朵夫与朋友奥里维合租一所公寓，奥里维非常钦佩他的音乐天才和充沛精力,他也喜欢奥里维的智慧清明,谦和仁爱。他随奥里维到平民中去，看到了法国潜藏的生机。他要求团结抗暴,扫除贵族气息；而奥里维醉心宗教，梦想有一个爱一切的公平世界。他们在社会上经过几年的激昂奋斗之后，终于都为了淳朴心灵而埋头创作了。他的《大卫》在法德两国的演出获得巨大成功，大家公认克利斯朵夫是天才。

克利斯朵夫的名气越来越大，但又一次遭到别人的陷害，出版商哀区脱篡改出版克利斯朵夫的作品，使他陷入困境。不久，“五一”节那天，他和好朋友奥里维参加游行运动。奥里维为救一个挤倒的孩子被人群踏在脚下，而克利斯朵夫在混战中刺死了一名施暴的警察，因此不得不逃往瑞士。在瑞士，他思念亡友，心都要碎了。在一次散步的时候，他偶遇已丧夫的葛拉齐亚，俩人沉入重逢的喜悦，虽然葛拉齐亚的儿子阻止俩人的结合，但他们仍在心心相印中获得了满足。

十年过去了，克利斯朵夫开始重新思索人生，他感到自己为创造以道德为目标的最高艺术已无能为力了，他把上帝当作心灵的寄托和理想的归宿。这时，他的作品在欧洲各地演奏并极受欢迎。他在德国杀死军官的旧案已经撤销，在法国打死警察的事也被人遗忘。他可以自由往来于德法之间。但他想逃避巴黎的伤心往事，自愿留在瑞士。在葛拉齐亚的支持下，他接受了巴黎的邀请，去指挥几个音乐会，他的演出引起巨大轰动，连过去反对他的人也开始追捧他了。

晚年的克利斯朵夫誉满欧洲，他继续创作，但他的作品已不像早年那样风雷激荡，而是和谐恬静。葛拉齐亚去世后，克利斯朵夫也闭门不出，他在弥留之际，脑际回想起临终的自慰：“我曾经奋斗，曾经痛苦，曾经流浪，曾经创造。让我在你的怀抱中歇一歇吧。有一天，我将为新的战斗而再生！”

克利斯朵夫是19世纪末20世纪初欧洲知识分子的典型。他的性格矛盾复杂。小资产阶级受压抑的地位与正义感使他对丑恶现实不满，并萌发了反抗斗争精神；而小资产阶级的软弱性、动摇性又使他与现实妥协，对统治阶级抱有一定的幻想。日益衰落、破产的境况使他同情和接近人民，而强烈的个人主义又使他轻视群众，与劳苦大众貌合神离；进步的艺术观使他坚持以艺术改良社会、造福人类，而陈腐的偏见又使他将艺术与政治斗争和革命斗争对立起来。克利斯朵夫的探索与追求体现了一代知识分子的觉醒与进步，而他的悲剧则宣告了资产阶级个人主义与个人奋斗的破产。

【精彩片段】

于是他们（指克利斯朵夫和奥里维）开始了一个完全幸福的时期。那不是专靠某一件事，而是同时靠所有的事的：他们所有的行动和思想都浸在幸福中间，幸福简直跟他们一分钟都不离开了。

在这个友谊的蜜月中，那些深邃而无声的欢乐，唯有“得一知己”的人才能体会。他们难得说话，也不大敢说话；只要能觉得彼此在一起，能交换一个眼风，一句话，证明他们虽然静默了好久而思想仍旧在一条路上就行了。用不着互相问讯，甚至也用不着互相瞧一眼，他们随时都能看到对方的形象。动了爱情的人都不知不觉地把爱人的灵魂作为自己的模型，一心一意地想不要得罪爱人，想教自己跟对方完全合而为一，所以他凭着一种神秘的，突如其来的直觉，能够窥到爱人的心的微妙的活动。朋友看朋友是透明的，他们彼此交换生命。双方的声音笑貌在那里互相摹仿，心灵也在那里互相摹仿，——一直要等到那股深邃的力，那个民族的本性，有一天突然抬起头来把他们友谊的联系扯断了的时候才会显出裂痕。

克利斯朵夫放低了声音说话，放轻了脚步走路，唯恐扰乱了隔壁屋子里幽静的奥里维；友谊把他改变了：他有种从来没有的快乐、信赖、年轻的表情。他疼着奥里维。奥里维大可以对朋友作威作福，要不是他觉得不配受这样的爱而为之脸红的话：因为他自以为还不及克利斯朵夫，不知克利斯朵夫也跟他一样的谦卑。双方的这种谦卑是从友爱来的，给他们多添了一种甜蜜。一个人觉得自己在朋友心中占着那么重要的地位，即使自以为不够资格，也是最快乐的。因此他们俩都非常的感动和感激。

奥里维把自己的藏书和克利斯朵夫的放在一起，不分彼此。他提到某一册的时候，不说“我的书”，而说“我们的书”。

赏　析

这个片段生动地叙述了克利斯朵夫和奥里维之间的纯真友谊。作者通过动作描写和心理描写，运用诗一般的语言，表现了他们俩“心心相印”的伟大友谊。如“用不着互相问讯，甚至也用不着互相瞧一眼，他们随时都能看到对方的形象”“克利斯朵夫放低了声音说话，放轻了脚步走路，唯恐扰乱了隔壁屋子里幽静的奥里维；友谊把他改变了：他有种从来没有的快乐、信赖、年轻的表情”。

阅读思考

1. 阅读上面的片段，请赏析克利斯朵夫此时的表现。

2. 结合文中画线句，你觉得克利斯朵夫和奥里维两人体会到的“那些深邃而无声的欢乐”有哪些？

3. 克利斯朵夫和奥里维的纯真友谊，对克利斯朵夫一生有何影响？请结合整部作品来谈谈，并据此谈谈你对友谊的看法。

【相关链接】

罗曼·罗兰与音乐

在罗曼·罗兰16岁以前，他所受到的音乐方面的熏陶主要来自海顿、莫扎特。而在他接触到了瓦格纳和贝多芬的音乐以后，那些优美的旋律就从此占据了他心灵中最美好的位置，也成了他一生中重要的精神寄托和灵魂的避风港。

1887年，由于当时法国与德国的关系恶化，一些法国音乐家以民族自尊心为由阻止瓦格纳在巴黎演出。而这个时候，一向标榜和谐的罗曼·罗兰为此作出了严厉的抨击——“一个强大的民族是不会害怕另一个民族的精神征服的”。这与其说是罗曼·罗兰在捍卫瓦格纳，不如说是他自己关于超国界的世界性艺术的宣言。

罗曼·罗兰的英雄观

罗曼·罗兰说过：“真正的英雄主义只有一种，就是看清这个世界的本来面目，并且去热爱它。”所以，“我称为英雄的，并非以思想强力称雄的人，而只是靠心灵而伟大的人”。

而傅雷先生对此有自己的理解：“真正的光明决不是永没有黑暗的时间，只是永不被黑暗所掩蔽罢了。真正的英雄决不是永没有卑下的情操，只是永不被卑下的情操所屈服罢了。”

在《巨人传》里，贝多芬、米开朗基罗、托尔斯泰都是罗兰心中的英雄：他们或由于疾病的折磨，或由于悲惨的遭遇，或由于内心的惶惑矛盾，或三者交加于一身，这种深重的苦恼，几乎窒息了他们的呼吸，毁灭了他们的理智，但是他们凭着对人类的爱，对人类的信心，坚持着自己的信念。贝多芬用痛苦换来欢乐化成了不朽的音乐，米开朗基罗用他的生命的鲜血雕塑了后人须仰视才见的巨作，托尔斯泰相信“当一切人都实现了幸福的时候，尘世才有幸福的存在”。

《野性的呼唤》：杰克·伦敦笔下的生命洪荒之美

蔡少阳

【作家小传】

杰克·伦敦（1876年1月12日—1916年11月22日），美国20世纪著名现实主义作家，世界最早的商业作家之一。他出身于美国旧金山一个破产的农民家庭，由于母亲改嫁、出生档案被烧毁等原因，其身世至今仍有争议。杰克·伦敦自童年起便饱尝生活艰辛：他经常凌晨三点起床卖早报，而在放学后仍要继续贩售晚报以维持生计。10岁之前，杰克·伦敦曾在美国加利福尼亚州的奥克兰当过牧童、报童和码头小工，后来还做过罐头工、偷蚝贼、水手等等，并曾经远航至朝鲜、日本，在白令海一带猎海豹。杰克·伦敦并未受过完整的教育，主要靠自学，他的学习生涯都是在“赚取学费——钱花光辍学——再度赚取学费”的循环中度过的。虽然没能接受完整的教育，但他如饥似渴的学习欲望很好地弥补了这一缺憾，终成一代大师。此外，杰克·伦敦在美国东部和加拿大各地颠沛流离的流浪生活，在海上的惊险遭遇，以及那些底层人民讲给他的诸多或有趣或可怕的故事，都成就了他精彩纷呈的创作生命。

自1900年起，杰克·伦敦开始连续发表小说，展现那些与贫困搏斗的底层人民的生活。他的作品质朴、真挚，人物命运跌宕起伏，被评论家认为带有浓厚的社会主义和现实主义色彩，但也有评论家根据他的创作方法和作品精神认为他是自然主义和个人主义作家。此外，杰克·伦敦从小就对动物怀有深厚感情，他以动物为主角创作了一系列动物生存冒险小说。他笔下的人和动物在与自然进行抗争时展现出的原始的生命力，是其小说受到广泛赞誉的原因之一。

作为一位杰出的作家，杰克·伦敦的一生非常短暂，仅仅活了40岁。但其著述颇丰，身后留下了19部长篇小说、150多篇短篇小说以及大量的报告文学、散文和论文。他最著名的作品包括《野性的呼唤》《马丁·伊登》《白牙》《热爱生命》《海狼》《铁蹄》等等。杰克·伦敦的小说情节跌宕起伏，可读性很强，在世界范围内广为流传，长销不衰，他也因此被誉为商业作家的先锋。

【作品导读】

《野性的呼唤》是杰克·伦敦最畅销的小说之一，甚至被誉为“世界上读得最多的美国小说”。这个以一只名为“巴克”的狗为主人翁展开的故事，延续了杰克·伦敦小说的“生存”主题：生命总是在不断挣扎求存的过程中获得意义与力量。

《野性的呼唤》的灵感来自于杰克·伦敦在道森的一次旅行。1897年，杰克·伦敦离开旧金山，经代尔海滨到斯图尔特河旅行。在接下来的几年中，杰克·伦敦穿越了切尔科特海峡，在韩德森河淘金，并在灵的曼湖造了一艘船，借由此船穿越了灵的曼湖、贝纳湖、太格仙湖、沼泽湖、五十英里湖，最终到达道森。

在去往道森的路途中，杰克·伦敦风餐露宿，饱尝艰辛，时常受到生存的考验。在到达道森之后，杰克·伦敦通过观察道森的社会情况、生存环境，与当地人深入交谈，进一步了解了拓荒者、淘金者们在这座“淘金城”的生存现状。加上去往道森的旅途中的见闻，杰克·伦敦对残酷无情的拓荒生活有了深刻的理解（“荒野”），也更加真切地感受到拓荒者、淘金者为生存而战所付出的勇气与代价（“生存”）。

《野性的呼唤》继承了杰克·伦敦一贯的风格，笔锋粗犷，毫不掩饰残忍与暴力。在杰克·伦敦看来，最好的揭示残忍的方法就是毫不掩饰、不动声色地把残忍真实地表现出来。这一风格特点给杰克·伦敦的作品打上了“自然主义”的标签，同时也受到了一些关于他过分渲染残忍与暴力的批评。在情节铺陈方面，《野性的呼唤》情节跌宕起伏，主人翁在“困境——突破——困境”的模式中不断自我成长，最终以受到天性感召回归荒野来实现生命的超然。作品在主题方面既强调了杰克·伦敦一贯的“为生存而战”的信条，同时又融入了“爱、责任、回归”等元素，使得故事更加丰满，读来浑然天成。

【故事与人物】

《野性的呼唤》讲述了一只名叫巴克的狗的生存故事。故事的开篇是一首著名的小诗：

热望本已在，
蓬勃脱尘埃；
沉沉长眠后，
野性重归来。

这首小诗基本概括了故事的架构：本来温良的“富家犬”巴克，在不断为生存奋战的过程中，终于激起了内心长眠的野性，在本能的召唤下，最终回归荒野。

故事按照时间顺序展开讲述。巴克拥有一个富足、快乐的“童年”。它出生在南方圣克拉拉谷米勒法官家的庄园里，这里远离喧闹的城市，“在绿荫半掩半映中，透过树丛可以目睹房子四角漂亮的凉亭。一条用鹅卵石铺就的小路通向这所房屋，车道穿过广阔的草坪和高大的白杨。……有几个大马厩，十几个马夫及男仆在此看守着马匹；一排排仆人的房舍，墙上爬满了长春藤；还有一串串成熟的葡萄像假珍珠似的挂满了藤架，青青的牧草地、果园及园圃”，可以说这里对于巴克就是天堂。不仅如此，在这里，巴克不仅享受着优裕的生活，还有着崇高的地位，巴克是这块地盘的老大，庄园里还有其他二三十只狗，但是它们都显得那么无足轻重。其他的狗不是悄然无声地躲在房屋的某个角落里的落魄家犬，就是只有在主人打猎时才能耀武扬威的猎犬。而巴克则可以自由地跳入游泳池中嬉戏，同主人的孩子们一起玩耍、漫步，在寒冷的冬天依偎在书房温暖的炉火旁。

但是这种幸福的日子终于被打破了。一个爆炸性的消息——北极发现了黄金——使得许许多多的淘金者不断涌入，而淘金者的涌入又极大地刺激了狗市的繁荣——在无比严寒的北极，所有人都需要雪橇犬。狗贩子通过诱拐、绑架开始洗劫所有能找到的狗，整个弗吉尼亚东部海岸像巴克这样的狗都已大难临头。终于，在法官不在家的某日，园丁助手纽尔曼偷偷将巴克卖给了狗贩子。自此，巴克被不断转手，在每一次被转手的过程中都饱受毒打和折磨，它“一次次被甩翻在地，频繁被掐得半死，最后他们把沉重的黄铜颈圈从它脖子上取了下来，绳子也解了下来，又把它一下扔进了另一个地狱里”。

与饱受折磨的肉体相比，巴克的心灵则受到了更加沉重的打击。它由养尊处优、地位崇高的“贵族”，彻底变成了饱受欺凌、受尽凌辱的“奴隶”。巴克的尊严完全崩塌了，它开始绝望地反抗，它“颤动的嗓子要发出的欢叫都扭曲成了愤怒的吼叫”。然而如暴风骤雨般的毒打终于使巴克认清了一个事实：在一个手拿大棒的人面前，自己无能为力。巴克开始学着隐忍，但内心并未屈服。但大棒终于开始让它认识到弱肉强食的生存法则。

真正唤起巴克本性的事件是柯利的死。柯利是一只与巴克一同被卖进雪橇队的狗。就在柯利进入狗群以它习惯的方式向一只爱斯基摩犬亲热地打招呼的瞬间，这只爱斯基摩犬——体型还没有柯利的一半大——却飞一般地扑过来，拼命地撕咬柯利，将柯利的脸从眼睛到下巴撕开了。紧接着斯皮茨（狗群头领）带领着爱斯基摩狗群将柯利彻底撕碎了。这件事让巴克彻底明白了，荒野生存就是如此，毫无公平可言。倒下的一方，只有死路一条。自此，巴克的野性终于真正萌醒，它开始逐渐成长为一条狡猾、凶狠，为了生存不顾一切的猛兽。

在野性萌醒之后，巴克逐渐感受到了来自祖先的本能的召唤——他无比渴望成为狗群的领袖。巴克统领狗群的欲望越来越强烈，终于在不断的搏杀中推翻了斯皮茨的统治。斯皮茨也如柯利一般，被乘虚而入的狗群撕碎了。而巴克也在这一过程中仿佛看到了来自祖先的回忆——白雪覆盖着的森林和大地，月光下战斗的凶猛与刺激——它突然感受到大自然残酷的生存法则是再正常不过的事。强悍原始的兽性驱使着巴克杀死了强敌，并且让它真切地触摸到了自己身体里远古的狼性。

在斯皮茨死后，巴克成了这只雪橇犬队英勇、聪明，具有强大统治力的“犬王”。在严寒的北极，巴克的雪橇犬队被不断地买卖转手，经历了艰难痛苦的征程，不少雪橇犬在北极的严寒中丧生。而恶劣的环境却将巴克锤炼成了更加强壮、机敏和勇敢的战士。在巴克生命中最后一次被转卖时，他再次感受到了来自人类的爱：巴克遇到了他最后一位挚爱的主人——桑顿。和桑顿在一起的时光使巴克回忆起它在“文明之地”所感受过的爱，让它感受到久违了的温暖。然而这段幸福时光最终被一次不幸打破，桑顿一行被印第安猎手杀害了。在发现桑顿已死的瞬间，巴克的身体被痛苦和仇恨占据，它像旋风一样袭击了印第安猎手小分队，杀死了全部的印第安人。此时的巴克已了无牵挂，跟随着原始的本能，回归野性，最终成为苍茫月色下的一只“荒原狼”。

《野性的呼唤》中巴克的生存故事是美国式人物成长故事的一个缩影。主人公巴克在不断的“困境——突围”的往复过程中实现了精神的成长。在《野性的呼唤》中，巴克由一只高傲、单纯、脆弱的家犬逐步成长为一只狡猾而勇敢、凶狠而忠诚、隐忍而刚强的荒野巨兽。主人翁内心的巨变，性格的成长与发展，无疑是《野性的呼唤》最引人入胜的方面之一，也成就了巴克这一生动形象，使其成功跨越了一个多世纪，长久地留驻在读者的心中。

【精彩片段】

巴克在迪亚海滩的第一天像是一场游戏，时时刻刻都充满了神奇和不同。它猛然从文明的中心被人拖出来，抛进了原始世界的中心。这里没有阳光洒落下那种惬意的生活，不再有以前那种无所事事、终日游荡令人讨厌的生活；这里没有和平，没有宁静，也没有一分钟的安全。所有都是混乱和骚动。生命和肉体随时都处于危险状态。你必须时刻保持冷静敏捷，因为这些狗和人可不是城里的狗和人，而全是可怕的东西，除了知道大棒和獠牙的挨打法则之外，不知道其他任何东西。

巴克从没见过狗这样打架，可怕得像狼一样。第一次体会给了它一次难忘的教训。而且，那只是一个间接体会，否则它怎么能活下来并从中受益呢。可怜的是柯利。它们被临时安置在一个原木仓库附近，在那里，柯利以它习惯的方式，向一只爱斯基摩犬表示亲热。这只狗体型虽没有柯利的一半大，却和一只成年的狼一样大小。它没有警告，不过飞一般地一扑，撕咬过去，发出像金属碰撞般的声响，然后又同样迅速地闪开。柯利的脸就从眼睛到下巴给撕破了。

厮打后迅速闪开，这是狼的作战方式。但事情还远不止这样。一群爱斯基摩犬跑了过来，默不作声地围成了一圈，凶相毕露地把两只搏斗的狗围在一起。巴克不理解这种沉默的意图，也不明白它们何以如此急切地舔着自己的下巴，一副馋涎欲滴的贪婪样子。柯利猛然扑向它的敌人，突然那家伙又发起一次攻击,然后跳开了。柯利第二次扑向它时,它用胸膛硬硬地顶了一下，以这种特殊的方式把柯利摔倒在地，使它永远不能爬起来。这就是那些围观的爱斯基摩犬所盼望的。它们蜂拥而至，又嚎又叫。一只只毛发竖立的狼犬用身子把柯利压在底下，让它发出痛苦的咆哮声。

……这一幕时时浮现在巴克的梦中，使它无法入眠。这里的情况就是这样，毫无公道可言。你一旦趴下，那就死定了。嗯，它可得注意绝不能趴下。

斯皮茨又伸出猩红的舌头笑了。从那时起，巴克就对它产生了一种永远的刻骨仇恨。

赏　析

这个片段是全书中促使巴克野性萌醒的核心事件，可以看做全书的“书眼”。第一段作者通过具有节奏感的语言安排（排比句与短句的结合）和具有象征意味的词汇，富有震撼力地刻画出巴克从天堂到地狱的处境。第二、三段则是典型的杰克·伦敦式的描写，不露声色、不动感情地描写了柯利被残杀的场面，而正是因为作者直面残忍的客观态度，才使得柯利更显无助，而暴力更显可憎。第四段揭示了巴克的内心变化，使得整个故事单元得以完成，也为情节的后续发展埋下了伏笔。

阅读思考

1. 阅读上面的片段，分析巴克的思想变化过程。

2. 在描写柯利之死时，作者坚持了客观的描写，这样写你认为好吗?

3. 在小说中，柯利死后，巴克的野性逐渐萌醒，他通过艰苦的斗争终于打败了害死柯利的斯皮茨，并取代斯皮茨成为“犬王”。请你展开想象，说说巴克是如何打败邪恶的斯皮茨的。请把你的故事写成小剧本，并利用课余时间排演。

【相关链接】

杰克·伦敦的《白牙》

《白牙》是《野性的呼唤》的姊妹篇，也是杰克·伦敦又一部重要的动物小说。有趣的是，《野性的呼唤》是一部“由狗变狼”的故事，而《白牙》是一部“由狼变狗”的故事。

《白牙》的主人公“白牙”是一条混血的狼狗（它的母亲是狼与狗的混血，父亲是一匹独眼狼），由于母亲不幸被捕，落到了人类的手中。一开始，年龄还小的白牙常常受到大狗的欺负。在残酷的环境中，白牙渐渐长大。白牙的主人将白牙卖给了凶恶残暴的史密斯，史密斯对白牙百般虐待，使白牙变成了冷酷无情的“战狼”。史密斯靠白牙打架来赚钱，而在一次打斗比赛中，白牙差点丢了性命。白牙被一个名叫司考特的人及时救下，它心中的冰块也逐渐被司考特的爱心融化了。白牙成了司考特的好伙伴，并救了司考特的命。小说中，白牙在人类世界经历了由“乖僻孤独，心性凶残”到“勇敢忠诚，善良温顺”的变化，逐渐克服了自身的野性，可以说正好与《野性的呼唤》中巴克的变化相反。

杰克·伦敦名言

☆你不能光等着灵感，得拿着棍棒去追。

☆人的恰当功能是活，而不是生。我不会用延长日子，把时光浪费，我要利用时间。

☆凡是使生命扩大而又使心灵健全的一切便是善良的；凡是使生命缩减而又加以危害和压榨的一切便是坏的。

☆我愿做一颗华丽的流星，愿我的每一颗粒都呈现那动人的光辉，而不做那沉睡并永远不灭的行星。

《老人与海》：一场扣人心弦的硬汉之旅

于伟伟

【作家小传】

欧内斯特·米勒尔·海明威（1899—1961 年），美国作家，“新闻体”小说的创始人。因其笔锋犀利冷峻以“文坛硬汉”著称，被认为是美利坚民族的精神丰碑。其代表作有小说《老人与海》《太阳照样升起》《永别了，武器》《丧钟为谁而鸣》《乞力马扎罗的雪》等。凭借《老人与海》获 1953 年普利策奖及 1954 年诺贝尔文学奖。

1899 年 7 月 21 日，海明威出生于美国芝加哥郊外一个医生家庭。童年的海明威聪明好学，兴趣广泛，成绩优异。母亲一直希望海明威能在音乐上有所发展，海明威却继承了父亲的冒险精神，喜欢打猎、钓鱼、露营等。高中毕业后，海明威在《星报》当了六个月的实习记者，受到好评，萌生了写小说的念头。

第一次世界大战爆发后，富有冒险精神的海明威怀着热切的愿望，加入美国红十字会战场服务队，投身意大利战场。大战结束后，海明威被意大利政府授予十字军功奖章、银质奖章和勇敢奖章。伴随荣誉的是他身上 237 处伤痕和赶不走的恶魔般的战争记忆，他身上至死还留下一些无法取出的弹片。

康复后的海明威作为《星报》的记者常驻巴黎。此后在近 10 年的时间里他出版了许多作品，其中最有名的有《太阳照常升起》《永别了，武器》等小说。

1928 年，海明威离开巴黎，先后到美国的佛罗里达州和古巴定居，他经常去狩猎、捕鱼、看斗牛，享受着安逸的田园生活。1933 年秋天，海明威随一队狩猎的旅行队到非洲狩猎，猎物大多为象、狮子等陆栖的大型动物，以这次非洲经历为素材，海明威创作了著名的小说《乞力马扎罗的雪》。可是，很快第二次世界大战爆发，海明威那颗硬汉的心再也无法平静了，他以战地记者的身份奔波于西班牙内战前线，活跃在欧、亚战场上。1941 年，海明威曾来中国采访，在重庆秘密会见过周恩来，并写过六篇有关中国抗日战争的报道。1944 年，海明威随同美军去欧洲采访，在一次飞机失事中身受重伤，痊愈后仍坚持深入敌后采访。“二战”结束后，海明威凭借出色的表现获得一枚铜质奖章。

1952 年，海明威发表了中篇小说《老人与海》，并于 1954 年获得诺贝尔文学奖。此后，在一次狩猎中，他先后遭遇两次飞机失事和一次森林大火，严重的身体创伤令他无法到斯德哥尔摩接受诺贝尔奖。由于多种疾病缠身，海明威无比痛苦，精神抑郁，1961 年 7 月 2 日，这位蜚声世界文坛的硬汉用猎枪结束了自己的生命。一颗富有传奇色彩的文坛巨星陨落了！

【作品导读】

《老人与海》是根据真人真事创作的，小说中老渔夫的原型，是海明威在当地认识的一个叫格雷戈里奥·富恩特斯的渔民。第一次世界大战结束后，海明威移居古巴。1930 年，海明威所乘的船在暴风雨中沉没，富恩特斯搭救了海明威。从此，海明威与富恩特斯结下了深厚的友谊，并经常一起出海捕鱼。

1936 年，富恩特斯出远海捕到了一条大鱼，归程中被鲨鱼袭击，回来时只剩下了一副骨架。1936 年 4 月，海明威在《乡绅》杂志上发表了一篇散文，其中一段记叙了这段故事。当时这件事触动了海明威敏感的写作嗅觉。

1950 年圣诞节后不久，海明威在哈瓦那郊区别墅萌生了写《老人与海》（起初名为《现有的海》）的念头，前后仅用了八周时间就完成该小说。四月份他把初稿让拜访他的好友们看，博得了好友们的一致赞美。海明威本人也认为这是他“这一辈子所能写得最好的一部作品”。1952 年 9 月，《生活》周刊刊出了《老人与海》的全文，售出了 531 万多份，后来发行的单行本也很快销到了十万册。凭借《老人与海》，海明威获得了 1953 年度的普利策奖金，并且主要由于它的成就而荣获 1954 年度的诺贝尔文学奖。

《老人与海》在艺术技巧上的突出特色有：

（1）按时空顺序讲述故事。小说的全部时间非常紧凑，前后只有四天，而海上捕鱼、归航浓缩在两天内进行。小说在叙述老渔夫桑迪亚哥与孩子马诺林的一系列海上冒险经历时，是按自然的时空顺序来进行的，从出海、捕鱼、归航、被鲨鱼追、拖着大鱼骨回来，时间、空间都在变化，这样的叙事思路易于读者抓取小说的主要情节。

（2）简洁明快的对话描写。小说情节的推动依靠对话描写。行文的对话描写，没有雕饰，没有用大量的长句，也没有用生涩的词语，都是生活化的常态呈现，但却尖锐地刻画出人物的内心世界。捕不到鱼的焦躁，被奚落的无奈，对一定能捕到大鱼的信念，捕到大鱼的喜悦，被鲨鱼围攻的抗争等，都通过对话表露出来。

（3）缓急相间的叙事节奏。小说开篇叙事节奏舒缓，流淌着一股懒洋洋的捕鱼业不振的气息。才到海上捕鱼时，叙事的节奏也缓慢，等到捕到大马林鱼乃至遇到鲨鱼跟踪、围攻时，叙事的节奏一步步急骤起来，连读者的心都被吊到了嗓子眼，及至回到港口，叙事的节奏又舒缓下来。这种明晰的节奏感，使得读者如同身临其境，过了一把冒险瘾。

【故事与人物】

《老人与海》讲述了这样一个故事：桑迪亚哥是古巴的一个老渔夫，他一个人孤独地住在海边简陋的小茅棚里。孩子马诺林是桑迪亚哥的忘年交。老渔夫接连八十四天一条鱼也没有捕到，村里很多打鱼的人奚落他，但是在马诺林的眼里，桑迪亚哥是最好的渔夫。老人和孩子相约第二天，也就是第八十五天一早一起出海。两人分乘两条船，出港后各自驶向自己选择的海面。

天还没有亮，桑迪亚哥已经放下鱼饵。正当桑迪亚哥目不转睛地望着钓丝的时候，他看见露出水面的一根绿色竿子急遽地沉入水中，他断定遇到了一条大马林鱼，这激起他要向它挑战的决心。但鱼并不肯轻易屈服，反而慢慢游开去，老人把钓丝背在脊梁上增加对抗马林鱼的拉力，可是作用不大，他眼睁睁地看着小船向西北方飘去。老人想，鱼这样用力过猛很快就会死的，但四个小时后，鱼依然拖着小船向浩渺无边的海面游去，他们对抗着。

夜里天气冷了，老人的汗水干了，他觉得浑身冷冰冰的。他把一个麻袋垫在肩膀上的钓丝下面减少摩擦，再弯腰靠在船头上，他感到舒服多了。为了能坚持下去，他不断地和鱼、鸟、大海对话，不断地回忆往事，并想到了马诺林，他大声地自言自语："要是孩子在这儿多好啊，好让他帮帮我，再瞧瞧这一切。"

破晓前天很冷，老人抵着木头取暖。他想鱼能支持多久我也能支持多久。太阳升起后，老人发觉鱼还没有疲倦，只是钓丝的斜度显示鱼可能要跳起来，这正是他求之不得的事。大马林鱼开始不安分了，它突然把小船扯得晃荡了一下。老人用右手去摸钓丝，发现那只手正在流血。过了一会他的左手又抽起筋来，但他仍竭力坚持。他吃了几片金枪鱼肉好增加点力气来对付那条大鱼。

一直相持到日落，双方已搏斗了两天一夜，老人和大鱼的持久战又从黑夜延续到天明。大鱼跃起十几次后开始绕着小船打转。老人头昏眼花，但他仍紧紧拉着钓丝，当鱼游到他身边时，他放下钓丝踩在脚下，然后把鱼叉高高举起扎进鱼身。大鱼被杀死，从它心脏流出来的血染红了蓝色的海水，老人把大鱼绑在船边胜利返航。可是一个多小时后鲨鱼嗅到了大鱼的血腥味，跟踪而至开始抢吃鱼肉。待鲨鱼逼近船尾去咬大鱼的尾巴时，老人用刀杀死了两条来犯的鲨鱼，但在随后的搏斗中刀折断了，他又改用短棍。然而半夜里鲨鱼成群结队涌来时，他已无法对付他们了。

船驶进小港时，人们看见船旁硕大无朋的白色鱼脊骨。

第二天早上，孩子来看望老人，见到他疲倦得熟睡不醒时不禁放声大哭。老人醒来后，孩子给他端了一杯热气腾腾的咖啡。两人相约过几天一起去捕鱼，孩子说他还有很多东西要学。孩子离去后，老人睡着了，他又梦见了非洲的狮子。

《老人与海》赋予了各种形象以象征意义。作者把大海描写成女性，外表温柔的她，却有着无穷、强大的力量；在老人内心，大马林鱼是理想事物的象征，是美好的理想和追求的目标；鲨鱼代表着一切破坏性的力量，是阻止人们实现理想和目标的各种破坏力的集合，是各种邪恶势力的象征；狮子意象在《老人与海》中具有独特地位，它分占五处，尽管着墨不多，但狮子有自己独特的自信和威严，令人敬畏，这一意象丰富了老人的精神世界。桑迪亚哥是海明威所崇尚的完美人物的象征，他坚强、宽厚、仁慈、充满爱心，即使在人生的角斗场上失败了，面对不可逆转的命运，他仍然是精神上的强者，是“硬汉”。“硬汉”是海明威作品中经常表现的主题，也是作品中常有的人物。他们在外界巨大的压力和厄运打击时，仍然坚强不屈，勇往直前，他们尽管失败了，却保持了人的尊严和勇气，有着胜利者的风度。作者通过塑造桑迪亚哥的形象，热情赞颂了具有“硬汉”精神的人类面对艰难困苦时所显示的坚不可摧的精神力量。

【精彩片段】

鲨鱼飞速地逼近船梢，它袭击那鱼的时候，老人看见它张开了嘴，看见它那双奇异的眼睛，它咬住鱼尾巴上面一点儿的地方，牙齿咬得嘎吱嘎吱地响。鲨鱼的头露出在水面上，背部正在出水，老人听见那条大鱼的皮肉被撕裂的声音，这时候，他用鱼叉朝下猛地扎进鲨鱼的脑袋，正扎在它两眼之间的那条线和从鼻子笔直通到脑后的那条线的交叉点上。这两条线实际是并不存在的。只有那沉重、尖锐的蓝色脑袋，两只大眼睛和那嘎吱作响、吞噬一切的突出的两颚。可是那儿正是脑子的所在，老人直朝它扎去。他使出全身的力气，用糊着鲜血的双手，把一支好鱼叉向它扎去。他扎它，并不抱着希望，但是带着决心和十足的恶意。

鲨鱼翻了个身，老人看出它眼睛里已经没有生气了，跟着它又翻了个身，自行缠上了两道绳子。老人知道这鲨鱼快死了，但它还是不肯认输。它这时肚皮朝上，尾巴扑打着，两颚嘎吱作响，像一条快艇般划破水面。它的尾巴把水拍打得泛出白色，四分之三的身体露出在水面上，这时绳子给绷紧了，抖了一下，啪地断了。鲨鱼在水面上静静地躺了片刻，老人紧盯着它。然后它慢慢地沉下去了。

“它吃掉了约莫四十磅肉，”老人说出声来。它把我的鱼叉也带走了，还有许多绳子，他想，而且现在我这条鱼又在淌血，其他鲨鱼也会来的。

他不忍心再朝这死鱼看上一眼，因为它已经被咬得残缺不全了。鱼挨到袭击的时候，他感到就像自己挨到袭击一样。可是我杀死了这条袭击我的鱼的鲨鱼，他想。而它是我见到过的最大的登多索鲨。天知道，我见过一些大的。

光景太好了，不可能持久的，他想。但愿这是一场梦，我根本没有钓到这条鱼，正独自躺在床上铺的旧报纸上。

“不过人不是为失败而生的，”他说。“一个人可以被毁灭，但不能给打败。”不过我很痛心，把这鱼给杀了，他想。现在倒霉的时刻要来了，可我连鱼叉也没有。这条登多索鲨是残忍、能干、强壮而聪明的。但是我比它更聪明。也许并不，他想。也许我仅仅是武器比它强。

赏　析

这个片段运用动作、语言和心理描写，生动展现了老渔夫桑迪亚哥的硬汉形象，在和大马林鱼苦斗了那么长时间后，他依旧可以勇敢地杀死前来撕咬大鱼的鲨鱼，这种勇者风范确实令人佩服。“不过人不是为失败而生的，一个人可以被毁灭，但不能给打败”，既是老渔夫桑迪亚哥的坚定信念，也是《老人与海》的主题思想所在。

阅读思考

1. 文中的画线句表现了老渔夫桑迪亚哥的什么心理？

2. 选文刻画了一个什么样的老渔夫形象？请简要概括。

3. 如果你是故事中的老渔夫，如果你此时此刻在船上遭遇了鲨鱼的围攻，你认为可以采用哪些武器反击或采用什么方法脱险？请给老渔夫支一招。

【相关链接】

“迷惘的一代”

《太阳照常升起》写的是像海明威一样流落在法国的一群美国年轻人。他们在第一次世界大战后，迷失了前进的方向，战争给他们造成了生理上和心理上的巨大伤害，他们非常空虚、苦恼和忧郁。他们想有所作为，但战争使他们精神迷惘，尔虞我诈的社会又使他们非常反感，他们只能在沉沦中度日，美国作家斯坦因由此称他们为“迷惘的一代”。海明威和他所代表的一个文学流派因而也被人称为“迷惘的一代”。

海明威的长篇小说《永别了，武器》是“迷惘的一代”文学的最好作品。小说的主人公亨利是个美国青年，他自愿来到意大利战场参战。在负伤期间，他爱上了英籍女护士凯瑟琳。在一次撤退时，亨利被误认为是擅离职守的军官而险些被毙，他只好跳河逃跑，并决定脱离战争。为摆脱宪兵的追捕，亨利和凯瑟琳逃到了中立国瑞士。在那里，他们度过了一段幸福而宁静的生活。但不久，凯瑟琳死于难产，婴儿也窒息而亡。亨利一个人被孤独地留在世界上，他悲痛欲绝，欲哭无泪。小说深刻地指出亨利和凯瑟琳的幸福是被战争推向毁灭深渊的。

1940 年，海明威发表了以西班牙内战为背景的反法西斯主义的长篇小说《丧钟为谁而鸣》。作品讲述了主人公美国青年乔顿的故事。乔顿志愿参加西班牙人民的反法西斯斗争，奉命在一支山区游击队的配合下，在指定时间炸毁一座具有战略意义的桥梁。乔顿炸毁了桥梁，在身负重伤的情况下独自狙击敌人，最终为西班牙人民献出了年轻生命。

《静静的顿河》：从普通人的角度反观大时代的变动

李瑞芳

【作家小传】

肖洛霍夫（1905—1984 年）是 20 世纪苏联文学的杰出代表，苏联著名作家，曾获得列宁勋章和“社会主义劳动英雄”称号。

肖洛霍夫生于维申斯克省的农民家庭，年轻时当雇工，后来做过商店店员和磨坊经理，十月革命后担任苏维埃政权下粮食部门的职员。

13 岁时，正值第一次世界大战，德军对乌克兰的入侵中断了他的学业。1922 年，肖洛霍夫去莫斯科，加入了“青年近卫军”，成为年轻的无产阶级作家组织的一员。

1938 年 10 月，罗斯托夫州安全部门罗织肖洛霍夫组织哥萨克暴动的罪名，并派人到肖洛霍夫那里卧底，要将他逮捕，置之死地。肖洛霍夫得到消息后，逃到莫斯科，求见斯大林才幸免罹难。在 30 年代，肖洛霍夫的国际声誉逐渐上升，他在文学界为党所做的政治工作使他得以崛起。

从 1926 年开始直至 1940 年，肖洛霍夫共用 14 年的时间才创作完成了《静静的顿河》,并于 1965 年获得诺贝尔文学奖。1957 年发表的短篇小说《一个人的遭遇》(又译《人的命运》）产生了很大的影响，被称为当代苏联军事文学新浪潮的开篇之作。重要的作品还有《新垦地》(旧译《被开垦的处女地》)《考验》等。联合国教科文组织把 2005 年命名为“肖洛霍夫年”。西方许多评论者都认为，肖洛霍夫是一个“共产主义的忠实信徒”，把整个身心都献给了党。正如 1965 年肖洛霍夫荣获诺贝尔文学奖时，瑞典皇家学院院士安德斯·奥斯特林在颁奖词中对他的评价一样：“肖洛霍夫无疑是一个坚定的共产主义者。”

【作品导读】

《静静的顿河》是肖洛霍夫的代表作，也是20世纪世界文学中一部很有影响的重要作品，生动地描写了从第一次世界大战到国内战争结束这个动荡的历史年代顿河哥萨克人的生活和斗争。通过展示几个家庭的悲欢离合，再现了20世纪初俄国社会动荡变革的历程，描绘了这场历史进程中人们的思想、感情、意识、风习等的震荡冲突。表现苏维埃政权在哥萨克地区建立和巩固的艰苦过程及其强大生命力，揭示一切反动落后势力必然失败灭亡的命运。

一方面，作者从总结历史经验的高度，提出工人阶级在革命运动中应该如何对待农民，特别是对待中农的问题。因为作者在欢呼革命胜利的同时，也注意到了像葛利高里这样的本不应该被历史淘汰，却成为历史前进的牺牲品的人的命运。

另一方面，作者将现实主义与人道主义完美地结合在一起，从“人”的角度来审视革命，而不是从革命的角度来批评“人”。从普通人的角度反观大时代里的大变动，通过葛利高里的悲剧，从反面指出了哥萨克应当走什么样的道路，不应当走什么样的道路。而顿河这条伟大的河流所哺育的哥萨克民族通过战争，在痛苦和流血之后最终走向了社会主义。

在艺术成就上，作品篇幅宏大，人物众多，在反映生活的深度和广度上，都称得上是史诗性作品。既描写重大的政治历史事件，也描写硝烟弥漫的战场厮杀，同时还描写具有浓厚乡土气息的哥萨克人的劳动、生活、爱情。人物上至将军统帅，下至一般群众，都塑造得很有个性。小说对顿河草原的壮丽景色的描绘，对哥萨克人幽默风趣的语言运用，也非常出色，显示了作家深厚的生活积累和坚实的艺术功力。

【故事与人物】

在《静静的顿河》这部描述十月革命和苏联国内战争的长篇史诗中，肖洛霍夫没有把领导革命的布尔什维克作为小说的中心，而是把葛利高里的一生命运放在小说结构的中心。而葛利高里是一个十分复杂而又很有个性的人物，他在动荡的历史年代走着一条独特、坎坷的人生道路。

年轻的葛利高里与邻居的妻子婀克西妮亚相爱了。父亲于是给葛利高里娶亲，姑娘叫娜塔莉亚。

娜塔莉亚吃苦耐劳，可性格冷淡，于是他和婀克西妮亚的旧情重又复苏。葛利高里找到婀克西妮亚，一起从家里出走。娜塔莉亚在痛苦、耻辱和绝望中用镰刀自杀，但她没有死，只是脖子变歪了。

葛利高里参军入伍，得了乔治十字勋章。他的父亲潘苔莱幸福得发了昏，因为葛利高里是村里第一个得乔治十字勋章的人。

婀克西妮亚的女儿患猩红热死了。这时，李斯特尼次基中尉乘虚而入，对她表示怜悯和亲热，婀克西妮亚委身于他。葛利高里听说了婀克西妮亚的事，他径直回到自己家里。在家乡，他这个乔治勋章获得者受到家人的关心和村里人的尊敬。

他又得到四枚乔治十字勋章和四枚奖章。而此时，他的妻子给他生了一对孪生子。

葛利高里加入布尔什维克军队，不久因战功而被提升为少尉，十月革命后他又当了连长。

村里组织志愿兵，向赤卫队进攻。葛利高里也支持志愿兵的行动，哥哥彼德罗被杀，葛利高里出于对红军的仇恨加入了叛军并很快成为师长。他偶然遇到婀克西妮亚后，两人又重修旧好。

娜塔莉亚意识到丈夫又和婀克西妮亚在一起了，决心流掉肚子里的孩子，不幸因失血过多而死去。

顿河哥萨克的军队被红军打垮，葛利高里又加入了红军布琼尼的十四师，指挥一个骑兵连。为了赎罪，他勇敢地作战，一直干到团长，但终因历史问题而被复员。村里要抓他，于是葛利高里连夜逃走。走投无路的情况下，他加入了佛明匪帮。但在红军的打击下，佛明匪帮很快解散。葛利高里带上婀克西尼亚逃走。路上，婀克西尼亚被打死。1922年春，他回到家乡，把枪支弹药全都扔进河里。他在家乡的土地上看到了自己的儿子，这是生活残留给他的全部东西，是他和大地能够发生联系的唯一的东西。

葛利高里原本是个热爱劳动，淳朴热情，心地善良的哥萨克青年。对战争中的互相残杀感到愤恨，但他又牢牢地保持着哥萨克的光荣。

他曾经参加红军，英勇地同白匪作战，但在父亲和哥哥的影响下，又加入叛军队伍，残酷杀害大批红军战士。后来他又参加了红军骑兵队。他在同白军作战中同样表现得很英勇。再后来为了逃避革命政权的惩罚，他又加入了佛明匪帮。

就是在爱情上，他也是左右摇摆。两次回到妻子身边，三次投入情人怀抱，使这两个都深爱他的女人为他死得异常悲惨。

他既不是死硬的反革命分子，也不是坚定的革命派，而是动摇于革命与反革命之间的复杂人物。也许正如作品中婀克西妮亚对他的评价："他不是一个坏人，他只是一个不幸的人。"哥萨克自身的矛盾性决定了葛利高里的迷惘，他是千百万在红军和白军之间犹豫不决的哥萨克的缩影。

【精彩片段】

大地在无数马蹄践踏下，沉闷地呻吟着。葛利高里刚刚把长矛放平（他跑在第一排），他的马被大队马匹的洪流一冲，也卷了进去，全速飞奔起来。前面波尔科夫尼科夫上尉的身影在田野的灰色背景上波浪似的起伏着。一道黑乎乎的田垄不可阻挡地迎面飞来。一连发出了震动天地的喊声，这喊声也传染了四连。战马先将四腿蜷起，然后伸开，一跃就是几沙绳远。在一片震耳的尖叫声里葛利高里听到了还离得很远的、噼噼啪啪的枪声。第一颗子弹响着从高空飞过，拖着长声的子弹飞鸣声划破晴空。葛利高里把烫手的长矛柄紧夹在腋下，夹得膀子都痛了，手掌在冒汗，像涂了一层黏液似的。子弹在他头顶飞鸣，他把脑袋伏在汗淋淋的马脖子上，刺鼻的马汗臭味直往鼻子里钻。他像是从蒙着一层哈气的望远镜镜片里，看到了战壕的褐色的土坡和向城市溃逃的灰色人群。机关枪不停地扫射，喷出的子弹尖声呼啸着，像扇面似的在哥萨克们的头顶四散开去。他们已经冲到前面去了，马蹄扬起棉絮似的烟尘。

葛利高里的胸中，冲锋前觉得血液汹涌奔腾的那块地方，这会儿好像麻木了，除了耳朵里的响声和左脚趾头上的疼痛以外，他什么感觉也没有了。

…………

一个奥地利人，连步枪都扔了，把军便帽攥在手里，吓得昏头昏脑，摇摇晃晃地顺着花园的铁栅栏跑着。葛利高里看见了奥地利人那翘得高高的后脑勺，看见了他脖子上大汗湿透的衣领线缝。葛利高里追上了他。受到周围的疯狂情绪的感染，他举起了马刀。奥地利人靠着铁栅栏跑，葛利高里砍起来很不方便，于是他从马鞍子上把身子往下一探，斜握着马刀，在奥地利人的太阳穴上划了一下。奥地利人一声也没有喊叫，用两只手掌按住伤口，一转身，脊背靠在栅栏上。葛利高里勒不住马，跑了过去；他拨转马头，又飞快地跑回来。奥地利人的四方脸吓得变成了长脸，变得像生铁一样黑。他把两只手贴在裤缝上，灰白的嘴唇不停地颤抖着。从他的太阳穴上斜着划过的马刀削下一片肉皮；肉皮像块红色的破布似的挂在腮颊上，血流如注，淌到军服上。葛利高里的目光和奥地利人的目光相遇了。两只充满了死亡恐怖的眼睛呆呆地望着他。奥地利人慢慢地弯下膝盖，他的喉咙里咕噜咕噜地响着。葛利高里皱起眉头，挥刀劈去。这一刀是抡圆了劈下去的，一下子就把头盖骨劈成了两半。奥地利人扎煞着手，像滑倒了似的，倒在地上，那半个头盖骨闷声落在马路的石头上。马长嘶一声，跳起来，把葛利高里驮到街当中去。

赏 析

“大地在无数马蹄践踏下，沉闷地呻吟着。”拟人修辞手法的运用，把人们带入了一个残酷而可怕的画面中。

刚刚参加战争的葛利高里，还未丧失良知和同情心，没有堕落为野兽。他第一次砍死一名奥地利士兵，内心受到极大的震动。残酷的战争就是这样不仅使人物的身体伤痕累累，也使人物的心理千疮百孔。也就是在这样的描写中，人性一步步地扭曲，一步步地堕落为野兽。肖洛霍夫揭开了战争虚假的面纱，露出了它残酷和罪恶的本来面目。

阅读思考

1. 上面这段文字运用了哪些修辞手法？又是从哪些感观角度来细致描绘的？试做具体赏析。

2. 肖洛霍夫一贯坚持艺术真实要遵循生活真实的原则，他曾告诫年轻的作家：“作家在小事情上违背真实，便会引起读者的怀疑，读者会想，在大的问题上可能他也会撒谎。”结合这一片段的内容，谈一谈这一创作原则是如何体现的？

【相关链接】

哥萨克骑兵

哥萨克骑兵是俄罗斯的特殊兵种，由哥萨克人组成的骑兵是沙俄的重要武力。哥萨克骑兵的移动相当快速，在战况不利时也能迅速撤退，脱离战场（除非和他们交战的也是支移动快速的部队）。哥萨克骑兵以衣着鲜亮而著称，其坏名声也同样如此，他们过着游牧般的、半自治的团体生活。第二次世界大战期间，哥萨克骑兵发挥了重要作用，在斯大林格勒攻防战中建立重大战功；同时也有一些人趁机反叛苏联的统治。哥萨克骑兵是出色的轻骑兵，但他们不守纪律，也不愿下马作战，从而限制了他们在战场上的发挥。他们对老百姓冷酷无情，以致整个欧洲，无论敌友都对他们恨之入骨。

哥萨克人是世界上最具传奇色彩的群体之一。如果说吉普赛人是大篷车上的民族，那么哥萨克就是战马上的族群。哥萨克人正是凭着一匹战马、一柄军刀在横跨欧亚大陆的广阔疆场上，驰骋数百年，纵横千万里，在俄罗斯社会发展史和世界战争史上写下了浓墨重彩的一笔。

肖洛霍夫的鸿篇巨制《静静的顿河》所描写的顿河哥萨克那横刀立马、冲锋陷阵的英姿，视枪林弹雨如闲庭信步的洒脱，大块吃肉、大碗喝酒的豪气，在倒映着篝火的静静的顿河畔高歌起舞的奔放……极具浪漫而富有张力，给人以无限的遐想与冲动。

《蒙田随笔集》：诗意地栖息

刘　策

【作家小传】

1533年2月18日，人文主义思想家、古典散文家米歇尔·德·蒙田出生于法国南部佩里戈尔地区的一个贵族家庭里。父亲皮埃尔·埃康是一位具有远见卓识的人，在蒙田出生后不久就连任波尔多市市长。当时的法国贵族并不重视学识，而蒙田的父亲恰恰相反。蒙田在三岁时开始进行拉丁语培训，从六岁起开始在居耶纳中学进行长达七年之久的学习。

1549年，时值法国政局混乱，波尔多市发生暴动。为了让蒙田有更好的学习条件，皮埃尔·埃康将蒙田送到图卢兹大学继续学习法律专业。在蒙田21岁的时候，他得以进入佩里戈尔最高法院工作，担任推事一职。从此之后，蒙田的仕途可谓青云直上。他在1557年进入波尔多市最高法院工作，还得到亨利二世国王、查理九世国王、纳瓦罗国王等皇室贵族的赏识。除此之外，1581年到1585年蒙田还两度连任波尔多市市长。

在父亲去世以后，蒙田得到一大笔遗产并成为蒙田城堡的主人。1571年，处于事业辉煌时期的蒙田选择了隐退，开始撰写有着“思想的宝库”之称的《随笔集》，在蒙田之后的生涯里都以撰写《随笔集》为主，他在自己的一篇拉丁铭文中写道，“趁年富力壮之时，投入智慧女神的怀抱，在平安与宁静之中度过有生之年。”

1592年9月13日，蒙田在智慧和宁静中与世长辞，其身葬于波尔多裴扬教堂，正如他自己所言，“命运让他过得称心如意！”蒙田一生的著作极少，除了《随笔集》就只有一本《意大利旅行日记》，但是蒙田在法国乃至世界文学史上地位却是极为显赫的。

【作品导读】

生活在文艺复兴后期的蒙田是一个文学化的哲人，他与拉伯雷、加尔文并称法国古典散文三大家。很多人称蒙田是一个人类感情的冷峻观察家，主要源于其对于生活和人性独特而真实的体验，并力图不矫揉造作地展示出来。作为虔诚的人文主义者的蒙田是一个对生活充满热情、对自由满怀崇敬的人。他强烈地抨击经院哲学，将自己对艺术的追求、对知识的热忱寄托在仅有的著作中，他的怀疑主义向处于动荡中的人们揭示了“我知道什么”的真理。他提出的全新的教育思想广泛而全面，摆脱了以往学究式的教学方法，对教育领域产生了深远的影响。

蒙田生活的时代处于文艺复兴后期，尽管人文主义思潮得以广泛传播，科学技术不断进步，人们的思想有了初步的解放，但由于长年战乱和中世纪基督教思想的禁锢，宗教纷争和暴力冲突使刚刚接受新思想的人们陷入蛮荒瘴疠之地，人们丧失了对于人性自我的正确剖析和合理表现，而蒙田的思想却如沙漠中的清泉洗去人性中的黑暗、迷茫。他用一种怀疑而又清醒的人文主义力量要人们看清自己，看清社会，看清自然，能够知道和思考“我知道什么”，能够自在地生活。

蒙田的思想是通过《随笔集》展现出来的，其中的智慧俯拾皆是。他将这种形式称之为“essai”，即为“尝试”，而正是通过这种简单的尝试，蒙田开创了近代文学史上散文写作的先河。正如伟大事物的诞生往往起源于偶然的事件或平凡的动机一样，蒙田开始写作这本《随笔集》的时候，只是想记录自己对于人性、生活的体验，却没有想到它会成为所有“正直人的枕边书”，使整个欧洲乃至世界人为之着迷。

在《随笔集》中，蒙田将语言的瞬间爆发力置于朴实自然的韵律中，将思想的深刻性融入平淡无华的意境中，将晦涩深奥的哲学思想变得简单而轻盈，他的文笔亦如他对自己的描述一样“介于快乐和忧郁之间”，简洁有力、趣味横生的语言深入浅出地阐述着光芒闪耀的思想，使得这本诞生于16世纪的著作虽然古老却永远现代。

有人将《随笔集》的三卷分别归纳为哲学中的斯多葛主义、怀疑主义和享乐主义，其中不无道理。这本集文史哲于一身的伟大著作将蒙田的哲学观点通过对细小而琐碎的事物的思考传达出来，他从个人的内心活动和生活经验出发，通过对自我的深层剖析和全面解读反映出人性的弱点、死亡的意识、生活的热情以及生命的追求，强调自我的真实和坦诚，使观书如观其人、如观自身、如观16世纪的欧洲，进而又可反观现代人的灵魂。正如尼采所言，“世人对生活的热情，由于这样一个人的写作而大大提高了。”

【精彩片段】

我们去相信这个人说的话么：“要问世界是为谁创造的呢？自然是为那些头脑灵活，善用理智的人创造的；他们是神，是人，肯定是最完善的创造物。”（巴尔布斯）这种荒谬的提法，我们怎么否定也不会过分的。

但是，可怜的人，他身上究竟有什么值得享受这样的特权呢？仰望天体这些不朽的生命，它们那么壮丽华美，它们那么有规律地运转不息：

当我们举目凝视广垠的苍穹，
星光闪烁中的以太；
当我们思索日月的运转；

——卢克莱修

想到这些天体不但主宰我们的生命和时运，
人的行为和生命都取决于日月星辰。

——马尼利乌斯

还主宰我们的爱好、我们的推理、我们的意志；它们的影响可以任意摆布万物，我们的理智也是这样告诉我们和这样感觉的。

理智承认遥遥相望的星辰，
通过秘密的法则支配着人，
地球通过有序的行动旋转，
命运的变化也受这些信号调节。

——马尼利乌斯

星辰稍一转动，不但是一个人，不但是一位国王，就是王朝、帝国、整个尘世都随着变化，这些不觉察的行动会产生极大的效果，甚至可以对国王发号施令！

——马尼利乌斯

如果我们的德行，我们的罪恶，我们的能力和知识，还有我们对星辰力量的理解，把星辰跟人类相联系，以上这些从我们的理智来判断，都是通过星辰的启发和恩赐而来的。

一个人怀着疯狂的爱，
跨过海洋摧毁了特洛伊，
另一个人的命运是制定法律；
这里有孩子杀害父亲，父母杀害子女；
兄弟进行阋墙之争，
这场战争不取决于我们，
命运强迫人闹得天下大乱；
我谈到命运，也是从命运而来。

——西塞罗

如果是天赐予我们这份理智，我们这份理智如何能与天相比呢？如何把天的精神和原则包容在我们的知识内呢？我们观察到天体内的东西叫我们吃惊。“是什么样的工具、杠杆、机器、工人，建成了这么一座壮丽恢宏的建筑？”

我们怎么能说日月星辰是没有灵魂、生命和理智的呢？我们对它们除了服从以外并无其他交往，如何能认为天体是愚蠢的、静止的和没有感觉的呢？我们怎么能说，我们看到除了人以外没有其他创造物会运用理智呢？这是什么话！我们还见过类似太阳这样的东西吗？只因为我们没有见过就不存在吗？只因为我们没有见过太阳旋转，太阳就不旋转了吗？如果我们没见过的东西就不存在，我们的知识就大为贫乏：“我们的思想领域是那么狭窄！”

赏　析

该片段选自《随笔集》中最著名的文章《雷蒙·塞邦赞》，体现了蒙田怀疑主义的思想。整个文段借引用先贤圣人的名言对自己所描述的思想进行吐露，不断激发读者的想象力，同时又对论述的问题加以提问，使读者推人及己，犹如身临其境并迫使读者进行深度的自我反思，不断自我提出问题、自我解决问题，极具艺术魄力。作者用朴实自然的语言将对人的认识和人自身的批判娓娓道来，对人的理性和自我给予肯定和颂扬，使思想在顷刻间发出璀璨的光芒，推动了人类对自身的认识不断完善。

阅读思考

1. 阅读以上片段，思考作者在该文段中所要表达的思想感情。

2. 选文的最后一段，作者采用了什么修辞手法？其用意何在？

3. 请你仿照选文的形式，并采用文段中涉及的写作方法，以“如何遇见更好的自己”为主要思想写一段500字的片段。

【相关链接】

《意大利旅行日记》

蒙田的一生著述非常之少，除了《蒙田随笔集》以外，仅有的作品就是《意大利旅行日记》了。《意大利旅行日记》是在蒙田逝世以后，被尚斯拉德的教堂司铎普吕尼神父在1770年发现，经过诸多专家、学者的确认后，由国王图书馆馆长默尼耶·德·盖隆编辑出版的。

在后半生决定“投入智慧女神怀抱”的蒙田是在1580年离开蒙田城堡的，这样一个习惯在书中漫游、思索的人，是出于什么原因决定走出深埋的书堆呢？有人说蒙田是因为家族遗传的肾绞痛，也有人说是因为战争。不管是因为什么缘故，仅仅是换了地方而已，蒙田从来没有离开自己的知识海洋和思考状态。蒙田的旅行就如蒙田的随笔一样，他没有像游客那样去的都是名胜古迹，而是融入到当地人的生活，去发现和研究人性，继续自己的思考和对人类的解读。《意大利旅行日记》可以说是16世纪意大利的一面镜子，真实地还原了文艺复兴之后的意大利风貌，独特地展现了希腊精神的传承与新旧罗马的交接，也流露出蒙田不同于《随笔集》的一些情感，或带有嘲笑，或带有埋怨。因为是其逝世后出版，保留了创作时的原汁原味，其中的真性情展露无遗。

1581年，蒙田接到了那个被自己称之为“重担”的任务——担任波尔多市市长，蒙田中止了自己的旅行，但是蒙田智慧的旅行却并没到此而终止。

《论法的精神》：资产阶级政权建立指南

刘　洁

【作家小传】

查理·路易·孟德斯鸠于 1689 年 1 月 18 日出生在法国波尔多附近的拉伯烈德庄园，这是一个贵族世家，孟德斯鸠的祖父和伯父相继担任过波尔多法院院长。在这样的家庭中，孟德斯鸠接受了良好的教育，19 岁时就获得了法学学士学位。

1716 年，孟德斯鸠袭男爵封号，先后担任律师、波尔多议会会长、波尔多法院院长等职务，期间孟德斯鸠不断学习，兴趣涉及哲学、社会学、法学，甚至自然科学，并且都有很深的造诣，还根据自己的认识撰写过很多相关论文。

孟德斯鸠常常去巴黎居住，目睹了路易十四晚年和路易十五母后摄政统治下社会动荡衰败的景象，他记录下自己的所见所闻，历经十年之久，在 1721 年整理写出《波斯人信札》。书中对当时法国社会进行的批判引起了极大反响，奠定了孟德斯鸠的学术地位。1728 年之后，孟德斯鸠在奥、匈、意、德、荷、英等欧洲国家进行了三年的学术旅行，尤其对英国进行了详细的考察。回国后潜心著述，1748 年出版了长达 27 年时间研究准备的《论法的精神》，这部作品也成为孟德斯鸠一生中最伟大的著作。

1755 年，孟德斯鸠病逝于巴黎。

基于孟德斯鸠的伟大贡献，他被评选为波尔多科学院院士、法国科学院院士、英国皇家学会院士、柏林皇家科学院院士，波尔多甚至将两条街分别命名为“法的思想”和“孟德斯鸠大街”，1982 年的 200 法郎背面印有孟德斯鸠的头像和一个手持“法的精神”字样徽章的寓言人物。

【作品导读】

17、18世纪的法国封建君主专制日益没落，封建贵族加重对贫困人民的剥削，逐渐发展壮大的资产阶级同封建统治者的矛盾深化，法国资产阶级革命随时会爆发，欧洲各国兴起的资产阶级思想运动对法国产生了影响，这一切都为孟德斯鸠的理论提出奠定了基础。

作为法国思想启蒙运动的代表人物，孟德斯鸠反对当时封建贵族和教会的统治，虽然身为贵族，却在法国第一个举起反对封建专制的大旗，他将社会科学与神学分离，将上帝与个人分离，倡导个人自由和权利平等，完全摒弃了神学的作用。

孟德斯鸠最为人称道的是他的《论法的精神》，书中提出的用三权分立的相互制衡维护公民自由的理论成为历代资产阶级的指导思想，美国更是将三权分立列入宪法，法国宪法同样深受三权分立思想的影响。我国清朝晚期进行的百日维新也充分吸收了孟德斯鸠关于君主立宪的思想，之后民国的法制同样体现了很多《论法的精神》中的重要理论。

在《论法的精神》中，孟德斯鸠向读者详细论述了各种国家政治制度，以及在不同政治制度下社会的发展状态，以极其宏观的角度为我们展示了人类社会形成后国家的演变历史，是第一个将中国划入专制政体的社会学家。但是孟德斯鸠的理论重点并不在于研究人类社会发展的规律和基本矛盾，而是探究不同国家政治制度下社会生活、文化、制度、教育等方面的差异，并由此得出社会的平稳持续发展的保障是健全合适的“法”的建立。孟德斯鸠认为，同万事万物都遵循自然规律而生长覆灭一样，人类社会的发展同样需要遵循秩序，即法，而法是对不同文明因素和自然因素的观察和调整。

孟德斯鸠论述了法的形成过程以及在各类政府中所起到的作用，并根据法的性质、作用和法与人类社会的关系，提出了三权分立学说：主张立法权、行政权、司法权分属不同的政府机构，以形成相互制约。孟德斯鸠对英国的君主立宪制异常推崇，认为是适合资本主义国家借鉴的政治制度。

同时，孟德斯鸠还在论述国家发展的过程中发现地理因素对于人类社会发展的影响，即不同的气候、地形对人们社会文化、习俗、生活习惯等的影响，认为统治者在制定社会制度和法律时应当结合考虑具体的地理因素。

有学者认为，孟德斯鸠的思想只是在提醒君主和封建统治者不可全面专制，只有将一部分权利转让出去，才有可能避免专制统治的危险，因此认为孟德斯鸠只是社会改良派。但这并不影响孟德斯鸠在哲学、社会学上的贡献和积极意义。

【精彩片段】

那些有足够的天赋给自己的民族或给另一个民族制定法律的人，必须对这些法律的形成方式给以一定的关注。

法律的文体应该是简明的。《十二铜表法》是精确严谨的样板：孩子们都能把它铭记背诵。可是，查士丁尼的《新法》则非常繁冗拗口，所以必须加以删节。

法律的文体应该是质朴的，直接表达往往比影射表达要好得多。东罗马帝国的法律是没有任何威严的。人们把东罗马帝国诸君王说成是用词华丽的演说家。当法律的文体变得十分夸张时，法律则被看成是一部卖弄炫耀的作品。

法律的语言在所有人身上都会唤起相同的观念，这是最基本的。红衣主教黎希留同意，人们可以向国王指控一个大臣。但是他又规定，如果人们所指控的事情无关紧要，指控人将受到处罚。这就阻碍了人们讲出对大臣不利的实话。因为一件事情重要与否完全是相对的。一件事情，对一个人是重要的，而对另一个人就不一定重要了。

根据火诺利乌斯法律，把一个脱离奴籍的人当做奴隶买回家的人或使这个脱离奴籍的人忧虑不安的人，要被处以死刑。此法不应该使用忧虑不安这样一种含糊不清的表达方式，因为使一个人忧虑不安，完全取决于这个人的敏感程度。

当用法律作出刑罚时，应尽量避免使用金钱来处罚。因为有无数原因会改变金钱的价值。货币价值改变后同一数额的金钱已不再是同一种东西了。人们知道那个鲁莽的罗马人的故事。这个鲁莽的罗马人见谁就打谁的耳光，然后按《十二铜表法》的规定给每个被打的人二十五苏的赔偿金。

当法律已经把事物的观念很明确地加以定位之后，就不应该再回到那些含糊不清的表达方式上来。路易十四的刑事法令就是如此，在精确地列举了国王的案件之后又加上了这样一句话：“以及那些始终都由国王的法官审理的案件。”人们刚刚走出专横的境域，但又被马上推了回去。

据查理七世讲，他曾听说在适用习惯法的地区，各方当事人违背王国的习惯，在案件判决三四个月，甚至六个月之后才提出上诉。所以他规定，除了检察官有舞弊或欺诈现象或有阻挠起诉人的重大和明显的原因之外，各方当事人应立即上诉。这项法律的后半部分毁掉了它的主要部分，并且破坏得非常彻底，以至于后来当事人在三十年内还在上诉。

赏　析

作者在这段话中对制定法律时所应注意的问题进行了论述，作者并非简单地罗列观点，而是具体明确地针对每一论点提出相应的事例进行证明，用各个国家和君主的实际作为为例，增强了说服力。另外作者在举例时多用正反两个例子进行对比，因为所用例证都是历史事实，因此十分具有鲜明性，使得论述给人留下深刻印象，论点更加稳固。这样的论证容易为读者所接受，也体现了作者对于法律研究的透彻严谨。

阅读思考

1. 请阅读以上片段，总结出作者提出的几个观点并进行评价。

2. 阅读片段中的第一段话，分析“有足够天赋”能否去掉？

3. 分析上面的片段，结合作者思路和当代现实社会状况，再提出一个法律制定过程中需要注意的问题。

【相关链接】

《波斯人信札》

《波斯人信札》是孟德斯鸠唯一一部小说，由一位波斯贵族青年游历法国期间给友人所写的 161 封信组成，信件时间跨度从 1711 年到 1720 年。从旁观者的角度对法国社会的种种现象进行了再现，完整而深刻地展示了当时法国社会的混乱和人民的贫穷，同时也揭露了一些亚洲社会的制度弊端。作者试图以这种再现批判方式引起民众的觉醒，从而唤起人民的反抗意识，为资本主义改革建立社会基础。

《论罗马盛衰的原因》

《论罗马盛衰的原因》是孟德斯鸠社会历史发展理论的集中体现，书中孟德斯鸠根据罗马帝国兴起、强盛、统治、征战、腐化、变革等方面为读者重现了罗马帝国的辉煌历史，并在描述中不断穿插自己对于当时罗马帝国不同发展阶段的理解和认识，使读者不仅理解了罗马的兴衰史，同时也接受了孟德斯鸠的社会理论。通过对罗马帝国发展的分析，孟德斯鸠最终认为罗马帝国的兴衰是由政治制度的优劣和民众品性的良恶决定的。

《哲学通信》：启蒙精神的荣光

沈宇彬

【作家小传】

伏尔泰（1694—1778年），原名弗朗索瓦·马利·阿鲁埃，伏尔泰是其笔名。他是法国近代伟大的哲学家、文学家、思想家，也是18世纪法国资产阶级启蒙运动的领军人物，被称为“启蒙运动的旗手”，还被誉为“法兰西思想之王”。伏尔泰主张开明君主制，强调天赋人权、自由、平等。代表作品有《老实人》《哲学通信》《路易十四时代》等。

伏尔泰出生于法国巴黎一个平民家庭，他是家中最年幼的孩子，父亲是一位法律公证人，母亲则来自一个贵族家庭。天资聪明且认真的伏尔泰在高中时代便掌握了希腊文和拉丁文，后来更是精通英语、西班牙语、意大利语。这一点也为他后来的思想发展打下了坚实基础。

伏尔泰年轻时多次与贵族发生冲突，两次被关进巴士底狱。1726年至1728年，伏尔泰在英国流亡，这一时期是他人生中的一个重要转折时期。他在英国居住三年，详细考察了英国资产阶级革命之后的君主立宪制和当地的社会习俗、风土人情，深入研究了英国的古典经验论和牛顿的经典力学体系，形成了反对封建专制的政治主张和自然神论的哲学观点。《哲学通信》就是他在英国时期的思想的总结，也是他的第一部哲学和政治学专著。

1778年，路易十五去世，伏尔泰凯旋般地回归家乡法国巴黎，受到广大民众极为热情的欢迎。他于同年去世，他的灵柩被法兰西人民永久地摆放在先贤祠中。作为启蒙运动的旗手，伏尔泰的伟大思想以及其对人类文明进步做出的巨大贡献将永远为世人铭记。

【作品导读】

我们知道，欧洲中世纪受基督教和封建专制的双重控制，被称为“黑暗时代”，民众生活在水深火热之中。14 ～ 17 世纪的文艺复兴运动试图打破压抑和束缚人性的宗教禁锢，从而恢复“人性的光辉”，歌颂人的伟大，把人从宗教束缚中解放出来。后来的启蒙运动继承和发展了文艺复兴的核心精神，并且将这种精神推进了一大步：不仅要求把人从宗教束缚中解放出来，还提倡“天赋人权，人人平等”，弘扬“自由、平等、博爱”的精神，即要求每个人都拥有平等的政治权利。

18 世纪法国启蒙运动是人类历史上伟大的思想解放运动。在当时众多的思想家中，伏尔泰是公认的精神导师和领军人物。他学识渊博，著述甚多，在哲学、政治、戏剧等诸多领域均有卓越建树。伏尔泰尽其一生反对封建专制制度和宗教神权统治，追求自由、平等，鼓吹君主立宪制。伏尔泰的启蒙思想启迪和鼓舞了无数为争取自由、平等而斗争的人，而且影响了数代人；此外，伏尔泰的斗争精神和广泛的社会影响也推动了整个法国启蒙运动的发展，并且将启蒙运动的影响及其核心精神延伸和传播到了几乎整个欧洲。

《哲学通信》正是这个伟大时代的伟大产物，也是伏尔泰的哲学和政治思想代表作。这本书是他在英国流亡时期思考的成果，因此又称《英国通信》。1733 年，该书首先在英国出版英文版，法文版于 1734 年出版。伏尔泰在《哲学通信》中介绍了培根、洛克和牛顿的哲学思想，表述了自己的哲学思想；同时在书中花了很大的篇幅歌颂英国资产阶级革命之后确立的君主立宪制，以达成从侧面抨击法国当局的黑暗、腐败的目的。正是这个缘故，《哲学通信》在当时的法国被禁止出版，当局也下令逮捕伏尔泰。为逃避迫害，伏尔泰在好友夏德莱夫人的城堡里一躲就是 16 年。

《哲学通信》是以书信体的形式创作的，由 25 封“信”构成。准确来说，《哲学通信》应当被定位为一本“哲理性美文集”。它不同于传统的哲学论著的繁琐和严肃，而是以一种犀利的笔调，生动形象地阐述某些哲学、政治方面的洞见。在书中，伏尔泰以其睿智且深刻的哲学视角和文采横溢的笔法，对人类认知、社会、宗教、哲学等方面进行了不偏不倚且又犀利的评述。他的论点大胆，且又充分体现了他的“保持平衡、不偏不倚”的思想特点，恰如其分地分析了每个事物各个方面的“优缺点”。就人类认知来说，伏尔泰认为人类不应该把自己的地位摆得过高，而是应当在大自然面前表现出某种谦逊的品行，只有“能低下头的人才会变得高大”。就社会的方面来说，伏尔泰不认同蒙田和帕斯卡尔对“人与人关系的遗忘”，他认为人类应当在理性的考量之下选择一种行动的原则、一种社会组织的规范，而不是坐以待毙或者对社会绝望“放弃治疗”。就宗教而言，伏尔泰提倡自然神论，反对宗教对人类社会的幕后操控，反对以往宗教中的“狂热”和宗教偏见，认为不同信仰之间应当宽容对待。就哲学而言，他反对笛卡尔的天赋观念唯理论，强调这种形而上的独断论体系潜藏着巨大的危害性，认为唯理论不仅阻碍人类知识的增长，而且还有代替早已破产的经院哲学为灵魂不朽等宗教信条作哲学层面的辩护的可能。另一方面，他认为宗教对于抑制人类情欲和培养人类品德是不可或缺的，他说：“即使没有上帝，也要创造出一个上帝来。”

总之，无论从哪个角度看，《哲学通信》都是一本相当经典的著作，值得每一个人去阅读、去体悟。

【精彩片段】

英国议院中的议员们喜欢尽量把自己和古代罗马人相比。

不久以前，希浜先生在下院用下列的话开始了他的讲演：“人民的尊严将会受到损害”等等。措辞的古怪引起了哄堂大笑；可是，他一点都不慌乱，他以坚定的语气，把原话重复了一遍，这一下，人家不再笑了。我承认：在英国人民的尊严和罗马人民的尊严之间，我看不到共同之点，更不必谈他们的政府。伦敦有个上院，其中几位上议员犯了有机会就出卖自己的表决权的嫌疑了（也许错疑了），就像有人在罗马所干的那样：他们的相像之处只有这一点。除此之外，在我看来，这两个国家仿佛完全不相同，不管是好的方面，或是坏的方面……在罗马，内战的结果就是奴隶；而在英国，内战的结果却成了自由。英国是世界上抵抗君主达到节制君主权力的唯一的国家；他们由于不断的努力，终于建立了这样开明的政府：在这个政府里，君主有无限的权力去做好事，倘使想做坏事，那就双手被缚了；在这个政府里，老爷们高贵而不骄横，且无家臣；在这个政府里，人民心安理得地参与国事。

上院和下院是国家的主宰，君主乃是太上主宰。在罗马人那里，却没有这种平衡：在罗马，贵人和平民是分开的，两者之间没有可以调剂的中间势力。罗马元老院有那种不公的、可恶的骄傲，不肯和平民分权，为了让平民离开政府，元老院只知道一个巧妙的办法，就是不断地送老百姓去远征。他们把老百姓看作一头猛兽，务必把它驱到邻居那里去，唯恐它吞噬它的主子们。所以，罗马政府最大的缺点就是把罗马人培养成征服者；正因为他们在自己的家里不幸福，所以他们才变成了世界的主人，直到有一天他们的分裂终于使他们沦为奴隶。

英国政府不是生来就有那么灿烂的荣光，也不是生来就该遭受那么悲惨的结局；它的目标并非想要取得征服他人的那种光辉的疯狂，却是要阻止人家来征服自己。这个民族不但爱护自己的自由，而且还爱护人家的自由。英国人拼命反对路易十四，因为他们相信他是野心勃勃的。他们存心对他作战，当然没有什么其他的企图。

为了要在英国建立自由，无疑地他们付出了代价；正是在血海中间，才能淹死专制政权的偶像；然而，英国人并不以为出了太高的代价，换来了善良的法律。在别的国家里，骚动和流血并不少于英国；无奈这些国家为争取自由而流的血却更加巩固了奴隶身份。

同样一件事情，在英国则变成革命，在别国只不过一次叛变而已。在西班牙，在巴利，在土耳其，一个城市为了保护自己的特权而动干戈：立刻雇用士兵来镇压这个城市，刽子手们大肆惩罚，全国其他的人民也被牵连受苦。法国人以为英国政府比环绕着它的海洋更是波涛汹涌，这是真的；然而这只是国王引起了暴风雨之时，只是在国王想当国家大船的主子之时，其实，他不过是一个舵手长而已。法兰西的内战比起英吉利的内战，来得更漫长，更残忍，罪恶更多；然而在这许多内战里，没有一次以争取贤智的自由为目标……

赏　析

在第八封信——谈议会中，伏尔泰对英国的政治制度大加赞扬，以达到从侧面讽刺法国当局黑暗的目的。一开头，他就以犀利的笔调指出了英国君主立宪制和罗马奴隶制的本质区别，即前者的人民有自由、有权利，在开明君主的领导下共同管理国家；后者则是贵族独占政治权力，使得普通民众无法参与政治活动，最终沦为奴隶。伏尔泰指出，英国的君主权力受到议会的约束，不能为所欲为，从而“有无限的权力去做好事，倘使想做坏事，那就双手被缚了”。随后他指出，英国的政治革命斗争经验值得其他国家借鉴学习，隐含地指出：法国的政治变革可以向英国学习，以一种不同以往的革命方式进行斗争。

阅读思考

1. 根据上面的节选片段，概括伏尔泰认为的英国君主制的优点。

2. 你认为君主的权力应当受到制约吗？结合上面的节选片段，说出你的看法。

3. 结合上面的节选片段和你学过的知识，谈谈英国的君主制和中国古代封建君主制的区别。

【相关链接】

伏尔泰思想的价值

伏尔泰对宗教的看法或许表面上存在某种矛盾，但仔细分析起来其实并不矛盾。伏尔泰反对传统宗教中的那种泯灭人性且迷信的信条，同时也反对宗教对于世俗生活的过度干涉，阻碍人们获得幸福。但另一方面，他认为宗教或上帝对于遏制人类日常生活中的恶行以及培养人类的道德品行是必要的。这一洞见十分深刻，后来德国哲学家、思想家康德一定程度上正是受到了伏尔泰这一观点的影响，从而在认识论层面“杀死”上帝之后，又在道德论层面“使上帝复活”，从而约束和规范人们的实践行为；此外，后来之所以形成存在主义的滥觞，某种程度上也正是由于“上帝已死”而造成的人类情感层面的“无依无靠”，从而使人迷茫、彷徨、绝望。正因为这些原因，伏尔泰的“自然神论”思想才在今天显得更加深刻和高瞻远瞩。这也正是今天“阅读经典”之所以流行的原因之一，人类社会某些深层次的东西总是具有某种共性，值得各个时代的人所借鉴。

除了在哲学、政治学上面的贡献，伏尔泰在法社会学和理性主义史学方面都做出了卓越的贡献。

在法社会学方面，他是自然法学说的坚定拥护者。他从自然法论的立场出发，揭露和批判封建专制制度和教会的黑暗。在理性主义史学方面，伏尔泰认为人类理性是人类社会历史发展的动力，即“人凭借其理性认识自然，同时又凭借其理性改造社会；因而发扬理性，就是推动历史；遮蔽理性，就是阻碍社会进步”。

《忏悔录》：给哲人的一部宝书

刘　洁

【作家小传】

以思考世界终极问题为己任的哲学家，是最需要安逸生活为保障的，可事实上，很多精妙的哲学理论背后都是由贫困和逃亡描成的厚重阴影……

1712 年 6 月 28 日，瑞士日内瓦一个钟表匠家庭迎来了第二个儿子，这个孩子就是让 - 雅克·卢梭。卢梭出生仅十天后就失去了自己的母亲，唯一的兄长早年离家出走后便杳无音讯。幼时卢梭受父亲影响极大，爱好读书的父亲鼓励卢梭阅读了大量古希腊、古罗马文学著作，正是这时的学习燃起了小卢梭思想的火苗。

10 岁时，卢梭的父亲因被迫害逃离日内瓦，孤身一人的小卢梭跟随朗莫西埃牧师学习了两年拉丁文，后被送到一个苛刻的镂刻师那里当学徒。1728 年，受尽凄苦的卢梭离开日内瓦开始了漂泊生活，尝尽人间冷暖。他于 1742 年搬到巴黎，1749 年后参与《百科全书》的撰写，但真正使他一举成名的是《论科学与艺术的复兴是否有助于敦风化俗》这篇论文。此后卢梭的著作陆续问世，《新爱洛绮思》《民约论》《爱弥儿》《忏悔录》为他的四大名篇。卢梭思想理论的前提论述是：人性本善，但被社会破坏，科学越是发展，人类就越远离自己的天性。

卢梭的思想违背当时的时代主流思想，特别是《爱弥儿》激怒了当时的政府和百科全书派，他被迫逃亡，《忏悔录》即成书于此时。直到 1778 年 7 月 2 日去世，卢梭一直遭人唾弃，死前境遇潦倒、伤痕累累。

法国大革命后，卢梭的骨灰被移葬先贤祠，移葬仪式上国民议会主席致辞：

我们的道德、风俗、法律、感情和习惯有了有益健康的改造，应该归功于卢梭。

【作品导读】

出版《爱弥儿》后，漂泊不定的卢梭于1765年开始撰写《忏悔录》，至1770年写完，八年后卢梭去世，《忏悔录》是晚年卢梭在低谷中对自己一生的总结。

世人给予此书无上肯定的原因之一是卢梭将自己的一生毫无保留地展示出来，任人评说。这种坦诚，使得普通人阅读此书后都对卢梭肃然起敬。直至今日都鲜有学者愿意暴露自己的困苦、缺陷和阴暗。但作为哲学家、社会学家，卢梭的自传注定不仅仅是人生总结，更多的是对自己思想脉络的阐释，借由书中自己的经历，讲述人在面对世界时所应采取的态度。因此，虽然大多数读者抱着窥探伟人异于常人的好奇心翻阅这本书，但学界却公认《忏悔录》是研究卢梭哲学思想的重要参考读物。

哲学总是针对必然性和普遍性问题进行论述，而自传却显然是极其个人化的产物，卢梭之前很少有自传体文本，因此他将自己的思想蕴于人生总结是开创了自传体著作的先河。可以说，自传并不是卢梭的目的，而是他的手段，虽然他口口声声强调自己做的是史无前例的突破——将自己完整真实地进行描述，但不得不说，正是这种新鲜体裁，使他的思想更容易被人了解接受。

很多人都知道，先于卢梭还有一本《忏悔录》，但卢梭的《忏悔录》不同于奥古斯丁的《忏悔录》，奥古斯丁的主调是“虔诚”，对象是全知全能的“上帝”，而卢梭则强调“人性”，面向一切愿意思考的思想者，卢梭用同样的书名，想要表达的却正是两者的不同。卢梭并不完全否认上帝，书中他向上帝保证，他身为何人就会以何种面貌面对上帝，卢梭心中更重要的是人的自由，人身为上帝子民所具有的灵魂自主，这才是对上帝最大的虔诚。卢梭是法国思想革命的先锋，他改变了传统哲学对于个人的忽视，他的思想大大影响了后来的启蒙思想家们，为新世界的到来点亮了前进的灯塔。

《忏悔录》以第一人称进行描述，对于现在的我们来讲并不稀奇，但对于哲学著作，没有严谨的分析论证无法说服众人，因此大多数哲学书籍都以尽量客观理性的笔墨进行呈现。而卢梭却认为，第一人称的形式更容易阐述自己的观点，使读者有面对作者的感觉，从而产生灵魂交流。在卢梭的其他著作中也时常出现第一人称的口吻。

《忏悔录》是了解卢梭生平和思想的重要引导，就卢梭自己而言，这是一本写给哲人的宝书。作为普通人，阅读《忏悔录》就是同哲人的对话，看哲学如何影响人的一生，从而学着思考，学着做一个哲人，这本书因此也就是所有人的宝书。

【精彩片段】

这是世界上绝无仅有、也许永远不会再有的一幅完全依照本来面目和全部事实描绘出来的人像。不管你是谁，只要我的命运或我的信任使你成为这本书的裁判人，那么我将为了我的苦难，仗着你的恻隐之心，并以全人类的名义恳求你，不要抹杀这部有用的独特的著作，它可以作为关于人的研究——这门学问无疑尚有待于创建——的第一份参考材料；也不要为了照顾我身后的名声，埋没这部关于我的未被敌人歪曲的性格的唯一可靠记载。

…………

我现在要做一项既无先例、将来也不会有人仿效的艰巨工作。我要把一个人的真实面目赤裸裸地揭露在世人面前。这个人就是我。

只有我是这样的人。我深知自己的内心，也了解别人。我生来便和我所见到的任何人都不同；甚至于我敢自信全世界也找不到一个生来像我这样的人。虽然我不比别人好，至少和他们不一样。大自然塑造了我，然后把模子打碎了，打碎了模子究竟好不好，只有读了我这本书以后才能评定。

不管末日审判的号角什么时候吹响，我都敢拿着这本书走到至高无上的审判者面前，果敢地大声说："请看！这就是我所做过的，这就是我所想过的，我当时就是那样的人。不论善和恶，我都同样坦率地写了出来。我既没有隐瞒丝毫坏事，也没有增添任何好事；假如在某些地方作了一些无关紧要的修饰，那也只是用来填补我记性不好而留下的空白。其中可能把自己以为是真的东西当真的说了，但决没有把明知是假的硬说成真的。当时我是什么样的人，我就写成什么样的人：当时我是卑鄙龌龊的，就写我的卑鄙龌龊；当时我是善良忠厚、道德高尚的，就写我的善良忠厚和道德高尚。万能的上帝啊！我的内心完全暴露出来了，和你亲自看到的完全一样，请你把那无数的众生叫到我跟前来！让他们听听我的忏悔，让他们为我的种种堕落而叹息，让他们为我的种种恶行而羞愧。然后，让他们每一个人在您的宝座前面，同样真诚地披露自己的心灵，看看有谁敢于对您说：'我比这个人好！'"

赏　析

这部分是《忏悔录》的开篇，作者以极其昂扬的情绪表达了自己对于本书的重视，强调本书是一本自传体著作，深陷困顿的作者表现出对作品可能失传的担忧，这两种矛盾的情绪却并不影响作者的骄傲。片段中时刻出现的"我"语言自信而张扬，显示出主人公刚直不阿的性格。此片段既是写给读者的话，也是对自己的肯定，可以看出作者对于个人自由的尊重。但过分刚毅的语言也透露出作者对现实的不满，社会没有给予他应有的承认，那么，留下这本书，让世人公平见证。

阅读思考

1. 阅读上面的片段，作为《忏悔录》的开篇，这段话有什么作用？

2. 上面片段中作者全部以第一人称进行叙述，请比较各种人称写法作用的不同。

3. 片段中作者向上帝的呼喊，借以表达自己的想法，请仔细阅读体会作者的真实含义并以相同的行文方式，情绪饱满地表达对一个人的倾诉。

【相关链接】

《论人类不平等的起源和基础》

本书是卢梭广为流传的著作之一，是卢梭应法国第戎科学院的征文而写的论文。书中从原始社会到近代社会进行了详细的科学论述，通俗易懂地呈现出社会结构变迁的过程以及随之产生的社会关系的变迁，最终得出私有制的产生是造成人类社会不平等的根源这个结论。

除了鲜明的论点，卢梭所采用的论证方法也是值得研究的重要部分。作为一篇论文，论证必须严谨科学，卢梭对原始社会的描述基于大量研究和大胆推测，他抛开繁杂的社会现象，直击社会存在的最根本存在，看到了牵引人类文明向前的隐形主线。

此外，这本书所提出的观点成为后来卢梭《社会契约论》的基础。

《爱弥儿》

可以说，《爱弥儿》是造成卢梭晚年困苦的直接原因，随着《爱弥儿》的出版，卢梭受到当局和学界的排斥。

卢梭认为人生而自由，自然状态的生活最符合人的天性，因此他反对传统教育模式，提出按照儿童自身发展特征进行阶段性教学，让儿童在实践和自我操作中学习真实的知识，通过这种教育，改善人类社会中业已存在的不平等现象。这种教育思想符合资产阶级发展要求，因此在当时的欧洲大陆产生了轰动性影响，是卢梭仅次于《社会契约论》的伟大著作。

《百科全书》：划破黑暗的曙光

刘　策

【作家小传】

1713年10月5日，伟大的法国启蒙思想家、唯物主义哲学家德尼·狄德罗诞生于朗格勒的一个资产阶级家庭中，在未满十三岁时接受削发仪式，受教于朗格勒的耶稣会。

适逢封建统治制度走向没落的时代，狄德罗的父亲狄狄埃·狄德罗作为朗格勒众多刀剪匠中的一员，是一位出色的制刀具能手，继承了家族维持二百年之久的手工业。而狄德罗的渊博学识和热情好学并没有使他选择继承自己的家业，相反，因为热衷于读书，他放弃了父亲心目中的高尚职业——律师，因此被父亲切断了经济来源，度过了一段极为拮据的日子。

狄德罗非常热衷于读书，曾就读于巴黎的路易公立中学和哈尔库尔公立中学，学习了逻辑学、物理学、道德学、数学以及亚里士多德的形而上学，并于1732年获得了巴黎大学文科硕士学位。

1743年，狄德罗与麻布织工A•尚皮昂结婚，随之出生的女儿让逐渐稳定的生活又变得艰辛起来。狄德罗仍然一边从事翻译、家庭教师等工作维持生活，一边刻苦学习满足自己求知的欲望，最终掌握了数学，并精通希腊文、拉丁文、意大利文和英文。

1751年，狄德罗与达朗贝尔开始了伟大的《百科全书》的编撰计划。在面对封建专制制度的各种刁难恐吓以及副主编达朗贝尔离去的多重打击下，狄德罗并没有畏葸不前，他带领一代文人学者团体兢兢业业，历时25年之久，终于完成了《科学、艺术和工艺百科全书》，并与孔狄亚克、爱尔维修、霍尔巴赫等人组成了带有独特思想的哲学家群体——“百科全书派”。

除了主编《百科全书》外，作为哲学家的狄德罗深受霍布斯、培根和洛克等人的影响，撰写了大量哲学著作，如《哲学思想录》《怀疑论者漫步》《对自然的解释》等；作为美学评论家的狄德罗撰写了《美之根源及性质的哲学的研究》《论戏剧艺术》等著作；作为作家的狄德罗还撰写了《一个修女的回忆》《拉摩的侄儿》等小说。

1784 年 7 月 13 日，因患水肿和中风，作为一个哲学家而生的狄德罗在夫人向他提出最后一个哲学问题之后溘然长逝。终其一生，狄德罗在荆棘载途中充满热情地完成了他所期望的学术活动，正如他在逝世前夕所讲，“走向哲学的第一步就是不信神”。作为百科全书派的领袖，狄德罗矢志不渝地将唯物主义原则贯穿到人类知识的一切领域，以此突破传统信仰的樊篱。

【作品导读】

德尼·狄德罗是 18 世纪法国哲学的重要代表人物之一，被人们称之为培根之后、康德之前最伟大的一位哲学家。但事实上，狄德罗一生的成就绝不仅限于哲学领域，正如 19 世纪法国文学批评家圣·伯夫所称赞的，狄德罗是“18 世纪最具综合能力的天才”。

他驰骋于广阔的学术领域，游刃于哲学、文学、美学、艺术之间，用自己热忱的情感、执着的毅力、不懈的努力诠释着学术和生命的新希望。他敢于接受新的知识，提出新的知识：在哲学领域，他吸收英国经验主义、笛卡尔的唯物论和意大利的人文主义三大思潮以及伽桑狄、斯宾诺莎等人的思想，发展出带有辩证因素的唯物论；在文学领域，他开创了现实主义学派，提出了真、善、美统一论的文学创作原则，被称为法国现实主义学派的始祖；在政治上，他提出以人为本、突出个性的思想，用无神论敲开宗教束缚的大门，反对封建专制，反对君权神授，将人类思想发展到一个全新的水平上，引导处于迷茫和慌乱中的法国人民迎来大革命的曙光。

狄德罗将他浩瀚无垠的思想同复杂的生活相联系，通过《百科全书》传播到各个阶层。在等级制度极为森严、封建专制极为集中的法国时代，横暴统治的黑暗险些要吞噬掉整个法国人民，而封建特权等级与第三等级之间日益尖锐的矛盾使正在趋于没落的法国封建王朝更加摇摇欲坠，《百科全书》的出现仿佛是一道亮光，划破了寂静得有些沉闷的黑夜，给第三等级以及整个法国带来希望、活力与光明。

狄德罗所编撰的《百科全书》是一部划时代的巨著。

它首先是一部学术著作。其中大量的篇幅撰写了自然科学的条目，非常重视各门学科之间的联系。狄德罗将这种联系比作是树干和树枝之间的关系，用以彰显他在系统论中关于联系的唯物主义哲学思想，加大了科学知识的普及范围，促进了自然科学的发展。狄德罗作为法国第三等级的代表和新兴的资产阶级，充分认识到并肯定了工人的中心地位，他在《百科全书》中凸显了工艺劳动的重要地位，完美地展现了法国18世纪科学技术的发展水平以及政治、经济、社会生活多方面的成果。他将工艺发展同人文科学的原则、不断前进的历史相联系，演绎了物质决定意识的历史唯物观。

其次，《百科全书》具有深远的政治意义，它更是启蒙运动反宗教、反封建的工具。它以人为本，强调突出人的个性，主张人在历史发展中的统治地位，具有极强的现实性，有效地抨击了封建专制统治和由此而衍生出的君权神授的旧思想，解除了宗教势力对人们思想的禁锢，反映了社会变迁的需要和人们思想的逐渐觉醒，为法国大革命的爆发奠定了思想基础。

正如阿基莫娃在《狄德罗传》中提到的，《百科全书》不只是众书之书，不只是生活的镜子、实际知识和资料的源泉，它也不只是学者们从中回顾他们所积累的知识宝藏，机械艺术工匠借以交流经验的一座仓库，而是一件攻城武器——一座备有进攻旧制度的武器的兵工厂。

【精彩片段】

政治权威

任何人也没有从大自然获得过命令别人的权力。自由是上天的赐予，每个个人一旦学会使用理性，便有权享受它。如果说大自然曾建立过任何权威的话，那就是父母的控制；但父母控制有其限度，在自然状态下，孩子一旦能照料自己，这种控制也就结束了。其他一切权威都不是源于自然的。认真地思考一下这个问题，人们总是会追溯到以下两个来源：或是某个个人掌握了力量和暴力；或是人们根据他们与那个被赋予权威的个人之间的契约或默许而认可或接受了这种权威。

…………

国王对其臣民的权威源自其臣民，而这种权威又受着自然法和国家法的制约。臣民们只有在依据自然法和国家法的条件下，才服从或理应服从于他们的政府。条件之一就是，没有臣民的选择和同意，也就没有对他们的权力和权威。臣民们按一定的契约把权威赋予国君，而后者绝不能运用这种权力来破坏这个契约，否则，他将从此成为自己的对立面；因为他的权威之所以存在，就是靠建立了这种权威的那个权力；谁要是破坏了其中一方，另一方也就不复存在。所以，除非得到国家的认可，或经过效忠契约中所表示的那种自愿选择，国君并无权把自己权力强加给他的臣民。如果他不照此行事，一切将化为乌有，法律将使他本来可以要求别人作出的承诺和誓言失去约束力；作为一个小人物，他可能在不明真相的情况下行事，而却自认为有权支配一切，无条件地拥有一切；其实他只是按照一定条件才被委以这种权力的。不仅如此，尽管政府是在一个家族内世袭并操于一人之手，但它并非私有财产，而是最终无法从人民手中剥夺的公共财产，并绝对地、根本地、完全地属于人民。因此，永远是由人民来制定这种契约或协议：判定这个政府能否存在的合同总是要经过人民的干预的。国家并不属于国王，而国王却应从属于国家，国家可以选择国王并委托他来治理国家，他要对人民和行政事务承担责任，而人民则有义务依法服从他的管理。头戴王冠的人，如果愿意的话，完全可以放弃它，但是如果没有得到为他加冕的这个国家的同意，却不能把它戴到别人头上去。

赏　析

选段主要阐述了狄德罗关于政治权力的观点，他认为政治权力不应该建立在威力之上，而应该建立在为人民服务的义务和人们一致的认同之上，而当时的法国封建君主正是凭借这种威力来维护自己的统治。由此可以看出狄德罗激进的民主主义思想。他要求政府要重视人的尊严和价值，让人在政治中占有统治地位，政府的形成必须是人的意志促成，要求人们要解放思想，高扬理性精神和个性主义，寻找在契约制度下真正有效的自由。其提出社会契约论的思想，力图以此倡导人们摆脱君权神授思想的禁锢，追求并享受真正的自由。

阅读思考

1. 阅读以上片段，“政治权威”条目体现了狄德罗的什么政治理想？

2. 以上片段所展现出来的政治理想对法国大革命的爆发起到了怎样的作用？

3. 如果你是当时的出版商勒·布雷东，在当时君主专制统治、教会禁止言论自由的黑暗时代，你是否会同意狄德罗出版“政治权威”条目？是原封不动还是对它加以改动后再出版？请说明你的理由。

【相关链接】

《百科全书》的编撰起源

《百科全书》被打上了深深的时代烙印，究竟是历史造就了它，还是它创造了历史？或者说两者具有极为密切的联系？不过，《百科全书》的编撰却是源于一个偶然的巧合，一场营利性的商业活动。

1727年，英国人E•柴慕贝尔斯在伦敦出版了一部《百科全书》，引起了广泛的关注。15年之后巴黎出版商勒·布雷东企图获得出版的专利权，急于寻找一人将这本书翻译成法文，而当时学识渊博却生活困顿的狄德罗成为不二人选。但之后不久，狄德罗就发现要翻译的这本书存在诸多的局限性和不足，毅然决定重新编撰《百科全书》，更新柴慕贝尔斯的这本书。他的计划得到了出版商勒·布雷东和诸多学者的支持。就这样，狄德罗在适逢其会的情况下，用“生命的火花”创造出“民族和文化最美丽的纪念物”。

在狄德罗的学术生涯里，另一件比较重要的事情就是为俄国女皇叶卡特琳娜二世制订了《俄国大学计划》，他将自己的教育理念和教育理想完全融入到这个计划中。1773年年末，狄德罗前往圣彼得堡宣讲自己的教育理想，同时带着在俄国出版一套完整的、未经歪曲的《百科全书》的目的，狄德罗在俄国生活了五个月之久，在经过了叶卡特琳娜二世的各种担忧和贵族的各种怀疑之后，狄德罗终于完成了大学计划的制订，但是出版一部完整的《百科全书》的愿望却最终没有实现。

《一个日内瓦居民给当代人的信》：“空想”启发后世

刘 洁

【作家小传】

1760 年 10 月 7 日，克劳德·昂利·圣西门出生在巴黎的一个贵族家庭，虽然圣西门出生时家族已经没落，但他仍然接受了当时良好的教育，著名百科全书派学者让·勒朗·达朗贝尔曾担任他的家庭教师。受老师影响，圣西门在学习中培养出了对于哲学、社会学的兴趣，开始批判宗教神学和封建统治制度。

17 岁时，圣西门被派往美国援助独立战争，于 1783 年返国。恩格斯曾评价圣西门是“法国大革命的产儿”。1789 年法国爆发大革命后，圣西门出于对资本主义社会民主自由的向往积极投身革命，甚至放弃自己的贵族身份为革命四处努力奔波。但雅各宾派专政时期对封建势力和投机者的打击使得圣西门锒铛入狱。

出狱后，圣西门开始用理论知识充实自己，在看到革命后只是少数大资本家受益后，圣西门开始为大多数贫困民众的幸福生活而进行更好社会概念的理论建设。从 1802 年开始，圣西门逐步完善自己的社会主义理论，并组成了自己的学术团体，陆续写出了《一个日内瓦居民给当代人的信》《论实业制度》《新基督教》等著作。

与辉煌的学术成就相对应的是圣西门穷困潦倒的生活，出狱后对社会理论的研究讨论耗尽了他的财产，在他人资助下才得以继续。社会对其理论的忽视使得圣西门极度失望，1825 年 5 月 9 日，圣西门去世。

作为空想社会主义家，圣西门的理论在他有生之年没有得到重视。但不能否认，他的思想影响了一批社会学家，为之后的社会主义理论建设和社会主义革命提供了理论基础。

【作品导读】

经历1789年法国大革命后，圣西门没有看到法国社会呈现出应有的改变，改革并没有为大多数民众带来生活的改善，在这场封建贵族、资产阶级市民和无产者之间的斗争中，最终受益的只是少数当权者，因此圣西门将改革后的法国社会称为“新封建社会”。面对当时社会的黑暗不公，圣西门将目光投向社会最底层的普通劳动民众，认为只有建立“人人劳动”的社会，才能保证社会的和谐运行，只有最普通的民众都得到幸福生活，才能认为这样的社会是真正民主和平的社会。

圣西门将构建这样的社会理论作为自己的学术目标，自此，圣西门开始不断地充实自己，对各门学科进行大量的吸收学习，其中自然科学对他的思想影响极大。

1802年，圣西门出版《一个日内瓦居民给当代人的信》，这是圣西门第一部主要著作，他强调了科学家和学者对社会发展的积极作用，呼吁社会给予他们应有的支持和尊重。作品宣传了“由科学家对社会进行统治领导”的理念，这种理念的提出同当时社会生产受科学发明的巨大促进作用有关。圣西门认为由科学家取代牧师是理所应当的，因为牧师将无用的知识强加于民众，而这种无用的知识显而易见是无用于社会的。

在圣西门看来，掌握生产资料的实业家同样是无产者，他们在社会发展中占有重要的地位，但是，真正对社会历史起到推动作用的是科学家和学者。科学家的伟大发明创造和学者天才的理论提出是社会进步的重要力量，由科学家统治的社会将展现无限的生产潜力。在这种意义上，圣西门的社会理论其实是一种实业理论，他并不针对阶级矛盾进行论述，忽视了社会发展的根本矛盾和无产阶级在历史发展中的重要作用。

提出科学家对社会进行统治的圣西门并没有很好地建立统治者和人民的关系理论，只是简单地将社会的公平和人民的幸福生活建立在统治者的理性和善良上。这是主观性很强的理论。此外，圣西门在大革命中的个人遭遇使他对暴力革命的手段极度反对，在他的理论中并没有提出如何争夺政权，只是肯定资本主义社会是人类社会发展进程中的一个过渡阶段，在此之后会出现一种高级的社会形态，在这样的社会形态中人人自由平等。

也正是基于以上原因，使得圣西门的社会主义理论流于空想，他没有结合当时具体的社会环境和历史发展潮流，虽然敏锐地看清了当时社会革命的根本矛盾主体，却对整个社会历史进程的分析不够完善，没有坚实的阶级基础，得不到支持，因此理论不可能被实行。但不可否认，圣西门的理论思想对当时社会的无产阶级自觉以及之后社会主义理论的发展具有重大启发意义。随着资本主义社会的发展和社会矛盾的加剧，晚年的圣西门社会主义倾向日渐显著，逐渐认识到无产阶级的重要意义。

【精彩片段】

先生们，我同学者和艺术家们经常往来，并从内心世界对他们进行过仔细观察。我可以使你们确信，他们在推动你们下决心献出赤诚和金钱；而为了使他们的杰作最受人类的尊重，为了使他们拥有必要的资金来充分研究他们的思想，他们需要你们的赤诚和金钱。

先生们，如果我硬叫你们相信学者和艺术家的头脑里明确地有过我跟你们所说的那种想法，那我就在你们面前犯了言过其实的错误。不，先生们，不是这样。我甚至可以告诉你们，他们的头脑里只是极其模糊地有过这种想法。但是经过长期观察，我终于相信这种想法确实存在，以及这种存在对他们的一切观点发生影响。

先生们，只要你们不采纳我提出的措施，你们大家，即你们国家的每个人，就要遭受你们在法国早已存在的那个阶级目前正遭受的那种天灾人祸。为了证实我的话，你们只需回顾一下法国 1789 年以后发生的事件的进程就够了。在法国，最初的人民运动是由学者和艺术家暗中发动起来的。当起义因胜利而刚刚取得合法性以后，他们便以起义的领袖自居，为这次起义规定了破坏曾经挫伤他们赤诚的一切制度的方针，而在实施这一方针时一遇到反抗，他们就越发煽动无知的群众，就越发要打碎一切束缚没有财产的人的炽烈热情的枷锁。他们如愿以偿了，他们最初想要推翻的一切制度终于不可避免地崩溃了。总而言之，他们打胜了这一仗，而你们打输了。这个胜利，使胜利者付出了高昂的代价，而你们这些失败者损失得更惨。有些学者和艺术家，因其军队抗命而牺牲，即被自己部下杀死。在道德方面，他们不得不忍受你们对他们所做的貌似有理的谴责，你们责难他们是残酷虐待你们、指使他们的军队以愚昧无知的野蛮行为把天下搞得大乱的罪魁祸首。

物极必反，坏事达到了极点，也就有了补救的办法。现在，你们已经不必去进行抵抗；学者和艺术家们也接受了教训，承认你们的文化比没有财产的人高，愿意把一部分为使社会组织恢复正常活动所需要的权力交给你们。没有财产的人采取的荒谬措施所引起的饥馑的重担，几乎全部压在他们自己身上。他们被制服了。

赏 析

作者语言严谨而富有感染力，以循循善诱的言辞对读者进行劝说，将自己的思想和建议巧妙地穿插在对话中，细腻日常化的语言使得犀利的思想奔涌而出。这段话鲜明地体现了圣西门对于科学家和艺术家的重视，将科学家对社会的作用和需要的帮助呈现于读者眼前。这些都是基于圣西门建立实业制度的出发点，可以看出，圣西门否认了无产阶级对社会进行统治的可能，此时的社会主义理论有很大的局限性。

阅读思考

1. 仔细阅读以上材料，作者举出之前革命失败的例子看似多余，其实并非如此，为什么？

2. 文中“物极必反，坏事达到了极点，也就有了补救的办法”和我国俗语“车到山前必有路”都表达了怎样的态度？二者又有什么不同？

3. 科学家的发明对我们的生活以及社会发展做出了重要的贡献，请写一段话，简单论述科学发明的影响，并举出例子。

【相关链接】

空想社会主义

空想社会主义正确翻译应为乌托邦社会主义，“乌托邦”原意为不存在的地方，后来引申为一切完美的事物。由此名称就可以看出人们对这种社会理论的态度，空想社会主义所描述的社会是完美的，但是想要实现它却是那么遥不可及。

空想社会主义的代表人物有圣西门、傅立叶、欧文，他们将社会建立在天才人物的统治上，企图以人类理性和正义为基础建立一个没有资本主义弊端的社会，认为只要天才人物承认、认识这种理念并传播出去，就可以建立一个完美的社会共同体。

这种企图在短时间内以非暴力手段争取社会变革，忽视现实社会发展状态的思想，就被称为“空想社会主义”。

《经济的和协作的新世界》：制度的征程

刘　策

【作家小传】

1772年4月7日，伟大的法国空想社会主义思想家夏尔·傅立叶出生于法国贝占桑一个富裕的商人家庭里。父亲是一个传统的商人，母亲是一个虔诚的天主教徒，父母双方的文化程度并不高。

傅立叶早年丧父，他的求学时代是在贝占桑度过的，在继承了父亲的遗产以后，母亲没有同意他前往巴黎继续深造，而是将他送往里昂学习经商。年轻的傅立叶经历了法国资产阶级革命的爆发，但是却没有受到革命思潮的洗礼，在中学毕业以后，他依然选择了埋头于平庸的商人生活。

1789年到1793年期间，傅立叶辗转诸多城市和国家，视野大开，对新兴的资本主义制度有了全新而深刻的认识。1793年，傅立叶学商归来，在里昂开始经营第一家商店，然而吉伦特派发动政变，恐怖主义大肆泛滥，工商业活动也被压制，傅立叶随之破产，他本人也身陷囹圄。这件事对傅立叶造成了很大的影响，使得之后的傅立叶极力否定革命，在批判资本主义制度的过程中，依旧坚持其改良不革命的立场。

1803年到1811年之间，傅立叶凭借自己超人的毅力自学了哲学、文艺学等领域的内容，并出版了一系列著作来表达了自己的社会理想，却并没有引起任何反响。直到19世纪20年代，不断加深的社会矛盾使得人们开始注意到傅立叶的社会思想，傅立叶也终于可以走向历史的前台。他开始拥有自己的信徒，其思想也得到了大肆宣传。

1837年10月10日，傅立叶与世长辞，直到停止呼吸的前一晚，他都在孜孜不倦地工作着，为后人留下了一批富有价值的宝贵材料——《关于四种运动和普遍命运的理论》《宇宙统一论》《经济的和协作的新世界》《文明制度的批判》等。

【作品导读】

傅立叶与圣西门、欧文并称为19世纪上半叶的三大空想社会主义思想家，他们的学说揭露了法国新兴资本主义制度的弊端和缺陷，并以新的社会理想——社会主义理想与资产阶级相对立。尽管他们对于人类社会发展规律无法全面地认识（当时的社会背景并不能产生具有科学社会主义的土壤），但他们的思想依然是启发无产阶级的宝贵理论资料，是马克思科学主义的三个重要来源之一。

傅立叶相较于其他思想家，并没有显赫的家世和独特的经历。他凭着自己的勤奋好学以及敏锐的观察力、卓越的胆识、超前的智慧，从现实主义的角度，深刻而独特地揭示了刚刚建立的资本主义制度的黑暗和罪恶，并提出以“和谐制度”来代替所谓的文明制度的先进思想，顺应了时代发展的趋势，从而告别了小商人的身份，成为法国19世纪时代的先驱。

傅立叶生活的时代恰逢法国资产阶级革命的胜利，新兴的资产阶级迅猛发展，新的生产方式占据主导地位，然而革命的胜利并没有带给人民富足和安定的生活。拿破仑执政期间战乱不断，政治局势动荡不安，资产阶级与无产者之间的矛盾日益加深，货币贬值、物价暴涨、工人失业率持续上升、人民生活每况愈下，资产阶级文明的弊端和缺陷完全暴露出来。傅立叶的空想社会主义理想就是在这样的土壤中生根发芽，《经济的和协作的新世界》也是在这种时代背景下产生的。

在《经济的和协作的新世界》中，傅立叶首次系统而全面地阐述了他的空想社会主义学说，机智而幽默地揭示了“文明制度”——资本主义制度下伪善的生活状态和组织机构，满怀深情地寄托了对未来社会——“和谐制度”法郎吉的美好向往。在整本书中最精彩的地方便是他对于资本主义的揭露和批判。恩格斯称赞他说，“在傅立叶的著作中，几乎每一页都放射出对备受称颂的文明所造成的灾祸所作的讽刺和批判的火花。”他以一个批评家独特的视角，从现实主义观点出发，强烈地讽刺了资本主义制度下的虚伪和黑暗，诚如其言，“文明制度的机构在一切方面都只是一种巧妙地掠夺穷人而发财致富的艺术”。所谓的文明制度也不过是伪善的言辞和罪恶的行为交织出来的丑恶嘴脸，并不比封建专制制度更加高尚。他用犀利的笔触，风趣而不失深刻地揭露出“资产阶级世界的物质的和精神的全部贫困”，写出了19世纪上半叶来自社会底层的知识分子对现状的不满和对未来社会的伟大预见。

《新世界》集傅立叶的政治、哲学、教育、经济等思想于一身，尽管存在诸多的缺陷和不足，但却不能磨灭其在思想史上的卓越贡献。在剔除了无法实现的设想以后，他冷静而系统的思想对马克思科学社会主义思想的提出具有重要的参考价值。

【精彩片段】

止步不前分子和倒退主义者一样，都是滑稽可笑的派别。社会运动反对停滞，力求进步。如同水和空气一样，需要流通，停滞了就会腐臭……

我们的使命是前进。每个社会时期都必须向更高的时期前进。大自然的意旨是要野蛮制度走向并逐步达到文明制度；文明制度走向保障制度；保障制度走向简单协作制度。其他时期也是一样。阶段也不例外：第一阶段走向第二阶段，第二阶段走向第三阶段，第三阶段走向第四阶段，第四阶段则走向中间阶段，依此类推。如果某个社会的某一时期或某一阶段拖延过久，那么，就会像一潭死水一样，会发生腐臭（对低于文明制度的各个时期来说，这个规则有某些例外情况）。

我们处在文明制度时期第三阶段才一百年，但就是在这样短促的期间，由于工业的突飞猛进，这一阶段非常迅速地向前挺进。因此，这个第三阶段，现在已越出其天然界限。对于这样一个并不前进的阶段来说，我们掌握的物资太多了，而这些物资找不到天然的用法，因而在社会结构中产生了负担过重和不安的现象。从此，一种腐蚀社会结构的骚动就应运而生了。这种骚动在社会结构内发展了很多有害的特点和疲沓的征兆，也就是笼罩在我们的产业手段和这些产业手段所适用的场所（即低级阶段）之间的失调所引起的后果。对于停滞在第三阶段而极少前进的文明制度来说，我们所具有的工业太多了。文明制度迫切需要至少上升到第四阶段。由于以上种种就产生了物资异常丰富和物资变质这两方面的种种特点，我从中列举几个最显著的特点作为对“不断完善”的自我吹嘘的答复，我举出几种明显的而且是最近的退化的结果。

1. 政治的集中。变成了无底深渊的首都在吞没一切资源，吸引一切富人去从事证券投机，使人们愈来愈厌恶农业。

2. 税收和勒索方法的增进、间接破产、预付款项以及吞噬未来的手段等等。在1788年，奈克尔还不知道该从哪里去弄到弥补年度赤字的五千万法郎。

现在人们有办法弄到的不是五千万法郎，而是五亿法郎去应付1788年的预算。

3. 海上垄断的巩固。海上垄断在1788年曾遇到竞争对手，并且受到抑制。现在它是独一无二的统治者了。因为欧洲人还没有指望能够恢复具有对抗能力的舰队。

…………

赏　析

该文段选自《经济的和协作的新世界》，选取了作者对于文明制度的剖析的一部分，在该文段中，作者用犀利的笔触、风趣的语言，深刻地揭示了资本主义制度第三阶段的退化特点，并通过对所谓的文明制度的思考和分析，阐释了社会历史是不断发展的观点。在傅立叶看来，每一种制度都要经历四个不同的发展阶段，任何停滞不前的制度都会走向灭亡。整个文段具有极强的逻辑性，语言运用严谨而不失谐趣，适时采用恰当的比喻来讽刺资本主义制度的弊病和停滞不前；论证表述合理，论据充分有力，把科学的论证和形象的描绘结合起来，周到严密地阐述了自己的历史发展观，观点明确且具有感染力。

阅读思考

1. 在该文段中，作者通过对文明制度的剖析，阐述了自己的历史发展观，请举例说明作者认为的理想政治状态的具体表现。

2. 在该文段中，作者是如何论证“我们的使命是前进”这个观点的？请加以赏析。

3. 如果你是傅立叶时代的法国无产者，面对当时每况愈下的生活条件，你偶然间读到了这本《经济的和协作的新世界》，你会怎么做呢？请将你的所思所想记录下来。

【相关链接】

傅立叶的苹果

牛顿通过苹果发现了地球引力，而傅立叶在他的后半生里也一直宣称自己是通过苹果来认识的资本主义世界，从而提出了自己的空想主义学说，虽然有些夸大了苹果的作用，但却不无道理。

大约在18世纪末，傅立叶从自己的家乡贝占桑前往巴黎办事，在一家餐厅里吃到了他一生中最为昂贵的苹果。同样的一个苹果在贝占桑只要半个里阿尔，而在巴黎的餐厅里却要十四苏钱，相当于在外省可以买到一百多个苹果。两地的物价水平悬殊如此之大，让敏感的傅立叶开始思考当下的社会状况和经济水平，也开始思考整个资本主义制度的可靠性，新兴的资产阶级到底能不能给人们带来稳定美好的生活。

傅立叶曾说过，“历史上可以数出四只苹果，前两只苹果以产生不幸著称，而另外两只苹果则因为丰富了科学而同名。”在傅立叶看来，这个苹果给他的发现要比牛顿的地球引力重要得多，因为正是傅立叶的苹果使他告别了碌碌无为的小店员生活，踏上了伟大的空想社会主义思想之路。

《存在与虚无》：“人与世界”的哲学之思

沈宇彬

【作家小传】

让·保罗·萨特（1905—1980年），是法国当代著名哲学家、思想家、社会活动家。萨特1905年出生于巴黎，父亲是军官，在他不到两岁时去世。萨特的童年是在外祖父母家度过的。他的外祖父是一位语言学教授，家中拥有海量藏书，使少年时代的萨特受到了良好教育，同时积累了丰富的知识。1929年，24岁的萨特毕业于被称为“哲学家摇篮”的巴黎高等师范学院，并于同年在全国教师资格考试中获得第一名，并结识了一同应试、获得第二名的西蒙娜·德·波伏娃，后者后来成为他的终身伴侣。在随后的日子里，他刻苦钻研现象学和马克思主义哲学，决心成为一名哲学家。

1939年第二次世界大战爆发，萨特应征入伍，在战场上英勇作战。可惜不幸于1940年被俘，被关在德国法西斯的战俘营受尽严刑拷打。被俘期间，他依然勤奋学习，在战俘营里研读德国哲学家海德格尔的著作。终于，在1941年他被释放回国。回国后，他在法国参加反法西斯的抵抗运动，并成为领导人之一。1943年，萨特发表了他的代表作《存在与虚无》，该书一经发表广受好评，被称为“反对附敌的哲学宣言”。他于1946年发表《存在主义是一种人道主义》，1960年发表《辩证理性批判》。这几本书奠定了他在哲学史上的地位。

萨特高度评价了中国的社会主义。他于1955年访华，在《人民日报》上发表文章，赞扬中国的“我为人人，人人为我”的精神是一种深刻的人道主义。

萨特生活朴素，人格魅力极高。他一生中拒绝接受任何奖项，包括1964年的诺贝尔文学奖。在“二战”后的历次斗争中他都站在正义的一边，帮助弱者。

1980年4月，萨特病逝于巴黎，享年74岁。当时，巴黎数万群众为他举行了隆重的葬礼，以此纪念这位伟大的精神导师。

【作品导读】

萨特是现当代法国著名哲学家，他对现象学、存在主义、马克思主义、黑格尔哲学都有深入研究，他在后期力图把存在主义与历史唯物主义结合起来，在《辩证理性批判》中他试图用存在主义来填补马克思主义“人学的空场”。

萨特的存在主义奠基之作《存在与虚无》出版于1943年。这是一个动荡不安的年代，“二战”正进行到关键时刻。在战争中太多无辜的民众遇难，很多人在生死之间经历了恐惧、焦虑、孤独、荒谬等刻骨铭心的体会，对人的存在有了更深层次的思考。另一方面，这个时期的人们虽然拥有了前所未有的高科技以及文明，但同时也发现自己在精神层面上变得“无家可归”。随着宗教这一给予人心灵以慰藉的精神领地的丧失，人几乎变成了一个支离破碎的存在物。

萨特的《存在与虚无》就是在这样一个时代背景中横空出世的。存在主义是西方哲学主要流派之一，它认为：人活在宇宙中没有任何附加的意义，人的存在高于一切，先于人的本质，人的本质是自己创造出来的，“存在先于本质”；这也就意味着人有充分的自由去发挥自己的潜能，去创造属于自己的“本质”，因而每个人都可以有绝对的自由去选择自己的生活，追求自己的幸福，实现自己的理想。简言之，存在主义的核心精神就是：关心个体人的生存状态，反对极端的集体主义对个体特性和权利的扼杀。存在主义大致可分为三类，分别是：有神论的存在主义、无神论的存在主义和人道主义的存在主义。而萨特属于无神论的存在主义。

《存在与虚无》是一本存在主义哲学著作，书中涉及的内容非常广，它的很多论述都涉及现象学。但是，如果我们从“人生意义”的角度来解释它也未尝不可，因为该书本身就是关于“人与世界”的问题的思考，只不过用了某种现象学的阐述方式罢了。

《存在与虚无》分为五个方面的内容：对存在的探索（导言）；虚无的问题；自为的存在；为他；拥有、作为和存在。《存在与虚无》就是从这五个方面入手展开对人与他人以及人与世界的关系的论述。他在书中首先提出“虚无的问题”，而后展开对个人的意识或意向的探究，随后延伸至他人，从而得出他人意识是自我意识得以实现的前提，可见正是“虚无”使得人成为人；

而人正是在对他人或他物的虚无化当中浮现出自我意识，我与他人处在一种既依存又冲突的关系之中。而这个世界的意义和人的本质也是从虚无中产生的，每个人并不是“类存在”（通俗地讲就是指千篇一律、毫无个性的存在），每个人都有“自己的世界”，都有自己独一无二的个性、情感、潜力，这是不能抹杀的，他为自己创造本质，也为这个世界创造本质。萨特的观点代表了一种积极乐观的存在主义。

《存在与虚无》强调人的自由。萨特反对一切决定论因素（决定论认为人的一生已经在出生之前被决定了，后天的任何努力都是徒劳的），认为未来完全是人自己创造的。这一点后来受到多方批评，人们将其解读为一种“个人主义”，但个人主义不等同于“利己主义”和“唯我主义”，它更接近于一种“人道主义”，即对个体的人的生存状态的关注，而不是像一般政治理论那样高高在上地俯视大众；这也是《存在与虚无》广受普通民众欢迎的原因之一。此外，由于强调了人的自由（甚至是绝对自由），人就要担负起自由选择的责任，为自己选择的结果负责，于是就出现了现代人的迷茫、彷徨、苦恼，人们千方百计地逃避自由，逃避责任。存在主义所表达的就是这样一种思想，一种让你无法抗拒的绝对自由，一种让你无法推卸的责任感。萨特认为在人的自由选择中没有对错之分，因为对错的标准是人后天建构起来的。他在《存在主义是一种人道主义》一书中举了一个例子：有位学生既想上前线去为祖国战斗，又想留在孤寡年迈的老母亲身旁照料她，因而踌躇不决地去请教萨特，而萨特的回答是：“你自由挑选，自由创造罢！”因为他认为没有任何先验的道德准则，一切都要由人自己决定、自己做主。

【精彩片段】

有一种非常普遍的偏见，常常把清楚的看法弄糊涂了。这种偏见就是“创世论”。由于人们认定是上帝把存在给了世界，存在就总显得沾染上了某种被动性。但是始于虚无的创造解释不了存在的涌现，因为如果设想存在孕育在一种主观性中，哪怕是一种神圣的主观性，它仍然是一种内在的存在方式。这种主观性中甚至不可能有客观性的表象，因此这种主观性甚至也无法受到创造客观物的意志的影响。此外，即使存在通过莱布尼茨所说的“闪电”突然被置于主观之外，它也只有使自己与创造者相脱离、相对立，才能确定自己是存在。否则，它将消融在创造者之中：连续创造的理论从存在中除去了德国人称为自立性的东西，使它消失在神圣的主观性中。存在之所以面对上帝存在，是因为它是它自己的支柱，它没有保留任何一点上帝创造的痕迹。总之，即使存在是被创造的，自在的存在也无法用创造来解释，因为它在创造之外重获它的存在。这等于说存在是非创造的。但也不应该因而得出存在创造自身的结果，这会假定它是先于它自己的。存在不可能按意识的方式而是自因的。存在是它自身。这意味着它既不是被动的也不是主动的。这两个概念都是人的，并且表示人的行为或人行为的工具。一个有意识的存在为了某个观察目的而运用某些手段时，就有了能动性。而我们说那些受到我们能动性作用的对象是被动的，因为它们不是自发地趋赴我们使它们服从的目的的。总之，人是能动的，而人使用的手段则是所谓被动的。把这些概念引向绝对，它们就失去了意义。尤其是，存在不是能动的：为了有目的和手段，就必须有存在。存在也不是被动的，这是有更充分理由的：因为为了是被动的，就必须先存在。存在的“自在如一性”超乎能动的与被动的之外。它也同样超乎肯定与否定之外。肯定总是对某个事物的肯定，就是说，肯定活动有别于被肯定的事物。但是如果我们假设一种肯定，其中，被肯定物占满了肯定者，并且与之混在一起，这种肯定就不可能被肯定，这是因为对“作为活动的意识”来说“作为对象的意识”过分充实，并且后者太过于直接为前者所固有了……

赏　析

在这一段中，萨特论述了“自在的存在”的本质，而所谓“自在的存在”也可以理解为“人”本身。换言之，人不是上帝创造的；人的存在本身就是一个明显的事实，他不被任何先在的事物所决定，也不依附于任何东西而存在；人自己创造自己的本质，存在先于本质。也就是说，我们作为人，作为万物之灵长，要发挥自己的潜能创造自己的本质，创造出属于自己的世界。所以年轻人就更应该努力学习，勤于思考，书写自己的精彩人生。

阅读思考

1. 阅读上面的片段，回答：你认为文中的“存在”一词是什么意思，它指的是什么？

2. 萨特的人生经历对你有什么启发？

3. 你对“自由”这个词怎么看呢？在平时生活中，你有没有经历过“选择时陷入两难境地”的情况？做了选择之后后悔吗？谈谈你的看法。

【相关链接】

萨特的文学和政治

萨特不仅是哲学家，还是一位杰出的文学家、政治家。

作为文学家，萨特的文笔朴实自然，他反对刻意的雕琢和浮华的文风；他对于小说中人物心理的刻画尤为精妙和到位。此外，他还主张“献身文学”，认为作家应该投身到社会建设和改革中去，而不仅仅是纯粹的理论研究，认为文学作品要积极关心和干预社会现实。他把深刻的存在主义哲学思想带进了他的小说和戏剧的世界，其中《自由之路》《恶心》《墙》等都已成为当代法国文学名著；他的戏剧《魔鬼与上帝》《密室》《苍蝇》《死无葬身之地》等也广为民众熟知，影响深远。

作为政治活动家，萨特在第二次世界大战期间奋勇反抗德国法西斯，谴责法西斯的暴行；“二战”后对殖民主义进行猛烈的抨击，呼吁世界和平；对越南战争、阿尔及利亚战争等一系列世界政治事件都有充分且深刻的分析和评论。

萨特在政治上倾向于革命和进步，属于知识分子中的左翼；在思想上，作为存在主义的杰出代表，他肯定人的价值，鼓励人在这个“荒诞的世界”中努力探索，创造属于自己的本质和世界。

参考答案部分

《诗经》：民间的放歌与殿堂的咏叹　参考答案

1. 这首诗总体来说是用“赋”的手法描写了十月初的一场自然灾害，描写了民众因灾害而受难的悲惨状况。这首诗没用比和兴的表现手法，通篇用赋，所以我们在读诗歌的时候，没有必要一定找出哪些是赋，哪些是比，哪些是兴，那样就钻牛角尖了。

2.《诗经》其实是有韵律的，只不过由于年代非常久远，我们已经没办法知道哪些是韵脚了，因为时代在变化，人们的语音也在变化，当时的语音与现在的语音恐怕是大相径庭了。但是，在大声朗读的过程中，我们仍然能感受到诗歌语音的层次错落。

3.“风”因为主要采自民间，所以常常流露出一种民间自由的气息，生动活泼，在用词上也比较生活化。“雅”主要描写的是贵族阶级的生活，风格上比较庄重，用词比较典雅。“颂”大都是宗庙祭祀的诗歌，祭祀典礼庄重严肃，这也决定了“颂”不像“风”和“雅”那样贴近生活，用词比较生涩，也比较难懂。

《尚书》：以记言为主的历史文献汇编　参考答案

1. 语言特点表现为文辞生僻、语词古奥。其中保存了很多商、周时代的古老词汇和古老词义，颇为难读。《尚书》文辞之所以古奥，一个重要原因可能是这些文章是按照当时的口语直记下来的。随着历史的变迁，口语发生变化，而记录下来的文字却不会改变，后代人看古代人依口语写成的“古代白话文”便觉得很难懂了，加之整理《尚书》的人，以为文章越古越好，于是竭力模仿其文章语句，也是造成其古奥难读的原因。

2. 比喻。用“若火之燎于原，不可向迩”比喻煽动群众的“浮言”；用“若乘舟，汝弗济，臭厥载”比喻群臣坐观国家的衰败。形象生动，利于劝服反对者迁都。

3. 认可。盘庚迁殷避开了水患和宗室内部斗争的混乱局面，稳定了商朝中央的统治，为以后的商朝中兴奠定了基础，使得殷商这个奴隶制国家，摆脱了困难的处境，并且得到了进一步的发展。

《礼记》：封建礼治的百科全书　参考答案

1. 从宏观上说，《礼记》之“礼”包含着儒家“大同”与“小康”的政治理想、家庭伦常及社会关系，“中庸”的人生哲学，“尊师重长”的教育理论，“以乐教化”的文艺思想等等。从微观上说，《礼记》之“礼”论及冠礼（成人礼）、婚礼、丧礼、祭礼、射礼（天子用以选择贤能之士）等等。在《学记》中，“礼”渗透到了教育领域，本质上还是为了维护封建等级制度，但在客观上有利于教育的普及和教学的有序进行。

2. 一分为二地分析。合理之处表现在将教育教学理论在战乱的年代放在一个重要的位置上，是极具有远见的论述，通过“礼”设立了我国最早的教育六大原则（预防性原则、及时性原则、循序性原则、观摩性原则、长善救失原则、因材施教原则），还对融洽师生关系起到了不可估量的作用。不合理之处在于《学记》中的“礼”产生于战国后期、封建制基本建立的基础上，作为特定时代的产物，必然会折射出特定时代的影子，所以“礼”也就有一些封建过时的因素存在，诸如教条式的考试制度、繁缛铺张的教学礼仪等等。

3. 这是一道开放题，可以在课堂上转变学生和教师的角色，相互深入理解对方的立场，在“学”和“教”以及学生和老师之间建立起一种彼此默契、宽容和谐的关系。答案不唯一，言之有理即可。

《春秋》：微言大义的中华第一史　参考答案

1.《春秋》中的文字很简练，事件的记载也非常简略，它以微言大义著称，整本书都是以简短的话语记述历史的。作者常常用恰当的文字暗寓褒贬之意，语言简练，不虚美、不隐恶，表现出了严格的历史倾向性。比如隐公元年的经文：夏五月，郑伯克段于鄢。以简短的一句话记录了这一历史事件，这个“克”字在这里有特殊用意，一是说共叔段不臣，就如同第二个君主一样，因此记录的时候视为两个君主对战，而不视为兄弟矛盾；二是说郑伯是当大哥的，却没有起到兄长对弟弟的教导作用，对弟不仁，“克”字本来是形容国家之间的战争的，却出现在亲情之下，说明郑庄公的做法有失情意，含有讽刺之意。

2. 春秋笔法：孔子作《春秋》，有所谓“微言大义”之说，即孔子按照自己的观点，对历史进行评断，用恰当的文字暗寓褒贬之意，语言简练，不虚美、不隐恶，表现出了严格的历史倾向性。

3.《春秋》记载了自鲁隐公元年（前 722 年）至鲁哀公十四年（前 481 年）之间的鲁国、周朝及其他诸侯国的历史，是我国第一部编年体史书。它所记载的内容包括：春秋时期发生在我国的自然现象，各国的政治、军事、经济状况，当时社会政治、风俗现象等。

4. 答案参照文中注释部分。

《论语》：至圣名言之集锦　参考答案

1. 孔子作为一位老师，并不是简单地教给学生一些固有的知识，而是通过启发学生的方式来引导学生，让学生各抒己见，然后再发表自己的看法，进而达到让学生有所得益的目的。这种启发式的教学方法对我们现代社会的教育也有深远的影响。

2. 富贵确实是我们大家所向往和追求的生活方式，追求富贵没有错，但是关键在于其是否符合“义”。不管是古代还是现代，人们在追求财富、功名的时候，最主要的就是所作所为一定要有正确的方法和途径。孔子追求的更多是内心的通达和精神上的富裕，这也是我们现代人要向孔子学习的地方。追求物质上的富裕的同时，也不要让自己的精神生活贫瘠。

3. 中国是一个有着五千年文明的泱泱大国，“礼”从古至今也是我们中国人的做事做人一项重要的准则。是否合于礼，也是衡量一个人素质的标准。现代人在生活中，更要严格要求自己，礼貌善待周围的人和事，这样才能构成一个和谐的社会。

《中庸》：儒家“天人合一”的哲学之思　参考答案

1. 修养道德就要培养仁爱之心，孝敬父母就得发自仁爱之心也就是良心。而仁爱之心不只是局限在孝敬父母上，仁者爱人，所以仁心便要使一切人各得其所，便是知人。再将仁爱之心推而广之，遍及万物，无所遗漏，即是知天理。

2. 这个问题首先得了解什么是“天之道”，即自然而然之道。这是个开放性问题，同意的观点就在“诚”与自然的相关性上作答，比如二者都强调真实，不虚伪，自然而然。

不同意的观点认为文章夸大了“诚”的作用，在“诚”与自然的相异性上作答，现实生活中没有一个标准去衡量诚或者不诚，还可以举出自己认为合适的“天之道”，比如善或者美等等。

3. 首先我们经过查阅资料了解到，鲁哀公是春秋战国时期相对谦逊的一位君主，也是向孔子问政最多的一位国君，有关史书记载，在《家语》一书里，哀公问政就达五十五次之多。

结合史实，我们知道鲁哀公会心悦诚服地接受中庸之道，出于君王的特殊身份，他会站在自己独特的立场上体会君臣之道、父子之道、夫妻之道、兄弟之道、朋友之道等，从而施行接近于明君的政治教化。

《孟子》：磅礴论辩之雄文　参考答案

1. 孟子灵活而巧妙地运用类比推理，往往是欲擒故纵、反复诘难，迂回曲折地把对方引入自己的预设结论中，让对方措手不及，不得不接受他的结论。

2. 其实所谓的“人性善”或是“人性恶”，说到底，是对人自身与环境之间关系的阐述。“性善论”者认为人性本来都是善良的，之所以后来有了善恶之分，是因为环境与形势的作用，并不是人有意为之。反之则为“性恶论”。其实无论是性善论还是性恶论，对于我们的启示意义就在于，要把握好自己，人的内因还是起决定作用的，当然环境的作用也不容小觑，我们还是要利用好有利的客观环境，使自己不断进步。

3. 缘木求鱼，出自《孟子·梁惠王上》：“以若所为，求若所欲，犹缘木而求鱼也。”意思是爬到树上去找鱼。它常被用来比喻做事情时，如果方向、方法错误，就一定达不到目的。我们在现实中也是如此，在做一件事的时候，方向和途径是很重要的。有的时候，做事情是需要先找准正确的方向，然后再去努力，否则可能会造成事倍功半甚至是徒劳无功的结果。

《左传》：春秋笔法完美呈现的史家经典　参考答案

1. 第二个题目更好些，虽然只是多了三个字，但是更加符合此文的中心内容，更能突出屈完在这一外交战争中的重要地位。

2. 所谓“春秋无义战”是指春秋是一个诸侯混战的时代，大家都是为了实际的利益而打仗，没有谁是为了真理、正义而战。本文当中齐桓公伐楚时的“尔贡包茅不入，王祭不共，无以缩酒，寡人是征；昭王南征而不复，寡人是问”这一借口，可以说根本无法掩盖其恃强凌弱的本来面目，再加上继而赤裸裸地以武力相威胁，足以说明本次战争的非正义性质。

3. 略。

《国语》：风起云涌的各国诸侯纷争写照　参考答案

1. 引文中召公首先强调了君主纳谏的重要性，并把纳谏与疏导洪水相提并论。召公认为，天子治国就应该广开言路、积极纳谏，可以通过公卿、列士、瞽史、瞍矇、百工、庶人、近臣、亲戚等多种途径来实现这一设想。召公还认为作为国君要想取得政治上的成功，必须要有宽广的胸怀接受臣民的劝谏，只有听了他们的意见，再做定夺，处理事情才能收到最好的效果。

2.《国语》是一部国别史，分别记载周、鲁、齐、晋、郑、楚、吴、越八国事，是各国史料的汇编。《鲁语》记春秋时期鲁国之事，主要是针对一些小故事发议论。《齐语》记齐桓公称霸之事，主要记管仲和齐桓公的论证之语。《晋语》特别侧重于记述晋文公的事迹。《郑语》则主要记史伯论天下兴衰的言论。《楚语》主要记楚灵王、昭王时期的事迹。《吴语》独记夫差伐越和吴之灭亡。《越语》则仅记勾践灭吴之事。

3.《国语》记言文字在形象思维和逻辑思维方面都很缜密，同时又有通俗化、口语化的特点，生动活泼而富于形象性。此外，作者还比较善于选择历史人物的一些精彩言论，来反映和说明某些社会问题。如《周语》“召公谏弭谤”一节，通过召公之口，阐明了“防民之口，甚于防川”的著名论断。

《战国策》：纵横捭阖、酣畅淋漓的“说客”传奇　参考答案

1. 赵威后先问的是年成和百姓，最后才问候齐王健康，并向使者解释了原因：“假如没有好的年成，靠什么来养育人民呢？假如没有人民，又怎么能有国君呢？哪有舍弃根本而问末节的呢？”清楚地点明了“岁”“民”“君”三者的主次本末关系。由此可见，她的君民观实际上是以民为邦本的思想，体现了她的远见卓识。

2. 赵威后希望齐王能够重用帮助他养活百姓的钟离子，帮助他使百姓安宁的叶阳子，接见为百姓做出行孝表率的孝女北宫婴儿子，并处死带领大家无所事事的於陵子仲，正反对比，态度鲜明，表明她判断贤佞的重要标准即为“能不能、肯不肯为国家效力”，体现了她赏罚分明的态度。

3. 本题为开放性试题，能够结合现实，言之成理即可。

《老子》：智者之言“道”　参考答案

1. 道是宇宙万物的自然规律，是天地万物的本源，是宇宙万物之母体。

2. 老子的意思：可以说出来的道并不是真正意义上的道，真正意义上的道是不能言传的，它能被我们了解其存在却又不能真正地把握它，它无处不在无时不有，充斥于万物之中。同时，道还是万物得以产生的根本原因，“道生一,一生二,二生三,三生万物”，说的就是道产生了混沌未分的天，天生出阴阳二气，阴阳二气的相互作用产生“和气”，由这三种气的共同作用而产生出万事万物。因而这道是客观存在的，只不过我们的感官无法去把握它的存在，看不见、摸不着罢了。

3. 老子的“道”中所蕴涵的这一哲学思想是我们今天提倡建立和谐社会，实行科学发展理念的一个参照，这一哲学智慧也是普世的真理之光，同时对于我们现今来说，天人合一的和谐发展是对今日社会发展中以消灭、牺牲他人、他物，破坏或占用子孙生存条件的灭绝式发展方式的一种严厉批判。老子关于人类与万物共存共荣、天人合一的和谐发展智慧，对于今日世界解决人类发展中的本源问题有着重要启示。

老子是中国古代杰出的哲学家，他的“道”中所蕴涵的哲学智慧，不仅是中国的，也是全人类的。老子《道德经》作为一个哲学体系，其中也有其历史局限性的消极部分，对其哲学思想的发掘和利用不能生搬硬套，应以科学的态度，综合开发其中的合理部分来服务于现实社会。

《庄子》：浪漫主义者的心灵家园　参考答案

1. 文章在论述这一观点时用了比喻的手法。把生比作脊梁骨，把死比作屁股，即生死存亡是一体的，都是大道展示给我们的一种相。

2. 本文中庄子虚构了四个人物，以寓言的形式来阐述自己的生死观。文中的四个人认为生死存亡是一体的。子舆身患重疾却不在意自己肢体形状的变化，子来“喘喘然将死”的时候，他自己却依然能做到坦然睡去，又自得地醒来。他们认为人一出生便必然走向死亡，这是自然赋予的不可更改的规律，既然不可更改，那又何必为死生而苦恼呢？因此能够坦然地面对生死，忘却生死。

3. 略。

《韩非子》：战国法家思想的集大成著作　参考答案

1. 所举例子说明了善于应用权势的重要性，善任势者国安，不知因其势者国危。通过商鞅变法前后，秦国的不同局面来说明。

2. 厉，通疠，指麻风病，这里是名词动用，患麻风病的人。用楚国王子杀父夺位、齐庄公被害、武灵王和齐湣王等人不幸遭遇的事例来说明，详略得当，说理透彻。

3. 韩非子的“法”和当今社会所说的“法”有相同也有不同。从不同社会制度、所处的时代入手，韩非子的“法”是加强中央集权，使“天下不得不为己视，不得不为己听”。当今的“法”，是为了建立公正的社会秩序，为广大民众服务。

《管子》："千古一相"经世治国的风范　参考答案

1. 治国之道，必先富民。富国常治，乱国常贫。

2. 管子的民本思想和我们今天所提倡的"以人为本"是不一样。

（1）目的不同：我国现在提倡的"以人为本"，是以实现人的全面发展为目标。而管子的"以民为本"，是为了维护封建统治者的统治。

（2）途径不同：我国现在提倡的"以人为本"，通过不断满足人民群众日益增长的物质文化需要，切实保障人民群众的经济、政治和文化权益实现。而管子的"以民为本"，只包括经济上的，对于政治上、文化上是采取愚民及安抚的政策。

（3）概念不同：现在我国提倡的"以人为本"的"人"，是人民群众，不具有阶级性。而管子的"以民为本"的"民"，概念含义偏小，不包括社会底层的奴隶。

3. "治国之道，必先富民"，这是"春秋第一相"管仲在帮助齐桓公成为春秋五霸之首的治国过程中，得出的一条重要结论。在古代农业社会中，要治国富民，首先要解决民生的问题。

新时期的民生发展，党和国家在实施"治国之道，必先富民"的方略上更是成绩卓著。特别是改革开放以来，实行了社会主义市场经济的新体制，充分调动了各方面的积极性与创造性。短短三十多年中，我们国家实施了世界上人口最多的脱贫工程，到20世纪末实现了总体小康。十八大以来我国社会经济发展迅速，经济总量在世界名列前茅，实现了较快较好的增长速度。城乡居民生活持续提高和改善，人民群众得到了更多改革和发展的实惠。

《吕氏春秋》：包罗万象的文学巨著　参考答案

1. 寓言是文学体裁的一种，一般篇幅比较短小，大多借比喻性的故事来表现意味深长的道理，具有鲜明的讽刺性和教育性。本文中连用了"荆人涉澭""刻舟求剑"和"引婴儿投江"三则寓言故事，从不同的侧面论证了"因时变法"的论点，说明墨守成规者的可悲下场。运用寓言故事来说理，不仅读来生动形象，而且寓深奥的道理于通俗化的故事之中，将抽象的事物具体化，将理论阐发得清晰明了，富有说服力。另外，道理通过寓言故事体现出来，深入浅出，耐人寻味。

2. 《文心雕龙·论说》指出："论如析薪，贵能破理。"理论性的文章，在论述问题时就像劈柴一样，妙在劈到木头的纹理上，因为“视理而破，顺势运斤”，才能势如破竹，《察今》就是采用这样的笔法。

首先，作者采用层层递进的方法揭开论题，提出论点。文章第一句话先设问：“上胡不法先王之法？”从反面立论揭开文章的序幕，引导读者进入反思。接着再层层深入，从历代政治、民俗、文化、生活等不同的角度加以说明。其次，作者通过类比论证来证明论点。再次，作者具体运用寓言故事和多种比喻进行说理。

通读全文，作者谋篇布局极其严谨周密，组成一个有机的整体，可见其匠心独运。

3. 刻舟求剑是讲一个楚国人坐船时不小心将剑掉进河里，却不顾船的行进依旧在船上做记号，最后等船停下来去找剑，却遍寻不获。作者用嘲讽的口吻耻笑这个楚国人，借以规劝治国者要因时变法，懂得灵活变通。

在今天，这则寓言故事仍有它的现实意义。它告诉我们，世界上的任何事物都在不断变化，我们不能不顾客观事物的变化，而只凭借自己的主观想象办事，不可机械、固执地拘泥于教条、墨守成规，要懂得灵活多变。

《史记》：史家之绝唱，无韵之离骚　参考答案

1. 人物是多层次、多方面的，描写人物不能只关注一个点，没有一个人是单一存在的。应该看到描写对象的复杂性以及这种复杂性的形成原因，用语言、行动、心理、环境等多种描写来表现人物性格。例如《触龙说赵太后》中，就是抓住了赵太后偏爱小儿子的心理才获得了成功，通过人物间的对话，也将赵太后的女性心理表现得淋漓尽致。

2. 司马迁认为项羽虽未称帝建立统一的王朝，但诛暴秦，功不可没，其能力、胆识得到了司马迁的钦佩，所以将其编入“本纪”中。这也说明了司马迁认为项羽是可以与秦始皇、刘邦比肩的。同时项羽身上所传递出的那种英雄悲壮的情怀也为司马迁所看中，这又与他的“发愤著书”有关。

3. 结局可做开放式处理，言之有理即可。

《后汉书》：东汉历史的情景再现　参考答案

1. 不深入老虎的洞穴，就不会捉住老虎仔。现在的办法，只有趁着夜晚用火攻击匈奴使者，让他们不知道我们有多少人，那他们一定会非常害怕，我们可以全部消灭他们。只要消灭这些匈奴使者，那么鄯善王广就会吓破胆，

我们就可以功成名就了。

2. 班超是一个擅长观察的人，通过鄯善王广的前后接待态度就可以判断出有匈奴使者前来；他也是一个在危亡时刻冷静自若、机智果断的人，他发现危险存在后并没有慌张而是冷静地分析形势并果断做出对策；他还是一位能够识人，把握别人心理，且不居功的人，他了解从事郭恂，事前不与他商量，事后不居功，抚慰他的情绪，从而使事情得到了圆满的结局。

3. 略。

刘向：以史为谏的经典著述者　参考答案

1. 以史为鉴，讽刺奢侈，劝谏君主。

2. 回顾古今中外历史不难发现，“成由勤俭败由奢”是王朝兴衰更替、社会治乱变迁的普遍规律。前车之覆，后车之鉴。历史昭示我们，勤俭节约立业兴国，奢侈浪费国败家亡。马克思曾经指出，古代国家灭亡的标志不是生产过剩，而是达到骇人听闻和荒诞无稽程度的浪费过度和疯狂消费。我们应该进一步认清奢侈浪费的危害，杜绝这种不良行为对政治经济和社会风气造成的恶劣影响和严重后果。奢侈浪费挥霍了有限的社会财富，透支了资源，造成了贫富差距，极有可能激化社会矛盾，影响社会稳定。

3. 刘向的“刺奢”主张与我们现在坚持的“反腐倡廉”具有不同的意义。刘向提出以史为鉴，讽刺奢侈，意在维护封建社会君主的社会统治，想要通过历史故事来劝谏君主，从内部实现确保国家社稷安稳的目的，维持的是一家一姓的王朝延续，侧重点是劝谏，言论涉及面具有一定的小局域性。而我们现在坚持的“反腐倡廉”，亦称“惩腐倡廉”，即反对腐败，倡导廉政。要廉政就必须反腐，而反腐才能廉政，古今中西概莫能外。中国共产党历来坚持“反腐倡廉”，尤其在经济体制转换的改革开放的时期，更是把“反腐倡廉”作为党风廉政建设的行动纲领，是对国家的全体人员提出的要求和准则，更有一定的法律强制性，属于不可逾越的警示线。所涉及范围远远超过刘向当初的劝谏对象，适用性比当初更具有强制性与效力。

王充：求真务实的哲学大师　参考答案

1. 围绕“物以文为表，人以文为基”展开论述。例如：首先王充将文与德相联系论人。 文与德是人相辅相成、缺一不可的两个方面，文是德的表现，德是文的基础，强调了文的重要性。文是衡量德的尺度与手段，从而将文的等差与人的愚杰相联系起来。其次王充把文扩展到自然万物，自然万物都有文之特性，因文而异彩纷呈，以自然万物的文反证人之文的合理性。

2. 文儒指的是“著作者”，即能创作著书的人；世儒指的是“说经者”，即传注经书的人。世儒说圣情，世殊而务同，言异而义钧；世儒业为易，世人学之多。文儒之业，卓绝不循；人寡其书；书文奇伟，世人亦传。世儒当时虽尊，不遭文儒之书，其迹不传。

3. 高度肯定文对人的重要性，表彰有文之人。批驳社会上流行的两种否定有文之人的看法。一是流行“庸人积闲暇之思，亦能成篇八十数”，王充认定才能对人的重要性，“盖人材有能，无有不暇。有无材而不能思，无有知而不能著”。二是流行的看法认为，著作之人才竭于作书，而没有从政的能力，王充认为立功与立言可以并行不悖，“材知无不能，在所遭遇。遇乱则知立功，有起则以其材著书者也”。

《新唐书》：妙笔撰述的纪传体断代史书　参考答案

1. 为全面塑造马周的才能事迹，选文采取了多方面的表现方式，既正面描写马周的才华抱负及怀才不遇的故事，又侧面写了唐太宗李世民的慧眼识才和大胆重用，立体塑造人物形象。

2. 不同意，因为这是互相联系的两个方面，皆为对马周的全面表现。在封建社会，君臣本就是互相紧密联系的。选文称赞马周为成就贞观之治而做出的贡献成就，属于对马周的重点表达；附带赞扬李世民的人才意识，则属于对马周的侧面表达。这两个方面不存在互相归属的差别，实为不同的表达方式。

3. 关于历史“古为今用”的读书方法，自然是一种应有的学习态度。以史为鉴，一直都是我们所强调的，此处以马周的个人事迹，反映了唐初李世民的人才意识，不拘一格，任人唯才。这对于我们当代的人才选拔具有重要的启示，英雄不问出处，应该具有广博的人才意识和大局观念。

白居易：词浅意直“新乐府”，情深思婉《琵琶行》　参考答案

1. 通过老人的独白发现，诗人重点突出了折臂翁身上透出的这种不合常理的“不悔”和“且喜”。折臂是自己为了逃避战争，觉得失去一条臂膀原来比埋骨沙场幸运。明明是两件可悲的事情，却用一件来衬托另一件的幸运，这是把可悲之事当作可喜之事来叙写。而读者正从这反常的含泪之“喜”中，

强烈地感受到主人公内心巨大的悲痛。再进一步，还能从生者发出的怨苦之音中，体会到那些无言的战死者更大的不幸和冤愤。

2. 表面上诗人对老人的同情占了上风。老人的现状和经历引发了诗人的同情，可是在这种同情之下，是诗人洞悉始末的愤怒。既有对统治者穷兵黩武发动不义战争的愤怒，也有对这不仁世道无计可施的愤怒。

3. 言之有理，语言优美即可。

杜牧：借古讽今，文章传千古；清丽俊爽，诗赋动晚唐　参考答案

1. 《长安秋望》高远意境的营造是层层深入式的：第一句点明“望”的立足点，楼高于树，人立楼上，开头就表明了一种高瞻远瞩的姿态；第二句展开仰望的视角，表现天朗气清、明净宏远的秋日长空；后两句展开远望的视角，并以实托虚，用高耸巍峨的终南山来衬托高远寥廓的秋色，从而互相比配更见意境的雄浑、气势的高远，进而让我们领略到诗人豪迈豁达的胸襟气度。

2. 《秋浦途中》后两句构思新颖，通过巧妙发问使虚实结合，从而含蓄深沉地表达着诗人的情感，使绝句韵味无穷。具体指诗人通过痴问南来的鸿雁来试图探听家乡亲人的音讯，诗人明明知道自己问而不得却仍旧发问，从而含蓄深沉地表现着诗人羁旅的孤独凄凉与对故乡的深情思恋；这里实写鸿雁，虚写乡愁，实虚结合更见诗思蕴藉、情感深沉。

3. 可以结合学习过的《泊秦淮》《赤壁》《过华清宫》等来分析。以《泊秦淮》为例：此诗是诗人夜泊秦淮时触景感怀之作，前半段写秦淮夜景，后半段抒发感慨，借陈后主荒淫享乐终致亡国的历史，讽刺不吸取历史教训依旧醉生梦死的晚唐统治者，从而表现出诗人深沉的忧国忧民情怀。艺术上，全诗将写景、抒情、叙事有机结合，意境悲凉，具有强烈的艺术感染力，同时语言含蓄，感情深沉，风格清丽俊爽，其中“商女不知亡国恨，隔江犹唱后庭花”于婉曲的笔调中却表现出辛辣的讽刺与忧国忧民之思，从而使诗歌于清丽绘景中贯穿了俊爽之气、深沉感慨。

李商隐：咏史讽喻忧时政，无题抒怀写性灵　参考答案

1. 李商隐的无题诗经常给我们传达的是一种诗人对爱情的怅惘与怀念，与他的“无题诗”不同，在他的政治讽谏诗里，包含着诗人对于现实问题和国家命运的沉痛思考，充分体现出诗人对国运与前途的关切和在意。

2. 李商隐的“无题诗”很多，每一首诗都在传达着诗人凄美绝伦的爱情思考。我们在读这些诗的时候，其实并没有必要一定要知道每句话的意思，更重要的是体味作者传达出的情感，在字句间流露出的点点滴滴，都是作者心情的表达，都是作者在人生路上对于生命中那些过客的怀念与留恋。

3. 南宋词人柳永也是一位描写爱情题材的大师，虽然都是描写爱情，但是其实也有不同之处。大词人柳永通常比较擅长用铺排的手法，将自己与恋人的关系一一细致地刻画出来，来传达出自己对爱情的思考与感受。但是李商隐则不同，我们经常会因为“无题诗”的难以理解而感受不到其中的韵味，需要我们反复地理解和体味，才能感受到那些诗歌中传达出来的情思。

欧阳修：文亦起八代之衰，词能尽两宋之美　参考答案

1. 代表作品分别有：

文章：《朋党论》《醉翁亭记》《卖油翁》等

词作：《诉衷情（清晨帘幕卷秋霜）》《踏莎行（候馆梅残）》《生查子（去年元夜时）》《蝶恋花（庭院深深深几许）》

诗作：《戏答元珍》《题滁州醉翁亭》《忆滁州幽谷》《画眉鸟》

2. 写作背景：《泷冈阡表》是欧阳修在其父下葬六十年之后所写的一篇追悼文章，是他精心创制的一篇力作，主要追忆父母的言行。

行文特点：全文从细微处着眼，笔触细腻，情感真挚，形象栩栩如生，双亲的言行都是以最普通的话语道来，无任何修饰，却催人泪下，可谓语浅情深。（请读者结合引文加以详细叙述）

3.“冻雷惊笋欲抽芽”这句运用了拟人手法。前两联描写了虽然已是二月，但偏远山城依然春风难到，百花未开，残雪压着枝条，树桠上尚留着经过冬天的橘子，冷雷惊起地下的竹笋，不久就要抽出嫩芽来。虽然自然环境恶劣，于料峭春寒中却依然见出盎然春意，颇现生机。

王安石：诗重革新自成一体，文求经世忧国忧民　参考答案

1.《明妃曲（其一）》借人喻己，以昭君的遭遇隐喻作者自己，抒发自己怀才不遇的愤懑；借古喻今，以汉元帝不识昭君之美，隐喻宋代封建统治者的刚愎愚蠢以及对人才的埋没扼杀，从而使作品主题具有了深刻性；由小及大，表现人生失意是不分天南和地北的，人生失意是带有普遍性的情感体验，从而使作品主题具有了普遍意义。

2.《书湖阴先生壁》全诗远近结合、动静相生、对仗工整、用典自然。首先，由上边两句的院内近景写到下边两句的院外远景，干净的茅檐、整齐的花木、溪水环绕的农田、两边青翠的山色，呈现出一幅清雅秀丽的自然美景；其次，每句动词的点化使得动静相生，“长扫”“自栽”“护田”“排闼”使得景中带人，静中有动，不仅增添了诗歌的生活气息，还用拟人化手法使诗歌充满灵性，从而形象生动地表达出诗人怡然自得的情致追求；再次，后两句对仗工整，用典自然，增添了浓厚的书卷气息。

3. 王安石不仅用诗歌抒情，还用诗歌说理、叙事，这样就使得诗歌趋于散文化、议论化，表现出“以文为诗”“以议论为诗”的宋诗艺术特色。此外，他用典自然、注重炼字炼句，从而表现出宋代“以才学为诗”的艺术特点，同时也让我们嗅到了浓厚的书卷气息。

于谦：爱国诗人传正气，救时宰相秉忠魂　参考答案

1. 诗歌《咏煤炭》通过写煤炭不辞辛苦出山林，只为燃烧自己温暖别人，于谦向世人展示了自己的志向和人生理想，即像煤炭一般用生命照亮并温暖别人。于谦是一个舍己为公，坚贞不屈的民族英雄，是我们学习的榜样。

2.《入京》一诗是于谦清正廉洁的优良作风和关心生民疾苦的高尚品格的诠释。即使在现代社会，我们也仍需要弘扬于谦这种精神来为社会主义服务，为中华民族的伟大复兴和中国梦的实现尽自己的一份力。

3. 略。

张居正：激流勇进的政治家　参考答案

1. 在这段文字中，作者联系当时的政治状况，结合历史经验的总结，提出了他的施政纲领。作者指出，要“决其壅，疏其窒”，就要反对四种不良倾向。第一种倾向他称之为“病在积习者”，即指那些浸透儒家思想的腐朽官僚；第二种倾向他称之为“病在纪纲者”，即指那些狐假虎威的宦官；第三种倾向他称之为“病在议论者”，即指那些崇尚巧言空谈、以文乱法的儒生；第四种倾向他称之为“病在名实者”，其实仍然是针对儒家的腐朽官僚。作者指出当时社会的上述四种不良倾向，是希望能够恢复明朝初期的法家路线。

2. 为了强调自己的改革思想并被人们广泛采用，作者在上述文字的论述中采用了“总—分—总”的经典结构。在片段开头，作者先描述了当时社会的普遍现象，引起大家的反思。接着，作者分别论述了当时官僚集团存在的

四种弊病。最后，作者对自己恢复明初法家路线的主张进行强调。

“总—分—总”的写作结构在议论文中很常见，通常是在开头部分提出文章的中心思想，开门见山，再分层叙述，最后对文章加以总结。这种写作方法的好处是能够使自己的论点一目了然，容易把握，文章的各个部分既各有特点又紧密联系，使文章的脉络互相贯通，结构周密严谨。这种方法在写作中可以借鉴。

3. 在这篇文章中，张居正从理论上批驳了儒家复古倒退的谬论，主张恢复明初的法家路线，阐明了他反对法先王、主张法后王的观点，强调了法治的重要性，提出了自己鲜明的观点。在文章中，他的见解有极强的针对性，逻辑缜密，论证有力，语言犀利，具有深刻性和批判性。

但是作者把政治腐败的症结简单归结为没有执行明初的法令制度，这种在封建制度日益腐朽的情况下所提出的改革意见，实际上只是一种点滴的改良，无法从根本上触动封建制度，必然不可能成功。另外，作者在文章中过于美化明太祖朱元璋，对他一味歌颂，没有实事求是地加以议论，失去了正确的是非标准，并形成一种偏见，这点也应该给予批判。

顾炎武：精彩札记中的旷世名儒　参考答案

1. 论据充分，论点有力。以魏晋玄学故事为论据，阐释批判此种现象，引出“亡国”与“亡天下”、“保国”与“保天下”的观点。趣味生动，可读性强。

2. “亡国”是指“易姓改号”，即亡政权；“亡天下”是指“仁义充塞，而至于率兽食人，人将相食”，即失道德文明；“保国”是指保政权，“保天下”是指保道德文明施行于天下。对这些关系的区分，在一定程度上反映了顾炎武冲破了狭隘的民族观，是进步的朝代更迭观念，还有对道德文明的执着维护，是民族良知的先行者。

3. 参考《世说新语》，列举出一些关于嵇康与阮籍的故事。他们是对政治持一种回避态度，率性而为，弃礼法于不顾，但这种颓废的态度确是一种变态的反抗。对顾炎武认为魏晋清谈之风导致礼乐崩坏作另一面审视，拓展思路，能自圆其说即可。

郑板桥：痴绝才华世称“怪”，平凡文字人动情　参考答案

1. 郑板桥将农夫当作天地间第一等人看待，赞扬农人的劳动价值，对农夫待之以礼，要体恤，要宽让。具体表现在对农夫与读书人的不同态度中，

赞农夫，贬读书人；对待受雇的农民以礼相待等。

2 此为开放性试题，言之有理就可以。例如：从郑板桥所处的时代，所代表的利益，他的身份着手，改革势必失败。这是与时代有关的，封建社会后期，地主阶级利益为第一，而不是农夫，改革会遭到顽固势力的阻碍，最终失败。

拜伦：为自由和解放孤独行吟的天才诗人　参考答案

1. 反复：整首诗多次运用反复的修辞手法，以加强表情达意的效果。如诗歌一开头就用了“希腊群岛呵”“美丽的希腊群岛”两个呼语的反复，像在沉重地哀叹希腊的命运，奠定了整首诗凝重的情感基调。

反讽：第九节运用反讽的修辞手法，表达了对希腊子民遭受战争的痛心。

2. 古今对比和大量用典。历史回顾可引发民族感情，古今对比可把这种感情引向对于现实的思考，起到明确方向、激励战斗精神的作用。

抒情手法的丰富和多变。怀古伤今，催人振奋，是全诗的感情基调，然而其中包含着复杂的因素，而且基调也不是直线式进行。与之相适应，采用了挽歌、颂歌、讽刺等手法，产生回肠荡气、感人肺腑的效果。

3. 全诗的主旨就在通过光荣的过去和屈辱的今天的对比，激励希腊人民振奋民族精神，团结起来为夺回独立自由而英勇战斗。诗歌充分表现了拜伦对希腊人民的深厚情谊，同时也有“众人皆醉我独醒”的孤独感。

雪莱：“云雀”般唱响伟大预言　参考答案

1. 这里的西风既有毁掉旧势力的作用，还有保护新事物的作用。它既能横扫枯死的落叶，又能护送“有翼的种子”暗藏地下，只等春风吹起，万花齐放。

2. 第三节最后两段关于海底植物的描述，明显带有一种社会隐喻的意义，它们都象征着社会中那些腐败的、重染疫疠的势力。与此类似的还有第一节中以落叶象征腐朽、残败的旧势力，又把落叶形容成“黄的，黑的，灰的，红得像患肺痨”，“是重染疫疠的一群”，形象丑恶，不堪一击，有如“鬼魅碰到了巫师，纷纷逃避”。这些意象既形象生动，又蕴涵象征意义和强烈的感情色彩。

3. 示例：“要是冬天已经来了，西风呵，春日怎能遥远？”可见诗人对革命与未来充满了信心，读罢令人备受鼓舞。每当遇到难以逾越的挫折而感到心灰意冷时，就会想起雪莱的这句旷世名言，在最黑暗的时候，也是最接近光明的时候，一定要有勇气和信心面对眼前的困难，相信光明就在眼前，自己一定能走出困境。这句话也激励了很多身处绝境的人乐观面对人生。

海涅：歌唱玫瑰的夜莺与呼唤自由的海燕　参考答案

1. 海涅的诗歌属于宣泄与扩张的形态。《乘着歌声的翅膀》通过红花、玉莲、玫瑰、紫罗兰的宁静月夜，听着远处圣河发出的潺潺涛声，描绘了乘着歌声的翅膀，跟亲爱的人一起前往恒河岸旁，享受欢悦的一幅幅图景，渲染内心的幸福。

2. 海涅的诗歌有梦幻之美，如《乘着歌声的翅膀》，也有对于现实的讽刺，如《世道》。真正的诗人，他们的作品是不受门派束缚的。海涅的诗歌展现了他对于人生的全面观照，其中有对于爱情的向往和痛苦，有对于社会不公的揭露和讽刺，还有对于命运磨难的抗争和顽强。他的诗歌既美且利。正如著名评论家勃兰兑斯所言，海涅是羚羊，抓他不住。

普希金：俄罗斯暗夜的一道剑光　参考答案

1. 十二月党人大多是贵族出身，在专制的沙皇统治时期养尊处优，绝无衣食之忧，但是他们是最早觉醒的一批人。他们有高尚的品格，为推翻专制的沙皇统治，推翻落后的农奴制，为国家为民众谋利益，不惜抛弃财产、地位和家庭，义无反顾地发动武装起义。起义失败后遭到残酷镇压，沙皇把他们流放到西伯利亚，他们依旧不屈不挠，坚守自己的信念。十二月党人值得尊敬的是他们的起义不是为了争夺权力，而是为了推翻专制暴政。为了这些理想，这些贵族青年宁愿走向刑场，走向流放地，这是高尚的人格使然。所以他们不会消亡，值得敬仰。

2. 对真正的战士而言，既然有“灾难”，那就要奋斗、抗争，也就对获得胜利充满希望。把“希望”说成是“灾难的忠实姊妹”，表现出革命者不屈的精神和乐观的态度。

3. 普希金把诗作称作“自由的歌声”，并不仅仅因为他在牢狱之外，更是指他在诗歌中表达的反对专制、歌唱自由的理想追求，这种追求永远不会停止。

4. “枷锁”象征着沙皇专制的镇压；“利剑”象征着革命者继续战斗的不屈精神。

莱蒙托夫：流星样迅忽、恒星般闪耀　参考答案

1. 诗歌第一节开篇写到“诗人单枪匹马”“挺身对抗上流社会的凌辱”，表达了作者对诗人勇敢捍卫自身尊严的行为的赞赏。“被杀害了”连用两次，既形成反复，又分行强调，表达了作者对杀人者的无比痛恨，对被害者的去世无比痛心。“空洞无用”“恭维”“无力的剖白”，表明作者对于杀人者“猫哭耗子”惺惺作态的厌恶和讽刺。“难道……先……然后”一句反问，有力地揭露了杀人者的真面目。“熄灭了”“凋零了”，两句句式齐整，表达了对于普希金的崇敬以及对他逝世的哀伤和惋惜。

2. 诗作第六节，作者使用了感情色彩十分浓重的蔑称词语，如“卑鄙”“奴才”“刽子手”，愤怒地抨击了杀害诗人的真正凶手乃沙皇及其身边的奴才。语言形象，极富感染力。同时，作者还虚构了一个“神的法庭”来与现实中黑暗的法庭进行对比，用“神的审判”来暗示沙皇统治必将被推翻的信念，富有浪漫主义色彩，表达了作者的深切希望。

3. 不能删，诗人在此节中成功运用了心理分析法：普希金一方面早就洞悉人世，另一方面又过分地轻信别人，正是这种轻信点明了诗人之死的悲剧性质。面对凶残、虚伪的上流社会，任何妥协、软弱都可能是致命的，诗作用普希金的“信”反衬出杀人者的残忍。

惠特曼：美国的诗歌“教父”　参考答案

1. 航船象征着独立战争时期的美国，“可怕的航程”“安全地下锚”的具体意义是用“船”战胜惊涛骇浪到达港口比喻林肯领导的南北战争的胜利结束，领航的船长象征林肯总统的伟大作用。

2. 在第一节中，林肯之死的突然，使诗人在震惊中感情麻木而没有感到过度的悲伤，只是当作一件客观事件来接受，来陈述；在第二节中诗人从震惊中惊醒，悲伤涌上他的心头，他对船长仍用“你”来称谓，表示船长和他一样，仍是在人世间活生生的人，只是暂时“倒下来”而已；在第三节中，诗人不得不接受这惨痛的现实，诗人用第三人称“他”称谓船长，表示诗人已经承认船长和自己已是冥世人间永隔了。整首诗对船长由第三人称到第二人称再到第三人称称谓的变化，呈现了诗人悲痛心情的发展过程，在人称的转换中，诗人纵情地倾吐了自己对领袖的崇敬怀念之情。

3. 人们无法接受这个事实，但又不得不接受这个事实，在反复的咏叹中加剧了悲剧气氛。

4. 两种译法各有长短。“号角为你长鸣”更具持续的沉重感，而“军号正为你发出颤音”则对状态的描绘更形象。

涅克拉索夫：人民诗人的悯人情怀　参考答案

1. 突出思想，强调感情，充分体现了革命民主主义者涅克拉索夫在不平等的社会现实面前呼唤斗争的思想。同时也能分清层次，加强节奏感，可以品味出诗人对祖国和人民的命运的沉思。

2. 长诗具有浓厚的民间文学风格，它运用了民歌的形式，民间口头文学对人物的设计方法，语言生动鲜明，揭露了腐朽的、专制的俄罗斯，歌颂了开始觉醒的、人民的俄罗斯，诗人十分熟悉农民鲜明生动的语言和民间文学，他可以说是第一个全面地运用农民口语、俚语写史诗的作家，而且从结构、语言直到音律，都与民间说唱文学有密切的亲缘关系，可谓做到了内容和形式的完美结合。

《拉·封丹寓言》：动物世界的“人间喜剧”　参考答案

1. 每个人都容易看到自己身上的优点，看到别人身上的缺点。我们应该努力学习容忍别人的缺点，同时做一个谦虚的人。

2. 是。父亲是因为爱孩子们才撒了谎，他的话最终教育了孩子们，让他们明白了人生的道理。

3. 略。

《伪君子》：悲剧底蕴的喜剧　参考答案

1. 在这段对话中，桃丽娜虽然身为女仆，但她敢于揭开答尔丢夫伪善的面具和贪恋女色的本质。“嘴上说的多么好听！”一针见血地指出了答尔丢夫“正人君子”的虚伪本质；“你就这么禁不住引诱？肉感对于你的五官还有这么大的影响？”面对答尔丢夫的“教训”，她毫不畏惧，给予毫不留情的回击，并且直指要害。由此可见，桃丽娜是一个有着清醒的头脑和敏锐的观察力并且勇敢、机敏而又泼辣的女性形象。

2. 桃丽娜与答尔丢夫的对战本身就是真与假、善于恶、美与丑之间的人性较量，也是正义对邪恶的宣战。在这场戏中，桃丽娜与答尔丢夫展开了正面交锋，答尔丢夫看到桃丽娜穿着低胸的衣服，如临大敌，拼命掩饰自己好色本性，俨然一副清教徒的模样，但桃丽娜步步紧逼，她不假思索地揭露并批判了答尔丢夫虚伪的本质，使矛盾进入白热化阶段。

3. 例如：莫里哀的父亲希望儿子子承父业，但莫里哀却对经商毫无兴趣，只对戏剧异常地痴迷。父亲为此严厉地责备他，千方百计要改变他的选择。但莫里哀痴心不改，并最终创作了许多优秀的剧本，终于成为伟大剧作家。可见兴趣是成功的基石。正如孔子所说，“知之者不如好之者，好之者不如乐之者。”培养健康的兴趣并坚持下去，这才是实现人生价值的必由之路。

《少年维特的烦恼》：少年的钟情与忧郁　参考答案

1. 面对死亡，维特无所畏惧，有一种舍我其谁的勇气和决绝。选择自杀，是为自己所爱的人而死，是为爱与信仰而献身。

2. 借景抒情，疾风知劲草，以我的死给庸朽的世人、世道以警示，并换来大众的新生。

3. 欣赏歌德的结局。悲剧更有穿透力，以年轻生命的陨落引发人们无尽的悲伤、感叹，并唤起人们的斗争。大团圆则是在维护腐朽不堪的世道，与狂飙突进的时代精神是相悖的。

《阴谋与爱情》：黑暗王国中的一抹爱情之光　参考答案

1. 米勒清楚地认识到社会地位不同，门第悬殊，露伊斯和斐迪南终归不能结合，到头来女儿只会被人玩弄遗弃，自己的家庭幸福必将遭受破坏，表现出他头脑清醒，遇事沉着。米勒太太则认为一个贵族公子能爱上自己的女儿，金钱与地位将与之俱来，家门也会显赫生辉，表现出她爱慕虚荣及小市民阶级趋炎附势的狭隘性。

2. 这个选段是剧本的开端，作者匠心独运，一开始就交代了米勒的职业、社会地位和斐迪南的家庭身世，从平民之女露伊斯与宰相之子斐迪南的热恋引起米勒家庭的严重不安写起，向观众展示了米勒、米勒太太对女儿露伊斯与斐迪南相爱的两种不同态度，酝酿了戏剧冲突，也初步勾画了米勒、米勒太太这两个人物性格的基本特征，为下文矛盾的展开蓄势。

3. 露伊斯和斐迪南两人对爱情、自由的追求，具有欧洲狂飙突进运动时期的主人公们共同的特点：以反抗开始，以失败告终。

《克雷洛夫寓言》：关注时代变化的史诗　参考答案

1. 乌鸦爱听奉承话、容易上当受骗；山雀喜欢自吹自擂、说大话；鞋匠善于思考、敢于舍弃金钱、珍惜平凡的幸福。

2. 第一则寓言启示我们做人应当有自知之明，不能轻易被他人的甜言蜜语迷惑，从而上当；第二则寓言启示我们做人不能自吹自擂、说大话，否则就容易使自己陷入尴尬的境地；第三则寓言启示我们金钱有时并不能给我们带来快乐，安贫乐道，珍惜平凡的幸福，我们才能拥有真正的快乐。

3. 示例：话说狐狸逃得再快，也不如着急的乌鸦在空中飞得快。很快，在一处树林边，乌鸦追上了狐狸。狐狸叼着奶酪，一脸得意。乌鸦落在狐狸面前，指着狐狸说："你以为这块奶酪是给我自己吃的吗？这是我献给老虎大王的生日礼物，你要是敢把这块奶酪吃掉，看老虎大王会怎么收拾你。"狐狸狡猾地说："老虎大王才不会发现呢。"乌鸦冷笑道："看看你的身后吧！"这时恰好身后一只野兔窜过，灌木乱晃，狐狸吓得一惊，奶酪掉在草丛里，乌鸦趁机叼起奶酪飞到树木顶端，美美地把奶酪吃掉了。

《红与黑》：灵魂的哲学诗　参考答案

1. 于连的父亲对他没有什么父子感情，在儿子入狱判刑后迟迟不去探望；他对父亲也不抱希望，虽然他渴望得到父爱。

2. 于连的父亲是很理智、冷静、好面子的人。指责的内容应该是：你给我丢人了，我白白养活了你，你欠我太多，你从来就是一个没有出息的人。

3. 这是一个见钱眼开、唯利是图的、贪婪的父亲形象。

《欧也妮·葛朗台》：揭示资本主义社会实质的里程碑　参考答案

1. ①吞吞吐吐，连哄带骗，称"有些小小的事得办一办"；②感情拉拢，什么"牵肠挂肚""受罪"等；③神情惶恐，眼光转来转去，"紧张得脑门上全是汗"；④许愿哄骗，"按月一百法郎"；⑤声嘶力竭，"别多嘴"，"一言为定"；⑥骗到手后欣喜若狂。暴露了他守财奴的丑恶灵魂，在他眼里只有金钱，亲情要为积累财富让路。

2. 这是葛朗台的世界观和人生观。为了钱，可以不择手段，不顾廉耻，不要亲情。概括出资产阶级人与人之间赤裸裸的金钱关系，暴露了葛朗台的丑恶灵魂。

3. 欧也妮善良、天真、单纯、重亲情的性格特点，恰与葛朗台的贪婪、狡诈和无耻的性格形成对比，有反衬作用。

《巴黎圣母院》：雨果浪漫主义的不朽之作　参考答案

1. 卡西莫多因为爱斯梅拉达的死而杀死了克洛德。他忍受撕破亲情的苦楚而杀死克洛德，是一种伟大的博爱精神。虽然亲手毁灭美丽的亲情是无比痛苦的事情，但其毫不犹豫的英勇行为，体现的是社会责任感和普遍存在的大爱，美不一定表现为潇洒英俊，也可以表现为一种浩然正气与勇气。

2. 选文中的景物描写虽少，但画面却是全景式暖色调，透露出这是充满温暖而祥和的一天；燃烧着的镀满红光的景和人将爱斯梅拉达身着白色的衣服临刑的场面衬托得更加突出，色调对比之下爱斯梅拉达的死更加地让人痛心。

3. 敲钟人外表丑陋，但他心灵的美和善随着情节的开展显得越发突出；副主教道貌岸然，但心灵却是那么的邪恶毒辣。作者把这种美与丑的对比描写到了极致：丑陋的东西往往是最美的，而美丽的东西却是最最丑恶的。美与丑，并不像真与假、对与错泾渭分明。雨果通过小说《巴黎圣母院》向人们揭露了现实社会的本质：那些外表道貌岸然的所谓正人君子，并不是个个都内心纯粹善良。对于任何的人或事，都不要被其虚伪的外表所迷惑，要看透其心灵深处，分清真正的好与坏、美与丑。

《三个火枪手》：大仲马妙笔演绎侠客行　参考答案

1. 达达尼昂年轻，初出茅庐，富有激情，一腔热血，勇敢，剑术高超。

2. 作者平分笔墨，意在突出表现达达尼昂，却给了朱萨克不少的笔墨，敌人越强大，越显得达达尼昂身手不凡。这样写“对手戏”，情节紧张激烈，场面扣人心弦，人物活灵活现。

3. 略。

《魔沼》：乔治·桑纯朴清新绘田园　参考答案

1. 体现了热尔曼对玛丽朦胧而真诚的爱，也表现出了热尔曼憨厚质朴、羞涩谨慎的性格特点。

2. “雾”象征着热尔曼对爱情的态度，“消失在浓雾中”象征他初遇爱情的迷惘与焦虑，“雾终于散去”“月亮也从蒙盖着它的雾气中挣脱而出”象征他抛开世俗的桎梏勇敢地去寻找真爱。

3. 示例：在情节结构方面，《魔沼》基本上只描写了一天一夜所发生的事情，乔治·桑在如此紧凑的叙事空间中描写了一个明快欢乐的故事，体现了一种浪漫主义的文学风格。

《死魂灵》:“俄国文学史上无与伦比的作品” 参考答案

1. 环境描写有力烘托了泼留希金“吝啬鬼”形象。作者采用由远及近、由大到小、由表及里、步步深入的方法对泼留希金的室内进行了细致的刻画。“一张桌子上竟然放了一把破椅子”,“蜘蛛已经在上边结了网”,写字桌上放着“五花八门”的东西……这些描写,使读者看到了主人公的生活环境,给人以鲜明、强烈的印象。

2. 在这段文字中,作者把叙述、描写结合起来,对农奴主进行有力的揭露和批判。作者采用夸张、比喻、排比等修辞手段对泼留希金进行了辛辣的讽刺,“干得像得了肺病似的鹅毛笔”“很似一件女人的长罩衫似的不伦不类的衣服”……一个典型的“吝啬鬼”形象跃然纸上。作者还恰到好处地使用了一些虚词来加强讽刺的力度,如“一张桌子上竟然放了一把破椅子”“或许是这家主人曾在法国人1812年入侵莫斯科以前用它剔过牙”中“竟然”“或许”充满揶揄之意,饱含讽刺之情。

3. 泼留希金是俄国没落地主的典型,是俄国封建社会行将灭亡的缩影,虽然贪婪吝啬,但腐朽没落则是泼留希金作为吝啬鬼形象的独特个性。戏剧大师莎士比亚《威尼斯商人》中的夏洛克其个性是阴险凶残。巴尔扎克在《人间喜剧》中塑造了葛朗台这个资产阶级的典型形象,葛朗台作为吝啬鬼的典型性是“执着狂”。莫里哀是17世纪法国古典主义喜剧大师,《悭吝人》中的主人公阿巴贡是个典型的守财奴、吝啬鬼。他爱财如命,吝啬成癖。

《罗亭》:屠格涅夫真实再现悲哀的“多余人” 参考答案

1. 胸怀大志,不断追求。在现实和理想之间挣扎并痛苦着。

2. 对话描写。运用巧妙的比喻书写内心独特的感受。

3. 围绕着“宽容”“被宽容”来谈,示例:宽容是一种美德,是一种胸怀。

《匹克威克外传》:描绘城市众生相,细说人间冷暖情 参考答案

1. 天真善良,不谙世事,办事认真,但经常不被人理解。

2. 统治者与民众严重对立,人与人之间充满戒备心理。社会贫富不均,人情冷漠。

3. 举例:①匹克威克先生被房东巴德尔太太控告悔婚而入狱,却不计前嫌帮助也遭人诬陷入狱的巴德尔太太出狱,还帮她支付了因为诬陷自己而需承担的费用。②骗子金格尔屡次戏弄和诬陷匹克威克先生,但他却不念旧恶,

帮助他走上了正道。

《罪与罚》：刻画人心灵深处的奥秘　参考答案

1. 拉斯柯尼科夫是一个离群索居、沉默寡言的人，因贫穷而十分自卑，幻想着有所作为。

2. 最后一段的内心独白写出了拉斯柯尼科夫矛盾的心理。他既想做些什么事情来改变自己当前贫困的处境，但又不屑于一些微不足道的琐事。生动地写出了他矛盾的、多变的个性。

3. 略。

《包法利夫人》：一个时代女性悲剧命运的浓缩与展示　参考答案

1. 爱玛爱情幻灭，债台高筑，走投无路。正如文中所说，这时候的她如临无底深渊。当她想到以死来摆脱痛苦时，就像溺水的人抓住了一根救命稻草，所以在吃了砒霜后，她的内心反倒平静下来。这句貌似简单的话写出了爱玛痛苦挣扎后的解脱和对人生的绝望。

2. 福楼拜善于对典型环境中的典型人物做精心细腻的描写。细节的精确是其塑造人物的方法之一。在叙写爱玛走向绝路这一情节时，抓住人物的动作、神态、语言、心理等细微之处进行精彩的描写，从而表现人物复杂的内心世界。

3. 《包法利夫人》虽然是一部反映 19 世纪法国社会风貌的小说，但是它的价值和意义并没有随着时间的流逝而削减。爱玛这位资产阶级浪漫女性的代表，其悲剧的一生对现代女性仍有警示作用。

《茶花女》：为被侮辱与被损害者献上的血泪哀歌　参考答案

1. 因为玛格丽特非常相信阿尔芒对自己的感情，阿尔芒对玛格丽特忠贞不二。

2. 由于阿尔芒的父亲迪瓦尔用谎言强迫玛格丽特，要她离开阿尔芒；而玛格丽特为了阿尔芒，只得做出一种“愉快的殉难”，做出牺牲。玛格丽特做出这番举动并不是突然的,而是经过内心激烈的思想斗争的。所以说她“并不是一下子就变得那么坚强”。

3. 此题是一道开放型的探究题，回答时可以结合故事情节与人物的性格特点，尽力展开联想，发挥想象，言之成理即可。

《怎么办？》：进步青年“生活的教科书”　参考答案

1. 小说运用象征手法，借梦境写了两类人不同的生活：一类人过着可耻的寄生生活，由于缺少劳动，他们正在堕落和腐烂，另一类人以残酷和卑鄙的手段在生活中挣扎着，以牺牲别人来养活自己，甚至把自己子女也当作捞回财富的一种工具，这种人如薇拉的母亲。

2. 在19世纪俄国文学中，她是别具一格的新型女性。面对俄国的黑暗统治，作者不可能从正面来描写革命，但借用此书提出了“怎么办”这一问题，把薇拉当作妇女解放的榜样提出来，字里行间，人们可以感受到革命的信息，可以从中吸取道德的力量和对美好未来的信心。

3. 第一个梦，梦见地下室有一群被关着的女子，薇拉打开了她们的锁链，使她们获得自由；在另一间地下室里，躺着一群瘫痪的女孩，薇拉召唤她们站起来，表现薇拉对自由的向往，对受压迫姊妹的关怀。第二个梦，梦中薇拉把人分为两类，一类人过着寄生生活，另一类人以残酷和卑鄙的手段挣扎着，以牺牲别人来养活自己，薇拉感到只有通过劳动才能走向解放和重生的道路。第三个梦，薇拉梦见自己不爱罗普霍夫了，揭示薇拉在爱情上复杂的思想感情和她对合理利己主义原则的考虑。第四个梦，薇拉梦见未来社会一幅光明美好的图景，“田垅闪耀着金黄色的光辉，原野上遍地是花朵”，展现了她要为之奋斗的未来社会的蓝图。

《安娜·卡列尼娜》：描绘时代、家庭变迁与女性命运沉浮的永恒经典　参考答案

1. 托尔斯泰之前的作家描写人物的内心话语往往是条理化、程式化和规范化的，具有连贯性，而托尔斯泰描写的内心话语则常常表现出不规则、间断跳跃和随机的特点，使所提示的心理内容更真实、自然和深刻。小说对自杀前安娜的内心话语的描写是这方面的典型例子。这段内心独白先写安娜“死”的念头，接着是回忆她和伏伦斯基的争执，然后拉回到眼前的面包店，随之又联想到水和薄烤饼，再接着回忆她17岁时和姑母一起去修道院的情景，随后又想象伏伦斯基在看到她的信时的情景，突然，那难闻的油漆味又使她回到眼前正在油漆招牌的百货店。作者把人物的视觉、嗅觉、听觉等不同的感觉因素同想象、记忆、意志过程等知觉因素以及悔恨、羞愧、恐惧、痛苦、希望等情感交混在一起，把处于生与死的恐惧中的安娜那复杂而混乱的情感与心理内容真实地展现了出来。

2. 安娜卧轨身亡，一个美丽而年轻的生命刹那间香消玉殒，这是怎样的哀恸！她之所以选择这样一种极端的形式，其实正是以此向封建社会投下一枚无声的炸弹，作为她在现世用任何努力都无法赢得的另一种胜利——体现着对生命真意的探索，对人格尊严的信仰以及对被虚伪、金钱腐蚀的人的灵魂的最大蔑视。她用自身如花的生命，完成了人的灵魂的升华和净化。她的选择是无奈和清醒的，她的自杀所展示给人们的不仅仅是一个作为万物之灵的人无法与其所生存的现实环境相适应的悲剧，而且更是一个人透视了世间万物的种种假面之后痛苦的醒悟。这种醒悟，也正是她凌驾于芸芸众生之上而不寻常之所在。当然，安娜的悲剧也留给我们更深的思考：在当代社会，女人到底应该怎样维护爱情，才能收获幸福。(此题为开放题，言之成理皆可。大家还可以联系古今中外作品中这类典型的形象作一比较阅读)

《哈克贝利·费恩历险记》：幽默讽刺与浪漫主义的完美融合　参考答案

1. ①写出了密西西比河的优美风光以及哈克对自然风光的向往之情。②优美的风光与哈克所受的打骂虐待形成对比，深化主题。

2. 这是一个小孩子的心境，他为自己的成功逃脱而感到高兴。

3. 略。

《羊脂球》：莫泊桑对人性的赞扬与揭露　参考答案

1. 鸟夫人把羊脂球称作“贱货”“拖着鼻涕的家伙”，认为与男人发生关系是羊脂球的本职，她没有权利挑肥拣瘦。而鸟夫人却以称赞的语气说这个军官很懂规矩，尊重有夫之妇。从鸟夫人的语言中可以看出，鸟夫人的身上充满市井之气，自私自利，屈服淫威，颠倒黑白，一切以自我利益为中心。

2. 文章末尾的比喻句：“他们如同对于一座被攻的炮台一般长久地预备包围的步骤。每一个人都接受了自己将要扮演的角色，都接受了自己将要倚仗的论据，都接受了自己将要执行的动作。”这群人如同对待敌人一样制定策略来对待处于弱势地位的羊脂球，而却对真正的敌人卑躬屈膝，结尾比喻达到一种反讽的效果，讽刺了这些人的虚伪自私。

3. 前半部分车厢里的人因为受惠于羊脂球而对她态度缓和，甚至因为羊脂球对侵略者的态度而对羊脂球赞赏有加，但是当羊脂球成为阻碍他们继续前进的原因时，他们露出本性，在背地里谩骂讽刺羊脂球。他们所有对于羊脂球的评价不是根据羊脂球的所作所为，而是根据他们自身的利益。

《华伦夫人的职业》：由残酷社会造成的女性堕落悲剧　参考答案

1. 她的态度：由起初不了解事情真相而非常气愤地咒骂，知道真相后对母亲的行为表示理解，最后她被母亲的讲述深深地感动了。

2. 华伦夫人连续发问，表面上好像是在向女儿说明她当时不得已的做法；其实，作者是借华伦夫人之口，来揭露娼妓制度的社会根源，笔触直指腐朽的罪恶的社会。

3. 这是一道开放型题，回答时言之成理即可。可以说她是一个自甘堕落风尘的人，沦落于腐朽的罪恶的社会，应该批判；也可以说她是一个在腐朽的社会中顽强坚持活着的很有个性的女人；等等。

《套中人》：因循守旧、害怕变革者的符号象征　参考答案

1. 在这一段中作者用夸张变形的漫画手法造成幽默讽刺效果。描写套中人的外貌，就竭尽夸张之能事，特别是“即使在最晴朗的日子，也穿上雨鞋，带上雨伞，而且一定穿上暖和的棉大衣”，还要“把脸藏在竖起的衣领里”，“用棉花堵住耳朵眼”。你看，简直是个神经病，荒唐、滑稽、可笑。这是艺术的夸张变形，然而正符合套中人的本质特征，因而具有辛辣的讽刺效果。

2. 别里科夫的死宣告了无产阶级在推翻沙皇制度的斗争中取得了第一回合的胜利，但只要沙皇制度没有被彻底推翻，就仍然存在很多“别里科夫”式的卫道者，死守旧有阵地，反对一切新事物。

3. 略。

《约翰·克利斯朵夫》：独具特色的“音乐小说”　参考答案

1. 跟奥里维在一起，克利斯朵夫感到非常幸福。他俩相处得非常融洽，“双方的声音笑貌在那里互相摹仿，心灵也在那里互相摹仿”。这是一种心心相印的纯真友情，这是一种生死相依的伟大友谊。

2. ①难得说话，彼此在一起，只交换一个眼神；②用不着互相问讯，随时都能看到对方的形象；③把爱人的灵魂作为自己的模型，彼此完全合而为一；④凭直觉彼此交换生命。

3. 在克利斯朵夫的探索与追求的一生中，奥里维的纯真友谊对他的影响非常大。奥里维不幸去世后，克利斯朵夫异常悲痛，经常陷入深深的悲伤之中。

友谊也影响到了克利斯朵夫的世界观。

对友谊的看法这一问题属于开放型探究题，能够言之成理即可。答案略。

《野性的呼唤》：杰克·伦敦笔下的生命洪荒之美　参考答案

1. 巴克的心理变化：平静——恐惧——仇恨。

2. 好。客观描写真实再现故事发生的场景，让读者更好地理解暴力的可怕，警醒我们暴力的代价是巨大的，绝不是解决问题的最佳手段。

3. 略。

《老人与海》：一场扣人心弦的硬汉之旅　参考答案

1. 十分珍爱战利品大马林鱼的心理。

2. 刻画了一个勇敢、无畏、冷静，善于给自己鼓劲的，具有硬汉精神的老渔夫形象。（大意对即可）

3. 示例 1：如有刀，下手要狠、准，尽量插入其鼻子、鳃或眼睛。示例 2：可用桨或木棒击打其鼻部。示例 3：如有鲨鱼排斥器，依说明书使用，不过只可在环境极度恶劣、千钧一发时才使用。

《静静的顿河》：从普通人的角度反观大时代的变动　参考答案

1. 拟人："大地在无数马蹄践踏下，沉闷地呻吟着。"比喻："喷出的子弹尖声呼啸着，像扇面似的在哥萨克们的头顶四散开去。"

从听觉上来写：震动天地的喊声、尖叫声、噼噼啪啪的枪声……从视觉上来写："上尉的身影在田野的灰色背景上波浪似的起伏着。一道黑乎乎的田垄不可阻挡地迎面飞来。"从嗅觉上来写："刺鼻的马汗臭味直往鼻子里钻。"从人物的感觉上来写："葛利高里把烫手的长矛柄紧夹在腋下，夹得膀子都痛了，手掌在冒汗，像涂了一层黏液似的。"

2. "葛利高里的目光和奥地利人的目光相遇了。两只充满了死亡恐怖的眼睛呆呆地望着他。奥地利人慢慢地弯下膝盖，他的喉咙里咕噜咕噜地响着。葛利高里皱起眉头，挥刀劈去。"一方面葛利高里在痛苦地抗拒战争对他的人性的磨蚀和扭曲，另一方面，他在混乱的战争中一直思考和寻找着战争的意义。这样的描写，让他的迷惘，让战争的残酷真实地展现在读者面前。

《蒙田随笔集》：诗意地栖息　参考答案

1. 在该文段中，作者通过引用名人名言阐述了自己对于生命以及人的认识的看法，告诉我们应该正视人本身的缺陷，并且要发现自身的优点，肯定自身的长处；朴实自然的语言具有很强的哲理性，表达了作者对人的理性和自我的肯定和赞扬之情，以及对于人的生命和宇宙的热爱。

2. 引用、反问、设问（拟人）等，文段中作者引用诸多的名人名言加以论证自己的观点，引出自己对于事物的看法，以此来引起读者的兴趣和思考。

3. 采用文段中出现的引用、设问等修辞手法，要富有哲理性。

《论法的精神》：资产阶级政权建立指南　参考答案

1. 作者认为制定法律的文本应该简明、质朴；法律要对所有人适用而不会产生差别意义；对于违法行为的处罚不应当过多涉及金钱；法律要明确，不应当含糊其辞。

作者对于法律制定的观点放在今天仍然有参考意义，体现了作者思想的先进性；法律制定是枯燥严肃的，但是作者语言风格通俗易懂，每个观点都有相应事例作为补充说明，有利于读者理解掌握。

2. 不能。因为“有足够天赋”也表明了作者对于制定法律的一个观点，即应该由专业人士进行法律制定，去掉后会影响作者思想表达。

3. 法律的实行必须有相应的监管部门，对法律的制定、实行、修改进行全面监督，以真正实现法律的公平公正。

《哲学通信》：启蒙精神的荣光　参考答案

1. 优点：尊重人民尊严；限制君权；人民享有自由及其他各种政治权利；议会上、下两院有决策权等。

2. 可从限制或不限制两方面作答，言之成理即可。

3. 区别：①英国是资产阶级君主立宪制，是民主制的一种，人民享有充分的政治权利，君主权力受到极大限制，议会权力高于君主，等等。②中国古代是封建君主专制制度，是专制的一种，君主权力高于一切，人民很多权利得不到保证，等等。③中国古代的君主既是国家元首，又是政府首脑；英国的君主仅仅是国家元首，而政府首脑则由首相担任。

《忏悔录》：给哲人的一部宝书　参考答案

1. 开门见山地介绍了本书的主要内容，有利于读者掌握作者的写作目的，并在之后的阅读中以开头的表述为基础，对作品整体进行宏观掌握。上述片段中作者一再强调他的坦诚态度，使读者对书的内容产生信任和好奇。

2. 第一人称：叙述亲切自然，能自由地表达思想感情，给读者以真实生动之感。第二人称：增强文章的抒情性和亲切感，便于感情交流。第三人称：能比较客观地展现丰富多彩的内容，不受时间、空间限制，反映现实比较灵活自由。

3. 妈妈！您有那么一颗爱我疼我的心，让我告诉您，我爱这世界！爱这国家！爱这个家！相信以我的努力可以让这些变得更好，在您羽翼下的我无法飞翔，请在爱我的心上加一点包容和理解吧！

《百科全书》：划破黑暗的曙光　参考答案

1. 从该选段中，可以看出狄德罗具有社会契约论的民主主义思想，主张建立一个由人民授权且为人民服务的政府，建立一个自由、平等、民主、和谐的美好社会，能够摆脱封建君主专制制度，重视人的价值和地位。

2. 促进了人们的思想解放，使禁锢在君权神授制度下的人民开始重新思考政治的意义，为法国大革命的爆发奠定了思想基础。

3. 结合当时的时代背景，说明自己的观点和理由，言之有理即可。

《一个日内瓦居民给当代人的信》：“空想”启发后世　参考答案

1. 作者将革命失败的事例举出，意在表达对于之前革命失败的反思，并在事例中表现寻求支持的意图，使支持者更清楚地认识到自己的作用，从而支持革命的进程。

2. 都表达了当事情发展到一定阶段就会有解决办法的态度。文中的意思更具体，表达的是坏事坏到极点就会有好的转机；而我国的俗语是泛指一切事情，虽然艰难但只要坚持就会有新的变化。

3. 科学家的发明创造促进了科学技术和人类文明的进步，提高了人们的生活水平。比如说无线电通信技术的发明，使我们可以收听广播，观看电视，极大地丰富了人们的精神生活。我们可以方便地使用手机进行通讯交流，这些全都依赖无线电技术的发明。

《经济的和协作的新世界》：制度的征程　参考答案

1.（与文中所举例子相反，并有所阐发即可）例如：使政治保持适当的集中。适当吸引富人去从事证券投机，调动各种手段保持人们对农业的积极性；减少税收和勒索方法的增进、间接破产、预付款项以及吞噬未来的手段等等；社会运动反对停滞，力求进步，每个社会时期都必须向更高的时期前进，要有不断的竞争敌手，打破各种垄断，才有进步发展的空间。

2.（参考赏析和选文第二段，并加以阐述）选段中，作者第一句开门见山亮明自己的观点——“我们的使命是前进”，论证过程采用比喻论证和举例论证的方法，句式层层递进，具有极强的逻辑性；抽象与形象紧密配合的说理论证方式使语言严谨而不失谐趣，适时采用恰当的比喻来讽刺资本主义制度的弊病和停滞不前；论证表述合理，论据充分有力，周到严密地论证了自己的历史发展观。

3. 观点积极向上，言之有理即可。例如：分析社会状况，在当时条件允许的情况下，主动争取自己的权利，推动工人阶级进步，为社会制度的变革奠定基础。

《存在与虚无》：“人与世界”的哲学之思　参考答案

1. “存在”一词就是指“人本身”；准确来说，是指“个体性的人”，单独的个人，而不是指“作为一类人的人本身”。因为每个人都是世上独一无二的，都有不可取代的价值。

2. 提示：可从职业取向、道德品质等角度回答。

3. ①自由不仅意味着做选择的自主性，而且还意味着要承担相应的责任；因此，作为自由的人，我们必须担负起相应的责任，做一个有责任心、责任感的人，不负“自由人”之名。②可结合“选择前”和“选择后”内心的想法来作答。